CHARLES DICKENS

AUSGEWÄHLTE WERKE

nymphenburger

CHARLES DICKENS

Bleakhaus II

Januar – September
1853

nymphenburger

Herausgegeben von
Stephan Castell

Ins Deutsche übertragen vom österreichischen Dichter
Gustav Meyrink.
Die Orthographie wurde der heutigen Schreibweise
behutsam angeglichen.

Einbandgestaltung: Wolfgang Heinzel
unter Verwendung des Gemäldes »Awaiting Admission
to the Casual Ward« von Sir Luke Fields, 1874
(Archiv für Kunst und Geschichte, Berlin)
Satz: Fotosatz Völkl, Puchheim
Gesetzt aus: 9/10 Punkt Garamond, Linotronik 300
Druck und Bindung: Wiener Verlag, Himberg
Printed in Austria
ISBN 3-485-00644-0

Inhalt

33. Kapitel

Mr. Smallweed mischt sich ein

Jetzt erscheinen die beiden um Rockaufschläge und Knopflöcher herum nicht sehr sauber aussehenden Herren, die schon der letzten Totenschau in der »Sonne« beiwohnten, mit erstaunlicher Schnelligkeit wieder – der emsige und findige Kirchendiener hat sie nämlich atemlos geholt –, stellen Nachforschungen in ganz Cook's Court an, verschwinden im Gastzimmer der »Sonne« und schreiben mit gefräßigen kleinen Federn auf dünnes Papier. Sie notieren in stiller Nacht, die Nachbarschaft von Chancery Lane sei um die Geisterstunde durch folgende höchst beunruhigende und schreckliche Entdeckung in die fürchterlichste Aufregung versetzt worden. Sie setzen voraus, daß man sich jedenfalls noch erinnern werde, welch peinliches Aufsehen vor einiger Zeit beim Publikum ein gewisser geheimnisvoller Todesfall, infolge Opiumgenusses, in dem ersten Stockwerk eines Hauses, das einem exzentrischen Individuum von hohem Alter und großer Trunksucht, namens Krook, gehörte, gemacht habe, und wie man durch ein höchst merkwürdiges Zusammentreffen von Umständen denselbigen Krook bei der Totenschau damals in der »Sonne«, einem guten Wirtshaus unmittelbar neben dem in Rede stehenden Hause auf der Westseite und im konzessionierten Besitz eines sehr achtbaren Wirtes, Mr. James George Bogsby, verhört habe. Sie erzählen so ausführlich wie möglich, daß schon einige Stunden vorher, am Abend, die Bewohner von Cook's Court, wo sich der tragische Vorfall ereignet habe, einen sehr eigentümlichen Geruch verspürten. Der Geruch sei zuzeiten so stark gewesen, daß Mr. Swills, ein Coupletsänger in Mr. J. G. Bogsbys Etablissement, wie er unserm Berichterstatter persönlich erzählte, zu Miß M. Melvilleson, einer Dame von bemerkenswertem musikalischem Talent (ebenfalls bei Mr. J. G. Bogsby, für eine Reihe von Konzerten, besser gesagt, harmonischen Assemblees oder Meetings, engagiert), bemerkt habe, die auffallend unreine Atmosphäre griffe Sängerkehlen stark an, bei welcher Gelegenheit er sich des scherzhaften Ausdrucks bediente, er komme sich wie ein leerer Postschalter vor, denn er habe keine einzige Note in sich. Diesen Bericht Mr. Swills hätten zwei sehr intelligente verheiratete Frauen auf demselben Hof, namens Mrs. Piper und Mrs. Perkins, vollständig bestätigt. Beide hatten einen brenzlig stinkenden Geruch bemerkt und seien der Meinung gewesen, er käme aus des verunglückten Krooks Hause.

Alles das schreiben die beiden Herren in einem Zuge nieder und schließen anläßlich der traurigen Katastrophe eine Art freundschaftliche Kompagnieschaft, und die jugendliche Bevölkerung des Hofs ist im Nu aus dem Bett und klettert die Läden der Wirtsstube der »Sonne« hinauf, um die Scheitel ihrer Köpfe zu sehen, während sie mit Schreiben beschäftigt sind.

Ganz Cook's Court, alt und jung, schläft diese Nacht nicht, hat seine vielen Köpfe in Tücher gehüllt, wendet kein Auge von dem Unglückshaus und schwätzt unaufhörlich. Miß Flite hat man mit Todesmut aus ihrem Zimmer gerettet, als ob es in Flammen stünde, und ihr ein Bett in der »Sonne« angewiesen.

Die »Sonne« dreht für diese Nacht weder das Gas aus noch schließt sie die Türen, denn jede Art öffentlicher Aufregung gibt ihr zu verdienen und macht den Hof der Stärkung bedürftig. Seit der Totenschau damals hat das Haus nicht soviel Geschäfte in magenstärkenden Getränken oder Brandy mit heißem Wasser gemacht. Kaum hörte der Kellner von dem Vorfall, krempelte er seine Hemdsärmel bis an die Schultern in die Höhe und sagte: »Jetzt wird's gleich damisch zu tun geben.«

Bei dem ersten Lärm ist Jung-Piper um die Feuerspritze

geeilt und triumphierend in polterndem Galopp, hoch oben auf dem Phönix sitzend und sich mit äußerster Kraftanstrengung an dem Fabeltier festhaltend, umgeben von Helmen und Fackeln, zurückgekehrt.
Nach sorgfältiger Prüfung aller Ritzen und Spalten bleibt aber nur ein einziger Helm zurück und geht langsam mit einem der zwei Polizeimänner, die ebenfalls kommen mußten, vor dem Hause auf und ab. Jedermann in Cook's Court, der einen Sixpence besitzt, zeigt ein unersättliches Verlangen, diesem Trio Gastfreundschaft in flüssiger Form anzubieten.
Mr. Weevle und sein Freund Mr. Guppy stehen innerhalb der Bar und dürfen in der »Sonne« alles bestellen, was an Getränken vorhanden ist. Nur dableiben sollen sie. »Das ist nicht die Zeit«, sagt Mr. Bogsby, »um mit Geld zu knickern«, obgleich er hinter dem Ladentisch sehr scharf aufs Geschäft sieht. »Bestellen Sie, meine Herren, bestellen Sie, und Sie sollen haben, was Sie nur mit Namen nennen können.«
So gebeten, nennen die beiden Gentlemen, und ganz besonders Mr. Weevle, so vielerlei mit Namen, daß es ihnen im Lauf der Stunden immer schwerer und schwerer wird, überhaupt noch etwas deutlich beim Namen nennen zu können. Aber immer noch erzählen sie jedem neuen Ankömmling mit irgendeiner kleinen Variation, was ihnen zugestoßen ist und was sie gesagt oder gesehen haben. Währenddessen klinkt einer der beiden Polizeimänner von Zeit zu Zeit die Türe auf und späht aus der Dunkelheit draußen herein. Nicht etwa, weil er Verdacht hat, sondern weil er auch gern wissen möchte, was die da drinnen erzählen.
So nimmt die Nacht ihren bleiernen Verlauf und findet den Hof in ungewohnten Stunden immer noch außer Bett, immer noch traktierend und traktiert werdend und immer noch sich benehmend wie ein Verein, der unerwartet eine kleine Erbschaft gemacht hat. Dann scheidet die Nacht

endlich mit langsamem Schritt, und der Laternenmann macht seinen Rundgang und schlägt wie der Scharfrichter eines despotischen Märchenkönigs die kleinen Flammenköpfe ab, die sich angemaßt haben, die Finsternis zu schädigen. Dann muß der Tag kommen, ob er will oder nicht. Und der Tag sogar, trotz seinem trüben Londoner Auge, kann erkennen, daß Cook's Court die ganze Nacht durchwacht hat. Wie die Gesichter schläfrig auf Tischen ruhen, die Beine auf harten Dielen liegen anstatt in Betten, sehen selbst die Hausfassaden des Hofs müde und matt drein, und als die Nachbarschaft aufwacht und von dem Geschehnis erfährt, strömt sie, nur halb angekleidet, herbei, und die beiden Polizeidiener und der Feuerwehrhelm, äußeren Eindrücken viel weniger zugänglich als der Hof, haben alle Hände voll zu tun, um nur die Tür freizuhalten.

»Gott im Himmel, meine Herren«, ruft Mr. Snagsby, der jetzt herankommt. »Was höre ich!«

»Ist alles wahr«, entgegnet einer der Polizeimänner, »alles wahr, aber, bitte, nicht stehenbleiben!«

»Du mein Gott, meine Herren«, sagt Mr. Snagsby, noch während er zurückgedrängt wird. »Ich war gestern abend noch zwischen zehn und elf Uhr an seiner Haustür und sprach mit dem jungen Mann, der dort wohnt.«

»Wirklich? Nun, dann werden Sie den jungen Mann hier daneben finden. Nicht stehenbleiben, nicht stehenbleiben, bitte.«

»Nicht verletzt, hoffentlich?« fragt Mr. Snagsby.

»Verletzt? Nein! Warum sollte er denn verletzt sein?«

Mr. Snagsby, ganz außerstande, diese oder irgendeine andere Frage bei seinem verstörten Gemütszustand zu beantworten, begibt sich in die »Sonne« und findet Mr. Weevle, bei Tee und Zwieback gähnend, sichtlich von der überstandenen Aufregung und vielem Tabakrauch erschöpft.

»Und Mr. Guppy auch«, staunt Mr. Snagsby. »Gott, Gott, Gott! Wie ein Verhängnis scheint alles das. Und meine klei ...« Die Fähigkeit zu reden verläßt Mr. Snagsby mitten in den Worten: meine kleine Frau, denn diese schwer geprüfte Dame zu dieser Morgenstunde in die »Sonne« treten und vor der Bierpumpe stehen zu sehen, wie der Geist der Anklage die Augen auf ihn gerichtet, macht ihn verstummen.

»Meine Liebe«, sagt Mr. Snagsby, als sich seine Zunge wieder löst, »willst du nicht etwas nehmen, ein wenig – um nicht durch die Blume zu sprechen – einen Tropfen Shrub?«

»Nein«, sagt Mrs. Snagsby.

»Meine Liebe, du kennst doch diese beiden Herren?«

»Ja«, sagt Mrs. Snagsby und nimmt mit steifer Kälte von ihrer Anwesenheit Notiz, Mr. Snagsby immer noch unablässig fixierend.

Der getreue Mr. Snagsby kann diese Behandlung nicht länger mehr ertragen. Er nimmt Mrs. Snagsby bei der Hand und führt sie beiseite zu einem an der Wand stehenden Faß.

»Mein kleines Frauchen, warum siehst du mich so an? Bitte, tu das doch nicht!«

»Ich kann nichts für meine Blicke«, ist die Antwort.

Mr. Snagsby entgegnet mit feinem Sanftmutshüsteln. »Wirklich nicht, meine Liebe?« und denkt nach. Dann hustet er seinen Besorgnishusten und sagt:

»Das ist ein schreckliches Geheimnis, meine Liebe«, immer noch ganz außer Fassung gebracht durch Mrs. Snagsbys unverwandten Blick.

»Schreckliches Geheimnis«, bestätigt Mrs. Snagsby.

»Mein kleines Frauchen«, fleht Mr. Snagsby kläglich. »Um Gottes willen, sprich nicht in diesem verbitterten Ton mit mir und sieh mich nicht immer so forschend an. Ich bitte und flehe dich an: Laß das! Gott im Himmel, du traust mir doch nicht am Ende gar zu, jemand bei seiner eigenen Selbstverbrennung mitgeholfen zu haben, meine Liebe.«

»Weiß ich nicht«, entgegnet Mrs. Snagsby.

Hastig seine unglückliche Lage überschauend, kommt es Mr. Snagsby jetzt fast auch so vor, als sei es wirklich nicht so ganz ausgeschlossen. Hat er doch mit soviel Geheimnisvollem, das in Beziehung zu diesem Hause steht, schon zu tun gehabt, daß vielleicht doch eine Mitschuld an dem gegenwärtigen Vorfall nicht so ganz ausgeschlossen ist. Er wischt sich kraftlos mit seinem Taschentuch die Stirn und schnappt nach Luft.

»Meine Liebe«, sagt er ganz unglücklich, »möchtest du mir nicht vielleicht sagen, warum du bei deinem doch sonst so überlegten und taktvollen Benehmen vor dem Frühstück in eine Weinkneipe kommst?«

»Warum bist du hier?« fragt Mrs. Snagsby.

»Liebe Frau, nur um Näheres über die Umstände des Unglücksfalls, der dem ehrenwerten – selbstverbrannten – Mann passiert ist, zu erfahren.« Mr. Snagsby hat eine Pause gemacht, um ein Stöhnen zu unterdrücken. »Ich hätte dir dann alles beim Frühstück erzählt.«

»Ja, ja, selbstverständlich! Sie erzählen mir bekanntlich alles, Mr. Snagsby!«

»Alles – mein klei ...?«

»Es sollte mich freuen«, sagt Mrs. Snagsby, nachdem sie sich mit einem strengen finstern Lächeln an seiner Verwirrung geweidet hat, »wenn du mit mir nach Hause kommen wolltest. Ich glaube, Snagsby, du bist dort sicherer als anderswo.«

»Meine Liebe, da hast du allerdings recht; ich gehe sofort mit dir.«

Mr. Snagsby sieht sich ratlos in der Bar um, wünscht Mr. Weevle und Mr. Guppy einen guten Morgen, beteuert ihnen seine Freude, daß sie nicht verletzt sind, und geht mit Mrs. Snagsby fort. Noch ehe der Abend kommt, ist sein Zweifel, ob er nicht am Ende doch irgendwie für die Katastrophe, von der jetzt die ganze Nachbarschaft spricht, verantwortlich sei, infolge Mrs. Snagsbys hartnäckigem Festhalten an starren Blicken fast zur Gewißheit geworden. Sein Seelenleid ist so groß, daß er sich schon halb und halb mit dem Gedanken trägt, sich der Justiz zu stellen, um, wenn unschuldig, freigesprochen, im Falle der Schuld jedoch mit der äußersten Härte des Gesetzes bestraft zu werden.

Mr. Weevle und Mr. Guppy gehen nach eingenommenem Frühstück nach Lincoln's Inn, um durch einen kleinen Spaziergang um das Häuserviereck soviel wie möglich all die dunklen Spinnweben der verflossenen Nacht aus ihrem Kopf zu fegen.

»Es kann keine günstigere Zeit geben als die gegenwärtige, Tony«, beginnt Mr. Guppy, nachdem sie schweigend den Platz umschritten haben, »um über einen Punkt hinsichtlich dessen wir uns sobald wie nur möglich verständigen müssen, ein paar Worte zu sprechen.«

»Ich will dir etwas sagen, William Guppy«, entgegnet Mr. Weevle und sieht seinen Freund mit seinen übernächtigten Augen an. »Wenn es schon wieder so etwas wie eine Verschwörung ist, so sprich gefälligst nicht erst davon. Ich habe vorläufig genug und mag von solchen Dingen weiter nichts wissen. Am Ende fängst du nächstens selbst noch Feuer und fliegst mit einem Knall in die Luft.«

Diese Zumutung berührt Mr. Guppy so unangenehm, daß seine Stimme zittert, wie er in moralisierendem Ton anfängt: »Tony, ich hätte wirklich gedacht, was wir heute nacht erlebt haben, wäre für dich eine Lehre fürs ganze Leben, nie wieder anzüglich zu werden.«

Mr. Weevle entgegnet: »William, und ich glaubte, es würde für dich eine Lehre sein, nie wieder zu konspirieren, solange du lebst«, worauf Mr. Guppy sagt:

»Wer konspiriert?«

»Mein Gott, du.«

»O nein, ich nicht.«

»Jawohl, du.«

»Wer sagt das?«

»Ich sage das.«
»So, so, du!«
»Ja, ich.«
Da beide in eine große Aufregung geraten sind, gehen sie eine Weile stumm nebeneinander her, um ihren Ärger ein wenig verrauchen zu lassen.
»Tony«, fängt Mr. Guppy wieder an. »Wenn du deinen Freund gefälligst aussprechen ließest, anstatt ihn anzufahren, kämen solche Mißverständnisse nicht vor. Aber du bist jähzornig und überlegst nicht. Trotzdem dir nichts fehlt, Tony, was das Auge erquickt.«
»Papperlapapp«, unterbricht ihn Mr. Weevle. »Sag geradeheraus, was du zu sagen hast.«
Da Mr. Guppy sieht, daß sein Freund mürrisch und irdisch gestimmt ist, gibt er den zarten Regungen seines Herzens nur durch den verletzten Ton Ausdruck, in dem er wieder anfängt:
»Tony, wenn ich sage, daß es einen Punkt gibt, über den wir uns sobald wie möglich verständigen müssen, so sage ich das ohne den geringsten Hinweis auf irgendwelche Verschwörungspläne, und mögen sie noch so unschuldiger Natur sein. Du weißt, daß wir Juristen bei allen Fällen vorerst feststellen müssen, wie die Zeugenaussagen zu lauten haben. Ist es wünschenswert oder nicht, daß wir uns über die Tatsachen bei dem Tod dieses unglücklichen alten Mo ... Gentleman klar werden?« Mr. Guppy hatte Mogul sagen wollen, aber sich rechtzeitig zu Gentleman, als den gegebenen Verhältnissen besser angepaßt, entschlossen.
»Was für Tatsachen denn?«
»Die mit dem Vorfall in Verbindung stehenden Tatsachen! Sie sind«, – Mr. Guppy zählt sie an den Fingern ab – »was wir von seiner Lebensweise wußten, wann du ihn zuletzt sahst, in welchem Zustand er damals war, was wir entdeckten und wie es geschah.«
»Ja«, gibt Mr. Weevle zu. »Das sind so die Tatsachen.«

»Wir entdeckten das Unglück deshalb, weil er dir in seiner exzentrischen Weise um Mitternacht ein Rendezvous gegeben hat, um sich gewisse Schriften erklären zu lassen, wie schon früher öfter, weil er selbst nicht lesen konnte. Ich war des Abends auf Besuch bei dir, wurde von dir hinuntergerufen, – und so weiter. Da sich die Untersuchung bloß auf die näheren Umstände des Todesfalls zu erstrekken hat, ist es nicht notwendig, über diese Tatsachen hinauszugehen. Das wirst du mir wohl zugeben!«

»Ja«, entgegnet Mr. Weevle. »Ich glaube, es ist nicht notwendig.«

»Vielleicht hältst du das auch für eine Verschwörung«, sagt Guppy verletzt.

»Wenn es sich nicht um Schlimmeres handelt als das, nehme ich meine Worte zurück.«

»Nun, Tony«, Mr. Guppy nimmt wieder den Arm seines Begleiters und geht langsam mit ihm weiter, »möchte ich gern als dein Freund wissen, ob du schon jemals über die vielen Vorteile nachgedacht hast, die dir daraus erwachsen können, daß du dort wohnst.«

»Wie meinst du das?« fragt Tony und bleibt stehen.

»Ob du schon über die vielen Vorteile deines Dortwohnenbleibens nachgedacht hast?« wiederholt Mr. Guppy und geht mit ihm weiter.

»Wo, dort? *Dort?*« Mr. Weevle weist nach dem Hadern- und Flaschenladen.

Mr. Guppy nickt.

»Nicht um alles, was du mir überhaupt bieten könntest, möchte ich auch nur eine Nacht dort zubringen«, sagt Mr. Weevle und starrt seinen Freund entsetzt an.

»Ist das wirklich dein Ernst, Tony?«

»Mein Ernst? Sehe ich danach aus, als ob ich spaße«, sagt Mr. Weevle mit einem Schauer.

»Dann würde also die Möglichkeit oder, besser gesagt, die Wahrscheinlichkeit, auf immer im ungestörten Besitz der Habseligkeiten zu bleiben, die einem alleinstehenden alten Mann, der wahrscheinlich auf der ganzen Welt nicht einen einzigen Verwandten hatte, gehörten, oder die Gewißheit, je herauszukriegen, was er eigentlich dort aufgespeichert hat, bei dir gar nicht ins Gewicht fallen, wenn ich dich recht verstehe, Tony?« sagt Mr. Guppy und kaut ärgerlich an seinem Daumennagel.

»Gewiß nicht. So kaltblütig davon zu sprechen, man solle dort gar noch wohnen bleiben!« ruft Mr. Weevle entrüstet. »Wohn du doch dort.«

»O! Ich, Tony!« sagt Mr. Guppy besänftigend. »Ich habe nie dort gewohnt und könnte auch jetzt gar kein Logis dort bekommen, während du bereits Mieter bist.«

»Du sollst mir stets willkommen sein«, gibt sein Freund zur Antwort, »und – pfui Teufel – kannst dich dort häuslich einrichten.«

»Du willst also wirklich und wahrhaftig die Sache bei diesem Punkt aufgeben, wenn ich dich recht verstehe, Tony?«

»Du hast nie ein wahreres Wort in deinem ganzen Leben gesprochen«, bestätigt Tony im Tone felsenfester Überzeugung. »Ja, ich gebe es auf.«

Während sie noch sprechen, kommt eine Droschke in den Hof gefahren, und auf dem Bock derselben zeigt sich dem staunenden Publikum ein sehr hoher Zylinder. In der Kutsche selbst, und daher den Augen der Menge nicht so sichtbar, wohl aber zur Genüge den beiden Freunden, denn der Wagen macht fast unmittelbar vor ihnen halt, sitzt das ehrwürdige Paar Mr. und Mrs. Smallweed in Begleitung ihrer Enkelin Judy. Die ganze Familie verrät in ihren Mienen Hast und Aufregung, und während der Zylinder mit Mr. Smallweed jr. darunter vom Bock steigt, steckt Mr. Smallweed senior den Kopf aus dem Fenster und kreischt Mr. Guppy zu: »Wie geht's, wie geht's, Sir?«

»Was Hühnchen und seine Familie zu so früher Morgenstunde hier wollen, möcht ich wirklich gerne wissen«, brummt Mr. Guppy und nickt seinem Vertrauten zu.

»Verehrtester!« ruft Großvater Smallweed, »möchten Sie mir nicht den Gefallen erweisen, Sie und Ihr Freund, und so außerordentlich gütig sein, mich in das Wirtshaus zu tragen, während Bart und seine Schwester ihre Großmutter nachbringen? Würden Sie wohl einem alten Mann die Freundlichkeit erweisen, Sir?«

Mr. Guppy wirft Tony einen Blick zu und wiederholt fragend:

»In das Wirtshaus in Cook's Court?«

Dann schicken sie sich an, die ehrwürdige Bürde in die »Sonne« zu tragen.

»Hier haben Sie Ihr Fahrgeld«, sagt der Patriarch mit einem grimmigen Zähnefletschen zu dem Kutscher und droht ihm mit seiner ohnmächtigen Faust. »Wenn Sie sich unterstehen, einen Penny mehr zu verlangen, gehe ich zu Gericht. – Meine lieben jungen Herren, bitte, bitte, nur recht vorsichtig. Erlauben Sie, daß ich Ihnen meine Arme um den Hals lege. Ich werde Sie so wenig wie nur möglich drücken. O Gott, o Himmel, ach, meine Knochen!«

Es ist gut, daß die »Sonne« nicht weit ist, denn Mr. Weevle sieht ganz apoplektisch aus, ehe noch der halbe Weg zurückgelegt ist. Aber ohne weitere Verschlimmerung dieser Symptome, nur unter lautem Ächzen, was auf erschwertes Atmen schließen läßt, schleppt er seine Bürde, und der wohlwollende alte Herr wird wunschgemäß in der Gaststube der »Sonne« abgesetzt.

»O Gott!« krächzt Mr. Smallweed und sieht sich im Lehnstuhl atemlos um. »Gott im Himmel! Meine Knochen und mein Rücken! O Gott, diese Schmerzen! Setz dich doch nieder, du veitstanzender humpelnder Papagei, du! Setz dich doch nieder!«

Die Ursache dieser an Mrs. Smallweed gerichteten Aufforderung ist eine Schwäche der unglücklichen alten Dame, immer herumzuhumpeln und auf leblose Gegenstände loszufahren, wenn sie einmal auf den Beinen ist, wobei sie mit lautem Schnattern diese Art Hexentanz begleitet. Vielleicht ist ein Nervenleiden die Ursache dieser Demonstrationen oder irgendeine unergründliche blödsinnige Absicht der armen Alten. Augenblicklich benimmt sie sich so besonders lebhaft einem Windsor-Lehnstuhl, dem Gegenstück zu dem, in dem Mr. Smallweed sitzt, gegenüber, daß sie nicht eher zur Ruhe kommt, als bis ihre Enkelkinder sie hineinsetzen und darin festhalten. Währenddessen bedenkt sie ihr Herr und Gatte mit großer Zungengeläufigkeit mit dem Epitheton einer schweinsköpfigen Schnatterelster, das er erstaunlich oft wiederholt.

»Mein lieber Herr«, wendet sich Großvater Smallweed dann zu Mr. Guppy, »es hat sich hier ein Unglück ereignet. Haben Sie oder Ihr Freund davon gehört?«

»Davon gehört! Wir haben es doch entdeckt!«

»Sie haben es entdeckt! Sie beide haben es entdeckt! Bart! Sie haben es entdeckt!«

Die beiden Entdecker stieren die Smallweeds an, und diese geben das Kompliment zurück.

»Meine werten Freunde«, winselt Großvater Smallweed und streckt beide Hände aus. »Tausend Dank, daß Sie das traurige Amt übernommen haben, die Asche meines Schwagers zu entdecken.«

»Wie ... Wieso?« stottert Mr. Guppy.

»Mrs. Smallweeds Bruder, mein lieber Freund, ihr einziger Verwandter. Wir standen nicht auf gutem Fuß miteinander, was jetzt sehr zu beklagen ist. Aber er wollte es nicht anders. Er konnte uns nicht leiden. Er war exzentrisch. Er war sehr exzentrisch. Wenn er nicht ein Testament hinterlassen hat, was wohl nicht wahrscheinlich ist, lasse ich mir eine Art Administrationsbewilligung ausstellen. Ich bin hergefahren, um nach meinem Eigentum zu sehen. Es muß versiegelt und beschützt werden. Ich bin hergefahren«, wiederholt Großvater Smallweed und krallt mit allen zehn Fingern in der Luft herum, »um die Hinterlassenschaft unter meine Obhut zu nehmen.«

»Ich dächte, Small«, sagt Mr. Guppy enttäuscht, »du hättest uns auch sagen können, daß Mr. Krook dein Onkel war.«
»Ihr habt beide so geheimnisvoll mit ihm getan, daß ich glaubte, es wäre euch am liebsten, wenn ich's ebenso machte«, entgegnet der uralte Vogel mit einem unterdrückten Glitzern im Auge. »Übrigens war ich nicht besonders stolz auf ihn.«
»Und dann ging es Sie nichts an, ob er unser Onkel war oder nicht«, sagt Judy, ebenfalls mit einem Glitzern im Auge.
»Er hat mich in seinem Leben nie gesehen oder gekannt«, bemerkt Small. »Ich weiß wirklich nicht, warum ich von dem Alten hätte sprechen sollen.«
»Nein. Er verkehrte nie mit uns, was sehr zu beklagen ist«, bestätigt der alte Herr. »Aber ich bin hergekommen, um die Hinterlassenschaft unter meine Obhut zu nehmen, die Papiere durchzusehen, die Hinterlassenschaft unter meine Obhut zu nehmen. Wir werden unsre Ansprüche beweisen. Die Dokumente sind in den Händen meines Anwalts. Mr. Tulkinghorn in Lincoln's-Inn-Fields drüben ist so freundlich, mich zu vertreten, und unter seinen Füßen wächst kein Gras mehr, das kann ich Ihnen versichern. Krook war Mrs. Smallweeds einziger Bruder. Sie hatte keinen Verwandten als Krook, und Krook keine Verwandte als Mrs. Smallweed. Ich spreche von deinem Bruder, du Höllenschwefelkakerlak. Sechsundsiebzig Jahre alt war er.«
Mrs. Smallweed fängt unverzüglich an, mit dem Kopf zu wackeln und aufzuquieken: »Sechsundsiebzig Pfund, sieben Schilling, sieben Pence! Sechsundsiebzigtausend Sack Geld! Sechsundsiebzigtausend Millionen Paket Banknoten!«
»Möchte mir nicht jemand ein Quartseidel hergeben!« ruft voll Wut ihr Gatte, sich hilflos nach irgendeinem Wurfgeschoß umsehend. »Kann mir niemand einen

Spucknapf reichen! Ist denn gar nichts Hartes oder Spitziges da, das man auf sie werfen könnte. Du Hexe, du Katze, Mistviech, Höllenschwefelkläffer!« Hier wirft Mr. Smallweed in überschäumender wuterfüllter Beredsamkeit in Ermangelung von etwas anderm tatsächlich Judy selbst nach ihrer Großmutter, das heißt, er stößt die liebliche Jungfrau mit aller Kraft, die er aufbieten kann, auf die alte Dame los und sinkt in seinem Stuhl zu einem Haufen zusammen.

»Schüttelt mich doch auf, irgendeiner!« sagt dann eine Stimme in dem schwarzen zappelnden Kleiderbündel, zu dem er zusammengesunken ist. »Ich bin hergekommen, um den Besitz in meine Obhut zu nehmen. Schütteln Sie mich und rufen Sie die Polizei daneben, damit ich alles auseinandersetzen kann. Mein Anwalt wird gleich hier sein, um die Hinterlassenschaft unter seine Obhut zu nehmen. Deportation oder Galgen für jeden, der sich untersteht, die Hinterlassenschaft anzurühren.«

Wie seine pflichtgetreuen Enkelkinder ihn aufrichten und mit ihm das gewohnte Wiederbelebungsverfahren mit Schütteln und Puffen vornehmen, wiederholt er immer noch wie ein Echo: »Die Hinterlassenschaft! Die – die Hinterlassenschaft – Hi-Hin-Hinterlassenschaft.«

Mr. Weevle und Mr. Guppy sehen einander an. Ersterer scheint die ganze Sache jetzt erst recht aufgegeben zu haben, letzterer macht ein enttäuschtes Gesicht, als habe er bis dahin immer noch eine leise Hoffnung gehegt. Aber gegen die Ansprüche der Familie Smallweed läßt sich nichts tun.

Mr. Tulkinghorns Schreiber kommt von seinem Pult in der Kanzlei herab, um der Polizei zu melden, daß Mr. Tulkinghorn für die Richtigkeit der Ansprüche der Nächstverwandten stehe und daß man zur gehörigen Zeit die Papiere und Habseligkeiten in gesetzlicher Form mit Beschlag belegen werde. Mr. Smallweed erhält sofort Erlaubnis, sein Verwandtschaftsrecht insoweit auszuüben, daß er eine Trauervisite in dem Haus machen darf. Er läßt sich in Miß Flites verlassnes Zimmer tragen und nimmt sich dort wie ein neu zu der Vogelsammlung hinzugekommener Aasgeier aus.

Das Lauffeuer von der Ankunft dieses unerwarteten Erben ist abermals segenspendend für die »Sonne«, da es Cook's Court in seiner Aufregung erhält. Mrs. Piper und Mrs. Perkins meinen, es sei eine Ungerechtigkeit gegen den jungen Mann, wenn sich wirklich kein Testament vorfinden sollte, und man müßte ihm aus der Hinterlassenschaft ein anständiges Geschenk machen. Den ganzen Tag über spielen Jung-Piper und Jung-Perkins als Mitglieder des ruhelosen jugendlichen Kreises, der der Schrecken aller Fußgänger durch Chancery Lane ist, hinter Brunnen und hinter dem Torweg Selbstverbrennung, und wildes Geheul und Gebrüll umtost ihre Leichen. Der kleine Swills und Miß M. Melwilleson lassen sich mit ihren Gönnern in leutselige Gespräche ein, denn sie fühlen, daß solch ungewöhnliche Vorfälle die Schranken zwischen künstlerischen und nichtkünstlerischen Berufen verwischen. Mr. Bogsby erhebt »das Volkslied vom König Tod unter Beiwirkung sämtlicher musikalischer Kräfte des Ensembles zum großen harmonischen Clou der Woche« und zeigt auf dem Zettel an, »daß J. G. B. sich veranlaßt sehe, die beträchtlichen Mehrunkosten mit Rücksicht auf den allgemeinen Wunsch und in Hinblick auf den traurigen Vorfall der letzten Tage, der soviel Aufsehen gemacht hat, selbst zu tragen«.

Eins besonders beschäftigt den Hof angelegentlich. Nämlich, daß man bei dem Begräbnis an einem Sarg für einen Erwachsenen festzuhalten habe, wenn auch noch so wenig hineinzutun wäre. Des Leichenbesorgers Versicherung in der Bar der »Sonne«, daß ein »sechs Schuh langer« bereits bestellt sei, behebt die allgemeine Sorge, und man zollt Mr. Smallweeds Benehmen höchste Anerkennung.

Außerhalb des Hofs herrscht in allen möglichen Kreisen

ebenfalls große Aufregung. Naturforscher und Männer der Wissenschaft wollen alle etwas sehen, und Wagen setzen Doktoren an der Ecke ab, die in derselben Absicht gekommen sind. Man hört mehr von entzündlichen Gasen und Phosphorwasserstoff sprechen, als es sich der Hof jemals hätte träumen lassen. Einige der Autoritäten, selbstverständlich die aufgeklärtesten, behaupten mit Entrüstung, daß der Verstorbne kein Recht hatte, so zu sterben. Sie betrachten des seligen Mr. Krooks Dickschädligkeit, mit der er zu seinem Ausgang aus der Welt einen solchen Nebenpfad gewählt hat, für höchst ungerechtfertigt und geradezu persönlich beleidigend. Es hilft nichts, daß andre Autoritäten sie an eine gewisse Untersuchung dieser Sorte von Todesfällen erinnern, die im sechsten Band der »Philosophischen Abhandlungen« abgedruckt ist, ferner an ein gewisses nicht ganz unbekanntes Buch über englische Gerichtsmedizin, an den Fall der italienischen Gräfin Cornelia Baudi, ausführlich erzählt von dem Stiftsgeistlichen Bianchini in Verona, der ein paar gelehrte Werke schrieb und zu seiner Zeit gelegentlich ein nicht ganz unvernünftiger Mann genannt worden sein soll, ferner an das Zeugnis der Herren Foderé und Mere, zweier unangenehmer und höchst lästiger Franzosen, die schon damals durchaus solchen Vorkommnissen auf die Grundursache kommen wollten, und endlich auf das unumstößliche Zeugnis Monsieur le Cats, des berühmten französischen Chirurgen, der die Rücksichtslosigkeit besessen hatte, in einem Hause zu wohnen, wo sich ein solcher Fall ereignete, und sogar einen Bericht darüber abzufassen.

Je weniger der Hof von all dem versteht, desto mehr gefällt es ihm und desto größeren Genuß findet er an den Vorräten in der »Sonne«.

Dann erscheint der Künstler einer illustrierten Zeitung mit einem bereits vorgezeichneten Vordergrund – nebst Figuren – für alles, vom Schiffbruch an der Küste von Cornwallis angefangen bis zu einer Revue im Hydepark oder einer Volksversammlung in Manchester, passend – und zeichnet von Mrs. Perkins eignem Zimmer aus, das dadurch für alle Zeiten unsterblich wird, Mr. Krooks Haus außerordentlich groß, sozusagen in Überlebensgröße, denn er macht einen wahren Tempel daraus. Ebenso entwirft er das Unglückszimmer, in das man ihm erlaubt hat, einen Blick zu werfen, ungefähr dreiviertel Meilen lang und fünfzig Meter hoch, worüber sich der Hof besonders freut.

Die ganze Zeit über wimmeln die beiden bereits erwähnten Herren mit den schäbigen Knopflöchern in jedem Hause herum, wohnen den gelehrten Disputationen bei, stecken überall die Nase hinein und machen lange Ohren. Beständig verschwinden sie dann wieder in das Gastzimmer der »Sonne« und schreiben mit den gefräßigen kleinen Federn auf dünnes Papier.

Endlich kommt der Totenbeschauer mit seinen Geschworenen, wie schon damals, nur hebt er diesen Fall als etwas Ungewöhnliches hervor und äußert – inoffiziell – gegen die Herren von der Jury: Das Haus nebenan, meine Herren, scheint ein Unglückshaus zu sein, aber so was kommt eben manchmal vor, und das sind Geheimnisse, die wir nicht erklären können. Sodann kommt der »sechs Schuh lange« aufs Tapet und wird sehr bewundert.

Bei alledem spielt Mr. Guppy eine höchst unbedeutende Rolle, außer bei Ablegung seiner Zeugenaussage. Vorläufig kann er sich vor dem geheimnisvollen Haus herumtreiben, wo er, zu seinem größten Ärger, Mr. Smallweed ein Vorhängschloß an der Tür befestigen sieht, was soviel bedeutet, daß er nicht mehr hinein darf. Aber ehe alles vorüber ist, das heißt, am Abend nach der Katastrophe, muß Mr. Guppy Lady Dedlock unbedingt berichten gehen.

Aus diesem Grund erscheint der junge Mann namens Guppy mit bangem Herzen und zerknirscht vor Schuldbewußtsein, das Furcht und langes Wachsein in der »Sonne« erzeugt haben, im Stadtpalais gegen sieben Uhr

abends und will mit Mylady sprechen. Der Merkur gibt zur Antwort, daß sie gerade zu einem Diner ausfahren will, und ob er denn nicht den Wagen vor der Tür stehen sehe?
Ja, er sieht den Wagen vor der Tür, wünscht aber dennoch Mylady zu sprechen.
Der Merkur ist geneigt, wie er voraussichtlich gleich einem Kameraden erklären wird, »dem jungen Mann eins zu geben«, aber er hat bestimmten Befehl. Deshalb meint er mürrisch, der junge Mann müsse wohl mit in die Bibliothek hinaufkommen. Dort läßt er ihn in dem großen, nicht übermäßig hellen Zimmer stehen, während er ihn anmeldet.
Mr. Guppy sieht sich nach allen Richtungen in der Dämmerung um und entdeckt das gewisse verkohlte, mit weißer Asche bestreute Stück Holz, das er nicht loswerden kann, in jeder Ecke. Gleich darauf hört er ein Rauschen. Ist es ein Geist? Nein, es ist kein Gespenst, sondern Fleisch und Blut, prachtvoll gekleidet.
»Ich habe Euer Gnaden um Entschuldigung zu bitten«, stammelt Mr. Guppy sehr niedergeschlagen. »Es ist dies eine sehr unpassende Zeit ...«
»Ich sagte Ihnen, Sie könnten zu jeder Zeit kommen.« Mylady nimmt einen Stuhl und sieht ihn unverwandt an wie das letzte Mal.
»Danke verbindlichst, Euer Gnaden. Euer Gnaden sind sehr gütig.«
»Sie können Platz nehmen.« Ihr Ton ist durchaus nicht gütig.
»Ich weiß nicht, Euer Gnaden, ob es der Mühe wert ist, mich zu setzen und Sie aufzuhalten, denn ich – ich habe die Briefe, von denen ich neulich sprach, als ich die Ehre hatte, der Allergnädigsten meine Aufwartung zu machen, nicht bekommen.«
»Sind Sie bloß deswegen hier, um mir das zu sagen?«
»Bloß, um Ihnen das zu sagen, Euer Gnaden.« Mr. Guppy

ist sehr deprimiert, sehr enttäuscht und befangen, aber der Glanz und die Schönheit Myladys bringen ihn noch um seinen Rest von Fassung. Sie kennt die Wirkung ihrer Erscheinung vollkommen. Sie hat sie zu gut studiert, um auch nur die geringste Spur ihres Eindrucks auf andre zu übersehen. Wie sie ihn so fest und kalt anblickt, fühlt er nicht bloß, daß er hoffnungslos hinsichtlich dessen, was sie sich denkt, führerlos im Dunkel tappt, sondern ihr auch sozusagen von Sekunde zu Sekunde weiter entrückt wird.

Sie will nicht sprechen, das ist klar. Also muß er anfangen.

»Kurz, Euer Gnaden«, sagt er zerknirscht wie ein reuiger Dieb, »die Person, von der ich die Briefe bekommen sollte, ist plötzlich gestorben und ...«

Lady Dedlock vollendet ruhig den Satz: »und die Briefe sind mit ihr vernichtet?«

Mr. Guppy möchte nein sagen, wenn er könnte, aber er ist nicht imstande, sich zu verstellen.

»Ich glaube ja, Euer Gnaden.«

Ob er jetzt in ihrem Gesicht auch nur die leiseste Spur von Erleichterung sehen könnte? Nein, er könnte nichts derart sehen, selbst wenn ihre eisige Miene ihn nicht gänzlich aus der Fassung brächte.

Er stammelt ein paar ungeschickte Worte der Entschuldigung, daß der Plan fehlgeschlagen ist.

»Ist das alles, was Sie mir zu sagen haben?« fragt Lady Dedlock, nachdem sie ihn ruhig hat ausstottern lassen.

Mr. Guppy glaubt, das sei alles.

»Überlegen Sie sich wohl, ob Sie mir nichts weiter zu sagen haben, denn es ist das letztemal, daß Ihnen Gelegenheit dazu geboten ist.«

Mr. Guppy ist fest davon überzeugt.

»Das genügt. Ich erlasse Ihnen Ihre Entschuldigungen. Guten Abend.« Und Mylady klingelt dem Merkur, um

den jungen Mann namens Guppy hinunterführen zu lassen.
Nun befindet sich im Hause zufällig in demselben Augenblick auch ein alter Mann namens Tulkinghorn. Und dieser alte Mann geht jetzt mit lautlosem Schritt zur Bibliothek und legt gerade die Hand auf die Türklinke, tritt ein und steht dem jungen Mann gegenüber, als dieser das Zimmer verläßt.
Ein Blick fliegt zwischen dem Alten und Mylady hin und her, und eine Sekunde lang geht der Vorhang, der immer über sein Gesicht gezogen ist, empor. Verdacht, scharf und heftig, blitzt in Mr. Tulkinghorns Auge auf. In der nächsten Sekunde ist alles wieder vorbei.
»Ich bitte um Verzeihung, Lady Dedlock. Ich bitte tausendmal um Verzeihung. Es ist sehr ungewöhnlich, Sie zu dieser Stunde hier zu finden. Ich nahm an, das Zimmer sei leer. Ich bitte um Verzeihung.«
»Ach, bleiben Sie nur!« Sie ruft ihn nachlässig zurück. »Bitte, bleiben Sie nur. Ich fahre gerade zum Diner. Ich habe dem jungen Mann weiter nichts zu sagen.«
Fassungslos verbeugt sich der junge Mann beim Hinausgehen und hofft untertänigst, daß sich Mr. Tulkinghorn wohl befinde.
»Es macht sich«, sagt der Advokat und sieht Guppy unter den Augenbrauen hinweg an, obgleich er nicht nötig hat, noch einmal hinzusehen – er gewiß nicht. »Bei Kenge & Carboy, nicht wahr?«
»Bei Kenge & Carboy, Mr. Tulkinghorn. Mein Name ist Guppy, Sir.«
»Ja, richtig. Ich danke Ihnen, Mr. Guppy, es geht mir gut.«
»Sehr erfreut zu hören, Sir. Es kann Ihnen nicht zu gut gehen, Sir, zu Ehren unsres Standes.«
»Danke, Mr. Guppy.«
Mr. Guppy drückt sich hinaus.
Mr. Tulkinghorn, in seinem altmodischen stumpfen

Schwarz, ein seltsamer Gegensatz zu Lady Dedlocks Glanz, geleitet sie die Treppe hinunter an den Wagen. Er kommt wieder zurück und reibt sich das Kinn. Reibt es sich im Lauf des Abends sehr oft.

34. Kapitel

Unter der Schraube

»Was mag das sein, möchte ich gern wissen?« sagt Mr. George. »Eine Platzpatrone oder eine scharfe? Brennt's nur auf der Pfanne oder ist es ein Schuß?«

Ein Brief beschäftigt den Kavalleristen und scheint ihm gewaltiges Kopfzerbrechen zu machen. Er hält ihn mit ausgestrecktem Arm vor sich hin, hält ihn dicht vor die Augen, nimmt ihn in die rechte Hand, nimmt ihn in die linke Hand, liest ihn, den Kopf auf die Seite gelegt, liest ihn, den Kopf auf die andre Seite gelegt, zieht die Augenbrauen zusammen, zieht sie in die Höhe und kann doch nicht ins klare kommen. Er streicht den Brief mit seiner schweren Hand auf dem Tisch glatt, geht gedankenvoll in der Galerie auf und ab und steht dann und wann still, um das Schreiben abermals anzusehen. Selbst das nützt nichts.

»Ist es eine Platzpatrone oder eine scharfe?« überlegt Mr. George immer noch.

Phil Squod ist mit einem Pinsel und einem Farbtopf im Hintergrund beschäftigt, die Schießscheiben weiß anzustreichen. Er pfeift sich dabei im Geschwindschrittempo eins.

»Phil!« Der Kavallerist winkt.

Phil kommt in seiner gewohnten Art näher und schiebt sich seitlich an der Wand entlang, wie wenn er vorhätte, anderswo hinzugehen, um dann wie zu einem Bajonettangriff auf seinen Kommandeur loszustürzen. Einzelne

Spritzer weißer Farbe stechen grell von seinem schmutzigen Gesicht ab, und er kratzt sich seine einzige Augenbraue mit dem Stiel des Pinsels.
»Gib acht, Phil. Hör mal zu!«
»Zu Befehl, Kommandeur.«

»Sir. Ich erlaube mir, Sie darauf aufmerksam zu machen, obgleich ich, wie Sie wohl wissen, gesetzlich dazu nicht verpflichtet bin, daß der Wechsel über 97 £ 4 sh. und 9 d. auf zwei Monate Ziel, von Mr. Matthew Bagnet auf Sie gezogen und von Ihnen akzeptiert, morgen fällig ist, und bitte Sie, die Tratte bei Vorkommen pünktlich zu honorieren.

Ihr
Joshua Smallweed.«

»Was soll das bedeuten, Phil?«
»Unheil, Govner!«
»Wieso?«
»Ich glaube«, entgegnet Phil und folgt mit dem Pinselstiel nachdenklich einer Querfalte auf seiner Stirn, »daß allemal Unheil im Zuge ist, wenn einer Geld will.«
»Schau mal, Phil«, sagt der Kavallerist und setzt sich auf den Tisch. »Erstens und letztens habe ich, kann ich wohl sagen, die Hälfte mehr an Zinsen nach und nach, als das Kapital beträgt, bezahlt.«
Phil tritt ein paar Schritte seitlich zurück und schneidet ein saures Gesicht und gibt dadurch zu verstehen, daß ihm durch diesen Einwand die Sache nicht hoffnungsvoller zu werden scheint.
»Und zweitens, schau, Phil«, sagt der Kavallerist und weist solche voreiligen Schlüsse mit einer Handbewegung zurück. »Es war immer stillschweigend ausgemacht, daß der Wechsel prolongiert werden sollte, wie sie's nennen, und er ist oft genug prolongiert worden. Was sagst du jetzt dazu?«

»Ich sage, ich glaube, damit ist's jetzt aus.«
»So, meinst du? Hm! Ich bin so ziemlich derselben Meinung.«
»Joshua Smallweed ist wohl der, den sie damals im Stuhl hierher getragen haben, Govner?«
»Jawohl.«
»Govner«, sagt Phil außerordentlich ernst, »er ist ein Blutegel von Natur, eine Schraube und ein Schraubstock in seinen Taten, eine Schlange, was seine Umschlingungen, und ein Hummer, was die Scheren betrifft.«
Nachdem Mr. Squod so ausdrucksvoll seine Ansichten geäußert und ein wenig gezögert hat, um zu sehen, ob man noch weiteres von ihm erwarte, begibt er sich wieder zu seiner Scheibe und deutet auf seine frühere musikalische Art kraftvoll an, daß er:

Kehret heim aus dem Feld,
Kehret heim aus dem Feld,
Heim zum Mädchen, das er verla-ha-ssen.

George hat den Brief zusammengelegt und tritt zu ihm.
»Es gibt schon einen Weg, die Sache abzumachen, Kommandeur«, sagt Phil und sieht seinen Herrn schlau an.
»Das Geld bezahlen, was? Ja, wenn ich das könnte.«
Phil schüttelt den Kopf. »Nein, Govner, nein. Etwas Besseres. Es gibt einen Weg. Sehen Sie: so«, sagt Phil mit einer hochkünstlerischen Schwenkung seines Pinsels.
»Einen Strich drüber machen?«
Phil nickt.
»Das wäre mir ein hübscher Ausweg! Weißt du, was dann aus den Bagnets werden würde? Weißt du, daß sie dann meine Schulden bezahlen müßten und zugrunde gerichtet wären. Du bist mir ein netter Kerl«, sagt der Kavallerist und sieht Phil entrüstet an. »Meiner Seel, ein netter Kerl, Phil!«
Phil, seine Scheibe auf dem Knie, will gerade ernstlich protestieren, wenn es auch nicht ohne viele allegorische Schwenkungen seines Pinsels und Glätten des weißen

Randes mit dem Daumen abgeht, und beteuern, er habe die Bagnets ganz vergessen und würde keinem Mitglied dieser würdigen Familie auch nur ein Haar krümmen, als man draußen im Einlaß Schritte kommen und eine muntere Stimme fragen hört, ob George zu Hause sei. Mit einem Blick auf seinen Herrn humpelt Phil ein paar Schritte weit und sagt: »Hier ist der Govner, Mrs. Bagnet! Hier.«

Begleitet von ihrem Mann, erscheint die Alte.

Ist Mrs. Bagnet marschbereit, so ist sie immer mit einem grauen groben, und wenn auch sehr reinlichen, so doch sehr abgetragnen Tuchmantel ausgerüstet – demselben Kleidungsstück, von dem Mr. Bagnet damals sagte, es habe mit Mrs. Bagnet und einem Regenschirm zusammen die Reise aus fremden Weltteilen nach Hause gemacht.

Der Schirm ist ebenfalls ein unzertrennlicher Begleiter der guten Frau, wenn sie sich auf die Straße begibt. Er ist von keiner in diesem Leben bekannten Farbe und hat einen runzligen hölzernen Haken als Griff mit einem Stück Blech daran. Er ist bauchig und scheint sehr eines Schnürleibs zu bedürfen, eine Eigentümlichkeit, die wahrscheinlich daher kommt, daß er eine Reihe von Jahren zu Hause als Vorratskammer und auf Reisen als Handtasche gedient hat. Sie spannt ihn niemals auf, da sie das größte Zutrauen auf ihren schwergeprüften Mantel und seine geräumige Kapuze hat, und gebraucht ihn nur als Stock, um damit beim Einkaufen auf Fleischstücke oder Gemüsebündel zu deuten oder durch einen freundschaftlichen Stich die Aufmerksamkeit der Höker zu erregen. Auch ohne ihren Marktkorb, eine Art geflochtenen Brunnen mit zwei großen Deckeln, geht sie nie aus. Von diesen beiden getreuen Gefährten begleitet und das ehrliche sonnenverbrannte Gesicht unter einen großen Strohhut gebunden, erscheint jetzt Mrs. Bagnet, frisch und munter aussehend, in Georges Schießgalerie.

»Nun, George, alter Bursche«, sagt sie, »wie geht's an diesem schönen Morgen?«
Sie schüttelt dem Galeriedirektor freundlich die Hände, holt tief Atem und setzt sich hin, um sich auszuruhen. Gewöhnt, auf Bagagewagen oder auf ähnlich bequemen Lagerstätten zu ruhen, hockt sie sich auf eine schmale Holzbank, schiebt den Hut zurück, löst seine Bänder, verschränkt die Arme und befindet sich dem Anschein nach höchst behaglich.
Unterdessen hat Mr. Bagnet seinem alten Kameraden und Mr. Squod die Hand geschüttelt. Mrs. Bagnet hat Phil bereits mit einem freundlichen Nicken und Lächeln bedacht.
»Na, George«, sagt Mrs. Bagnet heiter, »hier sind wir, Lignum und ich.« Sie gibt ihrem Mann oft diesen Namen, wahrscheinlich, weil sein Spitzname »lignum vitae« im Regiment war, als sie ihn kennenlernte – wegen der besondern Härte und Zähigkeit seiner Physiognomie. – »Wir kommen bloß, um alles wegen der Bürgschaft in Ordnung zu bringen. Geben Sie den neuen Wechsel zum Unterschreiben her, George.«
»Ich wollte diesen Morgen zu euch kommen«, bemerkt der Kavallerist zögernd.
»Ja, wir dachten es uns, aber wir sind zeitig ausgegangen und ließen Woolwich zum Schutz seiner Schwestern zurück und zogen es vor, selber zu Ihnen zu kommen, wie Sie sehen. Lignum ist jetzt so angebunden und hat so wenig Bewegung, daß ein Spaziergang ihm nur guttun kann. Aber was ist denn los, George?« unterbricht Mrs. Bagnet ihre fröhliche Rede. »Was machen Sie denn für ein Gesicht?«
»Ich – ich«, entgegnet der Kavallerist, »ich habe Verdruß gehabt, Mrs. Bagnet.«
Ihr rasches helles Auge errät augenblicklich die Wahrheit.
»George«, sagt sie und hält den Zeigefinger in die Höhe, »sagen Sie mir nicht, daß etwas mit der Bürgschaft Lignums nicht in Ordnung ist? Sagen Sie das nicht, George, von wegen unsrer Kinder!«

Der Kavallerist sieht sie mit verstörtem Gesicht an.
»George«, sagt Mrs. Bagnet, bewegt unruhig die Arme und schlägt sich gelegentlich mit der flachen Hand auf die Knie, »wenn Sie mit dieser Bürgschaft irgend etwas haben geschehen lassen oder Lignum im Stich gelassen haben oder uns der Gefahr aussetzen, gepfändet zu werden – und ich lese so etwas wie Pfändung auf Ihrem Gesicht, George, als ob es deutlich drauf geschrieben stünde –, so haben Sie etwas Schändliches getan und uns grausam enttäuscht. Ich sage Ihnen, grausam, George! So. Jetzt wissen Sie's.«
Mr. Bagnet, für gewöhnlich unbeweglich wie ein Pumpenstock oder ein Laternenpfahl, legt seine breite rechte Hand auf seine Glatze, als ob er sie vor einem Regenguß schützen wolle, und sieht Mrs. Bagnet mit großer Unruhe an.
»George«, fährt die Alte fort, »ich hätte das nicht von Ihnen geglaubt. George, ich schäme mich für Sie! George, ich hätte nie geglaubt, Sie wären zu so etwas imstande. Ich wußte immer, daß Sie ein rollender Stein sind, der kein Moos ansetzt, aber ich hätte nie gedacht, daß Sie auch noch das bißchen Moos wegnehmen würden, von dem Bagnet und die Kinder leben sollen. Sie wissen, was für ein fleißiger solider Kerl er ist. Sie wissen, wie Quebec und Malta und Woolwich sind, und ich hätte nie gedacht, daß Sie das Herz haben könnten, uns das anzutun. Ach, George!« – Mrs. Bagnet nimmt ihren Mantel zusammen, um sich ihre Augen zu wischen, – »wie konnten Sie uns das antun?«
Als Mrs. Bagnet aufgehört hat, nimmt Mr. Bagnet die Hand vom Kopf, als sei jetzt der Regenguß vorüber, und sieht Mr. George an, der, kreideweiß geworden, mit schmerzlichem Gesicht den grauen Mantel und den Strohhut anstarrt.
»Mat«, sagt der Kavallerist mit gedämpfter Stimme zu seinem Kameraden, kann aber keinen Blick von dessen Frau wenden. »Es tut mir leid, daß ihr es euch so zu Herzen

nehmt, denn ich hoffe, es wird nicht so schlimm ausgehen. Allerdings habe ich heute früh diesen Brief bekommen« – er liest ihn vor –, »aber ich hoffe, die Sache läßt sich noch in Ordnung bringen. Was Sie da von einem rollenden Stein sagen, so haben Sie freilich recht. Ich *bin* ein rollender Stein, und ich glaube wahrhaftig, ich bin nie jemandem in den Weg gerollt, um ihm den mindesten Nutzen zu bringen, aber es ist mir altem Vagabunden unmöglich, mehr von deiner Frau und deiner Familie zu halten, als ich es tue, Mat, und ich hoffe, ihr werdet mich mit Nachsicht beurteilen. Glaubt nicht, daß ich euch etwas verheimlicht habe. Ich habe den Brief erst vor einer Viertelstunde bekommen.«

»Alte«, murmelt Mr. Bagnet nach einer kurzen Pause, »willst du ihm nicht meine Meinung sagen?«

»Ach, warum hat er nicht Joe Pouchs Witwe in Nordamerika geheiratet! Dann wäre er nicht in alle diese Ungelegenheiten gekommen«, ruft Mrs. Bagnet halb lachend, halb weinend.

»Die Alte hat ganz recht«, nickt Mr. Bagnet. »Warum hast du's nicht getan?«

»Ich hoffe, sie hat jetzt einen bessern Mann«, entgegnet der Kavallerist. »So oder so. Jedenfalls steh ich hier und bin nicht mit Joe Pouchs Witwe verheiratet. Was soll ich tun? Du siehst hier alles, was ich habe. Es gehört nicht mir, es gehört dir. Sag nur ein Wort, und ich verkaufe jedes Stück. Hätte ich hoffen können, dafür nur annähernd die Summe, die ich brauche, zu bekommen, hätte ich längst alles verklopft. Glaub nicht, daß ich dich oder die Deinigen in der Tinte lasse, Mat. Eher würde ich mich selbst verkaufen. Ich wünschte nur«, sagt der Kavallerist und schlägt sich verächtlich auf die Brust, »ich wüßte jemanden, der so einen alten abgelegten Kerl kaufte.«

»Alte«, murmelt Mr. Bagnet, »sag ihm weiter meine Meinung!«

»George«, lenkt die Alte ein. »Sie sind bei reiflicher Über-

legung nicht so sehr zu tadeln. Außer, daß Sie überhaupt das Geschäft ohne Mittel angefangen haben.«
»Das hat mir übrigens ganz ähnlich gesehen«, bemerkt bußfertig der Kavallerist. »Ganz ähnlich. Das weiß ich.«
»Ruhig! Die Alte«, sagt Mr. Bagnet, »hat recht, in ihrer Art meine Meinung zu sagen. Hör weiter.«
»Und damals hätten Sie nie die Bürgschaft verlangen sollen, George, und auch nicht bekommen dürfen, wenn man sich alles jetzt ordentlich überlegt. Aber was einmal geschehen ist, läßt sich nicht mehr ändern. Sie handeln immer wie ein ehrenhafter und rechtschaffner Kerl, soweit es in Ihrer Macht liegt, wenn auch ein bißchen unüberlegt. Andererseits müssen Sie zugeben, daß es ganz natürlich ist, wenn wir mit einer solchen Sorge auf dem Hals ängstlich sind. Wollen wir also sagen, vergeben und vergessen, George! Kommen Sie, vergeben und vergessen!«
Mrs. Bagnet reicht ihm eine ihrer ehrlichen Hände und ihrem Gatten die andre. Mr. George erfaßt sie und hält sie fest und sagt:
»Ich versichere euch beiden, ich würde alles tun, um diese Verpflichtung loszuwerden. Aber was ich habe zusammenscharren können, habe ich gebraucht, um alle zwei Monate die Zinsen für den Wechsel zu zahlen. Phil und ich haben hier einfach genug gelebt. Aber die Galerie trägt nicht soviel, wie wir erwarteten, und ist – kurz, ist kein Eldorado. War es unrecht von mir, sie zu übernehmen? Ja, allerdings! Aber ich wurde gewissermaßen zu dem Schritt gedrängt und glaubte, es würde mich gesetzter machen und mir im Leben forthelfen. Wenn ihr versucht, zu vergessen, daß ich mich mit solchen Erwartungen trug, bin ich euch wirklich sehr dankbar – und recht, recht beschämt.«
Mit diesen Worten schüttelt Mr. George den beiden die Hände und macht dann in militärischer Haltung ein paar Schritte zurück, als habe er sein letztes Bekenntnis abge-

legt und solle sofort mit allen militärischen Ehren erschossen werden.
»George, hör mich zu Ende an«, sagt Mr. Bagnet mit einem Blick auf seine Frau. »Alte, sprich weiter!«
Mr. Bagnet, der sich auf diese eigentümliche Weise zu Ende anhören läßt, hat nur zu bemerken, daß der Brief unverzüglich beantwortet werden müsse und es das ratsamste sei, wenn George und er selbst auf der Stelle zu Mr. Smallweed gingen, um in erster Linie allen Schaden vom Hause Bagnet, das das Geld nicht habe, fernzuhalten. Mr. George stimmt dem vollständig bei, setzt seinen Hut auf und ist bereit, mit Mr. Bagnet in das feindliche Lager zu marschieren.
»Sie dürfen das vorschnelle Wort einer Frau nicht übelnehmen«, sagt Mrs. Bagnet und klopft ihm auf die Schulter. »Ich vertraue Ihnen meinen alten Lignum an und bin überzeugt, daß Sie ihn heil durchbringen werden.«
Der Kavallerist entgegnet, das sei freundlich von ihr gesprochen und er werde Lignum auf irgendeine Weise schon durchbringen. Darauf geht Mrs. Bagnet mit ihrem Mantel, Korb und Regenschirm wieder mit fröhlichen Augen zu ihrer Familie nach Haus, und die Kameraden treten die hoffnungsreiche Sendung an, Mr. Smallweed zu erweichen.
Ob es in ganz England noch zwei Leute gibt, die mit weniger Aussicht auf Erfolg eine Verhandlung mit Mr. Smallweed zu Ende zu führen imstande wären, als Mr. George und Mr. Matthew Bagnet, ist mehr als fraglich. Auch, ob es trotz ihres kriegerischen Aussehens, ihrer breiten Schultern und ihres gewichtigen Schrittes im Reich zwei in Smallweedschen Geschäften ungeübtere und unschlauere Kinder geben könnte.
Wie sie mit großem Ernst durch die Straßen nach Mount Pleasant schreiten, glaubt Mr. Bagnet, da er seinen Begleiter so nachdenklich dreinschauen sieht, in freundlicher Weise auf Mrs. Bagnets letzte Attacke zurückkommen zu müssen.

»George, du kennst die Alte. Sie ist so sanft und mild wie Milch. Aber rühr ihre Kinder an – oder mich –, und sie geht in die Luft – wie Schießpulver.«
»Das macht ihr nur Ehre, Mat.«
»George«, sagt Mr. Bagnet und blickt geradeaus, »die Alte kann nichts tun, was ihr nicht Ehre macht. Mehr oder weniger. Ich sage es nicht vor ihr. Disziplin muß sein.«
»Sie ist ihr Gewicht in Gold wert«, entgegnet der Kavallerist.
»In Gold? Ich will dir was sagen, George. Die Alte wiegt – hundertsechsundsiebzig Pfund. Ob ich dieses Gewicht – egal, in welchem Metall – für die Alte nähme? Nein. Warum nicht? Weil die Alte aus einem viel kostbareren Metall ist. Sie ist besser als alles Metall.«
»Du hast recht, Mat.«
»Als sie mich nahm – und den Ring annahm –, ließ sie sich bei mir und den Kindern anwerben – mit Herz und Kopf fürs Leben. Und sie hält treu zu ihrer Fahne, so daß, wenn einer gegen uns auch nur den Finger rührt, sie gleich bei der Hand ist – und unters Gewehr tritt. Wenn die Alte einmal übers Ziel schießt – so gelegentlich, aus Pflichteifer –, muß man ihr das verzeihen, George. Denn sie meint's gut.«
»Gott behüte sie, Mat! Ich denke nur um so besser von ihr.«
»Da hast du recht«, sagt Mr. Bagnet enthusiastisch, aber ohne dabei auch nur einen Muskel seines Gesichts zu verziehen. »Denk dir die Verdienste der Alten – so hoch wie den Felsen von Gibraltar –, und du wirst immer noch zu niedrig von ihren Verdiensten denken. Aber ich erwähne es nie vor ihr. Disziplin muß sein.«
Unter solchen Lobeshymnen gelangen sie endlich nach Mount Pleasant und an Großvater Smallweeds Haus. Die ewig unveränderliche Judy öffnet die Tür, mustert die beiden mit nicht besondrer Freundlichkeit, wohl aber mit einem boshaften Lächeln von Kopf bis Fuß, läßt sie draußen stehen und fragt das Orakel, ob sie sie einlassen soll.

Das Orakel scheint seine Einwilligung gegeben zu haben, denn sie kehrt mit den Worten auf ihren Honiglippen zurück, sie könnten hereinkommen – wenn sie Lust hätten. So huldreich empfangen, treten sie also ein und finden Mr. Smallweed, mit den Füßen im Schubkasten seines Lehnstuhls ruhend wie in einem Papierfußbad, und Mrs. Smallweeds Gesicht, von dem Kissen verdunkelt wie ein Vogel, der nicht singen soll.
»Mein lieber Mr. George«, sagt Großvater Smallweed und streckt seine beiden magern Arme sehnsüchtig aus. »Wie geht's Ihnen? Wie geht's Ihnen? Und wer ist unser Freund hier?«
»Das hier ist«, entgegnet George mit recht wenig versöhnlichem Ton, »ist Matthew Bagnet, der für mich, wie Sie wissen, gebürgt hat.«
»Oh, Mr. Bagnet? Ja, richtig!« Der Alte beschattet sich die Augen mit der Hand und sieht ihn an. »Hoffe, Sie befinden sich wohl, Mr. Bagnet! Ein schöner Mann, Mr. George. Militärisches Aussehen, Sir.«
Da man ihnen keine Stühle anbietet, holt Mr. George selbst einen für Bagnet und einen für sich. Sie setzen sich. Mr. Bagnet, als ob er nur in den Hüften ein Gelenk hätte.
»Judy«, sagt Mr. Smallweed, »bring die Pfeife.«
»Ich glaube, die junge Dame braucht sich die Mühe nicht zu machen«, unterbricht ihn Mr. George, »denn, um die Wahrheit zu sagen, ich bin heute zum Rauchen nicht aufgelegt.«
»So. Nicht? ... Judy, bring die Pfeife!«
»Die Sache ist die, Mr. Smallweed, daß ich mich in einer nicht besonders angenehmen Gemütsverfassung befinde. Es scheint mir, Sir, als ob Ihr Freund in der City dumme Streiche machen will.«
»O Gott, nein«, sagt Großvater Smallweed. »Das tut er nie.«
»Wirklich nicht? Nun, das freut mich. Ich glaubte schon, es sei sein Werk. Das da. Dieser Brief hier.«

Großvater Smallweed lächelt scheußlich, als er den Brief erblickt.
»Was hat das zu bedeuten?« fragt Mr. George.
»Judy, hast du die Pfeife? Gib sie mir. – Sie fragen, was der Brief zu bedeuten hat, mein lieber Freund?«
»Ja. Hören Sie einmal, Mr. Smallweed«, drängt der Kavallerist und zwingt sich, dabei so ruhig und vertrauensvoll wie nur möglich auszusehen. Er hält den Brief in der Linken und läßt seine Faust auf dem Schenkel ruhen. »Es ist viel Geld zwischen uns hin- und hergegangen, und wir sitzen jetzt einander gegenüber und wissen beide recht gut, wie die Sache stillschweigend vereinbart war. Ich bin bereit, zu tun, was ich bisher immer getan habe und was regelmäßig geschehen ist, damit die Sache im Gang bleibt. Ich habe bisher noch nie einen Brief wie diesen von Ihnen bekommen, und es hat mich diesen Morgen etwas außer Fassung gebracht, weil mein Freund hier, Matthew Bagnet, der, wie Sie wissen, das Geld nicht hat ...«
»Ich weiß es nicht«, sagt der Alte ruhig.
»Hol Sie der ... Er hat es nicht –, ich sag es Ihnen doch.«
»O ja, Sie sagen es«, entgegnet Großvater Smallweed. »Aber ich weiß es nicht.«
»Na«, sagt der Kavallerist, seinen Ärger hinunterschlukkend, »aber ich weiß es.«
»Ah, das ist ganz etwas andres«, meint Mr. Smallweed gut gelaunt. »Aber das ändert nichts an Mr. Bagnets Lage.«
Der unglückliche George macht die größten Anstrengungen, die Sache in Frieden abzutun, und geht auf Mr. Smallweeds Launen ein, bloß, um ihn freundlich zu stimmen.
»Das meine ich eben. Ganz wie Sie sagen, Mr. Smallweed. Hier ist Matthew Bagnet, und Sie können ihn beim Schopf packen, ob er das Geld nun hat oder nicht. Das nimmt sich nun seine gute Frau sehr zu Herzen, und ich leide auch drunter, denn während ich ein leichtsinniger Taugenichts bin, der mehr Schläge als Halfpence verdient, ist er ein solider Familienvater. Ich weiß nun recht gut, Mr. Small-

weed«, der Kavallerist wird, wie er auf diese soldatische Weise von dem Geschäft spricht, immer zuversichtlicher, »daß ich von Ihnen nicht verlangen kann, obgleich wir in einer gewissen Art ganz gut miteinander stehen, meinen Freund Bagnet ganz aus dem Spiel zu lassen.«

»Mein Gott, Sie sind zu bescheiden. *Verlangen* können Sie alles, Mr. George.« Großvater Smallweed zeigt eine gewisse menschenfresserhafte Neigung zur Spaßhaftigkeit. »Und Sie können es abschlagen, meinen Sie, nicht? Oder vielleicht nicht so sehr Sie als Ihr Freund in der City. Hahaha!«

»Hahaha!« lacht auch Großvater Smallweed in so hartem Ton und mit so ganz besonders grünen Augen, daß Mr. Bagnets natürliche Ernsthaftigkeit sich beim Anblick des verehrungswürdigen alten Herrn sehr vertieft.

»Kommen Sie«, sagt der sanguinische Mr. George. »Es freut mich, daß wir so gut aufgelegt sind. Ich möchte gern alles in Frieden abmachen. Hier sitzt mein Freund Bagnet, und hier bin ich. Wir wollen die Sache auf der Stelle in der gewohnten Weise abmachen, nicht wahr, Mr. Smallweed? Und Sie werden meinem Freund Bagnet und seiner Familie das Herz um vieles erleichtern, wenn Sie ihm sagen wollen, daß wir uns darüber verständigt haben.«

Hier ruft ein Gespenst mit schriller Stimme höhnisch aus: »Ach, du lieber Gott!« – wenn es nicht etwa gar die spaßhafte Judy ist, die zwar ganz stumm dasteht, als die Gäste sich erschrocken nach ihr umsehen, deren Lippen aber eben erst vor Hohn und Verachtung gezuckt haben.

Mr. Bagnets Ernsthaftigkeit vertieft sich noch mehr.

»Ich glaube, Sie fragten mich doch, Mr. George« – Großvater Smallweed, der die ganze Zeit über die Pfeife in der Hand gehalten hat, ist jetzt der Sprecher – »ich glaube, Sie fragten mich, was der Brief zu bedeuten habe?«

»Nun ja, das wollte ich wissen«, entgegnet der Kavallerist sorglos. »Aber es liegt mir nicht so gar viel daran, wenn nur jetzt alles in Ordnung ist.«

Mr. Smallweed tut, als ziele er nach dem Kopf des Kavalleristen, und zerschmettert die Pfeife dann plötzlich auf dem Boden in tausend Stücke.
»Das hat er zu bedeuten, mein lieber Freund. Zerschmeißen will ich Sie. Ich will Sie vernichten. Zu Staub. Scheren Sie sich zum Teufel!«
Die beiden Freunde springen auf und sehen einander an. Mr. Bagnets Ernsthaftigkeit hat jetzt ihren Höhepunkt erreicht.
»Scheren Sie sich zum Teufel!« wiederholt der Alte. »Ich mag nichts mehr von Ihrem Pfeifenrauchen und Ihrem Schwadronieren hören. Was, Sie wollen ein freier unabhängiger Dragoner sein? Sie? Gehen Sie zu meinem Advokaten – Sie wissen, wo er wohnt, Sie sind schon einmal dort gewesen – und beweisen Sie jetzt Ihre Freiheit und Unabhängigkeit. Vielleicht, mein lieber Freund, haben Sie da noch eine Aussicht. Mach die Tür auf, Judy, und geleite diese Prahlhänse schön sanft hinaus. Ruf die Polizei, wenn sie nicht freiwillig gehen ... Hinaus mit euch!«
Er kreischt die letzten Worte so laut, daß Mr. Bagnet seinem Kameraden die Hände auf die Schultern legt und ihn, ehe er sich noch von seinem Staunen erholen kann, eilig hinausschiebt. Triumphierend wirft Judy die Haustür zu. Ganz verwirrt bleibt Mr. George eine Weile davor stehen und starrt den eisernen Klopfer an. Mr. Bagnet geht, das Urbild der Ernsthaftigkeit, vor dem kleinen Wohnstubenfenster auf und ab wie eine Schildwache und wirft jedesmal einen Blick hinein, als ob er sich irgend etwas überlege.
»Komm, Mat«, sagt endlich Mr. George, als er sich erholt hat. »Wir müssen es bei dem Advokaten versuchen. Nun, was sagst du zu diesem Schurken?«
Mr. Bagnet bleibt stehen, wirft einen Abschiedsblick in die Wohnstube und brummt mit einem Kopfnicken, das denen drin gelten soll: »Wenn meine Alte hier gewesen wäre, hätte ich ihm meine Meinung gesagt.«

Auf diese Art die Ursache seiner Nachdenklichkeit losgeworden, tritt er an des Kavalleristen Seite und marschiert mit ihm in gleichem Schritt, Schulter an Schulter, fort.

Als sie sich in Lincoln's-Inn-Fields melden, ist Mr. Tulkinghorn beschäftigt und nicht zu sprechen. Er scheint durchaus nicht geneigt, sie vorzulassen. Und als sie eine volle Stunde gewartet haben und der Schreiber, als ihn die Klingel ruft, die Gelegenheit benützt, zu erwähnen, daß sie schon sehr lange draußen warteten, bringt er keine ermutigendere Botschaft zurück, als daß Mr. Tulkinghorn ihnen nichts zu sagen habe. Sie warten jedoch mit militärischer Ausdauer, und endlich schellt die Klingel, und der Klient, der so lange drin gewesen ist, tritt aus Mr. Tulkinghorns Zimmer.

Der Klient ist eine hübsche alte Dame. Niemand anders als die Haushälterin von Chesney Wold, Mrs. Rouncewell. Sie verläßt das Sanktuarium mit einem hübschen altmodischen Knicks und macht leise die Tür zu. Sie wird hier mit einer gewissen Auszeichnung behandelt, und der Schreiber tritt hinter seinem Pult hervor, um sie durch das Vorzimmer zu geleiten. Die alte Dame dankt ihm für seine Aufmerksamkeit und bemerkt dabei die beiden wartenden Kameraden.

»Ich bitte um Entschuldigung, Sir, aber sind diese Herren nicht vom Militär?«

Da der Schreiber die beiden fragend ansieht und Mr. George, vertieft in einen Wandkalender über dem Kamin, sich nicht umsieht, antwortet Mr. Bagnet:

»Ja, Maam. Gewesen.«

»Hab mir's gleich gedacht. Auf den ersten Blick. Das Herz geht mir auf, wie ich Sie so sehe, meine Herren. Es geht mir immer so. Gott behüte Sie, Gentlemen. Sie werden es einer alten Frau nicht übelnehmen, aber ich hatte einmal einen Sohn, der unter die Soldaten gegangen ist, einen hübschen prächtigen Jungen und gutherzig in seiner kecken Weise, wenn auch so manche Leute ihn bei seiner armen Mutter herabsetzen wollten. Ich bitte Sie um Entschuldigung, wenn ich Sie gestört habe, Sir. Gott behüte Sie, Gentlemen!«

»Gott behüte Sie ebenfalls, Maam«, erwidert ihr Mr. Bagnet in herzlichem Ton.

Es liegt etwas Rührendes in den Worten der alten Dame und in dem Zittern, das ihre ehrwürdige alte Gestalt durchläuft, aber Mr. George ist so vertieft in den Wandkalender, daß er sich erst umsieht, als sie fort und die Tür hinter ihr geschlossen ist.

»George«, flüstert ihm Mr. Bagnet mit seinem Baß zu, als er sich endlich von dem Kalender losreißt. »Nur nicht niedergeschlagen! Soldatenblut ist fröhlich Blut. Kopf hoch, mein Junge!«

Der Schreiber ist wiederum hineingegangen, um zu melden, daß sie noch immer da sind, und Mr. Tulkinghorn hat so laut, daß sie es hören können, in gereiztem Ton geantwortet: »Also sollen sie meinetwegen hereinkommen!« Darauf treten sie in das große Zimmer mit der gemalten Decke und sehen ihn vor dem Kamin stehen.

»Nun, was wollt Ihr denn eigentlich? Sergeant, ich sagte Ihnen schon neulich, daß mir Ihre Gesellschaft nicht paßt.«

Der Sergeant gibt zur Antwort – er ist in den letzten Minuten in seiner Redeweise und seiner ganzen Haltung viel schüchterner geworden als sonst –, daß er diesen Brief empfangen habe, deshalb bei Mr. Smallweed gewesen und von diesem hierher gewiesen worden sei.

»Ich habe Ihnen nichts zu sagen«, entgegnet Mr. Tulkinghorn. »Wenn Sie Schulden machen, müssen Sie sie bezahlen oder die Folgen auf sich nehmen. Müssen Sie, um sich das sagen zu lassen, eigens hierherkommen?«

Der Sergeant muß leider gestehen, daß er das Geld nicht hat.

»Sehr gut! Dann muß der andre, dieser Mann da, wenn er es ist, für Sie bezahlen.«

Der Sergeant muß leider hinzufügen, daß der andre das Geld ebenfalls nicht habe.
»Nun gut, dann müssen Sie beide es zusammen bezahlen oder Sie werden beide verklagt und müssen die Folgen auf sich nehmen. Sie haben das Geld bekommen und müssen es wieder zurückzahlen. Sie können nicht andrer Leute Pfund, Schillinge und Pence in die Tasche stecken und dann sich mir nichts dir nichts drücken.«
Der Advokat setzt sich in seinen Lehnstuhl und schürt das Feuer.
Mr. George hofft, er werde doch die Güte haben, zu ...
»Ich habe Ihnen doch schon gesagt, Sergeant, daß mich das nichts angeht. Mir gefällt Ihr Umgang nicht, und ich will Sie nicht hier haben. Die Sache schlägt nicht in mein Fach, und ich habe nichts damit zu tun. Mr. Smallweed beliebt es, mir die Sache zuzuschieben, aber sie geht mich nichts an. Gehen Sie zu Melchisedek in Clifford's Inn.«
»Ich muß Sie um Entschuldigung bitten«, sagt Mr. George, »daß ich mich Ihnen noch so aufdränge. Es ist mir so unangenehm, wie es Ihnen nur sein könnte. Aber wollen Sie mir ein Wort unter vier Augen gestatten?«
Mr. Tulkinghorn steht, die Hände in den Taschen, auf und tritt in eine Fensternische.
»Also sprechen Sie. Ich habe nicht lange Zeit.«
Trotz seiner Maske vollkommener Gleichgültigkeit beobachtet er scharf den Kavalleristen und trägt Sorge, daß er mit dem Rücken gegen das Fenster steht und das Licht auf das Gesicht des andern fällt.
»Sehen Sie, Sir«, sagt Mr. George, »der Mann dort ist der andre, der in meine Angelegenheit unglücklicherweise mit verwickelt ist, nur nominell – nur nominell –, und ich muß vor allem verhindern, daß er meinetwegen in Ungelegenheit kommt. Er ist ein höchst ehrenwerter Mann und hat Frau und Kinder. Er stand früher bei der königlichen Artillerie ...«
»Lieber Freund, die ganze königliche Artillerie ist mir

höchst gleichgültig – Offiziere, Mannschaften, Protzkästen, Wagen, Pferde, Kanonen und Munition!«

»Schon möglich, Sir, aber mir liegt es sehr am Herzen, daß Bagnet und seine Frau und Familie nicht meinetwegen zu Schaden kommen. Wenn ich sie damit heil aus dieser Klemme herausbringen könnte, würde ich ohne weitere Bedingung das, was Sie neulich von mir haben wollten, herausgeben.«

»Haben Sie es mitgebracht?«

»Ich habe es bei mir, Sir.«

»Sergeant«, fährt der Advokat in seiner trocknen leidenschaftslosen Weise fort, die viel mehr als die größte Heftigkeit jede Hoffnung vernichtet. »Fassen Sie Ihren Entschluß, noch während ich mit Ihnen rede, denn es ist das letztemal. Wenn ich aufgehört haben werde, zu sprechen, ist die Sache abgetan, und ich will nichts weiter davon hören. Merken Sie sich das wohl. Wenn Sie wollen, können Sie auf einige Tage hier lassen, was Sie bei sich haben, wie Sie sagen. Sie können es auch gleich wieder mitnehmen, wenn Sie wollen. Im Fall Sie es hier lassen, kann ich soviel für Sie tun, daß die Angelegenheit wieder wie früher geregelt wird. Ich kann außerdem noch so weit gehen, Ihnen eine schriftliche Zusicherung zu geben, daß dem Bagnet dort nichts geschehen soll, bis man gegen Sie bis auf das Äußerste verfahren ist, daß alle Ihre Zahlungsmöglichkeiten erschöpft sein sollen, ehe der Gläubiger sich an ihn hält. Das heißt fast soviel, wie ihn ganz aus dem Spiel lassen. Sind Sie jetzt entschlossen?«

Der Kavallerist steckt die Hand in die Brusttasche und antwortet mit einem tiefen Seufzer:

»Ich muß es wohl sein, Sir.«

Sodann setzt Mr. Tulkinghorn die Brille auf, setzt sich hin und schreibt das Dokument, liest es Bagnet, der die ganze Zeit über die Decke angestarrt hat, langsam vor und erklärt es ihm. Der Artillerist legt wieder die Hand bei jedem neuen Regenbad von Worten auf seine Glatze und

scheint die Alte sehr nötig zu haben, um eine Meinung zu äußern. Dann nimmt Mr. George aus der Brusttasche ein zusammengefaltetes Papier und legt es widerstrebend neben den Ellbogen des Advokaten.
»Es ist nur ein Brief mit Instruktionen, Sir. Der letzte, den ich von ihm bekam.«
Ein Mühlstein könnte sich ebensowenig verändern wie die Miene Mr. Tulkinghorns, als er jetzt den Brief aufmacht und ihn liest. Mit einem Gesicht, undurchdringlich wie der Tod selbst, faltet er ihn wieder zusammen und legt ihn in sein Pult.
Weiter hat er nichts zu sagen oder zu tun, nickt nur noch ein einziges Mal in seiner früheren kalten und unhöflichen Weise und sagt kurz:
»Sie können gehen. – Heda! Führen Sie die Leute hinaus!«
Der Schreiber öffnet ihnen die Tür, und sie begeben sich nach Mr. Bagnets Wohnung zum Essen.
Gekochtes Fleisch mit grünem Gemüse tritt heute an die Stelle von Schweinefleisch mit grünem Gemüse. Mrs. Bagnet verteilt wieder wie damals das Mahl und würzt es mit der besten Laune. Sie gehört zu der seltnen Art alter Frauen, die das Gute hinnehmen, ohne sich etwas Besseres zu wünschen, und aus jeder kleinen Stelle Dunkelheit noch Licht zu ziehen verstehen. Die dunkle Stelle ist dieses Mal die finstre Stirn Mr. Georges. Er ist ungewöhnlich nachdenklich und niedergeschlagen. Zuerst überläßt Mrs. Bagnet seine Aufheiterung den vereinigten Anstrengungen Quebecs und Maltas. Aber als sie merkt, daß die jungen Damen in dem heutigen Wauwau nicht den lustigen Wauwau von damals finden, gibt sie ihrer leichten Infanterie ein stummes Zeichen, sich zurückzuziehen, und gibt George Gelegenheit, sich auf dem offnen Terrain des häuslichen Herdes in aller Muße frei zu entwickeln.
Aber er tut es nicht. Er bleibt in geschlossener Schlachtordnung und ist umwölkt und bedrückt. Während des ganzen langen Reinigungsprozesses und Hin- und Her-

klapperns, wo er und Mr. Bagnet ihre Pfeifen bekommen, wird es nicht besser als während des Essens. Er vergißt zu rauchen, starrt ins Feuer, läßt die Pfeife ausgehen und erfüllt die Brust Mr. Bagnets dadurch, daß er zeigt, der Tabak mache ihm keine Freude, mit Unruhe und Schrekken.

Als daher Mrs. Bagnet endlich erscheint, gerötet von dem kalten Wasser, und sich zur Arbeit niedersetzt, gibt ihr ihr Gatte einen Wink, sie möge versuchen, der Sache auf den Grund zu kommen.

»Aber George«, sagt Mrs. Bagnet und fädelt ruhevoll ihre Nadel ein, »wie Sie heute wieder verstimmt sind!«

»Bin ich das? Keine gute Gesellschaft? Ja, ja. Ich fürchte wirklich, ich bin's nicht.«

»Er ist gar nicht der Bluffy wie sonst, Mutter«, ruft die kleine Malta.

»Weil ihm nicht wohl ist, glaub ich«, setzt Quebec hinzu.

»Gewiß ist das ein schlechtes Zeichen, nicht wie sonst zu sein«, entgegnet der Kavallerist und küßt die Mädchen. »Aber es ist leider wahr. Die Kleinen haben immer recht.«

»George«, sagt Mrs. Bagnet und wendet keinen Blick von ihrer Arbeit. »Wenn ich denken sollte, Sie könnten etwas übelgenommen haben, was einer Soldatenfrau über die Zunge gerutscht ist – ich hätte sie mir gleich darauf am liebsten abgebissen –, so wüßte ich nicht, was ich jetzt sagen sollte.«

»Liebe gute Seele«, entgegnet der Kavallerist. »Schlagen Sie sich doch das aus dem Kopf.«

»Ich habe wirklich und wahrhaftig nur sagen wollen, daß ich Ihnen Lignum anvertraue und überzeugt sei, Sie würden ihn heil durchbringen. Und Sie haben ihn durchgebracht, und fein!«

»Ich danke Ihnen«, sagt George. »Es freut mich, daß Sie so eine gute Meinung von mir haben.«

Er schüttelt Mrs. Bagnets mit der Arbeit beschäftigte Hand am Gelenk und sieht ihr aufmerksam ins Gesicht.

Sie näht ruhig weiter, und sein Blick fällt auf den jungen Woolwich, der auf seinem Stuhl in der Ecke sitzt.
Er winkt ihn heran. »Schau mal, mein Junge«, sagt er und streicht der Alten sanft das Haar aus der Stirn. »Siehst du, da ist eine Stirn voll Güte und voll Liebe zu dir! Strahlend vor Liebe zu dir, mein Junge. Ein wenig gebräunt von der Sonne und dem Wetter, weil sie deinem Vater überall hin gefolgt ist und für dich hat sorgen müssen, aber so frisch und gesund wie ein reifer Apfel auf dem Baum.«
Mr. Bagnets Züge drücken, soweit das sein hölzernes Gesicht erlaubt, die größte Billigung und Beistimmung aus.
»Die Zeit wird kommen, mein Junge«, fährt der Kavallerist fort, »wo das Haar deiner Mutter ergraut ist und die Stirn voller Runzeln und Falten. Eine schöne alte Frau wird sie dann sein. Trag Sorge, solang du noch jung bist, daß du in jenen fernen Tagen sagen kannst: Ich bin nicht schuld, daß nur ein einziges Haar auf ihrem geliebten Haupt weiß geworden ist, und ich habe nicht eine einzige Gramesfalte in ihr Gesicht gezeichnet. Denn von all den vielen Dingen, an die du als Mann denken kannst, ist das eins der besten, Woolwich!«
Mr. George steht von seinem Stuhle auf und setzt den Knaben hinein. Dann sagt er hastig etwas, das so klingt wie:
»Ich will lieber meine Pfeife auf der Straße draußen rauchen.«

35. Kapitel

Esthers Erzählung

Ich lag mehrere Wochen krank darnieder, und mein gewohntes Tagewerk war mir eine weit in der Vergangenheit liegende Erinnerung geworden. Das war weniger der Wirkung der Zeit als vielmehr den Veränderungen infolge meiner Hilflosigkeit und der Untätigkeit im Krankenzimmer zuzuschreiben. Schon nach wenigen Tagen schien alles in eine weite Ferne gerückt zu sein, in der die verschiedenen Abschnitte meines Lebens, in Wirklichkeit durch Jahre voneinander getrennt, sich wenig oder gar nicht voneinander abhoben. Ich schien durch mein Kranksein über ein dunkles Meer gefahren zu sein und meine sämtlichen Erlebnisse, durch die große Entfernung wie in eins verschwommen, auf der Küste der gesunden Tage zurückgelassen zu haben.

Der Gedanke, meine Wirtschaftspflichten jetzt versäumen zu müssen, machte mir anfangs wohl große Sorge, trat aber dann soweit in den Hintergrund meiner Erinnerung wie die Zeiten in Greenleaf oder die Sommernachmittage, wo ich als Kind mit der Mappe unter dem Arm, begleitet von dem Schatten an meiner Seite, nach Hause zu meiner Patin ging.

Ich hatte vorher nie gewußt, wie kurz in Wirklichkeit das Leben ist und in welch kleinen Raum man es zusammendrängen kann.

Während ich gefährlich krank war, quälte dies Ineinanderschwimmen der Lebensabschnitte mein Gemüt außerordentlich. Zu gleicher Zeit ein Kind, ein heranwachsendes Mädchen und die kleine Hausfrau, als die ich so glücklich gewesen war, bedrückten mich nicht nur die Sorgen jeder einzelnen dieser Epochen, sondern auch das unaufhörliche vergebliche Bestreben, sie miteinander in Einklang zu bringen. Ich glaube, daß nur wenige, die nicht in einer solchen Lage gewesen sind, vollkommen verstehen können, was ich sagen will, oder sich von der quälenden Unruhe in mir eine Vorstellung machen können.

Aus demselben Grund fürchte ich mich fast, von der Zeit meiner Krankheit zu sprechen, wo ich mir einbildete, ich kletterte riesige Treppen hinauf, beständig bemüht, oben anzukommen und stets von einem Hindernis daran verhindert, wie ein Wurm an einem Gartenzaun, und gezwungen, immer wieder von vorn anfangen zu müssen. Zuweilen wußte ich ganz genau, daß ich im Bett lag, sprach mit Charley, fühlte ihre Berührung und erkannte sie genau. Und doch hörte ich mich klagen: »O diese unendlichen Treppen, Charley – immer mehr und mehr –, bis zum Himmel hinauf in die Höhe getürmt.« Und dann fing ich wieder an zu klettern.

Ich fürchte mich, von jener schlimmen Zeit zu sprechen, wo sich irgendwo im unendlichen schwarzen Raum ein feuriges Band oder ein Flammenring oder ein Kreis von Sternen bewegte, von dem ich ein kleiner Teil war –; wo mein einziges Gebet war, von den übrigen getrennt zu werden, und es für mich eine so unbeschreibliche Qual und ein so unsägliches Elend bedeutete, ein Teil dieses grauenhaften Dinges zu sein.

Vielleicht werde ich um so weniger langweilig und verständlicher, je weniger ich von diesen Krankheitserinnerungen spreche. Ich rufe sie nicht zurück, um andre zu verstimmen oder weil es mich jetzt im mindesten angriffe, daran zurückzudenken. Es könnte nur sein, daß wir besser imstande wären, Linderung zu schaffen, wenn wir mehr von diesen seltsamen Heimsuchungen wüßten.

Die nun folgende Ruhe, der lange köstliche Schlaf, der selige Frieden, als ich vor Mattigkeit mich nicht mehr selbst quälen konnte und sogar die Nachricht von dem Herannahen des Todes mit keinem andern Gefühl aufgenommen hätte als dem des Mitleids mit den Zurückbleibenden – dieser Zustand ist vielleicht allgemeiner verständlich. Und in ihm befand ich mich, als ich vor dem Licht mit Schrecken zurückbebte, das mir eines Tages wieder in die Augen schimmerte, dann aber mit einer grenzenlosen Freude, die sich mit Worten nicht schildern läßt, begriff, daß ich wieder würde sehen können.

Ich hatte Ada Tage und Nächte an der Tür jammern hören und mir zurufen, ich sei grausam und habe sie nicht lieb. Ich hatte sie bitten und flehen hören, man möge sie hereinlassen, damit sie mich pflegen und trösten könnte, und wiederholt Charley daran erinnert, daß sie meinem Liebling nicht öffnen dürfe, selbst nicht, wenn ich im Sterben läge. Und Charley mit ihrer kleinen Hand und ihrem großen Herzen hat in dieser Zeit der Not treu bei mir ausgeharrt und standhaft die Tür verschlossen gehalten. Wie meine Augen besser wurden und das herrliche Licht jeden Tag herrlicher und voller auf mich schien, konnte ich allmählich selber die Briefe lesen, die mein Liebling mir jeden Morgen und Abend schrieb, konnte sie an meine Lippen drücken und an meine Wange legen. – Ich sah meine liebreiche sorgsame kleine Zofe im Zimmer herumgehen und alles aufräumen und hörte, wie sie wieder heiter durch das offne Fenster mit Ada sprach. Ich verstand jetzt, warum es so still im Hause war, und begriff die zarte Rücksicht, die mir alle dadurch bewiesen. Ich konnte wieder in der Seligkeit meines Herzens weinen und fühlte mich in meiner Mattigkeit so glücklich wie vielleicht noch niemals, während ich gesund und stark gewesen.

Allmählich kehrten meine Kräfte zurück. Ich mußte nicht mehr ruhig daliegen und zusehen, was für mich geschah, sondern war imstande, hie und da ein wenig mitzuhelfen, bis ich mich wieder nützlich machen und dem Leben wieder ein Interesse abgewinnen konnte. Wie deutlich erinnere ich mich noch an den herrlichen Nachmittag, als ich mit Kissen gestützt zum erstenmal im Bett aufrecht saß, um mit Charley einen Freudentee zu trinken. Die Kleine, von frühester Kindheit an wie dazu auf die Welt gekommen, den Schwachen und Kranken zu helfen, war so glücklich und so geschäftig und unterbrach sich so oft in ihren Vorbereitungen, um ihren Kopf an meiner Brust ruhen zu lassen und mich zu liebkosen und unter Freudentränen auszurufen, sie sei so froh, so froh, daß ich endlich sagen mußte: »Charley, wenn du nicht aufhörst, muß ich mich wieder hinlegen, liebes Kind, denn ich bin schwächer, als ich dachte.«

So wurde denn Charley so ruhig wie ein Mäuschen und bewegte sich mit ihrem heitern Gesicht emsig in den beiden Zimmern hin und her, aus dem Schatten in den göttlichen Sonnenschein und aus dem Sonnenschein wieder in den Schatten, während ich ihr friedvoll zusah. Als alle ihre Vorbereitungen fertig waren und der hübsche Teetisch mit seinen kleinen delikaten Speisen, die meinen Appetit reizen sollten, seinem weißen Tischtuch und seinen Blumen – alles von Ada unten liebevoll und schön für mich arrangiert – neben meinem Bett stand, fühlte ich mich standhaft genug, Charley etwas zu sagen, das mich schon lange beschäftigt hatte.

Erst belobte ich sie wegen der Ordnung im Zimmer und machte ihr Komplimente wegen seines Aussehens. Es war so frisch, luftig, fleckenlos und sauber, daß ich kaum glauben konnte, ich hätte darin so lange krank gelegen. Das freute Charley, und ihr Gesicht glänzte noch mehr als vorher.

»Und doch, Charley«, sagte ich und sah mich um, »vermisse ich irgend etwas, an das ich gewohnt war.«

Die arme kleine Charley sah sich ebenfalls um, schüttelte schüchtern den Kopf und tat, als ob sie nichts entdecken könne.

»Hängen die Bilder alle wie früher?«

»Jawohl, alle, Miß.«

»Stehen die Möbel anders, Charley?«

»Außer, wo ich sie weggerückt habe, um mehr Platz zu haben, stehen sie noch alle wie früher, Miß.«

»Und doch vermisse ich irgend etwas Altgewohntes«, sagte ich. »Ah, jetzt weiß ich es, Charley. Es ist der Spiegel.«

Charley sprang vom Tisch auf, als ob sie etwas vergessen hätte, ging in das nächste Zimmer, und ich hörte sie draußen schluchzen.

Ich hatte schon oft daran gedacht und war jetzt meiner Sache gewiß. Ich konnte Gott danken, daß es mich jetzt nicht mehr erschütterte. Ich rief Charley zurück, und als sie kam – anfangs mit einem gezwungnen Lächeln, aber, wie sie näher trat, mit bekümmerter Miene –, schloß ich sie in meine Arme und sagte:
»Es liegt wenig daran, Charley. Ich glaube, ich kann auch ohne mein altes Gesicht recht gut auskommen.«
Ich erholte mich bald soweit, daß ich das Bett verlassen, im Lehnstuhl sitzen oder sogar, auf Charley gelehnt, schwindlig in das nächste Zimmer gehen konnte. Auch in diesem fehlte der Spiegel, aber was ich zu tragen hatte, war deshalb nicht schwerer zu tragen.
Mein Vormund hatte beständig darauf gedrungen, mich zu besuchen, und jetzt war kein Grund mehr, daß ich mir dieses Glück noch länger hätte versagen sollen. Er kam eines Morgens und wollte mich anfangs gar nicht aus seinen Armen lassen. Immer und immer wieder rief er: »Mein liebes, liebes Mädchen!«
Ich hatte längst gewußt, wie hätte es auch anders sein können, welchen tiefen Quell von Liebe und Edelsinn sein Herz barg, und mußte nicht all das geringfügige Leid bei dem Gedanken, eine Stelle in einem solchen Herzen einnehmen zu dürfen, in den Hintergrund treten? Sicherlich! sagte ich mir. Er hat mein Gesicht gesehen und ist sogar noch zärtlicher gegen mich als früher. Er hat mich gesehen und hat mich trotzdem noch lieber als ehedem. Worüber sollte ich da noch traurig sein!
Er setzte sich neben mich aufs Sofa und schlang seinen Arm um mich. Eine kleine Weile saß er so, mit der Hand vor dem Gesicht; aber als er sie sinken ließ, verrieten seine Mienen keine Erregung. Er sah fröhlich aus wie immer.
»Mein kleines Mütterchen«, sagte er, »was war das doch für eine traurige Zeit. Und noch dazu ist das Mütterchen unerbittlich gewesen.«
»Das hat so sein müssen, Vormund.«

»Sein müssen?« wiederholte er liebreich. »Natürlich. Ja, du hast recht. Aber erstlich waren Ada und ich ganz und gar einsam und unglücklich, und dann ist deine Freundin Caddy beständig zu allen Zeiten gekommen, und alle im Haus waren elend und traurig, und sogar der arme Rick hat geschrieben – und noch dazu an mich – aus Sorge um dich.«

Ich hatte in Adas Briefen von Caddy gehört, aber nichts von Richard. Ich sagte ihm das.

»Nun ja, liebes Kind«, erklärte er mir. »Ich habe es für das Beste gehalten, ihr nichts zu sagen.«

»Du legtest Nachdruck darauf, daß er an dich geschrieben hat. Es ist doch ganz natürlich von ihm. Er hätte keinem bessern Freund schreiben können.«

»Er ist vielleicht andrer Meinung«, entgegnete mein Vormund. »Die Wahrheit ist, daß er an mich scheinbar nur widerwillig schrieb, und zwar nur in der Hoffnung, über dich Nachricht zu bekommen. Er schrieb kalt, stolz und gereizt. Aber wir müssen da Nachsicht üben, kleines Frauchen. Er ist nicht zu tadeln. ›Jarndyce kontra Jarndyce‹ hat eben zu sehr auf ihn eingewirkt und läßt mich ihm in einem andern Licht erscheinen. Ich habe erfahren, wie oft der Prozeß so Schlimmes und noch viel Schlimmeres angerichtet hat. Wenn zwei Engel darein verwickelt wären, glaube ich, würde es sogar ihrem Charakter schaden.«

»Deinen Charakter, Vormund, hat es jedenfalls nicht verändert.«

»O doch, liebes Kind«, sagte er lachend. »Er hat aus Südwind Ostwind gemacht, ich weiß nicht, wie oft. Rick hegt Mißtrauen und Argwohn gegen mich, geht zu Advokaten, die ihn lehren, mir mit Verdacht zu begegnen. Er hört von einander widerstreitenden Interessen reden und Ansprüchen, die sich mit den seinen angeblich nicht vertragen, und was sonst noch alles. Weiß der Himmel, wenn ich sie für meinen Teil aufgeben könnte, aus diesem Wust von

Zopfflechterei, der meinen unglücklichen Namen seit so langer Zeit trägt, herauskommen oder alles dadurch ein für allemal beseitigen könnte, ich würde es, weiß Gott, diese Stunde noch tun. Und lieber möchte ich dem armen Rick seinen ursprünglichen Charakter wiedergeben, als all das Geld zu besitzen, das die toten Prozessierenden, denen auf dem Rad des Kanzleigerichts Herz und Seele gebrochen worden sind, bei dem Generalrechnungsführer haben liegen lassen müssen, ohne auch nur einen Pfennig davon gehabt zu haben. Und glaube mir, liebes Kind, das wäre Geld genug, um eine Pyramide zum Andenken an die himmelschreiende Verkommenheit des Kanzleigerichts damit anzufüllen.«

»Ist es denn wirklich möglich, Vormund«, fragte ich erstaunt, »daß Richard argwöhnisch gegen dich sein kann?«

»Ach, meine Liebe, meine Liebe! Das schleichende Gift dieser Mißbräuche hat leider die Eigenschaft, solche Krankheiten wieder zu erzeugen, Richards Blut ist infiziert, und alles verliert in seinen Augen sein natürliches Aussehen. Nein, ihn trifft keine Schuld.«

»Aber es ist ein schreckliches Unglück, Vormund.«

»Es ist ein schreckliches Unglück, Mütterchen, in den Kreis der Einflüsse eines Prozesses wie ›Jarndyce kontra Jarndyce‹ zu geraten. Ich kenne kaum ein größeres. Schritt für Schritt hat er sich verleiten lassen, sich auf dieses gebrechliche Rohr zu stützen, das seine Fäulnis seiner ganzen Umgebung mitteilt. Ich sage abermals aus ganzem Herzen, wir müssen mit dem armen Rick Geduld haben und dürfen ihm keinen Vorwurf machen. Was für eine Unzahl fröhlich schlagender Herzen gleich dem seinen habe ich nicht schon zu meiner Zeit unter demselben unheilvollen Einfluß anders werden sehen.«

Ich mußte dennoch meine Verwunderung und mein Bedauern aussprechen, daß meines Vormunds wohlwollende und uneigennützige Absichten so wenig Erfolg gehabt hatten.

»So dürfen wir heute noch nicht sprechen, Mütterchen«, erwiderte er heiter. »Ada ist, hoffe ich, glücklicher jetzt, und das ist schon viel. Ich glaubte, diese beiden jungen Leute und ich könnten Freunde sein, anstatt einander mißtrauende Feinde, und imstande, den Folgen des Prozesses die Stirn zu bieten und zu zeigen, wir wären zu stark für ihn. Aber das war zuviel verlangt, ›Jarndyce kontra Jarndyce‹ war der Vorhang an Ricks Wiege.«

»Können wir denn nicht hoffen, Vormund, daß ihm ein wenig Erfahrung beweist, auf was für eine trügerische und elende Sache er baut?«

»Wir *wollen* das hoffen, liebe Esther, und wollen auch hoffen, daß die Lehre nicht zu spät kommt. Aber keinesfalls dürfen wir zu hart über ihn urteilen. Es gibt heutzutage sicherlich nur wenig erwachsene und gereifte und gewiß auch gute Menschen auf Erden, die, wenn sie als Klienten in diesen Gerichtshof kämen, nicht binnen drei Jahren, nein, binnen zwei, vielleicht sogar in einem Jahr ihren guten Charakter einbüßten. Wie können wir uns da über den armen Rick wundern?«

»Ein so unglücklicher junger Mann kann anfangs nicht glauben – wie könnte es denn auch anders sein –, daß das Kanzleigericht wirklich so verkommen ist. Voll Aufregung und ewig hin und her geworfen, erwartet er von ihm, daß es etwas für seine Sache tue und zu einem Abschluß bringen werde. Es verschleppt, enttäuscht, martert und quält ihn, zerreibt stückweise seine sanguinischen Hoffnungen und seine Geduld, Faden um Faden, aber immer noch hofft er und klammert sich daran und findet die ganze übrige Welt trügerisch und hohl. Ja, so ist es leider! Doch genug davon jetzt, liebes Kind!«

Mein Vormund war mir die ganze Zeit über und schon in meiner Kindheit eine Stütze gewesen, und sein liebreiches Wesen ergriff mich jetzt so sehr, daß ich meinen Kopf an seine Schulter legte, voll Liebe, als wäre er mein Vater. Ich faßte innerlich den Entschluß, Richard aufzusuchen, sobald ich wieder kräftig genug dazu sein würde, und mich zu bemühen, ihm die Augen zu öffnen.

»Wir haben, dächte ich, bessere Unterhaltungsthemen als dieses«, sagte mein Vormund, »bei so einem Freudenfest, wie es die Genesung meines geliebten Mütterchens ist. Und ich hatte den Auftrag, gleich mit dem ersten Wort eines derselben zu erwähnen. Wann soll dich Ada besuchen, liebes Kind?«

Ich hatte auch schon daran gedacht. Ein wenig in Verbindung mit dem Gedanken an den Spiegel, aber nicht viel –, wußte ich doch, daß mein Liebling durch mein entstelltes Gesicht nicht anders zu mir sein würde.

»Da ich Ada so lang habe entbehren müssen«, fing ich nach einer Weile an, »glaube ich, wäre es das beste, wenn ich noch ein bißchen auf meinem alten Entschluß beharrte und das Haus hier auf einige Zeit verließe, ehe ich sie wiedersehe. Wenn Charley und ich eine Wohnung auf dem Lande bezögen und ich eine Woche vorläufig dort wohnen könnte, um mich in der frischen Luft ein wenig zu erholen, glaube ich, würde es besser für uns sein.«

Ich hoffe, es war kein kleinlicher Wunsch von mir, daß ich mich selbst erst etwas mehr an mein verändertes Äußeres gewöhnen wollte, bevor ich dem lieben Kind, das ich mit so heißer Sehnsucht wiederzusehen wünschte, vor die Augen träte. Aber es ist die Wahrheit. Ich hegte wirklich diesen Wunsch und war überzeugt, daß mein Vormund mich verstehen werde.

»Unser verzognes kleines Frauchen«, sagte er, »soll, wenn sie schon so versessen drauf ist, ihren Willen haben, wenn es auch Tränen kosten wird. Da hätten wir zum Beispiel Boythorn. Der ritterliche Bursche hat mit so leidenschaftlichen Gelübden, wie sie vielleicht noch kein Papier je aufgenommen hat, bei Himmel und Erde geschworen, wenn du nicht zu ihm kämest und sein ganzes Haus bezögest, das er übrigens nur zu diesem Zweck bereits geräumt hat, wolle er es niederreißen und keinen Stein auf dem andern lassen.«

Und mein Vormund legte einen Brief in meine Hand, der nicht wie gewöhnlich mit: »Mein lieber Jarndyce« begann, sondern anfing:

»Ich schwöre, daß, wenn Miß Summerson nicht zu mir kommt und mein Haus bezieht, das ich heute um ein Uhr mittags für sie räume, usw. usw.«

und dann mit der größten Ernsthaftigkeit und den nachdrücklichsten Worten dieselbe Erklärung wiederholte. Wir mußten herzlich über den Brief lachen, so sehr wir auch Mr. Boythorns liebenswürdigen Vorschlag zu schätzen wußten, und kamen überein, daß ich ihm morgen früh einen Dankbrief schreiben und sein Anerbieten annehmen sollte. Es war mir höchst angenehm, denn von allen Orten, die ich mir hätte ausdenken können, war mir keiner so erwünscht als Chesney Wold.

»Nun, kleine Hausfrau«, sagte mein Vormund und sah auf die Uhr, »meine Zeit wurde mir, ehe ich heraufkam, genau zugemessen und ist jetzt bis zur letzten Minute verstrichen. Du mußt dir vorläufig noch Ruhe gönnen. Ich habe nur noch eine Bitte. Die kleine Miß Flite faßte nämlich auf das Gerücht, daß du krank wärest, auf der Stelle den Entschluß, hierher zu wandern – zwanzig Meilen in Tanzschuhen, die arme Alte –, um sich nach dir zu erkundigen. Ein wahres Glück, daß wir zu Hause waren, sonst hätte sie unverrichteter Dinge wieder umkehren müssen.«

Die alte Verschwörung, mich glücklich zu machen! Jedermann schien dabei beteiligt zu sein!

»Wenn es dir nun nicht unangenehm ist, die harmlose kleine Alte einmal nachmittags vorzulassen, ehe du Boythorns sonst dem Untergang geweihtes Haus vor Zerstörung bewahren gehst, glaube ich, würdest du sie stolzer und zufriedener damit machen, als ich – trotzdem ich den ausgezeichneten Namen Jarndyce führe – in meinem ganzen Leben imstande wäre.«

Ich bezweifle nicht, daß er wußte, wie besänftigend und heilsam der Anblick des armen unglücklichen Geschöpfs zu jener Zeit auf mein Gemüt wirken werde. Ich fühlte es, noch während er mit mir sprach. Ich konnte ihm nicht herzlich genug versichern, wie bereit ich sei, sie zu empfangen. Ich hatte sie immer bemitleidet; vielleicht niemals so sehr wie jetzt. Ich war stets froh gewesen, sie in ihrem Unglück wenigstens einigermaßen trösten zu können; aber nie, nie halb so sehr wie jetzt.

Wir verabredeten also einen Tag, wo Miß Flite mit der Landkutsche zu uns kommen und mein Rekonvaleszentenmittagessen mit mir teilen sollte.

Als mein Vormund mich verließ, wendete ich auf meinem Lager mein Gesicht ab und betete zu Gott um Verzeihung, daß ich meine kleine Prüfung, von solchen Segnungen umgeben, nicht leichter trug. Die kindliche Bitte an jenem längst vergangnen Geburtstag, wo ich gelobt hatte, zufrieden, fleißig und treuen Herzens zu sein und Gutes zu erweisen, wann immer ich könnte, und mir Liebe zu erwerben, wenn es mir gelänge, kehrte mit einem vorwurfsvollen Gedanken an alles seitdem genoßne Glück und all die mir erwiesne Liebe in meine Seele zurück. Wenn ich jetzt schwach werden sollte, was hätten mir alle diese gnädigen Schickungen genützt? Ich wiederholte das alte kindische Gebet in seinen alten kindischen Worten und fand, daß es mir Frieden gab wie damals.

Mein Vormund besuchte mich von da an jeden Tag. Nach Verlauf einer Woche konnte ich in den beiden Zimmern herumgehen und hinter dem Vorhang hervor lange mit Ada sprechen. Aber ich zeigte mich ihr nie, denn ich hatte noch nicht den Mut dazu.

An dem festgesetzten Tag kam Miß Flite. Die arme kleine Alte eilte, ihr gewöhnliches würdevolles Benehmen ganz beiseite lassend, in mein Zimmer und rief, aus tiefstem Herzen schluchzend: »Meine liebe Fitz-Jarndyce!«, fiel mir um den Hals und küßte mich wohl zwanzigmal.

»Mein Gott!« sagte sie und fuhr mit der Hand in ihren Strickbeutel. »Ich habe hier nichts als Dokumente, meine

liebe Fitz-Jarndyce. Sie müssen mir ein Taschentuch leihen.«
Charley gab ihr eins, und das gute Geschöpf machte den reichlichsten Gebrauch davon, denn sie hielt es mit beiden Händen vor die Augen und weinte so die nächsten zehn Minuten lang.
»Aus Freude, meine liebe Fitz-Jarndyce«, versicherte sie dabei unaufhörlich. »Nicht etwa vor Schmerz. Vor Freude, Sie wieder gesund zu sehen. Vor Freude, die Ehre zu haben, Sie besuchen zu dürfen. Ich habe Sie noch viel lieber als den Kanzler. Obgleich ich regelmäßig den Gerichtssitzungen beiwohne. Übrigens, meine Liebe, da wir gerade von Taschentüchern sprechen ...«
Sie fing einen Blick von Charley auf, die sie vorher von der Kutsche abgeholt hatte. Charley sah mich an und schien ein wenig beunruhigt.
»Ja, richtig«, sagte Miß Flite, »ja, richtig. Wahrhaftig! Im höchsten Grade indiskret von mir, darauf zu sprechen zu kommen. Meine liebe Miß Fitz-Jarndyce, unter uns gesagt, ich fürchte, ich bin manchmal ein wenig – zerstreut, wissen Sie.« – Sie deutete auf ihre Stirn. – »Es ist weiter nichts.«
»Was wollten Sie mir denn sagen?« fragte ich lächelnd, denn ich sah, daß sie gern fortfahren wollte. »Sie haben mich neugierig gemacht, und ich lasse mich jetzt nicht so ohne weiteres abspeisen.«
Miß Flite sah in ihrem Dilemma Charley hilfesuchend an und freute sich dann über die Maßen, als Charley sagte: »Wenn Sie erlauben, Maam, aber es ist wohl am besten, Sie erzählen es selber.«
»Wie klug unsre junge Freundin ist«, sagte sie zu mir in ihrer geheimnisvollen Weise. »Winzig klein. Aber s-eh-r klug. Also, meine Liebe, eine hübsche kleine Anekdote. Weiter nichts. Aber ich halte sie für reizend. Wer, glauben Sie wohl, kam hinter uns her in der Landkutsche? Eine arme Person in einem höchst unmodischen Hut ...«

»Jenny, wenn Sie erlauben, Miß«, erklärte Charley.
»Ganz richtig«, stimmte Miß Flite lebhaft bei. »Jenny. Jawohl. Und was erzählt sie unsrer jungen Freundin? Daß sich in ihrer Hütte eine verschleierte Dame nach dem Befinden meiner lieben Fitz-Jarndyce erkundigte und als kleines Andenken ein Taschentuch mitgenommen hat, bloß, weil es meiner liebenswürdigen Fitz-Jarndyce gehörte. Bloß deswegen nahm es die verschleierte Dame mit.«
»Wenn Sie erlauben, Miß«, erklärte mir Charley, als ich sie verwundert anblickte, »Jenny sagte, als ihr Kind starb, hätten Sie ein Taschentuch zurückgelassen. Sie hat es aufgehoben mit den andern kleinen Sachen. Ich glaube, wenn Sie erlauben, Miß, nicht nur, weil es das tote Kind zugedeckt hat, sondern weil es von Ihnen stammt.«
»Winzig klein«, flüsterte Miß Flite und machte allerhand merkwürdige Gesten vor ihrer Stirn, um auszudrücken, wie gescheit Charley sei. »Aber ausnehmend klug! Und so klar! Meine Liebe, sie drückt sich klarer aus als der beste Advokat, den ich jemals gehört habe.«
»Ja, Charley«, entgegnete ich. »Ich erinnere mich. Und weiter?«
»Ja, Miß, dies Taschentuch hat die Dame mitgenommen. Und Jenny wünscht, Sie wissen zu lassen, daß sie es nicht für einen Haufen Geld weggegeben hätte, aber die Dame hat es einfach genommen und Geld dafür hingelegt. Jenny kennt sie gar nicht, wenn Sie erlauben, Miß.«
»Wer mag das nur gewesen sein?«
»Meine Liebe«, meinte Miß Flite und brachte mit ihrer geheimnisvollen Miene ihre Lippen ganz nahe an mein Ohr. »Meiner Meinung nach – verraten Sie es unsrer kleinen Freundin nicht – war es des Lordkanzlers Gemahlin. Er ist verheiratet, müssen Sie wissen. Und wie ich höre, hat er ein Höllenleben bei ihr auszuhalten. Sie wirft Seiner Lordschaft Akten ins Feuer, meine Liebe, wenn er den Juwelier nicht bezahlen will.«

Ich machte mir damals nicht viel Gedanken über die unbekannte Dame und glaubte, es könnte vielleicht Caddy gewesen sein. Außerdem wurde meine Aufmerksamkeit ganz von meinem Besuch in Anspruch genommen. Von der Fahrt ganz durchgefroren und ausgehungert, hatte sie, als das Mittagessen aufgetragen wurde, einigen Beistand nötig, um sich zu ihrer Befriedigung mit einer jämmerlichen alten Schärpe und einem Paar sehr abgenutzter und oft geflickter Handschuhe, die, in Papier eingeschlagen, die Reise mitgemacht hatten, herauszuputzen. Ich hatte ihr außerdem bei dem Mahl, das aus einem Gericht Fisch, einem gebratenen Huhn, Gemüse, Madeira und Mehlspeise bestand, vorzulegen, und es war so hübsch anzusehen, wie sie es sich schmecken ließ und mit welchem Anstand und welcher Feierlichkeit sie sich dabei benahm, daß ich bald an weiter nichts dachte.
Als wir fertig waren und unser bescheidenes Dessert vor uns stand, mit Blumen geschmückt von den Händen meines Lieblings, war Miß Flite so heiter gestimmt und gesprächig, daß ich auf den Einfall kam, sie auf ihre eigne Lebensgeschichte zu bringen, denn ich wußte, daß sie immer gern von sich sprach.
Ich fing mit der Frage an: »Sie haben den Lordkanzler wohl schon viele Jahre besucht, Miß Flite?«
»Oh, viele, viele, viele Jahre, meine Liebe. Aber ich erwarte ein Urteil. Binnen kurzem.«
Selbst aus ihrem hoffnungsfreudigen Wesen blickte jetzt eine schmerzliche Spannung durch und ließ mich zweifeln, ob ich recht getan hätte, die Sache erwähnt zu haben. Ich nahm mir vor, lieber nicht mehr davon anzufangen.
»Mein Vater erwartete schon ein Urteil«, fuhr Miß Flite nach einer Weile fort. »Mein Bruder, meine Schwester, sie alle erwarteten ein Urteil. Dasselbe, das ich erwarte.«
»Sie sind alle ...«
»Jaaaa. Tot natürlich, meine Liebe.«
Da ich sah, daß sie durchaus fortfahren wollte, hielt ich es

für das Beste, doch auf das Thema einzugehen, anstatt ihm auszuweichen.
»Wäre es nicht vielleicht klüger«, sagte ich, »nicht länger auf dieses Urteil zu warten?«
»Natürlich, meine Liebe«, antwortete sie auf der Stelle, »wäre es das.«
»Und den Gerichtshof nicht länger mehr zu besuchen.«
»Ebenso natürlich. Es ist sehr aufreibend, immer auf etwas zu warten, das nie kommt, meine liebe Fitz-Jarndyce! Aufreibend bis auf die Knochen, versichere ich Ihnen.«
Sie zeigte mir einen Augenblick ihren Arm, der wirklich schrecklich abgezehrt aussah.
»Aber, meine Liebe«, fuhr sie geheimnisvoll fort, »der Ort übt eine schreckliche Anziehungskraft aus. Still! Erwähnen Sie nichts davon gegen unsre kleine Freundin, wenn sie hereinkommt. Es könnte sie erschrecken. Mit gutem Grund. Der Ort übt eine grausame Anziehungskraft aus. Sie *können* ihn nicht verlassen. Sie *müssen* auf etwas warten.«
Ich versuchte, ihr das auszureden. Sie hörte mich geduldig und lächelnd an, war aber gleich mit ihrer Antwort zur Hand.
»Jajaja! Sie denken so, weil ich etwas zerstreut bin. Seh-r absurd, so zerstreut zu sein, nicht wahr? Und sehr konfus. Im Kopf. Es kommt mir so vor. Aber, meine Liebe, ich bin seit vielen Jahren dort und habe scharf achtgegeben. Es geht von dem Zepter und dem Siegel auf dem Tisch aus.«
»Wieso von dem Zepter und dem Siegel?« fragte ich.
»Sie saugen und ziehen! Sie ziehen die Leute an, meine Liebe. Ziehen den Frieden aus ihrer Seele. Den Verstand. Das gute Aussehen. Die guten Eigenschaften ziehen sie heraus. Ich habe gefühlt, wie sie mir sogar in der Nacht die Ruhe entzogen. Kalte und glitzernde Teufel.«
Sie tippte verschiedne Male auf meinen Arm und nickte mir gutmütig zu, als liege ihr wohl viel daran, mich zu

überzeugen, daß ich aber keine Ursache habe, mich vor ihr zu fürchten, wenn sie mir so düstere und schreckliche Geheimnisse anvertraute.

»Warten Sie«, sagte sie, »ich will Ihnen meine eigne Geschichte erzählen. Ehe sie mich anzogen, die glitzernden Teufel, womit beschäftigte ich mich da? – Mit Tambourinspielen? Nein, Tambourarbeit allerdings. Ich und meine Schwester machten nämlich Tambourierstickerei. Unser Vater und unser Bruder waren Baumeister. Wir wohnten alle zusammen. Seh-r respektabel, meine Liebe. Zuerst zogen sie meinen Vater weg. Langsam. Die ganze Häuslichkeit zog es mit ihm. In wenigen Jahren war er ein mürrischer, verbitterter, bankrotter Mann, der für niemanden ein gutes Wort oder einen freundlichen Blick mehr hatte. Früher war er so ganz anders gewesen, Fitz-Jarndyce! Es zog ihn ins Schuldgefängnis. Dort starb er. Dann zog es unsern Bruder – rasch – zur Trunksucht und Herabgekommenheit. Und Tod. Dann zog es meine Schwester. Still. Fragen Sie mich nicht, zu was. Dann wurde ich krank. Und darbte. Und ich hörte, wie schon oft vorher, daß all das das Werk des Kanzleigerichts sei. Als ich mich erholte, sah ich mir das Ungeheuer an. Und dann entdeckte ich, wie es war, und es zog mich, dort zu bleiben.«

Nach und nach, wie sie mit der kurzen Schilderung ihres Lebens fertig wurde, mit unterdrückter gepreßter Stimme sprechend, als stünde all das Leiden noch in frischer Erinnerung vor ihr, und zu Ende kam, nahm sie ihre gewohnte Miene liebenswürdiger Wichtigtuerei wieder an.

»Sie schenken mir nicht vollen Glauben, meine Liebe. Gut, gut. Eines Tages werden Sie es schon tun. Ich bin ein wenig zerstreut. Aber ich habe beobachtet. Ich habe manches neue Gesicht arglos in den Bereich des Einflusses des Zepters und des Siegels kommen sehen in diesen vielen Jahren. Meinen Vater. Meinen Bruder. Meine Schwester. Mich selbst. Ich höre Konversationskenge und alle übri-

gen zu den neuen Gesichtern sagen: Das ist die kleine Miß Flite. Oh, Sie sind zum erstenmal hier? Da müssen wir Ihnen doch die kleine Miß Flite vorstellen! Sehr gut! Und ich bin über die Ehre natürlich sehr stolz. Und wir alle lachen. Aber, Fitz-Jarndyce, ich weiß, was vor sich geht. Ich weiß viel besser als sie, wann die Anziehungskraft zu wirken begonnen hat. Ich kenne die Zeichen, meine Liebe. Ich sah den Anfang bei Gridley. Und ich sah das Ende. Meine liebe Fitz-Jarndyce«, sagte sie wieder mit leiserer Stimme, »ich sah, wie es anfing bei unserm Freund, dem Mündel in Sachen Jarndyce. Sagen Sie doch, man solle ihn zurückhalten. Oder es wird ihn ins Verderben ziehen.«
Einige Augenblicke lang sah sie mich schweigend an, dann wurde ihre Miene langsam wieder ein Lächeln. Sie schien zu fürchten, sie habe mir zu trübe Dinge erzählt, und schien gleichzeitig den Zusammenhang zu verlieren, denn sie sagte höflich und nippte dabei an ihrem Glas Wein: »Ja, meine Liebe, wie ich schon sagte, ich erwarte ein Urteil. Binnen kurzem. Dann schenke ich meinen Vögeln die Freiheit wieder, wie Sie wissen, und verteile Güter.«
Ihre Anspielung auf Richard ergriff mich tief. Ihre verkümmerte Gestalt war trotz des unzusammenhängenden Sinns ihrer Rede ein furchtbares und trauriges Beispiel. Zum Glück für sie war sie jetzt wieder seelenvergnügt und wurde wieder ganz Lächeln und Nicken.
»Aber, meine Liebe«, sagte sie heiter und legte ihre Hand auf die meine, »Sie haben mir noch nicht wegen meines Arztes gratuliert. Wirklich, noch nicht ein einziges Mal.«
Ich mußte gestehen, daß ich nicht recht wußte, was sie meinte.
»Wegen meines Arztes, Mr. Woodcourt, meine Liebe, der so außerordentlich aufmerksam zu mir war! Obgleich er mir seine Dienste gratis zur Verfügung stellte. Bis der Tag des Gerichts kommt. Ich meine den Tag des Urteils, der den Zauber vernichtet, den Zepter und Siegel auf mich ausüben.«

»Mr. Woodcourt ist jetzt so weit weg«, sagte ich, »daß ich glaubte, eine solche Gratulation käme verspätet, Miß Flite.«
»Aber, mein Kind«, entgegnete sie, »ist es denn möglich, daß Sie nicht wissen, was geschehen ist?«
»Was denn? Ich weiß von nichts.«
»Es war doch in jedermanns Munde, meine liebe Fitz-Jarndyce. Und Sie wissen es wirklich nicht?«
»Nein. Sie vergessen, wie lange ich hier krank lag.«
»Sehr wahr. Meine Liebe, wirklich, sehr wahr. Ich muß mich selbst tadeln. Aber mein Gedächtnis ist mit allem andern aus mir herausgezogen worden von ... Sie wissen schon. Seh-r starker Einfluß, nicht wahr? Ja, ja, meine Liebe. Dort im indischen Ozean hat ein schrecklicher Schiffbruch stattgefunden.«
»Mr. Woodcourt ist untergegangen!!!«
»Regen Sie sich nicht auf, meine Liebe. Er ist gerettet. Eine grauenerregende Szene. Der Tod in allen Gestalten. Hunderte von Toten und Sterbenden. Feuer, Sturm und Finsternis. Eine Menge von Ertrinkenden auf einen Felsen geworfen. Dort, und die ganze Zeit über, war mein lieber Arzt ein Held. Ruhig und tapfer in jeder Gefahr. Rettete vielen das Leben, klagte nie über Hunger und Durst, hüllte Nackte in seine eignen Kleider, übernahm die Führung, riet ihnen, was sie tun sollten, pflegte die Kranken, begrub die Toten und brachte die armen Überlebenden endlich in Sicherheit. Meine Liebe, die armen ausgehungerten Geschöpfe beteten ihn fast an. Sie fielen vor ihm auf die Knie und segneten ihn, als sie endlich gerettet wurden. Das ganze Land spricht davon. Warten Sie. Wo ist mein Dokumentenbeutel? Ich hab es mit. Und Sie sollen es lesen, Sie sollen es lesen.«
Und ich las die ganze herrliche Geschichte.
Wenn auch nur sehr langsam und unvollkommen damals, denn meine Augen waren so getrübt, daß ich die Worte nur schwer unterscheiden konnte, und ich weinte soviel,

daß ich oft den langen Zeitungsausschnitt weglegen mußte. Ich fühlte mich so glücklich, den Mann gekannt zu haben, der so edle und tapfere Taten vollbracht, sein Ruhm erfüllte mich mit solcher Begeisterung, und ich bewunderte ihn so sehr wegen dessen, was er getan, daß ich die sturmgepeitschten Unglücklichen, die vor ihm auf die Knie gesunken waren und ihn als ihren Retter gesegnet hatten, beneidete. Ich selbst hätte vor ihm niederknien und ihn segnen mögen in meinem Entzücken, daß er sich so wahrhaft edel und tapfer benommen. Ich fühlte, daß niemand – weder Mutter, Schwester noch Gattin – ihn höher halten könnte als ich. Ja, als ich, das fühlte ich.

Die arme kleine Miß Flite schenkte mir den Bericht, und als sie bei herannahendem Abend aufstand, um sich zu verabschieden, um nicht die Rückfahrt mit der Landkutsche zu versäumen, sprach sie noch immer von dem Schiffbruch. Ich war meinerseits noch zu sehr außer Fassung, um ihn in allen seinen Einzelheiten zu begreifen.

»Meine Liebe«, sagte sie, als sie Schärpe und Handschuhe sorgfältig eingewickelt hatte, »mein wackerer Arzt sollte einen Titel bekommen. Jedenfalls wird das auch geschehen. Sie sind doch auch der Meinung?«

»Daß er gewiß einen verdiente, ja. Daß er einen bekommen wird, nein.«

»Warum nicht, Fitz-Jarndyce?« fragte sie etwas gereizt.

Ich erklärte ihr, es sei in England nicht Sitte, für verdienstvolle Taten in Friedenszeiten, wie bedeutend sie auch immer wären, Titel zu verleihen. Außer, gelegentlich, wenn diese Taten in der Aufhäufung irgendeiner großen Summe Geldes bestünden.

»Aber, Gott im Himmel«, sagte Miß Flite, »wie können Sie so etwas sagen! Sie wissen doch, meine Liebe, daß die größten Zierden Englands in Wissenschaft, Kunst, Humanität und Fortschritten aller Art adlig geworden sind. Blicken Sie um sich, meine Liebe. Jetzt müssen *Sie* ein wenig zerstreut sein, glaube ich, wenn Sie nicht wissen,

daß das allein der Grund ist, weshalb in England der Adel nie aussterben wird.«
Ich fürchte, sie glaubte wahrhaftig, was sie sagte. Es gab Augenblicke, wo sie wirklich ganz verrückt war.
Und jetzt muß ich wohl das kleine Geheimnis verraten, das ich bis jetzt für mich zu behalten versucht habe. Ich hatte mir manchmal gedacht, Mr. Woodcourt liebe mich und würde, wenn er reicher gewesen wäre, es mir vielleicht vor seiner Abreise gesagt haben. Ich dachte mir manchmal, ich würde mich gefreut haben, wenn er es mir gesagt hätte. Aber wieviel besser war es jetzt, daß es nicht der Fall gewesen! Was hätte ich leiden müssen, wenn ich ihm hätte schreiben und sagen müssen, daß die armseligen Gesichtszüge, die er als die meinen gekannt, jetzt so verändert seien und daß ich ihn freiwillig seiner Verpflichtung gegen eine, die er nie gesehen, so verändert habe sie sich, entbinde. Oh, wieviel besser war es so! Nichts war jetzt ungeschehen zu machen, für mich keine Kette zu lösen, für ihn keine Kette zu schleppen, und ich konnte, so es Gott gefiel, meinen einfachen Weg auf dem Pfade der Pflicht verfolgen und er seinen besseren Weg auf der breiteren Straße gehen.

36. Kapitel

Chesney Wold

Charley und ich traten unsre Reise nach Lincolnshire nicht allein an. Mein Vormund hatte es sich nicht nehmen lassen, mich im Auge zu behalten bis zu unsrer sichern Ankunft in Mr. Boythorns Haus. So begleitete er uns, und wir waren zwei Tage unterwegs. Mir erschien jeder Lufthauch, jeder Duft, jede Blume und jedes Blatt, jeder Grashalm und jede vorüberziehende Wolke und alles in der

Natur schöner und wunderbarer als je. Das war mein erster Gewinn, den ich aus meiner Krankheit zog. Wie wenig hatte ich verloren, wenn die ganze weite Welt so voller Wonnen für mich war!
Da mein Vormund gleich wieder zurückreisen wollte, vereinbarten wir bereits auf der Hinfahrt einen Tag, wo mein Liebling mich besuchen kommen sollte. Ich schrieb ihr einen Brief, den er ihr zu geben versprach, und er schied von uns eine halbe Stunde nach unsrer Ankunft an unserm Reiseziel. Es war ein schöner Frühsommerabend. Hätte eine gute Fee für mich das Haus mit einem Wink ihres Zauberstabes gebaut und wäre ich eine Prinzessin und ihr Patenkind gewesen, hätte man mich darin nicht mehr ehren können. So viele Vorbereitungen hatte man für mich getroffen und überall eine so liebevolle Erinnerung an all die Kleinigkeiten, die ich liebte, an den Tag gelegt, daß ich mich wohl ein Dutzend Mal, von Rührung überwältigt, hätte hinsetzen können, ehe noch die Hälfte der Zimmer besichtigt war. Ich tat jedoch etwas Vernünftigeres. Ich führte nämlich Charley überall herum. Charleys Entzücken beruhigte mich, und nachdem wir einen Spaziergang im Garten gemacht und Charley ihr ganzes Vokabularium von Bewunderungsausdrücken erschöpft hatte, fühlte ich mich wieder stillglücklich. Es war mir ein großer Trost, nach dem Tee zu mir sagen zu können: Liebe Esther, ich glaube, du bist jetzt verständig genug, um dich hinzusetzen und einen Dankesbrief an deinen liebenswürdigen Wirt zu schreiben. Er hatte einen Bewillkommnungsbrief an mich zurückgelassen, der so sonnig war wie sein eignes Gesicht, und seinen Vogel meiner Obhut anvertraut, worin ich das höchste Zeichen seines Vertrauens sah. Ich schrieb ihm ein Billett nach London, erzählte ihm, was alle seine Lieblingspflanzen und Bäume machten und wie der wunderbarste aller Vögel mir mit seinem Gezirp auf gastfreundschaftlichste Weise die Honneurs des Hauses gemacht habe und jetzt, nachdem er

zum unsäglichen Entzücken meiner kleinen Zofe auf meiner Schulter gesungen, in der gewöhnlichen Ecke seines Käfigs schlafen gegangen sei. Ob er dabei träume oder nicht, sei ich außerstande zu berichten.

Nachdem ich meinen Brief beendet und auf die Post geschickt hatte, blieb mir viel mit dem Auspacken und Ordnen meiner Sachen zu tun, und ich schickte deshalb Charley zeitig zu Bett, da ich ihrer diesen Abend nicht weiter bedürfe.

Ich hatte nämlich noch nicht in den Spiegel gesehen und auch meinen eignen nicht zurückverlangt. Deshalb wollte ich allein sein und sagte mir, wie ich jetzt in meinem Zimmer ungestört war: Esther, wenn du glücklich sein und ein Recht haben willst, zu beten, treu und wahr zu bleiben, mußt du jetzt Wort halten. Ich war fest entschlossen, es zu halten, aber ich setzte mich erst eine Weile hin, um mir all das Gute, das mir widerfahren, nochmals vor Augen zu führen.

Das Haar hatte man mir nicht abgeschnitten, obgleich es mehr als einmal gefährdet gewesen war. Es war noch lang und stark. Ich löste es, ließ es herunterfallen und trat vor den Toilettenspiegel. Man hatte ihn mit einem Musselinevorhang verhüllt. Ich zog die Gaze zurück. Ich hatte mich sehr verändert – ach, sehr, sehr. Anfangs war mir mein Gesicht so fremd, daß ich es fast mit den Händen bedeckt und wahrscheinlich zurückgefahren wäre, wenn ich vorher meine Gedanken nicht gesammelt hätte. Bald aber gewöhnte ich mich mehr daran und lernte dadurch die Größe der Veränderung nur noch genauer kennen.

Sie war nicht von der Art, wie ich sie erwartete. Ich war nie schön gewesen und hatte mich nie dafür gehalten, aber ich hatte doch ganz anders ausgesehen. Jetzt war alles verschwunden. Es gelang mir mit ein paar durchaus nicht bittern Tränen, mich damit abzufinden, und ich band mir das Haar für die Nacht auf und konnte mit wirklich dankbarem Herzen vor dem Spiegel stehen.

Eine Sache beunruhigte mich, und ich mußte lange darüber nachdenken, ehe ich einschlief. Ich hatte den Blumenstrauß von Mr. Woodcourt aufgehoben, die Blumen getrocknet und in ein Buch, das mir teuer war, gelegt. Niemand wußte das, selbst Ada nicht. Ich schwankte, ob ich recht täte, ein Geschenk aufzubewahren, das er früher einer andern gegeben – ob es edel gegen ihn war. Ich wollte selbst in den heimlichsten Tiefen meiner Seele edel gegen ihn sein, weil ich ihn einst hätte lieben und ihm mein Herz ganz widmen können. Endlich kam ich zu dem Schluß, daß ich es behalten dürfte, wenn auch nur als eine Erinnerung an etwas, das unwiderruflich vorüber war.

Ich stand absichtlich am nächsten Morgen zeitig auf, um vor dem Spiegel sitzen zu können, wenn Charley wie gewöhnlich auf den Zehenspitzen hereinkäme.

»O Gott, Miß!« rief sie und fuhr zurück, als sie mich so sah.

»Ja, Charley«, sagte ich und steckte mir ruhig das Haar auf. »Ich befinde mich ganz wohl dabei und fühle mich vollkommen glücklich.«

Ich sah, welche Last ihr von der Seele fiel. Aber bei mir war die Erleichterung noch bei weitem größer. Ich kannte jetzt das Schlimmste und hatte mein seelisches Gleichgewicht wiedergewonnen.

Von dem Wunsch erfüllt, noch vor Adas Ankunft ganz wieder bei Kräften und guter Laune zu sein, entwarf ich mit Charley eine Reihe von Plänen, die uns ermöglichen sollten, den ganzen Tag im Freien zu sein. Wir wollten vor dem Frühstück spazierengehen und zeitig zu Mittag essen und dazwischen uns ebenfalls im Freien und nach dem Tee im Garten aufhalten, uns zeitig schlafen legen, jeden Hügel der Nachbarschaft besteigen und jeden Weg durch Gebüsch und Feld durchforschen. Was kräftigende Speisen und kleine Stärkungsmittel betraf, war Mr. Boythorns gutherzige Haushälterin beständig mit etwas zu essen oder zu trinken bei der Hand, und wenn es ihr zu Ohren

kam, daß ich im Park ausruhe, gleich kam sie mir mit einem Korb nachgetrabt, und ihr freundliches Gesicht glänzte bei ihren Vorlesungen über die Wichtigkeit häufigen Essens. Dann war ein ausdrücklich für mich bestimmtes Pony da, ein dickes kleines Ding mit einem kurzen Hals und einer dicht über die Augen fallenden Mähne, das, wenn es wollte, so leicht und ruhig galoppieren konnte, daß es eine wahre Freude war. Schon nach ein paar Tagen kam es auf mich zu, wenn ich es rief, fraß mir aus der Hand und lief mir nach. Wir lernten uns so gut verstehen, daß, wenn es träge und etwas trotzköpfig mit mir einen schattigen Heckengang entlang trabte und ich ihm auf den Hals klopfte und sagte: »Stubbs, ich wundre mich, daß du nicht galoppierst, wo du doch weißt, wie gern ich das habe; mir scheint gar, du willst einschlafen«, es den Kopf komisch ein paarmal schüttelte und sogleich in Galopp verfiel, wobei Charley immer stehen blieb und vor Freude in die Hände klatschte. Ich weiß nicht, wer dem Pony den Namen »Stubbs« gegeben hatte, aber er schien so natürlich zu ihm zu gehören wie sein zottiges Fell.
Einmal spannten wir es vor einen kleinen Wagen und fuhren triumphierend fünf Meilen weit die grünen Hecken entlang, aber plötzlich, gerade als wir es in den Himmel hoben, schien es übelzunehmen, daß es ein Kreis von Mücken, die schon auf dem ganzen Weg seine Ohren umschwirrten, so weit begleitet hatte, und es blieb stehen, offenbar, um darüber nachzudenken. Wie ich vermute, kam es zu der Ansicht, die Lage sei unerträglich, denn es weigerte sich standhaft, sich von der Stelle zu rühren, bis ich Charley die Zügel übergab, ausstieg und zu Fuß weiterging. Und da folgte es mir mit einer gewissen trotzigen Art von guter Laune, steckte mir den Kopf unter den Arm und rieb sich das Ohr an meinem Ärmel. Es nützte nichts, daß ich sagte: »Stubbs, ich bin, wie ich dich kenne, überzeugt, du wirst weitergehen, wenn ich mich in den Wagen setze.« Aber kaum war ich auch nur einen Schritt von ihm weg,

blieb es wie angewurzelt stehen, und wieder mußte ich wie zuerst vor ihm hergehen. Und in diesem Aufzug kehrten wir zur großen Freude der Dorfbevölkerung wieder nach Hause zurück.
Charley und ich hatten wirklich allen Grund, Chesney Wold das freundschaftlichste aller Dörfer zu nennen. Schon nach Verlauf einer Woche freuten sich die Leute so sehr, wenn wir vorbeikamen – und das geschah häufig genug im Lauf des Tages –, daß uns aus jeder Hütte freundliche Gesichter grüßten. Ich hatte schon früher viele von den Erwachsenen und fast alle Kinder kennengelernt, aber jetzt schien sogar der Kirchturm ein vertrautes und liebevolles Aussehen anzunehmen.
Unter meinen neuen Freundinnen befand sich auch eine uralte Frau, die in einem so kleinen Hüttchen, strohbedeckt und weißgetüncht, wohnte, daß der Fensterladen, wenn er aufgeklappt wurde, die ganze Vorderseite des Hauses bedeckte.
Diese Alte hatte einen Enkel auf der See, und ich schrieb einen Brief für sie an ihn und zeichnete oben drüber die Kaminecke, in der er aufgewachsen war und wo sein Stuhl noch auf seinem alten Fleck stand. Das ganze Dorf hielt das für das größte Kunstwerk der Welt, und als eine Antwort von Plymouth kam, worin er äußerte, daß er das Bild mit nach Amerika hinübernehmen und von dort wieder schreiben wollte, rechnete man mir all das Gute, das von rechtswegen dem Postamt gebührte, hoch an und schrieb alle Verdienste des ganzen Beförderungssystems mir zu.
Das viele Spazierengehen in frischer Luft, das Spielen mit den Kindern, das Plaudern mit so vielen Leuten, die Besuche in den vielen Hütten, dazu noch der Unterricht für Charley und das tägliche Briefschreiben an Ada ließen mir kaum Zeit übrig, an den kleinen Verlust, den ich erlitten, zu denken. Und so war ich fast immer heiter. Wenn ich zuweilen doch daran denken mußte, ging es immer bald vorüber. Ich fühlte es tiefer, als ich hätte hoffen dürfen, als

einmal ein Kind vor mir zu seiner Mutter sagte: »Warum ist die Dame jetzt nicht mehr so hübsch wie früher?« Aber als ich merkte, daß das Kind mich deshalb nicht weniger gern hatte und mit einer Art mitleidiger Zärtlichkeit mit seiner weichen Hand über mein Gesicht strich, war ich bald wieder beruhigt.

Die Luft wehte mich so frisch und erquickend an wie nur je, und die Farbe der Gesundheit kam nach und nach wieder. Charley sah prächtig aus, strahlend und rosig, und wir freuten uns beide, so lange der Tag war, und schliefen gesund die Nächte hindurch.

Einen Platz im Park von Chesney Wold, mit einer lieblichen Aussicht von einer erhöht stehenden Bank aus, hatte ich besonders gern. Die Waldung war dort gelichtet und ausgehauen, um den Ausblick zu verschönern, und die helle sonnige Landschaft dahinter schimmerte so wundervoll in der Ferne, daß ich wenigstens einmal des Tages dort rastete. Ein malerischer Teil des Herrschaftssitzes, der »Geisterweg« genannt, nahm sich von dieser Höhe herab sehr schön aus, und der unheimliche Name und die damit zusammenhängende alte Familiensage der Dedlocks, die mir Mr. Boythorn schon früher einmal erzählt hatte, verliehen der Landschaft neben ihren wirklichen Reizen etwas seltsam Geheimnisvolles. Nicht weit davon lag ein Abhang, auf dem die herrlichsten Veilchen wuchsen, und da es Charleys tägliches Vergnügen war, Blumen zu pflücken, gewann sie die Stelle so lieb wie ich selbst.

Ich kam nie in die Nähe des Hauses und hatte auch keine Veranlassung dazu. Die Familie war nicht anwesend, wie ich schon bei meiner Ankunft gehört hatte, und wurde auch nicht erwartet. Immerhin empfand ich eine gewisse Neugierde und ein Interesse für das Gebäude. Ich saß oft auf der Bank, malte mir aus, wie wohl das Haus eingerichtet wäre, und hätte gern gewußt, ob wirklich, wie die Sage erzählt, ein menschlichen Tritten ähnlicher Schall auf dem einsamen Geisterweg widerhalle. Das unbeschreibliche

Gefühl, das Lady Dedlock in mir erweckt hatte, mag wohl dazu beigetragen haben, daß ich mich selbst während ihrer Abwesenheit von dem Hause fern hielt. Ich weiß es nicht gewiß, glaube aber, daß das der Grund war, der mich abschreckte, in die Nähe des Hauses zu gehen.

Eines Tages nun, nach einem langen Spaziergang, ruhte ich wieder auf meinem Lieblingsplatz aus, und Charley suchte Veilchen in meiner Nähe. Ich richtete wie gewöhnlich meinen Blick auf den sich in weiter Ferne in tiefem Schatten von Mauerwerk hinziehenden Geisterweg und malte mir die weibliche Gestalt aus, die dort angeblich spuken sollte, als ich wahrnahm, daß sich mir in Wirklichkeit eine Gestalt durch das Gehölz näherte. Der Ausblick war so von Laub verfinstert, und die auf dem Erdboden sich abmalenden Schatten der Zweige wirkten auf das Auge so verwirrend, daß ich sie anfangs nicht erkennen konnte, aber ganz allmählich zeigte es sich, daß es eine Dame war. – Und zwar Lady Dedlock! Sie war allein und näherte sich der Bank, wie ich mit Erstaunen bemerkte, in viel rascherem Schritt, als ich sie sonst je hatte gehen sehen.

Ihr unerwartetes Näherkommen versetzte mich in große Aufregung, und ich wäre gern aufgestanden, um meinen Spaziergang fortzusetzen, aber ich konnte nicht. Ich war wie gebannt. Nicht so sehr durch ihre aufgeregt flehende Gebärde, ihr rasches Näherkommen, ihre ausgestreckten Hände und die ganze Veränderung in ihrem sonst so stolzen selbstbeherrschten Wesen, als durch ein Etwas in ihrem Gesicht, nach dem ich geschmachtet und von dem ich geträumt hatte, als ich noch ein kleines Kind gewesen – von einem Etwas, das ich noch in keinem Gesicht gesehen.

Mir wurde ganz bang und schwach, und ich rief Charley. Lady Dedlock blieb sofort stehen und zeigte augenblicklich wieder ihre alte Haltung und ihre eisige Miene.

»Miß Summerson, ich fürchte, ich habe Sie erschreckt«,

sagte sie und kam jetzt langsamer auf mich zu. »Sie können wohl kaum schon wieder bei Kräften sein. Ich weiß, daß Sie sehr krank gewesen sind. Es ist mir sehr zu Herzen gegangen, als ich es hörte.«
Ich hätte meine Augen ebensowenig von ihrem bleichen Gesicht wegwenden als von der Bank aufstehen können. Sie reichte mir ihre Hand, deren Eiseskälte mit der gezwungnen Fassung in ihrem Gesicht so im Widerspruch stand, daß mich der Bann noch mehr überwältigte. Ich kann nicht sagen, was für Gedanken mir durch den Kopf wirbelten.
»Aber Sie erholen sich jetzt wieder?« fragte sie freundlich.
»Vor einem Augenblick war mir noch ganz wohl, Lady Dedlock.«
»Ist dies Ihre junge Begleiterin?«
»Ja.«
»Möchten Sie sie nicht vorausschicken und mit mir Ihren Heimweg machen?«
»Charley«, sagte ich, »trag deine Blumen nach Hause. Ich werde gleich nachkommen.«
Mit ihrem besten Knicks band sich Charley errötend ihren Hut fest und entfernte sich. Als sie fort war, setzte sich Lady Dedlock neben mich auf die Bank.
Ich habe keine Worte, um meinen Gemütszustand zu beschreiben, als ich in ihrer Hand mein Taschentuch sah, mit dem ich die Leiche des Kindes in der Zieglerhütte zugedeckt hatte.
Ich blickte sie an. Aber ich konnte sie nicht sehen, ich konnte nicht Atem holen. So wild und ungestüm klopfte mein Herz, daß es mir vorkam, als wolle sich mein Leben von mir losreißen. Aber als sie mich an ihre Brust riß, mich mit heißen Tränen küßte, mich bedauerte, mich wieder zu mir selber brachte, dann vor mir auf die Knie fiel und mir zurief: »Mein Kind, mein Kind, ich bin deine verworfne unglückselige Mutter, oh, versuche mir zu vergeben ...«
Als ich sie so zu meinen Füßen in ihrer großen Seelenqual

liegen sah, fühlte ich mitten durch den Strom all dieser Gefühle ein Jauchzen der Dankbarkeit gegen die göttliche Vorsehung, daß ich jetzt so verändert war und durch keine Spur von Ähnlichkeit ihre Schande verraten konnte, gehen. Niemand hätte jetzt auch nur entfernt an einen nahen Verwandtschaftsgrad zwischen uns denken können.

Ich hob meine Mutter auf und bat und flehte sie an, sich nicht solcher Betrübnis hinzugeben und sich so vor mir zu demütigen. Ich tat es in gebrochenen, unzusammenhängenden Worten, denn außer daß ich furchtbar aufgeregt war, erschreckte es mich, sie vor mir knien zu sehen. Ich sagte ihr oder versuchte es vielmehr, daß, wenn mir, ihrem Kinde, es überhaupt zukäme, von Verzeihen zu reden, ich ihr schon viele, viele Jahre vergeben hätte. Ich sagte ihr, daß mein Herz vor Liebe zu ihr überströme, vor einer natürlichen Liebe, die nichts längst Vergangenes verändert habe oder irgend etwas je verändern könne. Es käme nicht mir, die ich jetzt zum erstenmal an der Brust meiner Mutter läge, zu, sie dafür zur Rechenschaft zu ziehen, daß sie mir das Leben gegeben, sondern daß es meine Pflicht sei, sie zu segnen und sie aufzunehmen, ob auch die ganze Welt sich von ihr abwende, und daß ich sie nur um Erlaubnis bitten könne, das tun zu dürfen.

Ich hielt meine Mutter umarmt und sie mich, und in der schweigenden Waldung, in der stillen Ruhe des Sommertags schien es außer unser beider stürmisch klopfenden Herzen nichts zu geben, was nicht von Frieden erfüllt war.

»Mich zu segnen und mich aufzunehmen!« stöhnte meine Mutter. »Dazu ist es viel zu spät! Ich muß meinen dunkeln Weg allein gehen, und er wird mich führen, wohin er will. Von Tag zu Tag, manchmal von Stunde zu Stunde, sehe ich nicht den nächsten Schritt vor meinen schuldigen Füßen. Das ist die irdische Strafe, die ich auf mich geladen habe. Ich muß sie tragen und sie verbergen.«

Wie sie jetzt daran dachte, hüllte sie sich unwillkürlich wieder in die Miene stolzer Gleichgültigkeit wie in einen Schleier, aber nur einen Augenblick.
»Ich muß dieses Geheimnis verbergen, wenn es überhaupt möglich ist, nicht bloß um meinetwillen. Ich habe einen Gatten, ich unglückliches und Schande bringendes Geschöpf!«
Sie sprach diese Worte fast mit einem unterdrückten Schrei der Verzweiflung, der schrecklicher war, als wenn sie ihrer Leidenschaft freien Lauf gelassen hätte. Sie bedeckte ihr Gesicht mit den Händen, schauderte in meiner Umarmung zusammen, als wollte sie vermeiden, daß ich sie berühre. Ich konnte sie mit all meiner Überredungskunst und meinen Liebkosungen nicht bewegen, aufzustehen. »Nein, nein, nein«, sagte sie, nur so könne sie mit mir sprechen, überall sonst müsse sie stolz und hochmütig sein. Hier in den einzigen natürlichen Minuten ihres Lebens wolle sie sich demütigen und sich schämen.
Sie erzählte mir, sie sei während meiner Krankheit fast wahnsinnig geworden. Erst vor nicht langer Zeit habe sie erfahren, daß ihr Kind noch lebe. Vorher habe sie nicht ahnen können, daß ich ihre Tochter sei. Sie wäre mir hierher gefolgt, um nur ein einziges Mal in ihrem Leben mit mir zu sprechen. Wir könnten nie zusammen kommen, nie miteinander verkehren, vielleicht von dieser Zeit an nie wieder auf Erden ein Wort miteinander sprechen. Sie übergab mir einen Brief, den sie nur für mich geschrieben hatte, und sagte mir, wenn ich ihn gelesen haben würde und vernichtet – nicht sowohl um ihretwegen, denn sie verlange für sich nichts mehr, als um ihres Gatten und meinetwillen –, müßte ich sie für immer als gestorben betrachten. Wenn ich glauben könnte, daß sie in der Seelenqual, in der ich sie jetzt sähe, mich mit der Liebe einer Mutter umfange, so bäte sie mich, es zu tun. Denn dann würde ich bei der Erinnerung daran, was sie gelitten, mit größerer Barmherzigkeit an sie denken können. Sie habe

sich selbst über alle Hoffnung und Hilfe hinausbegeben. Ob sie ihr Geheimnis bis zum Tode bewahren könne oder ob es entdeckt und damit Schmach und Schande auf den Namen, den sie angenommen, bringen werde, sei ihr beständiger Gedanke in ihrer seelischen Einsamkeit. Keine Liebe könne sich ihr nahen und kein menschliches Geschöpf ihr die mindeste Hilfe leisten.

»Aber ist das Geheimnis vorläufig sicher?« fragte ich. »Ist es jetzt sicher, liebste Mutter?«

»Nein. Es war schon dicht daran, entdeckt zu werden. Durch einen Zufall nur wurde es noch gerettet. Ein andrer Zufall kann es verraten – morgen –, jeden Tag.«

»Fürchtest du eine bestimmte Person?«

»Still! Zittre und weine nicht so meinetwegen. Ich bin diese Tränen nicht wert«, sagte meine Mutter und küßte mir die Hände. »Ja, eine Person fürchte ich sehr.«

»Einen Feind?«

»Mein Freund ist er nicht. Er ist zu leidenschaftslos, um das eine oder das andre zu sein. Es ist Sir Leicester Dedlocks Advokat – mechanisch treu, ohne Anhänglichkeit und sehr erpicht auf den Gewinn, das Privilegium und den Ruf, der Herr der Geheimnisse großer Häuser zu sein.«

»Hat er Verdacht geschöpft?«

»Sogar sehr.«

»Aber nicht gegen dich?« fragte ich voll Unruhe.

»Ja. Er ist immer wachsam und beständig in meiner Nähe. Ich kann ihn vielleicht auf einem Punkt festhalten, aber ihn nie abschütteln.«

»Hat er so wenig Erbarmen oder Mitleid?«

»Er kennt weder das, noch Haß. Ihm ist alles gleichgültig, außer seinem Beruf. Sein Beruf ist die Entdeckung von Geheimnissen und der unumschränkte Besitz der Macht, die sie ihm verleihen.«

»Kannst du dich ihm nicht anvertrauen?«

»Ich werde es nie versuchen. Der finstre Weg, den ich seit so vielen Jahren gegangen bin, mag führen, wohin er will.

Ich folge ihm bis zum Ende, was es auch immer sein mag. Es kann nahe, es kann entfernt liegen. So lange der Weg dauert, wird mich nichts davon abbringen.«

»Liebe Mutter, so entschlossen bist du?«

»Ich *bin* entschlossen. Ich habe lange Torheit mit Torheit, Hochmut mit Hochmut, Verachtung mit Verachtung, Trotz mit Trotz überboten und viele Eitelkeiten mit noch größeren überlebt und will auch diese Gefahr überleben und übersterben, wenn ich kann. Sie hat mich fast so grauenhaft eingeschlossen, wie diese Waldungen von Chesney Wold das Haus dort ringsum, aber mein Weg durch sie bleibt derselbe. Ich habe bloß einen. Ich kann bloß einen haben.«

»Mr. Jarndyce ...«, fing ich an, aber meine Mutter unterbrach mich heftig.

»Hegt er Argwohn?«

»Nein. Nein, gewiß nicht. Verlaß dich darauf, er ahnt nichts.« Und ich teilte ihr mit, wieweit er meine Jugendgeschichte kenne und was er mir von ihr erzählt hatte. »Aber er ist so gut und verständig«, setzte ich hinzu, »daß er vielleicht, wenn er wüßte ...«

Meine Mutter, die bis dahin ihre Stellung nicht im mindesten verändert hatte, unterbrach mich und legte mir die Hand auf den Mund.

»Vertraue ihm ganz«, sagte sie nach einer kleinen Weile. »Du hast meine Erlaubnis dazu – eine armselige Mitgift von einer solchen Mutter für ihr schwer gekränktes Kind –, aber sage mir nichts davon. Selbst jetzt besitze ich noch eine Spur von Stolz.«

Meine Aufregung und mein Schmerz waren so groß, daß ich meine Worte kaum selbst verstehen konnte, und jeder Satz, den meine Mutter gesprochen, hatte einen so tiefen Eindruck auf mich gemacht, daß ich ihr auseinandersetzte oder es wenigstens versuchte, ich habe nur gehofft, Mr. Jarndyce, der wie der beste Vater an mir gehandelt, könne vielleicht imstande sein, ihr einigermaßen mit Rat und

Hilfe beizustehen. Aber meine Mutter sagte, es sei unmöglich. Niemand könne ihr helfen. Durch die Wüste, die vor ihr läge, müsse sie ganz allein gehen.
»Mein Kind, mein Kind!« sagte sie. »Jetzt zum letztenmal! Ich küsse dich zum letztenmal, umarme dich zum letztenmal. Wir werden uns nie wiedersehen. Um die Hoffnung aufrecht zu erhalten, das tun zu können, wonach ich strebe, muß ich so bleiben, wie ich schon so lange gewesen bin. Das ist mein Lohn und mein Verhängnis. Wenn du von Lady Dedlock hörst, von der glänzenden, beneideten, umschmeichelten Lady, so denke daran, daß deine unglückliche, schuldbeladne Mutter sich unter dieser Maske verbirgt. Denke, daß sie in Wirklichkeit leidet und in nutzloser Reue den Rest von Zärtlichkeit und Wahrheit, dessen sie noch fähig ist, in ihrer Brust ersticken muß. Dann verzeihe ihr, wenn du kannst, und flehe den Himmel an, ihr zu vergeben.«
Wir hielten uns noch eine kleine Weile in den Armen, aber sie war so stark, daß sie meine Hände wegnehmen, wieder auf meine Brust legen, sich mit einem letzten Kuß von mir losreißen und wieder zurück durch den Wald gehen konnte.
Ich war allein. Ruhig und still unter mir in Sonnenschein und Schatten lag das alte Haus mit seinen Terrassen und Türmchen, das, wie ich es zum erstenmal gesehen, ein so ruhevoller Frieden zu umschweben schien, das aber jetzt wie ein erbarmungsloser Zeuge des Jammers meiner Mutter aussah. In meiner Betäubung und einer Schwäche und Hilflosigkeit, wie ich sie kaum in der schlimmsten Zeit meiner Krankheit empfunden, kam mir die Notwendigkeit, mich gegen die Gefahr einer Entdeckung und selbst des leisesten Verdachtes sichern zu müssen, zu Hilfe. Ich tat mein möglichstes, um Charley zu verbergen, daß ich geweint hatte, und zwang mich, an die Verpflichtung, vorsichtig und gesammelt zu erscheinen, wie an ein mir anvertrautes heiliges Gut zu denken. Es bedurfte einiger

Zeit, ehe es mir gelang, meine Schmerzensausbrüche zurückzudrängen, aber nach ungefähr einer Stunde befand ich mich besser und fühlte, daß ich heimkehren könnte.
Ich ging sehr langsam auf unser Haus zu und sagte Charley, die an der Gartenpforte nach mir Ausschau hielt, ich hätte mich verleiten lassen, meinen Spaziergang, nachdem mich Lady Dedlock verlassen, fortzusetzen, fühlte mich jetzt sehr müde und wolle mich hinlegen.
In der Stille meines Zimmers las ich den Brief und ersah daraus aufs deutlichste – und das tat mir wohl –, daß meine Mutter mich wissentlich nie verlassen hatte. Ihre ältere und einzige Schwester, meine Patin, hatte, als man mich als tot auf ein Bett gelegt, wahrscheinlich Lebenszeichen in mir entdeckt, mich in ihrem finster strengen Pflichtgefühl, ohne mein Lebenbleiben weiter zu wünschen oder zu wollen, insgeheim auferzogen und seit dem Tag meiner Geburt das Antlitz meiner Mutter nie wiedergesehen.
Welch seltsame Stellung nahm ich in dieser Welt ein. Meine Mutter hatte bis vor kurzer Zeit noch gewähnt, ich habe nie geatmet, sei längst begraben, habe nie zu den Lebenden gezählt und nie einen Namen getragen.
Als sie mich das erstemal in der Kirche erblickt, wäre ich ihr aufgefallen, und sie hätte an das kleine Wesen denken müssen, das jetzt wohl so ähnlich wie ich hätte aussehen müssen. Was der Brief mir weiter sagte, will ich vorläufig nicht niederschreiben.
Meine erste Sorge war, ihn zu verbrennen und sogar die Asche zu vernichten. Dabei beschlich mich der Gedanke, es sei besser, ich wäre überhaupt nie am Leben geblieben – besser für viele Leute, wenn ich nie geatmet hätte. Es flößte mir Schrecken ein, daß ich meiner Mutter und einem stolzen Familiennamen möglicherweise Gefahr und Schande bringen könnte. Ich fühlte mich so verwirrt und erschüttert, daß ich zu glauben anfing, es sei vom Schicksal bestimmt gewesen, daß ich bei meiner Geburt hätte sterben sollen, und, daß ich noch lebe, sei unrecht.

So waren die Gefühle, die mich erfüllten.
Erschöpft schlief ich ein und weinte beim Aufwachen, bei dem Gedanken, mit meiner Last von Sorgen wieder in der Welt sein zu müssen. Es flößte mir ein Grauen ein, wenn ich wieder an die dachte, gegen die ich ein lebendiges Zeugnis war, und an den Besitzer von Chesney Wold – und an die neue schreckliche Bedeutung der alten Worte, die jetzt wie eine am Ufer zerschellende Woge in mein Ohr klangen: »Deine Mutter, Esther, ist deine Schande, und du bist die ihre. Die Zeit wird kommen, und früh genug, wo du das besser verstehen und auch fühlen wirst, wie es ein Weib nur fühlen kann.«
Und wieder erwachten die Worte in meinem Hirn: »Bete täglich, daß die Sünden anderer nicht auf dein Haupt kommen mögen.«
Das, was mich umfing, vermochte ich nicht mehr zu entwirren, und es kam mir vor, als ob alle Schmach und Schande an mir läge und jetzt die Heimsuchung über mich gekommen sei.
Der Tag verschwamm in einen düstern, trüben Abend, und immer noch kämpfte ich mit meinem Gram. Ich ging allein aus, ging eine kleine Weile im Park spazieren und beobachtete die dunkeln, auf die Bäume fallenden Schatten und den flatternden Flug der Fledermäuse, die mich manchmal fast streiften. Zum erstenmal fühlte ich mich nach dem Schlosse hingezogen. Vielleicht wäre ich nicht in seine Nähe gekommen, wenn ich gefaßter gewesen wäre. Aber so lenkte ich den Pfad ein, der dicht daran vorbeiführte.
Ich wagte nicht, stehen zu bleiben oder aufzublicken, aber ich ging an dem Terrassengarten mit seinen reichen Düften und seinen breiten Gängen, den wohlgepflegten Beeten und dem geschorenen Rasen vorüber. Ich sah, wie schön und ernst er war, wie an den alten steinernen Balustraden und Brustlehnen und den breiten Treppen mit den niedrigen Stufen Zeit und Wetter genagt hatten, wie Moos

und Efeu sie und das alte steinerne Piedestal der Sonnenuhr umwucherten, und ich hörte das Plätschern der Springbrunnen. Dann führte mich der Weg an langen Reihen dunkler Fenster vorüber, unterbrochen von bezinnten Türmen und Pforten in exzentrischen Formen, wo alte steinerne Löwen und groteske Ungeheuer vor dunkeln schattigen Höhlen sich aufbäumten und, mit Wappenschildern in den Klauen, das Abendgrauen anfletschten. Von da ging der Pfad unter einem Torweg hinweg über einen Hof mit dem Haupteingang und an den Stallungen vorbei. Tiefe Stimmen lebten im Rauschen des Windes auf, in der dicken, sich an einer hohen roten Ziegelmauer hinaufschlingenden Efeudecke, in dem leisen Ächzen des Wetterhahns, im Bellen der Hunde und in dem langsamen Dröhnen einer Uhr. Ein süßer Geruch von den rauschenden Linden traf mich, und ich wendete mich, wie der Pfad sich dahinwand, nach der Südfront, und über mir erblickte ich die Balustrade des Geisterwegs und ein helles Fenster. Vielleicht war es das meiner Mutter.

Der Weg war hier gepflastert wie die über mir befindliche Terrasse, und meine Schritte, bisher unhörbar gewesen, hallten jetzt laut auf den steinernen Platten wider. Ich blieb nirgends stehen, um mir etwas zu betrachten, aber ich sah alles beim Vorübergehen. Ich eilte rasch weiter und wäre in wenigen Augenblicken an dem erhellten Fenster vorbeigekommen, da brachte mich der Widerhall meiner Schritte plötzlich auf den Gedanken, in der Sage vom »Geisterweg« könne eine schreckliche Wahrheit liegen. Ich selbst könne bestimmt sein, Unglück über das stolze Haus zu bringen, und meine eignen warnenden Schritte spukten jetzt darin. Von einem Grauen vor mir selbst erfaßt, das mein Blut gerinnen machte, entfloh ich vor mir selbst und eilte auf dem Weg zurück, den ich gekommen, und schöpfte erst wieder Atem, als ich das Haus des Pförtners erreichte und in schweren schwarzen Massen der Park hinter mir lag.

Erst als ich in meinem Zimmer wieder für die Nacht allein war, bekümmert und unglücklich, wurde mir klar, wie unrecht und undankbar ich war. Ein Brief von meinem Herzensliebling, der morgen kommen wollte, wurde mir übergeben. Ein heiterer Brief voll so liebreicher Vorfreude, daß ich hätte von Stein sein müssen, wenn er mich nicht gerührt hätte. Auch mein Vormund schrieb, er bäte das Mütterchen, wenn ich es vielleicht irgendwo treffen sollte, zu grüßen und ihm zu sagen, wie jämmerlich sie sich ohne mich befunden hätten. Die Wirtschaft ginge aus allen Fugen, und niemand sonst könne die Schlüssel führen – jeder im Hause erkläre, es sei ganz verändert, und alle drohten mit Rebellion, wenn ich nicht bald zurückkäme. Die beiden Briefe führten mir vor Augen, wieweit über Verdienst man mich liebe und wie glücklich ich mich fühlen müsse. Das brachte mich darauf, über mein ganzes vergangenes Leben nachzudenken, und – was schon längst hätte geschehen sollen – ich kam in eine bessere Stimmung.
Ich sah recht gut ein, daß es nicht meine Bestimmung hatte sein können, zu sterben, sonst hätte ich nicht gelebt – um nicht zu sagen, sonst wäre ich nie für ein so glückliches Leben aufgespart worden. Ich erkannte, wieviel Umstände für mein Wohlergehen zusammen gewirkt hatten, und daß, wenn die Sünden der Väter manchmal an ihren Kindern heimgesucht würden, dies Wort nicht die Bedeutung haben könnte, die ich ihm heute morgen unterlegt. Ich begriff, daß ich an meiner Geburt ebensowenig schuld war wie die Königin an der ihren und von dem Vater im Himmel nicht für meine Geburt bestraft worden sein könnte, ebensowenig wie eine Königin dafür belohnt werden würde. Die erschütternden Ereignisse des heutigen Tages müßten mich belehren, daß ich sogar so bald schon einen mildernden Trost in der über mich gekommenen Veränderung finden könnte. Ich fühlte mich bestärkt in meinen alten Entschlüssen und flehte um Kraft und schüt-

tete mein Herz aus in einer Bitte für meine unglückliche Mutter und mich und fühlte, daß der finstere Schatten von heute morgen zu schwinden begann. Er quälte mich nicht im Schlaf, und als das Licht des kommenden Tages mich weckte, war er verschwunden.

Mein Liebling sollte um fünf Uhr nachmittags ankommen. Ich wußte die Zwischenzeit nicht besser zu verbringen, als durch einen langen Spaziergang die Straße entlang, die sie kommen mußte. So machten denn Charley und ich und Stubbs – Stubbs diesmal gesattelt, denn nach unsern Erfahrungen spannten wir ihn nie wieder ein – einen langen Ausflug auf diesem Weg und wieder zurück. Dann hielten wir große Umschau in Haus und Garten, um nachzusehen, ob alles in bestem Zustand sei, und hielten den Vogel als wichtigen Bewohner des Hauses bereit. Es mußten noch mehr als zwei Stunden vergehen, ehe sie ankommen konnte, und die Zwischenzeit erschien mir sehr lang, da ich wegen meines veränderten Aussehens voll banger Unruhe war. Ich liebte mein Herzenskind so sehr, daß ich in großer Sorge war, welchen Eindruck es auf sie machen würde.

Wird sie wohl vorbereitet sein? dachte ich. Bei meinem Anblick nicht erschrecken und sich abgestoßen fühlen? Wird sie sich nicht vielleicht erst wieder von neuem an mich gewöhnen müssen?

Ich kannte das offenherzige reizende Gesicht meines Lieblings zu gut, als daß ich nicht schon im voraus hätte gewiß sein müssen, sie würde den ersten Eindruck nicht vor mir verbergen können. Und ich überlegte mir, ob ich dann ganz für mich würde einstehen können, wenn es, wie es doch so wahrscheinlich war, wechselnde Empfindungen verraten sollte.

Ja! Ich glaubte, ich werde es imstande sein. Nach der letzten Nacht glaubte ich es. Aber warten und warten und hoffen und harren und denken und grübeln sind eine schlimme Sache, und so beschloß ich denn, ihr wieder auf der Straße entgegenzugehen.

Daher sagte ich zu Charley: »Charley, ich gehe allein auf der Straße spazieren, bis sie kommt.« Und da Charley stets im höchsten Maße alles billigte, was ich für gut fand, blieb sie zu Hause und ließ mich gehen.

Aber als ich an den zweiten Meilenstein kam, hatten mich die öfters in der Ferne aufsteigenden Staubwolken so wiederholt in Aufregung versetzt, trotzdem ich mir sagte, es könne die Kutsche noch nicht sein, daß ich wieder umzukehren und nach Hause zu gehen beschloß. Und dann war mir so bange, die Kutsche möchte am Ende hinter mir herkommen, daß ich den größten Teil des Weges lief, um mich nicht einholen zu lassen.

Wieder sicher zu Hause, hielt ich mir vor, was für Dummheiten ich gemacht hatte. Jetzt war ich ganz erhitzt, und die Situation war schlimmer anstatt besser.

Endlich – ich glaubte, es sei noch mindestens eine Viertelstunde Zeit – rief mir Charley plötzlich zu: »Da kommt sie, Miß! Da ist sie schon!«

Fast ohne es zu wollen, lief ich die Treppe hinauf in mein Zimmer und versteckte mich hinter der Tür. Und da stand ich zitternd, selbst noch, als ich meinen Liebling die Treppe heraufkommen und rufen hörte: »Esther, meine liebe gute Esther, wo steckst du denn? Mütterchen! Kleines altes Mütterchen!«

Sie kam hereingerannt und wollte wieder hinauslaufen, als sie mich erblickte. Ach, mein Engel, mein Liebling! Der alte teuere Blick! Lauter Liebe, Zärtlichkeit und Zuneigung. Nichts sonst darin, nein, nichts, nichts.

Ach, wie glücklich fühlte ich mich, wie ich auf dem Fußboden saß und neben mir mein süßes liebes Kind, das seine liebliche Wange an mein durch Narben entstelltes Gesicht schmiegte, es mit Tränen und Küssen bedeckte, mich hin und her wiegte wie ein Baby, mich bei jedem erdenklichen Kosenamen rief und an ihr zärtliches Herz drückte.

37. KAPITEL

Jarndyce kontra Jarndyce

Wenn das Geheimnis, das ich zu bewahren hatte, nur mich betroffen hätte, würde ich es Ada anvertraut haben, bevor wir noch lange beisammen gewesen wären, so aber fühlte ich mich nicht einmal berechtigt, es meinem Vormund mitzuteilen, außer im äußersten Notfall. Es war eine schwere Bürde für mich, es so allein tragen zu müssen, aber meine Verpflichtung stand klar vor mir, und glücklich in der Liebe meines Herzenskindes, bedurfte ich keiner Ermutigung, stark zu bleiben. Oft, wenn sie schlief und alles ruhig war, erhielt mich die Erinnerung an meine Mutter wach, und ich fühlte mich tief bekümmert. Aber nie mehr wurde ich ein zweites Mal schwach, und Ada fand mich, wie sie sagte, so wie je. Sie berührte die Veränderung nicht, von der ich genug gesagt habe, und die ich, wenn ich es vermeiden kann, auch weiter nicht mehr zu erwähnen gedenke.

Sehr schwer wurde es mir, an diesem Abend ganz gefaßt zu erscheinen. Ada fragte mich, während wir arbeiteten, ob die Familie auf ihrem Landsitz sei, und als ich antworten mußte, ja, ich glaubte es, denn Lady Dedlock habe vorgestern mit mir im Park gesprochen, war es mir noch schwerer, auf die Frage, was sie denn gesagt habe, nur zur Antwort zu geben, sie wäre sehr gütig und teilnehmend gewesen. Ada gab zu, daß sie schön und elegant sei, machte aber einige Bemerkungen über ihr stolzes Wesen und ihre hochmütige abweisende Miene. Ohne es zu wissen, kam mir Charley zu Hilfe, indem sie uns erzählte, Lady Dedlock habe nur zwei Nächte auf dem Landsitz verbracht, um bei einer andern großen Familie in der nächsten Grafschaft einen Besuch zu machen, und sei zeitig am andern Morgen, nachdem sie mit mir an unserm

Lieblingsplatz gesprochen, wieder weitergereist. Charley machte das Sprichwort, daß kleine Eimer stets große Ohren haben, zur Wahrheit, denn sie erfuhr immer an einem Tag mehr als ich in einem Monat.

Wir sollten vier Wochen in Mr. Boythorns Haus bleiben. Mein Liebling war kaum acht schöne Tage dagewesen, soweit ich mich erinnere, als eines Abends, nachdem wir dem Gärtner beim Blumenbegießen geholfen hatten und gerade die Lichter angezündet worden waren, Charley mit höchst wichtiger Miene hinter Adas Stuhl auftauchte und mir geheimnisvoll winkte, hinauszukommen.

»O, wenn Sie erlauben, Miß«, flüsterte sie mit so runden und großen Augen wie nur möglich. »Es verlangt Sie jemand im Wirtshaus zu sprechen.«

»Wer kann mich denn im Wirtshaus sprechen wollen, Charley?«

»Ich weiß nicht, Miß«, entgegnete Charley, streckte den Kopf vor und faltete ihre Hände über ihrem kleinen Schürzenbund, was sie stets tat, wenn sie im Hochgenuß eines Geheimnisses oder einer vertraulichen Mitteilung schwelgte. »Aber es ist ein Herr, Miß. Er läßt sich Ihnen empfehlen und Sie bitten, zu kommen, ohne jemandem etwas davon zu sagen.«

»Wer läßt sich empfehlen, Charley?«

»Er tut's, Miß«, entgegnete Charley, deren grammatikalische Kenntnisse gewiß Fortschritte, aber nicht allzu schnelle, machten.

»Und wie kommst du dazu, die Botschaft zu überbringen, Charley?«

»Ich bin nicht der Bote, wenn Sie erlauben, Miß«, rechtfertigte sich meine kleine Zofe. »Es war W. Grubble, Miß.«

»Und wer ist denn W. Grubble, Charley?«

»Mister Grubble, Miß. Kennen Sie ihn denn nicht, Miß? ›Gasthaus zum Dedlock-Wappen, ausgeübt von W. Grubble‹.«

Charley sagte die Worte her, als ob sie die Firmatafel langsam abbuchstabierte.
»Ah, der Wirt, Charley?«
»Ja, Miß. Wenn Sie erlauben, Miß, seine Frau ist eine sehr schöne Dame, aber sie hat sich einmal den Knöchel gebrochen und ist nie mehr wieder grade geworden. Ihr Bruder ist der Sägemüller, den sie eingesteckt haben, Miß, und sie glauben, er wird sich mit Bier noch einmal ganz und gar zu Tode trinken«, sagte Charley.
Da ich nicht wußte, um was es sich handeln könne, und jetzt sehr leicht in Schrecken zu versetzen war, hielt ich es für das Beste, sogleich selbst hinzugehen. Ich ließ mir von Charley rasch Hut, Schleier und meinen Schal holen und ging dann die kleine holprige Straße hinab, wo ich ebenso zu Hause war, wie in Mr. Boythorns Garten.
Mr. Grubble stand in Hemdsärmeln an der Tür seines äußerst saubern kleinen Gasthauses und wartete auf mich. Als er mich kommen sah, nahm er seinen Hut mit beiden Händen ab und trug ihn wie ein schweres eisernes Gefäß vor mir her durch den sandbestreuten Garten in sein bestes Zimmer, eine hübsche, mit Teppichen belegte Stube mit mehr Blumenstöcken darin, als gerade nötig gewesen wären, einem kolorierten Kupferstich, die Königin Karoline darstellend, verschiednen Muscheln und einer ziemlichen Anzahl Teebretter, zwei ausgestopften Fischen in Glaskästen und einem seltsamen Ei oder Kürbis – oder was es sonst war, was da von der Ecke herabhing. Ich kannte Mr. Grubble vom Ansehen recht gut, denn er pflegte oft an seiner Haustür zu stehen. Er war ein freundlich aussehender untersetzter Mann von mittleren Jahren und schien sich einzubilden, ohne Hut und Stulpenstiefel nie passend angezogen zu sein. Einen Rock dagegen trug er nur in der Kirche.
Er putzte den Docht der Kerze, trat ein paar Schritte zurück, um zu sehen, ob sie gut brenne, und verschwand aus dem Zimmer, mir ganz unerwartet, denn ich wollte ihn

gerade fragen, wer nach mir geschickt habe. Die Tür der gegenüberliegenden Stube ging jetzt auf, und ich hörte einige Stimmen, die mir bekannt vorkamen, aber sogleich verstummten. Ein rascher leichter Schritt näherte sich dem Zimmer, in dem ich wartete, und wer stand vor mir? Richard!

»Meine liebe Esther!« rief er. »Meine Herzensfreundin!«

Er war so zärtlich und innig, daß ich in der ersten Überraschung, erfreut über seine brüderliche Begrüßung, kaum Atem genug finden konnte, ihm zu sagen, daß sich Ada wohl befinde.

»Sie erraten immer meine innersten Gedanken – sind immer dasselbe liebe Mädchen.« Er führte mich zu einem Stuhl und setzte sich neben mich.

Ich schlug meinen Schleier ein wenig zurück.

»Immer dasselbe liebe Mädchen«, wiederholte er genau so herzlich wie vorhin.

Ich schlug den Schleier ganz zurück, legte meine Hand auf seinen Arm, sah ihn an und sagte ihm, wie dankbar ich ihm für sein freundliches Willkommen sei und wie sehr es mich freue, ihn wiederzusehen; – innerlich froh auch wegen des in meiner Krankheit gefaßten Entschlusses, den ich ihm sogleich mitteilte.

»Meine Liebe«, sagte Richard, »auch für mich gibt es niemanden, mit dem es mich mehr zu sprechen verlangte, als Sie, denn ich möchte, daß Sie mich ganz verstehen.«

»Und ich möchte, Richard«, sagte ich und schüttelte den Kopf, »daß Sie vor allem noch eine andre Person verstehen lernten.«

»Da Sie so direkt auf John Jarndyce anzuspielen scheinen«, sagte Richard, »kann ich wohl annehmen, daß Sie niemand anderen meinen?«

»Natürlich meine ich ihn.«

»Dann kann ich gleich sagen, daß mich das freut, denn gerade in dieser Hinsicht liegt es mir am meisten am Herzen, verstanden zu werden. Von Ihnen, verstehen Sie recht:

von Ihnen, liebe Esther. Mr. Jarndyce oder Mr. Sonstjemand bin ich keine Rechenschaft schuldig.«
Es schmerzte mich, daß er diesen Ton anschlug, und äußerte mich in diesem Sinne.
»Gut, gut, liebe Esther. Wir wollen davon jetzt nicht weiter sprechen«, sagte Richard. »Ich möchte mit Ihnen am Arm in Ihrem Landhaus hier erscheinen und meine reizende Kusine überraschen. Ich hoffe, Ihre Gewissenhaftigkeit John Jarndyce gegenüber verbietet Ihnen das nicht?«
»Lieber Richard, Sie wissen, Sie würden in seinem eignen Haus ebenso herzlich willkommen sein. Es würde Ihnen ein Vaterhaus sein, wenn Sie es nur so betrachten wollten. Und Sie sind hier wie dort gleich herzlich willkommen.«
»Sie sprechen wie die beste aller kleinen Hausfrauen!« rief Richard heiter.
Ich fragte ihn, wie ihm sein neuer Beruf gefalle.
»Ganz gut, danke«, sagte er. »Nichts auszusetzen. Vorderhand ist er so gut wie jeder andre. Ich weiß nicht, ob ich mich sehr um ihn kümmern werde, wenn ich erst einmal im reinen bin, aber dann kann ich ja mein Patent verkaufen und ... Aber sprechen wir jetzt nicht von dem ganzen Trödel.«
So jung und schön, in jeder Hinsicht so das vollkommene Gegenteil von Miß Flite und doch ihr so schrecklich ähnlich, als jetzt ein gequälter, von Ungeduld verzehrter Ausdruck sein Gesicht überflog.
»Ich bin soeben auf Urlaub in London, Esther.«
»Nein, wirklich?«
»Ja! Ich bin herübergereist wegen meiner – Kanzleigerichtsangelegenheit, ehe die langen Ferien anfangen, um nachzusehen, wie sie steht«, sagte Richard mit einem gezwungen unbefangnen Lächeln. »Ich versichere Ihnen, wir fangen jetzt wirklich an, mit dem langwierigen Prozeß vorwärts zu kommen.«
Ich schüttelte bedenklich den Kopf.

»Sie meinen, es ist kein angenehmes Gesprächsthema?« Wieder flog derselbe Schatten wie vorhin über sein Gesicht. »Wir wollen für heute abend die Sache ganz und gar fallen lassen ... Weg damit. Wen, denken Sie wohl, habe ich mitgebracht?«

»War das Mr. Skimpoles Stimme vorhin?«

»Erraten! Das ist der richtige Mann für mich! Er tut mir wohler als jeder andre Mensch. Was für ein bezauberndes Kind er doch ist.«

Ich fragte Richard, ob jemand wisse, daß sie beide zusammen hierher gereist wären.

»Nein, niemand.« Richard hätte einen Besuch bei dem lieben alten Knaben gemacht – so nannte er Mr. Skimpole –, und der »liebe alte Knabe« hätte ihm unsern Aufenthalt mitgeteilt, es sich in den Kopf gesetzt, uns zu besuchen, und Lust bekommen, ihn zu begleiten, und so sei er denn hier.

»Er ist – ohne die nicht unbedeutenden Kosten, die er einem macht, einzubeziehen – dreifach sein Gewicht in Gold wert. Er ist so ein fideler Kerl. Kein Funken Eigennutz in ihm. Ein frisches jugendliches Herz.«

Ich sah zwar gerade keinen Beweis von Mr. Skimpoles Uneigennützigkeit in dem Umstand, daß er sich seine Reisekosten von Richard bezahlen ließ, aber ich machte weiter keine Bemerkung darüber.

Er kam jetzt selbst herein, und das gab unserm Gespräch eine andere Wendung. Er war entzückt, mich zu sehen, sagte, er hätte meinetwegen zuweilen während sechs Wochen Tränen der Freude und Teilnahme vergossen, wäre nie so glücklich gewesen, als wie er von meiner Genesung gehört habe, und finge jetzt an, einzusehen, warum in der Welt Gutes mit Schlimmem gemischt sei. Er fühle, daß er die Gesundheit um so höher schätze, wenn jemand anders krank sei, und sagte, er wisse durchaus nicht, ob es nicht im Schöpfungsplan läge, daß A. schielen müsse, um B. wegen seines eignen geraden Blickes glücklich zu machen,

oder daß C. ein hölzernes Bein habe, um D. zufriedener mit seinem eignen aus Fleisch und Blut in einem seidnen Strumpf zu machen.
»Meine liebe Miß Summerson. Hier haben Sie unsern Freund Richard zum Beispiel. Er ist erfüllt von herrlichen Zukunftsträumen, die er aus der Nacht des Kanzleigerichtshofs heraufbeschwört. Ist das nicht herrlich, begeisternd und voller Poesie? In alten Zeiten wurden die Wälder und Einöden für den Schäfer durch die Pfeifen des Pan und den Tanz der Nymphen belebt und erhellt. Unser idyllischer Richard, dieser Schäfer der Gegenwart, bringt heitere Fröhlichkeit in die schläfrigen Advokatenkanzleien, indem er die Nymphe Fortuna und ihr Gefolge nach den melodischen Noten eines Urteils vor dem Richterstuhl tanzen läßt. Das ist doch wirklich erfreulich, das müssen Sie doch selbst sagen! Irgendein bärbeißiger, sauertöpfischer Kerl wird vielleicht einwenden: Was, einen Nutzen sollen alle diese Mißbräuche unsrer Gerichtshöfe auch noch haben? Wie können Sie so etwas verteidigen! Und ich antworte darauf: Mein bärbeißiger Freund, ich verteidige sie nicht, aber sie sind mir sehr angenehm. Ich habe einen Freund, einen jungen Schäfer, der sie in etwas für meine Einfalt geradezu Faszinierendes verwandelt. Ich sage nicht, daß sie erwiesenermaßen zu diesem Zweck existieren – aber es könnte vielleicht doch sein ... Sie müssen bedenken, daß ich unter euch weltgesinnten Brummbären ein Kind bin und mich überdies nicht verpflichtet fühle, euch oder mir wegen irgend etwas Rechenschaft zu geben.«
Es wurde mir sofort klar, daß Richard kaum irgendeinen schlimmeren Freund hätte finden können als gerade diesen. Es machte mir große Sorge, daß er noch dazu zu einer Zeit, wo er eines festen Vorsatzes und Zieles am meisten bedurft hätte, diesen gewinnenden Leichtsinn, dieses jederzeit bereite Wegschieben unangenehmer Dinge vor Augen hatte. Ich glaubte mir wohl erklären zu können,

warum ein fester Charakter wie der meines Vormunds – in der Welt erfahren und überdies gezwungen gewesen, die unglückseligen Verschleppungen des Familienunglücks mit anzusehen – einen so großen Trost in Mr. Skimpoles Offenherzigkeit hinsichtlich seiner Schwächen und seines Zurschautragens harmloser Aufrichtigkeit fand, aber ich konnte doch nicht so ganz davon durchdrungen sein, daß Mr. Skimpoles Wesen vollständig uneigennützig sei.
Sie gingen beide mit mir nach Hause, und nachdem Mr. Skimpole uns am Gartentor verlassen hatte, trat ich leise mit Richard ein und sagte:
»Liebe Ada, ich habe einen Herrn mitgebracht, der dich besuchen will.«
Es war nicht schwer, in ihrem errötenden erschrockenen Gesicht zu lesen. Sie liebte ihn innig, und er wußte es, und ich wußte es. Es war eine durchsichtige Sache, dieses »Einander-nur-Vetter-und-Kusine-Sein«.
Ich machte mir fast Vorwürfe, in meinem Argwohn engherzig zu sein, aber ich fühlte mich doch nicht so ganz sicher, ob Richard Ada ebenso innig liebte wie sie ihn. Er bewunderte sie sehr – das hätte jeder tun müssen – und würde, glaube ich wohl sagen zu dürfen, sein jugendliches Verlöbnis mit Stolz und Freude erneuert haben, wenn er nicht gewußt hätte, wie fest sie das ihrem Vormund gegebne Versprechen gehalten haben würde.
Dennoch quälte mich der Gedanke, daß der ihn beherrschende Einfluß sich sogar bis hierher erstreckte, daß er hier wie in allem andern das Beste aufschöbe, bis ihm ›Jarndyce kontra Jarndyce‹ nicht mehr auf der Seele liege. Was Richard ohne diesen geistigen Mehltau hätte sein können, entzieht sich wohl für immer meinen Blikken.
Er sagte Ada in seiner offensten Weise, er sei nicht gekommen, um die mit Mr. Jarndyce – wie er sagte, zu blind und vertrauensvoll – vereinbarten Bedingungen heimlich zu verletzen, sondern sei öffentlich gekommen, um sie und

mich zu sehen und sich wegen seiner gegenwärtigen Stellung zu Mr. Jarndyce zu rechtfertigen. Da das alte Kind uns gleich stören kommen werde, bäte er mich, für morgen eine Stunde, wo er ohne Rückhalt mit mir sprechen und sich rechtfertigen könne, zu bestimmen. Ich schlug ihm einen Spaziergang im Park für sieben Uhr früh vor, und er ging darauf ein.

Mr. Skimpole erschien bald darauf und erheiterte uns eine Stunde lang. Er legte ein besonderes Verlangen an den Tag, die kleine Coavinses, wie er Charley nannte, zu sehen, und erzählte ihr mit der Miene eines Patriarchen, daß er ihrem seligen Vater soviel Beschäftigung, wie nur in seiner Macht gestanden, gegeben habe, und wenn einer ihrer kleinen Brüder sich beizeiten demselben Beruf zuwenden würde, er immer noch imstande zu sein hoffe, ihm ziemlich viel zu tun zu geben.

»Denn man fängt mich stets mit den gleichen Netzen«, sagte er und sah uns über ein Glas Wein mit Wasser mit strahlendem Gesicht an. »Und ich werde jedesmal wieder ausgelöst. Irgend jemand zahlt immer für mich. Ich selbst kann es nicht, das wissen Sie, denn ich habe nie Geld. Durch irgend jemandes Hilfe komme ich immer wieder frei. Wenn Sie mich aber fragen, wer der Jemand ist, könnte ich es Ihnen auf mein Wort nicht sagen. Wir wollen auf dieses Jemands Gesundheit trinken. Gott segne ihn!«

Richard verspätete sich ein wenig am Morgen, aber ich hatte nicht lange auf ihn zu warten, und wir gingen zusammen in den Park. Die Luft war hell und taufrisch, und kein Wölkchen stand am Himmel. Die Vögel sangen entzükkend, die funkelnden Tropfen im Farnkraut, auf Gras und Laub, waren herrlich anzusehen, und der Reichtum des Waldes schien sich seit gestern verzwanzigfacht zu haben, als ob die Natur in der stillen Nacht emsiger als je für die Herrlichkeit des Tages vorgesorgt hätte.

»Es ist ein reizender Ort«, sagte Richard und sah sich um.

»Nichts von dem Streit und dem Unfrieden von Prozessen.«
– Aber andrer Kummer war hier! –
»Ich will Ihnen was sagen, liebes Mütterchen. Wenn ich meine Angelegenheiten erst einmal in Ordnung gebracht habe, glaube ich, ich ziehe hierher und setze mich zur Ruhe.«
»Wäre es nicht besser, sich jetzt zur Ruhe zu setzen?«
»Jetzt zur Ruhe zu kommen oder überhaupt etwas Definitives zu tun, ist nicht so leicht. Kurz, es ist unmöglich. Mir wenigstens.«
»Warum?«
»Sie wissen, warum, Esther. Wenn Sie in einem unausgebauten Hause wohnten, das jeden Tag ein neues Dach bekommen oder vom Giebel bis zum Grund eingerissen und wieder neu aufgebaut werden kann – morgen, übermorgen, nächste Woche, nächsten Monat, nächstes Jahr –, würde es Ihnen auch schwerfallen, sich zur Ruhe zu setzen oder ins Geleise zu kommen. So geht es mir. Jetzt!! Es gibt kein Jetzt für uns Prozeßparteien.«
Ich hätte fast an die Anziehungskraft glauben können, von der meine arme geisteskranke Freundin in Bleakhaus gesprochen hatte, als ich jetzt wieder Richards verfinsterten Blick von gestern abend sah. Schrecklicher Gedanke, aber es lag auch etwas darin von dem Schatten des unglücklichen Gridley.
»Mein lieber Richard«, wendete ich ein, »das ist ein schlechter Anfang für unsre Unterredung.«
»Ich wußte, daß Sie das sagen würden, Mütterchen.«
»Und nicht ich allein, lieber Richard, war es, die Sie einmal warnte, nie eine Hoffnung oder eine Erwartung auf diesen Familienfluch zu gründen!«
»Da kommen Sie wieder auf John Jarndyce zurück«, unterbrach mich Richard ungeduldig. »Nun gut. Früher oder später müssen wir sowieso darauf kommen, denn auf ihn bezieht sich alles, was ich zu sagen habe, und es ist viel-

leicht am besten, wir sprechen gleich davon. Meine liebe Esther, wie können Sie nur so blind sein! Sehen Sie denn nicht, daß er als Mitbeteiligter ein Interesse daran haben muß, daß ich nichts von dem Prozesse weiß und mich möglichst wenig darum kümmere?«

»Richard!« drang ich in ihn. »Ist es denn möglich, daß Sie Mr. Jarndyce jemals gesehen, ihn sprechen gehört haben, jemals in seinem Hause gewohnt und ihn gekannt haben und es dennoch über sich bringen können, selbst mir gegenüber und an diesem einsamen Ort, wo uns niemand hört, einen so unwürdigen Verdacht auszusprechen!«

Er errötete tief, als ob er in seiner angebornen natürlichen Hochherzigkeit einen Gewissensbiß empfinde. Er schwieg eine kleine Weile, ehe er mit gepreßter Stimme zur Antwort gab:

»Esther, ich bin überzeugt, Sie halten mich nicht für einen niedrig denkenden Menschen und wissen, ich fühle wie Sie, daß Argwohn und Mißtrauen schlimme Eigenschaften in so jungen Jahren wie den meinen sind.«

»Gewiß«, versicherte ich, »gewiß.«

»Sie sind ein liebes Mädchen, wie immer, und trösten mich. Ich hätte überhaupt in dieser ganzen Angelegenheit ein bißchen Trost nötig, denn sie ist selbst im besten Fall eine schlimme Sache, wie ich Ihnen nicht erst zu sagen brauche.«

»Das weiß ich, Richard, das weiß ich so gut – was soll ich nur sagen – so gut wie Sie.«

»Kommen Sie, Schwester«, sagte Richard ein wenig heiterer. »Seien Sie jetzt unparteiisch. Wenn ich das Unglück habe, unter dem Einfluß des Prozesses zu stehen, so hat er's doch auch. Wenn es mich ein wenig durcheinander gebracht hat, so ist es doch bei ihm ebenso der Fall. Ich sage ja nicht, daß er – abgesehen davon – nicht ein ehrenwerter Mann sei. Ich bin überzeugt, daß er es ist. Aber es steckt jedermann an. Sie wissen selbst, daß es jedermann ansteckt. Sie haben das fünfzigmal von ihm selber gehört. Warum sollte denn gerade er davon frei sein.«

»Weil«, sagte ich, »weil er ein ungewöhnlicher Charakter ist und sich mit Festigkeit außerhalb des Zauberkreises gehalten hat, Richard.«

»Ach, weil und weil!« entgegnete Richard in seiner lebhaften Weise. »Ich weiß wirklich nicht, mein liebes Mütterchen, ob es nicht bloße Klugheit und Vorsichtigkeit von ihm ist, die Maske solcher Gleichgültigkeit aufzusetzen. Andre dabei beteiligte Parteien werden vielleicht dadurch gleichgültiger gegen ihre eignen Interessen. Leute können wegsterben und Einzelheiten in Vergessenheit geraten – kurz, viele Dinge ruhig geschehen, die recht gelegen kommen.«

Richard tat mir so leid, daß ich ihm keinen Vorwurf mehr machen konnte, selbst nicht mit einem Blick. Ich erinnerte mich daran, wie nachsichtig und ohne Bitterkeit mein Vormund von ihm gesprochen hatte.

»Esther«, fing Richard wieder an, »Sie dürfen nicht etwa glauben, ich sei hierher gekommen, um John Jarndyce heimlich anzuklagen. Ich bin nur gekommen, um mich zu rechtfertigen. Was ich sage, ist: Alles war recht gut und schön, und wir kamen aufs beste miteinander aus, solange ich noch ein Knabe war und mich um den Prozeß ganz und gar nicht kümmerte. Kaum aber fing ich an, ein Interesse daran zu finden und ihm nachzugehen, wurde die Sache anders. Da entdeckte John Jarndyce, Ada und ich müßten unser Verhältnis lösen und paßten nicht füreinander, wenn ich meinen höchst tadelnswerten Weg nicht verließe. Und das zu tun, fällt mir nun, liebe Esther, nicht ein. Ich will John Jarndyces Gunst nicht unter diesen unbilligen Bedingungen genießen, die er durchaus kein Recht hat, mir vorzuschreiben. Aber ob es ihm nun gefallen oder mißfallen mag, jedenfalls werde ich meine und Adas Rechte aufrecht erhalten. Ich habe viel darüber nachgedacht und bin endlich zu diesem Schluß gekommen.«

Armer lieber Richard! Allerdings hatte er darüber sehr viel nachgedacht. Sein Gesicht, seine Stimme und sein ganzes Benehmen verrieten das deutlich.

»Ich sage offen und ehrlich und habe ihm bereits darüber geschrieben, daß wir uneins sind und daß es besser ist, wir sind es offen als heimlich. Ich danke ihm für seinen guten Willen und seinen Schutz, und er geht seinen Weg und ich den meinen. Tatsache ist nun einmal, daß unsre Wege nicht dieselben sind. Nach einem der strittigen Testamente soll ich viel mehr bekommen als er. Ich will nicht behaupten, daß gerade dieses Testament gerichtlich bestätigt werden müsse, aber es hat gerade soviel Aussicht darauf wie die andern.«

»Lieber Richard. Ich habe schon von Ihrem Brief an ihn gehört. Er erwähnte ihn ohne ein böses oder erzürntes Wort.«

»Wirklich?« entgegnete Richard, ein wenig besänftigt. »Da freut es mich, daß ich sagte, er sei ein ehrenhafter Mann, außerhalb dieser ganzen unglückseligen Geschichte. Ich sagte das immer und habe nie daran gezweifelt. Ich weiß wohl, liebe Esther, meine Ansichten werden Ihnen ungerecht erscheinen und auch Ada, wenn Sie ihr erzählen, was wir miteinander gesprochen haben, aber wenn Sie die Prozeßakten so durchgenommen hätten, wie ich bei Kenge, wenn Sie wüßten, was für eine Unmasse von Beschuldigungen und Gegenbeschuldigungen, Verdächtigungen und Gegenverdächtigungen in ihnen steckt, so würden Sie mich in meiner jetzigen Ansicht geradezu für gemäßigt halten.«

»Vielleicht«, sagte ich. »Aber glauben Sie denn, daß in diesem Wust von Papieren viel Wahrheit und Gerechtigkeit steckt, Richard?«

»Wahrheit und Gerechtigkeit steckt irgendwo in dem Prozeß, Esther –«

»– oder war vor langer Zeit einmal darin«, sagte ich.

»Ist – ist darin – muß doch irgendwo darin stecken«, fuhr

Richard ungeduldig fort, »und endlich einmal an den Tag kommen. Aber Ada mir als Lockvogel hinzustellen, um mich abzulenken, ist nicht der richtige Weg, die Wahrheit an den Tag zu bringen. Sie sagen, der Prozeß habe mich verändert. John Jarndyce sagt, er verändere jeden, der daran teil hat, habe es getan und werde es immer tun. Ein um so größeres Recht habe ich dann, alles aufzubieten, was ich nur kann, um ihn zu Ende zu bringen.«

»Alles, was Sie können, Richard! Aber glauben Sie nicht, daß in diesen vielen Jahren andre nicht auch schon getan haben, was sie konnten? Sind die Schwierigkeiten geringer geworden, bloß, weil es so vielen fehlgeschlagen ist?«

»Es kann nicht ewig dauern«, rief Richard mit einer heftig aufflammenden Wildheit, die wieder die traurige Erinnerung an Gridley in mir wachrief. »Ich bin jung, und es ist mir ernst. Und Energie und festes Wollen haben schon manches Wunder getan. Andre haben sich nur mit halber Kraft darauf geworfen. Ich widme mich der Sache mit Leib und Seele. Ich mache sie zu meinem Lebenszweck.«

»Um so schlimmer, lieber Richard, ach, nur um so schlimmer.«

»Nein, nein, nein, haben Sie keine Angst um mich!« antwortete er mit großer Innigkeit. »Sie sind ein liebes, gutes, kluges, ruhiges, prächtiges Mädchen, aber Sie sind in Vorurteilen befangen. Ich komme damit wieder auf John Jarndyce. Ich sage Ihnen, meine gute Esther, als wir miteinander auf dem Fuß standen, den er für so angemessen fand, standen wir nicht auf dem natürlichen Fuß.«

»Halten Sie denn Zwist und Feindschaft für natürliche Verhältnisse, Richard?«

»Nein, das sage ich nicht. Ich meine nur, daß die ganze Angelegenheit uns in eine schiefe Lage drängt, in der natürliche Verhältnisse ein Unding sind. Wieder ein Grund mehr, die Sache nach Möglichkeit zu beschleunigen. Wenn alles vorbei sein wird, entdecke ich vielleicht, daß ich mich in John Jarndyce geirrt habe. Mein Kopf wird möglicherweise klarer sein, wenn ich den Prozeß einmal los bin, und dann stimme ich vielleicht dem bei, was Sie mir heute gesagt haben. – Sehr gut. Dann werde ich das mit Freude anerkennen und ihm Abbitte leisten.«

– Also alles in eine phantastische Ferne gerückt, und bis dahin Verwirrung und Unklarheit! –

»Vertrauteste meiner Seele! Meine liebe, liebe Esther, ich wünsche, daß meine Kusine Ada einsieht, daß ich hinsichtlich John Jarndyce nicht voreingenommen, launenhaft oder trotzköpfig bin, sondern zielbewußt vorgehe und die Vernunft auf meiner Seite habe. Ich möchte gern, daß Sie bei ihr für mich sprechen. Sie hat eine große Verehrung für ihren Vetter John, und ich weiß, Sie werden den von mir gewählten Weg in milderem Licht darstellen, selbst, wenn Sie ihn nicht billigen, und – kurz – ich möchte mich einem so vertrauensvollen Herzen wie dem Adas nicht im Lichte eines streitsüchtigen und argwöhnischen Charakters zeigen.«

Ich sagte ihm, er sei in diesen letzten Äußerungen mehr wieder der alte Richard gewesen als in all dem, was er vorher geäußert habe.

»Nun ja«, gestand Richard, »da mögen Sie recht haben, Esther. Es kommt mir fast selbst so vor. Aber ich werde mit der Zeit imstande sein, mich offen zu geben. Dann wird alles ins Geleise kommen, haben Sie keine Angst.«

Ich fragte, ob das alles sei, was ich Ada sagen sollte.

»Nicht ganz. Es ist meine Pflicht, ihr nicht zu verschweigen, daß John Jarndyce meinen Brief in seiner gewohnten Art beantwortet hat, mich als ›lieber Rick‹ angeredet, mir meine Meinungen auszureden versucht und mir gesagt hat, daß er deshalb zu mir nicht anders sein werde. Das alles ist recht schön und gut, ändert aber die Sache selbst nicht. Ich wünsche auch, Ada wissen zu lassen, daß ich für ihre Interessen so gut wie für die meinen sorge – denn ihr und mein Interesse decken sich –, und hoffe, sie werde mich, wenn vielleicht unbestimmte Gerüchte ihr zu

Ohren kommen sollten, nicht für leichtsinnig oder unbedacht halten. Ich richte im Gegenteil mein ganzes Augenmerk auf die Beendigung des Prozesses und arbeite stets auf dieses Ziel hin. Da ich inzwischen mündig geworden bin und diesen Schritt nun einmal getan habe, so halte ich mich jeder Verantwortlichkeit gegenüber John Jarndyce zwar für ledig, aber da Ada immer noch Kanzleigerichtsmündel ist, verlange ich die Erneuerung unsres Verlöbnisses vorläufig noch nicht von ihr. Wenn sie frei und selbständig handeln kann, werde ich wieder mir selbst gehören, und ich glaube, wir werden dann in ganz andern materiellen Verhältnissen sein.

Wenn Sie ihr das alles in Ihrer rücksichtsvollen Weise sagen wollten, würden Sie mir einen großen Freundschaftsdienst erweisen, liebe Esther, und ich werde mich mit ›Jarndyce kontra Jarndyce‹ mit noch größerer Energie herumschlagen. Natürlich verlange ich nicht, daß in Bleakhaus etwas geheimgehalten wird.«

»Richard«, sagte ich, »Sie schenken mir großes Vertrauen, und doch, fürchte ich, werden Sie keinen Rat von mir annehmen?«

»In dieser Angelegenheit unmöglich, meine liebe Esther. In jeder andern mit der größten Bereitwilligkeit.«

– Als ob in seinem Leben noch eine andre existierte! Als ob seine ganze Laufbahn und sein Charakter nicht eine einzige Farbe angenommen hätten! –

»Aber eine Frage darf ich Ihnen doch vorlegen, Richard?«

»Ich dächte ja«, sagte er lachend. »Ich wüßte nicht, wer es sonst tun könnte, wenn nicht Sie.«

»Sie sagten vorhin, daß Sie kein geordnetes Leben führten.«

»Wie kann ich denn das, liebe Esther, wenn nichts im Geleise ist?«

»Haben Sie wieder Schulden gemacht?«

»Natürlich«, sagte Richard, ganz erstaunt über meine Einfalt.

»Ist das so natürlich?«
»Gewiß, liebes Kind. Ich kann mich einer Sache ohne Geldkosten doch nicht vollständig widmen. Sie vergessen oder vielmehr wissen nicht, daß, mag jetzt dieses oder jenes Testament bestätigt werden, Ada und ich jedenfalls etwas bekommen müssen. Es kann sich nur um die größere oder die kleinere Summe handeln. Ganz durchzufallen ist ausgeschlossen. Beruhigen Sie sich, meine prächtige Esther«, sagte Richard, dem ich wirklich Spaß zu machen schien, »ich werde schon gut durchkommen! Ich werde mir schon einen Weg bahnen, meine Liebe.«
Ich sah die Gefahr, in der er schwebte, so deutlich, daß ich ihn in Adas und meines Vormunds und meinem eignen Namen aufs dringendste beschwor, ihn warnte und ihm einige seiner Irrtümer klar zu machen versuchte. Alles, was ich ihm sagte, hörte er mit Geduld und Sanftmut an, aber es prallte von ihm ab, ohne den mindesten Eindruck hervorzubringen. Nach der Art, wie er meines Vormundes Brief aufgenommen hatte, konnte ich mich darüber eigentlich nicht wundern, aber jedenfalls beschloß ich, auch noch Adas Einfluß auf ihn wirken zu lassen.
Als wir daher auf unserm Spaziergang das Dorf erreichten und ich zum Frühstück nach Hause kam, bereitete ich Ada auf alles, was ich ihr mitzuteilen hatte, vor, und stellte ihr vor Augen, wie sehr wir zu befürchten hätten, daß Richard sich selbst verlieren und sein ganzes Leben zwecklos vergeuden könnte. Natürlich machte sie das sehr bekümmert, aber sie hoffte, viel zuversichtlicher als ich, daß er seine Irrtümer rechtzeitig einsehen werde.
– Es war so natürlich und liebevoll von meinem Herzensschatz. –
Dann setzte sie sich hin und schrieb ihm folgenden Brief:

Liebster Vetter!
Esther hat mir alles mitgeteilt, was Du ihr diesen Morgen gesagt hast. Ich schreibe Dir jetzt, um auf das dringlichste

alles, was sie Dir vorgehalten hat, selbst zu wiederholen und Dich wissen zu lassen, wie fest ich überzeugt bin, daß Du früher oder später in unserm Vetter John ein Muster von Wahrhaftigkeit, Aufrichtigkeit und Herzensgüte erkennen wirst. Es wird Dir noch einmal bitter leid tun, ihm, wenn auch unabsichtlich, so unrecht getan zu haben.

Ich weiß nicht recht, wie ich das, was ich Dir jetzt sagen möchte, schreiben soll, aber ich hoffe, Du wirst es so auffassen, wie ich es meine. Ich fürchte fast, liebster Vetter, daß Du Dir zum Teil meinetwegen für die Zukunft so viel Sorge machst – und damit natürlich auch mir. Im Falle das so sein sollte, bitte ich Dich auf das ernstlichste und flehentlichste, davon abzulassen. Du könntest nichts für mich tun, was mich halb so glücklich machen würde, als daß Du dem unheilvollen Schatten, in dem wir beide geboren sind, auf ewig den Rücken kehrtest. Sei mir nicht böse, daß ich Dir das sage. Bitte, bitte, lieber Richard, tue es um meinet- und um deinetwillen. Schon aus natürlicher Abneigung gegen die Sorgenquelle, die mit schuld war, daß wir schon in frühester Jugend Waisen wurden, bitte, bitte, sage Dich auf ewig davon los. Wir haben wahrhaftig Grund, zu wissen, daß nichts Gutes und keine Hoffnung aus dieser Quelle kommt. Nur Kummer und Sorgen.

Liebster Vetter, ich brauche wohl nicht erst zu sagen, daß Du selbstverständlich ganz frei bist. Aller Wahrscheinlichkeit nach wirst Du einmal ein Mädchen finden, das Du viel mehr lieben wirst als Deine erste flüchtige Jugendneigung. Laß mich Dir sagen, daß ich Deinem Schicksal viel lieber in die weite Welt folgen – und wäre es noch so bescheiden und armselig – und Dich in der Erfüllung Deiner Pflicht und im Verfolgen des von Dir erwählten Weges glücklich sehen, als hoffen würde, mit Dir auf Kosten öder Jahre martervollen Wartens und gleichgültig gegen jedes andre Lebensziel dereinst reich zu sein, wenn das überhaupt möglich wäre. Du wirst Dich vielleicht wundern, daß ich das bei meiner geringen Lebenserkenntnis und Erfahrung so zuversichtlich ausspreche, aber im innersten Herzen fühle ich, daß ich recht habe.

Stets verbleibe ich, liebster Vetter,

Deine Dich zärtlich liebende

Ada.

Dieses Briefchen brachte Richard sehr bald zu uns. Aber es machte nur einen sehr geringen, wenn überhaupt einen Eindruck auf ihn.

»Wir wollen unparteiisch untersuchen«, sagte er, »wer recht und wer unrecht hat.« Er wollte es uns zeigen – wir sollten schon sehen. Er war begeistert und voller Glut, als ob Adas Zärtlichkeit ihn ansporne, aber ich konnte nur seufzend hoffen, der Brief möchte, wenn er ihn später nochmals läse, einen stärkeren Eindruck auf ihn machen, als es offenbar jetzt der Fall gewesen.

Da er den Tag über bei uns bleiben wollte und für den nächsten Morgen Plätze in der Landkutsche bestellt hatte, suchte ich Gelegenheit, mit Mr. Skimpole zu sprechen. Da wir uns viel im Freien aufhielten, ergab sich das leicht, und ich deutete ihm zart an, es sei eine Sache der Verantwortlichkeit, Richard vor unnötigen Ausgaben zurückzuhalten.

»Verantwortlichkeit, meine liebe Miß Summerson?« griff Mr. Skimpole das Wort mit seinem gewinnendsten Lächeln auf. »Ich bin für so etwas der allerungeeignetste Mensch auf der Welt. Ich war nie in meinem Leben verantwortlich. Ich kann es nicht sein.«

»Ich fürchte, jedermann ist verpflichtet, es zu sein«, wendete ich schüchtern ein, da er soviel älter und gescheiter war als ich.

»Wirklich?« sagte Mr. Skimpole mit drolligem Erstaunen über meinen lichtvollen Einwand. »Aber jedermann ist doch nicht verpflichtet, zahlungsfähig zu sein? Ich bin es zum Beispiel nicht. Ich war es nie. Sehen Sie her, meine liebe Miß Summerson.« Er nahm eine Handvoll loses

Kupfer- und Silbergeld aus der Tasche. »Hier ist soundsoviel Geld. Ich habe keine Idee, wieviel es ist. Ich bin in der Kunst des Zählens nicht bewandert. Sagen wir vier Schilling und neun Pence – sagen wir vier Pfund und neun Schilling. Jemand behauptet nun, ich wäre viel mehr schuldig als das. Ich glaube das gern. Ich glaube, ich bin soviel schuldig, als gutmütige Leute mir borgen wollen. Wenn sie nicht aufhören, das zu tun, warum sollte ich mich weigern. Da haben Sie Harold Skimpole im kleinen. Wenn das Verantwortlichkeit ist, so bin ich verantwortlich.«
Die vollkommene Unbefangenheit, mit der er das Geld wieder einsteckte und mich mit einem Lächeln auf seinem geistvollen Gesicht ansah, als ob er mir eine Anekdote von irgendeinem andern erzählt hätte, machte auf mich fast den Eindruck, als ob ihn wirklich die Sache nicht das geringste anginge.
»Wenn Sie schon von Verantwortlichkeit sprechen«, fing er wieder an, »so möchte ich Ihnen sagen, daß ich noch nie das Glück gehabt habe, jemanden zu kennen, der so erfrischend verantwortlich ist wie Sie. Sie erscheinen mir wie der wahre Probierstein der Verantwortlichkeit. Wenn ich Sie, meine liebe Miß Summerson, so beschäftigt sehe, das ganze kleine geordnete System, dessen Mittelpunkt Sie selbst sind, tadellos in Gang zu erhalten, so fühle ich eine Neigung, mir zu sagen – und sage es wirklich sehr oft – das ist wahres Verantwortlichkeitsgefühl.«
Nach solchen Äußerungen fiel es mir schwer, ihm zu erklären, was ich meinte, aber ich ging doch so weit zu sagen, daß wir alle hofften, er werde Richard in seiner jetzigen falschen Lebensansicht nicht bestärken, sondern eher davon abzubringen suchen.
»Wie gern täte ich's, wenn ich könnte«, gab er zur Antwort. »Aber, meine liebe Miß Summerson, mir liegt alle Künstelei und Verstellung fern. Wenn er mich bei der Hand nimmt und nach einer lustigen Jagd nach dem

Glück durch Westminster Hall führt, muß ich ihm doch folgen. Wenn er sagt: ›Skimpole, schließen Sie sich dem Tanz an‹, muß ich mich ihm anschließen. Der gesunde Menschenverstand würde das nicht tun, ich weiß. Aber ich habe keinen gesunden Menschenverstand.«
»Es ist ein großes Unglück für Richard«, gab ich ihm zu bedenken.
»Sind Sie wirklich der Meinung?« entgegnete Mr. Skimpole. »Sagen Sie das nicht! Nehmen wir an, er trifft auf der Straße den leibhaftigen gesunden Menschenverstand, einen vortrefflichen Mann, Runzeln im Gesicht, fürchterlich praktisch. Kleingeld für eine Zehnpfundnote in jeder Tasche, ein liniertes Rechenbuch in der Hand, kurz, sagen wir gleich, in jeder Hinsicht einem Steuereinnehmer gleichend. Unser lieber Richard, sanguinisch, enthusiastisch, Hindernisse überspringend, von Poesie übervoll wie eine junge Knospe, sagt zu diesem höchst respektablen Gefährten: ›Ich sehe eine goldne Aussicht vor mir, sie ist heiter, wunderschön und freudig. Ich springe einfach über die öde Landschaft, die dazwischen liegt, hinweg, um die goldne Aussicht zu erreichen.‹ Der respektable Gefährte schlägt ihn sofort mit dem linierten Rechenbuch zu Boden, sagt ihm in seiner prosaischen Weise, er sehe nichts derart, beweist ihm, daß es nichts ist als Advokatenhonorare, Betrug, Roßhaarperücken und schwarze Talare. Sie müssen zugeben, daß das eine schmerzliche Enthüllung ist, allerdings verständig in letzter Linie, was ich gar nicht bezweifle, aber unangenehm. So etwas liegt mir nicht. Ich besitze kein liniertes Rechenbuch und habe kein steuereinsammelndes Element in der Zusammensetzung meiner Seele. Ich bin in keiner Hinsicht respektabel und verlange es nicht zu sein. Sonderbar vielleicht, aber es ist so.«
Es war unnütz, darüber noch ein Wort zu verlieren, und so schlug ich denn vor, uns Ada und Richard, die ein wenig vorausgegangen waren, anzuschließen, und gab Mr. Skimpole verzweifelt auf.

Er hatte im Lauf des Morgens sich das Schloß angesehen und beschrieb während unsres Spaziergangs sehr launig die Familienporträts. Es befänden sich unter den seligen Ladies Dedlock, erzählte er uns, so schauderhafte Schäferinnen, daß die friedlichen Hirtenstäbe in ihren Händen wie Angriffswaffen aussähen. Sie hüteten ihre Herden in Steifleinen und Puder und legten sich, nur um das Bürgervolk zu erschrecken, Schönheitspflästerchen auf, wie sich die Häuptlinge wilder Stämme für den Kriegspfad bemalten. Unter den Bildern befände sich eines von Sir Dedlock, Numero Soundsoviel, mit einer Schlacht im Hintergrund, einer auffliegenden Mine, Rauchwolken, flammenden Blitzen, einer brennenden Stadt und einem erstürmten Fort. Alles das sei zwischen den Hinterbeinen seines Pferdes zu sehen, wahrscheinlich um zu zeigen, wie wenig sich ein Dedlock aus solchen Kleinigkeiten mache. Das ganze Geschlecht, sagte er, sei im Leben das gewesen, was er ausgestopfte Menschen nenne – eine zahlreiche Kollektion mit Glasaugen, in der jeweilig modernsten Haltung auf verschiedenen Zweigen und Stengeln des Stammbaumes sitzend, sehr korrekt, ganz ohne Leben und immer in Glaskästen. Der Name Dedlock und jede Anspielung darauf bedrückte mich, und ich fühlte mich förmlich erleichtert, als Richard das Thema unterbrach, indem er mit einem Ausruf des Erstaunens einem Fremden entgegeneilte, der langsam auf uns zukam.

»Mein Gott!« rief Mr. Skimpole. »Vholes.«

Wir fragten, ob der Herr ein Freund Richards sei.

»Freund und juristischer Beirat«, erklärte Mr. Skimpole. »Ich versichere Ihnen, liebe Miß Summerson, wenn Sie gesunden Menschenverstand, Verantwortlichkeitssinn und Respektabilität in einem Mann vereinigt haben wollen, kurz, wenn Sie einen Mustermenschen haben wollen, dann ist Vholes der Mann.«

Wir sagten, wir hätten nicht gewußt, daß Richard den Rechtsbeistand eines Herrn dieses Namens genieße.

»Als er seine juristischen Kinderschuhe austrat«, entgegnete Mr. Skimpole, »machte er sich von unserm Freund, dem Konversationskenge, los und schloß sich, glaube ich, Vholes an. Das heißt, ich weiß es, denn ich führte ihn bei Vholes ein.«
»Kannten Sie ihn schon lange?« fragte Ada.
»Vholes? Meine liebe Miß Clare, ich war mit ihm auf dieselbe Weise wie schon mit mehreren Herren seines Fachs bekannt geworden. Er hat mich einmal in sehr gewinnender höflicher Weise behandelt. Ich glaube, er beantragte eine Exekution, wie es die Leute nennen, gegen mich. Irgend jemand war so gut, zu vermitteln und das Geld zu bezahlen. – Irgendeine Summe plus vier Pence war der Betrag –, ich habe vergessen, wieviel Pfund und Schillinge, aber ich weiß noch, die Summe endete mit vier Pence, und es kam mir damals noch so komisch vor, daß ich jemand vier Pence schuldig sein sollte. Kurz nach diesem Vorfall machte ich sie miteinander bekannt. Vholes bat mich darum, und ich tat es. Jetzt, wo ich weiter darüber nachdenke« – er sah uns mit seinem offenherzigsten Lächeln an, als ob er eine große Entdeckung gemacht habe – »frage ich mich, hat mich Vholes vielleicht bestochen? Er gab mir etwas und nannte es Provision. War es eine Fünfpfundnote? Ich glaube fast, es war eine Fünfpfundnote.«
Von weiteren Äußerungen über diesen Punkt hielt ihn Richards Rückkunft ab, der jetzt aufgeregt wieder zu uns trat und hastig Mr. Vholes vorstellte, einen blassen Mann mit schmalen Lippen, die aussahen, als seien sie eiskalt, hie und da einen roten Pickel auf dem Gesicht, von langer dürrer Gestalt, ungefähr fünfzig Jahre alt, engbrüstig und von gebückter Haltung. Ganz schwarz gekleidet, sogar die Handschuhe schwarz, und bis ans Kinn zugeknöpft, war an ihm nichts so merkwürdig wie sein lebloses Wesen und eine gewisse langsame starre Art, Richard anzublikken.
»Ich hoffe, ich störe Sie nicht, meine Damen«, sagte Mr.

Vholes, und dabei bemerkte ich, daß er noch etwas Seltsames an sich hatte, nämlich eine merkwürdige Angewohnheit, in sich hineinzusprechen. »Ich habe mit Mr. Carstone verabredet, ihn stets auf dem laufenden zu erhalten, wenn der Lordkanzler seinen Prozeß auf die Tagesordnung setzt, und da mich nun einer meiner Schreiber gestern abend nach Postschluß benachrichtigte, der Fall werde unerwarteterweise morgen drankommen, nahm ich heute in aller Frühe einen Platz in der Landkutsche, um mit ihm zu konferieren.«

»Ja«, sagte Richard mit gerötetem Gesicht und warf einen triumphierenden Blick auf Ada und mich. »Wir betreiben diese Sachen jetzt nicht mehr in der alten langsamen Weise. Jetzt heißt's vorwärts. – Mr. Vholes, wir müssen ein Fuhrwerk mieten, um zur Poststation hinüberzufahren, damit wir heute abend die Kutsche noch treffen und in die Stadt kommen.«

»Ganz wie Sie wünschen, Sir«, entgegnete Mr. Vholes. »Ich stehe ganz zur Verfügung.«

»Warten Sie mal«, – Richard sah auf die Uhr. »Wenn ich jetzt zum Wirtshaus hinunterlaufe und meinen Mantelsack schnüren lasse, ein Gig oder eine Chaise bestelle oder was wir sonst bekommen können, bleibt uns noch eine ganze Stunde. Ich bin zum Tee wieder da. Ada und Sie, Esther, würden Sie vielleicht so liebenswürdig sein, Mr. Vholes während meiner Abwesenheit zu bewirten?«

In seiner Hast war er schon fort, und wir verloren ihn bald in der Abenddämmerung aus dem Gesicht und gingen mit Mr. Vholes dem Hause zu.

»Ist Mr. Carstones Anwesenheit morgen notwendig, Sir?« fragte ich. »Kann sie von Nutzen sein?«

»Nein, Miß«, entgegnete Mr. Vholes. »Ich wüßte nicht, wie.«

Ada und ich sprachen unser Bedauern aus, daß Richard uns also nur verlassen sollte, um sich morgen enttäuscht zu sehen.

»Mr. C. hat es sich zum Prinzip gemacht, selbst seine Interessen überwachen zu wollen«, erklärte Mr. Vholes. »Und wenn ein Klient ein Prinzip aufstellt, und es ist nicht unmoralisch, so ist es meine Pflicht, danach zu handeln. Ich wünsche im Geschäft exakt und offen zu sein. Ich bin Witwer mit drei Töchtern – Emma, Jane und Karoline – und habe nur den Wunsch, meinen Lebenspflichten so zu genügen, daß ich ihnen einen geachteten Namen hinterlasse. – Übrigens, das ist wirklich ein sehr hübscher Aussichtspunkt hier, Miß.«
Da die Bemerkung mir galt, denn er ging neben mir, stimmte ich bei und wies noch auf andre Hauptreize der Landschaft hin.
»Es obliegt mir«, sagte Mr. Vholes, »einen greisen Vater im Tal von Taunton zu unterstützen, seiner Heimat, und bin ein großer Bewunderer von Landschaften. Ich hatte keine Ahnung, daß die Gegend hier so reizvoll ist.«
Um die Konversation im Gang zu erhalten, fragte ich Mr. Vholes, ob er wohl gern auf dem Lande leben würde.
»Da berühren Sie eine zarte Saite in meinem Herzen, Miß. Meine Gesundheit ist nicht besonders gut – meine Verdauung hat sehr gelitten –, und wenn ich nur auf mich Rücksicht zu nehmen hätte, würde ich mich auf das Land zurückziehen, zumal mich Geschäftssorgen stets abgehalten haben, viel in Gesellschaft zu verkehren, und vor allem in Damengesellschaft, an der mir stets am meisten lag. Aber da ich drei Töchter habe – Emma, Jane und Karoline – und außerdem meinen greisen Vater, kann ich nicht an mich selbst denken. Allerdings brauche ich meine geliebte Großmutter, die in ihrem hundertzweiten Jahr starb, nicht mehr zu unterstützen, aber immerhin bleibt mir noch genug zu tun, die Mühle stets in Gang zu erhalten.« – Man mußte wegen seiner Angewohnheit, in sich hineinzusprechen, und seiner merkwürdig leblosen Weise aufmerksam zuhören, wenn man ihn verstehen wollte. –
»Sie müssen entschuldigen, daß ich meine Töchter er-

wähnte. Es ist meine schwache Seite. Ich wünsche den armen Mädchen ein, wenn auch bescheidenes, so doch unabhängiges Einkommen sowie einen guten Namen zu hinterlassen.«

Wir erreichten jetzt Mr. Boythorns Haus, wo der gedeckte Teetisch unser bereits wartete. Kurz darauf kam auch Richard wieder, ruhelos und in Eile, und beugte sich über Mr. Vholes' Stuhl und flüsterte ihm etwas ins Ohr. Mr. Vholes antwortete laut – das heißt, was man bei ihm laut nennen konnte –: »Sie wollen mich selbst kutschieren, Sir? Ganz wie Sie wünschen. Ich bin stets zu Ihren Diensten.«

Aus den hierauf folgenden Gesprächen entnahmen wir, daß Mr. Skimpole bis zum Morgen dableiben sollte, um die bereits bezahlten Rückplätze für sich allein zu benützen. Da Ada und ich wegen Richard bekümmert waren und es uns leid tat, so von ihm zu scheiden, gaben wir so deutlich, wie es die Höflichkeit erlaubte, zu verstehen, wir möchten Mr. Skimpole im Wirtshause lassen und uns zurückziehen, sobald Richard und Mr. Vholes fortgefahren sein würden.

Da Richards Lebhaftigkeit uns alle mitriß, gingen wir zusammen nach dem Hügel auf der Höhe des Dorfes, wohin er das Gig bestellt hatte, und fanden dort einen Mann mit einer Laterne bei dem dürren Falb, der vor den Wagen gespannt war, stehen.

Ich werde nie vergessen, wie die beiden im Laternenschimmer nebeneinander saßen. Richard, ganz Feuer und Flamme, mit den Zügeln in der Hand, Mr. Vholes, totenstill, in schwarzen Handschuhen, bis zum Kinn zugeknöpft und ihn ansehend wie eine Beute, die er mit seinem Zauber umstrickte. Vor mir steht das ganze Bild der warmen dunkeln Sommernacht, das Wetterleuchten, die staubige Landstraße, von Hecken und hohen Bäumen umsäumt, und das dürre fahle Pferd mit den gespitzten Ohren.

So fuhren sie fort zur Verhandlung ›Jarndyce kontra Jarndyce‹.
Mein Liebling sagte mir diese Nacht, ob Richard in Zukunft glücklich oder unglücklich, von Freunden umgeben oder verlassen sein würde, könne für sie nur insofern einen Unterschied machen, als daß, je mehr er eines treuen Herzens bedürfen sollte, desto mehr Liebe das ihre für ihn haben werde. Immer und zu allen Zeiten werde sie an ihn und nie an sich selbst denken, nie an ihr eignes Wohl, wenn sie das seine würde fördern können.
Und hielt sie Wort?
Ich blickte im Geiste die vor mir sich hinziehende Lebensstraße entlang, auf der das Ende der Reise bereits in der Ferne sichtbar wird, und treu und gut über dem toten Meer des Kanzleigerichtsprozesses und allen seinen mit Asche gefüllten Früchten, die es ans Ufer wirft, glaube ich meinen Liebling zu sehen.

38. Kapitel

Ein Seelenkampf

Als die Zeit unsrer Rückkehr nach Bleakhaus gekommen war, hielten wir pünktlich den Tag ein und wurden mit einem überwältigenden Willkommen empfangen. Ich fühlte mich vollständig wiederhergestellt, und als ich meine Wirtschaftsschlüssel in meinem Zimmer bereitliegen fand, läutete ich mich ein mit lustigem Geklingel wie das neue Jahr. »Jetzt wieder Pflicht, Pflicht, Esther«, sagte ich zu mir. »Und wenn du nicht überfroh bist, sie in allen und jeden Verhältnissen heiter und zufrieden erfüllen zu können, so solltest du es doch sein. Weiter habe ich dir nichts zu sagen, meine Liebe.«
Die ersten paar Vormittage waren so mit Geschäften aller

Art, dem Abschließen von Rechnungen, Hinundherlaufen zwischen Brummstübchen und allen andern Teilen des Hauses, mit so vielem Umpacken von Schränken und Kästen und einem so allgemeinen Wiedervonvornanfangen ausgefüllt, daß ich keine Minute freie Zeit hatte.

Erst als ich damit fertig und alles in Ordnung war, machte ich einen kurzen Besuch von einigen Stunden in London, wozu mich eine in dem in Chesney Wold vernichteten Briefe enthalten gewesene Äußerung bestimmte.

Ich schützte einen Besuch bei Caddy Jellyby – ihr Mädchenname war mir so zur Gewohnheit geworden, daß ich sie stets so nannte – vor und schrieb ihr ein Billett, mit der Bitte, sie möge mich auf einem kleinen Geschäftsweg begleiten. Ich brach sehr früh am Morgen auf und kam mit der Landkutsche so zeitig nach London, daß ich den ganzen Tag noch vor mir hatte, als ich nach Newman Street ging.

Caddy, die mich seit ihrem Hochzeitstag nicht mehr gesehen hatte, freute sich so und war so zärtlich zu mir, daß ich fast schon fürchtete, es würde ihren Mann eifersüchtig machen. Aber er benahm sich ebenso schlimm – ich meine, ebenso liebenswürdig ... Kurz, es war die alte Geschichte, die alte Verschwörung, mir Liebes zu erweisen.

Der alte Mr. Turveydrop lag noch im Bett, wie ich hörte, und Caddy kochte seine Schokolade, die ihm dann ein melancholisch aussehender kleiner Junge, ein Lehrling – es war so sonderbar, ein Tanzlehrling zu sein –, hinauftragen sollte.

Ihr Schwiegervater sei ausnehmend gütig und nachsichtig, sagte mir Caddy, und sie lebten sehr glücklich zusammen. Wenn sie von einem Zusammenleben sprach, verstand sie darunter, daß der alte Herr allen Komfort und alle besseren Zimmer für sich hatte, während sie und ihr Gatte mit dem vorlieb nahmen, was übrigblieb, und in zwei Eckstuben über dem Marstall eingepfercht hausten.

»Was macht deine Mutter, Caddy?« fragte ich.

»Ich höre bloß von ihr durch Papa, liebe Esther, bekomme sie aber wenig zu Gesicht. Es freut mich, sagen zu können, daß wir gut miteinander auskommen, aber sie hält es immer noch für eine Albernheit, daß ich einen Tanzmeister geheiratet habe, und scheint fast zu fürchten, dieser Einfluß könne sich auch auf sie erstrecken und sie anstekken.«

Ich dachte mir, wenn Mrs. Jellyby ihren eignen natürlichen Verpflichtungen und Obliegenheiten nachgekommen wäre, anstatt am fernen Horizont mit einem Teleskop nach andern weit abliegenden zu suchen, würde sie sich am besten vor einer Ansteckung durch Albernheit geschützt haben. Aber selbstverständlich behielt ich diese Ansicht für mich.

»Und dein Papa, Caddy?«

»Er kommt jeden Abend zu uns und sitzt so friedlich dort in der Ecke, daß es eine wahre Lust ist, ihn zu sehen.«

Ein Blick in die Ecke zeigte mir deutlich die Spur von Mr. Jellybys Kopf an der Wand. Es war ein Trost, zu wissen, daß er einen solchen Ruheplatz dafür gefunden hatte.

»Und du, Caddy«, sagte ich, »bist gewiß immer beschäftigt, möchte ich wetten.«

»Allerdings bin ich das, meine Liebe, denn um dir ein großes Geheimnis zu verraten, ich bereite mich vor, selbst Unterricht zu geben. Princes Gesundheit ist nicht allzu gut, und ich möchte ihm gerne helfen. Mit dem Unterricht hier und den Privatschülern und Lehrlingen hat der arme Kerl wahrhaftig mehr als zuviel zu tun.«

Ich konnte mir noch immer nicht recht vorstellen, was eigentlich ein Tanzlehrling sei, und fragte Caddy, ob sie denn so viele hätten.

»Vier«, erklärte mir Caddy. »Einen hier und drei außer Hause. Es sind sehr gute Jungen, aber sie können es nicht lassen, zu spielen, ganz wie Kinder, wenn sie zusammenkommen, anstatt sich um den Beruf zu kümmern. Deshalb tanzt der kleine Junge, den du soeben gesehen hast, jetzt in

der leeren Küche Walzer, und die andern verteilen wir im Hause, so gut es eben geht.«
»Natürlich nur, um die Tanzschritte zu lernen?« fragte ich.
»Nur um die Tanzschritte zu lernen. Auf diese Art üben sie sich viele Stunden hintereinander in den Pas. Sie tanzen in der Akademie, und in dieser Jahreszeit üben wir die Touren täglich von fünf Uhr früh an.«
»Was für ein mühseliges Leben!« rief ich aus.
»Ich versichere dir, meine Liebe«, entgegnete Caddy lächelnd, »wenn die außer Haus wohnenden Lehrlinge uns des Morgens aufklingeln – die Klingel führt in unser Zimmer, um den alten Mr. Turveydrop nicht zu stören – und ich das Fenster in die Höhe schiebe und sie mit ihren kleinen Tanzschuhen unter dem Arm auf der Torschwelle stehen sehe, kommen sie mir manchmal wie Rauchfangkehrerzwerge vor.«
Das alles stellte mir die Kunst in einem eigentümlichen Lichte dar. Caddy schwelgte in ihren Mitteilungen und malte mir heiter die Einzelheiten ihres eignen Studiums aus.
»Siehst du, meine Liebe, damit wir Geld sparen, muß ich ein wenig Piano spielen können und auch ein bißchen Violine. Daher muß ich mich auf diesen beiden Instrumenten üben, ohne dabei unser Spezialfach vernachlässigen zu dürfen. Wenn mich Ma nur halbwegs vernünftig erzogen hätte, wäre ich wenigstens ein klein wenig musikalisch geschult gewesen. So aber war der Anfang ein bißchen entmutigend, muß ich gestehen, aber ich habe ein recht gutes Gehör und bin an Plackerei gewöhnt – dafür wenigstens muß ich Ma dankbar sein –, und wo der Wille gut ist, gibt es auch überall in der Welt einen Weg. Das weißt du ja selbst, Esther.«
Mit diesen Worten setzte sich Caddy an einen kleinen Klimperkasten und rasselte wirklich fehlerfrei und mit großer Lebendigkeit eine Quadrille herunter. Fröhlich

und errötend stand sie dann wieder auf und sagte: »Bitte, liebe Esther, lach mich nicht aus.«

Ich hätte lieber weinen mögen, tat aber keins von beiden. Ich sprach ihr Mut zu und lobte sie von ganzem Herzen. Ich begriff, daß sie, wenn auch nur die Frau eines Tanzmeisters und in ihrem bescheidnen Ehrgeiz bestrebt, nur eine Tanzlehrerin zu werden, doch aus Liebe ein natürliches und gesundes Betätigungsfeld für ihren Fleiß und ihre Ausdauer gefunden hatte, das ebenso gut war wie eine Mission.

»Liebe Esther, du kannst dir gar nicht denken, wieviel Mut mir dein Beispiel immer gibt«, sagte Caddy fröhlich. »Ich verdanke dir, du weißt gar nicht, wieviel. Was hat sich alles in meiner kleinen Welt geändert. Erinnerst du dich noch jenes Abends, wo ich so unhöflich und tintenbekleckst war? Wer hätte damals an die Möglichkeit gedacht, daß ich Tanzunterricht erteilen würde.«

Ihr Gatte, der uns während dieser Plauderei allein gelassen hatte, kehrte jetzt zurück, bevor er die Stunde für die Lehrlinge im Tanzsaal anfing, und Caddy sagte mir, sie stünde jetzt ganz zu meiner Verfügung. Aber meine Zeit war noch nicht gekommen, wie ich ihr zu meiner Freude sagen konnte, denn es hätte mich geschmerzt, sie jetzt zu entführen. Deshalb gingen wir alle drei zu den Lehrlingen, und ich nahm mit an der Tanzstunde teil.

Die Lehrlinge waren ein wunderliches kleines Volk. Außer dem melancholisch aussehenden Jungen, den, wie ich hoffte, nicht das Alleintanzen in der Küche so trübe gestimmt hatte, waren noch zwei andre Knaben und ein schmutziges, schlampig angezogenes kleines Mädchen in einem Gazekleid da. Die kleinen Jungen zogen, wenn sie nicht gerade tanzten, allerhand Bindfaden, Murmeln und Hühnerknochen aus der Tasche, hatten so schmutzige Beine und Füße wie nur möglich und schiefgetretne Absätze. Das frühreife kleine Mädchen trug einen großen altväterlichen Gazehut und hatte ihre Tanzschuhe in einem

alten abgenutzten Samtstrickbeutel mitgebracht. Ich fragte Caddy, was denn die Eltern der Kleinen veranlaßt habe, ihre Kinder zu einem solchen Gewerbe zu bestimmen. Caddy wußte es nicht und meinte, sie sollten später wahrscheinlich selbst Unterricht geben oder vielleicht im Theater auftreten. Die Eltern seien durchwegs unbemittelte Leute und die Mutter des melancholisch aussehenden Jungen verkaufe Ingwerbier.
Wir tanzten eine Stunde lang mit großem Ernst, und das melancholische Kind verrichtete Wunder mit seinen unteren Extremitäten. Die Tanzbegeisterung schien ihm aber nie über die Hüfte hinaufzusteigen.
Caddy beobachtete unablässig ihren Gatten und hatte sich eine natürliche Anmut und Unbefangenheit angeeignet, die in Verbindung mit ihrem hübschen Gesicht und ihrer schlanken Gestalt sie ungemein anziehend erscheinen ließen. Sie half ihm bereits im Unterrichten der Kinder, und er mischte sich selten ein, außer um seinen Teil bei den Touren zu tanzen, oder wenn er etwas Besonderes vormachen mußte. Er spielte immer die Melodie. Die Geziertheit des in Gaze gekleideten Mädchens und ihre Herablassung gegenüber den Jungen war ein Anblick für Götter. – So tanzten wir also eine geschlagene Stunde lang.
Als die Übungen vorüber waren, machte sich Caddys Gatte fertig, um außerhalb der Stadt in einer Schule Lektionen zu geben, und Caddy lief fort und zog sich an, um mit mir auszugehen.
Ich blieb unterdessen in dem Tanzsaal sitzen und betrachtete mir die Lehrlinge. Die beiden außer Hause wohnenden Knaben gingen die Treppe hinauf, um ihre Schuhe zu wechseln und den hier wohnenden Jungen an den Haaren zu beuteln, wie ich aus seinen lauten Einwendungen schloß. Als sie dann mit zugeknöpften Jacken und darunter gesteckten Tanzschuhen wieder zurückkamen, zogen sie aus ihren Taschen Brot und Fleischschnitten und biwakierten unter einer bemalten Lyra an der Wand. Das

kleine gazebekleidete Mädchen paßte, nachdem sie ihre Sandalen in den Strickbeutel geschoben und ein Paar schiefgetretne Schuhe angezogen hatte, ihren Kopf mit einem einmaligen wilden Schütteln unter ihren großen Hut und gab mir auf meine Frage, ob sie gern tanze, zur Antwort: »Mit Jungen nicht!« band sich ihre Hutbänder unter dem Kinn fest und ging voll Verachtung nach Hause.

»Der alte Mr. Turveydrop bedauert unendlich« sagte Caddy, als sie wiederkam, »noch nicht mit Ankleiden fertig zu sein und nicht das Vergnügen haben zu können, dich zu sehen, ehe wir gehen. Du bist nämlich sein Liebling, Esther.«

Ich versicherte, daß ich ihm sehr verbunden sei, hielt es aber nicht für notwendig, hinzuzusetzen, daß ich seinen Aufmerksamkeiten gern entsagte.

»Das Ankleiden kostet ihn viel Zeit«, sagte Caddy, »denn wie du weißt, ist er in solchen Dingen Autorität und hat seinen Ruf zu wahren. Du kannst Dir gar nicht vorstellen, wie freundlich er zu Papa ist. Er erzählt ihm immer abends von dem Prinzregenten, und ich habe noch nie Pa so interessiert zuhören sehen.«

Mr. Turveydrop seine Allüren vor Mr. Jellyby entfalten zu sehen, war ein Bild, das meine Phantasie mächtig reizte. Ich fragte Caddy, ob es ihm gelänge, ihren Vater gesprächig zu stimmen.

»Nein«, sagte Caddy. »Das könnte ich gerade nicht behaupten, aber er spricht mit Pa, und Pa bewundert ihn, hört zu und freut sich. Ich weiß natürlich, daß Papa keine Ansprüche auf vornehme Allüren machen kann, aber sie kommen vortrefflich miteinander aus. Du kannst dir gar nicht vorstellen, wie gut sie einander Gesellschaft leisten. Ich habe Papa vorher nie schnupfen sehen, aber jetzt nimmt er regelmäßig aus Mr. Turveydrops Dose eine Prise an und riecht den ganzen Abend daran, ohne sie ein einziges Mal zu schnupfen.«

Daß der alte Mr. Turveydrop in den Wechselfällen und Wandlungen des Lebens jemals dazu bestimmt gewesen war, Mr. Jellyby von Borriobula-Gha zu erlösen, erschien mir als eine der komischsten Schicksalsmerkwürdigkeiten.

»Was Peepy betrifft«, fuhr Caddy ein wenig zögernd fort, »von dem ich am meisten fürchtete – vielleicht von eignen Kindern abgesehen, Esther –, daß er Mr. Turveydrop lästig fallen würde, so übersteigt die Freundlichkeit des alten Herrn gegen den Jungen alle Grenzen. Er fragt nach ihm, meine Liebe! Er läßt sich von ihm die Zeitung ins Bett bringen, gibt ihm die Rinde von seinem Zwieback zu essen und schickt ihn mit kleinen Botschaften im Hause herum! Und ich muß ihm Sixpences schenken. Kurz«, sagte Caddy, »ich bin unendlich glücklich und muß wahrhaft sehr dankbar sein. Wohin gehen wir eigentlich, Esther?«

»Nach Oldstreet Road. Ich habe dort ein paar Worte mit dem Advokatenschreiber zu sprechen, der mich an dem Tag, als ich in London ankam und dich das erstemal sah, meine Liebe, an der Landkutsche abholte. Übrigens jetzt fällt mir ein, er brachte uns ja nach deiner Wohnung.«

»So? Dann bin ich ja sozusagen deine vom Schicksal bestimmte Begleiterin«, entgegnete Caddy.

Wir gingen nach Oldstreet Road und fragten nach Mr. Guppy in seiner Wohnung. Mrs. Guppy, die im Erdgeschoß wohnte und eben Gefahr lief, wie eine Nuß zwischen der Tür des vorderen Wohnzimmers aufgeknackt zu werden, da sie verstohlen herauslugte, erschien, noch ehe wir nach ihr fragen konnten, und lud uns zum Eintreten ein.

Sie war eine alte Dame mit einer großen Mütze, einer etwas roten Nase und einem unsicheren Auge, aber über und über Lächeln. Ihr kleines Wohnstübchen war für einen Besuch hergerichtet, denn ich hatte ihr von Bleakhaus aus geschrieben, und es hing darin ein Porträt ihres

Sohnes, das noch viel ähnlicher war als das Original selbst. Aber nicht nur das Porträt war da, sondern auch das Original.

Es war in vielerlei Farben gekleidet, saß an einem Tisch und las Akten, wobei es von Zeit zu Zeit nachdenklich den Zeigefinger an die Stirn legte.

»Miß Summerson«, begrüßte es mich und stand auf, »das ist in der Tat eine Oase. Mutter, möchtest du so gut sein, der andern Dame einen Stuhl zu geben und uns dann nicht weiter zu stören.«

Mrs. Guppy, deren beständiges Lächeln ihr einen fast schalkhaften Ausdruck verlieh, tat, wie ihr Sohn sie geheißen, und setzte sich dann in eine Ecke und drückte ihr Taschentuch wie einen warmen Umschlag mit beiden Händen an ihre Brust.

Ich stellte Caddy vor, und Mr. Guppy sagte, eine Freundin von mir sei stets mehr als willkommen. Dann fing ich von dem Zweck meines Besuchs an.

»Ich nahm mir die Freiheit, Ihnen einen Brief zu schreiben.«

Mr. Guppy bekannte sich damit zu seinem Empfang, daß er ihn aus seiner Brusttasche zog, an die Lippen drückte und mit einer Verbeugung wieder in die Tasche steckte. Das ergötzte Mr. Guppys Mutter derart, daß sie lächelnd mit dem Kopf wackelte und Caddy mit dem Ellbogen einen bedeutsamen Stoß gab.

»Könnte ich mit Ihnen einen Augenblick allein sprechen?« fragte ich.

Etwas, das der Lustigkeit von Mr. Guppys Mutter in diesem Augenblick gleichgekommen wäre, habe ich nie wieder gesehen. Sie lachte geräuschlos, wackelte mit dem Kopf, schüttelte ihn, hielt sich das Taschentuch vor den Mund und stieß auf Caddy mit dem Ellbogen, der Hand und der Schulter ein und war überhaupt so unbeschreiblich aufgeregt, daß Caddy sie kaum durch die kleine Flügeltür in das anstoßende Schlafzimmer bugsieren konnte.

»Miß Summerson«, sagte Mr. Guppy, »Sie müssen die Lebhaftigkeit einer immer an das Glück ihres Sohnes denkenden Mutter entschuldigen. Wenn auch meine Mutter einen nervös macht, so handelt sie doch immer aus mütterlichen Gefühlen heraus.«
Ich hätte kaum geglaubt, daß jemand in einem Augenblick so rot werden oder sich so verändern könnte wie Mr. Guppy, als ich jetzt plötzlich den Schleier emporschlug.
»Ich bat Sie um die Gefälligkeit, mit Ihnen ein paar Augenblicke lieber hier als bei Mr. Kenge sprechen zu dürfen«, begann ich, »um Sie nicht am Ende in Ungelegenheiten zu bringen, Mr. Guppy.«
– Ich hatte ihn schon so verlegen genug gemacht, aber sein Stammeln, seine Verwirrung und seine Angst waren jetzt unbeschreiblich. –
»Miß Summerson«, stotterte er, »ich – ich – ich – bitte um Verzeihung, aber in unsrer Branche – finden – wir es notwendig, uns – uns stets deutlich auszusprechen. Sie spielen auf eine Gelegenheit an, Miß, wo ich – wo ich mir die Ehre nahm, einen Antrag zu machen, der ...«
Es schien ihn etwas im Halse zu würgen, was er nicht hinunterschlingen konnte. Er legte die Hand auf die Kehle, hustete, schnitt Gesichter, versuchte abermals, es hinunterzuschlingen, hustete wieder, schnitt wieder Gesichter, sah sich rings im Zimmer um und kramte verlegen in seinen Papieren.
»Ich habe eine Art Schwindelanfall, Miß, der mich ein wenig aus der Fassung bringt«, erklärte er mir. »Ich – äh – bin solchen Anfällen zuweilen unterworfen – äh – bei Gott.«
Ich ließ ihm einige Zeit zur Erholung. Er legte dabei die Hand an die Stirn, nahm sie wieder weg und rutschte mit seinem Stuhl in die hinter ihm befindliche Ecke.
»Ich wollte nur bemerken, Miß«, sagte er, »mein Gott – irgend etwas mit den Bronchien, glaube ich – hem –, wollte nur bemerken, daß Sie damals so gütig waren, meinen An-

trag nicht anzunehmen, besser gesagt, zurückzuweisen. Sie – Sie werden das gewiß zugeben? Wenn auch keine Zeugen anwesend sind, könnte es vielleicht eine Beruhigung sein – für – Ihr Gewissen –, wenn Sie – das zugeben wollten.«

»Daran kann doch gar kein Zweifel sein, daß ich Ihren Antrag ohne allen Vorbehalt und ohne alle Nebenbedingungen dankend ablehnte, Mr. Guppy.«

»Ich danke Ihnen, Miß«, entgegnete er und maß geistesabwesend den Tisch mit seinen unruhigen Händen ab. »Soweit wäre das zufriedenstellend und macht Ihnen Ehre. Äh – sicher die Bronchien –, muß in der Luftröhre sein – äh –, Sie würden es vielleicht nicht übel aufnehmen, wenn ich erwähne – nicht, daß es notwendig wäre, denn Ihr eigner oder jedermanns gesunder Menschenverstand muß Ihnen das sagen –, wenn ich bemerke, daß dieser Antrag von meiner Seite mein letzter war und die Sache ganz und gar abgemacht ist?«

»Das sehe ich vollkommen ein«, sagte ich.

»Vielleicht – äh – ist es solche Umständlichkeit nicht wert, aber es könnte doch eine Beruhigung für Sie selbst sein ... Vielleicht würden Sie nichts dagegen haben, das zuzugeben, Miß?«

»Ich gebe das vollkommen und freiwillig zu.«

»Ich danke Ihnen. Höchst ehrenwert, muß ich sagen, Miß Summerson. Ich bedauere, daß meine Lebenspläne – und Verhältnisse, über die ich keine Macht habe – mich außerstand setzen, jemals auf diesen Antrag zurückzukommen oder ihn in irgendeiner Form zu erneuern, aber er wird stets eine Erinnerung sein, die – äh – die Palme der Freundschaft in der Hand trägt.«

Die Bronchitis kam hier Mr. Guppy zu Hilfe und unterbrach ihn im Abmessen des Tisches.

»Ich darf jetzt vielleicht auf das kommen, was ich Ihnen zu sagen wünschte«, fing ich an.

»Es wird mir eine große Ehre sein«, sagte Mr. Guppy.

»Ich bin so fest überzeugt, daß Ihr richtiges Gefühl und Ihre gesunde Lebensauffassung, Miß, alles in dem rechten Lichte sehen werden, daß ich jedenfalls nur mit Vergnügen allem, was Sie mir zu sagen haben, zuhören kann.«

»Sie waren so gütig, damals anzudeuten ...«

»Entschuldigen Sie, Miß«, unterbrach mich Mr. Guppy, »aber es ist besser, unsern vorgesteckten Weg nicht aus dem Auge zu verlieren und uns nicht auf Andeutungen einzulassen. Ich kann nicht zugestehen, daß ich etwas angedeutet hätte.«

»Sie sagten bei jener Gelegenheit«, fing ich wieder von neuem an, »daß Sie möglicherweise die Mittel haben könnten, durch gewisse mich betreffende Entdeckungen meine Interessen zu fördern. Ich vermute, daß Sie diese Annahme darauf gründeten, daß Sie wußten, ich sei eine Waise, die der Wohltätigkeit Mr. Jarndyces alles verdankt. Das Um und Auf alles dessen, was ich Ihnen hier sagen möchte, ist nun, daß ich Sie bitte, Mr. Guppy, die Güte zu haben, jeden Gedanken, mir auf diese Weise gefällig sein zu wollen, aufzugeben. Ich habe oft darüber nachgedacht, und am meisten während meiner Krankheit. Ich habe mich schließlich entschlossen, im Falle Sie zu irgendeiner Zeit wieder diesen Plan aufgreifen und an seiner Ausführung arbeiten sollten, zu Ihnen zu kommen und Ihnen zu versichern, daß Sie sich in jeder Hinsicht im Irrtum befinden. Sie könnten keine Entdeckungen in bezug auf mich machen, die mir den kleinsten Dienst leisten oder das geringste Vergnügen bereiten würden. Ich kenne meine eigne Lebensgeschichte und bin imstande, Ihnen zu versichern, daß Sie mein Wohlergehn durch solche Mittel auf keine Weise fördern können. Sie haben nun vielleicht den Plan längst aufgegeben. Wenn das der Fall ist, bitte ich, zu entschuldigen, daß ich Sie aufgehalten habe. Wenn es nicht der Fall ist, so ersuche ich Sie, aufgrund der Versicherung, die ich Ihnen soeben gegeben habe, solche Pläne von nun an gänzlich fallen zu lassen. Ich bitte Sie, dies um meines Friedens willen zu tun.«

»Ich fühle mich verpflichtet zu gestehen, Miß«, sagte Mr. Guppy, »daß Sie sich mit dem richtigen Gefühl, das ich Ihnen zutraute, ausdrücken. Nichts kann befriedigender sein als ein solch richtiges Gefühl, und wenn ich soeben hinsichtlich Ihrer Absichten im Irrtum war, so bin ich bereit, Sie aufs tiefste um Verzeihung zu bitten. Ich möchte damit sagen, Miß, daß ich hiermit in aller Form um Verzeihung bitte.«

Mr. Guppys anfangs so gedrücktes Wesen wurde jetzt wesentlich freier. Er schien aufrichtig erfreut zu sein, mir einen Gefallen tun zu können, und man sah ihm an, daß er sich wirklich schämte.

»Wenn Sie mir gestatten möchten, das, was ich Ihnen zu sagen habe, ohne Unterbrechung zu beenden, damit ich nicht Veranlassung habe, noch einmal darauf zurückkommen zu müssen«, fuhr ich fort, da ich sah, daß er eine längere Rede halten wollte, »würden Sie mir damit eine Freundlichkeit erweisen, Sir. Ich komme so privatim wie möglich zu Ihnen, weil Sie mir Ihre damalige Mitteilung als vertraulich bezeichneten und ich wirklich stets gewünscht habe, Ihr Vertrauen zu respektieren, und es auch nie verletzt habe, wie Sie wissen. Ich habe meine Krankheit erwähnt. Es ist wirklich kein Grund vorhanden, warum ich anstehen sollte, zu sagen, daß jede kleine Delikatesse, die mich hätte abhalten können, Sie um etwas zu ersuchen, jetzt, wie ich recht gut weiß, ganz wegfällt. Deshalb sagte ich Ihnen offen, um was ich Sie bitte, und hoffe, Sie werden rücksichtsvoll genug gegen mich sein, mir meinen Wunsch nicht abzuschlagen.«

Ich muß Mr. Guppy Gerechtigkeit widerfahren lassen. Er sah sehr beschämt aus, als er jetzt mit feuerrotem Gesicht zur Antwort gab:

»Bei meinem Wort und meiner Ehre, bei meinem Leben, bei meiner Seele, Miß Summerson, so wahr ich lebendig vor Ihnen stehe, ich will Ihrem Wunsch nachkommen. Ich will nie wieder einen Schritt in der erwähnten Angelegenheit tun und mich eidlich dazu verpflichten, wenn Sie das beruhigen sollte. Bezugnehmend auf mein gegenwärtiges Versprechen«, fuhr er zungenfertig fort, als wiederhole er eine ihm vertraut gewordne juristische Formel, »bekräftige ich, daß ich die Wahrheit spreche, die ganze Wahrheit und nichts als die Wahrheit, so ...«

»Ich bin vollständig zufrieden«, sagte ich und stand auf. »Ich danke Ihnen recht sehr. – Liebe Caddy, ich bin bereit.«

Mr. Guppys Mutter kam mit Caddy wieder herein – sie richtete ihr geräuschloses Lachen und ihre Ellbogenstöße jetzt an mich –, und wir verabschiedeten uns. Mr. Guppy sah uns mit der Miene eines Mannes, der entweder nicht ganz wach ist oder schlafwandelt, nach, und wir ließen ihn an der Tür stehen.

Eine Minute später kam er uns jedoch ohne Hut und mit fliegenden Haaren nachgelaufen, hielt uns an und sagte mit Wärme:

»Miß Summerson, auf Ehre und Seligkeit, Sie können sich auf mich verlassen.«

»Das tue ich auch mit der größten Zuversicht.«

»Ich bitte um Verzeihung, Miß«, fuhr er fort und ging langsam und zögernd neben uns her. »Aber da diese Dame dabei ist, Ihre eigne Zeugin, und ich Sie wirklich ganz beruhigt zu sehen wünsche, so wäre es vielleicht gut, wenn Sie Ihr Zugeständnis von vorhin wiederholen wollten.«

»Caddy«, sagte ich und wendete mich an meine Freundin. »Du wirst dich wahrscheinlich nicht besonders wundern, wenn ich dir sage, daß niemals eine Verlobung –«

»– kein Eheversprechen irgendeiner Art«, verbesserte Mr. Guppy.

»– kein Eheversprechen irgendeiner Art zwischen diesem Herrn ...«

»William Guppy von Penton Place, Pentonville in der Grafschaft Middlessex«, murmelte er.

»– zwischen diesem Herrn, Mr. William Guppy von Penton Place, Pentonville in der Grafschaft Middlessex, und mir vereinbart wurde.«

»Ich danke Ihnen, Miß. Das genügt. – Äh –, entschuldigen Sie ... Den Namen der Dame, Vor- und Zuname?«

Ich nannte sie ihm.

»Verheiratet?«

»Verheiratet.«

»Ich danke Ihnen.«

»Geborne Miß Karoline Jellyby von Thavies Inn, London City, zu keinem Kirchspiel gehörig, jetzt wohnhaft in Newman Street, Oxford Street. Sehr verbunden.«

Er lief nach Hause und kam wieder zurück.

»Was die Angelegenheit betrifft, möchte ich noch sagen, so tut es mir wirklich und wahrhaftig sehr leid, daß Lebenspläne sowie Verhältnisse, die sich meinem Machtbereich entziehen, eine Erneuerung meines Antrages, der schon damals zurückgewiesen wurde, ausschließen«, sagte Mr. Guppy traurig und niedergeschlagen zu mir. »Aber es ist nicht möglich. Ich frage Sie selbst, wäre es möglich?«

Ich gab zur Antwort, daß es gewiß nicht möglich wäre. Die Sache sei über jeden Zweifel erhaben. Er dankte mir, eilte wieder zu seiner Mutter und kehrte noch einmal um.

»Es ist wirklich sehr ehrenhaft von Ihnen, Miß. Wäre es möglich, einen Altar unter den Palmen der Freundschaft zu errichten, so ... Aber, meiner Seel, Sie können sich auf mich in jeder Hinsicht verlassen – Herzensbeziehungen ausgenommen.«

Die Kämpfe in Mr. Guppys Brust und die zahlreichen Schwankungen, die sie zwischen seiner Mutter Haustür und uns in ihm hervorriefen, traten in der windigen Straße, zumal sein Haar dringend des Schermessers bedurfte, so auffällig zutage, daß wir uns nach Möglichkeit beeilten, fortzukommen. Ich tat es mit erleichtertem Herzen, und als wir uns in der Ferne noch einmal umsahen, schien Mr. Guppy immer noch nicht ganz beruhigt zu sein.

39. Kapitel

Advokat und Klient

Der Name »Mr. Vholes« unter der Überschrift »Parterre« ist an einem Türpfeiler von Symond's Inn in Chancery Lane zu lesen. Es ist ein kleines, blasses, halbblindes, gramgebeugtes Inn und sieht wie ein großer Aschenkasten mit zwei Fächern und einem Sieb aus. Vielleicht ist Symond seinerzeit ein sparsamer Mann gewesen und hat sein altes Inn aus Baumaterialien errichtet, die eine Vorliebe für Schwamm, Schmutz und andre modrige faule Sachen hatten und jetzt Symonds Gedächtnis mit seelenverwandter Schäbigkeit bewahren. In die Tafelquadrate dieses verrosteten Erinnerungsschildes an Symond ist jetzt auch das juristische Wappen Mr. Vholes aufgenommen.

Mr. Vholes' Kanzlei, zurückgezogen gelegen und von ebensolchem Aussehen, ist in eine Ecke gequetscht und schielt eine kahle Mauer an. Drei Fuß astlöcherdurchflochtne Dielen bringen den Klienten durch einen finstern Gang nach Mr. Vholes' pechschwarzer Tür in einer selbst an den hellsten Sommermorgen stockfinstern Ecke mit einem dunkeln Vorbau an einer Kellertreppe, gegen den Klienten, wenn sie in Eile sind, meistens mit dem Kopf anzurennen pflegen.

Mr. Vholes' Kanzleizimmer sind so klein bemessen, daß ein Schreiber die Tür öffnen kann, ohne vom Stuhl hinunterzusteigen, und sein Nachbar an demselben Pult in gleicher Weise das Feuer zu schüren imstande ist. Ein Geruch wie von kranken Schafen, vermischt mit Moder- und

Staubgeruch, liegt in der Luft und rührt von dem allabendlichen Verbrauch von Hammeltalg, in Form von Kerzen, und dem Hin- und Herschieben von Pergamentakten in schmierigen Schubladen her. Aber auch sonst ist die Luft dumpf und verdorben.
Die Zimmer sind seit Menschengedenken nicht mehr gemalt oder geweißt worden, die zwei Kamine rauchen, und alles ist mit einer lockeren Rußschicht überzogen. Die blinden zersprungnen Fenster in ihren plumpen Rahmen haben nichts als den Willen miteinander gemein, beständig schmutzig zu sein und immerwährend zuzufallen, wenn man sie nicht gewaltsam offen hält. Das erklärt auch das Phänomen, daß dem schwächeren der beiden Fenster gewöhnlich bei warmem Wetter ein Scheit Brennholz zwischen die Zähne gesteckt ist.
Mr. Vholes ist ein höchst respektabler Mann. Er hat kein großes Geschäft, aber er ist ein sehr respektabler Mann. Die größeren Anwälte, die sich bereits ein bedeutendes Vermögen erworben haben oder noch erwerben, geben einstimmig zu, daß er ein sehr respektabler Mann sei. Er läßt nie eine Chance in seiner Praxis ungenützt vorübergehen, und das ist doch gewiß ein Zeichen von Respektabilität. Er leistet sich nie ein Vergnügen, und das ist schon wieder ein Zeichen von Respektabilität. Er ist schweigsam und ernst, und das ist abermals ein Zeichen von Respektabilität. Seine Verdauung hat gelitten, und das ist höchst respektabel. Er macht für seine drei Töchter Heu aus lebendigem Fleisch, und sein Vater im Tal von Taunton wird von ihm unterstützt.
Das erste Prinzip der englischen Justiz ist, für sich selbst Geschäfte zu machen. In all ihren engen verschlungenen Pfaden ist kein andres Prinzip so bestimmt, sicher und konsequent durchgeführt. Sieht man sie in diesem Lichte an, so wird sie sofort ein zusammenhängendes Ganzes und ist nicht mehr der maßlos verwirrte Knäuel, als den sie der Laie zu sehen pflegt. Wenn das Publikum nur ein ein-

ziges Mal klar erkennen wollte, daß das Hauptprinzip der Justiz ist, für sich selbst auf Unkosten der Parteien zu arbeiten, so würde es gewiß nicht mehr murren.
Aber die Laien sehen das eben nicht klar oder nur halb oder ungenau. Darum kommt ihnen Gemütsruhe und Geld abhanden, sie machen eine böse Miene zu dem lieblichen Spiel und murren. In solchen Fällen pflegt man ihnen die Respektabilität, deren sich auch Mr. Vholes erfreut, aufs nachdrücklichste vor Augen zu führen.
»Diesen Paragraphen abschaffen, bester Herr?« sagt zum Beispiel Mr. Kenge zu einem Klienten, dem übel mitgespielt wurde. »Abschaffen, werter Herr? Nie, solange ich etwas zu sagen habe. Stoßen Sie dieses Gesetz um, Sir, und was wird die Wirkung Ihres übereilten Vorgehens für eine Klasse von Anwälten sein, deren höchst ehrenwerter Repräsentant, erlaube ich mir, zu bemerken, der gegnerische Advokat, Mr. Vholes, ist? Sir, diese Klasse von Anwälten würde von der Erde verschwinden! Nun können wir aber nicht – ich möchte sagen, das soziale System kann es nicht – eine Klasse von Männern wie Mr. Vholes missen. Eine Klasse, fleißig, ausdauernd, solid und mit großem geschäftlichem Scharfsinn ausgestattet! Werter Herr, ich kann mir Ihre persönlichen Empfindungen hinsichtlich der existierenden Zustände recht gut denken und gestehe, daß sie Sie im gegebnen Fall ein wenig hart treffen, aber für die Vernichtung einer Klasse von Männern wie Mr. Vholes würde ich meine Stimme nie abgeben.«
Man hat die Respektabilität eines Mr. Vholes sogar schon mit vernichtender Wirkung vor Parlamentskomitees angeführt, wie aus folgenden Protokollen eines hervorragenden Rechtsanwalts hervorgeht:
Frage Numero 517869: Wenn ich Sie recht verstehe, wirken also diese Normen in der Praxis unzweifelhaft verzögernd?
Antwort: Ja, allerdings verzögernd.
Frage: Und ziehen große Kosten nach sich?

Antwort: Natürlich können sie nicht umsonst sein.
Frage: Und unsäglichen Ärger?
Antwort: Das möchte ich nicht behaupten. Mir haben sie nie Ärger verursacht, ganz im Gegenteil.
Frage: Aber Sie glauben, ihre Abschaffung würde einer ganzen Klasse von Anwälten schaden?
Antwort: Ich zweifle nicht daran.
Frage: Können Sie einen Typus dieser Klasse anführen?
Antwort: Ja. Ich würde ohne Besinnen Mr. Vholes nennen. Er würde zum Beispiel dadurch ruiniert sein.
Frage: Mr. Vholes gilt bei seinen Kollegen als respektabler Mann?
Antwort, die weiteren Fragen für die Dauer von mindestens zehn Jahren ein Ende macht: Mr. Vholes gilt bei seinen Kollegen sogar als *außerordentlich* respektabler Mann.
So äußern auch gelegentlich bei allgemeinen Unterhaltungen nicht weniger uneigennützige Privatautoritäten, daß sie nicht wissen, wohin die Zeit eigentlich hinauswolle. Immer wünsche sie etwas zu stürzen oder etwas Bestehendes auszureißen. Solche Veränderungen bedeuteten für manche Leute den Tod – für Vholes zum Beispiel, einen Mann von unzweifelhafter Ehrenhaftigkeit, mit einem Vater im Tal von Taunton und drei Töchtern zu Hause. Noch ein paar Schritte dem Abgrund zu, sagen sie, und was soll dann aus Mr. Vholes' Vater werden? Soll er zugrunde gehen? Und aus Vholes' Töchtern? Sollen sie vielleicht Näherinnen oder Gouvernanten werden?
– Gerade als ob Mr. Vholes und seine Verwandten untergeordnete Menschenfresserhäuptlinge wären, und entrüstete Fürsprecher auf den allgemeinen Vorschlag, den Kannibalismus abzuschaffen, sagen wollten: Erkläret das Menschenfressen für ungesetzlich, und die Vholes müssen durch Eure Schuld verhungern. –
Kurz und gut, Mr. Vholes mit seinen drei Töchtern und seinem Vater im Tale von Taunton wird beständig wie ein

Stück Balken, ein morsches Gebäude, das ein Stein des Anstoßes geworden ist, zu stützen, benutzt. Und bei vielen Leuten handelt es sich in den meisten Fällen nicht um Feststellung von Recht und Unrecht, sondern lediglich darum, ob es der ehrenwerten Legion von Menschen à la Vholes zum Schaden oder Nutzen gereicht.

Der Kanzler ist vor zehn Minuten aufgestanden, und die langen Gerichtsferien haben begonnen. Mr. Vholes, sein junger Klient und verschiedne in Eile vollgestopfte blaue Beutel, die dadurch jede regelmäßige Form verloren haben wie vollgefressne große Schlangen, sind in ihre Höhle zurückgekehrt. Mr. Vholes, gelassen und unbewegt, wie es einem Mann von solcher Respektabilität geziemt, zieht seine engen schwarzen Handschuhe aus, als zöge er die Haut von seinen Fingern, nimmt seine enge Kappe vom Kopf, als skalpiere er sich, und setzt sich an sein Pult. Der Klient wirft Hut und Handschuhe irgendwohin, wirft sich selbst halb seufzend, halb stöhnend in einen Stuhl, läßt die brennende Stirn auf die Hand sinken und sieht aus wie das Bild jugendlicher Verzweiflung.

»Abermals nichts geschehen«, sagt Richard. »Nichts, nichts geschehen!«

»Sagen Sie nicht, es sei nichts geschehen, Sir«, entgegnet Vholes gleichmütig. »Das ist kaum gerecht, Sir, kaum gerecht.«

»Nun, was *ist* denn also geschehen?« fragt Richard mit düsterer Miene.

»Die Frage ist vielleicht nicht richtig gestellt. Juristisch gefaßt, müßte sie vielleicht lauten: Was geschieht?«

»Und was geschieht also?« fragt der Klient mürrisch.

Vholes, die Ellbogen auf das Pult gestützt, paßt ruhig die fünf Finger seiner rechten Hand auf die fünf Spitzen der Finger seiner linken, entfernt sie ebenso ruhig voneinander, sieht seinen Klienten fest und gelassen an und antwortet:

»Sehr viel geschieht, Sir! Wir haben uns mit der Schulter

gegen das Rad gestemmt, Mr. Carstone, und das Rad dreht sich!«
»Ja, und Ixion ist darauf festgebunden. Wie soll ich mir durch die nächsten vier oder fünf verwünschten Monate durchhelfen!« ruft der junge Mann aus und geht erregt im Zimmer auf und ab.
»Mr. C.«, gibt Vholes zur Antwort und beobachtet Richard gespannt. »Sie sind von aufbrausendem Temperament, und das tut mir Ihretwegen leid. Nehmen Sie es mir nicht übel, wenn ich Ihnen empfehle, nicht so heftig zu sein, sich nicht zu ärgern und innerlich so aufzureiben. Sie sollten mehr Geduld haben – sich stärker zeigen!«
»Mit einem Wort, ich sollte Sie nachahmen, Mr. Vholes!« Richard nimmt wieder mit ungeduldigem Lachen Platz und trommelt mit dem Absatz auf dem ungemusterten Teppich des Teufels Zapfenstreich.
»Sir«, entgegnet Vholes und sieht dabei seinen Klienten unentwegt an, als verzehre er ihn langsam mit seinen Augen und seinem trefflichen Advokatenappetit. »Sir«, entgegnet Vholes mit seiner Art, in sich hineinzusprechen, und seiner blutlosen Gelassenheit, »ich würde mir gewiß nicht anmaßen, mich Ihnen, oder wem immer, als ein Muster vorzustellen. Ich strebe nach nichts weiter, als meinen drei Töchtern einen guten Namen zu hinterlassen, und bin nicht selbstsüchtig. – Aber da Sie sich so deutlich ausdrükken, will ich zugeben, daß ich gern sähe, Sie hätten etwas von meiner – nun ja, Sir, Sie sind geneigt, es Empfindungslosigkeit zu nennen, und ich habe weiter nichts dagegen – etwas von meiner Empfindungslosigkeit ... Ja, ja, ein wenig von meiner Empfindungslosigkeit.«
»Mr. Vholes«, entschuldigt sich der Klient etwas beschämt, »ich hatte durchaus nicht die Absicht, Sie der Empfindungslosigkeit zu zeihen.«
»Sie taten es, Sir, ganz unwissentlich. Sehr natürlich. Es ist meine Pflicht, bei Wahrung Ihrer Interessen einen kühlen Kopf zu behalten, und ich kann gar wohl begreifen, daß

ich bei solchen Gelegenheiten wie der jetzigen Ihnen gefühllos erscheine. Meine Töchter kennen mich vielleicht besser. Mein alter Vater kennt mich vielleicht besser. Aber sie kennen mich viel länger als Sie, und das Auge der Liebe ist nicht das mißtrauische Auge des Prozessierenden. Nicht, daß ich beklagte, Sir, daß das Auge des Prozessierenden mißtrauisch ist, ganz im Gegenteil. Gerade weil ich Ihre Interessen wahre, wünsche ich, daß man mich in jeder Weise kontrolliert. Das ist ganz in Ordnung. Ich selbst fordere dazu auf, daß man mich kontrolliert. Ihre Interessen nun verlangen, daß ich kalt und methodisch bin, Mr. Carstone. Und ich kann nicht anders sein. Nein, Sir, selbst nicht Ihnen zu Gefallen!«
Mr. Vholes beobachtet eine Weile die geduldig vor einem Mausloch lauernde Kanzleikatze, richtet dann seinen Zauberblick wieder auf den jungen Klienten und fährt mit seiner zugeknöpften, kaum hörbaren Stimme, die klingt, als ob ein unreiner Geist in ihm wäre, der weder entfliehen noch mit der Sprache heraus wollte, fort.
»Sie fragen, was Sie während der Gerichtsferien tun sollen. Ich sollte doch glauben, daß die Herren von der Armee nicht um Mittel, sich zu zerstreuen, verlegen sind! Wenn Sie mich gefragt hätten, was ich während der Ferienzeit tun sollte, hätte ich Ihnen kürzer antworten können: Ich werde Ihre Interessen wahren. Ich werde Tag für Tag hier zu finden sein, beschäftigt mit der Wahrung Ihrer Interessen. Das ist meine Pflicht, Mr. C., und Gerichtssession oder Ferien machen darin keinen Unterschied bei mir. Wenn Sie mich wegen Ihrer Interessen zu Rate zu ziehen wünschen, werden Sie mich jederzeit hier finden. Andre Herren von unserm Beruf gehen aufs Land. Ich tue das nicht. Nicht, daß ich jemand tadeln wollte. Ich sage bloß, ich tue es nicht. Dieses Pult ist Ihr Fels, Sir!«
Mr. Vholes schlägt darauf, und es klingt so hohl wie ein Sarg. Aber für Richards Ohren klingt es nicht so. Für ihn

hat der Schall etwas Ermutigendes. Vielleicht weiß Mr. Vholes das.

»Ich weiß recht gut, Mr. Vholes«, sagt Richard vertrauensvoll und erleichtert, »daß Sie der allerverläßlichste Mann auf der Welt sind, und wer mit Ihnen zu tun hat, einen Advokaten vor sich hat, der sich kein Schnippchen schlagen läßt. Aber versetzen Sie sich in meine Lage. Schleppen Sie sich mit diesem aus dem Geleise gekommenen Leben hin, wo man jeden Tag tiefer und tiefer in Kalamitäten versinkt, beständig hofft und beständig enttäuscht wird, sich bewußt ist, daß es immer mehr mit einem bergab geht und mit nichts bergauf, und Sie würden auch manchmal finden, wie ich, daß es keine beneidenswerte Lage ist.«

»Sie wissen, daß ich nie Hoffnungen zu erwecken pflege«, erwidert Mr. Vholes. »Ich sagte Ihnen gleich anfangs, daß ich das prinzipiell nicht tue, vorzüglich nicht in einem Prozeß wie diesem, wo der größere Teil der Kosten aus dem strittigen Kapital gedeckt wird. Ich würde meinen guten Ruf außer acht lassen, wenn ich Hoffnungen gäbe. Es müßte den Schein erwecken, als ob es mir um die Kosten zu tun wäre. Aber wenn Sie sagen, daß keine Veränderung zum Bessern zu bemerken ist, so muß ich das als nackte Tatsache in Abrede stellen.«

»Wirklich?« fragt Richard mit einem Hoffnungsschimmer. »Aber wie wollen Sie das begründen?«

»Mr. Carstone, Sie werden vertreten von ...«

»Sie sagten es eben ... Von einem Felsen!«

»Ja, Sir, von einem Felsen.« Mr. Vholes nickt leise mit dem Kopf und fährt über den Pultdeckel, daß es klingt, als ob Asche auf Asche fiele und Staub auf Staub. »Ist das nichts? Sie sind allein für sich vertreten und nicht mehr länger mit den Interessen andrer verquickt und verflochten. Das ist etwas. Der Prozeß schläft nicht. Wir wecken ihn auf, bringen ihn an die Luft, wir führen ihn spazieren. Das ist etwas. Es ist nicht bloß ›Jarndyce‹, der Tatsache und dem

Namen nach. Das ist etwas. Niemand kann jetzt willkürlich damit verfahren, Sir. Und das ist gewiß etwas.«
Richard wird plötzlich rot im Gesicht und schlägt mit der geballten Faust auf das Pult.
»Mr. Vholes! Wenn mir jemand gesagt hätte, als ich zuerst John Jarndyces Haus betrat, er sei etwas andres als der selbstlose Freund, für den er sich gab, sondern das, als was er sich allmählich entpuppt hat, ich hätte nicht genug starke Worte finden können, um eine solche Verleumdung zurückzuweisen – ich hätte ihn nicht warm genug verteidigen können. So wenig kannte ich die Welt! Aber jetzt, sage ich Ihnen, kommt er mir vor wie der personifizierte Prozeß selbst. Der Rechtsstreit ist nichts Abstraktes mehr, er ist John Jarndyce selbst. Je mehr ich leide, desto mehr zürne ich über ihn, und jede neue Enttäuschung bedeutet einen neuen Schlag von John Jarndyces Hand.«
»Nein, nein«, sagt Vholes. »Sagen Sie das nicht. Wir alle müssen Geduld haben. Überdies rede ich nie jemandem Böses nach, Sir. Es ist ein Grundsatz von mir.«
»Mr. Vholes! Sie wissen so gut wie ich, daß er den Prozeß abgebrochen hätte, wenn es möglich gewesen wäre«, entgegnet Richard zornig.
»Er hat nicht direkt Schritte dagegen getan«, gibt Mr. Vholes anscheinend widerwillig zu. »Nicht direkt Schritte. Aber immerhin, er kann freundschaftliche Absichten dabei gehabt haben. Wer kann im Herzen der Menschen lesen, Mr. C.!?«
»Sie!«
»Ich, Mr. C.?«
»Immerhin gut genug, um zu wissen, was seine Absichten waren. Widerstreiten sich unsre Interessen, oder widerstreiten sie sich nicht? Sagen – Sie – selbst!« Richard begleitet die drei letzten Worte mit drei heftigen Schlägen auf den Fels seines Vertrauens.
»Mr. C.«, gibt Vholes, ohne sich zu bewegen und auch nur

ein einziges Mal mit seinen hungrigen Augen zu zwinkern, zur Antwort:
»Ich würde meine Pflicht als Ihr Rechtsbeistand verletzen, Ihren Interessen untreu werden, wenn ich sie als identisch mit denen Mr. Jarndyces darstellte. Sie sind es nicht, Sir. Ich schiebe nie Motive unter. Ich habe einen Vater und bin selbst Vater und schiebe nie Motive unter, aber ich darf andererseits meine Pflicht als Anwalt nicht verletzen, selbst wenn dadurch Zwietracht in Familien gesät wird. Ich bin der Meinung, Sir, Sie ziehen mich jetzt doch in meiner Eigenschaft als Ihr Anwalt hinsichtlich Ihrer Interessen zu Rate? Ist es so? Also, dann antworte ich: Nein, sie sind nicht identisch mit denen Mr. Jarndyces.«
»Natürlich sind sie's nicht!« ruft Richard. »Sie haben das schon längst herausgefunden.«
»Mr. C.«, fährt Vholes fort. »Über fremde Parteien möchte ich nicht mehr sagen, als unbedingt notwendig ist. Ich wünsche meinen Namen außer dem kleinen Vermögen, das ich mir vielleicht durch Fleiß und Ausdauer erwerbe, meinen Töchtern Emma, Jane und Karoline unbefleckt zu hinterlassen. Ich wünsche auch in brüderlicher Freundschaft mit meinen Berufskollegen zu leben. Als Mr. Skimpole mir die Ehre erwies, Sir – ich sage absichtlich nicht, die *außerordentliche* Ehre, denn ich lasse mich nie zu Schmeicheleien herab –, uns hier in der Kanzlei zusammenzubringen, da äußerte ich, daß ich hinsichtlich Ihrer Interessen keine Meinung abgeben und auch keinen Rat erteilen könnte, solange diese Interessen in den Händen eines Berufskollegen lägen, und ich sprach mich so anerkennend über die Firma Kenge & Carboy aus, wie sie es auch tatsächlich verdient.
Sie fanden sodann für gut, Ihre Vertretung diesen Herren zu entziehen und sie mir anzuvertrauen. Sie brachten sie mit reinen Händen, Sir, und ich nahm sie mit reinen Händen entgegen. Ihre Interessen gehen jetzt in meiner Kanzlei allen andern vor. Meine Verdauung, wie Sie mich viel-

leicht schon haben äußern hören, ist nicht im besten Zustand, und Ruhe könnte sie verbessern. Aber ich werde mir keine Ruhe gönnen, Sir, solange ich Sie vertrete. Sooft Sie mich brauchen, werden Sie mich hier finden. Rufen Sie mich, wohin Sie wollen, und ich werde kommen. Während der langen Ferien, Sir, werde ich meine Mußestunden dazu benützen, Ihre Interessen noch gründlicher zu studieren und Anordnungen zu treffen, nach dem Michaelitermin Himmel und Erde (den Kanzler natürlich eingeschlossen) in Bewegung zu setzen, und wenn ich Ihnen dann endlich Glück wünschen kann, Sir«, sagt Mr. Vholes mit der ganzen sittlichen Strenge eines fest entschlossnen Mannes, »wenn ich Ihnen dann endlich von ganzem Herzen Glück wünschen kann, daß Sie zu Ihrem Vermögen gekommen sind – wenn es nicht in meinen Grundsätzen läge, niemals Hoffnungen zu erwecken, könnte ich mich darüber weiter auslassen –, werden Sie mir nichts schuldig sein als den kleinen Rest, der vielleicht noch von den zwischen Anwalt und Klienten erwachsenden Kosten außensteht. Abgesehen von den der Taxe unterliegenden Kosten, die von dem strittigen Kapital in Abzug kommen. Ich werde dann weiter keinen Anspruch an Sie erheben, Mr. Carstone, außer der Anerkennung der eifrigen und tätigen Erfüllung meiner Pflicht als Ihr Anwalt. Ich meine damit nicht die übliche und formelle Erfüllung, Sir.«
Vholes fügt als Nachwort zu dieser Darlegung seiner Grundsätze noch hinzu, Mr. Carstone werde vielleicht die Güte haben, da er jetzt zu seinem Regiment zurückgehe, ihm eine Anweisung auf zwanzig Pfund à conto auszustellen.
»Denn wir haben neuerdings viele kleine Konsultationen und Tagfahrten gehabt, Sir«, bemerkt Vholes und blättert in seinem Journal. »Und die Sachen summieren sich, und ich will mir nicht den Anschein geben, ein Kapitalist zu sein. Als wir unsre gegenwärtige Verbindung anknüpften, sagte ich Ihnen offen – es ist mein Prinzip, daß Anwalt und

Klient nie offen genug gegeneinander sein können –, daß ich kein Kapitalist bin, und wenn Sie auf den Kostenpunkt allein sehen wollten, Sie lieber Ihre Akten bei Kenge & Carboy lassen möchten. Nein, Mr. C., Sie werden hier weder die Vorteile noch die Nachteile eines kapitalkräftigen Vertreters finden. Dies hier« – Vholes schlägt wieder auf das hohlklingende Pult – »ist Ihr Fels, aber es gibt nicht vor, mehr zu sein.«

Der Klient, dessen Niedergeschlagenheit allmählich abgenommen hat und dessen vage Hoffnungen wieder wach geworden sind, nimmt Feder und Tinte und schreibt die Anweisung, nicht ohne längere Zeit zu überlegen und nachzurechnen, auf welches Datum er sie ausstellen solle. – Das verrät dem Advokaten, daß nur spärliche Deckung vorhanden ist. – Die ganze Zeit über sieht ihm Vholes, körperlich und geistig zugeknöpft, aufmerksam zu. Die ganze Zeit über lauert Vholes Kanzleikatze vor dem Mauseloch.

Schließlich ersucht ihn der Klient unter Händeschütteln, um Himmelswillen sein möglichstes zu tun, um ihn durch den Kanzleigerichtsprozeß durchzubringen. Mr. Vholes, der nie Hoffnungen gibt, legt sodann dem Klienten die Hand auf die Schulter und antwortet lächelnd: »Ich bin stets hier, Sir, persönlich oder brieflich werden Sie mich stets hier finden, Sir, die Schulter gegen das Rad gestemmt.«

So scheiden sie, und Vholes, jetzt allein gelassen, beschäftigt sich damit, verschiedne kleine Summen aus seinem Journal in sein Trattenbuch zum Besten seiner drei Töchter zu übertragen. So würde auch ein sorgsamer Fuchs oder Bär mit dem Nebengedanken an seine Jungen seine Rechnung über Hühner oder verirrte Wanderer abschließen, womit durchaus nichts Nachteiliges über die drei dürren und zugeknöpften Jungfrauen, die mit Vater Vholes in einem dumpfigen Landhaus mit feuchtem Garten in Kennington wohnen, gesagt sein soll.

Als Richard aus dem düstern Schatten von Symond's Inn in den Sonnenschein von Chancery Lane heraustritt – dort ist heute zufällig Sonnenschein –, geht er gedankenvoll weiter, wendet sich nach Lincoln's Inn und tritt unter die Schatten der Bäume. Auf viele solcher Spaziergänger sind die fleckigen Schatten dieser Bäume schon gefallen, auf manches ebenso gebeugte Haupt, auf ebenso nervös zerbissene Nägel, umdüsterte Augen und ziellos träumerische Mienen, auf verschwindendes und verschwundenes Vermögen, auf ein verfehltes und verbittertes Leben.
Noch sieht dieser Spaziergänger nicht schäbig aus, aber das kann noch werden. Das Kanzleigericht kennt keine andre Weisheit als Präzedenzien und ist reich an solchen Präzedenzien. Und warum sollte sich ein einziger unterscheiden von Zehntausenden?
Aber es ist erst kurze Zeit her, daß Richard angefangen hat, im Treibsand zu versinken, wie er jetzt von dem Ort für mehrere Monate lang scheidet – zögernd scheidet, obgleich er ihn haßt. Sein Herz ist schwer von verzehrender Sorge, von Hangen und Bangen, von Mißtrauen und Zweifel, aber es hat vielleicht noch Platz für ein schmerzliches Staunen, wenn er sich erinnert, wie anders sein erster Besuch hier war, wie anders er selbst, wie anders das bunte Farbenspiel des Lebens. Aber Ungerechtigkeit muß Ungerechtigkeit gebären, und wer mit Schemen kämpft und von ihnen geschlagen wird, muß Wesenheiten zum Kampf ins Feld stellen.
Von dem ungreifbaren Prozeß, den kein Lebender verstehen kann, denn die Zeit dazu ist längst vorbei, wendet Richard sich in Gedanken mit trübem Trost zu der greifbaren Gestalt des Freundes, der ihn vor diesem Untergang hat retten wollen und in dem er einen Feind sieht. Richard hat Vholes die Wahrheit gesagt. Mag er bös oder weich gestimmt sein, stets schiebt er die Schuld seinem Vetter Jarndyce zu. An dessen Tür ist man ihm vorsätzlich in den Weg getreten, und der Zweck konnte nur dem Prozeß ent-

springen, der jetzt sein Dasein in sich auflöst. Richard hält es für eine Art Genugtuung, daß er einen Gegner von Fleisch und Blut hat.
Ist er deshalb ein Ungeheuer, oder ist das Kanzleigericht nicht auch an solchen Präzedenzien reich? Könnte man Engel zum Zeugen anrufen, sie würden es bestätigen!
Zwei an diese Art Leute nicht ungewöhnte Paar Augen sehen ihm jetzt nach, wie er, nervös an seinen Nägeln kauend und in Brüten verloren, über den Platz geht und im Schatten des südlichen Torwegs verschwindet. Mr. Guppy und Mr. Weevle sind die Besitzer dieser Augen. Sie lehnen sich im Gespräch an die niedrige steinerne Balustrade unter den Bäumen. Er geht knapp an ihnen vorüber und sieht nichts als die Erde.
»William«, meint Mr. Weevle und kräuselt sich den Backenbart. »Da findet eine Verbrennung statt. Es ist kein Fall von Selbstverbrennung, aber eine Art langsamer Röstung.«
»Hm«, sagt Mr. Guppy. »Er wollte sich nicht von Jarndyce fernhalten lassen, und ich glaube, er steckt bis über die Ohren in Schulden. Ich habe nie viel von ihm gewußt. Er war hochnäsig, als er bei uns praktizierte, wie das Monument dort. Ich bin froh, daß ich ihn los bin, sowohl als Praktikanten wie als Klienten. – Ja, Tony, also damit beschäftigen sie sich jetzt; – um wieder darauf zurückzukommen.«
Mr. Guppy verschränkt die Arme, lehnt sich an die Balustrade und fährt in seinem eben unterbrochnen interessanten Gespräch wieder fort.
»Damit beschäftigen sie sich immer noch! Sie nehmen immer noch Inventur auf, prüfen die Papiere und wühlen Tag für Tag die Lumpenhaufen durch. Wenn sie so fortfahren, werden sie noch sieben Jahre dazu brauchen.«
»Und Small hilft dabei?«
»Small verließ uns nach achttägiger Kündigung. Er sagte Kenge, das Geschäft nähme seinen Großvater zu sehr in

Anspruch, und er selbst stünde sich besser, wenn er es übernähme. Zwischen mir und Small ist eine gewisse Spannung eingetreten. Er tat mir gar zu heimlich. Aber er sagte, du und ich hätten diesen Ton zuerst angeschlagen, und darin hat er eigentlich recht. Und deshalb haben wir uns wieder ausgesöhnt, und so habe ich erfahren, womit sie sich beschäftigen.«

»Einblick hast du weiter nicht bekommen?«

»Tony«, sagt Mr. Guppy ein wenig irritiert, »um dir nichts zu verschweigen, das Haus zieht mich nicht mehr so an, seit du nicht mehr dort bist, und deshalb bin ich nicht mehr hingegangen. Das war auch der Grund, weshalb ich dir dieses kleine Rendezvous vorschlug. Da, gerade schlägt die Turmuhr, Tony!« Mr. Guppy wird geheimnisvoll und zärtlich beredt. »Ich muß dir nochmals vor Augen führen, daß Verhältnisse, über die ich keine Macht habe, eine traurige Veränderung in meinen Lieblingsplänen und in dem Bilde, von dem ich dir früher im Vertrauen auf unsre Freundschaft erzählte, hervorgebracht haben. Das Bild ist zerschmettert und das Idol in Trümmer zerfallen. Mein einziger Wunsch hinsichtlich der Zwecke, die ich mit deiner Freundeshilfe in Cook's Court zu verfolgen gedachte, ist nunmehr, sie liegen zu lassen und in Vergessenheit zu begraben. Hältst du es für möglich, hältst du es überhaupt für wahrscheinlich – ich lege dir diese Frage als Freund vor, Tony –, nach deiner Kenntnis des Charakters des schlauen und unberechenbaren Alten, der damals ein Opfer der Selbstverbrennung wurde, hältst du es überhaupt für möglich, bei näherer Überlegung, Tony, daß er jene Briefe, als ihr euch damals trenntet, anderswo hingetan hat, oder wurden sie in jener Nacht wirklich vernichtet?«

Mr. Weevle denkt eine Weile nach. Dann schüttelt er den Kopf.

»Tony«, fängt Mr. Guppy beim Weiterschlendern wieder an. »Noch einmal! Versteh mich gut. Als Freund. Ohne mich auf weitere Erklärungen einlassen zu können, wiederhole ich dir nur: Das Idol ist zerschmettert. Ich habe jetzt keinen andern Zweck, als alles in Vergessenheit zu begraben. Dazu habe ich mich verpflichtet. Ich bin es mir selbst schuldig, dem zerschmetterten Bild und auch den Verhältnissen, über die ich keine Macht habe. Wenn du mir durch einen Wink oder eine Gebärde verrietest, du habest in deiner früheren Wohnung irgendwo Papiere liegen sehen, die den fraglichen irgendwie ähnlich sind, würde ich sie jetzt auf meine eigne Verantwortung ins Feuer werfen.«

Mr. Weevle nickt. Mr. Guppy kommt sich sehr großartig vor, daß es ihm gelungen ist, seine Äußerungen mit halb juristischer, halb romantischer Miene vorgebracht zu haben. Er hat nun einmal eine Leidenschaft, allem die Form eines Verhörs, einer Rede oder eines Resümees zu geben.

Würdevoll begleitet er jetzt seinen Freund nach Cook's Court.

Nie, seit er im Hof gewesen, hat es dort einen solchen Berg von Geklatsch gegeben wie nach den Vorfällen in Mr. Krooks Laden. Pünktlich um acht Uhr früh trägt man Mr. Smallweed senior, begleitet von Mrs. Smallweed, Judy und Bart, um die Ecke in das Haus. Regelmäßig, Tag für Tag, bleiben sie dort bis neun Uhr abends, stärken sich nach Zigeunerart durch nicht besonders reichliche Mittagsmahle aus der benachbarten Garküche und wühlen, suchen, graben und kratzen unter den Schätzen des vielbeweinten Verstorbenen. Welcher Art diese Kleinodien sind, halten sie so geheim, daß der ganze Hof in Verzweiflung gerät.

In seinem Delirium träumt der Hof von Guineen, die aus Teekannen gegossen werden, von Punschbowlen, die von Münzen überfließen, von mit Banknoten ausgestopften Stühlen und Matratzen. Man kauft für sechs Pence bunt illustrierte Geschichten von Mr. Daniel Dancer und seiner

Schwester und Mr. Elwes aus Suffolk und überträgt alle Tatsachen aus diesen wirklich wahren Erzählungen auf Mr. Krook. Zweimal, als der Kehrichtmann hineingerufen wird, um eine Wagenladung altes Papier, Asche und Flaschenscherben fortzuschaffen, versammelt sich der ganze Hof und spürt neugierig in den Körben herum, wie sie herausgetragen werden. Rastlos schleichen die beiden Herren, die mit den gefräßigen kleinen Federn auf dünnes Papier schreiben, in der Nachbarschaft herum. Sie weichen einander scheu aus, denn ihre frühere Kompagnieschaft ist wieder in Brüche gegangen. Die »Sonne« spinnt geschickt einen Faden des allgemeinen Interesses durch die harmonischen Abendgesellschaften. Der kleine Swills wird, wenn er darauf anspielt, mit Applaus bedacht und weiß wie ein inspirierter Dichter überall Brocken davon anzubringen. Selbst Miß M. Melvilleson begleitet in der wieder aufgefrischten schottischen Melodie: »Wir nicken, wir nicken, wir nicken dazu« die letzte Strophe: »Die Hunde lieben den starken Saft« – ohne zu verraten, welcher Art dieser Saft sein mag – mit einer so schlauen Miene und einem so ausdrucksvollen Nicken des Kopfs nach dem Nachbarhaus, daß die Zuhörer auf der Stelle erraten, Mr. Smallweed habe eine Vorliebe für Geld. Und so wird sie allabendlich mit wiederholtem da capo beehrt.

Trotzdem entdeckt der Hof keine Spur, lebt aber, wie Mrs. Piper und Mrs. Perkins dem ehemaligen Mieter, dessen Erscheinen jetzt die lebhafteste Aufmerksamkeit des Publikums erregt, verraten, in beständiger Aufregung, irgend etwas und noch viel mehr zu entdecken.

Mr. Weevle und Mr. Guppy, von sämtlichen Augen im Hofe beobachtet, klopfen an die verschlossne Tür des vielbeweinten Toten. Sie sind sehr populär. Da sie aber wider Erwarten des Hofes Einlaß erhalten, gehen sie sofort der Volksgunst verlustig und geraten in Verdacht, Böses im Schilde zu führen.

Im ganzen Hause sind fast alle Läden vor den Fenstern geschlossen, und im Erdgeschoß ist es so finster, daß das Licht brennen muß. Eben aus dem Sonnenschein hereingetreten und von Mr. Smallweed junior in den rückwärtigen Laden geführt, sind die beiden Freunde fast blind und können anfangs nichts sehen als Finsternis und Schatten, bis sie allmählich Großvater Schmallweed, in seinem Lehnstuhl am Rand eines Brunnens oder eines Grabes voll von altem Papier sitzend, unterscheiden. Die tugendstarke Judy wühlt darin wie eine Totengräberin, und Mrs. Smallweed sitzt in der Nähe auf der Diele, eingeschneit in einem Haufen von Papierfetzen, von Druck- und Schreibmakulatur – anscheinend die angehäuften Komplimente, die ihr im Lauf des Tages an den Kopf geflogen sind. Die ganze Gesellschaft, Small nicht ausgenommen, ist geschwärzt von Staub und Schmutz und trägt einen dämonischen Charakter, der den allgemeinen Eindruck des Zimmers keineswegs mildert.

Es ist mehr Gerümpel und Plunder darin als früher, und es sieht womöglich noch schmutziger aus. Die Spuren seines verstorbnen Inhabers und besonders die mit Kreide an die Wand gemalten Buchstaben verleihen ihm etwas Gespensterhaftes. Als der Besuch hereintritt, verschränken Mr. Smallweed und Judy sofort die Arme und hören auf zu suchen.

»Aha!« krächzt der alte Herr. »Wie geht's, Gentlemen, wie geht's? Sie kommen wohl, Ihre Sachen abzuholen, Mr. Weevle? Schön, schön. Ha! Ha! Wir hätten sie versteigern lassen müssen, Sir, wegen der Lagermiete, wenn sie noch länger hier geblieben wären. Sie fühlen sich wieder ganz zu Hause hier, hoffe ich? Freut mich, Sie zu sehen, freut mich, Sie zu sehen.«

Mr. Weevle dankt ihm und läßt seinen Blick rings in der Stube umherschweifen. Mr. Guppys Auge folgt seinem Blick. Mr. Weevles Auge kehrt zurück, ohne etwas erkundet zu haben. Mr. Guppys Auge kehrt ebenfalls zurück und begegnet Mr. Smallweeds Blick. Der gewinnende alte

Herr murmelt immer noch wie ein aufgezognes Instrument: »Wie geht's, Sir, wie geht's ... Wie ...« Dann scheint das Uhrwerk abgelaufen zu sein, und er versinkt in zähnefletschendes Schweigen, da erschrickt plötzlich Mr. Guppy über den Anblick Mr. Tulkinghorns, der ihm, die Hände auf dem Rücken, in der Finsternis gegenübersteht.
»Der Herr ist so gütig, mir als Rechtsanwalt beizustehen«, erklärt Großvater Smallweed. »Ich bin eigentlich kein richtiger Klient für ihn, aber er ist trotzdem so liebenswürdig ...«
Mr. Guppy gibt seinem Freund einen leisen Stoß, damit er sich noch einmal umsähe, und macht Mr. Tulkinghorn eine verlegne Verbeugung, die dieser mit einem leichten Nicken erwidert. Mr. Tulkinghorn sieht zu, als ob er weiter nichts zu tun habe und sich über das neuartige Schauspiel eher amüsiere.
»Eine sehr bedeutende Hinterlassenschaft, Sir, sollte ich meinen«, äußert Mr. Guppy zu Mr. Smallweed.
»Fast nur Lumpen und altes Gerümpel, mein lieber Freund! Ich und Bart und meine Enkelin Judy geben uns Mühe, ein Inventar von dem aufzunehmen, was des Verkaufens wert ist. Aber wir haben noch nicht viel gefunden, haben – noch – nicht ... Ha ...«
Mr. Smallweeds Uhrwerk ist wieder abgelaufen. Mr. Weevles Auge, begleitet von Mr. Guppys Auge, ist abermals im Zimmer umher- und zurückgeschweift.
»Nun, Sir«, sagt Mr. Weevle, »wir wollen Sie jetzt nicht stören, wenn Sie uns erlauben wollten, hinaufzugehen.«
»Überallhin, wohin Sie wollen, Sir! Sie sind zu Hause. Bitte, genieren Sie sich nicht.«
Wie sie die Treppe hinaufgehen, zieht Mr. Guppy fragend die Augenbrauen in die Höhe und sieht Tony an. Tony schüttelt den Kopf.
Das alte Zimmer ist womöglich noch ungemütlicher als früher, und auf dem Herd liegt noch die Asche des Feuers, das in jener denkwürdigen Nacht brannte. Sie fühlen sich

sehr abgeneigt, etwas anzurühren, und blasen erst sorgfältig den Staub weg. Sie haben auch gar keine Lust, sich länger als nötig aufzuhalten, und packen die wenigen Sachen so schnell wie möglich zusammen, ohne lauter als flüsternd zu sprechen.

»Sieh nur«, sagt Tony plötzlich und fährt zurück. »Da kommt die abscheuliche Katze herein.«

Mr. Guppy flüchtet sich hinter seinen Stuhl. »Small hat mir von ihr erzählt. Sie ist in jener Nacht wie ein Drache herumgefahren, hat um sich gekratzt und sich dann vierzehn Tage lang auf den Dächern herumgetrieben und ist schließlich ganz abgemagert den Kamin heruntergekollert. Hast du je ein solches Vieh gesehen? Sieht sie nicht aus, als ob sie in alles eingeweiht wäre? Sie sieht fast aus, als wäre sie Krook. Ksch, hinaus, du Kobold!«

Lady Jane steht in der Tür mit einem tigerartigen Fletschen von einem Ohr bis zum andern, den keulenförmigen Schweif aufgerichtet, und zeigt keine Lust, zu gehorchen. Mr. Tulkinghorn stolpert über sie, sie faucht wütend seine rostigen Beine an und schleicht dann mit krummem Rücken die Treppe hinauf. Wahrscheinlich, um sich wieder auf den Dächern herumzutreiben und durch den Schornstein zurückzukehren.

»Mr. Guppy«, fragt Mr. Tulkinghorn, »kann ich ein Wort mit Ihnen sprechen?«

Mr. Guppy nimmt eben die Prachtgalerie englischer Schönheiten von den Wänden und legt diese Kunstwerke in ihre alte unwürdige Hutschachtel. »Sir«, entgegnet er und wird rot, »es liegt mir außerordentlich daran, gegen jedes Mitglied der Advokatenkammer, und insbesondere gegen ein so wohlbekanntes und, wie ich wohl sagen darf, so ausgezeichnetes wie Sie, das größte Entgegenkommen zu beweisen, nur möchte ich es mir, Mr. Tulkinghorn, zur Bedingung machen, meinen Freund zuzuziehen, wenn Sie etwas mit mir sprechen wollen.«

»Hm«, meint Mr. Tulkinghorn.

»Ja, Sir. Meine Gründe sind durchaus nicht persönlicher Art, aber trotzdem für mich ausschlaggebend.«

»Die Sache ist nicht von solcher Wichtigkeit, daß Sie sich die Mühe hätten zu machen brauchen, Bedingungen zu stellen, Mr. Guppy.« Mr. Tulkinghorn hält inne und lächelt einen Augenblick, und sein Lächeln ist so glanzlos und rostig wie seine Beinkleider. »Man muß Ihnen übrigens gratulieren, Mr. Guppy. Sie sind ein glücklicher junger Mann, Sir.«

»So leidlich, Mr. Tulkinghorn. Ich kann nicht klagen.«

»Klagen? – Vornehme Freunde, freier Zutritt in großen Häusern und bei eleganten Damen. Mr. Guppy, es gibt Leute in London, die für so etwas ihre Ohren hergeben würden.«

Mr. Guppy sieht ganz so aus, als ob er seine immer röter werdenden Ohren gern hergeben würde, um lieber keinen Zutritt bei vornehmen Damen zu haben.

»Sir, wenn ich bei meinen Berufsgeschäften bleibe und bei Kenge & Carboy meinen Verpflichtungen nachkomme, geht es kein Mitglied der Advokatenkammer, nicht einmal Mr. Tulkinghorn von Lincoln's-Inn-Fields, etwas an, wer meine Freunde und Bekannten sind. Ich fühle mich nicht verpflichtet, mich weiter zu erklären, und mit aller Achtung vor Ihnen, Sir, und ohne Sie beleidigen zu wollen –, ich wiederhole, ohne Sie im geringsten beleidigen zu wollen ...«

»O, bitte sehr, Mr. Guppy.«

»Es liegt durchaus nicht in meiner Absicht ...«

»Ich bin davon überzeugt«, sagt Mr. Tulkinghorn und nickt gelassen. »Schon gut. Ich sehe an diesen Porträts, daß Sie ein bedeutendes Interesse an der fashionablen Welt nehmen, Sir.«

– Er richtet diese Worte an Tony, der seine Schwäche nicht leugnen kann und ein ziemlich dummes Gesicht macht. –

»Eine Tugend, die wenigen Engländern mangelt«, bemerkt Mr. Tulkinghorn. Den Rücken dem verräucherten Kamin zugekehrt, hat er auf der Steinplatte vor dem Herd gestanden und sieht sich jetzt, mit dem Glas vor den Augen, um. »Wer ist das? Lady Dedlock! Ah! Eigentlich sehr ähnlich, aber es fehlt dem Bild die Charakteristik. Guten Tag, meine Herrn. Guten Tag.«

Als er zur Türe draußen ist, beeilt sich Mr. Guppy schweißgebadet, die Galerie der Schönheiten vollends herunterzunehmen, und macht mit Lady Dedlock den Schluß.

»Tony«, sagt er hastig zu seinem Freund, der bei Mr. Tulkinghorns Worten ein sehr erstauntes Gesicht gemacht hat, »wir wollen uns beeilen, die Sachen zusammenzupacken und den Ort zu verlassen. Es wäre vergeblich, dir länger verheimlichen zu wollen, Tony, daß zwischen mir und einem der Mitglieder unsrer schwanengleichen Aristokratie eine Verbindung bestanden hat. Es hätte eine Zeit kommen können, wo ich dir alles enthüllt haben würde. Sie wird jetzt nie mehr kommen. Ich habe es nicht nur geschworen, sondern bin es auch meinem zerschmetterten Idol und den Verhältnissen, über die ich keine Macht habe, schuldig, das Ganze in Vergessenheit zu begraben. Ich beschwöre dich als Freund bei dem Interesse, das du immer an den ›fashionablen Nachrichten‹ genommen hast, und bei den kleinen Vorschüssen, mit denen ich dir auszuhelfen Gelegenheit gehabt habe, mich nicht weiter zu fragen und die Sache ein für allemal vergessen sein zu lassen.«

In einem Zustand, der einer Art juristischen Wahnwitzes gleicht, sprudelt Mr. Guppy diese Worte hervor, und wie verwirrt sein Freund darüber ist, verrät sich durch das Aussehen seines Haars und seines sorgfältig gepflegten Backenbartes.

40. Kapitel

Häusliche und Staats-Angelegenheiten

England ist seit einigen Wochen in einer schrecklichen Lage gewesen. Lord Coodle wollte demissionieren, Sir Thomas Doodle das Portefeuille nicht annehmen, und da in ganz Großbritannien außer Coodle und Doodle niemand nennenswerter war, gab es keine Regierung! Es war ein Segen des Himmels, daß aus dem eine Zeitlang unvermeidlich scheinenden Duell zwischen den beiden großen Männern nichts wurde. Angenommen, Coodle und Doodle hätten einander totgeschossen: England wäre ohne Regierung dagestanden und hätte warten müssen, bis der junge Coodle und der junge Doodle, die zur Zeit noch in Röckchen gingen, groß geworden wären. Dies unabsehbare Nationalunglück wurde Gott sei Dank dadurch abgewendet, daß Lord Coodle rechtzeitig entdeckte, daß, wenn er auch in der Hitze der Debatte behauptet habe, er verabscheue und verachte die ganze ehrlose Laufbahn Sir Thomas Doodles, er nur habe sagen wollen, daß ihn Parteistreitigkeiten nie verleiten würden, seinem Gegner den Tribut in offizieller wärmster Bewunderung vorzuenthalten. Ebenso rechtzeitig entdeckte man auf der andern Seite, daß Sir Thomas Doodle innerlich Lord Coodle für ein mustergültiges Beispiel von Mannesmut und Ehrenhaftigkeit halte.

Aber trotz alledem ist England doch einige Wochen lang von dem schrecklichen Verhängnis betroffen gewesen, keinen Lotsen zu haben, »um dem Sturme zu trotzen«, wie Sir Leicester Dedlock so schön zu bemerken pflegt. Das Wunderbare an der Sache ist nur, daß sich England darum gar nicht besonders gekümmert zu haben schien, denn es hat gegessen und getrunken und geheiratet wie die

alte Welt in den Tagen vor der Sintflut. Aber Coodle erkannte die Gefahr, und Doodle desgleichen, und alle ihre Parteigenossen und Wähler erkannten die Gefahr auf das allerdeutlichste. Endlich hat sich Sir Thomas Doodle nicht nur herabgelassen, in das Ministerium einzutreten, sondern sich dabei sehr nobel benommen und alle seine Neffen, seine Vettern und seine Schwäger mitgebracht. So ist also wieder Hoffnung für das alte Schiff.
Doodle hat gefunden, daß er an das Land appellieren muß, besonders mit Sovereigns und Bier. Da Britannia sehr darauf brennt, Kandidat Doodle, fleischgeworden, in der Gestalt von Sovereigns in die Tasche zu stecken und ihn, geistgeworden, in Form von Bier hinunterzuschlucken und dabei falsch zu schwören, sie tue keines von beiden – offenbar zur Vermehrung ihres Ruhms und ihrer Moralität –, so nimmt die Londoner Saison ein plötzliches Ende, und alle Doodlianer und Coodlianer zerstreuen sich über ganz England, um Britannia bei diesen religiösen Feierlichkeiten zu unterstützen.
Daher sieht Mrs. Rouncewell, trotzdem sie noch keine Instruktionen empfangen hat, genau voraus, daß die Familie, begleitet von einem großen Schwarm von Vettern und andern Leuten, die in irgendeiner Weise bei dem großen politischen Werk mithelfen können, in Bälde zu erwarten ist. So nimmt die stattliche alte Dame die Zeit beim Schopf, geht die Treppen auf und ab, die Korridore und Treppen entlang, durch die Zimmer und Säle, um ohne Verzug und eignen Auges sich zu überzeugen, ob die Parkette gewichst sind, Teppiche gelegt, Vorhänge ausgeschüttelt, Betten geklopft und glatt gestrichen, Vorratskammer und Küche aufgeräumt ist und jedes Ding so hergerichtet, wie es das Ansehen der Dedlocks erfordert.
Als an diesem Sommerabend die Sonne untergeht, ist bereits alles fix und fertig. Öde und feierlich sieht das alte Haus aus, so wohnlich hergerichtet und noch von nieman-

dem bewohnt, mit Ausnahme der gemalten Gestalten an den Wänden.

»So wie ich sind auch die andern gekommen und gegangen«, hätte der jeweilig herrschende Dedlock sagen können, als er durch die Zimmer schritt. »So sahen sie diese Galerie, trüb und verlassen, wie ich sie jetzt sehe. So wie ich jetzt, dachten sie an die Lücke, die ihr Scheiden einst in diesem Reiche verursachen würde. So wie mir jetzt wurde ihnen zu glauben schwer, daß es ohne sie bestehen könnte. Sie verließen meine Welt, wie ich jetzt die ihre verlasse, wenn ich die Tür dumpfhallend ins Schloß werfe.«

Durch einige der unverhangnen, im Sonnenuntergang glühenden Fenster in dem Hause, das in dieser Stunde nicht mehr aus dunklem grauem Stein, sondern aus glitzerndem Gold zu bestehen scheint, strömt das Licht herein, voll, reich, im Überfluß, wie alles im Sommer auf dem Lande. Jetzt tauen die gefrornen Dedlocks auf. Ein seltsames Leben tritt auf ihre Züge, wie die Schatten der Blätter darauf spielen. Ein ernster Richter in einer Ecke läßt sich zu einem Augenzwinkern verführen. Ein glotzäugiger Baronet mit einem Feldherrnstab bekommt ein Grübchen in die Wange. In den Busen einer steinharten Schäferin stiehlt sich ein Strahl Licht und Wärme, der ihr schon vor hundert Jahren gut getan haben würde. Eine Ahne Volumnias auf hohen Absätzen und ihr sehr ähnlich – sie wirft den Schatten ihres jungfräulichen Daseins volle zwei Jahrhunderte voraus – verschmilzt in einen Glorienschein und wird zu einer Heiligen. Eine Hofdame Karls II. mit runden Augen und andern dazu passenden Reizen scheint sich in einer leuchtenden, sich kräuselnden Wasserflut zu baden.

Aber bald erstirbt die Flammenpracht der Sonne. Schon ist der Fußboden dunkel, und Schatten steigen langsam die Wände hinauf und suchen die Dedlocks heim wie Alter und Tod. Jetzt fällt auf das Bild von Mylady über dem großen Kamin ein unheimlicher Schatten von einem alten Baum, der ihm die Farben raubt und es aufgeregt aussehen macht. Wie ein großer Arm scheint es eine dunkle Decke in die Höhe zu halten, auf eine Gelegenheit wartend, sie ihr über das Haupt zu werfen. Höher und dunkler kriecht der Schatten die Wand hinauf, läßt nur noch eine Weile an der Decke eine rote Glut, und dann ist die Flamme ganz erloschen.

Die Landschaft, die von der Terrasse so nahe aussah, hat sich feierlich in die Ferne zurückgezogen und ist zu einem unerreichbaren Phantom geworden wie so manches, das anfangs so nahe aussieht und dann weit, weit weg liegt. Leichte Nebel erheben sich, der Tau fällt, und die Düfte des Gartens hängen in der Luft. Die Wälder werden zu einer dichten Masse – wie zu einem einzelnen, riesenhaften Baum. Und jetzt steigt der Mond empor, um sie wieder aufzulösen und da und dort schimmernde Streifen hinter ihren Stämmen hervorzuwerfen und die Allee zu einem Pfade des Lichts und einer hohen phantastisch geformten Kathedrale zu machen.

Jetzt steht er hoch am Himmel, und das große Haus gleicht einem Körper ohne Leben. Man kann nur mit Bangen, wenn man sich durch die Korridore stiehlt, an die Lebendigen denken, die in den einsamen Schlafzimmern gelegen haben. Von den Toten ganz zu schweigen. Das ist die Stunde für das wachsende Dunkel, wo jeder Winkel eine kleine Höhle ist und jede Stufe eine Fußangel, wo sich die gemalten Glasscheiben mit blassen Farben auf dem Fußboden widerspiegeln und man in den schweren Balken der Decke alles sehen kann, nur ihre wirkliche Form nicht. Auf den Rüstungen blinken trübe Lichter, die es einem scheinen machen, als herrsche hier eine leise, kaum merkliche, gespenstische Beweglichkeit, und beim Anblick der Helme mit den herabgelassenen Visieren muß man voll Grauen an Köpfe denken, die darin stecken könnten.

Aber von allen Schatten in Chesney Wold fällt der Schat-

ten in dem großen Salon auf Myladys Bild zuerst und verschwindet zuletzt. Um diese Stunde und bei diesem Lichtschein wird er zu dräuend erhobenen Händen, die dem schönen Antlitz nahendes Unheil künden bei jedem Hauch, der sich regt.
»Sie ist unpäßlich, Maam«, sagt ein Stallknecht in Mrs. Rouncewells Sprechzimmer.
»Mylady unpäßlich? Was fehlt ihr?«
»Nun, ich meine, sie hat sich schon, als sie zuletzt hier war, nicht besonders wohl befunden ... Ich meine nicht, wie sie mit der Familie hier war, Maam, sondern wie sie durchkam wie ein Zugvogel. Mylady ist gegen sonst nicht viel ausgewesen und hat hübsch lange ihr Zimmer gehütet.«
»Chesney Wold«, entgegnet die Haushälterin mit Stolz und Befriedigung, »wird Mylady bald wieder zu Kräften bringen, Thomas. Es gibt keine schönere Luft und keinen gesünderen Ort auf der ganzen Welt.«
Thomas mag so seine besondere Meinung darüber haben, deutet sie vielleicht dadurch an, wie er sich seinen runden Kopf vom Nacken nach den Schläfen zu streichelt, aber er hütet sich, noch mehr zu sagen, und zieht sich in das Bedientenzimmer zurück, um sich an kalter Fleischpastete und Ale gütlich zu tun.
Dieser Stallknecht ist der Lotsenfisch, der vor dem edlen Hai einherschwimmt. Morgen abend kommen Sir Leicester und Mylady mit ihrem ganzen Troß und Gefolge. Es kommen die Vettern und Basen aus allen Strichen der Windrose. Von jetzt an, manche Woche, eilen geheimnisvolle Personen ohne Namen hin und her und fliegen in allen Orten des Landes herum, wo sich Doodle gerade in einem Gold- oder Bierregen zeigt, aber sie sind weiter nichts als Leute von ruhelosem Charakter, die nirgends etwas Besonderes zu tun haben.
Bei solchen nationalen Veranlassungen findet Sir Leicester die Vettern ganz nützlich. Einen bessern Jagdgesellschaf-

ter bei Tisch als Bob Stables, Hochwohlgeboren, kann es in der Welt nicht geben. Besser angezogne Herren als die andern Vettern, um da und dort mit ihnen zu den Wahlbühnen zu reisen, um sich an Englands rechter Seite zu zeigen, würden schwer zu finden sein. Volumnia ist zwar ein bißchen verblaßt, aber von direkter Abstammung, und es gibt viele, die ihre sprühende Unterhaltung, ihre französischen Wortspiele, die so alt sind, daß sie fast schon wieder neu sind, und die Ehre, eine Dedlock zu Tisch führen zu dürfen, und gar erst das Privilegium, mit ihr zu tanzen, sehr zu würdigen wissen. Bei solchen nationalen Veranlassungen kann das Tanzen geradezu zu einer patriotischen Pflicht werden, und ununterbrochen kann man Volumnia herumhopsen sehen zum Besten eines undankbaren und pensionskargen Vaterlandes.

Mylady gibt sich nicht viel Mühe, die zahlreiche Schar der Gäste in Chesney Wold zu unterhalten, und da sie immer noch unpäßlich ist, erscheint sie auch selten früh. Aber bei all den melancholischen Diners, den bleiernen Frühstükken, den basiliskenhaften Bällen und andern trübseligen Festlichkeiten ist ihre bloße Erscheinung schon ein Trost. Was Sir Leicester betrifft, so hält er es für ganz und gar unmöglich, daß sich irgend jemand, der das große Glück hat, in diesem Haus empfangen zu werden, noch unbehaglich fühlen könne. Und er bewegt sich in einem Zustand sublimer Selbstzufriedenheit in der Gesellschaft umher wie eine großartige Kühlmaschine.

Täglich traben die Vettern durch den Staub und galoppieren über den Rasen an der Landstraße zu den Wahlbühnen hinüber – mit dänischen Handschuhen und Hetzpeitschen für die Grafschaften und Glacéhandschuhen und Reitstöcken für die Landstädte –, und täglich bringen sie Berichte zurück, über die dann Sir Leicester nach dem Essen Reden hält. Täglich täuschen diese unruhigen Menschen, die im Leben nichts zu tun haben, vor, viel beschäftigt zu sein. Täglich plaudert Kusine Volumnia vertraulich

über die Lage der Nation, woraus Sir Leicester zu schließen geneigt ist, daß Volumnia eine weitblickendere Frau ist, als er geglaubt hätte.
»Wie steht es mit uns?« fragt Miß Volumnia und klatscht in die Hände. »Sind wir sicher?«
– Das gewaltige Geschäft nähert sich nämlich jetzt seinem Ende, und Doodle wird in wenigen Tagen aufhören, an das Land zu appellieren. Sir Leicester ist nach dem Diner soeben in den großen Salon getreten. Ein heller Stern ersten Ranges, von Wolken von Vettern umgeben. –
»Volumnia«, entgegnet Sir Leicester, der ein Verzeichnis in der Hand hat. »Es steht ganz leidlich.«
»O, nur leidlich!«
Obgleich es warmes Sommerwetter ist, läßt sich Sir Leicester doch stets abends seinen eignen Kamin heizen. Er nimmt seinen gewohnten durch einen Ofenschirm geschützten Platz nicht weit davon ein und wiederholt mit großer Bestimmtheit, wenn auch ein wenig unzufrieden, als wolle er sagen, ich bin doch kein gewöhnlicher Mensch, und wenn ich das Wort »leidlich« gebrauche, so darf man das nicht für einen gewöhnlichen Ausdruck auffassen:
»Volumnia, es geht leidlich.«
»Wenigstens haben Sie keine Opposition?« klopft Volumnia zuversichtlich auf den Busch.
»Nein, Volumnia. Unser schwergeprüftes Land hat in mancher Hinsicht den Verstand verloren, muß ich leider sagen, aber ganz von Sinnen ist es denn doch noch nicht.«
»Es freut mich, das zu hören.«
Die letzten Worte Volumnias setzen sie wieder in Gunst bei Sir Leicester. Er neigt gnädig das Haupt und scheint damit sagen zu wollen: Im großen ganzen ein recht verständiges Frauenzimmer, wenn auch mitunter etwas vorlaut.
In der Tat war die Frage der schönen Dedlock nach der Opposition ganz überflüssig, denn wenn Sir Leicester

kandidiert, so ist das dasselbe, als wenn er eine Engrosbestellung einschickte, die augenblicklich auszuführen ist. Zwei andre kleine Parlamentssitze, auf die er Anspruch hat, pflegt er als Detailbestellung von geringerer Wichtigkeit zu behandeln, indem er bloß seine Leute hinschickt und den Wählern zu verstehen gibt wie Schneidern: Machen Sie mir aus diesem Stoff zwei Parlamentsmitglieder und schicken Sie sie mir zu, wenn sie fertig sind.
»Ich bedaure, konstatieren zu müssen, Volumnia, daß an vielen Orten das Volk eine schlechte Gesinnung bewiesen hat und die Opposition gegen die Regierungspartei auf das entschiedenste und unversöhnlichste aufgetreten ist.«
»Schurrrken«, sagt Volumnia.
»Selbst«, fährt Sir Leicester mit einem Blick auf die ringsum auf Sofas und Ottomanen verstreuten Vettern fort, »selbst in vielen – das heißt, in den meisten – der Wahldistrikte, wo das Ministerium gegen eine Faktion durchgedrungen ist ...«
– Die Coodlianer sind nämlich in den Augen der Doodlianer stets eine Faktion, und umgekehrt. –
»... selbst in solchen Distrikten – zur Schande Englands sei es gesagt – hat die Partei nicht ohne enorme Unkosten gesiegt. Hundert, äh«, sagt Sir Leicester und sieht die Wände mit steigendem Selbstgefühl und wachsender Entrüstung an, »Hunderttausende von Pfund!«
– Wenn Volumnia einen Fehler hat, so ist es der, ein klein wenig unschuldig zu sein. Es würde recht gut zu einer hellblauen Schärpe und einem Schürzchen passen, harmoniert aber nicht besonders mit der Schminke und dem Perlenhalsband. –
In einem solchen Unschuldsanfall fragt sie jetzt:
»Wofür?«
»Volumnia!!« mahnt Sir Leicester mit äußerster Strenge. »Volumnia!«
»Nein, nein, ich meine nicht, wofür«, verbessert sich Vo-

lumnia mit ihrem kleinen Lieblingsschrei. »Wie gedankenlos von mir. Ich meine, wie schade!«

»Es freut mich, daß Sie meinen, wie schade«, entgegnet Sir Leicester.

Volumnia beeilt sich, die Meinung auszusprechen, das abscheuliche Volk solle wegen Landesverrats vor Gericht gestellt und direkt gezwungen werden, die Partei zu unterstützen.

»Es freut mich, Volumnia«, wiederholt Sir Leicester, ohne ihre Beschwichtigungsäußerungen zu beachten, »es freut mich, daß Sie meinen, wie schade. Es ist eine Schande für die Wähler. Aber da Sie, wenn auch unabsichtlich, mich fragten, wofür, so möchte ich Ihnen darauf antworten: Zu notwendigen Ausgaben! Ich traue Ihrem richtigen Gefühl zu, Volumnia, daß Sie hier wie anderswo dieses Thema nicht weiter verfolgen werden.«

Sir Leicester hält es für seine Pflicht, Volumnia gegenüber eine zermalmende Miene aufzusetzen, geht doch sowieso schon das Gerücht, solche notwendigen Ausgaben in etwa zweihundert Wahldistrikten könnten gar leicht mit dem Wort Bestechung in Einklang gebracht werden. Ein paar freche Witzbolde haben bereits vor einiger Zeit den Rat gegeben, aus dem Kirchengebet die das Parlament betreffende Stelle wegzulassen und statt dessen eine Bitte um Genesung für sechshundertachtundfünfzig notleidende Herren einzuschalten.

»Ich vermute«, bemerkt Volumnia, nachdem sie eine Weile gebraucht hat, um sich von der letzten Zurechtweisung wieder zu erholen, »ich vermute, daß Mr. Tulkinghorn sich zu Tode gearbeitet hat.«

»Ich wüßte nicht«, sagt Sir Leicester mit erstaunten Augen, »warum. Mr. Tulkinghorn hat mit den Wahlen nichts zu schaffen. Er ist nicht Kandidat.«

Volumnia hatte geglaubt, er habe vielleicht irgend etwas dabei zu tun und sei von irgend jemandem beschäftigt. Sir Leicester scheint wissen zu wollen, von wem und wozu.

Abermals beschämt, meint Volumnia: »Nun, von irgend jemandem, um Rat zu erteilen und Arrangements zu treffen.« Sir Leicester wüßte nicht, welcher Klient von Mr. Tulkinghorn darin irgendeines Beistandes bedurft hätte. Lady Dedlock, die an einem offnen Fenster sitzt, den Arm auf das Polster gelegt und auf die den Park einhüllenden Abendschatten hinaussehend, scheint bei Nennung des Namens aufmerksam zu werden.
Ein entfernter Vetter mit einem Schnurrbart und von äußerst hinfälligem Aussehen lispelt von seinem Ruhebett aus, jemand habe gestern gesagt, Mr. Tulkinghorn sei nach Eisenhütten jereist, um wejen irjendwas 'n Rechtsjutachten, äh, erteilen, äh, und daß es recht hübsch wäre, wenn heute, wo Wahl vorüber, Tulkinghorn mit Nachricht käme, äh, Gegner von Coodle unterlegen.
Einen Augenblick später teilt der den Kaffee servierende Merkur Sir Leicester mit, daß Mr. Tulkinghorn angekommen sei und soeben diniere. Mylady wendet einen Augenblick das Gesicht ins Zimmer und sieht dann wieder hinaus wie vorher.
Volumnia ist entzückt, zu hören, daß ihr Herzblatt angekommen ist. »Er ist so originell, ein so närrischer Kauz, der alles mögliche weiß und nichts verrät!« Volumnia ist überzeugt, daß er Freimaurer ist, wahrscheinlich Meister vom Stuhl, kleine Schürzchen trägt und sich mit Kerzen und Kellen zu einem wahren Götzenbild herausstaffiert. Diese geistreichen Bemerkungen äußert die schöne Dedlock in jugendlicher Naivität und häkelt dabei an einer Börse.
»Seit meiner Ankunft ist er nicht ein einziges Mal hier gewesen«, setzt sie hinzu. »Ich dachte schon, seine Unbeständigkeit würde mir das Herz brechen. Ich machte mich schon fast damit vertraut, er wäre tot.«
»Mr. Tulkinghorn«, sagt Sir Leicester, »ist hier immer willkommen – und immer diskret, wo er sich auch befindet. Ein wirklich wertvoller Mensch und verdientermaßen geachtet.«

Der hinfällig aussehende Vetter vermutet, daß er ein scheußlich bejüterter Jeselle sei.
»Ich bezweifle nicht, daß ihn materielle Interessen an die Sache des Landes fesseln. Er wird selbstverständlich ausgezeichnet bezahlt und verkehrt mit der vornehmsten Gesellschaft fast wie gleichberechtigt.«
Plötzlich fahren alle auf. Dicht vor den Fenstern ist ein Schuß gefallen.
»O Gott, was ist das!« schreit Volumnia mit ihrem dünnen verwelkten Kreischen.
»Eine Ratte«, sagt Mylady. »Sie haben sie totgeschossen.«
Mr. Tulkinghorn tritt ein, gefolgt von einigen Merkuren mit Lampen und Lichtern.
»Nein, nein, noch kein Licht«, sagt Sir Leicester. »Ich glaube wenigstens. Ist Mylady die Dämmerstunde unangenehm?«
Im Gegenteil, Mylady hat sie gern.
»Und Ihnen, Volumnia?«
O, nichts erscheint Volumnia so köstlich, als im Dunkeln zu sitzen und zu plaudern.
»Tragen Sie alles wieder hinaus«, befiehlt Sir Leicester. »Tulkinghorn, ich bitte um Verzeihung. Wie geht es Ihnen?«
Mr. Tulkinghorn ist mit seiner gewohnten gemessenen Ruhe eingetreten, hat im Vorübergehen Mylady seine Huldigung dargebracht, schüttelt Sir Leicester jetzt die Hand und setzt sich in einen Stuhl an der andern Seite des kleinen Zeitungstisches, der neben dem Baronet steht. Sir Leicester fürchtet, Mylady könne sich, da sie sich noch nicht ganz wohl befinde, an dem offnen Fenster erkälten. Mylady dankt ihm, möchte aber der frischen Luft wegen lieber dort sitzen bleiben. Sir Leicester steht auf, richtet ihr den Umhang zurecht und kehrt auf seinen Platz zurück. Mr. Tulkinghorn hat unterdessen eine Prise genommen.
»Nun«, fragt Sir Leicester, »wie ist die Wahl verlaufen?«

»Ach, faul von Anfang an. Aussichtslos. Sie haben ihre beiden Kandidaten durchgebracht. *Sie* sind aussichtslos geschlagen. Drei zu eins!«

Es liegt in Mr. Tulkinghorns System, nie Meinungen zu haben, geschweige denn gar politische. Deshalb sagt er: »Sie« sind geschlagen, und nicht: »Wir«.

Sir Leicesters Zorn ist majestätisch. Volumnia traut ihren Ohren nicht. Der hinfällig aussehende Vetter ist der Meinung, daß so etwas stets jeschehen müsse, solange Pöbel, äh, Stimmrecht.

»Es ist der Distrikt, Sie wissen, wo man Mrs. Rouncewells Sohn als Kandidaten aufstellen wollte«, erklärt Mr. Tulkinghorn, als die andern wieder schweigen.

– Die Dunkelheit nimmt rasch zu. –

»Ein Vorschlag, den zurückzuweisen er Takt und Schicklichkeitsgefühl genug hatte, wie Sie damals ganz richtig sagten«, bemerkt Sir Leicester. »Ich kann nicht sagen, daß ich die Meinungen, die Mr. Rouncewell einmal während eines halbstündigen Besuches hier aussprach, irgendwie billige, aber in seinem Vorgehen bewies er ein Schicklichkeitsgefühl, das ich gern anerkenne.«

»Na!« sagt Mr. Tulkinghorn. »Es hielt ihn aber doch nicht ab, bei der Wahl sehr tätig einzugreifen.«

Sir Leicester schnappt deutlich nach Luft. Er kann kaum Worte finden.

»Verstehe ich Sie recht? Sagten Sie, Mr. Rouncewell habe bei der Wahl tätig eingegriffen?«

»Ungemein tätig.«

»Gegen ...«

»Natürlich gegen Sie! Er ist ein vorzüglicher Redner. Er spricht einfach und mit Nachdruck. Seine Rede wirkte vernichtend, und er hat großen Einfluß. In der Auseinandersetzung des geschäftlichen Teils der Sache schlug er alle aus dem Felde.«

Die ganze Gesellschaft weiß genau, wenn sie es auch nicht sehen kann, daß Sir Leicester flammende Augen macht.

»Und sein Sohn leistete ihm vielen Beistand«, setzt Mr. Tulkinghorn als Schlußeffekt hinzu.
»Sein Sohn, Sir?« wiederholt Sir Leicester mit Bangen erregender Höflichkeit.
»Sein Sohn.«
»Der Sohn, der Myladys Kammerjungfer heiraten wollte?«
»Derselbe. Er hat bloß einen.«
»Dann, auf Ehre«, sagt Sir Leicester nach einer beängstigenden Pause, während der man ihn schnauben hörte, »dann, auf Ehre, bei meinem Leben, bei meinem Ruf, bei meinen Grundsätzen, dann sind wirklich die Dämme der Gesellschaft gebrochen, und die Wogen haben – uff – den Fuß des Gerüstes, das die Welt zusammenhält, unterspült.«
Allgemeiner Entrüstungsausbruch bei den Vettern. Volumnia meint, es sei denn doch wahrhaftig höchste Zeit, daß jemand, der die Gewalt in der Hand habe, eingreife und etwas Entscheidendes tue. Der hinfällig aussehende Vetter meint –, Vaterland, jehe zum Deubel – mit Flachrennenjeschwindichkeit.
»Nur kein Kommentar gefälligst«, verbittet sich Sir Leicester noch ganz atemlos. »Nur kein weiterer Kommentar über diesen Vorfall! Kommentar ist überflüssig. Mylady, erlauben Sie mir, in bezug auf die Kammerjungfer zu sagen ...«
»Ich beabsichtige nicht, mich von ihr zu trennen«, kommt ihm Mylady von ihrem Fenster her in leisem, aber entschiednem Ton zuvor.
»Das wollte ich nicht sagen«, entschuldigt sich Sir Leicester. »Im Gegenteil, es freut mich, das zu hören. Ich meinte nur, Sie sollten Ihren Einfluß auf das Mädchen geltend machen, um so mehr, als Sie es Ihrer Gunst für wert halten, Ihren Einfluß darauf wenden, sie nicht in so gefährliche Hände fallen zu lassen ... Sie könnten ihr vor Augen führen, wie man in solcher Umgebung ihren Pflichten und

Prinzipien Gewalt antun würde, und sie für ein besseres Schicksal aufsparen. Sie könnten ihr vielleicht Winke geben, daß sie wahrscheinlich auch in Chesney Wold einen Gatten finden würde, einen Gatten, der sie nicht ...« – fügt Sir Leicester nach einem Augenblick Besinnen hinzu – »von den Altären ihrer Ahnen wegreißen würde.« Diese Bemerkungen bringt er mit der stets sich gleichbleibenden Höflichkeit und Ehrerbietung vor, die er an den Tag legt, wenn er mit seiner Gemahlin redet. Sie neigt als Antwort nur den Kopf. Der Mond geht auf, und wo sie sitzt, fällt ein schmaler Streifen kaltes bleiches Licht herein auf ihr Gesicht.

»Es ist vielleicht erwähnenswert«, mischt sich Mr. Tulkinghorn ein, »daß diese Leute in ihrer Art sehr stolz sind.«

»Stolz!?« Sir Leicester glaubt sich verhört zu haben.

»Es sollte mich nicht wundern, wenn sie alle freiwillig das Mädchen aufgeben würden – ja, der Bräutigam und alle übrigen, anstatt umgekehrt –, vorausgesetzt, daß das Mädchen unter solchen Umständen überhaupt in Chesney Wold bliebe.«

»Nun«, sagt Sir Leicester mit zitternder Stimme. »Nun! Sie müssen es wissen, Mr. Tulkinghorn. Sie haben sich unter ihnen bewegt.«

»Ja, ja, Sir Leicester, ich spreche nur von Tatsachen«, entgegnet der Advokat. »Ich könnte Ihnen sogar darüber eine Geschichte erzählen –, wenn es Lady Dedlock erlaubt.«

– Mit einer Neigung ihres Kopfes erteilt sie die Bewilligung, und Volumnia ist entzückt. Eine Geschichte! O, endlich will er etwas erzählen! Ein Gespenst wird darin vorkommen, hofft Volumnia. –

»Nein, nur Fleisch und Bein.« Mr. Tulkinghorn hält einen Augenblick inne und wiederholt mit etwas mehr Nachdruck, als er sonst anzuwenden pflegt: »Wirklichkeit, Fleisch und Bein, Miß Dedlock! – Sir Leicester, ich habe erst vor kurzem die Einzelheiten erfahren. Es ist in wenigen Worten erzählt. Die Geschichte ist eine Erläuterung zu dem, was ich eben sagte. Ich verschweige für jetzt die Namen. Lady Dedlock wird mich deshalb nicht der Unhöflichkeit zeihen, hoffe ich.«

– Beim Schimmer des Feuers, das nur schwach brennt, kann man ihn nach dem Mondlichtstreif blicken sehen. Vollkommen ruhig sitzt Lady Dedlock dort. –

»Ein Mitbürger dieses Mr. Rouncewell, ein Mann in ebensolchen Verhältnissen wie er, wie ich hörte, hatte das Glück, eine Tochter zu besitzen, die die Beachtung einer vornehmen Dame auf sich zog.

Ich spreche von einer wirklich vornehmen Dame, nicht bloß vornehm in seinen Augen, sondern vermählt mit einem Gentleman Ihres Standes, Sir Leicester.«

Sir Leicester sagt herablassend: »Ich verstehe, Mr. Tulkinghorn«, und deutet damit an, wie groß erst die Dame in den Augen eines Hüttenbesitzers erscheinen müßte.

»Die Dame war reich und schön, hatte eine Vorliebe für das Mädchen, behandelte es mit großer Güte und ließ es nicht von ihrer Seite. Nun behütete diese Dame trotz ihrer hohen Stellung ein Geheimnis seit vielen Jahren. Sie war nämlich in früher Jugend mit einem jungen Roué verlobt gewesen, einem Kapitän in der Armee, der jeden, der sich mit ihm einließ, ins Unglück brachte. Sie war nie mit ihm verheiratet, aber sie gebar ein Kind, dessen Vater er war.«

– Beim Schein des Feuers kann man Mr. Tulkinghorn nach dem Mondlichtstreifen blicken sehen. Das Profil Lady Dedlocks ist regungslos wie aus Stein gehauen. –

»Als der Kapitän gestorben war, hielt sie sich für sicher. Aber eine Verkettung von Umständen, mit denen ich Sie nicht zu behelligen brauche, führte eine Entdeckung herbei. Sie soll mit einer Unvorsichtigkeit ihrerseits angefangen haben, als sie sich einmal bei einer überraschten Miene ertappen ließ, und das zeigt wieder, wie schwer es selbst für den Festesten von uns ist – und sie hatte einen sehr festen Charakter –, stets auf der Hut zu sein. Sie können sich denken, welches Entsetzen im Hause herrschte, und sich selbst ausmalen, Sir Leicester, wie groß der Schmerz ihres Gatten war. Aber darum handelt es sich jetzt nicht. Als Mr. Rouncewells Mitbürger von der Entdeckung hörte, duldete er ebensowenig, daß das Mädchen von der Dame weiter patronisiert werde, wie er geduldet hätte, daß man sie vor seinen Augen mit Füßen getreten haben würde. Sein Stolz war so groß, daß er sie entrüstet wegnahm, wie um sie vor der Ansteckung, von Befleckung und Schande zu bewahren. Er hatte kein Verständnis für die Ehre, die ihm und seiner Tochter durch die Herablassung der vornehmen Dame zuteil geworden war. Die Stellung des Mädchens kam ihm entehrend vor, gerade so, als ob die Dame nicht vornehm, sondern eine der allergewöhnlichsten Frauen gewesen wäre. Das ist die Geschichte. Ich hoffe, Lady Dedlock wird ihren peinlichen Charakter entschuldigen.«

Es werden verschiedne Meinungen über die Geschichte laut, die alle mehr oder weniger von Volumnias Ansicht abweichen. Diese schöne Jungfrau kann nämlich durchaus nicht glauben, daß es jemals eine solche Dame gegeben haben könne, und verweist von vornherein die ganze Geschichte in das Gebiet der Fabel. Die Majorität schließt sich dem Urteil des hinfällig aussehenden Vetters an, das in wenigen Worten abgetan ist: »Jeht lediglich blödsinnigen Mitbürger Rouncewells an.« Sir Leicester denkt im stillen an Wat Tyler bösen Angedenkens und malt sich aus, wie alles sein müßte, wenn es nach ihm ginge.

Die Unterhaltung stockt, denn man ist in Chesney Wold schon seit einiger Zeit lang aufgeblieben.

Es ist zehn Uhr vorüber, als Sir Leicester Mr. Tulkinghorn bittet, um Kerzen zu klingeln. Der Streifen Mondlicht ist inzwischen zu einem See angeschwollen, und Lady Dedlock reckt sich jetzt zum erstenmal. Sie steht auf und tritt an einen Tisch, um ein Glas Wasser zu trinken. Blinzelnde

Vettern, im Kerzenschein wie Fledermäuse anzusehen, drängen sich um sie, um es ihr zu reichen. Volumnia, stets bereit, etwas zu nehmen – um so lieber, je wertvoller es ist –, nimmt ebenfalls ein Glas Wasser und nippt daran. Lady Dedlock, anmutig und vollkommen gefaßt, geht, von bewundernden Augen verfolgt, ruhevoll die lange Treppenflucht mit der lieblichen Nymphe, die sich im Gegensatz zu ihr keineswegs schöner ausnimmt als allein, hinab.

41. Kapitel

In Mr. Tulkinghorns Zimmer

Mr. Tulkinghorn tritt in sein Turmzimmer, etwas außer Atem vom Treppensteigen, obgleich er langsam gegangen ist. Auf seinem Gesicht liegt ein Ausdruck, als habe er seinen Geist von einer wichtigen Sache befreit und sei, soweit das möglich ist, zufrieden. Von einem stets so gelassnen Mann zu sagen, er triumphiere, wäre ebenso ungerecht, als ihm zuzutrauen, er ließe sich von Liebe oder Gefühl oder einer andern romantischen Schwäche aus dem Geleise bringen. Vielleicht empfindet er ein etwas erhöhtes Gefühl der Macht, wie er jetzt, die Hände auf dem Rükken, geräuschlos auf und ab geht. Im Zimmer steht ein großer Schreibtisch, auf dem sich ziemlich viele Papiere angesammelt haben. Die grünbeschirmte Lampe brennt. Die Lesebrille liegt auf dem Tisch, der Lehnstuhl ist herangerollt, und es könnte fast scheinen, als beabsichtige Mr. Tulkinghorn, vor dem Zubettgehen sich ein paar Stunden mit Geschäften zu befassen. Aber er ist heute zufällig nicht in seiner Arbeitslaune. Nach einem Blick auf die seiner harrenden Dokumente, mit tief auf den Tisch gebeugtem Kopf – er kann als alter Mann abends Gedrucktes oder Geschriebenes nicht gut lesen –, öffnet er

die Fenstertür und tritt hinaus auf das flache Dach. Hier geht er wieder auf und ab und erholt sich. Wenn ein so gefühlloser Mann sich überhaupt nach der unten im Salon erzählten Geschichte zu erholen braucht.
Es gab einmal Zeiten, wo mindestens ebenso gescheite Leute wie Mr. Tulkinghorn bei Sternenlicht auf Türme stiegen und zum Himmel hinaufsahen, um dort ihr Schicksal zu lesen. Legionen von Sternen sind sichtbar dort oben, obgleich der Glanz des Mondes ihren Schimmer verdunkelt. Wenn Mr. Tulkinghorn seinen eignen Stern sieht, während er gleichmäßig auf dem Bleidach auf und ab schreitet, muß es ein ziemlich blasser sein, nach dem Aussehen seines rostigen Vertreters auf Erden zu schließen. Wenn er sein Schicksal lesen will, kann er das vielleicht aus andern Zeichen in seiner Nähe leichter tun.
Während er auf dem platten Dach auf und ab geht, die Gedanken in weite Fernen gerichtet, halten ihn plötzlich bei einem Fenster zwei Augen fest, die den seinen begegnen. Die Decke seines Zimmers ist ein wenig niedrig, und der obere Teil der Türe, die dem Fenster gegenüberliegt, ist aus Glas. Es ist auch noch eine innere, mit grünem Tuch beschlagne Tür vorhanden, aber da die Nacht warm ist, hat er sie beim Heraufkommen nicht zugemacht. Die Augen, die jetzt den seinen begegnen, sehen durch die Glasscheibe von dem Korridor draußen herein. Er kennt sie gut. Seit langen Jahren ist ihm das Blut nicht so heiß ins Gesicht geschossen wie jetzt, wo er Lady Dedlock erkennt.
Er tritt in das Zimmer, und auch sie kommt herein und schließt beide Türen hinter sich. Eine wilde Verstörung – ist es Furcht oder Zorn? – liegt in ihren Augen, aber in ihrer Haltung und auch sonst sieht sie genau so aus wie vor zwei Stunden im Salon.
Ist es jetzt Furcht oder Zorn? Er kann es nicht sicher wissen. Beide können so blasse und gespannte Mienen erzeugen.

»Lady Dedlock?«
Sie spricht anfangs nicht, selbst nicht, nachdem sie sich langsam in den Lehnstuhl am Tisch hat sinken lassen.
Sie sehen einander an wie zwei Bilder.
»Warum haben Sie meine Geschichte so vielen Personen erzählt?«
»Lady Dedlock, ich mußte Sie wissen lassen, daß ich sie kenne.«
»Seit wie lange kennen Sie sie?«
»Geargwöhnt habe ich sie schon seit langer Zeit ... Vollkommen kennengelernt erst seit kurzem.«
»Seit Monaten?«
»Seit Tagen.«
Er steht vor ihr, die eine Hand auf einer Stuhllehne und die andre in seiner altmodischen Weste und dem Busenstreif. Genau so hat er schon tausendmal, seit sie sich verheiratete, vor ihr gestanden. Dieselbe förmliche Höflichkeit, dieselbe gefaßte Ehrerbietung, die geradesogut Mißtrauen sein könnte – der ganze Mann, derselbe dunkle Gegenstand wie je –, immer in derselben Distanz, die nie etwas hat verringern können.
»Ist das, was Sie von dem armen Mädchen erzählten, wahr?«
Er neigt ein wenig den Kopf und streckt ihn vor, als verstünde er die Frage nicht ganz.
»Was Sie vorhin erzählten. Ist es wahr? Kennen ihre Freunde meine Geschichte ebenfalls? Ist sie schon Stadtgespräch? Steht sie an den Wänden geschrieben und schreit man sie auf der Straße aus?«
– Also Zorn und Furcht und Scham. Alle drei kämpfen miteinander. Welche Kraft dieses Weib doch besitzt, ihre rasenden Leidenschaften niederzuhalten! Diese Gedanken schießen Mr. Tulkinghorn durch den Kopf, während er Mylady anblickt, seine struppigen grauen Augenbrauen ein Haar breit mehr zusammengezogen als gewöhnlich. – »Nein, Lady Dedlock. Es war nur eine Hypothese, die ich

anführte, weil Sir Leicester einen so hochmütigen Ton anschlug, wahrscheinlich, ohne es selbst zu wissen. Aber es würde wirklich so kommen, wenn sie wüßten, was wir wissen.«

»Also wissen sie es noch nicht?«

»Nein.«

»Kann ich das arme Mädchen vor Leid bewahren, ehe sie es erfahren?«

»Wahrhaftig, Lady Dedlock«, entgegnet Mr. Tulkinghorn, »darüber kann ich keine genügende Antwort geben.«

Und er denkt voll Interesse und Neugier, während er den Kampf in ihrem Herzen beobachtet: Macht und Kraft dieser Frau sind erstaunlich.

»Sir«, sagt sie, für den Augenblick gezwungen, das Zukken ihrer Lippen mit aller Energie zu bekämpfen, um deutlicher sprechen zu können. »Ich will mich klarer ausdrücken. Ich will nicht über die Möglichkeit Ihrer Hypothese streiten. Ich fühlte ihre Wahrheit so stark wie Sie, als ich damals Mr. Rouncewell hier sah. Ich wußte recht gut, daß er es für eine Schmach für das arme Mädchen gehalten hätte, wäre er imstande gewesen, mich so zu sehen, wie ich bin. Aber ich interessiere mich für sie oder, besser gesagt, da ich nicht mehr hierher gehöre, ich interessierte mich für sie. Und wenn Sie soviel Rücksicht auf die Frau nehmen können, die Sie jetzt unter Ihre Füße getreten haben, das im Auge zu behalten, so würden Sie sie dadurch sehr verpflichten.«

Mr. Tulkinghorn, mit tiefster Aufmerksamkeit zuhörend, lehnt mit einem bescheidnen Achselzucken ab und zieht seine Augenbrauen noch etwas mehr zusammen.

»Sie haben mich auf meine Bloßstellung vorbereitet, und ich danke Ihnen auch dafür. Verlangen Sie sonst noch etwas von mir? Ist noch eine Schuld von mir zu tilgen, die ich tilgen könnte, oder bin ich imstande, irgendeine Unannehmlichkeit meinem Gatten zu ersparen, indem ich ihn

freimache, dadurch, daß ich die Richtigkeit Ihrer Entdekkung schriftlich bestätige? Ich bin bereit und zu diesem Zweck hier, um alles zu schreiben, was Sie diktieren.«
– Sie würde es wahrhaftig tun, denkt der Advokat, als er sieht, wie sie mit fester Hand die Feder ergreift. –
»Ich will Sie nicht bemühen, Lady Dedlock. Bitte, schonen Sie sich.«
»Ich habe das alles, wie Sie wissen, schon lange kommen sehen. Ich wünsche mich weder zu schonen noch von Ihnen schonen zu lassen. Schlimmeres, als Sie mir schon zugefügt haben, können Sie nicht tun. Verfahren Sie jetzt, ganz wie es Ihnen beliebt.«
»Lady Dedlock, es handelt sich um nichts dergleichen. Ich werde mir erlauben, ein paar Worte zu sprechen, wenn Sie zu Ende sind.«
Die beiden hätten eigentlich nicht mehr nötig, einander zu beobachten, aber sie tun es ohne Unterlaß, und die Sterne beobachten sie beide durch das offne Fenster herein. Draußen im Mondlicht liegt friedlich das Waldland, und das weite Haus des Lebens ist so still wie das enge des Todes. Das enge! Wo sind in dieser stillen Nacht der Totengräber und der Spaten, bestimmt, das letzte große Geheimnis zu den vielen Geheimnissen des Tulkinghornschen Daseins zur Ruhe zu bestatten? Ist der Mann schon geboren, der Spaten schon geschmiedet? Seltsame Frage, darüber nachzudenken. Seltsamer vielleicht noch, nicht darüber nachzudenken unter den beobachtenden Sternen der Sommernacht.
»Von Reue oder Gewissensbissen oder jedem andern Gefühl meines Herzens sage ich kein Wort«, fährt Lady Dedlock fort. »Wenn ich nicht stumm wäre, würden Sie taub sein. Lassen wir das. Es paßt nicht für Ihre Ohren.«
Er macht eine protestierende Bewegung, aber sie weist ihn verächtlich mit der Hand zurück. »Ich bin hier, um über ganz andre Dinge mit Ihnen zu sprechen. Meine Juwelen liegen an ihrem gewöhnlichen Aufbewahrungsort. Man

wird sie dort finden. Meine Kleider ebenfalls. Alle meine Wertsachen ebenso. Ein wenig bares Geld habe ich bei mir, aber nicht viel. Ich trage nicht meine eignen Kleider, um nicht erkannt zu werden. Ich bin gegangen, um von heute an verschwunden zu sein. Berichten Sie das. Weiter lasse ich Ihnen keinen Auftrag zurück.«

»Entschuldigen Sie, Lady Dedlock«, sagt Mr. Tulkinghorn unbewegt. »Ich weiß nicht, ob ich Sie richtig verstehe. Sie sind gegangen? ...«

»Um für alle hier verloren zu sein. Ich verlasse heute nacht Chesney Wold. Ich gehe diese Stunde.«

Mr. Tulkinghorn schüttelt den Kopf. Sie steht auf. Aber er, ohne die Hand von der Stuhllehne zu nehmen und ohne sonst seine Stellung zu ändern, schüttelt den Kopf.

»Was? Ich soll nicht gehen, wie ich gesagt habe?«

»Nein, Lady Dedlock«, antwortet er sehr ruhig.

»Wissen Sie denn nicht, welche Erleichterung für alle mein Verschwinden sein wird? Haben Sie denn vergessen, wer der einzige Schandfleck dieses Schlosses ist?«

»Nein, Lady Dedlock, durchaus nicht.«

Ohne ihn eines weiteren Wortes zu würdigen, geht sie zu der inneren Tür und faßt die Klinke, da sagt er zu ihr, ohne Hand oder Fuß zu bewegen oder auch nur seine Stimme zu erheben:

»Lady Dedlock, haben Sie die Gewogenheit, zu bleiben und mich anzuhören, oder ich bin gezwungen, ehe Sie noch die Treppe erreichen, die Alarmglocke zu ziehen und das Haus zusammenzurufen. Und dann müßte ich vor jedem Gast und jedem Bedienten, Mann oder Frau, frei heraussprechen.«

Er hat sie bezwungen.

Sie wankt, zittert und legt die Hand verwirrt an die Stirn. Bei jeder andern wären das unwichtige Zeichen, aber wenn ein so geübtes Auge wie das Mr. Tulkinghorns nur eine Spur von Schwanken in einer solchen Frau sieht, so weiß er, woran er ist.

Er wiederholt rasch: »Haben Sie die Gewogenheit, mich anzuhören, Lady Dedlock«, und deutet nach dem Stuhl, von dem sie eben aufgestanden ist. Sie zaudert, aber er wiederholt die Handbewegung, und sie setzt sich.

»Unsre Stellung zueinander ist unerquicklicher Natur, Lady Dedlock, aber da ich sie nicht dazu gemacht habe, brauche ich mich deshalb nicht zu entschuldigen. Die Stellung, die ich Sir Leicester gegenüber einnehme, ist Ihnen so gut bekannt, daß ich Ihnen wohl längst als die für eine solche Entdeckung berufenste Person erscheinen mußte.«

Lady Dedlock heftet ihre Augen auf den Boden und blickt nicht mehr auf. »Sir, es wäre besser, ich wäre gegangen. Es wäre viel besser gewesen, Sie hätten mich nicht zurückgehalten. Ich habe nichts zu erwidern.«

»Entschuldigen Sie mich, Lady Dedlock, wenn ich Ihnen noch etwas zu bedenken geben muß.«

»Dann wünsche ich, es am Fenster zu hören. Ich kann hier nicht atmen.«

– Sein argwöhnischer Blick, wie sie ans Fenster geht, verrät einen bangen Zweifel, ob sie sich nicht mit dem Plane tragen könnte, sich hinauszustürzen und unten auf der Terrasse zu zerschmettern. Aber ein nur Sekunden dauerndes Betrachten ihrer Gestalt, wie sie, ohne sich zu stützen, am Fenster steht und hinaus auf die Sterne blickt, die tief unten am Horizonte funkeln, beruhigt ihn wieder. Er dreht sich zu ihr herum und steht jetzt ein paar Schritte hinter ihr. –

»Lady Dedlock. Ich bin noch nicht imstande gewesen, über das, was ich zu tun habe, einen richtigen Entschluß zu fassen. Ich bin mir noch nicht über das klar, was ich zunächst zu tun habe.«

– Er macht eine Pause, aber sie gibt ihm keine Antwort. –

»Verzeihen Sie, Lady Dedlock. Es ist das sehr wichtig. Schenken Sie mir auch die Ehre Ihrer Aufmerksamkeit?«

»Ich höre.«

»Ich danke Ihnen. Ich hätte es wissen können, nach dem,

was ich von Ihrer Charakterstärke gesehen habe. Ich hätte die Frage nicht zu stellen brauchen, aber es ist meine Gewohnheit, das Terrain schrittweise zu prüfen. In diesem unglücklichen Fall ist lediglich Sir Leicester zu berücksichtigen.«

»Also, warum halten Sie mich dann in seinem Haus zurück?« fragt sie mit gedämpfter Stimme und ohne ihren Blick von den fernen Sternen wegzuwenden.

»Weil *er* zu berücksichtigen ist! Lady Dedlock, ich brauche Ihnen nicht zu sagen, wie stolz Sir Leicester ist und wie unbedingt er sich auf Sie verläßt. Wenn der Mond vom Himmel fiele, würde ihn das nicht mehr in Erstaunen versetzen als Ihr Fall von Ihrer so hohen Stellung als seine Gattin herab.«

– Sie atmet rasch und schwer, steht aber so erhobenen Hauptes da, wie er sie jemals mitten in der größten Gesellschaft hat stehen sehen. –

»Ich erkläre Ihnen unumwunden, Lady Dedlock, daß ich leichter mit bloßen Händen den ältesten Baum auf diesem Grundstück würde haben entwurzeln können, als es mir möglich gewesen wäre, das starke Band, das Sir Leicester an Sie fesselt, zu lösen oder sein Vertrauen in Sie zu erschüttern. Und selbst jetzt, wo ich die Sache in der Hand habe, zögere ich noch. Nicht, daß er zweifeln könnte, denn das ist selbst bei ihm unmöglich, sondern weil ihn nichts auf den Schlag vorbereiten könnte.«

»Meine Flucht auch nicht? Bedenken Sie es noch einmal!«

»Ihre Flucht, Lady Dedlock, würde die Wahrheit und hundertmal mehr als die Wahrheit weit und breit ruchbar machen. Es wäre unmöglich, den Ruf der Familie auch nur einen Tag lang zu retten. Daran ist nicht zu denken.«

– In seiner Antwort liegt eine ruhige Entschiedenheit, die keine Einwendung zuläßt. –

»Wenn ich sage, daß meine Rücksicht einzig und allein Sir Leicester gilt, so betrachte ich ihn und das Ansehen der Familie als eins. Sir Leicester und die Baronetschaft, Sir

Leicester und Chesney Wold, Sir Leicester und seine Ahnen und sein Majorat«, – Mr. Tulkinghorn sagt das sehr trocken – »sind, wie ich Ihnen wohl nicht weiter zu erläutern brauche, Lady Dedlock, voneinander nicht zu trennen.«

»Und weiter?«

»Deshalb muß ich viele Punkte berücksichtigen«, fährt Mr. Tulkinghorn in seinem Alltagsstil fort. »Die Sache muß vertuscht werden, wenn es möglich ist. Und wie könnte das sein, wenn Sir Leicester darüber wahnsinnig oder krank würde? Wenn ich ihm morgen früh den Schlag beibrächte, wie könnte man sich die plötzliche Veränderung in ihm erklären? Was könnte Sie beide getrennt haben? Lady Dedlock, was Sie vorhin sagten: ›Steht die Geschichte an den Wänden geschrieben, schreit man sie auf der Straße aus‹, alles das würde auf der Stelle eintreten. Und Sie dürfen nicht vergessen, daß es nicht bloß Sie treffen würde, die ich in dieser Sache durchaus nicht berücksichtigen kann, sondern auch Ihren Gemahl, Lady Dedlock, Ihren Gemahl!«

– Er wird klarer und deutlicher, wie er fortfährt, aber nicht ein Atom bewegter oder herzlicher. –

»Die Sache stellt sich noch unter einem andern Gesichtspunkt dar. Sir Leicester hängt an Ihnen fast bis zur Verblendung. Er könnte vielleicht nicht imstande sein, diese Verblendung zu überwinden, selbst wenn er das wüßte, was wir wissen. Ich nehme damit einen extremen Fall an, aber es könnte immerhin so sein. Wenn es so wäre, ist es besser, daß er nichts weiß. Besser für die Allgemeinheit, besser für ihn, besser für mich. Ich muß alles dies in Erwägung ziehen, und es trägt mit dazu bei, mir den Entschluß außerordentlich schwer zu machen.«

– Mylady steht immer noch da und betrachtet dieselben Sterne, ohne ein Wort zu sagen. Sie scheinen jetzt langsam zu verbleichen, und sie sieht aus, als ob ihre Kälte sie erstarren machte. –

»Die Erfahrung lehrt mich«, sagt Mr. Tulkinghorn, der unterdessen die Hände in die Tasche gesteckt hat und in seiner geschäftsmäßigen Darlegung des Falles fortfährt wie eine gefühllose Maschine, »meine Erfahrung lehrt mich, Lady Dedlock, daß die meisten Leute, die ich kenne, besser nicht geheiratet hätten. Die Ehe ist der Grund von Dreivierteilen ihrer Sorgen. So dachte ich, als Sir Leicester heiratete, und so habe ich seitdem immer gedacht. Sprechen wir nicht mehr davon. Ich muß mich jetzt von den Umständen leiten lassen. Unterdessen muß ich Sie bitten, zu schweigen, und ich werde es ebenfalls tun.«

»Ich soll also mein gegenwärtiges Leben hinschleppen und seine Qualen Tag für Tag, solange es Ihnen belieben wird, tragen?« fragt sie und wendet keinen Blick von dem fernen Horizont.

»Ja, ich fürchte, Lady Dedlock.«

»Sie meinen, es ist notwendig, daß ich so auf dem Scheiterhaufen festgebunden bleibe.«

»Ich bin überzeugt, daß das, was ich Ihnen anrate, notwendig ist.«

»Ich soll also auf dieser bunt aufgeputzten Bühne, auf der ich unter meiner Maske so lange gespielt habe, bleiben, und sie soll unter mir zusammenbrechen, wenn Sie das Signal geben!« sagt sie langsam.

»Ich werde es nicht tun, ohne Sie vorher zu benachrichtigen, Lady Dedlock. Ich werde keinen Schritt tun, ohne Sie vorher zu warnen.«

»Und wir sehen uns wie gewöhnlich?«

»Ganz so wie gewöhnlich, wenn Sie gestatten.«

– Sie legt ihm ihre Fragen fast geistesabwesend vor, als ob sie sie im Gedächtnis wiederholte oder im Schlaf hersagte. –

»Und ich muß meine Schuld verbergen, wie ich es so viele Jahre lang getan habe?«

»Wie Sie es so lange Jahre getan haben. Ich hätte es nicht gern selbst erwähnt, Lady Dedlock, aber ich möchte Sie darauf aufmerksam machen, daß Ihr Geheimnis Sie jetzt wohl nicht schwerer bedrücken kann als früher. Ich glaube, besser gesagt, ich weiß, wir haben einander nie ganz getraut.«

– In derselben erstarrten Weise wie früher steht sie noch eine kleine Weile tief in Gedanken versunken da und sagt:

»Bleibt heute nacht noch etwas zu besprechen übrig?«

»Nun«, entgegnet Mr. Tulkinghorn gleichmütig und reibt sich leise die Hände dabei, »ich würde allerdings gern von Ihnen hören, ob Sie meinen Anordnungen beistimmen, Lady Dedlock?«

»Sie können dessen versichert sein.«

»Gut. Und ich möchte der Klarheit wegen Sie zum Schluß noch daran erinnern, daß ich einzig und allein Sir Leicesters Gefühle und Ehre und den Ruf der Familie schone. Ich sage das, für den Fall ich bei einer gelegentlichen Mitteilung an Sir Leicester auf die Tatsache wieder zurückkommen müßte. Ich hätte mich glücklich geschätzt, auch auf Lady Dedlock Rücksicht haben nehmen zu können; leider erlaubt es der Fall nicht.«

»Oh, ich kenne Ihre Pflichttreue, Sir.«

Bisher ist Mylady, ohne sich zu rühren, in Gedanken versunken dagestanden, aber endlich bewegt sie sich und wendet sich unerschüttert in ihrer natürlichen oder erzwungnen Fassung zum Gehen. Mr. Tulkinghorn öffnet beide Türen genauso, wie er es gestern oder vor zehn Jahren getan hätte, und macht ihr seine altmodische Verbeugung, wie sie hinausgeht. Es ist nicht der Blick wie sonst, den ihm das schöne Gesicht, das jetzt in der Dunkelheit verschwindet, zuwirft, als sie ihm für seine Höflichkeit kaum merklich dankt.

Die Frau erlegt sich einen ungewöhnlichen Zwang auf, denkt er sich, als er wieder allein ist.

Er wüßte das noch genauer, wenn er sähe, wie sie in ihren Gemächern verstört, die Hände hinter dem Haupt gefaltet und wie von Schmerz krampfhaft durchzuckt, auf und ab geht; wüßte es noch genauer, wenn er sie sähe, wie sie stundenlang ohne Ermüdung und ohne Rast, verfolgt von den getreuen Schritten auf dem Geisterweg, durch die Zimmer irrt. Aber er schließt das Fenster vor der kalt werdenden Nachtluft, zieht die Vorhänge zu, geht zu Bett und schläft ein. Und wie die Sterne verlöschen und der bleiche Tag in das Turmzimmer lugt und ihn mit seiner greisenhaftesten Miene daliegen findet, da sieht er aus, als hätten der Totengräber und der Spaten schon ihren Auftrag und würden bald zu graben anfangen. Und derselbe blasse Tag sieht zu, wie im Traum Sir Leicester dem reuigen Vaterland verzeiht, wie die Vettern verschiedne öffentliche Ämter annehmen, deren Hauptpflichten im Beziehen von Gehalt bestehen, und wie die keusche Volumnia einem häßlichen alten General mit einem Mund voll falscher Zähne, gleich einem mit Tasten übersäten Klavier, der lange die Bewunderung von Bath und der Schrecken aller andern Ortschaften ist, eine Mitgift von fünfzigtausend Pfund einbringt.

Er sieht auch in Zimmer hinein, hoch oben im Dach, und in Kammern, in Höfe und Ställe, wo bescheidenere Wünsche von Seligkeiten im Portierhäuschen und im heiligen Ehestand zwischen Hänsel und Gretel träumen. Und dann steigt die glänzende Sonne empor und zieht alles mit sich hinauf – die Hänsel und Gretel, den in der Erde verborgnen Dunst, die schlummernden Blätter und Blumen, die Tiere, die da gehen, fliegen und kriechen, den Gärtner, der den tauglänzenden Rasen kehrt und smaragdenen Samt werden läßt, wo die Walze geht, und läßt den Rauch des Küchenfeuers gerade und hoch in die dünne Morgenluft sich emporkräuseln. Endlich steigt auch das Banner über Mr. Tulkinghorns in Schlummer ruhendem Haupte empor als freudige Kunde, daß Sir Leicester und Lady Dedlock in ihrem glücklichen Heim weilen und Gastfreundschaft auf dem Schlosse in Lincolnshire geübt wird.

42. Kapitel

In Mr. Tulkinghorns Wohnung

Mr. Tulkinghorn verläßt die grünen Abhänge und breitästigen Eichen des Dedlockschen Herrschaftssitzes und vertauscht sie mit der brütenden Hitze und der staubigen Luft Londons. Die Art, wie er zwischen den beiden Orten kommt und geht, ist eines seiner undurchdringlichen Privatgeheimnisse. Er erscheint in Chesney Wold, als läge es unmittelbar neben seiner Wohnung, und taucht in seiner Kanzlei auf, als habe er Lincoln's-Inn-Fields nie verlassen. Er zieht sich weder vor der Reise anders an, noch spricht er darüber vor- oder nachher.

Diesen Morgen schmolz er wie ein Stück Eis aus seinem Turmzimmer hinweg, genauso, wie er jetzt in der späten Abenddämmerung in sein Stadtquartier hineingefriert.

Gleich einem rauchgeschwärzten Londoner Vogel unter seinen Artgenossen, die in diesen lieblichen Gefilden hausen, wo die Schafe zu Pergament, die Ziegen zu Perücken, das Weideland zu Häcksel verarbeitet werden, zieht der vertrocknete und verwelkte Advokat, der unter den Menschen wohnt und nicht mit ihnen verkehrt und alterte, ohne je eine heitere Jugend gekannt zu haben, und so lange gewohnt gewesen ist, sein ödes Nest in Höhlen und Winkeln des menschlichen Gemütes aufzuschlagen, daß er die geräumigeren und besseren Regionen darüber ganz vergessen hat, gemächlich in seinem Hause ein. In dem Brutofen, den das glühende Pflaster und die heißen Gebäude bilden, hat es ihm die Kehle mehr als gewöhnlich ausgedörrt, und er denkt durstig an seinen milden, ein halbes Jahrhundert alten Portwein.

Der Laternenmann klimmt auf Mr. Tulkinghorns Häuserseite der Inn Fields, wo dieser Oberpriester adliger Geheimnisse jetzt in seinen düstern stillen Hof tritt, die Leiter auf und ab.

Der Advokat geht gerade die Türstufen hinauf, um in seine dämmrig dunkle Halle zu gehen, als er auf der obersten Stufe einem sich verbeugenden, lächelnden kleinen Mann begegnet.
»Sind Sie es, Snagsby?«
»Ja, Sir. Ich hoffe, Sie befinden sich wohl, Sir? Ich hatte eben die Hoffnung aufgegeben, Sir, Sie zu treffen, und wollte nach Hause gehen.«
»So? Was gibt's? Was wünschen Sie von mir?«
»Ach, Sir«, sagt Mr. Snagsby und hält vor lauter Ehrerbietung vor seinem besten Kunden den Hut neben dem Kopf. »Ich hätte gern ein Wort mit Ihnen gesprochen, Sir.«
»Kann es hier geschehen?«
»O gewiß, Sir.«
»Also sprechen Sie.« Der Advokat dreht sich um, legt die Arme auf das eiserne Treppengeländer und sieht dem Laternenmann unten zu, wie er die Lichter im Hof anzündet.
»Es handelt sich«, beginnt Mr. Snagsby in geheimnisvollem, leisem Ton, »es handelt sich – um nicht durch die Blume zu sprechen – um die Fremde.«
Mr. Tulkinghorn sieht ihn erstaunt an. »Was für eine Fremde?«
»Die fremde Frauensperson, Sir. Französin, wenn ich nicht irre. Ich meinerseits kenne ihre Sprache nicht, aber ich möchte nach ihrem Wesen und ihrem Aussehen meinen, es sei eine Französin. Jedenfalls ist sie eine Ausländerin. Die oben im Zimmer war, Sir, als Mr. Bucket und ich an jenem Abend die Ehre hatten, Ihnen mit dem Gassenkehrerjungen unsre Aufwartung zu machen.«
»Ja, so, Mademoiselle Hortense.«
»So. Hm. Heißt sie so, Sir?« Mr. Snagsby hüstelt seinen Unterwürfigkeitshusten hinter dem Hut. »Mir sind im allgemeinen Namen von Ausländern nicht allzu geläufig, aber ich bezweifle durchaus nicht, daß man die Worte so ausspricht.« Mr. Snagsby scheint diese Antwort mit einem verzweifelten Ansatz, den Namen nachzusprechen, be-

gonnen zu haben, aber bei näherer Überlegung beschränkt er sich lieber auf das Hüsteln.

»Und was haben Sie mir in bezug auf sie zu sagen, Snagsby?« fragt Mr. Tulkinghorn.

»Ja, sehen Sie, Sir«, antwortet der Papierhändler bescheiden in seinen Hut hinein, »es trifft mich etwas hart. Mein häusliches Glück ist sehr groß – wenigstens immerhin so groß, als es die Umstände erlauben –, aber meine kleine Frau neigt ein wenig zur Eifersucht. Um nicht durch die Blume zu sprechen, sie ist sogar außerordentlich eifersüchtig. Und sehen Sie, da kommt nun ein ausländisches Frauenszimmer von noblem Aussehen in den Laden herein, treibt sich in Cook's Court herum – ich wäre gewiß der letzte, einen starken Ausdruck zu gebrauchen, wenn ich es vermeiden könnte –, aber sie treibt sich wirklich im Hof herum – wissen Sie –, aber sagen Sie selbst, ist es nicht so? Ich bin im voraus ganz Ihrer Meinung, Sir.«

– Nachdem Mr. Snagsby das in einer sehr kläglichen Weise vorgebracht hat, läßt er eine Art Gemeinplatzhusten hören, um alle etwa noch leergelassnen Lücken in seiner Schilderung damit auszufüllen. –

»Nun, und was wünschen Sie denn eigentlich?« fragt Mr. Tulkinghorn.

»Das ist es ja eben, Sir. Ich war überzeugt, Sie würden es selbst mitempfinden und meine Gefühle entschuldigen, wenn Sie die bekannte Reizbarkeit meiner kleinen Frau bedenken wollten. Sehen Sie, die ausländische Frauensperson – deren Namen Sie soeben nannten – schnappte an jenem Abend das Wort Snagsby auf – denn sie faßt ungewöhnlich rasch auf – und forschte weiter nach, erfuhr meine Adresse und platzte zum Mittagessen herein. Nun, wissen Sie, ist Guster, unser Mädchen, sehr furchtsam und überdies Krämpfen unterworfen, und richtig bekommt sie beim Anblick der ausländischen Person und infolge der höhnischen Manier, mit der sie spricht und sie sehr erschreckt, ihre Anfälle und stürzt die Küchentreppe hinab.

Zum Glück war meine Frau damit beschäftigt, sie wieder zum Leben zurückzubringen, und außer mir weilte niemand im Laden. Die Ausländerin sagte mir, da sich Mr. Tulkinghorn beständig vor ihr verleugnen ließe, wollte sie sich solange das Vergnügen machen, in meinen Laden zu kommen, bis sie vorgelassen würde ... Seit dieser Zeit hat sie sich unablässig in Cook's Court herumgetrieben«, wiederholt Mr. Snagsby mit rührendem Nachdruck. »Die Folgen dieses Benehmens sind nicht auszudenken. Es würde mich nicht wundern, wenn es selbst in den Köpfen der Nachbarn, von meiner kleinen Frau gar nicht zu reden, bereits zu den peinlichsten Mißverständnissen Anlaß gegeben hätte. Und ich habe doch, der Himmel weiß es, nie im Leben von einem ausländischen Frauenzimmer auch nur geträumt, außer höchstens als Kind in Verbindung mit einem Bund Ruten oder einem Sack Nüsse. Das versichere ich Ihnen, Sir.«
Mr. Tulkinghorn hat das Herzeleid des Papierhändlers mit ernstem Gesicht bis zu Ende angehört und fragt jetzt: »Nun, und das ist alles, Snagsby?«
»Gewiß, Sir, das ist alles.« Mr. Snagsby fügt ein Hüsteln hinzu, das deutlich sagen soll: Ich dächte wirklich, daß das für meine Verhältnisse gerade genug ist.
»Ich weiß wirklich nicht, was Mademoiselle Hortense verlangen oder wollen mag, sie müßte denn verrückt geworden sein«, sagt der Advokat.
»Aber auch für diesen Fall, Sir«, fällt Mr. Snagsby ein, »wäre es kein großer Trost, fürchten zu müssen, eines Tages eine ausländische Waffe in Gestalt eines fremdländischen Dolches im Herzen seiner Familie stecken zu sehen.«
»Nein«, gibt Mr. Tulkinghorn zu. »Gut, gut! Dem soll ein Ende gemacht werden. Es tut mir leid, daß Sie Ungelegenheiten deswegen gehabt haben. Wenn sie wieder kommt, schicken Sie sie zu mir.«
Mit vielen Bücklingen und einem kurzen um Verzeihung

bittenden Hüsteln empfiehlt sich Mr. Snagsby erleichterten Herzens. Mr. Tulkinghorn geht die Treppe hinauf und murmelt vor sich hin: »Ob nicht diese Weiber geschaffen sind, auf der ganzen Welt den Frieden zu stören. Ich habe noch nicht genug mit der Herrin zu tun, da kommt mir noch die Kammerzofe in die Quere! Aber mit dieser Dirne will ich mich wenigstens kurz fassen.«

Mit diesen Worten sperrt er seine Türe auf, tastet sich seinen Weg in das dunkle Zimmer, zündet seine Kerzen an und blickt um sich. Es ist zu dunkel, um viel von der Allegorie an der Decke zu sehen, aber der aufdringliche Römer, der beständig aus den Wolken fällt und mit dem Finger nach abwärts deutet, ist unentwegt in dieser Beschäftigung tätig. Mr. Tulkinghorn schenkt ihm weiter keine Aufmerksamkeit, zieht einen kleinen Schlüssel aus der Tasche, öffnet damit eine kleine Schublade, in der wieder ein Schlüssel liegt. Dieser erst paßt zu dem Kästchen, in dem der Schlüssel liegt, der den Aufenthaltsort des Kellerschlüssels aufsperrt.

Mit dem Licht in der Hand geht Mr. Tulkinghorn, in der Absicht, in die Regionen des Portweins hinabzusteigen, zur Türe, da klopft es.

»Wer ist da? – Aha, Mistreß. Sie sind es. Sie kommen mir gerade recht. Ich habe eben von Ihnen gehört. Nun! Was wollen Sie?« Er stellt das Licht auf den Kamin im Wartezimmer und klopft sich die dürre Wange mit dem Schlüssel, wie er Mademoiselle Hortense so bewillkommt.

Die katzenhafte Zofe mit ihren schmalen Lippen schließt, den Advokaten aus den Augenwinkeln ansehend, geräuschlos die Tür.

»Ich habe große Mühe gehabt, Sie zu finden, Sir«, sagt sie mit französischem Akzent. »So. Ich bin sehr oft hier gewesen, Sir. Immer hat es geheißen, er nicht zu Haus, er beschäftigt, er dies und das, er nicht bei sich.«

»Stimmt schon.«

»Stimmt nicht. Lügen!«

– Manchmal kann in Mademoiselle Hortenses Wesen etwas Rasches sein, das einem plötzlichen Sprung beängstigend ähnlich sieht. Der, den es angeht, pflegt in solchen Augenblicken unwillkürlich zu erschrecken und zurückzubeben. So geht es gegenwärtig Mr. Tulkinghorn, obgleich Mademoiselle Hortense mit fast geschlossnen Augen ruhig dasteht und nur verachtungsvoll lächelt. –
»Nun, Mistreß«, sagt der Advokat und klopft mit dem Schlüssel ungeduldig auf das Kaminsims, »wenn Sie etwas zu sagen haben, genieren Sie sich nicht.«
»Sir, Sie aben mich behandelt nicht gut. Sie sind gewesen gemein und schäbig.«
»Gemein und schäbig, oho!« Mr. Tulkinghorn reibt sich mit dem Schlüssel die Nase.
»Ja. Was ist es sonst? Sie aben mich drangekriegt – mich gefangen, um sich zu verschaffen Information. Sie mich haben lassen anziehen das Kleid, das Mylady muß getragen haben diesen Abend, haben mich gebeten, zu kommen ier und zu sehen den Knaben ... Sprechen Sie!« Mademoiselle Hortense macht wieder einen Sprung.
»Zänkische Bestie!« scheint sich Mr. Tulkinghorn zu denken, wie er sie mißtrauisch mustert. Dann gibt er zur Antwort: »Gut, Dirne. Habe ich Sie denn nicht bezahlt?«
»Sie, mich bezahlt«, wiederholt sie verächtlich voller Wut. »Zwei Sovereign. Ich habe sie nicht gewechselt. Ich verachte sie, ich wer-fe sie von mir, ich will sie nicht.«
Sie nimmt die Goldstücke bei diesen Worten aus ihrem Busen und wirft sie mit solcher Gewalt auf den Fußboden, daß sie klingend wieder in die Höhe springen, dann in die Ecke kollern und sich dort langsam klirrend beruhigen.
»Nun!« sagt Mademoiselle Hortense und schließt ihre großen Augen wieder halb. »Sie mich aben bezahlt? Mon dieu, o ja?«
Mr. Tulkinghorn kratzt sich amüsiert mit dem Schlüssel den Kopf und lächelt sarkastisch dabei.
»Sie müssen reich sein, meine schöne Freundin«, bemerkt

er gleichmütig, »wenn Sie Geld auf diese Weise wegwerfen können.«
»Ich *bin* reich. Ich bin reich an Haß. Ich hasse Mylady aus tiefster Seele. Sie wissen das.«
»Wissen? Woher soll ich es wissen?«
»Weil Sie es gewußt aben ganz gut, ehe Sie mich baten, Ihnen zu geben diese Information. Weil Sie aben gewußt ganz gut, daß ich war voll Zorrn.«
Mademoiselle scheint das »r« nicht wütend genug schnarren zu können, trotzdem sie schon energisch genug beide Hände ballt und mit den Zähnen knirscht.
»So! Wußte ich es? Wirklich?« sagt Mr. Tulkinghorn und besieht sich den Bart des Schlüssels.
»Ja, gewiß. Ich bin nicht blind. Sie haben mich umgarnt, weil Sie das wußten. Sie hatten recht. Ich verabscheue sie.«
Mademoiselle Hortense verschränkt ihre Arme und wirft ihm ihre Bemerkung über die Schulter hin zu.
»Haben Sie außerdem noch etwas zu sagen, Mademoiselle?«
»Ich habe noch keine Stellung. Verschaffen Sie mir eine gute Stellung. Wenn Sie das nicht können oder nicht wollen, stellen Sie mich an, sie zu verfolgen, sie in Schmach und Schande zu hetzen. Ich will Ihnen helfen gut und mit gutem Willen. Sie wollen das doch. Glauben Sie, ich weiß es nicht?«
»Sie scheinen überhaupt sehr viel zu wissen«, entgegnet Mr. Tulkinghorn.
»Weiß ich nicht viel? Bin ich etwa so dumm, zu glauben, wie ein Kind, daß ich bin hierhergekommen in dem Kleid, um den Knaben zu sehen, nur wegen einer kleinen Wette? Mon dieu, o ja.«
– Anfangs hat Mademoiselle, ironisch höflich, liebenswürdig gesprochen, dann ist sie plötzlich zum bittersten Hohn übergegangen, und ihre schwarzen Augen, eben noch fast ganz geschlossen, sind jetzt weit aufgerissen. –
»Wollen mal sehen, wie die Sachen stehen«, sagt

Mr. Tulkinghorn, klopft sich mit dem Schlüssel an das Kinn und macht ein höchst gleichmütiges Gesicht.

»Ja! Wollen mal sehen«, stimmt Mademoiselle mit lebhaftem und zornigem Kopfnicken ein.

»Sie kommen zu mir mit dem merkwürdig bescheidnen Verlangen, das Sie eben ausgesprochen haben, und wollen wahrscheinlich, wenn ich Ihnen nicht willfahre, wiederkommen?«

»Wiederkommen«, bestätigt Mademoiselle und nickt abermals zornig. »Und wieder. Und immer wieder. Und immer und immer wieder, ja, ewig.«

»Und nicht nur hierher wollen Sie kommen, sondern auch, wenn das keinen Erfolg hat, zu Mr. Snagsby? Immer und immer wieder?«

»Immer wieder«, knirscht Mademoiselle verbissen. »Und immer wieder. Und immer wieder.«

»Sehr gut. Jetzt, Mademoiselle Hortense, möchte ich Ihnen empfehlen, das Licht zu nehmen und Ihr Geld aufzulesen. Wenn ich nicht irre, liegt es hinter dem Pult des Schreibers dort in der Ecke.«

Sie schleudert ihm nur über die Schulter eine Lache ins Gesicht und bleibt, die Arme verschränkt, unbeweglich stehen.

»Sie wollen nicht?«

»Nein, ich will nicht.«

»Nun, dann sind Sie um zwei Sovereigns ärmer und ich um diese Summe reicher. Sehen Sie einmal, Mistreß, das ist der Schlüssel zu meinem Weinkeller. Ein hübsch großer Schlüssel, aber die Schlüssel von den Gefängnissen sind noch größer. In dieser Stadt gibt es Zwangsanstalten mit Tretmühlen – auch für Frauen –, deren Kerkertüren sehr dick und schwer sind, und wahrscheinlich auch die Schlüssel. Ich fürchte, einer Dame von Ihrem Temperament und Ihrer Lebhaftigkeit würde es kaum angenehm sein, sich von einem solchen Schlüssel auch nur ein paar Stunden einsperren zu lassen. Was meinen Sie dazu?«

»Ich meine«, entgegnet Mademoiselle, ohne sich zu rühren, in einem klaren verbindlichen Ton, »daß Sie sind – ein elender Schuft.«
»Schon möglich!« Mr. Tulkinghorn schneuzt sich ruhig. »Aber ich frage nicht, was Sie von mir denken, sondern was Sie vom Gefängnis halten.«
»Nichts. Was geht es mich an!«
»Nun, es geht Sie insoweit an, Mistreß«, sagt der Advokat, steckt langsam das Taschentuch ein und zupft sich den Busenstreif zurecht, »daß das Gesetz hierzulande so ungeniert ist, sich energisch einzumischen, um unsere guten englischen Bürger gegen ungebetne Besuche, selbst wenn sie von Damen kommen, zu schützen. Wenn sich jemand beschwert, daß ihn ein solcher Besuch belästigt, so nimmt das Gesetz die betreffende Dame beim Kragen und steckt sie hinter Schloß und Riegel. Ja, es dreht sogar den Schlüssel hinter ihr um, Mistreß.« Mr. Tulkinghorn macht mit dem Kellerschlüssel die entsprechende Bewegung.
»Nein, wirklich?« höhnt Mademoiselle in demselben verbindlichen Ton. »Wie drollig! Aber – meiner Treu – was geht das mich an!«
»Meine schöne Freundin«, sagt Mr. Tulkinghorn, »kommen Sie nur noch einmal hierher oder zu Mr. Snagsby, und Sie werden es erfahren.«
»Dann würden Sie *mich* vielleicht ins Gefängnis schikken?«
»Vielleicht.«
Mademoiselle macht Miene, mit schäumendem Mund tigerhaft die Zähne zu fletschen, bezwingt sich aber, denn es hätte nicht zu ihrer scherzhaften Stimmung gepaßt.
»Kurz und gut, Mistreß«, sagt Mr. Tulkinghorn, »es würde mir leid tun, unhöflich sein zu müssen, aber wenn Sie noch einmal uneingeladen hierher kommen oder zu Mr. Snagsby, übergebe ich Sie der Polizei. Sie ist sonst sehr galant gegen Damen, aber lästig fallende Personen läßt sie auf eine gewisse unangenehme Weise, auf ein Brett

geschnallt, durch die Straßen tragen, mein Dämchen.«
»Ich werde Sie beim Wort nehmen«, flüstert Mademoiselle und streckt ihre Hand ganz seltsam aus. »Ich will sehen, ob Sie es wagen.«
»Und wenn ich Ihnen diese gute Stelle im Kerker einmal verschafft habe«, fährt der Advokat gelassen fort, »wird es einige Zeit dauern, ehe ich Sie wieder in Freiheit sehen darf.«
»Ich werde Sie auf die Probe stellen«, wiederholt Mademoiselle mit ihrem früheren Flüstern.
»Und jetzt«, fährt der Advokat fort, immer noch ohne sie zu beachten, »täten Sie am besten, Sie gingen. Überlegen Sie es sich zweimal.«
»Und überlegen Sie sich zweihundertmal zweimal Ihren Schritt«, gibt sie zur Antwort.
»Sie wissen, Ihre Herrin hat Sie entlassen, weil Sie so unduldsam und unlenkbar wie nur möglich waren«, bemerkt Mr. Tulkinghorn, während er sie hinausbegleitet. »Schlagen Sie jetzt ein andres Blatt auf und seien Sie gewarnt. Was ich sage, das meine ich auch. Und was ich drohe, das tue ich, Mistreß.«
Sie geht die Treppe hinunter, ohne ein Wort zu erwidern oder sich umzusehen. Als sie fort ist, geht auch er hinunter und kehrt mit einer bestaubten, bespinnwebten Flasche zurück und setzt sich hin, um in aller Muße seinen Portwein zu schlürfen.
Dann und wann, wenn er sich im Stuhl zurücklehnt, fällt ihm der mit hartnäckiger Ausdauer auf ihn weisende Römer an der Decke in die Augen.

43. Kapitel

Esthers Erzählung

Es gehört nicht hierher, wie oft ich an meine Mutter dachte, die mich gebeten hatte, ihrer wie einer Toten zu gedenken. Ich durfte nicht wagen, mich ihr zu nähern oder ihr zu schreiben, denn ich mußte fürchten, die Gefahr, in der sie beständig schwebte, dadurch nur noch zu vermehren. Mir stets bewußt, daß mein bloßes Dasein für sie eine ungeahnte Gefahr auf ihrer Lebensbahn bedeutete, konnte ich mich manchmal kaum erwehren, wieder von dem Entsetzen befallen zu werden, das mich damals das erstemal ergriffen hatte, als ich von ihr das Geheimnis erfuhr. Niemals getraute ich mich, ihren Namen auszusprechen. Es war mir, als dürfte ich nicht einmal wagen, ihn nennen zu hören. Wenn das Gespräch gelegentlich in meiner Gegenwart auf sie kommen zu wollen schien, zwang ich mich, so gut es ging, nicht hinzuhören, oder ich zählte oder sagte innerlich etwas her oder verließ das Zimmer.

Wie oft rief ich mir die Stimme meiner Mutter ins Gedächtnis zurück und grübelte darüber nach, ob ich sie jemals wieder hören würde. Ich sehnte mich so nach ihr und mußte daran denken, wie seltsam und traurig es war, daß sie mir so neu und fremd klang.

Es kommt jetzt wenig darauf an, daß ich oftmals an der Tür ihres Hauses in der Stadt vorüberging und sie so gern angesehen hätte und mich davor fürchtete –, daß ich einmal im Theater war, als sich auch meine Mutter darin befand und mich sah und wir so weit getrennt waren – in jeder Hinsicht –, daß mir die Möglichkeit, zwischen uns könne überhaupt ein Band existieren, wie ein Traum erschien. Es ist jetzt doch alles, alles vorüber.

Mein Lebensweg ist so mit Freude und Segen bestreut gewesen, daß ich nur wenig von mir berichten kann, was nicht von der Güte und dem Edelmut andrer Zeugnis ablegte. So kann ich recht gut mein Leid übergehen und fortfahren.

Als wir uns wieder zu Hause eingewöhnt hatten, sprachen Ada und ich oft und viel mit meinem Vormund über Richard. Meinen Liebling schmerzte es tief, daß er meinem Vormund so unrecht tat, aber sie hielt so treu zu Richard, daß sie trotzdem kein tadelndes Wort über ihn hätte ertragen können. Mein Vormund wußte das recht gut und verband seinen Namen nie mit einem Wort des Vorwurfs.

»Rick ist nur im Irrtum, liebes Kind«, pflegte er immer wieder zu ihr zu sagen. »Nun, wir alle haben schon oft geirrt. Wir müssen seine Belehrung dir und der Zeit überlassen.«

Wir erfuhren später, was wir damals nur argwöhnten. Mr. Jarndyce tat alles mögliche, um Richard die Augen zu öffnen, schrieb an ihn, war zu ihm gegangen, um ihm zuzureden und es mit allen Mitteln zu probieren, die nur sein gutes Herz hätte ersinnen können. Aber unser armer Richard war für alles taub und blind. Wenn er unrecht hätte, sagte er, wollte er sein Unrecht wieder gut machen, sobald der Kanzleigerichtsprozeß vorüber sei. Wenn er im Dunkeln tappen müsse, so wolle er eben sein möglichstes tun, um die verfinsternden Wolken zu zerstreuen. Im Argwohn und im Mißverstehen andrer lägen die Fehler des Prozesses? Gut, dann solle man den Prozeß zu Ende führen, schon der Wahrheit wegen. So lautete stets seine Antwort. ›Jarndyce kontra Jarndyce‹ hatte ihn so gefangen genommen, daß es unmöglich war, ihm irgend etwas plausibel zu machen. Aus allem drehte er sich einen neuen Strick zugunsten dessen, was er sich ausgeklügelt hatte.

»Je mehr man dem armen Jungen Vorstellungen macht, desto mehr schadet man ihm«, sagte einmal mein Vormund zu mir. »Es ist vielleicht das Beste, man überläßt ihn sich selbst.«

Ich benutzte einmal eine Gelegenheit, meinen Zweifeln Ausdruck zu geben, ob Mr. Skimpole ein guter Ratgeber für Richard sei.
»Ratgeber?« lachte mein Vormund. »Aber, liebe Esther, wem würde es einfallen, sich von Skimpole einen Rat geben zu lassen!«
»Anstifter wäre vielleicht das bessre Wort«, sagte ich.
»Anstifter, Esther? Wer könnte sich denn von Mr. Skimpole zu irgend etwas aufmuntern oder anstiften lassen?«
»Nicht Richard?«
»Nein. Ein so unweltlich gesinntes, unberechnendes und immer in Wolken schwebendes Geschöpf kann ihm vielleicht ein Spaß oder zu Zeiten ein Trost sein. Von einem Kind wie Skimpole kann man nicht annehmen, daß er irgend jemand aufmuntere, anstifte oder irgend etwas überhaupt ernst nähme.«
»Bitte, Vetter John«, fragte Ada, die eben hereingetreten war und jetzt über meine Schulter blickte, »was hat ihn denn eigentlich zu einem solchen Kind gemacht?«
»Was ihn zu einem solchen Kind gemacht hat?« Mein Vormund rieb sich ein wenig ratlos den Kopf.
»Ja, Vetter John.«
»Nun«, antwortete langsam und zögernd Mr. Jarndyce und fuhr sich durch die Haare, »er ist ganz Gefühl und – Empfänglichkeit und – Sensibilität – und – und Einbildungskraft. Alle diese Eigenschaften sind bei ihm, ich weiß nicht, wieso, nicht gehörig geregelt. Ich vermute, die Leute, die ihn deswegen in seiner Jugend vielleicht bewunderten, haben auf sie zuviel Wert gelegt und zuwenig auf ihre Erziehung. Und so ist er schließlich zu dem geworden, was er ist. Wie?« Mein Vormund brach kurz ab und sah uns erwartungsvoll an. »Was haltet ihr beide davon?«
Ada warf mir einen Blick zu und meinte, es sei jedenfalls bedauerlich, daß er Richard soviel Geld koste.
»Das ist richtig. Das ist richtig«, fiel mein Vormund hastig

ein. »Das darf nicht sein. Das muß anders werden. Das darf ich nicht dulden. Das geht durchaus nicht.«

Ich sagte, ich hielte es für beklagenswert, daß Mr. Skimpole wegen eines Geschenkes von fünf Pfund Richard überhaupt bei Mr. Vholes eingeführt habe.

»So? Tat er das?« Ein Schatten des Verdrusses flog rasch über das Gesicht meines Vormundes. »Da habt ihr ihn wieder. Das sieht ihm ähnlich. Bei ihm liegt darin aber trotzdem nicht die mindeste Habgier. Er hat einfach keinen Begriff von dem Werte des Geldes. Er führt Rick ein, und dann wird er gut Freund mit Mr. Vholes und borgt sich von ihm fünf Pfund. Er denkt sich nicht das geringste dabei. Ich möchte wetten, er hat es dir selbst gesagt, liebes Kind.«

»Allerdings.«

»Na also!« rief mein Vormund triumphierend. »Da haben wir's wieder. Wenn er etwas Unrechtes damit beabsichtigt hätte, würde er dir doch nicht selbst alles erzählt haben. Er spricht so, wie er handelt, in reiner kindlicher Einfalt. Aber ihr müßt ihn einmal in seiner Wohnung sehen. Dann werdet ihr ihn besser verstehen. Wir müssen ihm einen Besuch machen und ihm wegen des erwähnten Punktes Vorstellungen machen. Ja, ja, meine Lieben, er ist ein Kind, ein reines Kind.«

So kam es, daß wir uns wenige Tage später in London befanden und bald vor Mr. Skimpoles Türe standen. Seine Wohnung lag im sogenannten Polygon in Somerstown, wo sich damals viele arme spanische Flüchtlinge aufhielten und, in Mäntel gehüllt, kleine Papierzigarren rauchend, umherschlenderten. Ob er ein besserer Mieter war, als man hätte annehmen sollen, oder weil Freund »Jemand« zuletzt immer doch den Zins bezahlte, oder ob sein Mangel an Geschäftssinn seine endgültige Entfernung aus dem Logis vielleicht schwierig gestaltete, weiß ich nicht, jedenfalls bewohnte er das Haus schon seit mehreren Jahren.

Es war in einer Weise verfallen, die unsern Erwartungen ganz entsprach. Zwei oder drei Vorgartengitter fehlten ganz, das Wasserfaß war zerbrochen, der Klopfer locker, der Klingelgriff, nach dem verrosteten Zustand des Drahtes zu urteilen, längst abgerissen, und nur schmutzige Fußstapfen auf der Treppe verrieten, daß es überhaupt bewohnt war.

Ein schlampiges üppiges Mädchen, das aus den geplatzten Nähten ihres Kleides und den Rissen in ihren Schuhen wie eine überreife Beere herauszuquellen schien, öffnete auf unser Klopfen die Tür ein wenig und versperrte die Öffnung mit ihrem Körper. Als sie Mr. Jarndyce erkannte – Ada und mir schwante es, als ob er mit ihrer monatlichen Entlohnung in einer gewissen Verbindung stünde –, schwand sofort ihre Besorgnis, und sie ließ uns eintreten. Da das Schloß verdorben war, machte sie die Türe mit einer Kette zu, die ebenfalls nicht besonders gut erhalten war, und fragte uns, ob wir wirklich hinaufgehen wollten.

Wir stiegen in den ersten Stock, und das einzige Zeichen von Bewohntsein bildeten immer noch die schmutzigen Fußstapfen. Ohne weitere Zeremonie trat Mr. Jarndyce in ein Zimmer, und wir folgten. Es war arg verräuchert und keineswegs sauber, aber möbliert in einer wunderlichen Art von schäbigem Luxus. Ich sah einen großen Fußschemel, ein Sofa, eine Menge von Polstern, einen Lehnstuhl, wieder mit einem Überfluß von Kissen, ein Piano, Bücher, Zeichenmappen, Musikalien, Zeitungen, einige Skizzen und Gemälde. Eine zerbrochne Glasscheibe in einem der schmutzigen Fenster war mit Papier und Oblaten verklebt, aber auf dem Tisch standen ein Teller mit Treibhauspfirsichen, einer mit Trauben und ein dritter mit Kuchen. Eine Flasche mit leichtem Wein daneben. Mr. Skimpole selbst ruhte im Schlafrock auf dem Sofa, schlürfte duftenden Kaffee aus einer alten Porzellantasse, obwohl es ungefähr Mittag war, und betrachtete eine Sammlung Mauerblumen auf dem Balkon.

– Unser Kommen brachte ihn nicht im mindesten außer Fassung. Er stand auf und empfing uns in seiner gewohnten unbefangnen Weise. –

»Hier lebe ich, wie Sie sehen«, sagte er, als wir uns – nicht ohne Schwierigkeit, denn der größte Teil der Stühle war zerbrochen – gesetzt hatten. »Hier ist mein Heim. Dies ist mein frugales Frühstück. Manche Leute bestehen auf Rinds- und Hammelkeule zum Frühstück. Ich nicht. Wenn ich meine Pfirsiche, meine Tasse Kaffee und meinen Claret habe, bin ich zufrieden. Ich genieße sie nicht ihrer Geschmacksvorzüge wegen, sondern nur, weil sie mich an die Sonne erinnern. In Rinds- und Hammelkeulen liegt nichts Sonnenhaftes. Reiner tierischer Genuß.«

»Das ist das Sprechzimmer unsres Freundes, das heißt, wenn er praktizierte, würde es das sein – sein Allerheiligstes –, sein Studierzimmer«, erklärte uns mein Vormund.

»Ja«, sagte Mr. Skimpole und sah sich mit strahlender Miene um. »Das ist der Käfig des Vogels. Hier wohnt und singt der Vogel. Dann und wann rupfen sie ihm die Federn aus und schneiden ihm die Flügel. Aber er singt.«

Er reichte uns die Trauben hin und ergänzte in seiner strahlenden Weise: »Er singt kein anspruchsvolles Lied, aber er singt.«

»Die Trauben sind vorzüglich«, sagte mein Vormund. »Ein Geschenk, Harold?«

»Nein. Irgendein liebenswürdiger Gärtner hat sie zu verkaufen gehabt. Als ein Gehilfe sie gestern abend brachte, fragte er, ob er auf das Geld warten solle. ›Ich dächte nicht, mein Freund‹, riet ich ihm, ›wenn Ihnen Ihre Zeit etwas wert ist.‹ Und das mußte wahrscheinlich der Fall sein, denn er ging fort.«

Mein Vormund sah uns lächelnd an, als wolle er sagen: »Ist es überhaupt möglich, mit diesem Kind von praktischen Sachen zu sprechen?«

»Das ist heute ein Tag, dessen man sich hier ewig erinnern wird«, sagte Mr. Skimpole und nahm aus seinem großen

Glas einen kleinen Schluck Claret. »Wir werden ihn den St. Clare und St. Summerson Tag taufen. Sie müssen meine Töchter sehen. Ich habe eine blauäugige Tochter, das ist meine Schönheitstochter, dann eine Gefühlstochter und außerdem eine Komödientochter. Sie müssen sie alle sehen – Sie werden entzückt sein.«

– Er wollte sie holen gehen, aber mein Vormund hielt ihn ab und bat ihn, noch einen Augenblick zu warten, da er erst ein paar Worte mit ihm sprechen möchte. –

»Soviel Augenblicke wie Sie wollen, mein lieber Jarndyce.« Mr. Skimpole setzte sich wieder auf sein Sofa. »Auf Zeit kommt es uns hier nie an. Wir wissen nie, wie spät es ist, und kümmern uns auch nicht darum. Das ist nicht der Weg, im Leben vorwärts zu kommen, werden Sie sagen. Gewiß nicht. Wollen wir denn überhaupt im Leben vorwärtskommen? Wir beanspruchen es doch gar nicht.«

– Mein Vormund warf uns wieder einen lustigen Blick zu. –

»Nun, Harold«, fing er an, »was ich Ihnen zu sagen habe, betrifft Rick.«

»Er ist mein teuerster Freund auf der Welt«, fiel Mr. Skimpole herzlich ein. »Er soll wahrscheinlich nicht mein teuerster Freund sein, da er mit Ihnen nicht auf bestem Fuß steht? Aber er ist es nun einmal, und ich kann nichts dafür. Er ist voll jugendfrischer Poesie, und ich liebe ihn. Wenn Sie das nicht gerne sehen, so kann ich mir nicht helfen. Ich liebe ihn.«

Seine gewinnende Offenheit machte wirklich einen uneigennützigen Eindruck, entzückte meinen Vormund und jedenfalls auch Ada.

»Sie können ihn lieben, soviel Sie wollen«, versicherte Mr. Jarndyce. »Aber seine Tasche müssen wir schonen, Harold.«

»Oh«, sagte Mr. Skimpole, »seine Tasche? Jetzt fangen Sie schon wieder von Dingen an, die ich nicht verstehe.« Er schenkte sich wieder ein Glas Claret ein, tunkte seinen

Kuchen hinein, schüttelte den Kopf und lächelte Ada und mich mit einer naiven Vorahnung, daß er uns niemals würde verstehen können, an.

»Wenn Sie in seiner Begleitung sind«, sagte mein Vormund offen heraus, »dürfen Sie ihn nicht für Sie mitbezahlen lassen.«

»Mein lieber Jarndyce«, entgegnete Mr. Skimpole, und sein durchgeistigtes Gesicht strahlte, so komisch schien ihm der Gedanke vorzukommen. »Was soll ich denn anderes tun? Wenn er mich irgendwohin mitnimmt, muß ich doch gehen. Und wie kann ich für mich bezahlen? Ich habe doch nie Geld. Und wenn ich Geld hätte, was hülfe es. Ich verstehe nichts davon. Nehmen wir an, daß ich jemanden fragte: Wieviel kostet das? Und ich bekäme zur Antwort: Sieben Schilling und sechs Pence, so ist es mir einfach unmöglich, daraus die nötigen praktischen Konsequenzen zu ziehen. Ich laufe nicht bei Geschäftsleuten herum, um sie zu fragen, was sieben Schilling und sechs Pence auf arabisch heißt. Ich verstehe es ja doch nicht. Warum soll ich dann herumlaufen, was sieben Schilling und sechs Pence in der Geldsprache heißt, die ich ebenfalls nicht verstehe.«

»Nun«, sagte mein Vormund, dem diese naive Antwort durchaus nicht mißfiel, »wenn Sie wieder einmal mit Rick reisen, müssen Sie sich das Geld von mir borgen – aber Sie dürfen es nicht verraten – und ihm das Rechnen überlassen.«

»Mein lieber Jarndyce«, beteuerte Mr. Skimpole, »ich will alles tun, was Ihnen Vergnügen macht, aber es erscheint mir als eine leere Formsache, ein Aberglaube. Außerdem gebe ich Ihnen mein Wort, Miß Clare und meine liebe Miß Summerson, ich glaubte, Mr. Carstone sei ungeheuer reich. Ich dachte, er brauchte bloß ein Papier oder einen Wechsel zu unterschreiben oder auf einen Knopf zu drükken, um einen Regen von Geld vom Himmel fallen zu lassen.«

»Das ist durchaus nicht der Fall, Sir«, sagte Ada. »Er ist arm.«

»So, wirklich?« Mr. Skimpole lächelte fröhlich. »Da staune ich wirklich.«

»Und da er überdies dadurch nicht reicher wird, daß er sich auf ein morsches Rohr stützt« – mein Vormund legte ernst seine Hand auf den Ärmel von Mr. Skimpoles Schlafrock –, »so müssen Sie sich hüten, daß Sie ihn in seinen Hoffnungen bestärken.«

»Mein lieber guter Freund«, entgegnete Mr. Skimpole, »und meine liebe Miß Summerson und meine liebe Miß Clare, wie soll ich das anfangen? Es handelt sich um Geschäfte, und ich verstehe doch nichts von Geschäften. Er bestärkt *mich* vielmehr. Er kommt nach großen Geschäftstaten zu mir, zeigt mir als ihr Resultat die glänzendsten Aussichten und fordert mich auf, sie mit ihm zu bewundern. Ich bewundere sie – als glänzende Aussichten –, aber mehr verstehe ich nicht davon, und ich sage ihm das auch.«

Die hilflose Aufrichtigkeit, mit der er uns das erklärte, die leichtherzige Weise, mit der er uns durch seine Unschuld ergötzte, und die phantastische Art, wie er sich selbst in Schutz nahm, verbunden mit seiner gewinnenden Unbefangenheit, bestätigten nur das Urteil meines Vormundes. Je mehr ich ihn kennenlernte, desto unwahrscheinlicher erschien es mir in seiner Anwesenheit, daß er absichtlich einen bösen Einfluß ausüben könnte. Aber desto wahrscheinlicher kam es mir vor, wenn ich nicht mit ihm beisammen war, und um so mehr quälte mich der Gedanke, er könne mit irgend jemandem, dessen Wohl mir am Herzen lag, etwas zu tun haben.

Da er jetzt vernahm, daß sein Verhör – wie er es nannte – vorüber sei, verließ er fröhlich das Zimmer, um seine Töchter zu holen – seine Söhne waren zu verschiednen Zeiten bereits davongelaufen –, und ließ meinen Vormund ganz entzückt über die Art, wie er seinen kindlichen Charakter gerechtfertigt hatte, zurück. Er kam bald wieder herein mit drei jungen Damen und Mrs. Skimpole, die früher eine Schönheit gewesen sein mußte, aber jetzt eine kränkliche hochnäsige Dame war, die an allen möglichen Krankheiten litt.

»Dies«, stellte Mr. Skimpole vor, »ist meine Schönheitstochter Arethusa, sie spielt und singt alles durcheinander wie ihr Vater. Hier meine Gefühlstochter Laura, musiziert ein wenig, singt aber nicht. Und das ist meine Komödientochter Kitty, singt ein bißchen, musiziert aber nicht. Wir zeichnen alle ein wenig und komponieren ein bißchen, und keins von uns hat einen Begriff von Zeit oder Geld.«

– Mrs. Skimpole seufzte, kam mir vor, als hätte sie recht gern auf diesen Teil der Familienfertigkeiten verzichtet. – Mir schien auch, als ob ihr Seufzer ein wenig auf meinen Vormund gemünzt sei und sie gern jede Gelegenheit ergriffen haben würde, einen zweiten hören zu lassen.

»Es ist erfreulich«, sagte Mr. Skimpole und sah uns mit seinen munteren Augen der Reihe nach an, »und es ist komisch interessant, ererbten Eigentümlichkeiten in Familien nachzugehen. In dieser Familie sind wir alle Kinder, und ich bin das jüngste.«

– Den Töchtern, die ihn sehr lieb zu haben schienen, machte diese wunderliche Tatsache großen Spaß, besonders der Komödientochter. –

»Ist es nicht wahr, meine Lieben? So ist es, und so muß es sein, weil es, wie es im Liede von den Hunden heißt, unsre Natur ist. Hier haben wir zum Beispiel Miß Summerson, ausgestattet mit einem schönen Administrationstalent und einem wahrhaft erstaunlichen Auffassungsvermögen für Details. Es wird Miß Summersons Ohr vielleicht seltsam klingen, aber wir wissen in diesem Hause zum Beispiel nicht das mindeste von Koteletts. Wir können nicht das Geringste kochen. Nadel und Zwirn verstehen wir nicht zu gebrauchen. Wir bewundern die Leute, die das

praktische Wissen besitzen, das uns abgeht, aber wir zanken uns deshalb nicht mit ihnen. Warum sollten sie sich dann mit uns zanken? Leben und leben lassen, sagen wir zu ihnen. Lebt ihr von eurer praktischen Wissenschaft und laßt uns von euch leben!«
– Er lachte und schien wie immer aufrichtig von dem, was er sagte, überzeugt zu sein. –
»Wir haben Sympathien, meine Rosen, für alles. Nicht wahr?«
»O ja, Papa!« riefen die drei Töchter.
»Das ist unser Fach. In unserm Durcheinander von Leben. Wir sind imstande, mit Interesse zuzusehen, und tun das. Was wollen wir mehr? Hier, meine Schönheitstochter ist seit drei Jahren verheiratet. Ich muß gestehen, daß sie wieder ein erwachsenes Kind heiratete und zwei kleine dazu bekam, ist vielleicht in nationalökonomischer Hinsicht ein Unrecht, aber es war sehr angenehm. Wir hielten unsre kleinen Festlichkeiten bei diesen Gelegenheiten ab und tauschten soziale Ideen aus. Sie brachte eines Tages ihren Gatten nach Hause, und sie und ihre junge Brut haben ihr Nest oben. Gemüt und Komödie werden wahrscheinlich auch eines Tages ihre Gatten nach Hause bringen und ihr Nest oben bauen. So leben wir. Wir wissen nicht, wie, aber wir leben.«
Arethusa sah für eine Mutter von zwei Kindern sehr jung aus, und ich mußte sie und auch ihre Sprößlinge innerlich bemitleiden. Es war klar, daß die drei Töchter aufgewachsen waren, wie es eben gekommen war, und nicht mehr Bildung besaßen, als sich zufällig ergeben hatte, wenn sie ihrem Vater in seinen Träumereien als Spielzeug gedient hatten. Auf seinen malerischen Geschmack nahmen sie, wie ich bemerkte, in ihren verschiednen Arten, ihr Haar zu tragen, Rücksicht. Die Schönheitstochter trug das ihre klassisch, die Gemütstochter war üppig und wallend und die Komödientochter kokett und mit lebhaften kleinen Löckchen an den Augenwinkeln ihrer heiteren Stirn fri-

siert. Ihre Kleider waren dementsprechend, aber unsauber und sehr vernachlässigt.
Ada und ich unterhielten uns mit den jungen Damen und fanden sie ihrem Vater außerordentlich ähnlich. Mr. Jarndyce, der sich den Kopf sehr viel gerieben und von einer Veränderung der Windrichtung gesprochen hatte, unterhielt sich unterdessen mit Mrs. Skimpole in einer Ecke, und wir hörten gelegentlich Geld klimpern. Mr. Skimpole hatte sich vorher entfernt, um sich umzukleiden, denn er wollte uns später nach Hause begleiten.
»Meine Rosen«, sagte er, als er zurückkam, »pflegt mir die Mama. Sie ist angegriffen heute. Ich gehe auf ein paar Tage auf Besuch zu Mr. Jarndyce, werde die Lerchen singen hören und will mir meine fröhliche Laune bewahren. Ihr wißt, Mama hat wieder manches ausstehen müssen, und es würde wieder so kommen, wenn ich zu Hause bliebe.«
»Der schlechte Mann«, sagte die Komödientochter.
»Und gerade zu der Zeit kam er, wo er wußte, daß Papa sich neben seine Mauerblumen legen und den blauen Himmel betrachten wollte«, klagte Laura.
»Und als Heugeruch die Luft durchduftete«, fügte Arethusa hinzu.
»Es verrät einen Mangel an Poesie in dem Mann«, stimmte Mr. Skimpole gutgelaunt bei. »Es war roh. Es verriet das Fehlen der feinen Züge der Menschlichkeit. Meine Töchter haben sich nämlich sehr geärgert«, erklärte er uns, »über einen ehrlichen Mann ...«
»Nicht ehrlich, Papa. Unmöglich!« protestierten alle drei.
»Über einen rauhen Burschen – eine Art zusammengerollten menschlichen Igel. Einen Bäcker hier in der Nähe, von dem wir uns ein paar Lehnstühle geborgt hatten. Wir brauchten ein paar Lehnstühle, besaßen keine und sahen uns daher natürlich nach einem Mann um, der welche hätte. Der mürrische Mensch lieh sie uns, und wir nutzten sie ab. Als sie abgenutzt waren, wollte er sie wieder zurück haben. Wir gaben sie ihm zurück. Er war befriedigt, wer-

den Sie glauben. Durchaus nicht! Er beklagte sich darüber, daß sie abgenutzt waren. Ich machte ihm Vorstellungen und bemühte mich, ihm seinen Irrtum aufzuklären. Ich sagte: ›Können Sie in Ihrem Alter wirklich so kurzsichtig sein, mein Freund, und behaupten, ein Lehnstuhl sei ein Ding, das man auf den Schrank stellt und ansieht? Oder ist es vielleicht ein Gegenstand zum Anschauen? Wissen Sie denn nicht, daß wir uns diese Armstühle borgten, um uns darauf zu setzen?‹
Aber er nahm keine Vernunft an, war nicht zu überzeugen und wurde heftig. Ich blieb so ruhig, wie ich jetzt bin, und machte ihm weitere Vorstellungen. ›Mein guter Mann‹, sagte ich, ›so verschieden auch unsere Fähigkeiten sein mögen, so sind wir doch alle Kinder einer großen Mutter, der Natur. An diesem herrlichen Sommermorgen sehen Sie mich hier auf dem Sofa liegen, mit Blumen vor mir, Früchten auf dem Tisch, den wolkenlosen Himmel über mir, die Luft voll Wohlgerüchen, versunken in die Betrachtung der Natur. Ich beschwöre Sie bei unsrer gemeinsamen Mutter, nicht zwischen mich und einen so erhabnen Anblick die lächerliche Gestalt eines zornigen Bäckers zu drängen.‹ Aber er tat es«, sagte Mr. Skimpole mit erstaunt in die Höhe gezognen Augenbrauen. »Er tat es und wird es wieder tun. Deshalb bin ich froh, ihm aus dem Wege gehen und meinen Freund Jarndyce nach Hause begleiten zu können.«
Daß Mrs. Skimpole und die Töchter zurückbleiben und es mit dem Bäcker allein würden aufnehmen müssen, schien er nicht weiter zu bedenken. Es war ihnen allen eine so alte Geschichte, daß sie es offenbar für ganz selbstverständlich hielten. Dann nahm er mit großer Zärtlichkeit, anmutig und liebenswürdig wie immer, von seiner Familie Abschied und fuhr in vollster Seelenharmonie mit uns fort.
Durch einige offne Türen konnten wir, wie wir die Treppe hinuntergingen, sehen, daß sein Zimmer im Vergleich zu den übrigen Räumen des Hauses ein wahrer Palast war.

Ich ahnte nicht im entferntesten, daß noch an diesem Tage etwas mich für den Augenblick sehr Erschütterndes und mir in seiner Tragweite für immer Denkwürdiges vorfallen sollte. Unser Gast war auf dem Wege zu uns so heiterer Laune, daß ich weiter nichts tun konnte, als ihm zuzuhören und mich immer wieder über ihn zu wundern. Ada schien unter demselben Zauber zu stehen. Was meinen Vormund betraf, so war der Wind wieder vollständig umgesprungen, ehe noch eine Stunde hinter uns lag. Konnte Mr. Skimpoles Kindlichkeit in andern Dingen vielleicht auch noch so zweifelhaft sein, daß er sich über Ortsveränderungen und schönes Wetter freute wie ein Kind, war sicher. In keiner Weise ermüdet durch die lustige Unterhaltung unterwegs, war er früher im Salon als wir, und ich hörte ihn am Piano Dutzende von Refrains von Barkarolen und deutschen und italienischen Trinkliedern singen, noch während ich mit meinen Wirtschaftsschlüsseln beschäftigt war.
Wir saßen vor dem Essen alle im Salon beisammen, und er, immer noch am Piano, schwelgte in kurzen Melodien und sprach davon, er wolle morgen Skizzen von der alten verfallnen Mauer von Verulam, die er vor ein paar Jahren angefangen und wieder liegen gelassen hatte, beenden, als man eine Karte hereinbrachte und mein Vormund mit erstauntem Ton laut las:
»Sir Leicester Dedlock!«
Das Zimmer drehte sich mit mir, und ich hatte nicht die Kraft, mich zu bewegen, sonst wäre ich rasch zu dem draußen wartenden Besuch hinausgegangen. In meinem Zustand von Schwindel hatte ich nicht einmal die Geistesgegenwart, mich an das Fenster zu Ada zurückzuziehen; konnte sie überhaupt kaum sehen. Ich hörte meinen Namen nennen und begriff, daß mich mein Vormund vorstellte, noch ehe ich mich nach einem Stuhl begeben konnte.
»Bitte, nehmen Sie Platz, Sir Leicester.«

»Mr. Jarndyce«, sagte Sir Leicester mit einer Verbeugung und setzte sich, »ich erweise mir die Ehre, Sie zu besuchen ...«
»Sie erweisen *mir* die Ehre, Sir Leicester.«
»Ich danke Ihnen. Auf ... Auf meiner Reise nach Lincolnshire, Sie hier zu besuchen, um Ihnen mein Bedauern auszudrücken, daß Ursachen zur Beschwerde, die ich gegen einen Herrn habe, den Sie kennen und bei dem Sie wohnten und auf den ich daher nicht weiter anspielen werde, nicht nur Sie, sondern auch die unter Ihrer Obhut stehenden Damen verhindert haben, das Wenige zu besichtigen, was in meinem Hause in Chesney Wold einem feinen und gebildeten Geschmack gefallen kann.«
»Sie sind außerordentlich liebenswürdig, Sir Leicester. In dem Namen dieser Damen – Sie sehen sie hier –, und für mich selbst danke ich Ihnen auf das verbindlichste.«
»Wäre es möglich, Mr. Jarndyce, daß der Herr, auf den ich aus den bereits angedeuteten Gründen keine weiteren Anspielungen machen kann, wäre es möglich, Mr. Jarndyce, daß dieser Herr meinen Charakter so falsch aufgefaßt haben könnte, daß er Sie vielleicht zu dem Glauben verleitet hat, man würde Sie auf meinem Landsitz in Lincolnshire nicht mit der Höflichkeit und Courtoisie empfangen, die meinen Leuten gegenüber allen Damen und Herren, die sich mein Haus ansehen wollen, aufs strengste aufgetragen ist? Ich möchte für einen solchen Fall nur zu bemerken bitten, Sir, daß Sie des Gegenteils versichert sein dürfen.«
– Mein Vormund hörte taktvoll zu, gab aber keine Antwort. –
»Es hat mir unendlich leid getan, Mr. Jarndyce«, fuhr Sir Leicester wichtig fort, »ich versichere Ihnen, Sir, es hat – mir un-endlich leid getan, von der Haushälterin in Chesney Wold haben hören zu müssen, daß auch ein Herr, der damals dort in Ihrer Gesellschaft war und einen sehr feinen Geschmack und gebildeten Kunstsinn zu besitzen

scheint, sich von einer ähnlichen Ursache abhalten ließ, die Familienbilder mit der Muße der Aufmerksamkeit und der Sorgfalt, die er Ihnen vielleicht sonst zu widmen gewünscht haben würde, zu besichtigen!« Er zog bei diesen Worten eine Karte heraus und las mit großem Ernst und einiger Anstrengung durch sein Augenglas: »Mr. Hirrold – Herald – Harold – Skampling – Skumpling – Pardon – Skimpole.«

»Hier, dieser Herr ist Mr. Skimpole«, sagte mein Vormund, sichtlich überrascht.

»Oh«, rief Sir Leicester, »ich schätze mich glücklich, mit Mr. Skimpole zusammenzutreffen und eine Gelegenheit zu haben, ihm mein persönliches Bedauern aussprechen zu können. Ich hoffe, Sir, wenn Sie wieder in meine Gegend kommen, werden Sie sich nicht mehr durch ähnliche Beweggründe abhalten lassen.«

»Ich bin Ihnen sehr verpflichtet, Sir Leicester Dedlock. So ermutigt, werde ich mir gewiß nicht das Vergnügen eines abermaligen Besuchs Ihres schönen Hauses versagen. Die Besitzer solcher Schlösser wie Chesney Wold«, sagte Mr. Skimpole in seiner gewohnten fröhlichen und leichtherzigen Weise, »sind die Wohltäter des Publikums. Sie sind so gütig, eine Menge der herrlichsten Gegenstände zur Bewunderung und Freude von uns armen Leuten bereitzuhalten; und nicht alle Freuden ihres Anblicks zu genießen, hieße Undankbarkeit für unsre Wohltäter an den Tag legen.«

– Sir Leicester schien diese Worte sehr zu billigen. –

»Sie sind Künstler, Sir?«

»Nein«, antwortete Mr. Skimpole. »Ich bin ein Mann ohne jeden Beruf, ein bloßer Amateur.«

Sir Leicester schien das sogar noch mehr zu gefallen. Er hoffte, so glücklich zu sein, sagte er, in Chesney Wold anwesend zu sein, wenn Mr. Skimpole das nächste Mal nach Lincolnshire kommen werde, und Mr. Skimpole fühlte sich dadurch sehr geschmeichelt und geehrt.

»Mr. Skimpole«, fuhr Sir Leicester, wieder zu meinem Vormund gewendet, fort, »erwähnte gegen die Haushälterin, die, wie er vielleicht bemerkt hat, eine alte und treue Dienerin der Familie ist –«

»Es war, als ich mir neulich, wie ich Miß Summerson und Miß Clare besuchte –« erklärte Mr. Skimpole in seiner unbefangnen Weise.

»– daß der Freund, mit dem er früher dort gewesen, Mr. Jarndyce sei.« Sir Leicester machte meinem Vormund eine Verbeugung. »Und dadurch erfuhr ich den Umstand, wegen dessen ich mein Bedauern ausgesprochen habe. Daß es gerade einen Gentleman betraf, Mr. Jarndyce, einen Gentleman, der Lady Dedlock früher gekannt hat und sogar ihr entfernter Verwandter ist und den sie, wie ich von Mylady selbst weiß, außerordentlich hochschätzt, das, versichere ich Ihnen, tut mir ganz be-son-ders leid.«

»Bitte, sprechen Sie nicht weiter davon, Sir Leicester«, erwiderte mein Vormund. »Wir alle sind Ihnen sehr verpflichtet für Ihre Liebenswürdigkeit. In Wirklichkeit lag der Irrtum ganz auf meiner Seite, und *ich* sollte um Entschuldigung bitten.«

– Ich hatte nicht ein einziges Mal aufgeblickt, den Besuch nicht gesehen, und es schien mir sogar, als habe ich nicht einmal das Gespräch gehört. Es wundert mich, daß ich es mir überhaupt ins Gedächtnis zurückrufen kann, denn es schien damals an meinem Ohr spurlos vorübergegangen zu sein. Ich hörte wohl sprechen, aber der Kopf war mir so wirr, und die instinktive Scheu vor Sir Leicester Dedlock machte mir seine Anwesenheit so schmerzlich, daß ich wegen des Brausens in den Ohren und vor Herzklopfen nichts zu verstehen glaubte. –

»Ich erwähnte den Vorfall gegen Lady Dedlock«, sagte Sir Leicester aufstehend, »und Mylady erzählte mir, daß sie das Vergnügen gehabt habe, mit Mr. Jarndyce und seinen Mündeln gelegentlich eines zufälligen Zusammentreffens während ihres dortigen Aufenthalts ein paar Worte auszutauschen. Erlauben Sie mir, Mr. Jarndyce, Ihnen und Ihren Damen die Versicherung zu wiederholen, die ich bereits Mr. Skimpole gegeben habe. Verhältnisse gestatten mir allerdings nicht, zu sagen, ich würde mit Vergnügen hören, daß Mr. Boythorn mein Haus mit seinem Besuch beehrt habe, aber das bezieht sich ausschließlich auf diesen Herrn und dehnt sich auf keine andre Person aus.«

»Sie wissen, was ich von jeher von ihm gedacht habe«, sagte Mr. Skimpole leichthin, indem er sich dabei an uns wendete. »Ein liebenswürdiger Stier, der jede Farbe scharlachrot sieht.«

– Sir Leicester Dedlock hustete, als ob er um keinen Preis noch ein Wort in bezug auf ein solches Individuum anhören könne, und verabschiedete sich sehr zeremoniell und höflich. Ich zog mich so schnell wie möglich auf mein Zimmer zurück und blieb dort, bis ich meine Fassung wiedergewonnen hatte. Sie hatte einen großen Stoß bekommen, aber ich danke Gott, daß sie nichts gemerkt hatten und mich nur wegen meines schüchternen und stummen Wesens vor dem großen Lincolnshirer Baronet neckten, als ich wieder hinunterkam. –

Ich fühlte klar, daß die Zeit gekommen war, wo ich mein Geheimnis meinem Vormund mitteilen müßte. Die Möglichkeit, mit meiner Mutter in Berührung zu kommen, ihr Haus betreten zu müssen, ja, sogar daß Mr. Skimpole, wenn er auch in noch so entfernter Beziehung zu mir stand, von ihrem Gatten Gefälligkeiten annehmen könne und werde, alles das war so peinlich, daß ich fühlte, ich könne seinen väterlichen Beistand nicht länger entbehren. Als wir uns für die Nacht zurückgezogen und Ada und ich wie gewöhnlich in unserm hübschen gemeinsamen Zimmer geplaudert hatten, suchte ich meinen Vormund wieder bei seinen Büchern auf. Ich wußte, daß er stets um diese Stunde noch las, und beim Näherkommen sah ich das Licht seiner Studierlampe auf den Korridor hinausscheinen.

»Darf ich herein, Vormund?«
»Gewiß, kleines Frauchen. Was gibt's denn?«
»Nichts Besonderes. Ich möchte nur gern diese stille Stunde benutzen, um mit dir ein Wort über meine Angelegenheiten zu sprechen.«
Er schob mir einen Stuhl hin, legte sein Buch weg und wendete mir sein gütiges Gesicht aufmerksam zu. Es konnte mir nicht entgehen, daß es wieder denselben seltsamen Ausdruck zeigte, den ich schon einmal darauf gesehen hatte – an jenem Abend, als er gesagt, er fühle keinen Kummer, den ich so leicht verstehen könnte.
»Was dich angeht, liebe Esther, geht uns alle an«, sagte er. »Du kannst nicht mehr bereit sein zu sprechen als ich zu hören.«
»Das weiß ich, Vormund. Aber ich bedarf deines Rates und deines Beistandes wirklich dringend. Du ahnst gar nicht, wie sehr ich ihrer heute nacht bedarf.« – Mein Ernst schien ihn zu überraschen und ein wenig zu beunruhigen. »Oder wie sehr ich mich gesehnt habe, dich zu sprechen, seit der heutige Besuch fort war.«
»Der Besuch, mein Kind? Sir Leicester Dedlock?«
»Ja.«
Er verschränkte die Arme und saß in Erwartung dessen, was ich ihm zu sagen hätte, mit einer Miene tiefsten Staunens da. Ich wußte nicht recht, wie ich ihn vorbereiten sollte.
»Unser heutiger Besuch und du, Esther«, sagte er und fing an zu lächeln, »sind wirklich die beiden letzten Personen auf der Welt, die ich miteinander hätte in Verbindung bringen können.«
»Gewiß, Vormund. Das weiß ich. Und ich dachte es auch noch bis vor ganz kurzer Zeit.«
Das Lächeln verschwand von seinem Gesicht, und er wurde ernster als vorher. Er ging nach der Türe, um zu sehen, ob sie zu sei – aber ich selbst hatte es schon getan –, und nahm seinen Platz vor mir wieder ein.

»Vormund«, begann ich, »erinnerst du dich noch, damals, als uns das Gewitter überraschte, daß Lady Dedlock mit dir von ihrer Schwester sprach?«
»Natürlich, natürlich.«
»Und dich erinnerte, daß sie und ihre Schwester sich entzweit hätten und jede ihre eignen Wege gegangen wäre.«
»Natürlich.«
»Warum haben sie sich getrennt, Vormund?«
– Der Ausdruck seines Gesichtes änderte sich plötzlich. –
»Mein Kind, was sind das für Fragen! Ich habe es nie erfahren. Ich glaube, niemand, sie selbst ausgenommen, hat es je erfahren. Wer könnte sagen, welcher Art die Geheimnisse dieser beiden schönen und stolzen Frauen waren! Du hast Lady Dedlock gesehen. Hättest du nur ein einziges Mal ihre Schwester gesehen, so wüßtest du, daß sie ebenso halsstarrig und stolz war wie jene.«
»Ach, Vormund, ich habe sie viele, viele Male gesehen.«
»Sie gesehen?« Er hielt eine Weile inne und biß sich in die Lippen.
»Dann sag mir, Esther, als du vor mir vor langer Zeit von Boythorn sprachst und ich dir erzählte, er sei einmal schon so gut wie verheiratet gewesen und die Dame sei zwar nicht gestorben, aber für ihn tot, und daß diese Zeit einen großen Einfluß auf sein späteres Leben gehabt habe, wußtest du damals schon alles, oder wußtest du, wer die Dame war?«
»Nein, Vormund«, gab ich zur Antwort, voller Bangen vor dem Licht, das plötzlich in mir aufdämmerte. »Auch jetzt weiß ich es noch nicht.«
»Lady Dedlocks Schwester.«
»Und warum«, konnte ich nur mit Mühe über die Lippen bringen, »warum trennten sie sich voneinander?«
»Sie bestand darauf und begrub ihre Gründe tief in ihrem unbeugsamen Herzen. Er vermutete später – aber es war eine bloße Vermutung –, irgendein Schimpf, den ihre stolze Seele gelegentlich eines Streites mit ihrer Schwester

erlitten, müsse sie bis zum Wahnsinn verletzt haben. Sie schrieb ihm, daß sie von dem Tag dieses Briefes an für ihn tot sei und diesen Entschluß gefaßt habe, weil sie seinen stolzen Charakter und sein fast übertriebnes Ehrgefühl kenne und ihm darin nicht nachstehen wolle. Mit Rücksicht auf diese beiden, seine ganze Seele erfüllenden Eigenschaften und darauf, daß sie nicht um ein Haar anders sei, bringe sie das Opfer und wolle so leben und sterben. Ich fürchte, sie tat beides. Jedenfalls sah und hörte er von ihr nichts wieder seit jener Stunde. Und auch kein andrer Mensch.«

»Oh, Vormund, was habe ich getan!« rief ich aus und ließ meinem Schmerz freien Lauf. »Welches Leid habe ich unschuldigerweise verursacht!«

»Du, verursacht, Esther?«

»Ja, Vormund. Unschuldigerweise, aber ohne jeden Zweifel. Jene verschwundene Schwester Lady Dedlocks ist meine erste Erinnerung.«

»Nein, nein«, fuhr er auf.

»Ja, Vormund, ja! Und ihre Schwester ist meine Mutter!«

Ich würde ihm den ganzen Inhalt des Briefes meiner Mutter erzählt haben, aber er wollte jetzt nichts hören. Er sprach so zärtlich und klug zu mir und stellte mir alles so deutlich vor Augen, daß ich, wie sehr ich auch schon seit vielen Jahren von innigster Dankbarkeit gegen ihn durchdrungen war, ihn doch noch nie so wahrhaft geliebt und ihm in meinem Herzen so innig gedankt hatte wie diese Nacht. Er brachte mich an meine Tür, küßte mich, und als ich endlich im Bett lag, sagte ich mir, daß ich wohl kaum jemals hoffen, jemals tätig und selbstlos genug sein könnte, um ihm zu zeigen, wie hoch ich ihn hielt.

44. Kapitel

Der Brief und die Antwort

Mein Vormund rief mich am nächsten Morgen in sein Zimmer, und ich erzählte ihm alles, was ich ihm gestern abend noch nicht hatte ausführlich auseinandersetzen können.

Man könne weiter nichts tun, meinte er, als das Geheimnis zu bewahren und einem zweiten Zusammentreffen wie dem gestrigen auszuweichen. Er verstand meine Gefühle, teilte ganz meine Ansicht und übernahm es sogar, Mr. Skimpole abzuhalten, die Bekanntschaft fortzusetzen. Einer Person, die er mir nicht zu nennen brauche, Rat oder Hilfe zu erteilen, sei er jetzt leider außerstande. Er wünschte, es wäre anders. Aber leider sei es unmöglich. Wenn der Argwohn gegen den Advokaten, von dem sie gesprochen, begründet sei, woran er kaum zweifle, so fürchte er Entdeckung. Er kenne ihn flüchtig vom Sehen und auch seinem Rufe nach und glaube fest, er sei ein höchst gefährlicher Mensch. Und wiederholt stellte er mir mit fürsorglicher Güte und Liebe vor Augen, was auch immer geschehen möge, ich sei so unschuldig daran wie er selbst und nicht imstande, auch nur den geringsten Einfluß auf den Verlauf dieser Angelegenheit auszuüben.

»Übrigens, was deine Person anbelangt, sehe ich nicht, wie sich auch nur der leiseste Argwohn auf dich lenken sollte, mein Kind«, sagte er. »Der Verdacht kann auch ohne diesen Zusammenhang groß genug sein.«

»Ja, bei dem Advokaten«, wendete ich ein. »Aber es sind noch zwei andre Personen da, an die ich immerwährend denken muß.«

Und ich erzählte ihm die ganze Geschichte von Mr. Guppy, der, wie ich fürchtete, bereits damals, als ich noch gar nicht recht wußte, was er eigentlich wollte, gewisse unbestimmte Vermutungen gehabt haben mußte. Allerdings glaubte ich mich seit unsrer letzten Zusammenkunft fest auf seine Verschwiegenheit verlassen zu dürfen.

»Gut«, sagte mein Vormund. »Dann können wir ihn vorderhand beiseite lassen. Aber wer ist die andre Person?«

Ich erinnerte ihn an die französische Zofe und ihren damals so leidenschaftlich vorgebrachten Wunsch, bei mir in Dienst zu treten.

»Hm!« sagte er nachdenklich. »Sie ist mehr zu fürchten als der Schreiber. Aber vielleicht suchte sie wirklich nur einen neuen Dienst bei dir, liebes Kind. Sie hatte dich und Ada damals eben erst gesehen, und es ist ganz natürlich, daß sie auf dich verfiel. Sie bot sich dir als Zofe an und wollte vielleicht nichts weiter.«

»Ihr Benehmen war höchst merkwürdig«, wendete ich ein.

»Ja, und ebenso sonderbar war es, daß sie damals die Schuhe auszog und soviel Genuß an einem kühlen Spaziergang fand, bei dem sie sich hätte den Tod holen können«, gab mein Vormund zu. »Aber es wäre ein nutzloses Kopfzerbrechen, über solche Zufälligkeiten und Möglichkeiten nachzudenken. Der harmloseste Umstand kann, so betrachtet, die gefährlichsten und bedeutungsvollsten Formen annehmen. Sei guten Mutes, kleines Frauchen! Bleib so, wie du warst, ehe du das Geheimnis wußtest, das ist das Beste, was du im Interesse aller tun kannst. Da ich Mitwisser deines Geheimnisses bin –«

»– und es mir dadurch tragen hilfst, Vormund –«

»– so werde ich ein aufmerksames Auge auf das haben, was in der Familie vorgeht, soweit ich dazu hier von meinem entfernten Standpunkt aus imstande bin. Und wenn die Zeit kommen sollte, wo ich eine Hand ausstrecken kann, um auch nur den kleinsten Dienst derjenigen zu leisten, deren Namen selbst hier auszusprechen nicht ratsam sein dürfte, so werde ich es schon ihrer lieben Tochter wegen nicht verabsäumen.«

Ich dankte ihm von ganzem Herzen. Was konnte ich mehr tun, als ihm danken! Ich wollte das Zimmer verlassen, aber er bat mich, noch einen Augenblick zu bleiben. Ich drehte mich rasch um, und wieder sah ich denselben Ausdruck auf seinem Gesicht. – Und auf einmal, ich weiß nicht wie, leuchtete es mir wie eine neue und weit in der Ferne liegende Möglichkeit ein, daß ich ihn vielleicht doch verstünde.

»Meine liebe Esther, ich habe lange etwas auf dem Herzen gehabt, was ich dir gern gesagt hätte.«

»Was ist es denn?«

»Es ist mir recht schwer geworden, davon anzufangen, und es wird mir immer noch schwer. Ich möchte, daß es mit Überlegung gesagt und mit ebensolcher Überlegung überdacht würde. Hast du etwas dagegen, wenn ich es dir schreibe?«

»Lieber Vormund, wie könnte ich etwas dagegen haben, daß du *mir* etwas schreibst.«

»Dann sag mir, meine Liebe, erscheine ich in diesem Augenblick ebenso klar und unbefangen, ehrlich und altmodisch wie zu jeder andern Zeit?«

»Vollkommen«, antwortete ich mit allem Ernst und streng der Wahrheit gemäß, denn sein Zaudern hatte keine Minute gedauert, und sein schönes herzliches offnes Wesen war wiedergekehrt.

»Sehe ich aus, als ob ich etwas verhehlte, etwas andres meinte, als ich sage, oder einen geheimen Vorbehalt hätte, welcher Art er auch immer sei?« fragte er und heftete seine hellen klaren Augen auf mich.

»Ganz und gar nicht.«

»Kannst du mir ganz vertrauen, und glaubst du dich vollständig auf das, was ich beteuere, verlassen zu können, Esther?«

»Vollkommen und ganz«, sagte ich aus tiefstem Herzen heraus.

»Liebes Kind, gib mir deine Hand.«

Er nahm sie, zog sie durch seinen Arm und sah mit derselben natürlichen Frische und Treuherzigkeit auf mich herab, mit der alten väterlichen Weise, die mich damals in einem Augenblick in seinem Hause hatte heimisch fühlen lassen, und sagte:

»Du hast gewisse Veränderungen in mir hervorgebracht, kleines Frauchen, seit jenem Wintertag in der Landkutsche. Vom ersten bis zum letzten Tag seit jener Zeit hast du mir unendlich viel Gutes getan.«

»Ach, Vormund, was hast du erst für mich alles getan!«

»Daran«, wehrte er ab, »darf jetzt nicht gedacht werden.«

»Ich kann es aber nie vergessen.«

»Esther«, sagte er mit sanftem Ernst, »es muß aber jetzt vergessen werden. Eine Weile wenigstens vergessen werden. Du sollst jetzt nur daran denken, daß nichts, was auch kommen mag, mich anders machen kann, als ich dir je erschienen bin. Bist du davon felsenfest überzeugt, liebes Kind?«

»Ja, felsenfest.«

»Dann ist es gut. Weiter wünsche ich nichts. Aber trotzdem darf ich das nicht auf ein Wort hin glauben. Ich will das, woran ich denke, dir nicht eher schreiben, als bis du dir auch innerlich ganz klar darüber bist, daß mich nichts anders machen kann, als wie du mich kennst. Wenn du im mindesten daran zweifelst, so schreibe ich nie. Wenn du aber nach reiflicher Überlegung noch immer davon überzeugt sein wirst, so schicke Charley heute in acht Tagen am Abend zu mir – ›wegen des Briefes‹. Aber bist du deiner Sache nicht ganz gewiß, dann schicke sie nie. Bedenke, ich verlasse mich auf deine Wahrhaftigkeit in diesem wie in allen andern Punkten. Also wenn du dir über diesen einen Punkt nicht ganz klar bist, so schicke sie nicht.«

»Vormund«, sagte ich, »ich bin mir darüber vollständig klar. Diese Überzeugung kann sich in mir ebensowenig mehr ändern, als du jemals gegen mich anders werden könntest. Ich werde Charley um den Brief schicken.«

Er schüttelte mir die Hand und sagte weiter kein Wort. Auch während der ganzen Woche berührte er das Gespräch nicht mit einer Silbe.
Als der festgesetzte Abend kam, sagte ich zu Charley, als ich mich zurückgezogen hatte: »Geh und klopfe an Mr. Jarndyces Tür und sage, du kämst von mir wegen des Briefes.«
Charley ging die Treppen hinauf und die Treppen hinab und die Gänge entlang, und der Zickzackweg durch das altmodische Haus erschien meinen lauschenden Ohren diesen Abend unendlich lang zu dauern. Dann kam sie zurück, die Gänge entlang, die Treppen herunter, die Treppen herauf, und brachte den Brief.
»Lege ihn auf den Tisch, Charley«, sagte ich.
Und Charley legte ihn auf den Tisch und ging zu Bett. Ich setzte mich hin und sah das Schreiben an, ohne es in die Hand zu nehmen, und mancherlei ging mir durch den Kopf.
Ich durchlebte im Geiste die Zeit meiner umdüsterten Kindheit bis zu dem schweren Tag, wo meine Tante, das entschloßne Gesicht so kalt und starr, als Leiche dalag und ich bei Mrs. Rachael einsamer war, als hätte ich gar niemand auf der Welt gehabt, um mit ihm ein Wort oder einen Blick zu tauschen. Ich ging zu den anders gewordnen Tagen über, wo ich so glücklich war, überall um mich herum Freunde zu finden und von ihnen geliebt zu werden. Dann kam die Zeit, wo ich das erstemal meinen Liebling sah und sie mich mit der schwesterlichen Liebe umfing, die den Glanz und die Schönheit meines Lebens bildete. Ich erinnerte mich an den ersten freundlichen Willkommensschimmer, der in der kalten hellen Nacht unsrer Ankunft aus diesen selben Fenstern hier auf unsre erwartungsvollen Gesichter gefallen und seit jener Zeit nie blasser geworden war. Noch einmal lebte ich mein ganzes glückliches Leben hier durch, meine Krankheit und meine Genesung, und mußte daran denken, wie verändert ich

war und wie unverändert alle rings um mich. Und all dieses Glück strahlte wie ein Licht von einem Mittelpunkte aus. Von demselben, der mir dieses Briefchen hier auf dem Tisch geschickt.
Ich öffnete es und las es. Er war so eindringlich in seiner Liebe zu mir, und seine uneigennützigen Warnungen und die rücksichtsvolle Zartheit in jedem Wort machten, daß meine Augen sich zu oft verschleierten, als daß ich lange Zeit hintereinander hätte fortlesen können. Aber ich las den Brief dreimal durch, ehe ich ihn hinlegte. Ich hatte schon vorher geglaubt, seinen Inhalt ahnen zu können, und sah mich nicht getäuscht.
Er fragte mich, ob ich die Herrin von Bleakhaus werden wollte.
Es war kein Liebesbrief, obgleich sich so unendlich viel Liebe darin aussprach. Er lautete ganz so, wie er selbst zu mir gesprochen haben würde. Ich sah sein Gesicht vor mir und hörte seine Stimme und fühlte den Einfluß seines väterlichen Wohlwollens in jeder Zeile. Er sprach zu mir, als ob unsre Stellung zueinander umgekehrt wäre; als ob alle guten Taten von mir herrührten und alle Dankesempfindungen, die sie hervorgerufen, nur in ihm lebten. Er stellte mir vor, wie jung ich sei, während er die Blüte der Jahre überschritten habe –, sagte, er stehe im reifen Alter und ich sei noch ein Kind –; er schreibe an mich als ergrauter Mann und wisse alles das so gut, daß er mich bäte, reiflich mit mir zu Rate zu gehen. Er schrieb, ich würde durch eine solche Ehe nichts gewinnen; und nichts verlieren, wenn ich sie zurückwiese. Kein neues Band könne seine Liebe zu mir vermehren, und er werde meine Handlungsweise billigen, möge mein Entschluß ausfallen so oder so. Er habe sich seit unsrer letzten vertraulichen Besprechung den Schritt nochmals reiflich überlegt und sich entschlossen, ihn zu tun, und wenn auch nur, um mir in einem kleinen Beispiel zu zeigen, daß sich die ganze Welt gern vereinigen würde, um die düstre Prophezeiung meiner Kind-

heit zunichte zu machen. – Ich könne nicht ahnen, wie glücklich ich ihn machen würde, aber davon wollte er weiter nicht sprechen. Ich solle stets im Auge behalten, daß ich ihm nichts schulde, sondern daß er im Gegenteil mein Schuldner in jeder Hinsicht sei.
Er hätte oft an unsre Zukunft gedacht, wohl wissend, daß die Zeit kommen werde – leider nur zu bald –, wo Ada mündig sein und uns verlassen werde und unsre gegenwärtige Lebensweise aufhören müsse. Deshalb hätte er sich gewöhnt, über seinen jetzigen Antrag nachzudenken, und deshalb mache er ihn jetzt. Wenn ich fühlte, ich könnte ihm überhaupt jemals das beste Recht, mein Beschützer zu sein, geben, und glaubte, die in Wahrheit geliebte Gefährtin seines noch übrigen Lebens werden und dabei glücklich sein zu können, erhaben über alle kleinen Zufälle und Veränderungen außer den Tod, selbst dann sollte ich mich nicht unauflöslich binden, solange mir der Brief noch so neu sei –, selbst dann müßte ich reichlich Zeit zur Überlegung haben. In diesem oder dem entgegengesetzten Fall wünsche er das alte Verhältnis, den alten ungezwungnen Ton und den Namen, den ich ihm von Anfang an gegeben, beibehalten zu sehen. Was sein munteres Mütterchen Spinnweb als kleine Wirtschafterin beträfe, so würde sie, wie er wisse, immer dieselbe bleiben.
Das war so der wesentliche Inhalt des Schreibens. Aus jedem Wort sprach ein Gerechtigkeitsgefühl, als wäre er nur ein verantwortlicher Vormund, der mir ganz unparteiisch den Vorschlag eines Freundes mitteilte und selber alle dagegen sprechenden Punkte mir vor Augen stellte.
Was er mir aber nicht verriet, war, daß er schon dieselbe Absicht hatte, als ich noch hübscher ausgesehen, davon aber abgestanden war, daß er jetzt, wo mein Gesicht verunstaltet war, mich noch ebenso lieben konnte wie in den Tagen meiner Schönheit. Auch daß die Entdeckung der Umstände meiner Geburt keinen nachteiligen Eindruck auf ihn gemacht habe, verschwieg er mir.

Aber ich wußte es, ich wußte es jetzt gar wohl. Am Schluß seines Briefes kam es über mich, und ich fühlte, daß mir nur ein Weg übrig blieb. Mein Leben seinem Glück zu widmen, war ein armseliger Dank. Und hatte ich mir neulich nachts etwas anderes gewünscht, als etwas zu finden, wie ich ihm danken könnte?!
Dennoch weinte ich sehr viel, nicht bloß aus der Überfülle meines Herzens heraus, nicht bloß wegen der Neuartigkeit der Aussicht, denn sie war neu und befremdend, obgleich ich keinen andern Inhalt erwartet hatte –, sondern, als ob etwas, für das ich keinen Namen und von dem ich keinen deutlichen Begriff hatte, nun für immer für mich verloren sei. Ich war sehr glücklich, sehr dankbar und hoffnungsfreudig, aber ich mußte heiße Tränen weinen.
Ich wagte mich vor meinen alten Spiegel. Meine Augen waren rot und geschwollen, und ich sagte: »Esther, Esther, bist du das wirklich?« Ich fürchtete, das Gesicht im Spiegel wolle bei diesem Vorwurf wieder zu weinen anfangen, aber ich hielt meinen Finger in die Höhe, und es bezwang sich.
»So! Das ist dem gefaßten Aussehen, mit dem du mich tröstetest, als du mir die große Veränderung damals nach der Krankheit zeigtest, ähnlicher«, sagte ich, indem ich mein Haar löste. »Wenn du erst die Hausfrau hier bist, mußt du so fröhlich sein wie ein Vogel. Du mußt überhaupt immer fröhlich sein, und deshalb wollen wir jetzt damit gleich ein für allemal anfangen.«
Ich löste mir vollends das Haar. Ich mußte noch ein wenig schluchzen, aber bloß weil ich geweint hatte, sonst war ich wieder ganz gefaßt und ruhig.
»Also, liebe Esther, du bist jetzt für dein ganzes Leben glücklich. Glücklich unter deinen besten Freunden, glücklich in dem gewohnten heimischen Haus, glücklich in der Möglichkeit, viel Gutes tun zu können, und unverdient glücklich, von dem besten aller Menschen geliebt zu werden.«

Dann dachte ich mir, was ich wohl gefühlt und getan haben würde, wenn mein Vormund eine andre geheiratet hätte. Wie so ganz anders wäre da alles gewesen! Mein Leben stellte sich mir bei dem Gedanken daran in einer so neuen Form und so inhaltsleer dar, daß ich mit meinen Wirtschaftsschlüsseln klingelte und sie freudig küßte, bevor ich sie wieder in das Körbchen zurücklegte.

Dann, während ich mir das Haar vor dem Spiegel für die Nacht aufsteckte, dachte ich daran, wie oft ich mir schon vorgehalten hatte, daß die tiefen Spuren, die meine Krankheit zurückgelassen, und die Umstände meiner Geburt nur neue Gründe für mich wären, sehr, sehr, sehr tätig zu sein und mich liebenswürdig und dienstfertig zu erweisen in jeder Hinsicht. Das wäre jetzt so die richtige Zeit gewesen, sich betrübt hinzusetzen und zu weinen! Und war es so sonderbar, was jetzt werden sollte? Und warum sollte es sonderbar sein? Andre Leute hatten daran gedacht. »Erinnerst du dich, meine Liebe«, sagte ich zu meinem Spiegelbild, »was Mrs. Woodcourt darüber zu dir sagte, noch ehe diese Narben hier waren?«

Vielleicht erinnerte mich der Name an die getrockneten Blumen. Besser, sie jetzt nicht mehr aufzubewahren. Ich hatte sie nur zur Erinnerung an etwas, was jetzt für immer vorüber war, aufgehoben. Besser, sie jetzt nicht länger mehr aufzuheben.

Sie lagen in einem Buch, das sich zufällig in dem anstoßenden gemeinschaftlichen Zimmer zwischen Adas Schlafgemach und dem meinen befand. Ich nahm eine Kerze und ging leise hinein, um es zu holen. Als ich es in der Hand hielt, sah ich meinen schönen Liebling durch die offne Tür im Schlaf daliegen und küßte sie leise.

Ich weiß wohl, es war eine Schwäche, und ich konnte keinen Grund haben, zu weinen, aber ich ließ eine Träne auf ihr liebes Gesicht fallen, und noch eine und noch eine. Und was noch eine größere Schwäche war, ich nahm die verwelkten Blumen aus dem Buch und hielt sie ihr einen

Augenblick an die Lippen. Ich dachte dabei an ihre Liebe zu Richard, obgleich im Grund die Blumen nichts damit zu tun hatten. Dann nahm ich den Strauß in mein Zimmer und verbrannte ihn am Licht, und im Augenblick war er zu Asche geworden.

Als ich am nächsten Morgen in das Frühstückszimmer trat, fand ich meinen Vormund ganz wie gewöhnlich dort. So offen, frei und herzlich wie immer. Nicht das mindeste von gezwungnem Wesen war an ihm zu bemerken, und auch bei mir nicht, hoffe ich. Ich war im Lauf des Vormittags mehrere Male mit ihm allein und dachte, er werde von dem Brief zu sprechen anfangen. Aber er sagte kein Wort. So war es auch am nächsten Morgen und am übernächsten und die ganze Woche lang, bis zu welcher Zeit Mr. Skimpole seinen Besuch bei uns ausdehnte.

Ich erwartete jeden Tag, daß mein Vormund von dem Brief anfangen werde, aber er sagte kein Wort.

Ich wurde schließlich unruhig und überlegte, ob ich ihm nicht schriftlich antworten sollte. Ich versuchte es nachts in meinem Zimmer immer und immer wieder mit einem Brief, aber ich konnte keine Antwort zustande bringen und keinen richtigen Anfang finden. Und so verschob ich es von Tag zu Tag. Ich wartete eine ganze Woche, und er spielte noch immer nicht auch nur mit einem Wort darauf an.

Endlich war Mr. Skimpole abgereist, und wir drei wollten eines Nachmittags eine Spazierfahrt miteinander machen. Früher mit dem Ankleiden fertig als Ada, ging ich hinunter und fand hier meinen Vormund, den Rücken mir zugekehrt, zum Salonfenster hinaussehen.

Er drehte sich um, als ich eintrat, und sagte lächelnd:

»Ach, du bist es, kleines Frauchen.«

Dann sah er wieder hinaus.

Ich hatte mir vorgenommen, diesmal mit ihm zu sprechen. Kurz, ich war eigentlich zu diesem Zweck heruntergekommen. »Vormund«, sagte ich etwas zögernd und zit-

ternd, »wann wünschest du die Antwort auf den Brief zu haben, den Charley geholt hat?«
»Wenn sie fertig ist, mein Kind.«
»Ich glaube, sie ist fertig.«
»Wird sie Charley überbringen?« fragte er freundlich.
»Nein, ich habe sie selbst mitgebracht, Vormund!«
Ich schlang meine Arme um seinen Hals und küßte ihn, und er fragte, ob das die Herrin von Bleakhaus getan habe, und ich sagte ja.
Und es machte keinen Unterschied zwischen uns, und wir gingen alle zusammen hinaus, und ich sagte meinem Liebling nichts davon.

45. Kapitel

Im Vertrauen

Eines Morgens, nachdem ich wieder mit meinem Schlüsselkörbchen herumgeklingelt hatte und gerade mit meinem Liebling im Garten spazierenging, wendete ich zufällig meinen Blick auf das Haus zurück und sah einen langen dünnen Schatten die Mauer entlang gehen, der Mr. Vholes sehr ähnlich sah. Ada hatte erst diesen Morgen zu mir geäußert, sie hoffe, Richard werde durch sein allzu emsiges Betreiben des Kanzleigerichtsprozesses in seinem Eifer darin nachlassen, und um dem lieben Kind nicht die fröhliche Laune zu verderben, sagte ich nichts von Mr. Vholes Schatten.
Gleich darauf kam Charley leicht auf den Wegen zwischen den Gebüschen dahergehuscht, so rosig und hübsch wie eine von Floras Dienerinnen, und sagte:
»Ach, wenn Sie so gut sein möchten, Miß, hineinzukommen zu Mr. Jarndyce, er möchte gern mit Ihnen sprechen.«
– Es war eine von Charleys Eigenheiten, wenn sie eine

Botschaft ausrichten sollte, sie augenblicklich herzusagen, sobald sie in der Ferne die Person, für die sie bestimmt war, erblickte. –

Deshalb sah ich Charley mich in ihrer gewohnten Art bitten, zu Mr. Jarndyce hineinzukommen, lange, ehe ich sie hören konnte. Und als sie vor mir stand, hatte sie es so oft wiederholt, daß sie ganz außer Atem war.

Ich sagte Ada, ich käme gleich wieder, und fragte Charley unterwegs, ob nicht ein Herr bei Mr. Jarndyce sei, worauf Charley, deren Grammatik, muß ich zu meiner Schande gestehen, meiner Erziehungskunst nicht viel Ehre machte, zur Antwort gab: »Ja, Miß, der Herr, wo uns mit Mr. Richard besucht hat.«

Einen schärfern Gegensatz als meinen Vormund und Mr. Vholes konnte es nicht gut geben. Als ich eintrat, saßen sie einander gegenüber am Tisch und sahen sich an. Der eine so offen, der andre so in sich verschlossen. Der eine breitschultrig und aufrecht, der andre schmal und gebückt. Mr. Jarndyce, alles mit voller klingender Stimme sagend, was er zu sagen hatte, und der andre in seiner froschblütigen, fischkalten Art alles in sich hineinflüsternd, daß ich glaubte, nie zwei so ungleiche Menschen beisammen gesehen zu haben.

»Du kennst diesen Mr. Vholes hier, liebe Esther«, begann mein Vormund mit nicht besonders erfreutem Ton, muß ich gestehen.

Mr. Vholes stand auf, wie gewöhnlich behandschuht und zugeknöpft, und setzte sich wieder. Genau so, wie er sich damals neben Richard in das Gig gesetzt hatte. Da er aber Richard jetzt nicht ansehen konnte, schaute er gerade vor sich hin ins Leere.

»Mr. Vholes«, fuhr mein Vormund fort und sah die schwarze Gestalt wie einen unglückverkündenden Vogel unfreundlich an, »hat uns schlimme Nachrichten von unserm höchst unglücklichen Richard gebracht.« Er legte einen besonderen Nachdruck auf die Worte »höchst unglücklich«, als ob er damit auf die zwischen Richard und

Mr. Vholes stehende Verbindung anspielen wollte. Ich nahm zwischen beiden Platz. Mr. Vholes verzog keine Miene. Nur hie und da kratzte er sich heimlich an einem roten Pickel in seinem gelben Gesicht.

»Da ihr glücklicherweise gute Freunde seid, Rick und du, so hätte ich gern gehört, was du von der Sache denkst, mein Kind«, begann mein Vormund. »Wollen Sie so freundlich sein, offen herauszusprechen, Mr. Vholes.«

In einer Art, die dieser Aufforderung nichts weniger als entsprach, begann Mr. Vholes:

»Ich sagte soeben, Miß Summerson, daß ich als Mr. Carstones Rechtsbeistand Grund habe, mit Sicherheit anzunehmen, daß seine Angelegenheiten gegenwärtig in einer höchst fatalen Lage sind. Nicht so sehr, was die Höhe der Summe anbetrifft, sondern hinsichtlich der besondern und dringlichen Art der Verpflichtungen, die Mr. C. eingegangen ist, im Verhältnis zu den geringen Einkünften, die er bezieht und die ihm nicht erlauben, seinen Verpflichtungen nachzukommen. Ich habe manche kleine Zahlungsverpflichtung für Mr. C. hinausgeschoben, aber es gibt eine Grenze in solchen Dingen, und wir haben sie erreicht. Ich habe einige Vorschüsse aus eigner Tasche gegeben, muß aber natürlich an Wiederbezahltwerden denken, denn ich habe mich nie als Kapitalisten ausgegeben und muß, abgesehen davon, daß ich für meine drei lieben Töchter zu Hause ein kleines Sümmchen zu ersparen suche, noch im Tal von Taunton einen greisen Vater unterstützen. Ich befürchte, mit einem Wort, Mr. C.s Verhältnisse sind derart, daß er um Bewilligung wird nachsuchen müssen, sein Patent verkaufen zu dürfen, und es ist jedenfalls wünschenswert, daß seine Verwandten von diesen Umständen in Kenntnis gesetzt werden.«

Mr. Vholes hatte mich während seiner Rede angesehen, ließ jetzt seine Blicke sinken und versank wieder in das Schweigen, das er eigentlich nie unterbrochen hatte, so gedämpft und klanglos war der Ton seiner Stimme gewesen.

»Man denke sich den armen Burschen, wenn ihm jetzt

selbst diese letzte Hilfe fehlt«, sagte mein Vormund zu mir. »Aber was kann ich tun? Du kennst ihn, Esther! Er würde um keinen Preis eine Unterstützung von mir annehmen. Sie ihm jetzt anzubieten oder nur darauf hinzudeuten, würde ihn zu Unbesonnenheiten treiben, wenn nicht noch zu etwas Schlimmerem.«

Mr. Vholes nickte bestätigend.

»Was Mr. Jarndyce bemerkt, Miß, ist ohne Zweifel richtig, und darin liegt die Schwierigkeit. Ich sehe nicht, daß irgend etwas getan werden könnte. Ich sage auch nicht, daß etwas getan werden sollte. Weit entfernt davon. Ich komme bloß hierher, ganz im Vertrauen, und berichte, damit man später nicht sagen kann, ich hätte es an Offenheit fehlen lassen. Mein Wunsch ist, daß alles so offen wie möglich betrieben wird. Ich wünsche vor allem, einen guten Namen zu hinterlassen. Wenn ich bloß mein eignes Interesse in dieser Sache mit Bezug auf Mr. C. berücksichtigte, würden Sie mich nicht hier sehen. Er selbst würde jede Einwendung dagegen erhoben haben, das wissen Sie am besten. Mein heutiger Besuch ist also nicht geschäftlicher Art. Er kann niemandem aufgerechnet werden. Ich habe kein andres Interesse daran als das eines Mitgliedes der menschlichen Gesellschaft und als Vater – und als Sohn«, ergänzte Mr. Vholes schnell, als er merkte, daß er diesen Punkt einen Augenblick ganz vergessen hatte.

Es schien uns, als ob Mr. Vholes hinsichtlich der Verpflichtungen Richards gerade nur die knappe Wahrheit verraten habe. Ich konnte nichts andres vorschlagen, als selbst nach Deal, wo Richard damals in Garnison stand, zu reisen, um ihn zu sprechen und zu versuchen, das Schlimmste noch abzuwenden. Ohne Mr. Vholes darüber zu Rate zu ziehen, nahm ich meinen Vormund beiseite, um ihm diesen Vorschlag zu machen, während Mr. Vholes an den Kamin trat und sich die Leichenbitterhandschuhe wärmte. Als Haupteinwand führte mein Vormund sofort die Anstrengung der Reise an. Da ich aber sah, daß er keinen andern wußte, und selbst nur zu gern ging, erwirkte ich leicht seine Zustimmung. Wir hatten uns also nur noch mit Mr. Vholes auseinanderzusetzen.

»Nun, Sir«, sagte Mr. Jarndyce zu ihm. »Miß Summerson wird sich mit Mr. Carstone in Verbindung setzen, und wir wollen nur hoffen, daß seine Stellung noch nicht endgültig verloren ist. Gestatten Sie, daß ich Ihnen ein Frühstück bringen lasse.«

»Ich danke Ihnen, Mr. Jarndyce«, lehnte Mr. Vholes ab und streckte seinen langen schwarzen Ärmel aus, um meinen Vormund am Klingeln zu verhindern. »Ich danke Ihnen. Nein. Nicht einen Bissen. Meine Verdauung ist gar nicht in Ordnung, und ich bin überhaupt von jeher niemals stark mit Messer und Gabel gewesen. Wenn ich um diese Tageszeit kompakte Speisen genösse, weiß ich nicht, was die Folgen sein würden. Da jetzt vollkommene Klarheit zwischen uns besteht, Sir, möchte ich mich mit Ihrer Erlaubnis verabschieden.«

»Und ich wollte, daß wir uns alle auch von einem gewissen Prozeß verabschieden könnten, Mr. Vholes«, sagte mein Vormund bitter.

Mr. Vholes, dessen schwarzer Anzug am Kamin einen sehr unangenehmen Geruch nach Tuch verbreitete, verbeugte sich halb und schüttelte langsam den Kopf.

»Wir, deren Ehrgeiz es ist, in jedermanns Augen als achtbare Advokaten zu erscheinen, können nur unsre Schultern gegen das Rad stemmen. Wir tun es, Sir. Wenigstens tue ich es und denke von meinen Kollegen ohne Ausnahme gut. Ich muß Sie selbstverständlich bitten, Miß, meine Mitteilung als vertraulich zu betrachten und nichts davon gegenüber Mr. C. zu erwähnen.«

Ich versprach es.

»Ich danke, Miß. Guten Morgen. Mr. Jarndyce, guten Morgen.« Mr. Vholes legte seinen Totenhandschuh erst mir und dann meinem Vormund auf die Finger und verschwand.

Ich stellte mir vor, wie sein langer dünner Schatten von der Außenseite der Postkutsche auf die sonnige Landschaft

zwischen uns und London fiel, über die Felder hinglitt und das Samenkorn im Erdboden frösteln machte.
Ich mußte natürlich Ada sagen, wohin ich ginge und weshalb, und sie war sehr besorgt und betrübt darüber. Aber sie hielt zu treu zu Richard, um von ihm anders als in Ausdrücken des Mitleids und der Entschuldigung zu sprechen. Und mit noch größerer Liebe – braves treues Mädchen – schrieb sie ihm einen langen Brief, den ich zu besorgen versprach.
Charley sollte meine Reisebegleiterin sein, obgleich ich sie eigentlich nicht brauchte und gern zu Hause gelassen hätte. Wir begaben uns am Nachmittag nach London, bestellten zwei Plätze und fuhren abends seewärts mit der kentischen Post.
Es war in jenen Zeiten der Landkutschen eine Nachtfahrt, aber wir hatten den Wagen ganz allein für uns und fanden die Reise nicht sehr ermüdend. Sie verging mir, wie sie wohl den meisten Leuten unter solchen Umständen zu vergehen pflegt. Manchmal kam sie mir hoffnungsvoll, dann wieder ganz aussichtslos vor. Zuweilen glaubte ich Richard nützlich sein zu können, dann wieder wunderte ich mich, wie ich nur einen solchen Gedanken je hatte fassen können. In welchem Zustand ich ihn finden würde, was ich ihm sagen sollte, was er mir antworten würde, beschäftigte abwechselnd meinen Geist, und die Räder schienen in einem fort eine ewig gleiche Melodie, der sich die letzten Worte des Briefes meines Vormundes anpaßten, zu spielen.
Endlich kamen wir in die schmalen Straßen von Deal. Sie sahen an diesem rauhen nebligen Morgen sehr düster aus. Der lange flache Strand mit den kleinen unregelmäßigen Häusern aus Holz und Ziegeln und dem Gewirr von Ankerwinden, großen Booten, Schuppen, kahlen, aufrecht stehenden Stangen mit Flaschenzügen boten einen trüben, wüsten Anblick dar. Die See wogte unter einem dicken weißen Nebel dahin, und kein lebendes Wesen war zu sehen als ein paar Seiler, die mit ihrem um den Leib gewik-

kelten Werg aussahen, als ob sie sich selbst, des Erdenlebens müde, zu Tauen verspännen.
Aber als wir in einem vortrefflichen Hotel in eine warme Stube kamen, uns gewaschen und angekleidet hatten und uns zu einem zeitigen Frühstück hinsetzten, fing Deal an, heiterer auszusehen. Unser kleines Zimmer war eine Art Schiffskajüte, und das machte Charley große Freude. Dann fing der Nebel an, sich wie ein Vorhang zu heben, und eine kleine Menge Schiffe, von deren Nähe wir bis dahin keine Ahnung gehabt hatten, wurde sichtbar. Ich weiß nicht mehr, wieviele Segelboote nach Angabe des Kellners damals in den Dünen lagen. Einige dieser Schiffe waren sehr ansehnlich, vor allem ein großer Ostindienfahrer, der eben angelegt hatte. Und als die Sonne durch die Wolken schien und silberne Flecke auf die schwarze See zeichnete, war es sehr schön anzusehen, wie die Kolosse zu glänzen anfingen und scharfe Umrisse bekamen, während ein Gewimmel von Booten vom Ufer zu ihnen und wieder zurückfuhr und allgemeines Leben ringsum zu herrschen begann. Der große Ostindienfahrer interessierte uns am meisten, zumal er diese Nacht erst im Hafen angekommen war. Eine Menge von Jollen umringten ihn, und wir sagten uns, wie froh die Leute an Bord sein müßten, endlich an Land gehen zu können. Charley war sehr wißbegierig und fragte viel über ferne Länder, über die Hitze in Indien, die Schlangen und die Tiger, und da sie auf diese Art rascher lernen konnte als durch Hocken über der Grammatik, sagte ich ihr, was ich von diesen Sachen wußte. Ich erzählte ihr auch, wie auf solchen Reisen die Leute manchmal Schiffbruch erlitten, auf Felsen geworfen und manchmal durch die Unerschrockenheit und Menschenliebe eines einzelnen gerettet würden. Und da Charley mich ausfragte, wie das zugehen könnte, erzählte ich ihr, wie wir selbst von einem solchen Beispiel gehört hätten.
Ich wollte anfangs Richard ein Billett mit der Anzeige unsrer Ankunft schicken, aber dann schien es mir besser, zu

ihm zu gehen, ohne ihn vorher zu benachrichtigen. Da er in der Kaserne wohnte, zweifelte ich ein wenig an der Ausführbarkeit, aber wir gingen doch hin, um zu rekognoszieren. Als wir einen Blick durch das Tor in den Kasernenhof warfen, fanden wir zu dieser frühen Morgenstunde alles noch sehr still, und ich fragte den wachhabenden Sergeanten nach Richards Wohnung. Er gab uns einen Soldaten mit, der sie uns zeigen sollte, und dieser ging ein paar Stufen hinauf, klopfte an eine Tür und verließ uns dann.

»Was gibt's?« rief Richard drinnen.

Ich ließ Charley auf dem schmalen Gang stehen, trat an die halb geöffnete Tür und sagte:

»Kann ich hereinkommen, Richard? Es ist nur Mütterchen Hubbard.«

– Er hatte gerade an einem Tische geschrieben; und in großer Unordnung lagen Kleider, Blechkästen, Bücher, Stiefel, Bürsten und Mantelsäcke umher. Er war nur halb angekleidet – in Zivil, nicht in Uniform –, sein Haar war ungebürstet, und er sah so unordentlich aus wie sein Zimmer. Das alles bemerkte ich, nachdem er mich herzlich bewillkommnet hatte und ich jetzt neben ihm saß. Er war aufgesprungen, als er meine Stimme gehört hatte, und hielt mich im nächsten Augenblick in seinen Armen. Der liebe Richard! Er war immer noch der alte gegen mich – war es bis ans Ende –, der arme, arme Junge! Bis ans Ende empfing er mich stets mit seiner alten lustigen knabenhaften Art.

»Gott im Himmel, mein liebes kleines Mütterchen, wie kommen Sie denn hierher? Doch nichts vorgefallen? Ada befindet sich doch wohl?«

»Ganz wohl. Sie ist schöner als je, Richard.«

»Ach«, sagte er und lehnte sich in seinen Stuhl zurück. »Meine arme Kusine! Eben schrieb ich einen Brief an Sie, Esther.«

– Wie angegriffen und hohläugig er aussah trotz seiner Jugend, wie er sich jetzt in den Stuhl zurücklehnte, den engbeschriebnen Bogen in der Hand zerknitternd. –

»Sie haben sich die Mühe gegeben, den ganzen langen Brief zu schreiben, und jetzt soll ich ihn nicht einmal lesen?«
»Ach, liebe Esther«, entgegnete er mit einer Gebärde der Hoffnungslosigkeit, »was drin steht, können Sie hier im ganzen Zimmer lesen. Es ist alles vorbei.«
Ich bat ihn sanft, sich doch nicht so der Niedergeschlagenheit hinzugeben. Ich sagte ihm, ich hätte zufällig gehört, er befände sich in Verlegenheiten, und sei gekommen, um mit ihm wegen der zu ergreifenden Mittel zu beraten.
»Das sieht Ihnen ganz ähnlich, Esther, aber es ist nutzlos«, sagte er mit einem trüben Lächeln. »Ich habe mir heute Urlaub geben lassen – ich wäre in der nächsten Stunde schon abgereist gewesen –, nur zu dem Zweck, meinen Austritt aus der Armee vorzubereiten. Geschehen ist geschehen. Ich brauche mich nur noch der Theologie zu widmen, um die Runde durch alle Berufsarten gemacht zu haben.«
»Richard«, drang ich in ihn, »ist wirklich alle Hoffnung verloren?«
»Ja, Esther, es ist so weit. Man ist bereits so unzufrieden mit mir, daß mich meine Vorgesetzten am liebsten gehen sehen möchten. Und sie haben recht. Abgesehen von Schulden und Gläubigern und andern Unannehmlichkeiten der Art tauge ich nun einmal nicht zu diesem Beruf. Ich kümmere mich um nichts, habe keinen Sinn, kein Herz und keine Seele für etwas andres als nur für die eine Sache. Wenn diese Blase jetzt nicht geplatzt wäre«, er zerriß den Brief und zerstreute die Stückchen mit trüber Miene in der Stube, »wie hätte ich jetzt England verlassen können. Ich hätte jedenfalls Order bekommen, in die Kolonien zu gehen, aber wie hätte ich fort können! Wie hätte ich, wo ich jetzt diese Sache kenne, sogar Vholes trauen dürfen, ohne nicht immer hinter ihm zu stehen.«
– Ich glaube, er las mir am Gesicht ab, was ich sagen wollte, denn er nahm meine Hand, die ich ihm auf den

Arm gelegt hatte, und legte sie auf meine Lippen, um mich zu verhindern, fortzufahren. –

»Nein, Mütterchen! Zwei Themen bitte ich Sie, nicht zu berühren. Ich muß es tun. Das erste betrifft John Jarndyce. Das zweite, Sie wissen schon, was. Nennen Sie es meinetwegen Wahnwitz, aber ich kann mir nicht helfen. Oder ich müßte verrückt werden. Aber es ist nicht Wahnwitz. Es ist der eine Zweck, den ich im Leben habe. Es ist schade, daß ich mich jemals habe bewegen lassen, mich etwas anderm zuzuwenden. Es würde unendlich weise sein, nach soviel Aufwand von Zeit, Sorge und Mühen davon abzulassen! O ja, unendlich weise! Es würde auch gewissen Leuten sehr angenehm sein, aber ich will nicht.«

Er war in einer Stimmung, in der ich es für das Beste halten mußte, ihn in seinem Entschluß nicht noch durch Widerspruch zu bestärken, wenn so etwas überhaupt möglich war. Ich zog Adas Brief hervor und legte ihn ihm in die Hand.

»Soll ich ihn jetzt lesen?« fragte er.

Da ich bejahte, öffnete er ihn, stützte die Stirn auf die Hand und fing an zu lesen.

Er war noch nicht weit gekommen, da stützte er den Kopf auf beide Hände, um mir sein Gesicht zu verbergen, und nach einer kleinen Weile stand er auf, als ob er nicht Licht genug zum Lesen habe, und trat ans Fenster. Dort blieb er, den Rücken mir zugekehrt, und als er mit dem Brief fertig war und ihn wieder zusammengefaltet hatte, blieb er ein paar Minuten dort stehen. Ich sah Tränen in seinen Augen, als er wieder zu dem Stuhl zurückkehrte.

»Sie wissen natürlich, Esther, was sie schreibt?« – Er sprach mit weicher Stimme und küßte den Brief. –

»Ja, Richard.«

»Sie bietet mir die kleine Erbschaft an«, fuhr er fort und klopfte dabei aufgeregt mit dem Fuß auf den Boden, »die ihr binnen kurzem zufallen muß – gerade so wenig und so viel, als ich bis heute durchgebracht habe –, und bittet mich aufs inständigste, sie anzunehmen, meine Angelegenheiten damit in Ordnung zu bringen und in der Armee zu bleiben.«

»Ich weiß, daß Ihr Glück ihr heißester Herzenswunsch ist«, sagte ich. »Lieber Richard, Ada hat ein edles Herz.«

»Das weiß ich. Ich – ich wollte, ich wäre tot.«

Er ging wieder ans Fenster zurück und legte das Gesicht auf seinen Arm.

Es schnitt mir ins Herz, ihn so zu sehen. Aber ich hoffte, er könnte jetzt nachgiebiger werden, und schwieg deshalb. Meine Menschenkenntnis war offenbar sehr gering, denn ich war durchaus nicht darauf vorbereitet, daß er sich aus seiner Rührung zu einem neuen Gefühl des Beleidigtseins aufschwingen würde.

»Und das ist das Herz, das dieser selbige John Jarndyce, dessen Namen ich eigentlich gar nicht mehr in den Mund nehmen sollte, mir zu entfremden versucht hat«, rief er entrüstet aus. »Das gute Mädchen macht mir dies hochherzige Anerbieten aus desselben John Jarndyces Haus mit desselben John Jarndyces Genehmigung, wage ich zu behaupten, als ein neues Mittel in seinen Augen, mich zu verkaufen.«

»Richard!« rief ich aus und stand hastig auf. »Ich will solche schändlichen Worte nicht mehr von Ihnen hören.«

Ich war das erstemal in meinem Leben wirklich recht böse auf ihn, aber es dauerte nur einen Augenblick. Als ich sein abgespanntes junges Gesicht mich schmerzlich anblicken sah, legte ich ihm die Hand auf die Schulter und sagte: »Bitte, lieber Richard, sprechen Sie nicht in einem solchen Ton zu mir. Bedenken Sie doch!«

Er machte sich die bittersten Vorwürfe und sagte mir in seiner herzlichsten Art, er sähe ein, er sei im Unrecht, und bäte mich tausendmal um Verzeihung. Ich lächelte, zitterte aber ein klein wenig dabei, denn ich war von meinem Zorn noch zu aufgeregt.

»Dieses Anerbieten anzunehmen, meine liebe Esther«, knüpfte er sein früheres Gespräch wieder an und setzte sich neben mich, »– noch einmal, bitte, bitte, verzeihen Sie mir, es tut mir aufs tiefste leid, was ich gesagt habe –, dieses Anerbieten meiner lieben Kusine anzunehmen, ist, wie ich wohl nicht erst zu erklären brauche, unmöglich. Überdies könnte ich Ihnen Belege bringen, die Sie überzeugen würden, daß hier alles vorbei ist. Mit dem roten Rock habe ich nichts mehr zu schaffen, glauben Sie mir. Aber es ist mir eine gewisse Genugtuung, mitten in meinen Sorgen und Verlegenheiten zu wissen, daß ich mit meinen Interessen zugleich die Adas fördere. Vholes hat die Schulter an das Rad gestemmt, und er muß es für sie, Gott sei Dank, ebensoweit schieben wie für mich.«

Seine sanguinischen Hoffnungen wachten wieder in ihm auf und erhellten seine Züge, aber auf mich machte sein Gesicht einen nur noch traurigeren Eindruck als vorher.

»Nein, nein! Und selbst wenn jeder Pfennig von Adas Vermögen mir gehörte, so sollte auch kein Bruchteil davon verwendet werden, um mich an einen Beruf festzubinden, für den ich nun einmal nicht passe, der mir gleichgültig ist und den ich satt habe. Es müßte vielmehr zu etwas verwendet werden, woran sie ein wichtigeres Interesse hat und das bessere Zinsen verspricht. Machen Sie sich keine Sorgen meinetwegen. Ich werde mein ganzes Augenmerk nur noch auf die eine Sache richten, und Vholes und ich werden dafür arbeiten. Ich werde nicht ganz ohne Mittel dastehen. Nach dem Verkauf meines Patents werde ich imstande sein, mit einigen kleinen Wucherern, die jetzt von nichts als ihrem Wechsel hören wollen, einen Vergleich zu schließen, sagt Vholes. Ich würde auch sowieso einen Überschuß haben, aber dadurch wird er noch größer. Kommen Sie! Nehmen Sie einen Brief von mir an Ada mit, Esther, setzen Sie mehr Hoffnung auf mich und denken Sie nicht, ich sei schon ganz und gar verloren.«

Ich will nicht wiederholen, was ich zu Richard sagte. Ich weiß, daß es langweilig war und sich keineswegs durch besondre Weisheit auszeichnete, aber es kam mir aus dem Herzen. Er hörte mir geduldig und teilnehmend zu, ich sah jedoch, daß gegenwärtig keine Hoffnung war, ihm über die beiden Themen, deren Erörterung er sich verbeten hatte, mit Erfolg Vorstellungen zu machen. Ich sah jetzt deutlich bestätigt, was mein Vormund mit seinen Worten gemeint hatte: Es ist schädlicher, bei ihm Überredung anzuwenden, als ihm seinen Willen zu lassen.

Ich mußte ihn schließlich fragen, ob es ihm nicht widerstrebe, mir zu beweisen, daß wirklich hier alles vorbei sei, wie er mir gesagt habe, und er es sich nicht bloß einbilde. Ohne Zaudern wies er mir Briefe vor, aus denen aufs deutlichste hervorging, daß sein Austritt aus der Armee bereits beschloßne Sache war. Ich erfuhr von ihm, daß Mr. Vholes Abschriften von diesen Papieren habe und von ihm in allen Angelegenheiten zu Rate gezogen worden sei. Meine Reise war also nutzlos gewesen, höchstens abgesehen davon, daß ich ihn nach London zurückbegleiten sollte und ihm Adas Brief hatte selbst überbringen können. Ich wollte also, sagte ich, nach dem Hotel zurückkehren und ihn dort erwarten. Er warf einen Mantel um, begleitete mich bis an das Kasernentor, und Charley und ich gingen den Strand entlang nach Hause.

An einem Landungssteg waren viele Leute zusammengelaufen. Sie standen um einige Seeoffiziere herum, die eben aus einem Boot ausgestiegen waren, und zeigten ein ungewöhnliches Interesse für sie. Ich sagte zu Charley, das würde wohl eins von den Booten des großen Ostindienfahrers sein, und wir blieben stehen, um zuzusehen.

Die Herren kamen langsam vom Ufer herauf und unterhielten sich heiter miteinander und den sie umringenden Leuten und schauten um sich, sichtlich voll Freude, wieder in der Heimat zu sein.

»Charley, Charley«, rief ich, »komm fort!« Und ich eilte so rasch fort, daß meine kleine Zofe ganz erstaunt darüber war.

Erst als wir in unserm Zimmer waren und ich wieder zu Atem kommen konnte, fing ich an, zu überlegen, warum ich mich eigentlich so beeilt hatte. In einem der Herren hatte ich Mr. Allan Woodcourt erkannt und gefürchtet, er werde mich entdecken. Ich wollte ihn mein entstelltes Gesicht nicht sehen lassen, war ganz überrascht gewesen und hatte all meinen Mut eingebüßt.

Ich wußte jetzt, das ginge so nicht, und sagte zu mir: »Meine Liebe, es ist kein Grund vorhanden – es ist und darf kein Grund vorhanden sein –, warum es für dich jetzt schlimmer sein sollte als früher. Was du damals warst, bist du noch heute, und du bist nicht schlimmer und nicht besser. Das ist nicht deine alte Entschlossenheit. Raffe dich auf, Esther, raffe dich auf!«

– Ich zitterte noch – vom Laufen – und war anfangs ganz außerstande, mich zu beruhigen. Aber allmählich wurde mir freier zumute, und ich freute mich, als ich es bemerkte. –

Die Angekommenen stiegen in unserm Hotel ab. Ich hörte sie auf der Treppe reden. Ich wußte, daß es dieselben Herren waren, denn ich erkannte ihre Stimme wieder – ich meine, ich erkannte Mr. Woodcourts Stimme. Es wäre mir eine Erleichterung gewesen, wenn ich hätte abreisen können, ohne mich ihm zu erkennen zu geben, aber ich war entschlossen, es nicht zu tun: »Nein, meine Liebe, nein. Nein, nein, nein!«

Ich band meinen Hut um, schlug meinen Schleier halb zurück – ich meine, halb herunter, aber es kommt darauf wenig an – und schrieb auf eine Karte, daß ich zufällig mit Mr. Richard Carstone hier sei, und schickte sie an Mr. Woodcourt. Er kam augenblicklich. Ich sagte ihm, daß ich mich freute, zufällig unter den ersten zu sein, die ihn in der Heimat begrüßten. Und ich sah, daß ich ihm sehr leid tat.

»Sie haben Schiffbruch erlitten und sind in Lebensgefahr gewesen, seit Sie uns verlassen haben, Mr. Woodcourt«, sagte ich. »Aber man kann wohl kaum ein Unglück nennen, was Sie instand gesetzt hat, sich so wacker und tapfer zu benehmen. Wir haben es mit aufrichtigster Ergriffenheit gelesen. Ich erfuhr es zuerst von Ihrer alten Patientin, der armen Miß Flite, als ich von meiner schweren Krankheit genas.«

»Ach, ach, die kleine Miß Flite! Führt sie immer noch dasselbe Leben?«

»Ganz dasselbe.«

– Ich war ihm gegenüber jetzt so unbefangen, daß ich es wagen konnte, den Schleier ganz zurückzuschlagen. –

»Ihre Dankbarkeit gegen Sie, Mr. Woodcourt, ist unbegrenzt. Sie ist Ihnen wirklich von Herzen zugetan.«

»Sie – Sie haben das an ihr bemerkt?« entgegnete er. »Das – das freut mich sehr.«

– Ich tat ihm so außerordentlich leid, daß er kaum sprechen konnte. –

»Ich kann Ihnen nur versichern«, sagte ich, »daß mich ihre Ergriffenheit und Freude damals tief gerührt haben.«

»Ich hörte zu meinem Bedauern, daß Sie sehr krank gewesen sind, Miß Summerson.«

»Ja, ich war sehr krank.«

»Aber Sie haben sich doch wieder ganz erholt?«

»Meine Gesundheit und gute Laune habe ich wieder zurückgewonnen«, sagte ich. »Sie wissen, wie gut mein Vormund ist und welch glückliches Leben wir führen. Ich besitze alles, wofür man nur Gott danken kann, und es bleibt mir auf der Welt nichts mehr zu wünschen übrig.«

– Es war, als fühlte er größeres Mitleid mit mir als ich selbst. Der Gedanke, eigentlich ihn beruhigen zu müssen, gab mir neue Kraft und Ruhe. Wir unterhielten uns über seine Reisen und über seine Pläne für die Zukunft und die Möglichkeit seiner Rückkehr nach Indien. –

Er sei drüben nicht mehr vom Glück begünstigt gewesen als in der Heimat und es sei ihm daher zweifelhaft, ob er es nicht für vorteilhafter halten werde, vorläufig in England zu bleiben, sagte er. Er wäre als armer Schiffsarzt hingereist und als nichts besseres zurückgekommen.

Noch während wir sprachen, kam Richard. Er hatte unten gehört, wer bei mir sei, und er und Mr. Woodcourt begrüßten sich voller Herzlichkeit.

Ich bemerkte, als sie dann von Richards Aussichten sprachen, daß Mr. Woodcourt eine Ahnung zu bekommen schien, wie die Sachen stünden. Er blickte ihm öfter ins Gesicht, als ob er dort etwas sähe, was ihm Schmerz bereitete, und mehr als einmal warf er einen Blick auf mich, als suchte er in meinen Mienen die Wahrheit zu lesen. Richard selbst war wieder in einer seiner sanguinischen Stimmungen und vortrefflichen Laune und freute sich sehr, Mr. Woodcourt, den er immer gern gehabt hatte, wiederzusehen. Er schlug vor, wir sollten alle zusammen nach London reisen. Mr. Woodcourt mußte aber noch einige Zeit auf seinem Schiff bleiben und konnte uns daher nicht begleiten. Er aß jedoch mit uns zeitig zu Mittag und war wieder ganz wie früher. Nur Richard schien ihm nicht aus dem Sinn zu gehen. Als die Postkutsche schon bereit stand und Richard hinuntereilte, um nach seinem Gepäck zu sehen, sprach er mit mir über ihn.

Ich fühlte mich nicht berechtigt, seine ganze Geschichte zu erzählen, deutete aber in wenigen Worten auf die zwischen ihm und Mr. Jarndyce entstandne Entfremdung und den Einfluß des unseligen Kanzleigerichtsprozesses hin. Mr. Woodcourt hörte mit Interesse zu und gab seinem Bedauern lebhaft Ausdruck.

»Ich bemerkte schon vorhin, daß Sie ihn genau beobachteten«, sagte ich. »Halten Sie ihn für sehr verändert?«

»Er hat sich allerdings verändert«, gab Mr. Woodcourt, traurig den Kopf schüttelnd, zur Antwort.

– Ich fühlte zum erstenmal, wie mir das Blut ins Gesicht schoß, aber es war nur ein Augenblick. Ich wendete mein Gesicht ab, und es war wieder vorüber. –

»Nicht etwa, daß er älter, magerer oder dicker, blässer oder röter aussähe, aber sein Gesicht hat einen so eigentümlichen Ausdruck. Bei einem so jungen Menschen ist das um so merkwürdiger und mir bisher noch nie vorgekommen. Man kann nicht sagen, daß es bloß Sorge oder bloß Abspannung sei, und doch ist es beides und sieht einer aufkeimenden Verzweiflung sehr ähnlich.«

»Also Sie glauben nicht, daß er krank ist?«
»Nein. Körperlich sieht er sehr kräftig aus.«
»Daß er zu keinem innern Frieden kommen kann, haben wir Grund genug zu wissen«, fuhr ich fort. »Mr. Woodcourt, Sie gehen nach London?«
»Morgen oder übermorgen.«
»Nichts fehlt Richard so sehr wie ein Freund, Mr. Woodcourt. Er hat Sie immer gern gehabt. Bitte, bitte, besuchen Sie ihn doch, wenn Sie nach London kommen, unterstützen Sie ihn manchmal mit Ihrem Rat, wenn Sie können. Sie wissen gar nicht, welchen Freundschaftsdienst Sie ihm damit erweisen würden. Sie können sich gar nicht denken, wie Ada und Mr. Jarndyce und auch ich – wie sehr wir Ihnen alle dafür dankbar sein würden, Mr. Woodcourt!«
»Miß Summerson«, sagte er mit größerer Bewegung, als er bisher gezeigt hatte, »beim Himmel, ich will ihm ein wahrer Freund sein. Ich will ihn als ein mir anvertrautes Pfand betrachten, und es soll mir heilig sein.«
»Gott segne Sie«, sagte ich, und meine Augen füllten sich mit Tränen; aber ich schämte mich ihrer nicht, da ich ja nicht meinetwegen weinte. »Ada liebt ihn – wir alle lieben ihn –, aber Ada liebt ihn, wie wir es nicht können. Ich will ihr mitteilen, was Sie gesagt haben. Ich danke Ihnen, und Gott segne Sie in ihrem Namen.«
Richard kehrte zurück, kaum daß wir diese hastigen Worte miteinander gesprochen hatten, und reichte mir den Arm, um mich zur Kutsche zu führen.
»Woodcourt«, sagte er, ohne zu ahnen, wie gut es zu dem paßte, was wir eben besprochen hatten, »wir sehen uns doch in London?«
»Sehen? Ich habe jetzt kaum einen andern Bekannten dort als Sie. Wo kann ich Sie dort treffen?«
»Ich muß mich natürlich nach einer Wohnung umsehen«, sagte Richard nachdenklich. »Sagen wir bei Vholes, Symond's Inn.«
»Also gut! Spätestens übermorgen.«
Sie schüttelten sich herzlich die Hände, und als ich in der

Kutsche saß und Richard noch auf der Straße stand, legte Mr. Woodcourt wie freundschaftlich die Hand auf seine Schulter und sah mich dabei an. Ich verstand ihn. In seinem letzten Blick, als wir fortfuhren, las ich, wie sehr ich ihm leid tat. Ich freute mich darüber.

Ich fühlte für mein ehemaliges Ich, wie vielleicht die Toten fühlen mögen, wenn sie diese Erde wieder besuchen.

46. Kapitel

Aufhalten! Aufhalten!

Finsternis ruht auf »Toms Einöd«. Immer mehr und mehr hat sie sich ausgebreitet, seit abends die Sonne unterging, und ist allmählich so angeschwollen, daß sie alles ausfüllt. Eine Zeitlang brannten noch einige halbverhungerte Lichter, wie die Lebenslampe in »Toms Einöd« brennt, schwer atmend in der ekelhaften Luft. Jetzt sind sie erloschen. Der Mond hat »Toms Einöd« trüb und kalt angestarrt, als sei dieser Ort ein jämmerliches Abbild seiner Wüsteneien, in deren ausgebrannten Kratern nichts leben kann und alles von vulkanischen Feuern zerstört ist. Dann ist er weiter durch die Wolken gezogen. Ein höllischer Alpdruck aus den schwärzesten Regionen liegt auf dem schlafenden »Toms Einöd«. Ein gewaltiges Gerede ist über »Tom« in- und außerhalb des Parlaments gewesen, und zornig wurde darüber gestritten, wie »Tom« geholfen werden könne. Ob ihn Konstabler oder Büttel, Glockenläuten oder ästhetische Grundsätze, die Hochkirche oder die gewöhnliche auf den rechten Weg bringen solle; ob er die polemischen Strohhalme mit dem schartigen Messer seines Geistes spalten oder lieber Steine klopfen solle. Unter all dem aufgewirbelten Staub und dem Lärm ist nur das eine klar: daß »Tom« nur theoretisch, aber nicht praktisch gebessert werden kann, soll und wird. Und in der hoffnungsreichen

Zwischenzeit geht »Tom« mit seiner alten entschloßnen Weise, den Kopf voran, zum Teufel. Aber er hat seine Rache. Selbst der Wind ist sein Bote und dient ihm in diesen Stunden der Finsternis.

Da ist kein Tropfen von »Toms« verderbtem Blut, der nicht irgendwohin Ansteckung und Seuche verpflanzte. Noch heute nacht wird er das erlauchte Blut eines normannischen Hauses vergiften, und Seiner Erlaucht, dem Familienoberhaupt, wird es nicht gestattet sein, zu dieser verunehrenden Blutsverbindung nein zu sagen. Nicht ein Atom geht verloren von »Toms« Schmutz, kein Kubikzoll der verpesteten Luft, das er atmen muß, keine Untätigkeit oder Verkommenheit um ihn herum, nichts von der Bosheit, Unwissenheit und Roheit seines Tuns geht verloren, ohne durch alle Gesellschaftsklassen hindurch bis zu den Stolzesten der Stolzen und dem Höchsten der Hohen hinauf Vergeltung zu üben. Wenn man Ansteckung, Raub und Verderbnis zusammenrechnet, wahrhaftig, dann hat »Tom« seine Rache.

Ein strittiger Punkt ist, ob »Toms Einöd« scheußlicher aussieht bei Tag oder bei Nacht. Da es Tatsache ist, daß es um so häßlicher wird, je mehr man davon sieht, und die Phantasie in diesem Fall von der Wirklichkeit noch weit übertroffen wird, so trägt der Tag den Sieg davon.

Er bricht jetzt langsam an, und wenn auch im britischen Reich die Sonne nie untergeht, so wäre es für den Nationalruhm vielleicht besser, wenn sie über einem so scheußlichen Weltwunder wie »Toms Einöd« auch nie aufginge.

Ein sonnenverbrannter feiner Herr, der, außerstande zu schlafen, lieber herumwandern zu wollen scheint, als die Stunden auf schlummerlosem Pfühl zu zählen, hat sich bis hierher verirrt. Von Neugierde getrieben, bleibt er oft stehen und blickt die elenden Seitengassen hinauf und hinunter. Er ist aber auch nicht bloß neugierig, denn in seinem lebhaften dunklen Auge glänzt es wie Mitleid, und wie er umherschaut, scheint er ein gewisses Verständnis für solches Elend zu haben und es vielleicht von früher her zu kennen.

Am Rande des stagnierenden Schmutzkanals, der die Hauptstraße von »Toms Einöd« bildet, ist nichts zu sehen als baufällige Häuser, verschlossen und stumm. Kein wachendes Geschöpf zeigt sich, nur die einsame Gestalt einer Frau sitzt auf einer Türstufe. Dorthin lenkt Mr. Allan Woodcourt seine Schritte, und wie er näherkommt, bemerkt er, daß sie einen langen Weg gereist sein muß und wunde und bestaubte Füße hat. Sie sitzt auf der Türstufe wie jemand, der wartet, den Ellbogen auf die Knie gestützt und den Kopf in der Hand ruhend. Neben ihr liegt ein leinenes Bündel, das sie getragen hat. Sie scheint im Halbschlummer dazusitzen, denn sie achtet nicht auf das Geräusch seiner näherkommenden Schritte. Der holprige Fußsteig ist so schmal, daß Allan Woodcourt, als er die Frau erreicht, auf den Fahrweg treten muß, um an ihr vorbei zu kommen. Wie er ihr ins Gesicht blickt, begegnet sein Auge dem ihren, und er bleibt stehen.
»Was machen Sie hier?«
»Nichts, Sir.«
»Wollen Sie vielleicht hinein? Hört man Sie nicht drin?«
»Ich warte nur, bis sie in der Nähe aufsperren – das Logierhaus«, gibt die Frau geduldig zur Antwort. »Und auf die Sonne, um mich zu wärmen.«
»Sie sind wohl müde? Es tut mir leid, Sie so auf der Straße sitzen zu sehen.«
»Ich danke Ihnen, Sir. Es macht weiter nichts.«
– Er ist gewohnt, mit armen Leuten zu sprechen, und vermeidet geflissentlich alles Gönnerhafte oder Herablassende und ist dadurch mit der Frau sofort gut freund. –
»Lassen Sie mich Ihre Stirne ansehen«, sagt er und beugt sich nieder. »Ich bin Arzt. Haben Sie keine Angst. Ich werde Ihnen nicht weh tun.«
– Er weiß, daß er durch die Berührung seiner geschickten und geübten Hand ihre Schmerzen nur lindern kann. – Sie wehrt sich ein wenig und sagt: »Es ist nichts.« Aber er hat kaum mit seinen Fingern den wunden Fleck berührt, da dreht sie ihre Stirn dem Licht zu, damit er besser sehen könne.

»Hm! Eine arge Wunde; die Haut ist sehr zerrissen. Es muß sehr weh tun.«
»Es tut ein bißchen weh, Sir«, gibt die Frau zu, während eine Träne über ihre Wange rollt.
»Ich werde versuchen, sie Ihnen weniger schmerzhaft zu machen. Mein Taschentuch wird Ihnen nicht weiter weh tun.«
»Oh, gewiß nicht, Sir.«
Er reinigt die Wunde und trocknet sie, und nachdem er sie sorgfältig untersucht und mit der Handfläche leise gedrückt hat, nimmt er ein Etui aus der Tasche und verbindet sie. Während er so beschäftigt ist, sagt er, bei diesem Versuch, auf der Straße ein Lazarett zu errichten, lächelnd:
»Ihr Mann ist Ziegelstreicher?«
»Wieso wissen Sie das, Sir?« fragt die Frau verwundert.
»Nun, ich schließe es aus der Farbe der Flecken auf Ihrem Bündel und an Ihrem Kleid. Und ich weiß, daß Ziegelstreicher, die auf Stück arbeiten, oft von Ort zu Ort ziehen. Es ist sehr bedauerlich, daß sie oft ihre Weiber mißhandeln.«
Die Frau blickt hastig auf, als wolle sie leugnen, daß ihre Verletzung von einem Schlag herrührt. Aber da sie die Hand des Arztes auf ihrer Stirn fühlt und sein ruhiges Gesicht sieht, läßt sie den Blick stumm wieder sinken.
»Wo ist er jetzt?«
»Er hat gestern abend Ärger mit der Polizei gehabt, Sir, und will mich im Logierhaus aufsuchen.«
»Er wird noch in schlimmere Ungelegenheiten kommen, wenn er seine schwere Hand nicht besser im Zaum hält. Aber da Sie ihm verzeihen, wie ich sehe, so brutal er auch ist, rede ich nicht weiter davon. Ich wünschte nur, er wäre dessen würdig. – Sie haben kein Kind?«
Die Frau schüttelt den Kopf. »Eins, das ich zwar mein nenne, Sir, aber es gehört Liz.«
»Ihres ist tot? Ich verstehe schon. Das arme Kleine!«
– Er ist jetzt fertig und packt sein Etui wieder zusammen.

»Ich vermute, Sie haben eine ständige Bleibe. Ist sie weit von hier?« – Er winkt ihr gutmütig ab, als sie aufsteht und ihm danken will.
»Es sind gute zwei- oder dreiundzwanzig Meilen von hier, Sir. St. Albans ... Sie kennen St. Albans, Sir?« – Mr. Allan Woodcourt war zusammengezuckt. –
»Ja, ich kenne es ein wenig. Und jetzt will ich Ihnen eine Frage stellen. Haben Sie Geld für Ihre Unterkunft?«
»Ja, Sir. Wirklich und wahrhaftig.« Und sie zeigt es ihm.
»Schon gut, schon gut«, sagt er, als sie wieder halblaut ihren Dank beteuert, wünscht ihr guten Tag und geht.
»Toms Einöd« schläft immer noch, und nichts regt sich. Doch! Etwas regt sich. Als der Arzt wieder nach der Stelle zurückgeht, von wo aus er die Frau auf der Türstufe hat sitzen sehen, bemerkt er eine zerlumpte Gestalt, die sich vorsichtig dicht an den feuchten Wänden hinschleicht. Dem Äußern nach ist es ein junger Mensch von abgezehrtem Aussehen und mit fieberhaft glühenden Augen. Er ist so darauf bedacht, unbemerkt zu bleiben, daß sogar die Erscheinung eines Fremden in guten Kleidern ihn nicht in Versuchung bringt, sich umzusehen. Wie er zu einem Straßenübergang kommt, verbirgt er das Gesicht hinter seinem zerlumpten Ellbogen und schleicht zusammengekauert, fast kriechend, weiter, die Hand suchend vor sich ausgestreckt. In Lumpen hängen die zerfetzten Kleider um ihn herum, und es ist unmöglich, zu sagen, aus welchem Stoff sie jemals gemacht wurden. Der Farbe und Beschaffenheit nach sehen sie wie ein Bündel im Morast gewachsner Blätter aus, die längst verfault sind.
Allan Woodcourt bleibt stehen und blickt dem Knaben nach, mit dem dunklen Gefühl, ihn schon einmal irgendwo gesehen haben zu müssen. Er kann sich nur nicht erinnern, wann und wo. Er denkt zuletzt, er werde ihn wohl in einem Hospital oder in einem Asyl getroffen haben, aber er kann nicht herausbekommen, warum er sich so besonders in seiner Erinnerung abhebt.
Er kommt allmählich aus den Grenzen von »Toms Einöd«

heraus in den lichten Morgen und denkt noch darüber nach, als er laufende Schritte hinter sich hört und, wie er sich umsieht, den Knaben in großer Eile, verfolgt von der Frau, auf sich zurennen sieht.
»Aufhalten, aufhalten!« ruft die Frau atemlos. »Halten Sie ihn auf, Sir!«
Er springt in die Mitte der Straße, um dem Jungen den Weg abzuschneiden. Aber dieser ist rascher als er, schlägt einen Haken, duckt sich, entschlüpft seinen Händen, kommt ein halbes Dutzend Schritte weiter wieder zum Vorschein und setzt seine Flucht fort.
Immer noch verfolgt ihn die Frau mit dem Ruf: »Aufhalten! Halten Sie ihn auf, Sir!«
Allan, in der Meinung, daß der Junge ihr vielleicht ihr Geld gestohlen habe, macht auf ihn Jagd und läuft so rasch, daß er ihn wohl ein Dutzend Mal überholt, aber jedesmal schlägt dieser wieder einen Haken, duckt sich und entwischt. Ihm bei einer solchen Gelegenheit einen Schlag zu versetzen, würde der Jagd sogleich ein Ende machen, aber dazu kann sich Mr. Woodcourt nicht entschließen, und so dauert die phantastische lächerliche Verfolgung fort. Endlich verläuft sich der Flüchtling in seiner Bedrängnis in eine schmale Sackgasse. Hier, an einer morschen Planke, kann er nicht mehr entkommen und kauert sich zusammen, seinen Verfolger ankeuchend, der ebenfalls außer Atem vor ihm steht und wartet, bis die Frau herankommt.
»Du, Jo«, ruft die Frau. »Was? Habe ich dich endlich gefunden!«
»Jo?« wiederholt Allan und betrachtet den Jungen aufmerksam. »Jo! Wart einmal. Ja richtig! Ich erinnere mich, dich vor einiger Zeit bei einer Leichenschau gesehen zu haben.«
»Ja, i hab Ihna schon amal bei der Totenschau gsehn«, wimmert Jo. »Was is da weiter? Können S net an Unglücklichen wie mich in Ruh lassn? Bin i net auch so schon unglücklich genug. Wie unglücklich soll i denn noch

werdn. I bin hin- und hergestoßn worn, erst von dem einen, dann von dem andern, bis i nur noch Haut und Knochen bin. An der Totenschau war i net schuld. I hab nie nix tan. Er war immer sehr gut gegen mich. Er war der einzige, was mit mir gsprochn hat, wenn er über die Straßen gangen is. Warum hätt i ihm denn a Totenschau wünschn sollen? I wollte, i wär selbst schon so weit. I weiß überhaupt net, warum i net hergeh und a Loch ins Wasser mach. Wirkli net ...«
Er bringt das mit so einer erbärmlichen Miene vor, seine schmutzigen Tränen scheinen so echt zu sein, und er liegt in dem Winkel der Verplankung, einem Schwamm oder einem andern aus Unreinlichkeit oder dergleichen entstandnen krankhaften Gewächs so ähnlich, daß Allan Woodcourt milder gegen ihn gestimmt wird.
»Was hat denn dieses jämmerliche Geschöpf getan?« fragt er die Frau.
»O du, Jo, habe ich dich endlich gefunden!« Sie schüttelt mehr in Verwunderung als in Zorn den Kopf, wie sie auf die auf dem Boden kauernde Gestalt heruntersieht.
»Was hat er denn getan?« wiederholt Allan. »Hat er Sie beraubt?«
»Nein, Sir, nein. Mich beraubt? Er ist immer gut zu mir gewesen, und das ist eben das Wunder.«
– Allan sieht Jo und die Frau fragend an und wartet, daß einer der beiden ihm das Rätsel lösen werde. –
»Er hat sich einmal zu mir geflüchtet«, sagt die Frau. »O du, Jo ... Und er lag krank bei mir, Sir, unten in St. Albans, und eine junge Dame – Gott segne ihr gutes Herz! – hat sich seiner erbarmt und ihn mit nach Hause genommen ...«
Allan fährt mit plötzlichem Grausen einen Schritt zurück.
»Ja, Sir, ja! Hat ihn nach Hause genommen und gepflegt, und das undankbare Scheusal ist in der Nacht fortgelaufen und hat nichts mehr von sich sehen oder hören lassen, bis heute. Die junge Dame war so hübsch und hat sich von ihm angesteckt! Sie hat ihr schönes Gesicht verloren, und

man würde sie gar nicht mehr wiedererkennen, wenn nicht ihr gutes Herz, ihre hübsche Gestalt und ihre liebe Stimme wären. Weißt du das, du undankbares Geschöpf?! Weißt du, daß alles wegen dir und ihrem Erbarmen zu dir so gekommen ist!?« fragt die Frau voll Zorn bei der Erinnerung und bricht in leidenschaftliche Tränen aus.
Der Junge, in seiner verwilderten Art und ganz bestürzt von dem, was er hört, fängt an, sich die Stirn mit seiner schmutzigen Hand zu beschmieren, die Erde anzustarren und von Kopf bis Fuß zu zittern, bis die gebrechliche Planke, an die er sich lehnt, klappert. Allan winkt heimlich der Frau, sich zu beruhigen.
»Richard hat mir das schon erzählt«, sagt er stockend. »Ich meine, ich habe davon gehört ... Achten Sie einen Augenblick nicht auf mich. Ich werde gleich mit Ihnen sprechen.«
– Er wendet sich weg und blickt eine Weile aus der Sackgasse heraus. Als er zurückkommt, ist er wieder vollkommen gefaßt, nur kämpft er sichtlich gegen eine gewisse Scheu vor dem Knaben an, die so merkwürdig ist, daß sie der Frau auffällt. –
»Du hörst, was sie sagt. Steh doch endlich auf!«
Bebend und zähneklappernd steht Jo langsam auf und steht, wie Menschen seiner Art, wenn sie in einer Klemme sind, mit der Schulter an die Planke gedrückt und reibt sich mit dem linken Fuß den rechten.
»Du hörst, was sie sagt, und ich weiß, daß es wahr ist. Bist du seitdem hier gewesen?«
»I will augenblicklich tot umfalln, wenn i vor heut morgen ›Toms Einöd‹ wiedergsehn hab«, beteuert Jo mit heiserer Stimme.
»Weshalb bist du jetzt hergekommen?«
Jo schaut sich in der Sackgasse um, sieht dann den Fragenden an, aber nicht höher als bis zum Knie, und antwortet endlich:
»I weiß net, was anfangen, und krieg nix zu tun. I bin sehr arm und krank und hab mi zurückschleichen wolln, wann

noch neamd auf is. I hab mi verstecken wollen, bis dunkel wird, und dann zu Mr. Sangsby gehen und mir was von ihm ausbetteln. Er hat mir immer gern was gebn, wenn auch Mrs. Sangsby immer hinter mir drein gewesen is, wie alle Leut überall.«
»Wo kommst du her?«
Jo sieht sich wieder in der Sackgasse um, blickt wieder das Knie des Fragenden an und lehnt schließlich resigniert den Kopf seitwärts an die Planke.
»Hast du nicht gehört? Wo du jetzt herkommst?«
»Rumgstrichn bin i.«
»Sag mir jetzt«, fährt Allan fort, zwingt sich, seine Scheu zu überwinden, tritt nahe an Jo heran und bückt sich freundlich über ihn. »Sag mir jetzt, warum bist du eigentlich aus dem Hause entflohen, als die gutherzige junge Dame das Unglück hatte, dich aus Mitleid mitzunehmen?«
Jo erwacht plötzlich aus seiner Resignation und erklärt in großer Aufregung der Frau, daß er nie von der jungen Dame vorher gewußt oder gehört habe, ihr nie ein Leid habe tun wollen und sich lieber den Kopf abhacken lassen möchte, als ihr Böses zuzufügen. Sie sei sehr gut gegen ihn gewesen, sehr gut. Und er benimmt sich dabei in seiner verwilderten Art, daß man sehen kann, wie ernst es ihm ist, und schließt dann mit einem kläglichen Schluchzen.
Allan Woodcourt sieht, daß das keine Verstellung ist. Er überwindet sich und faßt den Jungen an. »Komm, Jo, sag es mir!«
»Na. I darf net«, sagt Jo und drückt sich wieder an die Planke. »I darf net, sonst möcht i s schon sagen.«
»Aber ich muß es doch wissen. Trotzdem! Komm, Jo, sag es nur.«
Nach wiederholtem Drängen hebt Jo wieder den Kopf, schaut sich wieder in der Sackgasse um und sagt halblaut: »No, i will Ihnen was sagen. Er hat mi fortgeholt. Das is s.«
»Fortgeholt? In der Nacht?«

»Mhm!« – Voll Angst, es könne ihn jemand belauschen, schaut Jo besorgt umher, und auf den Rand der Planke hinauf, und späht durch die Spalten, ob nicht jemand dahinter versteckt sei.
»Wer hat dich denn weggeholt?«
»I darf n net nennen. Ich darf net, Sir.«
»Aber ich muß es wegen der jungen Dame wissen. Du kannst mir ruhig vertrauen. Es wird es niemand erfahren.«
»Aber i weiß net, ob er's net am End doch hört«, antwortet Jo und schüttelt in banger Besorgnis den Kopf.
»Aber er ist doch gar nicht hier!«
»Ja, wenn man das wüßt«, sagt Jo. »Er ist immer überall zur gleichen Zeit.«
Allan sieht ihn betroffen an, erkennt aber, daß dieser verwirrten Antwort etwas Wahres zugrunde liegen müsse. Er wartet ruhig auf eine deutlichere Auskunft, und Jo, auf den seine Geduld zwingender wirkt als alles andre, flüstert ihm schließlich verzweifelt einen Namen ins Ohr.
»So!?« sagt Allan. »Was hast du denn angestellt?«
»Nix, Sir. Hab nie nix Unrechts net angstellt, außer die Totenschau, und daß i mi net druckt hab. Aber jetzt muß i fort. I will auf n Friedhof ... Dort ghör i hin.«
»Nein, nein. Wir wollen versuchen, das zu verhindern. Aber was hat er denn mit dir gemacht?«
»Hat mi ins Siechenhaus gsteckt, bis i wieder gsund worn bin«, erklärt Jo flüsternd. »Nacher hat er mir Geld geben, vier halbe Stutz, und nacher hat er gsagt, bist hier nix nutz, hat er gsagt. Da nimm und schau, daß d weiter kommst. Daß i di net wieder innerhalb vierzg Meilen von London siech, sonst sollst mir's büßen. Und i wers büßen müssen, wann er mi sieht, und er wird mi sehgn, solang i über der Erd bin«, schließt Jo und wirft wieder forschende Blicke voller Unruhe in der Sackgasse auf und ab.
Allan denkt ein wenig nach, dann bemerkt er, zur Frau gewendet, und sieht dabei immer noch Jo freundlich und ermutigend an:
»Sehen Sie, er ist nicht so undankbar, wie Sie angenom-

men haben. Er hatte einen Grund zum Fortgehen, wenn auch keinen genügenden.«
»I dank Ihna recht schön!« ruft Jo. »Da sehgn S es wieder, wie hart S gegen mi gewesn sin. Aber sagen S nur der jungen Dame, was der Herr sagt, und s is schon in Ordnung. Denn Sie sin immer gut gegen mi gwesn, i weiß doch.«
»Komm jetzt mit, Jo«, sagt Allan und läßt den Jungen nicht aus den Augen. »Ich will einen bessern Platz für dich finden, wo du dich ausruhen und verstecken kannst. Wenn ich auf der einen Seite der Straße gehe und du auf der andern, damit es nicht auffällt, wirst du nicht fortlaufen, wenn du es versprichst, das weiß ich recht gut?!«
»Na, gwiß net, außer wann i *ihn* kommen seh, Sir.«
»Also gut. Ich verlasse mich auf dein Wort. Die halbe Stadt steht jetzt erst auf, und eine Stunde drauf wird erst die ganze auf den Beinen sein. Komm mit. Nochmals guten Tag, gute Frau!«
»Guten Tag, Sir, und ich dank Ihnen auch noch vielmals.«
Die Frau hatte sich während der Gespräche auf ihr Bündel gesetzt und aufmerksam zugehört. Jetzt steht sie auf und nimmt es wieder unter den Arm. Jo wiederholt noch einmal: »Sagn S es nur der jungen Dame, daß ich ihr nie ka Leid net hab antun wolln, und was der Herr vorhin gsagt hat.« Er zittert, wetzt sich an der Planke, halb lachend, halb weinend, nickt ihr ein Lebewohl zu, setzt dann schleichend an der Wand seinen Weg hinter Allan Woodcourt fort und geht, seinem Auftrag gemäß, dicht an den Häusern auf der andern Seite der Straße hin. So treten sie beide aus »Toms Einöd« hinaus in die vollen Strahlen des Sonnenscheins und in reinere Luft.

47. Kapitel

Jos letzter Wille

Während Allan Woodcourt und Jo durch die Straßen gehen, wo die hohen Kirchtürme im Morgenlicht so rein und frisch aussehen, als ob auch die Stadt sich durch den Schlaf erquickt hätte, überlegt Allan, wo und auf welche Art er seinen Begleiter unterbringen könnte. Es ist doch seltsam, denkt er sich, daß mitten im Herzen einer zivilisierten Welt dieses Geschöpf von menschlicher Gestalt schwerer unterzubringen ist als ein herrenloser Hund. Aber trotz seiner Seltsamkeit bleibt es eine Tatsache, und die Schwierigkeit wird dadurch nicht behoben. Anfangs blickt er oft zurück, um zu sehen, ob Jo ihm wirklich noch folge. Aber beständig sieht er ihn dicht an den Häusern gegenüber sich seinen Weg von einer Tür zur andern tasten und dabei gelegentlich aufmerksam zu ihm herüberblikken. Bald überzeugt, daß Jo durchaus nicht daran denkt, davonzulaufen, geht Allan weiter und überlegt mit weniger geteilter Aufmerksamkeit, was er tun solle.

Ein Frühstücksstand an einer Straßenecke erinnert ihn an das, was vor allem nötig ist. Er bleibt dort stehen, blickt zurück und winkt. Jo kommt hinkend und schlotternd über die Straße und reibt die Knöchel seiner rechten Hand in der hohlen Fläche der linken, Schmutz in einem natürlichen Mörser knetend. Ein für Jo leckeres Mahl wird ihm jetzt vorgesetzt, und er fängt an, Kaffee hinunterzuschlingen und Butterbrot zu kauen, und während er ißt und trinkt, sieht er sich wie ein gehetztes Tier ängstlich nach allen Richtungen um. Aber er ist so krank und herabgekommen, daß ihn selbst der Hunger verlassen hat.

»Zerst hab i glaubt, i verhunger fast, Sir«, sagt er und legt das Essen wieder hin. »Aber i kenn mi gar nimmer aus, net amal dadrin mehr. Mir is jetzt ganz gleich, ob i was eß oder was trink.« Dann steht er fieberzitternd auf und sieht das

Frühstück verwundert an. Allan Woodcourt befühlt ihm den Puls und die Brust. »Hol einmal Atem, Jo.«
»Er geht so schwer wie a Lastwagn«, sagt Jo. Er könnte sagen, »und rasselt auch so«, aber er murmelt nur vor sich hin: »Jetzt mach i wirkli ›Marsch vorwärts‹, Sir.«
Allan sieht sich nach einer Apotheke um. Es ist keine in der Nähe, aber eine Schenke ist gerade so gut oder noch besser. Er holt ein wenig Wein und gibt dem Knaben mit großer Vorsicht einen kleinen Schluck davon. Fast schon beim ersten Tropfen fängt Jo an, wieder aufzuleben.
»Wir können die Dosis wiederholen«, bemerkt Allan, nachdem er Jo mit aufmerksamem Gesicht beobachtet hat. »Jo! Jetzt wollen wir fünf Minuten Rast machen und dann weitergehen.«
Er läßt den Jungen auf der Bank des Frühstücksstandes, mit dem Rücken gegen ein eisernes Gitter gelehnt, sitzen und geht in der Morgensonne auf und ab, wobei er von Zeit zu Zeit einen Blick auf ihn wirft, ohne sich anmerken zu lassen, daß er ihn beobachtet. Es bedarf keines Scharfblickes, um zu bemerken, daß es Jo wärmer geworden ist und er sich erquickt fühlt. Wenn sich ein so umdüstertes Gesicht überhaupt aufhellen kann, so ist das jetzt der Fall, und in kleinen Bissen verzehrt Jo den Kanten Brot, den er vorhin verzweifelt aus der Hand gelegt hat. Als Allan diese Zeichen von Erholung bemerkt, knüpft er ein Gespräch mit dem Knaben an und lockt zu seiner nicht geringen Verwunderung das Abenteuer mit der verschleierten Dame und allen seinen Folgen aus ihm heraus. Jo kaut langsam, wie er es ihm nach und nach erzählt.
Wie er dann mit seiner Geschichte und seinem Brot fertig ist, setzen sie ihren Weg fort.
In der Absicht, sich bei seiner ehemaligen Patientin, der dienstwilligen Miß Flite, Rat zu holen, wo er in seiner Verlegenheit für den Knaben vorläufig einen Zufluchtsort finden will, geht Allan nach dem Hof, wo er und Jo das erstemal miteinander in Berührung gekommen waren.
In dem Hadern- und Flaschenladen ist jetzt alles anders

geworden, und Miß Flite wohnt nicht mehr dort. Er ist geschlossen, und ein Frauenzimmer mit harten, staubgeschwärzten Zügen, dessen Alter niemand erraten kann – es ist niemand anders als die interessante Judy –, gibt spitze und kurze Antworten. Aus ihnen entnimmt der junge Arzt, daß Miß Flite mit ihren Vögeln gegenwärtig bei Mrs. Blinder in Bell Yard wohnt, und begibt sich nach diesem benachbarten Platz, und Miß Flite, die immer früh aufsteht, um pünktlich in dem von ihrem Freund, dem Lordkanzler, abzuhaltenden Gerechtigkeitsschauspiel zu erscheinen, kommt ihm mit Tränen des Willkommens und offnen Armen die Treppe herunter entgegengelaufen. »Mein lieber Doktor!« ruft sie, »mein verdienstvoller ausgezeichneter höchst ehrenwerter Offizier.« Sie gebraucht einige sonderbare Ausdrücke, aber sie ist so warm und herzlich, wie man es nur von einem Menschen mit gesundem Verstand verlangen könnte –, ist es mehr, als man es oft bei einem solchen findet.

Allan, gewohnt, viel Geduld mit ihr zu haben, wartet, bis ihr die Worte ausgegangen sind, dann zeigt er auf Jo, der zitternd im Torweg steht, und erzählt ihr, wie und wo er ihn gefunden habe.

»Wo kann ich ihn hier in der Nähe unterbringen? Sie wissen so viel und sind so verständig und können mir vielleicht einen Rat geben.«

Miß Flite ist auf dieses Kompliment gewaltig stolz und fängt an, zu überlegen. Aber es dauert lange, ehe ihr etwas einfällt. »Mrs. Blinder hat alles vermietet und wohnt jetzt selbst im Zimmer des armen Gridley. — Gridley!!« ruft sie plötzlich und klatscht in die Hände, nachdem sie den Namen ungefähr zwanzigmal wiederholt hat. »Gridley! Aber natürlich! Mein bester Doktor, General George wird uns helfen.«

Es wäre ein vergebliches Bemühen, Näheres von General George zu erfahren, auch wenn Miß Flite nicht bereits die Treppen hinaufgelaufen wäre, den zerdrückten Hut aufzusetzen, ihren armseligen kleinen Schal umzunehmen und sich mit ihrem Strickbeutel voll Dokumenten zu bewaffnen. Wie sie dann in vollem Staat herunterkommt, in ihrer zerstreuten Weise erzählt, General George, den sie oft besuche, kenne ihre liebe Fitz – Jarndyce und interessiere sich für alles, was sie beträfe, außerordentlich, glaubt Allan, sie könne doch vielleicht das Richtige gefunden haben. Er sagt daher Jo, um ihm wieder Mut zu machen, das Herumlaufen werde jetzt bald vorbei sein, und sie begeben sich zu dem General. Glücklicherweise ist es nicht weit.

Beim Anblick von Georges Schießgalerie, dem langen Gang und der kahlen Perspektive dahinter faßt Allan Hoffnung. Auch Mr. George, der, gerade mit seiner Morgenpromenade beschäftigt, ohne Halsbinde und mit den vom Fechten und Hantelstemmen gestählten Armen, deren gewaltiges Muskelspiel man durch die Hemdsärmel hindurch bemerkt, die Pfeife im Mund, auf ihn zuschreitet, flößt ihm Vertrauen ein.

»Ihr Diener, Sir«, grüßt Mr. George militärisch.

Mit einem freundlichen Lächeln, das bis in das krause Haar hinaufspielt, wendet er sich dann zu Miß Flite, die sehr zeremoniell und wortreich Mr. Woodcourt vorstellt. Er grüßt nochmals militärisch mit einem abermaligen »Ihr Diener, Sir«.

»Entschuldigen Sie, Sir, Sie sind Seemann?«

»Es freut mich, daß Sie finden, ich sähe wie ein solcher aus, aber ich bin nur Schiffsarzt«, entgegnet Allan.

»Wirklich, Sir! Ich hätte Sie für eine regelrechte Blaujacke gehalten.«

Mr. Woodcourt gibt der Hoffnung Ausdruck, Mr. George werde ihm die verursachte Störung deshalb um so bereitwilliger verzeihen und vor allem seine Pfeife nicht weglegen, wozu dieser in seiner Höflichkeit Anstalten gemacht hat.

»Sie sind sehr gütig, Sir«, bedankt sich der Kavallerist. »Da ich aus Erfahrung weiß, daß es Miß Flite nicht stört, und Sie auch nichts dagegen haben ...«, er schließt den

Satz, indem er seine Pfeife wieder zwischen die Zähne steckt. Allan erzählt ihm sodann alles, was er von Jo weiß, und Mr. George hört ernsthaft zu.

»Und das ist der Junge, Sir?« fragt er und wirft einen Blick auf den Eingang, wo Jo die großen Buchstaben an der weißen Wand, die für ihn so gar keine Bedeutung haben, unverwandt anstarrt.

»Das ist er. Und, Mr. George, ich befinde mich nun in folgender Verlegenheit seinetwegen. Ich möchte ihn nicht gern in ein Spital schaffen lassen, selbst wenn ich ihn dort sofort unterbringen könnte, weil ich voraussehe, er würde dort nur wenige Stunden bleiben, wenn er überhaupt hinginge. Ebenso verhält es sich mit dem Armenhaus. Selbst wenn ich die Geduld hätte, mich an der Nase herumführen und von Pontius zu Pilatus schicken zu lassen. Ich kann dem System keinen Geschmack abgewinnen.«

»Das kann niemand, Sir«, nickt Mr. George.

»Ich bin überzeugt, er würde an keinem der beiden Orte bleiben, weil er sich vor dem Mann, der ihm befohlen hat, sich nirgends mehr blicken zu lassen, ganz außerordentlich fürchtet. In seiner Unwissenheit glaubt er nämlich, dieser Mensch sei überall und wisse alles.«

»Ich bitte um Entschuldigung, Sir«, sagt Mr. George, »aber Sie haben den Namen des Mannes nicht genannt. Ist es ein Geheimnis, Sir?«

»Der Junge wenigstens hält es dafür. Der Mann heißt Bucket.«

»Bucket von der Geheimpolizei, Sir?«

»Ja, derselbe.«

»Ich kenne ihn, Sir!« Der Kavallerist bläst eine mächtige Rauchwolke von sich und dehnt seine Brust gewaltig aus. »Der Junge hat insofern recht, als Bucket zweifellos ein – eigentümlicher Kunde ist.«

Mr. George raucht mit einer bedeutungsvollen Miene weiter und sieht Miß Flite schweigend an.

»Nun wünsche ich, daß Mr. Jarndyce und Miß Summerson wenigstens erfahren, daß Jo, der übrigens eine seltsame Geschichte zu erzählen weiß, wieder aufgefunden ist und daß sie mit ihm sprechen können, wenn sie es für gut befinden sollten. Ich möchte ihn deshalb vorderhand in einer ganz bescheidnen Wohnung bei anständigen Leuten unterbringen. Anständige Leute und Jo, Mr. George«, sagt Allan und folgt den Augen des Kavalleristen, die jetzt wieder nach dem Eingang blicken, »haben bisher nicht viel miteinander zu tun gehabt, wie Sie sehen. Darin liegt die Schwierigkeit. Kennen Sie vielleicht zufällig jemand in der Nähe, der ihn gegen Vorausbezahlung eine kurze Zeit bei sich aufnehmen würde?«

Noch während er die Frage stellt, bemerkt er einen kleinen Mann mit einem pulvergeschwärzten Gesicht, der jetzt plötzlich neben dem Kavalleristen steht und zu diesem mit einer seltsam verzwickten Miene aufsieht. Der Kavallerist pafft noch ein paar Züge, blickt dann auf den kleinen Mann herunter und sagt dann: »Ich versichere Ihnen, Sir, ich ließe mir jeder Zeit bereitwillig eins zwischen die Augenbrauen geben, wenn ich damit Miß Summerson einen Dienst leisten könnte. Ich rechne es mir als Ehre an, dieser Dame auch nur den kleinsten Dienst erweisen zu können. Wir behelfen uns hier natürlich ziemlich vagabundenhaft, ich und Phil. Sie sehen ja selbst, was es für ein Lokal ist. Ein stiller Winkel für den Jungen steht Ihnen aber hier zu Diensten, wenn es Ihnen paßt. Zu bezahlen ist nichts. Außer für die Ration. Wir sind hier nicht gerade in blühenden Verhältnissen und können unter Umständen, ohne eine Minute Kündigung, jeden Augenblick mit Sack und Pack hinausgeworfen werden. Aber solange es noch unser ist, steht Ihnen das Lokal so, wie es ist, zu Diensten.« Mit einem umfassenden Schwung seiner Pfeife stellt Mr. George Allan das ganze Gebäude zur Verfügung.

»Da Sie Arzt sind, Sir«, setzt er hinzu, »nehme ich an, daß diesmal vorderhand bei dem armen Jungen nichts von Ansteckung zu befürchten ist?«

Allan beruhigt ihn in dieser Hinsicht.

»Wir haben nämlich schon genug davon gehabt, Sir«, sagt George mit betrübtem Kopfschütteln.
Mr. Woodcourt nickt bekümmert. »Dennoch darf ich Ihnen nicht verhehlen«, bemerkt er, nachdem er seine Versicherung hinsichtlich der Ansteckungsgefahr wiederholt hat, »daß der Knabe sehr angegriffen und schwach ist, vielleicht – ich sage nur vielleicht – überhaupt schon zu schwach ist, um sich jemals wieder zu erholen.«
»Glauben Sie, daß er augenblicklich in Gefahr schwebt, Sir?«
»Ja, ich fürchte es.«
»Dann, Sir«, fällt der Kavallerist mit großer Entschiedenheit ein, »ist es das Beste, wenn er unverzüglich hereinkommt. Ich gehöre selbst ein wenig zu den Vagabunden und verstehe das. Phil! Bring ihn herein!«
Mr. Squod krebst seitwärts hinaus, um den Befehl auszuführen, und der Kavallerist legt die jetzt ausgerauchte Pfeife weg. Jo wird hereingebracht. Er ist nicht einer von Mrs. Pardiggles Tokahupo-Indianern, keins von Mrs. Jellybys Lämmern und hat mit Borriobula-Gha auch nichts zu schaffen; die weite Ferne und der Reiz des Fremdartigen lassen ihn nicht in besserem Licht erscheinen; er ist kein wirklicher, in der Fremde aufgewachsner Wilder, sondern ein ganz gewöhnlicher einheimischer Artikel. Schmutzig, scheußlich, allen Sinnen eine Qual, äußerlich ein niedriges Geschöpf der Straße, ist er auch der Seele nach ein Heide. Heimischer Schmutz bedeckt ihn, heimisches Ungeziefer verzehrt ihn, heimische Krankheiten wüten in ihm, und heimische Lumpen umhüllen ihn. Eingeborne Unwissenheit, auf Englands Boden gewachsen, drückt seine unsterbliche Natur auf eine tiefere Stufe als die eines verendeten Tiers. Ja, ja, zeig dich nur, Jo, ganz so, wie du bist! Vom Scheitel bis zur Sohle ist nichts Interessantes an dir!
Langsam kommt er in Mr. Georges Schießsaal gehumpelt und steht – ein Lumpenbündel – da und hebt seinen Blick nicht von der Erde.

Er scheint zu wissen, daß alle eine Neigung fühlen, von ihm zurückzuweichen, teils wegen dessen, was er ist, teils wegen dessen, was er verschuldet hat. Auch er scheut sich vor ihnen. Er gehört nicht zur selben Wesensreihe in der Schöpfung wie sie. Er gehört zu keiner Klasse und nirgends hin, weder zu den Tieren noch zu den Menschen.
»Schau mal her, Jo«, sagt Allan. »Das ist Mr. George.«
Jo sucht noch eine Zeitlang mit den Augen auf dem Fußboden herum, blickt eine Sekunde lang auf und dann wieder zu Boden.
»Er meint es gut mit dir und will dich hier beherbergen.«
Jo macht mit der Hand eine schaufelnde Bewegung, was wahrscheinlich eine Verbeugung ausdrücken soll. Nach einigem Besinnen und ein paarmal den Fuß, auf dem er seinen Körper ruhen läßt, wechselnd, brummt er, er sei sehr dankbar.
»Du bist hier vollständig in Sicherheit. Vorläufig hast du nichts weiter zu tun, als gehorsam zu sein und wieder zu Kräften zu kommen, aber du mußt uns die Wahrheit sagen, Jo! Verstehst du mich?«
»I soll auf der Stelle tot umfalln, wann is net tu, Sir«, sagt Jo mit seiner Lieblingsbeteuerung. »I hab nie nix angstellt, als was Sie schon wissn, und doch habens mi immer verfolgt. I hab bloß nie nix gwußt, Sir, und hab ghungert.«
»Ich glaub es dir. Gib jetzt acht auf Mr. George. Ich sehe, er will dir etwas sagen.«
»Ich wollte ihm nur zeigen, Sir«, bemerkt Mr. George, unglaublich breitschultrig und kerzengerade aussehend, »wo er sich hinlegen und einmal ordentlich ausschlafen kann, Sir. – Komm mal her.«
Mit diesen Worten führt der Kavallerist Jo in den Hintergrund der Schießstätte und macht die Tür eines der kleinen Verschläge auf. »Das ist für dich. Schau her! Und dort ist eine Matratze. Hier kannst du, wenn du dich gut aufführst, solang bleiben, als Mr. ... Ich bitte um Entschuldigung, Sir« – er wirft einen Blick auf die Karte, die ihm Allan gegeben hat –, »solange es Mr. Woodcourt beliebt.

Erschrick nicht, wenn du schießen hörst. Es wird auf die Scheibe geschossen und nicht nach dir. – Ich möchte nur noch etwas empfehlen, Mr. Woodcourt. – Phil, komm einmal her!«
Phil laviert in seiner gewohnten Art auf seinen Herrn los.
»Hier ist ein Mann, Sir, den sie einst als kleines Kind im Rinnstein gefunden haben. Daher ist anzunehmen, daß er ein natürliches Interesse an dem armen Teufel nimmt. Was meinst du, Phil?«
»Gewiß und wahrhaftig, Govner«, versichert Phil.
»Meine Meinung ist, Sir«, sagt Mr. George mit einer gewissen soldatischen Offenherzigkeit, als ob er in einem Kriegsrat bei Trommelwirbel etwas vorbrächte, »daß, wenn dieser Mann den Jungen in ein Bad steckte und für ein paar Schillinge ein paar ordinäre Sachen besorgte ...«
»Sie denken an alles, Mr. George«, unterbricht ihn Allan und zieht seine Börse heraus. »Ich wollte Sie gerade darum bitten.«
Phil Squod und Jo werden auf der Stelle fortgeschickt, um den Reinigungsprozeß vorzunehmen. Miß Flite, ganz entzückt, daß alles so glatt geht, eilt, so schnell sie kann, nach dem Gerichtshof, denn sie ist in großer Angst, ihr Freund, der Lordkanzler, könne ihretwegen in Sorge sein oder das lang erwartete Urteil in ihrer Abwesenheit erlassen. »Und das«, bemerkt sie, »wäre nach so vielen Jahren denn doch gar zu schrecklich, mein lieber Doktor, und Sie, General.«
Allan benützt die Gelegenheit, einige stärkende Arzneien in der Nähe zu besorgen. Dann kehrt er zurück, findet den Kavalleristen in der Schießstätte auf- und abmarschieren und schließt sich ihm an.
»Ich vermute, Sie kennen Miß Summerson ziemlich gut?« fragt Mr. George.
»Ja, allerdings.«
»Nicht verwandt mit ihr, Sir?«
»Nein, das nicht.«
»Entschuldigen Sie meine Neugierde. Es schien mir wahrscheinlich, daß Sie mehr als gewöhnliche Teilnahme für

den armen Teufel deswegen fühlen, weil sich Miß Summerson schon – leider zu ihrem Schaden – so sehr für ihn interessiert hat. So geht es wenigstens mir, Sir.«
»Und mir auch, Mr. George.«
– Der Kavallerist betrachtet von der Seite Allans gebräunte Wange, und sein lebhaftes dunkles Auge mißt mit raschem Blick seinen Wuchs und scheint Gefallen an ihm zu finden. –
»Als Sie fort waren, Sir, ist mir eingefallen, daß ich die Zimmer in Lincoln's-Inn-Fields, wo Bucket den Jungen, seiner Aussage nach, hinbrachte, kenne. Wenn er auch den Namen nicht weiß, ich kann ihn Ihnen nennen. Tulkinghorn! So heißt er.«
Allan sieht den Kavalleristen fragend an und wiederholt den Namen.
»Tulkinghorn. So heißt er, Sir. Ich kenne den Mann und weiß, daß er früher mit Bucket wegen eines inzwischen Verstorbnen, der ihn einmal beleidigte, zu tun gehabt hat. Ich kenne den Mann, Sir. – Zu meinem Leidwesen.«
Allan fragt natürlich, was für ein Mann Mr. Tulkinghorn sei.
»Was für ein Mann? Meinen Sie, wie er aussieht?«
»Ich glaube, soweit kenne ich ihn. Ich meine, in seinem Wesen. Was er so im allgemeinen für ein Mensch ist?«
»Nun, das will ich Ihnen sagen, Sir.« Der Kavallerist bleibt stehen, verschränkt die Arme über der breiten Brust und wird dabei so zornig, daß sein Gesicht über und über rot wird.
»Er ist eine verdammt schlechte Art Mensch. Einer, der die Leute langsam martert. Er hat ebensowenig Fleisch und Blut wie ein verrosteter alter Karabiner. Er ist ein Mann – beim heiligen Georg –, der mir mehr Unruhe und Sorgen und Unzufriedenheit mit mir selbst verursacht hat als alle Menschen zusammengenommen. Von der Sorte ist Mr. Tulkinghorn einer.«
»Es tut mir leid, eine wunde Stelle berührt zu haben«, entschuldigt sich Allan.

»Eine wunde Stelle?« Der Kavallerist stellt sich breitbeinig hin, befeuchtet die Fläche seiner breiten rechten Hand und legt sie auf die Stelle, wo früher wahrscheinlich sein Schnurrbart gewesen ist. »Das ist Ihre Schuld nicht, Sir. Aber urteilen Sie selbst. Er hat mich ganz in der Hand. Er ist es, von dem ich vorhin sagte, daß er mich jeden Augenblick mit Sack und Pack hinauswerfen könne. Und er hält mich stets in einer beständigen Unruhe. Er greift nicht zu und läßt mich nicht los. Wenn ich ihm eine Zahlung zu machen oder um Stundung zu bitten oder sonst etwas mit ihm zu tun habe, ist er für mich nicht zu Hause – schickt mich zu Melchisedek in Clifford's Inn, und Melchisedek in Clifford's Inn schickt mich wieder zurück –, und so muß ich endlos hin und her laufen, als sei ich aus Stein wie er. Bei Gott, mein halbes Leben vergeht jetzt damit, daß ich in einem fort an seiner Tür herumlungern muß. Was kümmert's ihn? Nichts. Gerade so wenig wie den verrosteten alten Karabiner, mit dem ich ihn vorhin verglichen habe. Er peinigt und quält mich bis ... Bah, Unsinn, ich vergesse mich, Mr. Woodcourt.« Der Kavallerist nimmt seinen Marsch wieder auf. »Ich sage weiter nichts, als daß er ein alter Mann ist. Aber froh bin ich, daß ich nie Gelegenheit haben kann, meinem Pferd die Sporen zu geben und mit ihm unter gleichen Bedingungen Mann gegen Mann zu stehen. Denn wenn ich dann in einer der Stimmungen wäre, in die er mich immer hineinzwingt, würde ich ihn mir ausborgen, Sir!«

Mr. George hat sich so in die Wut hineingeredet, daß er sich die Stirn mit dem Hemdsärmel abwischen muß. Er pfeift zwar seinen Zorn mit der Nationalhymne weg, aber an seinem gelegentlichen Kopfschütteln und dem tiefen Aufatmen seiner breiten Brust kann man erkennen, daß er innerlich immer noch nicht ganz beruhigt ist. Auch zerrt er noch zuweilen mit beiden Händen an seinem offnen Hemdkragen, als sei er ihm zu eng. Kurz, Allan Woodcourt hat nicht den geringsten Zweifel, daß Mr. Tulkinghorn, Mann gegen Mann, in freiem Feld den kürzern ziehen würde.

Der fürsorgliche Phil kehrt bald darauf zurück und geleitet Jo nach seiner Matratze. Allan reicht dem Kranken eigenhändig die Medizin, erteilt Mr. Squod die nötigen Ratschläge und vertraut ihm dann die Mittel an. Es ist jetzt bereits Vormittag. Er begibt sich, um sich umzuziehen und zu frühstücken, in seine Wohnung und dann unverzüglich zu Mr. Jarndyce, um diesem von der gemachten Entdekkung Mitteilung zu machen.
In seiner Begleitung und von ihm im Vertrauen eingeweiht, daß Gründe vorhanden seien, die Sache so geheim wie möglich zu halten, kommt er voll Interesse wieder. Jo wiederholt vor Mr. Jarndyce im großen ganzen genau und ohne wesentliche Abschweifungen, was er heute morgen erzählt hat, nur daß der Lastkarren noch schwerer geht und noch hohler rasselt.
»Lassen S mi ruhig hier liegen und quälen S mi nimmer«, ächzt Jo. »Und sin S so gut, wenn S in die Näh kommen, wo i früher die Straßn kehrt hab, so sagen S Mr. Sangsby, daß Jo, den er früher gut kennt hat, jetzt urdentlich ›Marsch vorwärts‹ macht. I möcht schön danken dafür.« – Im Lauf des Tages und noch am nächsten erwähnt er so oft den Schreibmaterialienhändler, daß Allan sich in seiner Gutmütigkeit entschließt, nachdem er mit Mr. Jarndyce beraten hat, selbst nach Cook's Court zu gehen; um so mehr, als der Lastkarren bald das Ende der Fahrt erreicht zu haben scheint. –
Er begibt sich also nach Cook's Court. Mr. Snagsby steht in grauem Rock und Schreibärmeln hinter seinem Ladentisch und sieht einen Stoß Akten und Pergament, der eben von einem Kopisten gekommen ist, durch. Es ist eine unermeßliche Wüste aus Kanzleihandschrift und Pergament, in der nur hie und da ein paar große Buchstaben als Rastorte dienen, um Abwechslung in die grauenhafte Monotonie zu bringen und den Reisenden vor Verzweiflung zu retten. Mr. Snagsby macht bei der Durchforschung einer dieser Tintenzisternen halt und begrüßt den Fremden mit einem allgemeinen Einleitungshüsteln.

»Sie erinnern sich meiner wohl nicht mehr, Mr. Snagsby?« Dem Papierhändler fängt das Herz an heftig zu klopfen, denn er ist seine alten Befürchtungen nie ganz los geworden. Kaum kann er herausbringen: »Nein, Sir, ich kann mich wirklich nicht entsinnen. Ich sollte meinen – um nicht durch die Blume zu sprechen –, daß ich Sie noch nie im Leben gesehen habe, Sir.«
»O doch, zweimal«, hilft Allan Woodcourt seinem Gedächtnis nach. »Einmal am Totenbett eines Unglücklichen und einmal ...«
»Also doch!« denkt der Papierhändler niedergeschmettert, und es dämmert in seinem Kopf. »Da haben wir's! Jetzt ist alles aus!« Aber er hat noch Geistesgegenwart genug, um seinen Besuch in das kleine Komptoir zu drängen und die Türe zu schließen.
»Sind Sie verheiratet, Sir?«
»Nein.«
»Möchten Sie nicht vielleicht, wenn Sie auch Junggeselle sind«, flüstert Mr. Snagsby bekümmert, »so leise wie nur irgend möglich sprechen? Denn meine kleine Frau horcht bestimmt irgendwo. Mein Geschäft und fünfhundert Pfund dazu möchte ich darauf wetten.«
In tiefer Bekümmernis setzt sich Mr. Snagsby auf seinen Stuhl, den Rücken zum Pult gekehrt, und beteuert:
»Ich habe nie ein Geheimnis für mich gehabt, Sir. Ich kann mich nicht entsinnen, meine kleine Frau seit dem Tag, wo wir versprochen wurden, ein einziges Mal absichtlich hintergangen zu haben. Ich würde es unter keinen Umständen getan haben, Sir. – Um nicht durch die Blume zu sprechen –, ich hätte es auch nicht können, nicht einmal wagen dürfen. Und doch bin ich von Geheimnissen und Rätseln so umgeben, daß es mir fast das Leben zur Last macht.«
Der Arzt gibt sein Bedauern zu erkennen und fragt, ob Mr. Snagsby sich Jos erinnere.
»Ja, leider«, seufzt der Papierhändler. »Sie könnten kein menschliches Wesen nennen – mich selbst vielleicht aus-

genommen –, gegen das meine kleine Frau entschiedner aufträte als gegen Jo.«
Allan fragt, warum.
»Warum!?« Mr. Snagsby packt in seiner Verzweiflung das Büschel Haare am rückwärtigen Teil seines sonst ganz kahlen Kopfes. »Wie kann ich wissen, warum? Aber Sie sind eben ein lediger Mann, Sir. Mögen Sie lange Zeit nicht nötig haben, einer verheirateten Person eine solche Frage zu stellen.«
– Mit diesem wohlwollenden Wunsch hüstelt Mr. Snagsby einen Husten bekümmerter Ergebenheit und hört mit Duldermiene an, was der Besuch ihm mitzuteilen hat. –
»Da haben wir's wieder«, sagt er dann, teils aus tiefem Mitgefühl, teils, weil er angsterfüllt so leise flüstert, ganz blaß geworden. »Da geht's schon wieder los in einer neuen Richtung. Eine gewisse Person beschwört mich aufs feierlichste, niemandem, selbst nicht meiner kleinen Frau, etwas von Jo zu sagen. Dann kommt eine andre gewisse Person in Ihrer Person und beschwört mich in gleich feierlicher Weise, der andern gewissen Person um Gottes willen nichts von Jo zu sagen. Das ist ja das reinste Privatirrenhaus. – Um nicht durch die Blume zu sprechen –, es ist die Landesirrenanstalt selbst, Sir«, sagt Mr. Snagsby.
Aber trotz alledem sieht er ein, daß es hätte noch schlimmer kommen können. Es ist weiter keine Mine unter ihm explodiert, und die Fallgrube, in die er schon früher gestürzt ist, hat sich weiter nicht vertieft.
Und da er ein weiches Herz hat und von dem, was er über Jos Befinden hört, sehr gerührt ist, verspricht er gern, »mal einen Blick hinüber zu werfen«, sobald er es heute abend irgendwie unbemerkt tun kann.
Und als der Abend kommt, begibt er sich ganz im stillen hinüber ...
Aber wer weiß, vielleicht tut das Mrs. Snagsby ebenfalls.
Jo freut sich sehr, seinen alten Freund wiederzusehen, und sagt, als sie allein sind, es sei von Mr. Snagsby unendlich freundlich, seinetwegen einen so weiten Weg gemacht zu haben. Ergriffen von dem Anblick, legt der Schreibmate-

rialienhändler sofort eine halbe Krone auf den Tisch, seinen Zauberbalsam für alle Arten Wunden.
»Und wie geht es dir denn, mein armer Junge?« fragt er mit seinem Teilnahmshüsteln.
»I bin jetzt ganz ausm Wasser, Mr. Sangsby. I brauch gar nix mehr. Mir is wohler, als Ihna denkn können, Mr. Sangsby. Mir is arg leid, daß is tan hab, aber i habs net mit Fleiß tan, Sir.«
Der Papierhändler legt leise noch eine halbe Krone auf den Tisch und fragt ihn, was ihm denn leid tue, getan zu haben.
»Mr. Sangsby«, sagt Jo, »i bin hergangen und bin schuld, daß die Dame krank wordn is, was die andre Dame war und doch wieder nicht war. Keiner von ihnen hat mir deswegn was gsagt, weil s alle so gut sin und i so unglücklich bin. Die Dame is gestern selber herkommn und hat gsagt: ›Jo‹, hats gsagt, ›wir dachten schon, mir hätten dich verloren‹, hats gsagt und hat sich ruhig lächelnd hingsetzt und hat net a böses Wort und kan bösen Blick net für mi ghabt, und i hab mi gegen die Wand drehen müssn, Mr. Sangsby, und Mr. Jarnders hat si auch abwendn müssn, wie i gsehgn hab. Und Mr. Woodcot hat mir bei Tag und Nacht was zur Beruhigung gebn, hat si über mi gebeugt und hat mir Mut zugsprochen, aber dabei sin ihm die Tränen heruntergloffn, Mr. Sangsby!«
Gerührt legt der Papierhändler abermals eine halbe Krone auf den Tisch. Nur eine Wiederholung dieses unfehlbaren Mittels ist imstande, sein Herz zu erleichtern.
»Was i mir denkt hab, Mr. Sangsby«, fährt Jo fort, »is, ob Sie leicht recht groß schreiben könnan?«
»Ja, Jo. Gott sei Dank!«
»So ganz groß leicht?« fragt Jo eindringlich.
»Ja, natürlich, mein armer Junge.«
Jo lacht vor Freude. »Was i mir also denkt hab, Mr. Sangsby, is, wenn i so weit Marschvorwärts gmacht hab, bis s kein Schritt mehr weiter geht, ob S da nicht vielleicht so gut sein möchten, es so ganz groß hinzuschreiben, daß es jeder überall sehgn kan, daß es mir wirklich so arg leid

tut, daß is tan hab. Und daß is nie hab net tun wolln und daß Mr. Woodcot drüber geweint hat, und er soll mirs vergeben. Wenn die Schrift es so ganz groß sagn könnt, tut ers vielleicht.«

»Ich werde schon machen, Jo. Sehr groß!«

Jo lacht wieder. »I dank Ihnan, Mr. Sangsby. Es is sehr gut von Ihna, Sir, und s is mir jetzt viel wohler, als mir jemals gwesn is.«

Der gutmütige kleine Schreibmaterialienhändler bleibt mitten in seinem Hüsteln stecken und legt leise seine vierte halbe Krone hin. Er hat einen Fall, wo er so viele brauchte, bisher noch nie vor Augen gehabt, und geht erleichtert fort.

Jo und er sollen sich auf dieser kleinen Erde nie mehr begegnen.

Nie mehr. Denn der immer schwerer werdende Lastkarren ist jetzt dem Ziel der Reise nahe und rasselt über steinigen Boden dahin. Das ganze Zifferblatt herum strengt er sich an, die steile und unebne Straße hinaufzukommen, und jeden Augenblick kann er in Trümmer gehen.

Die Sonne kann nicht mehr oft aufgehen und ihn immer noch auf dem mühseligen Wege sehen.

Phil Squod mit seinem pulverrauchgeschwärzten Gesicht ist zugleich Krankenwärter und Büchsenmacher und arbeitet an einem kleinen Tischchen in der Ecke. Er sieht sich von Zeit zu Zeit um und sagt mit einem Nicken seiner grünen Wollmütze, seine eine Augenbraue ermutigend in die Höhe gezogen: »Kopf hoch, mein Junge, Kopf hoch!«

Auch Mr. Jarndyce ist häufig da, und Allan Woodcourt fast immer. Beide denken oft, wie seltsam das Schicksal diesen armen Ausgestoßnen mit den Fäden anderer von seinem so unendlich verschiednen Lebenswege verknüpft hat. Auch der Kavallerist ist ein häufiger Besucher. Er füllt die Tür mit seiner athletischen Gestalt aus und scheint von seinem Überfluß an Leben und Gesundheit Jo, der sich immer bemüht, seinem heiteren Zuruf lauter als andern zu antworten, vorübergehend Kraft zu übertragen.

Jo schläft heute oder ist halb bewußtlos, und Allan Woodcourt, eben erst angekommen, steht vor ihm und blickt auf die abgezehrte Gestalt herab. Nach einer Weile nimmt er vorsichtig neben dem Bett Platz, das Gesicht dem Kranken zugekehrt – gerade wie damals bei dem Advokatenschreiber –, und fühlt nach der Brust und dem Herzschlag.
– Der Karren kann fast nicht weiter und schleppt sich nur noch ein Stück fort. –
Stumm steht der Kavallerist im Torweg. Phil hat mit dem leisen Klopfen aufgehört und hält seinen kleinen Hammer regungslos in der Hand. Mr. Woodcourt sieht sich mit der ernsten Miene des Arztes um, wirft dem Kavalleristen einen bedeutsamen Blick zu und gibt Phil einen Wink, sein Tischchen hinauszutragen.
– Wenn der kleine Hammer wieder gebraucht wird, wird ein Rostfleck darauf sein. –
»Nun, Jo! Warum erschrickst du so?«
»I hab mir denkt«, sagt Jo, der in die Höhe gefahren ist und entsetzt um sich blickt, »i hab mir denkt, i wär wieder in ›Toms Einöd‹. Ist niemand da als Sie, Mr. Woodcot?«
»Niemand.«
»Und man wird mi net wieder nach ›Toms Einöd‹ bringen, Sir?«
»Nein.«
Jo schließt die Augen und brummt vor sich hin:
»I bin so sehr dankbar.«
Nachdem Allan ihn eine Weile lang aufmerksam beobachtet hat, legt er den Mund dicht an sein Ohr und fragt ihn mit leiser, aber sehr deutlicher Stimme:
»Jo! Kannst du beten?«
»Hab nie nix gwußt, Sir.«
»Auch nicht ein ganz kurzes Gebet?«
»Nein, Sir. Gar keins. Mr. Chadbans hat amal bei Mr. Sangsby bet, und i habn ghört. Aber er hat mit sich selber gsprochn und net mit mir. Er hat viel bet, aber i hab n net verstandn. Dann sin auch andre Leut nach ›Toms Einöd‹ kommen und habn bet. Sie ham gsagt, daß die andern

falsch beten, und ham nacher auch mit sich selbst gsprochn oder auf die andern gschimpft und net mit uns gesprochn. Mir habn nie nix gwußt. I habs net rauskriegen könnan, was s gmeint ham.«
Er braucht lange dazu, um alles das zu sagen, und nur ein erfahrner und aufmerksamer Zuhörer kann sein Flüstern verstehen. Nach einem kurzen Rückfall in Betäubung oder Schlummer macht er plötzlich eine heftige Anstrengung, aus dem Bett zu kommen.
»Bleib nur liegen! Was gibt's denn?«
»I muß jetzt aufn Friedhof, Sir«, gibt Jo mit einem verstörten Blick zur Antwort.
»Leg dich nur wieder hin und hör mich an. Was für einen Friedhof meinst du denn, Jo?«
»Wo s n hinglegt ham. Er ist so gut zu mir gwesn. Es is Zeit, daß i auch auf n Friedhof geh, damit sie mi neben ihn legn. I möcht auch dort liegn. Er hat immer zu mir gsagt: ›Heut bin i so arm wie du, Jo‹, hat er gsagt. Ich muß eam sagn, daß i jetzt so arm bin wie er und kommen bin, um mi neben eam z legn.«
»Das hat noch Zeit, Jo. Noch Zeit.«
»Aber vielleicht möchten sie's net tun, wann i selber hinginget. Vielleicht möchten S mir versprechn, daß man mi neben ihn legt?«
»Ich verspreche es dir!«
»I dank Ihnan vielmals, Sir! Man wird erst den Gatterschlüssel holen müssen, sonst können s mi net einibringn, s is immer verschlossn. Und a Stufn is dort, was i immer mit m Besen abkehrt hab. Es wird jetzt sehr dunkel, Sir. Kommt denn ka Licht?«
»Gleich kommt Licht, Jo.«
»... Ja, gleich.«
Der Karren geht in Trümmer, und gleich ist der mühsame Weg zu Ende.
»Jo, mein armer Junge!«
»I kann Sie schon hörn, Sir. Aber dunkel is. I find Ihner Hand net. Lassen S mi Ihner Hand halten!«

»Jo, kannst du nachsprechen, was ich dir sage?«
»Alls, was S wolln, Sir, i weiß, daß s gut is.«
»Vater unser!«
»Vater unser ... Ja, das is sehr gut, Sir.«
»Der du bist im Himmel.«
»Bist im Himmel ... Kommt ka Licht, Sir?«
»Gleich kommt es. – *Geheiligt werde dein Name.«*
»Geheiligt werde — dein ...«
Endlich ist das Licht auf diesen dunkeln umnachteten Weg gefallen!
Tot!
Tot! Euer Majestät. Tot, Mylords und Gentlemen. Tot, Euer Ehrwürden aller Konfessionen. Tot, ihr Männer und Frauen mit himmlischem Erbarmen in euren Herzen.
Ja, ja, so sterben sie rings um uns jeden Tag.

48. Kapitel

Das Verhängnis nimmt seinen Lauf

Das Schloß in Lincolnshire hat seine hundert Augen wieder geschlossen, und das Haus in der Stadt ist aufgewacht. In Lincolnshire träumen die Dedlocks der Vergangenheit in ihren Bilderrahmen, und leise seufzt der Wind durch den langen Salon, als ob die Toten regelmäßig atmeten im Schlaf. In der Stadt rasseln die Dedlocks der Gegenwart in ihren feueräugigen Karossen durch die Dunkelheit der Nacht, und die Dedlock-Merkure, Asche oder vielmehr Puder auf dem Haupt zum Zeichen ihrer großen Unterwürfigkeit, verdämmern die schläfrigen Morgenstunden in den kleinen Fenstern der Vorhalle. Die fashionable Welt – fast fünf Meilen im Umkreis – ist in voller Bewegung, und das Sonnensystem kreist um sie ehrfurchtsvoll in der gebührenden Entfernung.
Wo das Gewühl am dichtesten ist, die Lichter am hellsten

und den Sinnen mit dem größten Luxus gehuldigt wird, da ist Lady Dedlock. Sie fehlt nie auf der glänzenden Höhe, die sie erstürmt und erobert hat, wenn auch ihr alter Glaube, sie könne unter dem Mantel ihres Stolzes alles, was sie will, verbergen, verschwunden ist. Wenn sie auch nicht weiß, ob das, was sie den andern scheint, morgen noch sein wird, liegt es doch nicht in ihrem Naturell, sich schwach zu zeigen, solange neidische Augen auf sie gerichtet sind. Man sagt von ihr, sie sei in der letzten Zeit noch schöner und stolzer geworden. Der hinfällig aussehende Cousin sagt, sie sei »schön jenuch, um nem janzen Schock Weiber auf die Beene zu helfen – aber sie is von ner dollen Sorte –, erinnere an – das ekliche Frauenzimmer, das im Schlaf – äh – Bett verläßt und im Hause – äh – rumfuhrwerkt – äh – Shakespeare«.

Mr. Tulkinghorn sagt nichts.

Weder mit Worten noch mit Blicken.

Jetzt wie jemals sieht man ihn an den Türen der Säle mit dem locker umgebundnen weißen Halstuch mit der altmodischen Schleife. Er wird vom Hochadel begönnert und gibt kein Zeichen der Anerkennung von sich. Von allen Menschen möchte man von ihm am letzten glauben, er könne Einfluß auf Mylady haben. Von allen Frauen ist sie noch immer die letzte, der man zutrauen könnte, sie fürchte ihn.

Seit dem Gespräch im Turmzimmer in Chesney Wold liegt ihr ununterbrochen eine Sache auf der Seele. Sie ist jetzt entschlossen und bereit, die Last von sich zu werfen.

Es ist Morgen in der großen Welt, das heißt, Nachmittag in der kleinen gewöhnlichen. Die Merkure, erschöpft vom Zumfensterhinaussehen, ruhen aus in der Vorhalle und lassen ihre schweren Köpfe hängen – diese prachtvollen Geschöpfe – gleich überreifen großen Sonnenblumen. Wie diese scheinen sie mit ihren Fangschnüren und dem übrigen glitzernden Behänge Wassertriebe angesetzt zu haben.

Sir Leicester ist in der Bibliothek über dem Bericht eines

Parlamentskomitees zur Hebung vaterländischer Interessen eingeschlafen.
Mylady sitzt in dem Zimmer, wo sie dem jungen Mann namens Guppy einmal Audienz gegeben hat. Rosa ist bei ihr, hat nach dem Diktat ihrer Herrin geschrieben und ihr vorgelesen. Rosa ist jetzt mit einer Stickerei oder einer ähnlichen niedlichen Arbeit beschäftigt, und während sie sich darüber beugt, beobachtet Mylady sie schweigend. Nicht zum ersten Mal heute.
»Rosa!«
Die kleine Dorfschöne blickt munter auf. Aber als sie Myladys ernste Miene sieht, nimmt ihr Gesicht einen verlegnen und überraschten Ausdruck an.
»Sieh mal nach, ob die Türe geschlossen ist.«
»Ja.«
Sie geht, überzeugt sich und sieht noch überraschter drein.
»Ich will dir etwas anvertrauen, mein Kind. Ich weiß, daß ich mich auf deine Anhänglichkeit, wenn nicht auch auf dein Urteil, verlassen kann. In dem, was ich jetzt vorhabe, will ich dir gegenüber ohne alle Verkleidung erscheinen. Aber ich verlasse mich ganz auf dich. Verrate niemandem ein Wort von dem, was ich dir jetzt sage!«
– Die schüchterne kleine Schöne verspricht mit innigstem Ernst, sich des geschenkten Vertrauens würdig zu erweisen. –
»Hast du bemerkt« – Lady Dedlock winkt ihr, mit dem Stuhle näher zu rücken –, »hast du bemerkt, Rosa, daß ich gegen dich anders bin als gegen irgend jemanden sonst.«
»Ja, Mylady. Viel gütiger. Aber dann denke ich mir oft, ich kenne Sie eben, wie Sie wirklich sind.«
»Du denkst oft, du kennst mich, wie ich wirklich bin? Armes Kind, armes Kind!«
– Mylady sagt das mit einer Art Hohn – der jedoch nicht Rosa gilt – und sitzt dann eine Weile brütend da mit versonnenem Gesicht. –
»Bist du überzeugt, Rosa, daß du mir ein Trost und eine Erquickung bist? Bist du überzeugt, daß es mir Freude

macht, dich in meiner Nähe zu haben, bloß, weil du jung und natürlich bist und mich lieb hast?«
»Ich weiß es nicht, Mylady; ich kann es kaum hoffen. Aber von ganzem Herzen wünsche ich, es wäre so.«
»Es ist so, Kleine!«
– Das freudige Erröten Rosas wird gehemmt durch den düstern Ausdruck Myladys. Schüchtern fragend blickt sie auf. –
»Und wenn ich heute sagte: Geh! Verlaß mich! würde ich etwas sagen, was mir sehr schmerzlich wäre und mich ganz und gar einsam machen würde.«
»Mylady, habe ich Sie beleidigt?«
»Durchaus nicht. Komm zu mir!«
– Rosa kniet vor Myladys Fußbank nieder. Wie damals in der Nacht nach dem denkwürdigen Gespräch mit dem Eisenwerksbesitzer, legt Lady Dedlock mütterlich die Hand auf das dunkle Haar der Kleinen und läßt sie sanft dort ruhen. –
»Ich sagte dir damals, Rosa, ich möchte dich glücklich machen, wenn ich überhaupt imstande bin, jemanden auf Erden noch glücklich zu machen. Ich habe jetzt Gründe, an denen du keine Schuld trägst, die es aber ratsam machen, daß du nicht mehr bei mir bleibst. Du darfst nicht hier bleiben! Ich bin fest dazu entschlossen. Ich habe an den Vater deines Geliebten geschrieben, und er wird heute hierher kommen. Ich habe es deinetwegen getan.«
Weinend bedeckt das Mädchen die Hand ihrer Herrin mit Küssen und sagt, sie wisse nicht, was sie tun solle, wenn sie voneinander scheiden müßten. Mylady küßt sie auf die Wange und gibt keine Antwort.
»Mögest du unter besseren Verhältnissen glücklich sein, Kind. Sei geliebt und glücklich!«
»Ach, Mylady, ich habe mir manchmal gedacht – verzeihen Sie mir, daß ich mir eine solche Freiheit herausnehme –, daß Sie selbst nicht glücklich sind.«
»Ich!«
»Würden Sie glücklicher sein, wenn ich nicht mehr bei

Ihnen bin? Bitte, bitte, bedenken Sie das noch einmal. Lassen Sie mich nur noch eine kurze Zeit bleiben.«
»Ich habe dir gesagt, mein Kind, daß, was ich tue, nur deinetwillen geschieht. Es ist geschehen. So, wie ich jetzt zu dir bin, Rosa, so bin ich wirklich, und nicht so, wie du mich in einer kleinen Weile sehen wirst. Vergiß das nicht und verschließe in deinem Herzen, was ich dir anvertraut habe. Tue es um meinetwillen, und dann sind alle Bande zwischen uns zerschnitten.«
Sie macht sich von dem Mädchen los und verläßt das Zimmer. Als sie spät nachmittags wieder auf der Treppe erscheint, hat sie ihre stolzeste und kälteste Miene auf; so teilnahmslos ist sie, als ob Leidenschaft, Gefühl und Interessen jeder Art längst in ihrer Seele seit vorsintflutlichen Epochen gestorben wären.
Der Merkur hat Mr. Rouncewell angemeldet. Deshalb erscheint sie jetzt. Mr. Rouncewell ist noch nicht im Bibliothekszimmer, aber sie begibt sich dorthin. Sir Leicester ist dort, und sie wünscht zuerst mit ihm zu sprechen.
»Sir Leicester, ich wollte mit Ihnen ... Aber wie ich sehe, sind Sie beschäftigt.«
»Oh, durchaus nicht, Mylady. Nur Mr. Tulkinghorn ist hier.«
– Immer anwesend! Überall lauert er herum! Keinen Augenblick Sicherheit vor ihm! –
»Ich bitte um Entschuldigung, Lady Dedlock. Darf ich mich entfernen?«
Mit einem Blick, der deutlich sagt: Sie wissen doch ganz gut, daß Sie die Macht haben, zu bleiben, wenn Sie wollen, bedeutet sie ihm, es sei nicht nötig, und geht zu einem Sessel. Mr. Tulkinghorn tritt ihr mit seiner altmodischen Verbeugung ein paar Schritte entgegen und zieht sich dann in ein gegenüberliegendes Fenster zurück.
Er steht zwischen ihr und dem sinkenden Licht des Tages, und sein Schatten fällt auf sie und macht alles vor ihr dunkel. So, wie er auch ihr Leben verdüstert.
Auch im besten Fall ist das eine langweilige Straße drau-

ßen, in der die beiden langen Häuserzeilen sich gegenseitig mit einer solchen Strenge anstarren, daß ein halbes Dutzend ihrer größten Paläste schon unter solchen Blicken langsam zu Stein geworden wären, wenn man sie nicht schon vorher aus diesem Material gebaut hätte. Es ist eine Straße von so eisiger Größe, so entschlossen, sich nie zum atmenden Leben herabzulassen, daß die Türen und Fenster, staubbedeckt und schwarz, düster Cercle halten – und die hallenden Marställe dahinter ausgestorben und massiv aussehen, als wären sie bestimmt, die steinernen Schlachtrosse der adligen Statuen in sich aufzunehmen. Labyrinthisches eisernes Gitterwerk schlingt sich um die Vortreppen in dieser Ehrfurchtschauer erregenden Straße, und in steinernen Wölbungen gähnen die Auslöscher für die aus der Mode gekommenen Fackeln den Emporkömmling »Gas« an. Hie und da hat ein schwacher eiserner Ringbügel, durch den tagsüber kecke Jungen die ihren Spielgefährten herabgerissnen Mützen zu werfen sich bemühen, seinen Platz unter dem verrosteten Laubwerk behauptet und denkt trauervoll an lang entschwundne Zeiten. Ja sogar das Öl, das noch hie und da in kleinen sonderbaren Glasnäpfchen, mit einem Fleck auf dem Boden gleich einer Auster, übrig geblieben ist, blinzelt jeden Abend die neuen Lichter an, nicht so ganz unähnlich seinen hochgestellten Herren im Oberhaus.

Es ist daher wohl nicht gut möglich, daß Lady Dedlock von ihrem Stuhl aus durch das Fenster, in dessen Nische Mr. Tulkinghorn steht, besonders viel zu sehen wünschen sollte, und doch wirft sie einen Blick in diese Richtung, als ob es ihr innigster Herzenswunsch wäre, daß seine Gestalt sich von dort entfernte.

Sir Leicester bittet Mylady um Verzeihung: sie habe etwas sagen wollen?

»Bloß, daß Mr. Rouncewell da ist – ich habe ihn kommen lassen –, und daß wir am besten der Angelegenheit mit dem Mädchen ein Ende machen sollten. Ich bin der Sache endlich müde.«

»Was kann ich – dabei – tun?« fragt Sir Leicester zögernd und unsicher.
»Empfangen wir ihn hier und machen wir der Sache ein Ende. Möchten Sie ihn nicht heraufkommen lassen?«
»Mr. Tulkinghorn, würden Sie vielleicht die Güte haben, zu klingeln – danke bestens –, lassen Sie den ... Eisengentleman«, sagt Sir Leicester zu dem Merkur und kann nicht gleich das richtige Wort finden, »lassen Sie den Eisengentleman heraufkommen.«
Der Merkur entfernt sich, um den »Eisengentleman« zu suchen, findet ihn und bringt ihn. Sir Leicester empfängt ihn sehr gnädig.
»Ich hoffe, Sie befinden sich wohl, Mr. Rouncewell? Nehmen Sie Platz. – Hier mein Anwalt, Mr. Tulkinghorn. – Mylady wünscht mit Ihnen zu sprechen.« Sir Leicester überweist ihn geschickt mit einem feierlichen Wink seiner Hand Lady Dedlock. »Hem.«
»Es wird mir eine Ehre sein, allem, was Lady Dedlock mir mitzuteilen geruhen wird, mit der größten Aufmerksamkeit zuzuhören.«
– Wie sich Mr. Rouncewell zu Mylady wendet, scheint sie ihm einen weniger angenehmen Eindruck zu machen als damals. Ein gewisses abweisendes geringschätziges Benehmen verbreitet eine eisige Atmosphäre um sie, und in ihrer ganzen Haltung ist nicht mehr das zu entdecken, was ihn bei seinem ersten Besuch zur Offenherzigkeit aufmunterte. –
»Würden Sie mir gestatten, zu fragen«, sagt Lady Dedlock gleichgültig, »ob zwischen Ihnen und Ihrem Sohn in bezug auf dessen Grille etwas vorgefallen ist?«
– In ihrer gelangweilten Stimmung scheint es ihr fast Mühe zu machen, Mr. Rouncewell einen Blick zu schenken, während sie diese Frage stellt. –
»Wenn mich mein Gedächtnis nicht trügt, Lady Dedlock, sagte ich, als ich zuletzt die Ehre hatte, Sie zu sehen, daß ich meinem Sohn allen Ernstes raten würde, dieser – Grille Herr zu werden.«

– Der Eisenwerksbesitzer legt auf das Wort einen gewissen Nachdruck. –
»Und haben Sie das getan?«
»Ja, natürlich.«
– Sir Leicester nickt billigend. »Sehr schicklich.« – Da der Eisengentleman doch gesagt hatte, er würde es tun, war er auch dazu verpflichtet. In dieser Hinsicht ist zwischen edlen und unedlen Metallen kein Unterschied. »Sehr schicklich.« –
»Und hat er Ihren Rat beherzigt?«
»Darüber kann ich Ihnen wirklich keine bestimmte Antwort geben, Lady Dedlock. Ich fürchte, nein. Wahrscheinlich sogar nicht. Wir in unserm Stande verbinden manchmal mit unsern – unsern Grillen einen Entschluß, der nicht so leicht wankend zu machen ist. Ich glaube, es ist so unsre Art, die Sachen ernst zu nehmen.«
– Sir Leicester hat das unangenehme Gefühl, daß sich unter diesen Worten eine gewisse revolutionäre Bedeutung verbergen könne, und es wird ihm ein bißchen heiß. Mr. Rouncewell ist vollkommen guter Laune und sehr höflich, aber innerhalb dieser Grenzen paßt er offenbar seinen Ton dem Empfang an, den man ihm bereitet hat. –
»Ich habe nämlich über die Sache nachgedacht«, fährt Mylady fort, »und sie ennuyiert mich.«
»Das tut mir wirklich sehr leid.«
»Und auch über das, was Sir Leicester darüber sagte, womit ich ganz übereinstimme.« – Sir Leicester fühlt sich geschmeichelt. – »Und wenn Sie uns nicht die Versicherung geben können, daß die Grille vergessen ist, bin ich zu der Ansicht gekommen, daß es besser ist, wenn das Mädchen geht.«
»Ich kann eine solche Versicherung nicht geben, Lady Dedlock.«
»Dann ist es besser, sie geht.«
»Mylady wolle entschuldigen«, bemerkt Sir Leicester rücksichtsvoll, »aber vielleicht würden wir auf diese Art dem Mädchen ein Unrecht zufügen, das es nicht verdient

hat. Wir haben hier ein junges Mädchen«, sagt Sir Leicester und unterbreitet Mr. Rouncewell die Sache großartig wie ein silbernes Service, »das das Glück gehabt hat, die Beachtung und Gunst einer vornehmen Dame zu gewinnen. Die verschiednen Vorteile, die ihr eine solche Stelle gewährt und die unzweifelhaft sehr groß sind, geben zu bedenken. Es fragt sich nun, soll dieses junge Mädchen so vieler Vorteile und einer so glücklichen Lebensstellung verlustig gehen, bloß weil sie« – Sir Leicester schließt mit einer würdevollen Neigung seines Kopfes – »die Aufmerksamkeit von Mr. Rouncewells Sohn auf sich gezogen hat? Hat sie diese Strafe verdient? Ist es gerecht gegen sie gehandelt? Haben wir das vorher wohl bedacht?«
»Ich bitte um Entschuldigung«, unterbricht ihn Mr. Rouncewell. »Sir Leicester, würden Sie mir ein Wort gestatten? Ich glaube, dazu beitragen zu können, die Sache abzukürzen. Wenn Sie etwas so Unbedeutendes im Gedächtnis behalten haben sollten – was nicht zu erwarten ist –, werden Sie sich vielleicht entsinnen, daß mein erster Gedanke war, sie nicht hier zu lassen.«
– Die Gunst der Dedlocks nicht in Erwägung zu ziehen! O! – Sir Leicester müßte einem Paar Ohren, die er von einer solchen Reihe von Ahnen geerbt hat, mißtrauen, wenn er nicht so deutlich gehört hätte, was der Eisenwerksbesitzer soeben selbst sagte. –
»Es ist nicht notwendig«, bemerkt Mylady mit eisiger Kälte, ehe Sir Leicester noch etwas andres tun kann, als erstaunt Atem zu holen, »näher auf die Sache einzugehen. Rosa ist ein sehr gutes Mädchen, und ich habe ihr durchaus nicht auch nur das Geringste nachzusagen, aber sie ist insofern für all ihre Vorteile hier und ihr Glück unempfänglich, als sie eben – armes Närrchen – verliebt ist oder es zu sein glaubt.«
Sir Leicester erlaubt sich zu bemerken, daß das allerdings die Sache vollständig ändere. Er hätte gleich überzeugt sein können, daß Mylady die besten Gründe für ihre Ansicht habe, und er stimme vollständig mit Mylady über-

ein. Ja, es sei tatsächlich besser, daß das junge Mädchen gehe.
»Wie Sir Leicester schon das letzte Mal bemerkte, wo uns diese Angelegenheit fatiguierte«, fährt Lady Dedlock gelangweilt fort, »können wir Ihnen nichts vorschreiben. Unter den gegenwärtigen Verhältnissen ist das Mädchen hier durchaus nicht an seinem Platz, und es ist das Beste, sie geht. Ich habe ihr das selbst gesagt. Ziehen Sie vor, daß wir sie in das Dorf zurückschicken, oder wollen Sie sie selbst mitnehmen?«
»Lady Dedlock, wenn ich offen sprechen darf –«
»Ich bitte darum.«
»– so würde ich den Weg vorziehen, der Ihnen die Last am ehesten abnimmt und das Mädchen am frühesten aus seiner gegenwärtigen Lage entfernt.«
»Und um ebenso offen zu sprechen«, erwidert Mylady mit derselben einstudierten Gleichgültigkeit, »würde ich in Ihrer Lage auch so handeln. Verstehe ich Sie recht, Sie wünschen sie gleich mit sich zu nehmen?«
Der Eisengentleman macht eine steife Verbeugung.
»Sir Leicester, würden Sie wohl die Güte haben, zu klingeln?«
Mr. Tulkinghorn tritt aus der Fensternische und zieht die Klingel.
»Ich habe Sie ganz vergessen, ich danke Ihnen.« Der Advokat macht seine gewohnte Verbeugung und tritt wieder ruhig in die Fenstervertiefung zurück. Der Merkur erscheint auf der Stelle, nimmt seine Instruktion, wen er zu bringen habe, entgegen, schwebt fort, bringt das Verlangte und verschwindet.
Rosa hat geweint und ist noch immer sehr bekümmert. Bei ihrem Eintritt steht der Eisenwerksbesitzer von seinem Sessel auf, zieht ihren Arm durch seinen und bleibt mit ihr bei der Tür stehen, bereit, sich zu empfehlen.
»Sie sind in guter Obhut, wie Sie sehen«, sagt Mylady in ihrer müden Weise, »und verlassen uns, verläßlichen Händen anvertraut. Ich habe Ihnen das Zeugnis ausgestellt,

daß Sie sehr brav waren, und Sie haben keine Veranlassung zu weinen.«
»Immerhin«, bemerkt Mr. Tulkinghorn und tritt ein wenig aus der Nische hervor, »scheint es ihr leid zu tun, daß sie fortgeht.«
»Wohlerzogen ist sie allerdings nicht«, entgegnet Mr. Rouncewell ein wenig rasch und laut, als sei er froh, wenigstens über den Advokaten herfallen zu können. »Sie ist ein unerfahrnes junges Ding und weiß es nicht besser. Wenn sie hier geblieben wäre, Sir, würde sie sich sicher mehr Schliff angewöhnt haben.«
»Ohne Zweifel«, gibt Mr. Tulkinghorn gelassen zur Antwort.
Rosa schluchzt, es tue ihr sehr, sehr leid, Mylady zu verlassen, und sie sei so glücklich in Chesney Wold gewesen und so glücklich bei Mylady. Und immer und immer wieder dankt sie Mylady.
»Schweig doch schon, Kindchen«, redet ihr der Eisenwerksbesitzer leise und freundlich zu. »Du mußt dich ein wenig fassen, wenn du Wat gern hast.«
Mylady winkt ihr bloß gleichgültig und sagt: »Schon recht, schon recht, Kind! Sie sind ein gutes Mädchen. Gehen Sie nur!«
– Sir Leicester hat sich würdevoll von der Sache losgemacht und sich in das Heiligtum seines blauen Fracks zurückgezogen. Mr. Tulkinghorns unbestimmte Umrisse heben sich gegen die dunkle Straße, in der jetzt vereinzelte Lampen brennen, ab, und Myladys Augen scheinen noch größer und schwärzer als zuvor. –
»Sir Leicester und Lady Dedlock«, beginnt Mr. Rouncewell nach einigen Augenblicken, »ich bitte um Erlaubnis, mich verabschieden zu dürfen, und um Entschuldigung, wenn ich Sie, zwar nicht auf meine Veranlassung, aber doch immerhin noch einmal belästigt habe. Ich kann mir recht gut vorstellen, ich versichere Ihnen, wie ermüdend eine solche nebensächliche Angelegenheit auf Lady Dedlock gewirkt haben muß. Wenn ich mir zweifelhaft bin, ob

ich mich richtig dabei benommen habe, so ist dies nur hinsichtlich dessen der Fall, daß ich nicht gleich anfangs im stillen meinen Einfluß geltend machte, meine junge Freundin hier, ohne Sie vorher zu inkommodieren, wegzunehmen. Aber ich habe eben die Wichtigkeit der Sache überschätzt und glaubte mir schuldig zu sein, Ihnen das Verhältnis auseinandersetzen und Ihre Meinung darüber einholen zu müssen. Ich hoffe, Sie werden meine geringe Kenntnis der Gebräuche der feinen Welt entschuldigen.«
Sir Leicester glaubt bei dieser Bemerkung aus seinem Heiligtum heraustreten zu müssen. »Mr. Rouncewell, bitte, sprechen Sie nicht weiter davon. Eine Rechtfertigung ist, hoffe ich, auf keiner Seite nötig.«
»Es freut mich, das zu hören, Sir Leicester, und wenn ich als letztes Wort noch einmal auf das zurückkommen darf, was ich damals von der langjährigen Stellung meiner Mutter bei der Familie sagte, und auf den Wert, von dem sie auf beiden Seiten Zeugnis ablegt, so möchte ich jetzt auch auf dieses kleine Beispiel hier neben mir weisen, das beim Scheiden soviel Gefühl und Anhänglichkeit an den Tag legt und in dem gewiß meine Mutter zur Erweckung solcher Empfindungen, glaube ich, sagen zu dürfen, das ihre getan hat. Obgleich natürlich Lady Dedlock bei ihrer aus dem Herzen kommenden Teilnahme und ihrer gütigen Herablassung noch viel mehr getan hat.«
– Wenn er dies auch ironisch meint, so ist doch im Grunde mehr Wahres daran, als er selbst wissen kann. Er wendet sich bei seinen Worten zu dem Halbdunkel hin, in dem Mylady sitzt. –
Sir Leicester steht auf, um seine Verbeugung zu erwidern. Mr. Tulkinghorn klingelt wieder; wieder schwebt der Merkur herein und hinaus, und Mr. Rouncewell und Rosa verlassen das Haus.
Lichter werden gebracht.
Immer noch steht Mr. Tulkinghorn, die Hände auf dem Rücken, im Fenster, und immer noch sitzt Mylady da, und seine Gestalt benimmt ihr die Aussicht auf die Nacht

und auf den Tag. Sie ist sehr blaß. Mr. Tulkinghorn bemerkt es, als sie aufsteht, um zu gehen, und denkt sich: »Sie hat wahrhaftig Ursache dazu. Ihre Seelenstärke ist wirklich erstaunlich. Die ganze Zeit über hat sie eine einstudierte Rolle gespielt.«

Aber auch er kann seinerseits eine Rolle spielen – seine gewohnte unveränderliche Rolle. Und wie er dieser Frau die Tür öffnet, könnten auch fünfzig Paar Augen, jedes einzelne fünfzigmal schärfer als das Sir Leicesters, keine Spur von Rachsucht in ihm entdecken.

Lady Dedlock speist heute allein auf ihrem Zimmer. Sir Leicester muß schleunigst der Doodle-Partei gegen die Coodle-Faktion beispringen. Als sich Lady Dedlock zu Tisch setzt, immer noch totenblaß, fragt sie, ob er schon fort ist.

Ja.

Ob Mr. Tulkinghorn auch schon fort ist.

Nein.

Womit er sich beschäftige?

Der Merkur glaubt, er schreibe Briefe im Bibliothekszimmer, und ob Mylady ihn zu sprechen wünsche?

Keineswegs!

Aber er wünscht Mylady zu sprechen. Nach wenigen Minuten läßt er sich durch den Diener empfehlen und bei Mylady anfragen, ob er nach dem Essen ein paar Worte mit ihr sprechen könne. Mylady wünscht es gleich jetzt. Er kommt, bittet um Entschuldigung, daß er störe, und sie bleibt am Tisch sitzen. Als sie allein sind, winkt Mylady mit der Hand, allen Firlefanz sein zu lassen. »Was wünschen Sie, Sir?«

»Wirklich, Lady Dedlock«, sagt der Advokat, nimmt auf einem Stuhl in einiger Entfernung von ihr Platz und reibt sich die rostigen Beinkleider auf und ab, auf und ab, auf und ab. »Wirklich, ich bin sehr erstaunt über Ihr Vorgehen.«

»Wirklich?«

»Ja, ganz entschieden. Ich sehe darin eine Verletzung unsres Übereinkommens und Ihres gegebnen Versprechens. Es versetzt uns in eine neue Lage, Lady Dedlock. Ich fühle mich vor die Notwendigkeit gestellt, zu sagen, daß ich es nicht billige.«

Er hält mit dem Reiben inne und sieht sie an, die Hände auf die Knie gestützt.

So undurchdringlich und unverändert er scheinbar ist, so liegt doch in seinem Benehmen eine gewisse Freiheit, die an ihm neu ist und Myladys Blick nicht entgeht.

»Ich verstehe Sie nicht ganz.«

»Ich glaube doch. Ich bitte Sie, Lady Dedlock, wollen wir jetzt nicht mit Worten kämpfen. Sie wissen selbst, daß Sie dieses Mädchen gern haben.«

»Nun, und, Sir?«

»Und Sie wissen – ebenso wie ich –, daß Sie das Mädchen nicht aus den Gründen, die Sie angegeben haben, entließen, sondern um sie soviel wie möglich von – entschuldigen Sie, daß ich es als etwas rein Geschäftliches erwähne – vor jeder Bloßstellung, die Ihnen droht, zu trennen.«

»Nun, und, Sir?«

»Nun, Lady Dedlock«, der Advokat schlägt die Beine übereinander und faltet die Hände auf dem Knie, »dagegen habe ich gar mancherlei einzuwenden. Ich halte diesen Schritt für gefährlich. Erstens ist er nicht nötig, zweitens geeignet, Zweifel, Gerüchte und ich weiß nicht, was sonst alles noch im Hause zu erwecken, und drittens ist es ein Bruch unsrer Vereinbarung. Sie hatten genau so zu bleiben, wie Sie vorher waren. Und es ist Ihnen doch selbst klar, daß Sie an diesem Abend dem zuwiderhandelten. Mein Himmel, Lady Dedlock, einfach zuwiderhandelten!«

»Wenn ich in der Erkenntnis meines Geheimnisses ...«

Mr. Tulkinghorn unterbricht sie: »Ich muß bitten, Lady Dedlock, das ist eine Geschäftssache, und in einer solchen kann man die Worte nicht präzis genug wählen. Es ist nicht länger Ihr Geheimnis. Sie entschuldigen schon, aber darin liegt eben der Irrtum. Es ist mein Geheimnis, Sir

Leicester und der Familie gegenüber. Wenn es Ihr Geheimnis wäre, Lady Dedlock, säßen wir nicht hier und hielten nicht diese Unterredung miteinander.«

»Das ist sehr wahr, Mr. Tulkinghorn. Aber eben, weil ich *das* Geheimnis kenne, tue ich mein möglichstes, damit nicht auf ein unschuldiges Mädchen ein Schatten von der mir drohenden Schande fällt ... Wenn ich an Ihre eigne Äußerung denke, als Sie meine Geschichte den versammelten Gästen in Chesney Wold erzählten, liegt doch das im Bereich der Möglichkeit. Ich habe also nach einem festen Entschluß gehandelt, und nichts in der Welt und kein Mensch auf Erden könnten mich darin wankend machen oder hätten mich bestimmen können, anders zu handeln.« – Sie sagt dies mit großer Überlegung und Deutlichkeit und ebenso leidenschaftlich, wie er selbst ist. –

»Wirklich? Dann, Lady Dedlock«, entgegnet er ganz methodisch, als ob sie irgendein empfindungsloses Rad in seinen Machinationen sei, »müssen Sie selbst einsehen, daß kein Verlaß auf Sie ist. Sie selbst haben die Sache ganz unverschleiert dargestellt.«

»Vielleicht werden Sie sich erinnern, daß ich hinsichtlich dieses Punktes, als wir damals in Chesney Wold miteinander sprachen, eine gewisse Angst an den Tag legte, Mr. Tulkinghorn?«

»Ja«, sagt Mr. Tulkinghorn, steht gleichgültig auf und lehnt sich an den Kamin. »Ja. Ich erinnere mich, Lady Dedlock, daß Sie allerdings von dem Mädchen sprachen, aber das geschah, bevor wir unsre Übereinkunft trafen, und sowohl der Buchstabe wie der Geist unsrer Abmachung schließt jeden freien Schritt Ihrerseits, insofern er mit der Entdeckung, die ich gemacht habe, irgendwie zusammenhängt, vollständig aus. Darüber kann gar kein Zweifel bestehen. Sie sprechen von notwendiger Schonung des Mädchens, aber ich frage, welche Wichtigkeit oder welchen Wert hat diese Person? – Schonen! – Lady Dedlock, die Ehre eines Familiennamens steht auf dem Spiel! Man hätte doch denken sollen, der Weg hätte geradeaus, über alles hinweg, weder nach rechts noch nach links, gehen müssen, ohne Rücksicht auf irgend etwas zu nehmen, und ohne Schonung.«

– Mylady hat bisher den Tisch angesehen und wendet dem Advokaten nun ihre Augen zu. Ein finsterer Ausdruck liegt auf ihrem Gesicht, und man sieht, wie sie die Zähne zusammenbeißt. »Diese Frau versteht mich«, denkt Mr. Tulkinghorn, während sie wieder wegsieht. »Sie rechnet nicht auf Schonung. Warum schont sie andre?« –

– Eine kleine Weile schweigen beide. Lady Dedlock hat keinen Bissen gegessen und nur ein paarmal mit fester Hand einen Schluck Wasser genommen. Sie steht vom Tische auf, nimmt einen Lehnstuhl und legt sich darin zurück. Nichts in ihren Mienen drückt Schwäche aus oder bittet um Mitleid. Sie ist gedankenvoll auf sich selbst konzentriert. –

»Diese Frau«, denkt Mr. Tulkinghorn, der jetzt vor dem Kamin steht und wieder als schwarzer Hintergrund ihr die Aussicht versperrt, »ist ein Studium.«

Er studiert sie in Muße und spricht eine Zeitlang nicht. Auch sie grübelt über irgend etwas nach. Es ist so unwahrscheinlich, daß sie das erste Wort spräche, und wenn er auch bis Mitternacht noch dastünde, daß er sich schließlich genötigt sieht, das Stillschweigen zu brechen.

»Lady Dedlock. Es bleibt uns noch der unangenehmste Teil dieser geschäftlichen Unterredung zu erledigen. Aber es ist eben eine Geschäftssache. Unsre Abmachung ist nicht eingehalten worden. Eine Dame von Ihrer Einsicht und Charakterstärke wird darauf vorbereitet sein, daß ich sie jetzt als aufgehoben erkläre und meinen eignen Weg gehen werde.«

»Ich bin auf alles gefaßt.«

Mr. Tulkinghorn verneigt sich.

»Ich habe Sie mit nichts weiter mehr zu belästigen, Lady Dedlock.«

Als er das Zimmer verlassen will, hält sie ihn noch mit der Frage zurück:

»Das soll wohl die versprochne Benachrichtigung sein? Ich wünsche nicht, Sie mißzuverstehen.«

»Nicht genau in dem Sinn, Lady Dedlock, wie ich Sie Ihnen zugesagt habe, da das voraussetzte, daß unsre Abmachung eingehalten würde, aber im Grunde genommen ist sie es. Ein Unterschied ist nur in den Augen eines Juristen vorhanden.«

»Sie beabsichtigen also, mir keine andre Warnung zukommen zu lassen?«

»So ist es. Nein.«

»Beabsichtigen Sie, Sir Leicester heute abend aufzuklären?«

»Eine Frage, die auf den Kern losgeht«, sagt Mr. Tulkinghorn mit einem schwachen Lächeln und schüttelt vorsichtig den Kopf. »Nein, heute nicht.«

»Morgen?«

»Wenn ich mir alles genau überlege, muß ich die Beantwortung dieser Frage verweigern, Lady Dedlock. Wenn ich sagte, ich wüßte nicht genau, wann, würden Sie mir nicht glauben, und das hätte also keinen Zweck. Es könnte morgen sein. Ich will lieber nichts weiter sagen. Sie sind vorbereitet, und ich will keine Hoffnungen erwecken, die die Umstände vielleicht nicht rechtfertigen könnten. Ich wünsche Ihnen einen guten Abend.«

Sie entfernt die Hand von ihrer Stirn, wendet ihm ihr bleiches Gesicht zu, und wie er schweigend zur Türe geht und sie eben öffnen will, ruft sie ihn noch einmal zurück.

»Gedenken Sie noch einige Zeit im Haus zu bleiben? Ich hörte, Sie schrieben in der Bibliothek Briefe. Gehen Sie wieder dorthin?«

»Nur um meinen Hut zu holen. Ich gehe nach Hause.«

Sie grüßt mehr mit den Augen als mit dem Kopf, so leise und seltsam ist ihre Bewegung, und er zieht sich zurück. Draußen sieht er auf seine Uhr und scheint zu mutmaßen, sie könne eine Minute oder zwei falsch gehen, und vergleicht sie daher mit einer prachtvollen Wanduhr auf der Treppe, die, was bei solchen Prunkstücken selten vor-

kommt, wegen ihres genauen Ganges berühmt ist. »Und was sagst du?« fragt Mr. Tulkinghorn diese Uhr. »Was sagst du?«
Was, wenn sie jetzt sagte: Geh nicht nach Hause?! Was für eine berühmte Uhr würde sie erst werden, wenn sie gerade heute nacht von allen Nächten, die sie schon abgezählt hat, gerade zu diesem alten Mann von all den jungen und alten Leuten, die schon vor ihr gestanden haben, sagen würde: Geh nicht nach Hause!
Mit ihrer lauten hellen Glocke schlägt sie dreiviertel nach sieben und tickt dann weiter.
»Was, du bist ja schlimmer, als ich dachte«, sagt Mr. Tulkinghorn tadelnd zu seiner Taschenuhr. »Zwei Minuten falsch? Auf diese Art wirst du nicht bei mir bis zu meinem Lebensende aushalten können.«
Wie schön von ihr, vergälte jetzt die Uhr Böses mit Gutem, wenn sie ihm zur Antwort geben würde: Geh nicht nach Hause.
Er tritt auf die Straße und geht, die Hände auf dem Rükken, im Schatten der hohen Häuser dahin, von deren Geheimnissen, Verlegenheiten, Schulden und delikaten Angelegenheiten jeder Art so manches hinter seiner schwarzen Atlasweste aufgespeichert liegt. Er scheint sogar mit den bloßen Mauern im vertrauten Verhältnis zu stehen, und – wer weiß – vielleicht telegraphieren ihm die hohen Schornsteine Familiengeheimnisse zu. Aber keiner von ihnen hat eine Stimme, die ihm zuflüstern würde: Geh nicht nach Hause.
Durch das Leben und Treiben der weniger nobeln Straßen, durch das Geräusch und Getümmel vieler Fuhrwerke, zahlloser Füße und Stimmen, an den grellen beleuchteten Ladenfenstern vorbei, dem Westwind entgegen, schiebt ihn das Gedränge erbarmungslos vorwärts, und nichts ist da, was zu ihm träte und ihm zuflüsterte: Geh nicht nach Hause.
Und wie er endlich sein stilles Zimmer erreicht und die Kerzen anzündet und um sich schaut und den Römer von

der Decke herunterdeuten sieht, da ist in dessen Hand keine andre Bedeutung als sonst und warnt ihn nicht: Bleib nicht hier.
Es ist eine helle Nacht, aber der Mond, der eben im Abnehmen begriffen ist, geht erst jetzt über der großen Wildnis von London auf. Die Sterne glänzen wie damals über dem bleiernen Turmdach von Chesney Wold, und die Frau blickt wieder zu ihnen auf wie damals, und in ihrer Seele stürmt es wild. Ihr Herz ist krank und ruhelos. Die großen Zimmer sind ihr zu schwül und eng. Sie kann es nicht länger in ihnen aushalten und will in einem benachbarten Garten allein spazierengehen. Zu launenhaft und herrisch in allem, was sie tut, als daß sich irgend jemand über etwas verwundern sollte, was sie für gut befindet, geht sie, einen Plaid um die Schultern, in den Mondschein hinaus.
Der Merkur begleitet sie mit dem Schlüssel. Nachdem er die Gartenpforte geöffnet hat, übergibt er ihn Mylady auf ihr Verlangen und erhält den Befehl, wieder hineinzugehen. Sie wolle hier eine Zeitlang spazierengehen, weil sie Kopfweh habe. Vielleicht eine Stunde, vielleicht länger. Sie bedürfe keiner weitern Begleitung.
Die Gitterpforte fällt klirrend zu, und sie schreitet hinaus in den dunkeln Schatten der Bäume.
Eine schöne Nacht, ein heller Vollmond, unzählige Sterne.
Mr. Tulkinghorn hat zu seinem Keller mit den widerhallenden vielen Türen über einen kleinen gefängnisartigen Hof zu gehen. Er blickt unwillkürlich empor und denkt: Was für eine schöne Nacht, der Vollmond so hell, und die Millionen von Sternen! Eine stille herrliche Nacht!
Ja, eine sehr stille Nacht!
Wenn der Mond besonders hell scheint, so ist es, als gösse er eine Einsamkeit und Stille über die Erde, die selbst menschenreiche und belebte Orte beeinflußt. Die Nacht ist nicht nur still auf staubigen Landstraßen und Hügelgipfeln und auf der weiten Strecke Land ringsum, die stiller und stiller wird, wie sie in einem Waldsaum in den Him-

mel verläuft mit dem grauen Gespenst des Nachtnebels darüber. In Ruhe liegen die Wälder und Gärten und die frischen grünen Wiesen, an denen das Wasser murmelnd zwischen lieblichen Inseln, flüsterndem Schilf und über Fischwehre dahinglitzert. Überall ist stille Nacht. Auch wo der Strom vorüberfließt an den dicht sich drängenden Häusern, unter den vielen Brücken hindurch, die ihre Bogen in seiner Fläche widerspiegeln, an den Werften vorüber, wo die vor Anker liegenden Schiffe ihm ein schwarzes und schauerliches Aussehen geben. Stille der Nacht überall auf dem Marschland, dessen Signalstangen wie an das Ufer geschwemmte Gerippe aussehen – auf sanft gehügeltem Land, reich an Kornfeldern, Windmühlen und Kirchtürmen. Stille Nacht auf dem ewig wogenden Meer –, an der Küste, wo der Wächter steht und das Schiff mit ausgebreiteten Fittichen quer über seinen Lichtpfad gleiten sieht ... Stille selbst über der Wildnis Londons. Die Kirchtürme und der große, große Dom werden ätherischer, die verräucherten Giebel der Häuser verlieren ihre Körperlichkeit in dem bleichen Glanz, das Lärmen auf der Straße wird gedämpfter, und die Schritte auf dem Pflaster gehen ruhiger vorüber als sonst. In diesen Gefilden, wo Mr. Tulkinghorn wohnt und die Schäfer auf ihren Kanzleigerichtspfeifen spielen, unablässig, ohne Pause, und ihre Schafe wohl oder übel festzuhalten wissen, bis sie ganz kahl geschoren sind, verschwimmt jedes Geräusch in dieser Mondnacht in ein ferntönendes Gesumm, als wäre die Stadt ein großes vibrierendes Glas.

Was ist das? Jemand hat eine Flinte oder Pistole abgeschossen. Wo?

Ein paar verspätete Fußgänger fahren zusammen, bleiben stehen und sehen sich erstaunt um. Hie und da gehen Fenster und Türen auf, und Leute treten heraus, um spähend umherzublicken. Es war ein lauter Knall mit schwerem rollendem Echo.

»Das Haus hat förmlich gezittert«, sagt ein Mann, der vorüberging.

Der Schuß hat alle Hunde in der Nachbarschaft aufgeweckt, und sie bellen heftig. Erschrockne Katzen huschen über die Straße. Noch bellen die Hunde, und einer heult wie ein Dämon – da fangen die Turmuhren zu schlagen an, als seien auch sie erschrocken. Das Summen auf den Straßen scheint einen Augenblick zu einem Toben anzuschwellen. Aber es ist bald vorbei. Noch ehe die letzte Uhr anfängt, zehn zu schlagen, nimmt das Geräusch schon ab. Und als sie aufgehört hat, senken die schöne Nacht, der klare Vollmond und das Abertausend von Sternen wieder den alten Frieden herab.
Hat es Mr. Tulkinghorn gestört?
Seine Fenster sind dunkel und still, und seine Türe geschlossen. Ja, das müßte etwas ganz Ungewöhnliches sein, was ihn veranlassen würde, aus seinem Schneckenhaus herauszukommen. Man hört und sieht nichts von ihm. Ob wohl ein Kanonenschuß den verrosteten alten Mann aus seiner unerschütterlichen Fassung bringen könnte?
Seit vielen Jahren hat der beharrliche Römer, ohne damit etwas Besonderes haben sagen zu wollen, von der Decke heruntergedeutet. Es ist nicht wahrscheinlich, daß er heute nacht damit etwas Besonderes meint. Wer einmal lügt, dem glaubt man nicht, und wenn er auch die Wahrheit spricht, ob's jetzt ein Römer oder sogar ein Brite ist. Darum bleibt er jetzt in seiner unmöglichen Stellung und deutet und deutet – erfolglos – die ganze Nacht herunter. Mondlicht, Dunkelheit, Dämmerung, Morgenrot, Tag. Immer noch deutet er eifrig herunter, und niemand achtet auf ihn.
Aber kurz nach Tagesanbruch kommen Leute, um die Zimmer zu reinigen. Entweder sagt der Römer jetzt wirklich die Wahrheit, oder der erste der Leute, die hereinkommen, ist plötzlich verrückt geworden, denn wie er hinaufblickt zur Decke und dem ausgestreckten Finger folgt, schreit er auf und läuft davon. Die andern blicken ins Zimmer, so wie der erste hineinblickte, und auch sie schreien auf und laufen davon. Alarm entsteht in den Straßen.

Was hat das zu bedeuten? Man läßt kein Licht in das verfinsterte Zimmer, und Leute, die sonst nie hineinkommen, treten auf den Fußspitzen ein und kommen schweren Tritts wieder heraus, tragen etwas in das Schlafzimmer und legen es hin. Den ganzen Tag geht ein Flüstern der Verwunderung durch die Straßen. Nachforschung wird gehalten in jeder Ecke, Fußstapfen auf Fußstapfen aufmerksam verfolgt und sorgfältig die Stellung jedes Stücks Hausrat betrachtet. Aller Augen blicken hinauf zu dem Römer, und Stimmen murmeln: Wenn der reden könnte! Er deutet beharrlich auf einen Tisch mit einer fast noch vollen Flasche Wein und einem Glas darauf und zwei Kerzen, die kurz nach dem Anbrennen ausgeblasen worden sein müssen. Er deutet auf einen leeren Stuhl und auf einen Fleck auf dem Fußboden davor, den man mit einer Hand bedecken kann. Eine aufgeregte Phantasie könnte sich einreden, es läge darin etwas so Schreckliches, daß das ganze Deckengemälde samt den dickbeinigen Amoretten, samt Wolken, Blumen und Pfeilern, kurz, die ganze Allegorie an Leib und Seele, verrückt werden müßte. Jeder, der in das verdunkelte Zimmer tritt und sich diese Sachen ansieht, blickt auch hinauf zu dem Römer, der jetzt in aller Augen etwas Geheimnisvolles und Schauerliches hat und aussieht wie ein vom Schlag getroffner stummer Zeuge.
Viele Jahre lang noch werden Schauergeschichten von dem Fleck auf dem Fußboden erzählt werden, der so leicht zu bedecken und so schwer wegzuwaschen war; und der Römer wird, solange Staub und Feuchtigkeit und Spinnen ihn verschonen, mit viel größerer Bedeutung als jemals zu Mr. Tulkinghorns Lebzeiten, vom Tode berichtend, herunterdeuten.
Mr. Tulkinghorns Zeit ist vorüber für immer, und der Römer deutete auf die Mörderhand, die sich gegen das Leben erhoben, und deutete rastlos auf den, der den Abend bis Morgen mit dem Gesicht auf dem Fußboden dagelegen hat, mitten durch das Herz geschossen.

49. Kapitel
Hie Pflicht, hie Freundschaft!

Ein großer Jahrestag ist in der Familie Mr. Matthew Bagnets, alias Lignum vitae, ehemaligen Artilleristen und gegenwärtigen Fagottbläsers. Ein Tag der Lustbarkeit und Freude. Die Feier eines Geburtstags in der Familie.
Natürlich nicht der des Familienoberhaupts, denn Mr. Bagnet ehrt diesen Zeitabschnitt in seinem Instrumentengeschäft immer dadurch, daß er den Kindern vor dem Frühstück einen Extraschmatz gibt, eine Pfeife mehr nach dem Mittagessen raucht und sich gegen Abend Grübeleien hingibt, was jetzt seine alte arme Mutter wohl denken möge – eine ungemein schwierig zu lösende Aufgabe, die dadurch nicht leichter wird, daß die Dame schon vor zwanzig Jahren gestorben ist. Manche Menschen erinnern sich selten an ihre Väter und scheinen in den Bankbüchern ihres Gedächtnisses ihr ganzes Kapital Kindesliebe auf den Namen der Mutter überschrieben zu haben. Mr. Bagnet ist einer von diesen Leuten. Vielleicht bestätigt das Verdienst seiner Gattin ihn in der Ansicht, daß das Hauptwort »Verdienst« eigentlich weiblichen Geschlechts sein sollte. Der Geburtstag eines der drei Kinder ist es auch nicht. Derlei Tage erhalten natürlich ihre Auszeichnung, aber sie übersteigt selten die Grenzen herzlicher Glückwünsche und eines Puddings.
Es kann also nur der Geburtstag seiner Alten sein, und das ist der größte Festtag und der am rötesten angestrichne Tag in Mr. Bagnets Kalender. Das glückliche Ereignis wird stets streng nach gewissen Normen gefeiert, die Mr. Bagnet schon vor einigen Jahren ein für alle Mal ausgearbeitet und festgelegt hat. Er ist fest überzeugt, daß ein paar Hühner auf dem Mittagstisch den Gipfelpunkt eines geradezu kaiserlichen Luxus bilden, und geht daher regelmäßig schon sehr zeitig an diesem Tag aus, um ein paar zu kaufen, wird ebenso regelmäßig von dem Geflügelhändler

übers Ohr gehauen und ersteht jedesmal die beiden ältesten Hühner von ganz Europa. Dann bindet er diese Triumphe von Zähigkeit in ein reines, blauweiß gestreiftes Taschentuch – ein wesentliches Requisit der Feier –, kehrt nach Hause zurück und fordert Mrs. Bagnet beim Frühstück gelegentlich auf, zu sagen, was sie am liebsten zu Mittag essen würde. Durch ein unerklärliches Zusammentreffen, das noch niemals versagt hat, erwidert Mrs. Bagnet prompt: »Geflügel«, worauf das Familienoberhaupt unter allgemeinem Staunen und Händezusammenschlagen das Bündel aus einem Versteck hervorzieht. Er verlangt ferner, daß die Alte den ganzen Tag lang nichts machen darf, als in ihrem Staatskleid zur Parade dazusitzen und sich von ihm und dem jungen Volk bedienen zu lassen. Da er wegen seiner Kochkunst keinen besondern Ruf genießt, so ist anzunehmen, daß diese Maßregel mehr Sache der Zeremonie ist, als daß sie einen Genuß für die Alte bildet. Aber trotzdem behält Mrs. Bagnet stets unentwegt die Miene großer Fröhlichkeit bei.
An dem heutigen Geburtstag hat Mr. Bagnet die gewohnten Präliminarien schon hinter sich. Er hat zwei Prachtexemplare von Federvieh, die sich, wenn die Anzeichen nicht trügen, mit nicht besondrer Schwierigkeit haben für den Bratspieß fangen lassen, erstanden und durch ihr ganz unerwartetes Erscheinen die Familie in das größte Erstaunen und Entzücken versetzt. Er selbst leitet das Braten des Geflügels, und Mrs. Bagnet, die es in den gesunden braunen Fingern immer juckt, wenn sie etwas falsch machen sieht, sitzt in ihrem Ehrenkleid als Gast da.
Quebec und Malta decken den Tisch, während Woolwich, wie es sich gebührt, im Rang unter seinem Vater dient und den Spieß mit den Hühnern in Gang erhält. Diesen jugendlichen Küchengehilfen verrät Mrs. Bagnet gelegentlich mit einem Augenzwinkern, einem Kopfschütteln oder Stirnrunzeln, wenn sie Fehler machen.
»Um halb zwei!« sagt Mr. Bagnet. »Auf die Minute! Sie werden fertig sein.«

Mit Angstschweiß auf der Stirn sieht Mrs. Bagnet eines der Hühner am Feuer aufhören sich zu drehen und zu brennen anfangen.
»Du sollst ein Essen haben, Alte«, sagt Mr. Bagnet, »wie eine Königin.«
Mrs. Bagnet zeigt heiter ihre weißen Zähne, aber ihr Sohn nimmt eine so große seelische Beunruhigung an ihr wahr, daß ihn die Gebote der Kindesliebe zwingen, mit dem Auge zu fragen, was denn los sei, wobei er natürlich auf die Hühner noch viel weniger acht gibt als früher und auch die letzte Spur von Hoffnung, er könne zur Erkenntnis der Sachlage kommen, im Keime erstickt. Zum Glück entdeckt seine ältere Schwester die Ursache der Aufregung in Mrs. Bagnets Busen und erinnert ihn mit einem Rippenstoß an seine Pflicht. Die Hühner fangen an sich wieder zu drehen, und Mrs. Bagnet schließt, von der Wonne der Erleichterung überwältigt, die Augen.
»George kommt uns besuchen«, sagt Mr. Bagnet. »Um halb fünf. Auf den Glockenschlag. Wieviel Jahre, Alte, hat George uns so besucht, nachmittags?«
»Ach Lignum, Lignum, so viele, als aus einer jungen Frau eine alte machen, glaube ich. So viele werden's wohl schon gewesen sein«, entgegnet Mrs. Bagnet lachend und schüttelt den Kopf.
»Alte«, sagt Mr. Bagnet. »Gräm dich nicht. Du wärst so jung wie je. Wenn du nicht jünger wärst. Was du bist. Wie jedermann weiß.«
Quebec und Malta rufen hier unter Händeklatschen, daß Bluffy der Mutter gewiß etwas mitbringen werde, und fangen an zu raten, was es wohl sein könne.
»Weißt du, Lignum«, sagt Mrs. Bagnet, wirft einen Blick auf das Tischtuch, winkt mit ihrem rechten Auge Malta »Salz« zu und schüttelt mit dem Kopf Quebec mit dem »Pfeffer« weg. »Es kommt mir so vor, als ob George wieder einmal sein Wanderfieber hätte.«
»George«, entgegnet Mr. Bagnet, »wird nie desertieren.

Und seinen alten Kameraden sitzen lassen. Brauchst das nicht zu befürchten.«
»Nein, Lignum, nein, das sag ich auch nicht. Ich weiß, er wird das nie tun. Aber wenn er die Geldgeschichte loswerden könnte, glaube ich, würde er wieder fortmachen.«
Mr. Bagnet fragt: »Warum?«
»Nun, George scheint mir ein wenig ungeduldig und ruhelos zu werden. Ich sage nicht, daß er weniger frei und offen wäre als gewöhnlich. Aber es drückt ihn etwas, und das regt ihn auf.«
»Er muß nachexerzieren«, erklärt Mr. Bagnet. »Bei einem Advokaten. Der den Teufel aufgeregt machen würde.«
»Daran kann etwas Wahres sein«, stimmt die Alte zu.
Eine Fortsetzung des Gesprächs wird vorderhand dadurch verhindert, daß Mr. Bagnet sich in die Zwangslage versetzt sieht, die ganze Kraft seines Geistes dem Mittagsmahl zuzuwenden, das durch den trocknen Humor, mit dem die Hühner sich weigern, auch nur einen Tropfen Brühe herzugeben, sowie durch das Naturspiel, daß die Sauce keinen Geschmack bekommt und nicht von ihrer flachsgelben Farbe läßt, einen bedrohlichen Charakter annimmt. Von ähnlicher Seelenverderbnis befallen, bröckeln die Kartoffeln während des Schälens in Stücken von den Gabeln und platzen, wie von inneren Erdbeben aufgerührt, auseinander. Auch die Beine der Hühner sind länger als gerade wünschenswert und stahlhart gepanzert. Mr. Bagnet überwindet schließlich diese Schwierigkeiten siegreich, trägt das Mahl auf, und alle setzen sich zu Tisch, wobei Mrs. Bagnet den Ehrenplatz zugewiesen bekommt.
Es ist gut für die Alte, daß sie bloß einmal im Jahr Geburtstag hat, denn zwei solche Schwelgereien in Geflügel könnten die schwersten Folgen nach sich ziehen. Auch die kleinste Sehne, deren sich das Geflügel erfreut, hat sich in beiden Hühnern übereinstimmend zu der den Gitarresaiten eigentümlichen Form entwickelt. Ihre Flügel und Schenkel haben in Brust und Rumpf knorrig Wurzel geschlagen wie uralte Bäume. Ihre Keulen sind so hart, daß

man auf den Gedanken kommen möchte, sie könnten den größten Teil einer langen mühseligen Lebenswanderung mit angestrengten Märschen oder Wettläufen zugebracht haben. Aber für den von diesen kleinen Mängeln nichts ahnenden Mr. Bagnet ist es Herzenssache, daß Mrs. Bagnet eine möglichst große Quantität von den ihr vorgesetzten Leckerbissen ißt, und da ihm die gute Alte um keinen Preis an irgendeinem Tage, geschweige denn an einem solchen, auch nur den geringsten Verdruß bereiten möchte, gefährdet sie ihren Verdauungsapparat auf das bedenklichste. Wie der junge Woolwich imstande ist, die Trommelschlegel auf seinem Teller zu bewältigen, ohne doch von einem Strauß abzustammen, vermag seine besorgte Mutter absolut nicht zu begreifen.

Nach Beendigung des Mahles hat die Alte noch eine weitere Prüfung zu bestehen, denn sie muß in Paradestellung sitzen bleiben, während das Zimmer aufgeräumt, der Herd gekehrt und das Tischgeschirr im Hof gewaschen und poliert wird. Die große Freude und Energie, mit der die beiden jungen Damen diese Pflichten verrichten und nach dem Beispiel der Mutter das Kleid aufschürzen und auf kleinen Schafotten von Holzschuhen herein und hinaus Rollschuh laufen, erwecken die glänzendsten Hoffnungen für die Zukunft, aber eine gewisse Bangigkeit für die Gegenwart. Dieselben Ursachen führen zu einem Stimmengewirr, einem Geklapper von irdenem Geschirr, Rasseln von Zinnkrügen, einem Schwingen von Besen und einer Verschwendung von Wasser in denkbar größtem Maße, wobei der durchnäßte Zustand der jungen Damen selbst ein so rührendes Schauspiel darbietet, daß es Mrs. Bagnet kaum mehr mit der ihrer Stellung angemeßnen Ruhe mit ansehen kann. Endlich sind die verschiednen Reinigungsprozesse siegreich erledigt worden. Quebec und Malta erscheinen lächelnd und trocken in frischen Kleidern, Pfeifen, Tabak und etwas zu trinken kommen auf den Tisch, und auf die Alte senkt sich das erste Morgenrot des Friedens an dem Tage dieses genußreichen Festes nieder.

Als Mr. Bagnet seinen gewohnten Platz einnimmt, stehen die Zeiger der Uhr nahe auf halb fünf, und wie sie genau darauf stehen, ruft er:
»George! Militärische Pünktlichkeit.«
Es ist George, und er überbringt die herzlichsten Glückwünsche für die Alte, die er bei dieser feierlichen Gelegenheit küßt, und für die Kinder und für Mr. Bagnet. »Allen wünsche ich eine viel, vielmalige Wiederkehr dieses Tages.«
»Aber George, alter Junge!« ruft Mrs. Bagnet und sieht den Kavalleristen neugierig an. »Was fehlt Ihnen denn? Sie sind so blaß, George – verhältnismäßig –, und sehen so angegriffen aus. Nicht wahr, Lignum?«
»George«, nickt Mr. Bagnet. »Sag's der Alten. Was fehlt dir?«
»So, so, bin ich blaß«, sagt der Kavallerist und fährt sich mit der Hand über die Stirn. »Ich wußte nicht, daß ich angegriffen aussehe, und es tut mir leid. Aber die Sache ist die, daß der Junge, den sie zu mir gebracht haben, gestern nachmittag gestorben ist. Das hat mich ein bißchen hergenommen.«
»Armer Teufel!« sagt Mrs. Bagnet mit mütterlichem Mitleid. »Ist's aus mit ihm? Gott, Gott!«
»Ich wollte nichts davon erwähnen, denn es ist kein Geburtstagsgespräch. Aber Sie haben es aus mir herausbekommen, noch ehe ich mich niedergesetzt habe. Ich wäre in einem Augenblick schon wieder munter gewesen«, sagt der Kavallerist und zwingt sich zu einem heiteren Ton, »aber Sie haben zu scharfe Augen, Mrs. Bagnet.«
»Da hast du recht! Die Alte«, sagt Mr. Bagnet, »ist schnell. Wie Pulver.«
»Aber was viel wichtiger ist«, fährt George fort, »heute hat sie ihren Tag, und wir wollen ihn feiern. Ich habe Ihnen eine kleine Brosche mitgebracht, 's ist ein armseliges Ding, aber ein Andenken. Das ist das einzig Gute daran, Mrs. Bagnet.«
Mr. George zieht sein Geschenk aus der Tasche, das mit

bewundernden Sprüngen und Händeklatschen von den Kindern und einer Art ehrfurchtsvollen Staunens von Mr. Bagnet begrüßt wird. »Alte«, sagt Mr. Bagnet, »sage ihm meine Meinung darüber.«

»Ach, es ist wunderschön, George!« ruft Mrs. Bagnet aus. »So etwas Herrliches habe ich noch niemals gesehen.«

»Gut«, sagt Mr. Bagnet. »Das ist meine Meinung.«

»Es ist so hübsch, George«, beteuert Mrs. Bagnet, wendet die Brosche nach allen Seiten und hält sie auf Armeslänge vor sich hin, »daß es für mich viel zu vornehm aussieht.«

»Schlecht«, sagt Mr. Bagnet. »Nicht meine Meinung.«

»Aber so oder so, hunderttausend Mal Dank, alter Junge!« Mrs. Bagnet reicht mit vor Freude glänzenden Augen George die Hand. »Und wenn ich auch manchmal eine etwas kratzbürstige Soldatenfrau gegen Sie gewesen bin, George, so sind wir doch in Wirklichkeit so gut Freund miteinander wie nur möglich. Nicht? Sie müssen die Brosche jetzt der guten Vorbedeutung wegen selbst feststecken, George.«

Die Kinder drängen sich heran, um zuzusehen, und Mr. Bagnet schaut über des jungen Woolwich Kopf ebenfalls zu, und mit einem so ausgesprochen hölzernen und doch so vergnügt kindischen Interesse, daß Mrs. Bagnet lachen muß und sagt: »Ach Lignum, Lignum, was für ein kostbarer alter Kerl du doch bist!«

Aber es gelingt dem Kavalleristen nicht, die Brosche zu befestigen. Seine Hände zittern, er ist nervös, und sie fällt herunter. »Sollte man das glauben?« sagt er, indem er sie auffängt und sich umsieht. »Bin ich so hergenommen, daß ich nicht einmal mehr das kann.«

Mrs. Bagnet ist der Meinung, daß es für einen solchen Fall kein besseres Mittel gibt als eine Pfeife, und schiebt dem Kavalleristen, nachdem sie selbst die Brosche in einem Nu festgesteckt hat, seinen gewohnten bequemen Sessel hin und holt die Pfeifen herbei. »Wenn Sie das nicht wieder in Stimmung bringt, George«, sagt sie, »brauchen Sie nur manchmal einen Blick auf Ihr Geschenk hier zu werfen, und das beides zusammen wird dann schon wirken.«

»Sie selbst werden es tun, Mrs. Bagnet«, gibt George zur Antwort. »Die blauen Bohnen sind mir in letzter Zeit ein wenig arg um den Kopf geflogen. Da war erstens einmal der arme Bursche. Es war eine schlimme Sache, ihn so sterben zu sehen, ohne ihm helfen zu können.«

»Wieso, George? Sie haben ihm doch geholfen. Sie haben ihn doch bei sich aufgenommen.«

»Insofern schon. Aber das ist ein bißchen wenig. Ich meine, Mrs. Bagnet, ich sah ihn sterben, ohne daß man ihn jemals viel mehr gelehrt hatte, als seine rechte Hand von seiner linken zu unterscheiden. Und dann stand es schon zu schlimm mit ihm, als daß man ihm noch viel hätte helfen können.«

»Armer Teufel«, seufzt Mrs. Bagnet.

»Und dann«, fährt der Kavallerist fort und streicht sich wieder mit seiner schweren Hand über die Stirn, »hab ich dabei an Gridley denken müssen. Ebenfalls ein schlimmer Fall, wenn auch in andrer Art. Überdies trug die Schuld daran in beiden Fällen derselbe steinharte Schuft, und an diesen verrosteten Karabiner denken zu müssen, wie er immer dasteht, teilnahmslos und gleichgültig – da kribbelt's mir in den Fingern.«

»Mein Rat wäre«, meint Mrs. Bagnet, »zünden Sie sich lieber die Pfeife an und lassen Sie sich den Rauch im Munde kribbeln. Das ist angenehmer und weniger aufregend und wahrscheinlich auch besser für Ihre Gesundheit.«

»Da haben Sie recht. Das will ich tun.«

Der Kavallerist tut es auch, aber mit einer Miene entrüsteter Ernsthaftigkeit, die auf die jungen Familienmitglieder einen großen Eindruck macht und sogar Mr. Bagnet veranlaßt, die Zeremonie, auf Mrs. Bagnets Gesundheit zu trinken, noch ein wenig aufzuschieben.

Erst nachdem die jungen Damen das, was Mr. Bagnet die »Legierung« nennt, bereitet haben und Georges Pfeife in heller Glut brennt, hält es Mr. Bagnet für seine Pflicht, den

Trinkspruch des Abends, wie immer bei solchen Gelegenheiten, mit musterhafter Knappheit auszubringen. Er richtet an die versammelte Gesellschaft folgende Worte: »George, Woolwich, Quebec, Malta. Heute ist ihr Geburtstag. Marschiert den ganzen Tag. Und ihr werdet keine zweite finden. Auf ihre Gesundheit!«
Nachdem dieser Toast mit Begeisterung getrunken worden ist, dankt Mrs. Bagnet ebenfalls mit einer hübschen Rede von entsprechender Kürze. Ihre Musterstilübung beschränkt sich wie immer auf die paar Worte: »Und die eurige.« Sie nickt dabei allen der Reihe nach zu und nimmt dann einen genau bemeßnen Schluck von der »Legierung«. Heute aber fügt sie außerdem ganz unerwartet den Ausruf hinzu: »Da steht jemand.«
Und wirklich, sehr zum Erstaunen der kleinen Gesellschaft schaut jemand zur Stubentür herein. Es ist ein Mann mit scharfem, durchdringendem Blick. Und jeder muß ihn ansehen und hat dabei das Gefühl: Das ist ein höchst merkwürdiger Mensch.
»George«, sagt der Mann und nickt, »wie befinden Sie sich?«
»Ah, Bucket!« ruft Mr. George.
»Ich ging hier durch die Straße«, erzählt der Mann, kommt jetzt herein und schließt die Tür, »als ich zufällig hier stehen blieb, mir die Musikinstrumente im Ladenfenster betrachtete – ein Freund von mir möchte nämlich ein gebrauchtes Violoncello von gutem Ton kaufen – und eine Gesellschaft sich amüsieren sah. Ich glaubte, Sie in der Ecke zu erkennen, George, und habe mich, wie ich sehe, auch nicht geirrt. Wie geht es Ihnen zur Zeit, George? Ziemlich gut? Und Ihnen, Maam, und Ihnen, Meister? Aber sieh mal einer!« Mr. Bucket breitet die Arme aus. »Da sind ja Kinder. Ihr könnt alles mit mir machen, wenn ihr mir nur Kinder zeigt. Gebt mir einen Kuß, ihr Schätzchen! Brauche nicht erst zu fragen, wer euer Vater und eure Mutter ist. Hab so eine Ähnlichkeit in meinem Leben noch nicht gesehen.«

Freundlich aufgenommen, hat sich Mr. Bucket neben Mr. George gesetzt und Quebec und Malta auf seine Knie genommen.

»Ihr hübschen Kinder«, sagt Mr. Bucket, »gebt mir noch einen Kuß; das ist das einzige, wovon ich nie satt werden kann. Gott segne euch. Wie gesund ihr ausseht. Wie alt mögen die beiden wohl sein, Maam? Möchte sie so etwa auf acht bis zehn Jahre schätzen.«

»Stimmt so ungefähr, Sir«, sagt Mrs. Bagnet.

»Ich errate es fast immer, denn ich habe Kinder so gern. Ein Freund von mir hat neunzehn, Maam. Alle von einer Mutter. Und sie sieht noch so frisch und rosig aus wie der Morgen. Nicht so wie Sie, aber meiner Seel, sie kommt Ihnen nahe.«

»Ja, und was ist denn das da, meine Schätzchen?« fährt Mr. Bucket, wieder zu den Kindern gewendet, fort und kneift Malta in die Wange. »Das sind ja wirkliche Pfirsiche. Meiner Seel. Und was meinst du von Papa? Glaubst du, er könne ein gebrauchtes Violoncello von gutem Ton für Mr. Buckets Freund empfehlen, Kleine? Ich heiße Bucket. Komisch, nicht?«

Diese kleinen Schmeicheleien haben dem Mann die Herzen der Familie im Handumdrehen gewonnen. Mrs. Bagnet vergißt die Feierlichkeiten des Tages soweit, daß sie Mr. Bucket eine Pfeife stopft und ihm eigenhändig ein Glas einschenkt. Sie würde unter allen Umständen, sagt sie, einen so gewinnenden Menschen freundlich aufnehmen, aber als Freund Georges sehe sie ihn heute, wo dieser nicht in seiner gewöhnlichen Laune sei, besonders gern.

»Nicht in seiner gewöhnlichen Laune!« ruft Mr. Bucket aus. »Na, aber so etwas! Was ist denn los, George? Mir werden Sie doch nicht sagen, Sie wären nicht bei Laune. Sie haben doch nichts auf dem Herzen?«

»Nichts Besonderes«, entgegnet der Kavallerist.

»Na, das sollt ich auch meinen. Was könnten denn Sie auf dem Herzen haben, möchte ich wissen? Haben diese kleinen Schätzchen da vielleicht auch etwas auf dem Herzen, he? Sie selbst nicht, aber manch junger Bursche wird sie später einmal auf dem Herzen haben und schrecklich traurig dabei sein. Ich verstehe mich nicht aufs Prophezeien, aber soviel kann ich mit Bestimmtheit voraussagen, Maam.«

Mrs. Bagnet, ganz entzückt, hofft, daß Mr. Bucket auch Familie hat.

»Das ist es doch eben, Maam, würden Sie das glauben? Nein, ich habe keine. Meine Frau und eine Mieterin sind meine ganze Familie.

Mrs. Bucket hat Kinder ebenso lieb wie ich und wünschte sich auch welche. Aber nein. So geht's. Irdische Güter sind ungleich verteilt, und der Mensch soll nicht murren. Was für einen hübschen Hof Sie da haben, Maam. Hat er einen Ausgang?«

Der Hof hat keinen Ausgang.

»Wahrhaftig nicht?« sagt Mr. Bucket. »Man sollte doch wirklich glauben, daß so ein Hof einen Ausgang haben müsse. Ich wüßte wirklich nicht, daß mir jemals ein Hof besser gefallen hätte. Sie erlauben doch, daß ich ihn mir näher ansehe. Danke bestens. Er hat wirklich keinen Ausgang, wie ich sehe.«

Nachdem Mr. Bucket mit seinem scharfen Blick sich draußen überall umgesehen hat, kehrt er zu seinem Stuhl zurück und klopft Mr. George freundschaftlich auf die Achsel.

»Wie sind Sie jetzt aufgelegt, George?«

»Schon wieder ganz gut.«

»Sehen Sie, das laß ich mir gefallen. Ein Mann von Ihrer Gestalt und Konstitution hat kein Recht, niedergedrückt zu sein, nicht wahr, Maam? Und Sie haben nichts auf dem Herzen. Verstehen Sie wohl, George! Was könnten Sie denn auf dem Herzen haben!« Mr. Bucket verweilt auffallend lange bei diesen Äußerungen, indem er sie ganz im Widerspruch mit seinem sonstigen Unterhaltungstalent ein paarmal wiederholt, während er sich die Pfeife anzündet und dabei, wie das so seine Gewohnheit manchmal ist, ein horchendes Gesicht macht. Aber die Sonne seiner Gemütlichkeit erholt sich bald von dieser kurzen Verfinsterung und scheint wieder.

»Und das ist der kleine Bruder, nicht wahr, Kinder?« wendet er sich an Quebec und Malta, um über den jungen Woolwich Näheres zu erfahren. »Ein hübscher kleiner Bruder – Stiefbruder wollte ich sagen, denn er ist zu alt, um Ihr Sohn zu sein, Maam.«

»Von wem sollte er denn sonst sein«, lacht Mrs. Bagnet.

»Was? Ah, da staun ich. Aber er ist Ihnen wahrhaftig ähnlich. Kein Zweifel. Wunderbar ähnlich. Nur um die Stirn herum erkennt man den Vater.« Mr. Bucket vergleicht die Gesichter und schließt dabei ein Auge, während Mr. Bagnet ruhevoll seine Pfeife raucht. Mrs. Bagnet benützt die Gelegenheit, zu sagen, daß der Junge Georges Patenkind ist.

»Georges Patenkind? So, so«, entgegnet Mr. Bucket mit ausnehmender Herzlichkeit. »Da muß ich ihm ja noch einmal die Hand schütteln. Die beiden machen einander Ehre. Was wollen Sie ihn denn werden lassen, Maam? Zeigt er Lust zu einem musikalischen Instrument?«

Mr. Bagnet mischt sich plötzlich ins Gespräch: »Spielt die Querpfeife. Wunderschön.«

»Würden Sie glauben, Meister«, sagt Mr. Bucket, über das Zusammentreffen verwundert, »daß ich als Junge selber die Querpfeife gespielt habe? Nicht wissenschaftlich, wie er wahrscheinlich; nur nach dem Gehör. Meiner Seel! – ›Die britischen Grenadiere‹ das ist eine Melodie, bei der einem Engländer warm ums Herz wird. Könntest du uns die ›britischen Grenadiere‹ vorspielen, mein Junge?«

Sofort holt der junge Woolwich seine Querpfeife und spielt die wilde erregende Melodie, zu der Mr. Bucket begeistert den Takt schlägt und immer in den Refrain einstimmt: »Die britischen Gre-he-nadiere.«

Kurz, er zeigt soviel musikalischen Geschmack, daß Mr. Bagnet tatsächlich die Pfeife aus dem Mund nimmt, um ihm zu versichern, er müsse unbedingt ein Sänger sein. Mr. Bucket bekennt bescheiden, einmal ein wenig gesungen zu haben, und man fordert ihn auf, zu singen. Um die Gemütlichkeit seinerseits zu fördern, gibt er schließlich nach und singt ihnen »Glaubt mir, wenn all diese zau-berischen Rei-hei-ze« vor. Diese Ballade, verrät er, habe einst Mrs. Buckets jungfräuliches Herz bewegt und sie vermocht, vor den Altar zu treten – oder, wie er sich ausdrückt, pappen zu bleiben.

Der bestrickende Gast ist eine so neue unschätzbare Zugabe für den Festtag, daß Mr. George, der anfangs keine sehr große Freude bei seinem Eintritt an den Tag gelegt hat, anfängt, stolz auf ihn zu werden. Er entpuppt sich als ein so vielseitiger Mann und hat ein so gewinnendes Benehmen, daß es immerhin ein gewisses Verdienst ist, ihn hier eingeführt zu haben. Mr. Bagnet fühlt nach einer zweiten Pfeife den Wert der neuen Bekanntschaft so sehr, daß er den Gast um die Ehre seines Besuchs am nächsten Geburtstag der Alten bittet. Wenn etwas die Achtung, die Mr. Bucket der Familie gegenüber an den Tag legt, noch mehr befestigen kann, so ist es seine Entdeckung des Anlasses der heutigen Festlichkeit. Er trinkt Mrs. Bagnet mit einer an Begeisterung grenzenden Wärme zu, bedankt sich verbindlich für die Einladung, merkt sich den Tag in einer großen schwarzen Brieftasche mit Gummiband an und gibt der Hoffnung Raum, daß inzwischen Mrs. Bukket und Mrs. Bagnet schwesterliche Freundinnen geworden sein möchten. Was sei öffentliches Leben ohne Freundschaftsbande, sagt er. Er sei in seiner bescheidnen Sphäre ein Mann der Öffentlichkeit sozusagen, aber darin fände er sein Glück nicht. Nur in der engen Häuslichkeit könne man es finden.

Unter diesen Umständen ist es nur natürlich, wenn er jetzt auch des Freundes gedenkt, dem er eine so vielversprechende Bekanntschaft verdankt. Und er tut es. Er schließt sich sehr an ihn an. Immer wieder kommt er darauf zurück, von was immer auch gesprochen wird. Er wartet,

um mit ihm nach Hause zu gehen. Sogar seine Stiefel interessieren ihn, und er beobachtet sie aufmerksam, während Mr. George mit überschlagnen Beinen am Kamin sitzt und raucht.
Endlich steht der Kavallerist auf, um zu gehen, und im selben Augenblick erhebt sich auch Mr. Bucket. Er kann sich von den Kindern gar nicht trennen und kommt wieder auf den Auftrag, den er für einen abwesenden Freund übernommen hat, zurück.
»Was das gebrauchte Violoncello betrifft, Meister, können Sie mir ein solches empfehlen?«
»Dutzende«, sagt Mr. Bagnet.
»Ich bin Ihnen sehr verbunden«, entgegnet Mr. Bucket und drückt ihm die Hand. »Sie sind ein Freund in der Not. Einen guten Ton muß es haben, nicht vergessen! Mein Freund ist kein Stümper. Wahrhaftig, er fiedelt seinen Mozart und seinen Händel und die andern Obermacher herunter wie einer vom Fach, und«, setzt er vertraulich hinzu, »Sie brauchen sich hinsichtlich des Preises nicht zu sehr ins Fleisch zu schneiden, Meister. Ich will nicht gerade einen zu hohen Preis für meinen Freund anlegen, aber andrerseits sollen Sie auch Ihre anständigen Prozente haben und für Ihren Zeitverlust entsprechend entschädigt werden. Das ist recht und billig. Jeder Mensch muß leben und verdienen.«
Mr. Bagnet nickt der Alten zu, um damit auszudrücken, welches Juwel sie in dem Manne gefunden hätten.
»Angenommen, ich fragte morgen um halb elf wieder hier an, könnten Sie mir da schon die Preise von ein paar Violoncellos von gutem Ton sagen?«
Nichts leichter als das. Mr. und Mrs. Bagnet verpflichten sich beide, bis dahin die erforderliche Auskunft verschafft zu haben, und wechseln Blicke, ob es nicht möglich sei, einen kleinen Vorrat zur Besichtigung herbeizuschaffen.
»Ich danke Ihnen«, sagt Mr. Bucket. »Gute Nacht, Maam. Gute Nacht, Meister. Gute Nacht, meine Schätzchen. Ich

bin Ihnen wirklich sehr dankbar für einen der angenehmsten Abende, die ich in meinem Leben gehabt habe.«
Die Bagnets sind dem Herrn sehr verpflichtet für das Vergnügen, und so scheiden sie mit vielen Ausdrücken der Zufriedenheit voneinander.
»Nun, George, alter Junge«, sagt Mr. Bucket und nimmt an der Ladentür den Arm des Kavalleristen, »kommen Sie.«
Wie sie die kleine Straße hinabgehen und die Bagnets ihnen eine Weile nachsehen, bemerkt die Alte zu dem würdigen Lignum, »daß Mr. Bucket sehr an George zu hängen und ihn wirklich gern zu haben scheint«.
Da die nächstfolgenden Straßen eng und schlecht gepflastert sind, so ist es sehr unbequem für zwei Leute, nebeneinander Arm in Arm zu gehen, und Mr. George schlägt daher vor, sie sollten lieber einzeln marschieren. Mr. Bucket kann sich durchaus nicht entschließen, den Freund loszulassen, und vertröstet ihn: »Nur noch eine Minute, George! Ich möchte erst mit Ihnen sprechen.« Gleich darauf schiebt er ihn in ein Wirtshaus hinein und in ein Stübchen, stellt sich ihm gegenüber und lehnt sich mit dem Rücken gegen die Tür.
»Hören Sie, George«, sagt er. »Pflicht ist Pflicht und Freundschaft ist Freundschaft. Ich will nie, daß die beiden einander in die Haare geraten, wenn ich es verhindern kann. Ich habe mir die größte Mühe gegeben, die Sache heute abend angenehm zu gestalten, und sagen Sie selbst, ob ich es getan habe oder nicht. Aber jetzt haben Sie sich als verhaftet zu betrachten.«
»Verhaftet? Weshalb?« entgegnet der Kavallerist, wie vom Donner gerührt.
»Hören Sie, George«, sagt Mr. Bucket und hebt bedeutungsvoll und eindringlich seinen dicken Zeigefinger in die Höhe. »Pflicht, das wissen Sie recht gut, und Unterhaltung sind zweierlei. Es ist meine Pflicht, Ihnen zu sagen, daß jede Äußerung, die Sie tun, unter Umständen belastend für Sie sein kann. Also nehmen Sie sich in acht,

George, mit dem, was Sie sagen. Also: Haben Sie nicht zufällig von einer Mordtat gehört?«
»Einer Mordtat?«
»George«, sagt Mr. Bucket und macht mit seinem Zeigefinger eine ausdrucksvolle Bewegung, »vergessen Sie nicht. Sie sind diesen Nachmittag in gedrückter Stimmung gewesen. Ich sage, haben Sie zufällig nichts von einem Mord gehört?«
»Nein. Wer ist denn ermordet worden?«
»Passen Sie auf, George. Kompromittieren Sie sich nicht. Ich will Ihnen sagen, weshalb ich Sie verhafte. Es ist jemand in Lincoln's-Inn-Fields ermordet worden – ein Gentleman namens Tulkinghorn. Er ist gestern nacht erschossen worden.«
Der Kavallerist sinkt auf eine hinter ihm stehende Bank zurück. Große Schweißtropfen perlen auf seiner Stirn, und Totenblässe überzieht sein Gesicht.
»Bucket! Es ist doch nicht möglich, daß Sie mich in Verdacht haben, Mr. Tulkinghorn ermordet zu haben?«
»George« – Mr. Bucket bewegt immer noch seinen Zeigefinger hin und her –, »das ist nicht nur möglich, sondern sogar der Fall. Die Tat geschah gestern abend um zehn Uhr. Nun wissen Sie doch jedenfalls, wo Sie gestern abend um zehn Uhr waren, und können es beweisen.«
»Gestern abend? Gestern abend?« wiederholt der Kavallerist gedankenvoll. Dann geht ihm plötzlich ein Licht auf. »Gott im Himmel, ich war gestern abend dort.«
»Das weiß ich, George«, entgegnet Mr. Bucket mit großer Überlegung. »Ich weiß es. Und Sie sind sehr oft dort gewesen. Man hat Sie häufig in der Gegend gesehen und mehr als einmal gehört, daß Sie sich mit ihm herumgezankt haben. Man soll sogar – ich sage nicht, daß es der Fall sein muß, wohl verstanden –, aber man will ihn Sie einen gewalttätigen gefährlichen Kerl haben nennen hören.«
Der Kavallerist schnappt nach Luft, als wolle er alles das zugeben und könne nur nicht sprechen.

»Also, George«, fährt Mr. Bucket fort und legt seinen Hut auf den Tisch mit einer geschäftsmäßigen Miene wie ein Tapezierer. »Mein Wunsch ist, die Sache so glatt und angenehm zu machen, wie sie den ganzen Abend gewesen ist. Ich sage Ihnen offen, Sir Leicester Dedlock, Baronet, hat eine Belohnung von hundert Guineen ausgesetzt. Wir beide sind immer gut miteinander ausgekommen, und ich sehe nicht ein, weshalb ich die hundert Guineen nicht ebensogut wie irgendein andrer verdienen sollte. Aus allen diesen Gründen wird es Ihnen hoffentlich klar sein, daß ich Sie haben muß und daß ich verdammt sein will, wenn ich Sie jetzt nicht habe. Soll ich Beistand herbeirufen oder geht die Sache glatt?«

Mr. George hat sich erholt und richtet sich auf wie ein Soldat. »Los!« sagt er. »Ich bin bereit.«

»Warten Sie einen Augenblick, George«, fährt Mr. Bucket fort.

Mit seiner Tapezierermiene, als wäre der Kavallerist ein auszubesserndes Möbel, holt er ein Paar Handschellen aus der Tasche.

»Es ist eine peinliche Sache, George, aber die Pflicht schreibt es mir vor ...«

Der Kavallerist wird blutrot vor Zorn und zögert einen Augenblick; dann aber hält er seine beiden Hände hin und sagt: »Da! Legen Sie sie an!«

Mr. Bucket hat die Handschellen im Nu befestigt. »Wie passen sie Ihnen? Sind sie bequem? Wenn nicht, so sagen Sie's, denn ich möchte Ihnen alles so angenehm machen, wie es sich nur irgend mit meiner Pflicht verträgt, und ich habe noch ein Paar in der Tasche.« Er sagt das alles wie ein höchst respektabler Kaufmann, dem die sorgfältigste Ausführung eines Auftrags sehr am Herzen liegt.

»Passen sie Ihnen so, wie sie sind? Also gut! Sie sehen, George«, er nimmt einen Mantel aus einer Ecke und hängt ihn dem Kavalleristen um, »ich habe auf Ihre Gefühle Rücksicht genommen und den Mantel zu diesem Zweck mitgebracht. So. Wer weiß jetzt was?«

»Nur ich«, entgegnet der Kavallerist, »aber da ich es weiß, tun Sie mir nur noch den einzigen Gefallen und ziehen Sie mir den Hut über die Augen.«
»Trotzdem? Glauben Sie? Warum eigentlich? Es sieht nicht gut aus.«
»Ich kann niemandem mit diesen Dingern an den Händen ins Gesicht sehen«, antwortet Mr. George hastig. »Um Gottes willen, ziehen Sie mir den Hut ins Gesicht.«
So eindringlich gebeten, gibt Mr. Bucket nach, setzt dann selbst seinen Hut auf und führt seine Beute auf die Straße hinaus. So fest wie immer marschiert der Kavallerist einher, nur den Kopf trägt er weniger aufrecht, und Mr. Bucket steuert ihn über die Straßenübergänge und um die Ecken.

50. Kapitel

Esthers Erzählung

Als ich von Deal nach Hause kam, fand ich einen Brief von Caddy Jellyby mit der Nachricht vor, ihr Gesundheitszustand, seit einiger Zeit schon nicht der beste gewesen, habe sich verschlimmert, und sie würde sich mehr, als sie sagen könne, freuen, wenn ich sie besuchen käme. Es waren nur wenige Zeilen, offenbar im Bett geschrieben, und ihnen lag ein Brief von ihrem Gatten bei, der ihre Bitte unterstützte.
Caddy war inzwischen Mutter geworden und ich die Patin eines niedlichen, uralt aussehenden Würmchens mit einem Gesicht, so klein, daß man kaum etwas andres als den Mützenbesatz sehen konnte. Seine kleinen magern langfingerigen Händchen hielt es beständig unter dem Kinn zusammengeballt. In dieser Stellung pflegte es nämlich den ganzen Tag dazuliegen, die hellen Äugelchen weit offen und offenbar ganz verwundert, warum es so klein und schwach war. Nur wenn man es nahm, schrie es, aber

zu allen andern Zeiten war es so geduldig, daß es der einzige Wunsch seines Lebens zu sein schien, still zu liegen und nachzudenken. Es hatte seltsame tiefblaue kleine Äderchen im Gesicht und merkwürdige dunkle Flecken unter den Augen, die aussahen wie Erinnerungszeichen an Caddys Tintenklecksepoche, und alles in allem bot es für Fremde oder Unbeteiligte einen recht kläglichen Anblick.
Aber Caddy war offenbar daran gewöhnt. Ihre Pläne und Gedanken über der kleinen Esther Erziehung und deren künftige Heirat, mit denen sie sich die Stunden ihres Krankenlagers verkürzte und sich zuweilen bis in die ferne Zukunft verstieg, wo sie erst Großmutter sein würde, sprachen so hübsch von ihrer Liebe und Hingebung zu diesem Stolz ihres Lebens, daß ich gerne noch mehr davon erzählen würde, wenn ich nicht fürchten müßte, mich dabei allzu sehr aufzuhalten.
Um also wieder auf den Brief zurückzukommen. Caddy frönte in bezug auf mich einem Aberglauben, der sich von jenem längst vergangnen Abend, wo sie mit ihrem Kopf auf meinem Schoß eingeschlummert war, herleitete und im Lauf der Zeit immer stärker geworden war. Sie bildete sich nämlich ein, daß ihr meine Nähe gut täte. Natürlich war das nur eine Grille des guten Kindes, die zu erwähnen ich mich fast schäme, der ich aber, wo sie jetzt wirklich krank war, jedenfalls Rechnung tragen mußte. Deshalb fuhr ich mit meines Vormunds Einwilligung bereits mit der nächsten Post zu ihr, und sie und Prince empfingen mich mit einer Überschwenglichkeit, die wirklich schon jedes Maß überstieg.
Den Tag darauf besuchte ich sie abermals, und den nächsten Tag wieder.
Es war durchaus keine beschwerliche Reise, und ich brauchte nur früh etwas zeitiger aufzustehen, um meine Rechnungen in Ordnung zu bringen und die Wirtschaftsangelegenheiten vorzubereiten, ehe ich mich auf den Weg machte; aber nach dem dritten Besuch sagte mein Vormund zu mir, als ich abends zurückkehrte:

»Nein, kleines Frauchen, das geht so nicht weiter. Steter Tropfen höhlt den Stein, und wenn Mütterchen Spinnweb immer so hin und her fahren wollte, würde sie das schließlich sehr angreifen. Wir müssen auf einige Zeit nach London gehen und unsre alte Wohnung wieder beziehen.«
»Bitte, nicht meinetwegen, lieber Vormund«, sagte ich. »Es ermüdet mich gar nicht« – das war auch wirklich der Fall – »und ich fühle mich so glücklich, daß man meiner bedarf.«
»Also dann meinetwegen und Adas wegen. – Morgen ist übrigens, wenn ich nicht irre, irgend jemandes Geburtstag.«
»Es kommt mir wahrhaftig auch so vor.« – Ich küßte meinen Liebling, der morgen einundzwanzig Jahre alt wurde.
»Ja, das ist ein wichtiger Tag«, sagte mein Vormund halb scherzend, halb ernst, »und meine schöne Kusine wird allerhand Wege haben, weil sie volljährig wird. Schon deswegen müssen wir nach London. Das wäre also abgemacht. Sag mal, wie geht es übrigens Caddy?«
»Nicht besonders, Vormund. Ich fürchte, es wird immerhin einige Zeit dauern, ehe sie wieder zu Kräften kommt.«
»Was nennst du einige Zeit?« fragte mein Vormund nachdenklich.
»Einige Wochen, fürchte ich.«
»So, so!« Er schien sich dasselbe gedacht zu haben. »Was meinst du über ihren Arzt? Ist er gut und verläßlich, mein Kind?«
Ich sagte, daß man sich in keiner Hinsicht über ihn beklagen könne, aber Prince und ich hätten heute abend davon gesprochen, sein Urteil noch von einem andern bestätigen zu lassen.
»Da wäre doch Woodcourt am besten«, entgegnete mein Vormund rasch.
Ich hatte gar nicht an ihn gedacht und war daher ein wenig überrascht. Einen Augenblick schienen alle Gedanken, die ich mir je über Mr. Woodcourt gemacht hatte, in meiner Erinnerung aufzuwachen und mich zu verwirren.

»Hast du vielleicht etwas gegen ihn einzuwenden, kleines Frauchen?«
»Etwas gegen ihn einzuwenden? Gewiß nicht.«
»Und du glaubst nicht, daß die Kranke dagegen wäre?«
Ich bezweifelte nicht im geringsten, daß sie großes Vertrauen zu ihm haben und er ihr sehr gut gefallen würde. Sie kenne ihn übrigens persönlich und habe ihn oft bei Miß Flite gesehen.
»Ausgezeichnet«, sagte mein Vormund. »Er war heute hier, und ich werde ihn gleich morgen wegen der Sache aufsuchen.«
Während dieses kurzen Gesprächs hielt mich mein Herzenskind fröhlich umschlungen, und mich beschlich die deutliche Empfindung, trotzdem sie kein Wort sagte oder auch nur mit einem Blick darauf anspielte, daß sie daran dachte, wie mir Caddy damals den kleinen Abschiedsstrauß Mr. Woodcourts übergab. Das brachte mich auf den Gedanken, ich müsse ihr und auch Caddy anvertrauen, daß ich Mr. Jarndyces Gattin werden sollte, und diese Enthüllung schon um meiner selbst willen nicht weiter hinausschieben dürfe. Nachdem wir hinaufgegangen waren und ich gewartet hatte, bis es zwölf Uhr schlug, um als erste meinem Liebling zu ihrem Geburtstag Glück zu wünschen und sie an mein Herz zu schließen, vertraute ich ihr an, welch glückliches Leben mir bestimmt sei, und sie fiel mir um den Hals und war so zärtlich zu mir wie vielleicht nie vorher. Ich freute mich so sehr darüber, und das Gefühl, richtig gehandelt zu haben, war mir eine solche Erleichterung, daß ich mich noch zehnmal glücklicher fühlte als zuvor.
Den Tag darauf fuhren wir nach London. Unsre alte Wohnung stand leer, und in einer halben Stunde fühlten wir uns wieder so gemütlich darin, als hätten wir sie nie verlassen. Zur Feier des Geburtstags meines Lieblings hatte mein Vormund Mr. Woodcourt zu Mittag geladen, und es war so gemütlich, wie es bei der großen Lücke, die

Richards Abwesenheit bei einem solchen Feste natürlich bedeuten mußte, nur sein konnte.

Von da an war ich acht oder neun Wochen lang meistens bei Caddy, und so kam es, daß ich Ada viel seltner sah als früher. Sie kam zwar oft zu Besuch, aber wir bemühten uns dann, die Kranke zu zerstreuen oder aufzuheitern, und plauderten daher nicht wie sonst in unsrer gewohnten vertraulichen Weise. So oft ich über die Nacht nach Hause ging, waren wir wohl beisammen, aber das war nicht häufig der Fall, denn ich blieb meistens bei Caddy, die oft vor Schmerzen schlaflos war, um sie zu pflegen.

Was für ein gutes Geschöpf Caddy doch war! Sie liebte ihren Gatten und ihr armes kleines Würmchen von einem Kind so zärtlich und mußte sich doch für ihre Häuslichkeit so abrackern! So voller Selbstverleugnung, so ohne die leiseste Klage, so bestrebt, der andern wegen gesund zu werden, und besorgt, jemand beschwerlich zu fallen, machte sie sich immerwährend Vorwürfe, ihrem Gatten jetzt in seinem Unterricht nicht beistehen und die Bequemlichkeiten des alten Mr. Turveydrop nicht unterstützen zu können, daß ich mir gestehen mußte, ich lernte sie erst jetzt von ihrer besten Seite kennen. Und es war so seltsam, daß sie blaß und hilflos Tag für Tag daliegen mußte, wo doch das Tanzen ihr Lebensberuf war und schon frühzeitig jeden Morgen die Fiedel den Schülern im Ballsaal aufspielte und der melancholische kleine Junge den ganzen Nachmittag allein in der Küche Walzer tanzte.

Auf ihren Wunsch übernahm ich die Oberaufsicht über ihr Zimmer, räumte es auf und schob sie samt ihrem Bett in eine helle, luftigere und freundlichere Ecke, und jeden Tag, wenn alles sauber aufgeräumt worden war, legte ich ihr mein kleines Namensschwesterchen in die Arme und setzte mich neben sie, um zu arbeiten, zu plaudern oder ihr vorzulesen. Bei einer solchen Gelegenheit erzählte ich ihr auch von der bevorstehenden Änderung in meinem Schicksal.

Außer Ada bekamen wir noch mancherlei Besuch. In er-

ster Linie natürlich von Prince, der oft in den ihm so kärglich zugemeßnen freien Minuten zwischen den Lehrstunden vorsichtig hereinkam und sich leise hinsetzte, zärtlich um Caddy und das winzige Kind bekümmert. Mochte sich Caddy gut oder schlecht befinden, immer versicherte sie Prince, sie sei fast schon gesund, und ich versäumte natürlich nicht, ihm das zu bestätigen.
Das pflegte ihn immer sehr aufzuheitern. Er nahm dann zuweilen die Violine aus der Tasche und spielte ein paar Noten, um das Baby in Erstaunen zu versetzen, aber es wollte ihm niemals gelingen, denn mein kleines Namensschwesterchen nahm nicht die geringste Notiz davon.
Zuweilen kam auch Mrs. Jellyby. Sie saß dann in ihrer gewohnten zerstreuten Art ruhig da und blickte über ihr Enkelkind hinaus in unendliche Fernen, als wäre ihre Aufmerksamkeit ganz und gar von irgendeinem jungen Borriobulaner an seinem heimischen Strand in Anspruch genommen. So kläräugig, heiter, ruhig und unsauber wie immer pflegte sie dann stets zerstreut zu fragen: »Nun, Caddy, mein Kind, wie geht es dir heute?« Und dann saß sie wieder liebenswürdig lächelnd da, überhörte die Antwort und schien im Geiste die Zahl der Briefe, die sie empfangen oder noch zu beantworten hatte, zu überschlagen oder über die Ertragsfähigkeit der Kaffeebäume in Borriobula-Gha Berechnungen anzustellen. Eine gewisse fröhliche Geringschätzung der Beschränktheit unsres Wirkungskreises, aus der sie kein Hehl machte, lag dabei stets in ihren Mienen.
Auch der alte Mr. Turveydrop kam zuweilen.
Von Morgen bis Abend und von Abend bis Morgen war er ununterbrochen der Mittelpunkt umfassender Vorsichtsmaßregeln. Schrie zum Beispiel das Wickelkind, so erstickte man es fast, damit der Lärm ihn nicht störe. Mußte das Feuer in der Nacht geschürt werden, tat man es heimlich und so geräuschlos wie möglich.
Zum Dank für solche Rücksicht kam er gewöhnlich einmal des Tages mit seinem Segen in das Krankenzimmer

und legte dabei eine Herablassung, eine Gönnermiene und ein so huldreiches Wesen an den Tag, wenn er das Licht seiner hochschultrigen Anwesenheit leuchten ließ, daß man hätte meinen sollen, er wäre Caddys Wohltäter von ihrer Kindheit an gewesen.

»Liebe Caroline«, pflegte er zu sagen und sich, soweit ihm das sein Schnürleib erlaubte, über sie zu beugen, »sagen Sie mir, daß Sie sich heute viel besser befinden.«

»Oh, viel besser, ich danke Ihnen, Mr. Turveydrop«, gab dann stets Caddy zur Antwort.

»Entzückend! Bezaubernd! Und Sie, liebe Miß Summerson, brechen Sie nicht vor Ermüdung zusammen?« Er blinzelte mich dabei immer an und warf mir einen Kußfinger zu, aber glücklicherweise war er in seinen Aufmerksamkeiten bei weitem nicht mehr so übertrieben, seit mein Gesicht entstellt war.

»Oh, durchaus nicht, Mr. Turveydrop!«

»Entzückend! Wir müssen unsre liebe Caroline sehr in acht nehmen, Miß Summerson! Wir dürfen es ihr an nichts fehlen lassen, was zu ihrer Genesung beitragen kann. Wir müssen sie kräftig nähren. Meine liebe Caroline«, pflegte er sich dann jedesmal mit Gönnermiene und unendlicher Großmut an seine Schwiegertochter zu wenden, »lassen Sie es sich nur ja an nichts fehlen, meine Liebe. Alles im Hause, alles hier im Zimmer steht zu Ihrer Verfügung, meine Tochter. Und nehmen Sie nicht die mindeste Rücksicht«, setzte er manchmal in einem Anfall von Edelmut hinzu, »auf meine einfachen Bedürfnisse, wenn Sie zufällig einmal mit den meinigen in Konflikt geraten sollten, liebe Caroline. Ihre gehen selbstverständlich den meinigen stets vor.«

– Der Glorienschein, der sein Haupt umwob, bildete sein schon von altersher – schon von seiner verstorbnen Gattin her – so angestammtes Recht, daß niemand auch nur auf den Gedanken kam, daran zu rütteln. Ich habe sogar mehrere Male gesehen, wie Caddy und Prince durch seine Opferwilligkeit bis zu Tränen gerührt waren. –

Wenn Caddy in solchen Fällen ihren abgemagerten Arm um seinen fetten Hals schlang, remonstrierte er gewöhnlich: »Nein, nein, ich habe gelobt, euch nie zu verlassen. Erfüllet eure Pflicht gegen mich, meine Kinder, und habt mich lieb, weiter verlange ich nichts. Und jetzt, Gott segne euch! Ich gehe in den Park.«
Wie Caddys Augen standen dann auch immer meine voll Tränen, wenn auch aus ganz andern Gründen.
Er schöpfte im Park frische Luft, natürlich nur, um Appetit zu seinem Mittagessen im Hotel zu bekommen.
Hoffentlich tue ich dem alten Mr. Turveydrop kein Unrecht, aber bessere Züge als die hier getreulich berichteten habe ich wirklich niemals an ihm bemerkt. Höchstens vielleicht, daß er zu dem kleinen Peepy eine Neigung faßte und ihn zuweilen in großem Staat spazieren führte. Bei solchen Gelegenheiten schickte er ihn aber stets nach Hause, wenn er zu Tisch ging, und schenkte ihm hie und da einen halben Penny. Aber auch diese guten Seiten Mr. Turveydrops verursachten mancherlei Kosten und Zeitverlust, denn ehe Peepy genügend geschmückt war, um Hand in Hand mit dem Meister des Anstandes spazieren gehen zu können, mußte er natürlich auf Kosten Caddys und ihres Gatten von Kopf bis zu Fuß neu gekleidet werden.
Der letzte in der Reihe der Besucher war Mr. Jellyby. Ich muß sagen, wenn er des Abends kam und Caddy mit leiser Stimme fragte, wie es ihr gehe, und sich dann hinsetzte, den Kopf an die Wand gelehnt, und niemals auch nur den Versuch machte, ein Wort zu sprechen, hatte ich ihn wirklich gern. Wenn er mich herumschäftern oder irgend etwas aufräumen sah, zog er manchmal seinen Rock halb aus, als beabsichtigte er, mir beizuspringen, aber weiter kam es nie. Seine einzige Beschäftigung war, dazusitzen und den versonnenen Säugling fest anzusehen. Und ich hatte beim Anblick dieses Idylls immer die komische Empfindung, daß sie einander verstünden.
Unter unsern Besuchern habe ich Mr. Woodcourt nicht angeführt, da er ja als Arzt selbstverständlich regelmäßig

zu Caddy kam. Unter seiner Behandlung besserte sich ihr Zustand bald; aber er war so sanft, geschickt und unermüdlich, daß das kein Wunder war.
Ich sah Mr. Woodcourt damals sehr oft, trotzdem ich häufig, während der Stunden, wo er erwartet wurde und ich Caddy in seinen Händen gut aufgehoben wußte, auf einen Sprung nach Hause eilte. Trotzdem trafen wir uns recht häufig. Ich hatte ihm gegenüber mein Gleichgewicht vollständig wiedergefunden, aber es war mir immer noch ein wohltuendes Gefühl, zu denken, daß er meinetwegen bekümmert war. Er war jetzt Assistent bei Mr. Badger und hatte für die Zukunft noch keine bestimmten Pläne gefaßt.
Um die Zeit, als Caddy sich zu erholen begann, fing ich an, eine Veränderung an meinem Liebling zu bemerken. Ich kann nicht sagen, wann das zuerst geschah, und es war auch eigentlich das Zusammenwirken vieler Kleinigkeiten, das mich darauf aufmerksam machte. Es kam mir so vor, als sei Ada nicht mehr so heiter und offen gegen mich wie früher. Daß sie in ihrer Liebe zu mir so zärtlich und treu wie immer war, daran konnte ich keinen Augenblick zweifeln, aber es bedrückte sie ein stiller Kummer, den sie vor mir verbarg und der von einer heimlichen Wunde herrühren mußte.
Das machte mir oft Sorgen, und das Glück meines Lieblings lag mir so am Herzen, daß ich viel darüber nachdenken mußte.
Endlich, als ich wirklich fest überzeugt war, daß Ada mir etwas verberge, kam ich auf die Vermutung, sie sei vielleicht meinetwegen unglücklich, und zwar dessentwegen, was ich ihr hinsichtlich meines zukünftigen Schicksals gesagt hatte. Wieso ich darauf kam, weiß ich nicht, aber keinesfalls war eine selbstsüchtige Ansicht von der Sache meinerseits der Grund, denn ich fühlte mich durchaus nicht unglücklich und war im Gegenteil vollständig zufrieden. Dennoch schien es mir glaubhaft, Ada könne innerlich darüber betrübt sein und vielleicht mit Schmerz daran zurückdenken, was einmal gewesen.

Was könnte ich nur tun, überlegte ich mir, um sie von solchen Gedanken abzubringen und sie eines Bessern zu belehren? Wohl kaum etwas Richtigeres, als so fröhlich und geschäftig zu sein wie möglich. Und so gab ich mir denn die größte Mühe in dieser Hinsicht.

Da Caddys Pflege mehr oder weniger mit meinen sonstigen häuslichen Pflichten kollidiert hatte, wenn ich auch stets morgens meinem Vormund das Frühstück bereitet und er hundertmal lachend gesagt hatte, es müsse wahrscheinlich zwei kleine Frauchen auf der Welt geben, denn immer sei eine an zwei ganz verschiednen Orten, so beschloß ich doch jetzt, alles nachzuholen und doppelt fleißig zu sein, lief im Hause herum, summte alle Melodien, die ich kannte, und arbeitete von früh bis Abend und schwatzte und plauderte den ganzen langen Tag hindurch. Aber trotz alledem wollte der Schatten zwischen mir und meinem Herzenskind nicht weichen.

»Also, Mütterchen«, bemerkte mein Vormund eines Abends, als wir alle drei beisammen saßen, und machte sein Buch zu, »also Woodcourt hat Caddy Jellyby wieder zum Vollgenuß ihrer Gesundheit verholfen?«

»Ja«, sagte ich. »Und solche Dankbarkeit erwecken, wie sie sie für ihn empfindet, heißt Reichtümer sammeln, Vormund.«

»Ich wünschte, ich könnte ihn auch in andrer Hinsicht reich machen«, nickte Mr. Jarndyce gedankenvoll. »Wirklich, von ganzem Herzen.«

Ich stimmte ihm bei und sprach es aus.

»Jawohl. Wir würden ihn so reich machen wie einen Juden, wenn wir nur wüßten, wie, nicht wahr, kleines Frauchen?«

Ich arbeitete an meiner Stickerei weiter und lachte und meinte, daß ich das doch nicht so genau wüßte, denn vielleicht würde es ihn verderben, und so mancher würde dann seine Hilfe entbehren müssen. Wie Miß Flite und Caddy und viele andere.

»Du hast recht, Mütterchen. Das habe ich nicht bedacht.

Aber ihn so reich zu machen, daß er davon bequem leben könnte, dagegen hättest du doch nichts? Reich genug, um mit Ruhe arbeiten zu können. Reich genug, um sein eignes glückliches Heim und seine eignen Hausgötter haben zu können – und vielleicht auch seine Hausgöttin?«
»Das wäre natürlich etwas andres«, gab ich zu. Darin wären wir gewiß alle einig.
»Ja, ja«, sagte mein Vormund, »wir alle. Ich habe eine hohe Meinung von Woodcourt und schätze ihn sehr. Übrigens habe ich ihn, ohne es ihn merken zu lassen, über seine Zukunftspläne ausgeholt. Es ist schwer, einem unabhängigen Mann, der so berechtigterweise auf sich stolz sein kann wie er, Hilfe anzubieten, und dennoch täte ich es gern, wenn ich nur wüßte, wie. Er scheint so halb und halb wieder zu einer neuen Seereise entschlossen zu sein, und das bedeutet für einen Menschen wie ihn ungefähr so viel, wie alle seine Talente zu begraben.«
»Es könnte ihm doch vielleicht eine neue Welt eröffnen«, sagte ich.
»Ja, ja, vielleicht, kleines Frauchen, und ich zweifle, daß er sich von der alten Welt noch besondre Hoffnungen macht. Ich glaube immer, es hat ihn irgendein Schicksalsschlag oder eine besondre Enttäuschung betroffen. Hast du niemals etwas dieser Art von ihm gehört?«
Ich schüttelte den Kopf.
»Hm. Dann muß ich mich wohl geirrt haben.«
Es trat eine kleine Pause ein, und ich summte, da ich das für das Beste hielt, meinen Liebling aufzuheitern, eine Melodie, die mein Vormund gern hatte, und arbeitete dabei ruhig an meiner Handarbeit weiter.
»Und glaubst du, es wird dazu kommen, daß Mr. Woodcourt abermals auf Reisen gehen wird, Vormund?«
»Ich weiß nicht recht, was ich darüber denken soll, meine Liebe, aber es macht mir den Eindruck, als wolle er in einem andern Lande sein Glück versuchen.«
»Er nimmt unsre allerbesten und herzlichsten Wünsche mit, wohin er auch gehen mag«, sagte ich, »und wenn das

auch keine Reichtümer sind, wird es ihn darum doch nicht ärmer machen, Vormund.«

»Nein, sicher nicht, kleines Frauchen.«

Ich saß auf meinem gewohnten Platz neben meinem Vormund, und als ich Ada mir gegenüber anblickte, sah ich, daß ihre Augen voller Tränen standen. Ich fühlte, daß ich bloß gefaßt und heiter zu sein brauchte, um sie zu beruhigen, und da mir wirklich so zumute war, fiel es mir nicht schwer.

So ließ ich denn meinen Liebling sich an meine Schulter lehnen und sagte ihr, sie sei nicht ganz wohl, schlang meinen Arm um ihre Taille und führte sie hinauf.

Wie wenig ahnte ich, was ihr so schwer auf dem Herzen lag.

Als wir in unserm Zimmer waren und sie, wie ich ihr ansah, mit sich kämpfte, mir etwas anzuvertrauen, was ich nicht zu hören erwartete, verredete ich die Gelegenheit und munterte sie nicht auf, mir ihr Herz auszuschütten, nicht ahnend, wie sehr sie dessen bedurfte.

»Ach, meine liebe gute Esther«, sagte sie, »wenn ich mich nur entschließen könnte, mit dir und meinem Vetter John zu sprechen, wenn ihr beisammen seid.«

»Aber warum tust du es denn nicht, meine Liebe?« fragte ich ganz erstaunt. »Ada?«

Sie ließ nur den Kopf sinken und drückte mich fester ans Herz.

»Du darfst nicht vergessen, liebes Kind«, sagte ich lächelnd, »was für ruhige altmodische Leute wir sind und was für eine gesetzte Matrone ich geworden bin. Du darfst nicht vergessen, welch glückliches friedvolles Leben meiner wartet, und an wessen Seite. Du mußt dir immer vor Augen führen, an der Seite welches hochherzigen Menschen, Ada!«

»Ja, immer, Esther.«

»Aber dann ist ja alles in Ordnung, Liebling. Warum kannst du dann nicht mit uns sprechen?«

»Alles in Ordnung, Esther? Ach, wenn ich an alle diese

Jahre, an seine väterliche Sorgfalt und Güte und unsre alten freundschaftlichen Beziehungen und an dich denke, was soll ich da tun, was soll ich da tun?«
Ich sah meinen Liebling ein wenig verwundert an, hielt es aber für das Beste, das Gespräch auf allerlei kleine gemeinsame Erinnerungen zu lenken, um sie zu verhindern, mehr zu sagen.
Als sie sich niedergelegt und eingeschlafen war, kehrte ich noch einmal zu meinem Vormund zurück, um ihm gute Nacht zu sagen, ging dann wieder zu ihr und setzte mich eine kleine Weile an ihr Bett.
Sie schlief bereits fest, und wie ich sie ansah, kam sie mir ein wenig verändert vor. Mehr als einmal schon hatte mir das in der letzten Zeit so geschienen, aber auch jetzt konnte ich mir nicht darüber klar werden, woran es lag. Irgend etwas in der mir so vertrauten Schönheit ihres Gesichtes war anders geworden. Traurig gedachte ich der Hoffnungen, die einstmals mein Vormund auf sie und Richard gesetzt hatte, und sagte mir, daß sie sich um ihren Geliebten gegrämt haben müsse. Sorgenvoll fragte ich mich, welches Ende diese Liebe wohl noch nehmen werde.
So oft ich während Caddys Krankheit nach Hause gekommen war, immer hatte Ada bei einer Handarbeit gesessen, sie stets weggelegt, wenn ich eintrat, so daß ich nie erfuhr, was es war. Ein Zipfel davon guckte jetzt aus dem halboffnen Schubkasten neben ihrem Bett hervor. Ich zog den Kasten natürlich nicht auf, aber es wollte mir nicht aus dem Kopf gehen, welcher Art die Arbeit wohl sein möge, denn für sie selbst war sie gewiß nicht bestimmt.
Auch bemerkte ich, als ich meinen Liebling küßte, daß sie eine Hand unter dem Kopfpolster verborgen hielt.
Wie viel selbstsüchtiger muß ich damals gewesen sein, als ich von mir glaubte, und wie ganz und gar von Selbstzufriedenheit ausgefüllt, daß ich wähnen konnte, es läge nur in meiner Hand, Ada zu trösten und ihrem Herzen den Frieden wiederzugeben.

So in Selbsttäuschung befangen, legte ich mich nieder, und als ich am nächsten Tag erwachte, da lag der alte Schatten immer noch zwischen mir und meinem Herzenskind.

51. Kapitel

Mir geht plötzlich ein Licht auf

Als Mr. Woodcourt in London ankam, ging er noch am selben Tag, wie er mir später erzählte, zu Mr. Vholes in Symond's Inn. Von dem Augenblick an, wo ich ihn bat, Richards Freund zu sein, vergaß er niemals sein Versprechen. Er hatte mir gesagt, daß er den Auftrag als ein ihm heiliges Vertrauensamt übernähme, und war dem keine Minute untreu geworden.

Er fand Mr. Vholes in seiner Kanzlei und setzte ihn von seiner Übereinkunft mit Richard, sich hier nach seiner Adresse zu erkundigen, in Kenntnis.

»Schon richtig, Sir«, sagte Mr. Vholes. »Mr. C. wohnt keine hundert Meilen von hier, Sir. Mr. C. wohnt keine hundert Meilen von hier. Wollen Sie gefälligst Platz nehmen, Sir.«

Mr. Woodcourt lehnte dankend ab, denn er hatte weiter nichts mit Mr. Vholes zu besprechen.

»Schon richtig, Sir«, sagte Mr. Vholes, abermals durch Nichtnennen der Adresse stillschweigend auf seiner Aufforderung, sein Besuch möge sich doch niedersetzen, beharrend. »Ich glaube, Sir, Sie haben einen gewissen Einfluß auf Mr. C. – Besser gesagt, ich weiß es.«

»Da wissen Sie mehr als ich, Mr. Vholes.«

»Sir«, entgegnete der Advokat mit seiner gewohnten Zurückhaltung in seiner Stimme und seinem Benehmen, »es gehört sozusagen zu meinen Berufspflichten, solche Dinge besser zu wissen. Es ist ein Teil meiner Pflicht als Anwalt, einen Herrn, der mir seine Interessen anvertraut,

zu studieren und von Grund auf zu verstehen. Und meine Pflicht als Advokat werde ich nie versäumen, Sir, wenn ich mir einmal darüber klar bin. Es kann vorkommen, wenn ich sie nicht kenne, aber andernfalls sicher nicht, Sir.«
Mr. Woodcourt bemerkte wiederum, daß er lediglich wegen der Adresse gekommen sei.
»Gestatten Sie mir nur noch einen Augenblick, Sir! Mr. C. spielt um einen beträchtlichen Einsatz, und er kann nicht spielen, ohne ... Brauche ich zu sagen, ohne was?«
»Ohne Geld, vermutlich?«
»So ist es. Um ganz offen mit Ihnen zu reden – Offenheit und Ehrlichkeit sind meine Grundprinzipien, ob ich jetzt dabei gewinne oder verliere, und gewöhnlich verliere ich dabei –, so ist es: Geld! Über die Chancen Mr. C.s gebe ich keine Meinung ab – *keine* Meinung. Es könnte sehr unpolitisch von Mr. C. sein, aufzuhören, nachdem er so lang und so hoch gespielt hat. Es könnte ganz das Gegenteil sein. Ich sage nichts. Nein, Sir.« – Mr. Vholes legte mit großem Nachdruck die Hand flach auf seinen Schreibtisch. – »Nichts!«
»Sie scheinen zu vergessen«, unterbrach Mr. Woodcourt, »daß ich Sie nach nichts frage und auch nicht das mindeste Interesse an dem, was Sie mir da erzählen, habe.«
»Verzeihen Sie, Sir«, entgegnete Mr. Vholes, »Sie fügen sich selbst ein Unrecht zu. Jawohl, Sir. Entschuldigen Sie! Sie sollen nicht in meiner Kanzlei, wenn ich Sie daran hindern kann, ungerecht gegen sich selbst sein. Sie haben ein Interesse für alles und jedes, was sich auf Ihren Freund bezieht. Ich kenne die menschliche Natur viel zu gut, Sir, um auch nur einen Augenblick annehmen zu können, daß ein Herr von Ihrem Aussehen nicht an allem, was seinen Freund betrifft, Interesse haben sollte.«
»Mag sein«, gab Mr. Woodcourt zu. »Aber ein ganz besondres Interesse hab ich an seiner Adresse.«
(»Die Nummer, Sir?«) warf Mr. Vholes so in Parenthese hin (»glaube ich schon erwähnt zu haben)... Wenn Mr. C. fortfahren will, um diesen beträchtlichen Einsatz zu spie-

len, muß er Fundus haben. Wohl verstanden! Es sind zur Zeit Kapitalien da, ich sage es also nicht deswegen. Ja, es sind Kapitalien da. Aber um weiter zu spielen, muß man sich nach einem größeren Fundus umsehen, wenn Mr. C. nicht verloren geben will, was er schon gewagt hat ... Das allein ist zu erwägen. Ihnen dies als dem Freund Mr. C.s offen zu sagen, ergreife ich jetzt die Gelegenheit, Sir. Ohne Fundus werde ich mich immer glücklich schätzen, Mr. C.s Rechte in dem Maß zu vertreten, als die erforderlichen Kosten von dem Gericht aus dem strittigen Vermögen bewilligt werden, aber nicht einen Schritt weiter. Ich kann und darf es nicht, ohne nicht irgend jemandem ein Unrecht zuzufügen. Entweder muß ich meinen drei lieben Töchtern ein Unrecht zufügen oder meinem verehrten Vater, der ganz von mir abhängt – im Tale von Taunton –, oder irgendeiner andern Person. Es ist aber nun mein Grundsatz, nennen Sie es nun Schwäche oder Torheit, niemandem ein Unrecht zuzufügen.«

Mr. Woodcourt erwiderte etwas scharf, es freue ihn, das zu hören.

»Ich wünsche einen guten Namen zu hinterlassen; deshalb nehme ich jede Gelegenheit wahr, einem Freunde Mr. C.s offen den Stand seiner Angelegenheiten zu unterbreiten. Ich sage, Sir, in bezug auf mich: der Arbeiter ist seines Lohnes wert, und wenn ich versprochen habe, mich mit der Schulter gegen das Rad zu stemmen, so tue ich es und beziehe daraus, was ich verdiene. Zu diesem Zwecke lebe ich hier. Aus diesem Grund steht mein Name draußen an der Tür geschrieben.«

»Und Mr. Carstones Adresse, Mr. Vholes?«

»Sir, wie ich schon erwähnt zu haben glaube, wohnt er gleich daneben. Im zweiten Stock finden Sie seine Wohnung. Mr. C. wünscht in der Nähe seines Rechtsbeistandes zu sein, und ich habe nicht nur nichts dagegen, sondern es im Gegenteil gern, wenn man mich kontrolliert.«

Mr. Woodcourt wünschte Mr. Vholes kurz und kühl

guten Tag und suchte Richard auf, dessen verändertes Aussehen er sich jetzt nur zu gut erklären konnte.
Er fand ihn in einem ungemütlichen Zimmer, das mit fadenscheinigen und verschossenen Möbeln ausgestattet war, ziemlich so, wie ich ihn vor gar nicht langer Zeit in seiner Stube in der Kaserne gefunden hatte, nur daß er nicht schrieb, sondern mit einem Buch in der Hand dasaß, mit seinen Gedanken und seiner Aufmerksamkeit sichtlich ganz woanders. Da die Türe zufällig offen stand, konnte Mr. Woodcourt ihn eine Weile betrachten, ohne von ihm bemerkt zu werden, und er sagte mir, daß er das angegriffne Aussehen und die Niedergeschlagenheit Richards, wie er so vor sich hinträumte, nie vergessen könne.
»Mein lieber Woodcourt«, rief Richard aus, sprang auf und streckte dem jungen Arzt die Hände entgegen. »Sie erscheinen ja wie ein Geist.«
»Wie ein guter, Richard«, war die Antwort, »der nur wartet, wie es Geister tun, bis man ihn anredet. Wie geht's auf dieser Erdenwelt?«
– Sie setzten sich nebeneinander nieder. –
»Schlimm und langsam genug, wenigstens was meine Rolle in diesem Leben betrifft.«
»Was ist das für eine Rolle?«
»Eine, die auf der Kanzleigerichtsbühne gespielt wird.«
»Diese Sorte soll nicht besonders vergnüglich sein, habe ich mir sagen lassen«, bemerkte Mr. Woodcourt mit Kopfschütteln.
»Ich mir auch«, sagte Richard trübe.
Im nächsten Augenblick war er wieder heiterer und begann mit seiner natürlichen Offenheit:
»Woodcourt, ich möchte nicht gern von Ihnen mißverstanden werden, selbst wenn ich dadurch in Ihrer Achtung stiege. Sie müssen nämlich wissen, daß ich jetzt schon lange Zeit nicht besonders gut getan habe. Nicht etwa, daß ich beabsichtigt hätte, Schaden anzurichten, aber ich scheine zu nichts anderm fähig gewesen zu sein. Vielleicht wäre es besser gewesen, ich hätte mich von dem Netz fern

gehalten, in dem ich jetzt hänge, aber ich kann es nicht recht glauben, obgleich ich wetten möchte, daß Sie darüber gar bald andre Meinungen zu hören bekommen werden, wenn das nicht schon der Fall gewesen ist. Der langen Rede kurzer Sinn ist: Ich fürchte, es hat mir an einem Ziel gefehlt, aber jetzt habe ich eins – oder es hat mich. Es ist jetzt zu spät, darüber zu streiten. Sie müssen mich eben so nehmen, wie ich bin, und so gut Sie können.«

»Abgemacht«, sagte Mr. Woodcourt. »Tun Sie dasselbe mit mir.«

»Ach, Sie! Sie können Ihren Beruf um seiner selbst willen betreiben und Hand an den Pflug legen, ohne ein einziges Mal zurückzublicken und in jeder Sache auf ein Ziel lossteuern. Ja, Sie und ich, wir sind eben ganz verschiedne Menschen.«

Sein Ton war kummervoll, und er versank einen Augenblick wieder in seine müde Abspannung.

»Aber alles muß ein Ende haben«, rief er und schüttelte seine niedergedrückte Stimmung ab. »Wir werden sehen! Sie nehmen mich also, wie ich bin?«

»Ja, das will ich.«

Sie schüttelten einander die Hände, lachend, aber in tiefstem Ernst. Für einen von ihnen wenigstens kann ich mich aus meinem innersten Herzen verbürgen.

»Sie kommen wie von Gott gesandt«, sagte Richard, »denn ich habe hier niemanden zu Gesicht bekommen außer Vholes. – Woodcourt, eine Sache möchte ich ein für allemal gleich zu Anfang unsres Vertrages zur Sprache bringen. Sie könnten sonst kaum gut von mir denken, wenn ich es unterließe. Sie wissen wahrscheinlich von meinen Beziehungen zu meiner Kusine Ada?«

Mr. Woodcourt antwortete, ich hätte sie ihm angedeutet.

»Ich bitte Sie also, halten Sie mich nicht für einen berechnenden Egoisten. Glauben Sie nicht, daß ich mir bloß meinetwegen über diesen miserablen Kanzleigerichtsprozeß den Kopf zerbreche und halb und halb auch das Herz. Adas Interessen sind mit den meinen verflochten, und sie

können nicht voneinander getrennt werden; Vholes arbeitet also für beide. Bedenken Sie das!«
Die Sache schien ihm so am Herzen zu liegen, daß Mr. Woodcourt ihm wiederholt versicherte, er denke das Beste von ihm.
»Sehen Sie, ich kann es nicht über mich bringen«, sagte Richard, mit ein wenig mehr Pathos – wenn er sich dessen auch nicht bewußt war – auf diesem Punkt verweilend, als gerade nötig gewesen wäre, »ich kann es nicht über mich bringen, einem aufrichtigen ehrlichen Menschen wie Ihnen, der mit einem so freundlichen Gesicht hierherkommt, selbstsüchtig und niedrig zu erscheinen. Ich wünsche, daß Ada zu ihrem Recht kommt, Woodcourt, so gut wie ich. Ich wünsche mein Äußerstes zu tun, um ihr dazu zu verhelfen, so gut wie mir selbst; ich setze aufs Spiel, was ich zusammenscharren kann, um sie und mich aus diesem Netz herauszuwickeln. Ich bitte Sie, bedenken Sie das!«
Später, als Mr. Woodcourt über das damals Geschehene nachdachte, war der Eindruck, den die Leidenschaftlichkeit Richards in diesem Punkte auf ihn gemacht hatte, so stark, daß er ganz besonders lang dabei verweilte, als er mir in großen Zügen von seinem ersten Besuch in Symond's Inn erzählte. Es machte die schon früher gehegte Besorgnis in mir wieder lebendig, Mr. Vholes könne auch das kleine Vermögen meines Lieblings heraussaugen und Richard habe sich, weil die Sache vielleicht schon ihren Anfang genommen, deswegen so ängstlich rechtfertigen wollen.
Die Zusammenkunft fand um die Zeit statt, wo ich angefangen hatte, Caddy zu pflegen, und ich kehre jetzt zu dem Zeitpunkt wieder zurück, wo sie genesen war und immer noch der Schatten zwischen mir und meinem Liebling schwebte. Ich schlug Ada eines Morgens vor, Richard zu besuchen, und es setzte mich ein wenig in Erstaunen, daß sie zögerte und nicht so freudig bereit war, als ich erwartet hatte.
»Aber Liebste«, sagte ich, »du hast dich doch nicht am

Ende während der langen Zeit meiner Abwesenheit mit Richard gezankt?«
»Nein, Esther.«
»Oder keine Nachrichten von ihm bekommen?«
»Nein, nein.«
– Die Tränen in ihren Augen und dabei so viel Liebe in ihrem Gesicht? Ich konnte aus meinem Liebling nicht klug werden. –
»Soll ich vielleicht allein zu Richard gehen?« fragte ich.
Nein, Ada wollte mich begleiten.
Ob sie jetzt gehen möchte?
»Ja, gehen wir.«
– Wahrhaftig, ich konnte aus meinem Liebling nicht klug werden. Tränen in den Augen!? –
Wir waren bald angezogen und gingen aus. Es war trübes Wetter, und mit Unterbrechungen fielen kalte Regenschauer. Es war einer jener farblosen Tage, wo alles finster und traurig aussieht. Die Häuser blickten uns zürnend an, der Ruß fiel auf uns nieder, und die ganze Natur war schlecht aufgelegt und zeigte ein böses Gesicht. Es kam mir vor, als passe mein hübscher Liebling gar nicht in diese düstern Straßen, und mehr Leichenbegängnisse, als ich je früher gesehen, schienen mir über das unheimliche feuchte Pflaster zu ziehen.
Es galt vor allem, die Lage von Symond's Inn zu erfragen. Ich stand eben im Begriff, mich in einem Laden danach zu erkundigen, da sagte Ada, sie glaube, es sei in der Nähe von Chancery Lane.
»Dann können wir nicht mehr fehlgehen, Liebste, wenn wir diese Richtung einschlagen«, sagte ich.
So gingen wir denn nach Chancery Lane, und wirklich, dort las ich: Symond's Inn.
Wir mußten jetzt die Hausnummer suchen. Oder Mr. Vholes' Kanzlei, besann ich mich. Denn Mr. Vholes' Kanzlei sollte gleich daneben sein. Vielleicht sei Mr. Vholes' Kanzlei an der Ecke dort, meinte Ada. Und richtig war sie dort.

Nun kam die Frage, welches Haustor daneben das richtige sei. Ich stimmte für das eine und mein Herzenskind für das andre, und abermals hatte sie recht. So gingen wir denn in den zweiten Stock hinauf, wo wir Richards Namen in großen weißen Buchstaben auf einer grabsteinähnlichen Platte lasen.
Ich wollte klopfen, aber Ada meinte, wir sollten den Türgriff aufklinken und hineingehen. So überraschten wir Richard, an einem Tisch mit bestaubten Aktenbündeln brütend, die mir wie blind gewordne Spiegel, in denen sich das Abbild seiner Seele malte, erschienen. Wo ich hinsah, las ich die unseligen Worte: »Jarndyce kontra Jarndyce«.
Er empfing uns sehr liebreich, und wir setzten uns.
»Wären Sie ein wenig früher gekommen, hätten Sie Woodcourt hier gefunden«, sagte er. »Er ist wirklich ein guter Kerl. Er findet Zeit, mich manchmal zu besuchen, wo ein andrer mit nur der Hälfte seiner Arbeit kaum abkommen könnte. Und er ist so munter und frisch, so verständig, so ernst dabei –, kurz, so ganz das Gegenteil von mir, daß die Wohnung ordentlich freundlicher wird, wenn er kommt, und wieder düster, wenn er geht.«
»Gott segne ihn«, dachte ich, »daß er so Wort hält!«
»Er ist nicht so sanguinisch, Ada«, fuhr Richard fort und warf einen trüben Blick auf die Akten, »wie Vholes und ich gewöhnlich sind, aber er ist nur ein Laie und kennt die Geheimnisse nicht. Wir sind in sie eingedrungen und er eben nicht. Da kann man von ihm natürlich nicht erwarten, daß er sich in einem solchen Labyrinth besonders auskennt.«
– Wie sein Blick wieder über die Papiere hinschweifte und er sich mit beiden Händen über die Stirne strich, bemerkte ich, wie hohläugig er aussah und wie trocken seine Lippen waren; auch hatte er alle Nägel an den Fingern abgenagt. –
»Glauben Sie, daß es sich hier gesund wohnt, Richard?« fragte ich.
»Nun, meine liebe Minerva«, gab Richard mit seinem alten fröhlichen Lachen zur Antwort, »die Umgebung ist hier

freilich weder ländlich noch heiter, und wenn es hier ein wenig heller wird, können Sie mit ziemlicher Sicherheit wetten, daß die Sonne im Freien wolkenlos am Himmel steht. Aber vorläufig ist die Lage nicht schlecht. Es ist nicht weit zum Gericht und ganz in der Nähe von Vholes.«

»Vielleicht würde eine Trennung von beiden –«

»– mir guttun? Meinen Sie?« Richard zwang sich zu einem Lachen. »Leicht möglich! Aber das kann nur auf eine Weise geschehen; entweder muß es mit dem Prozeß aus sein, Esther, oder mit den Parteien. Aber wir werden dem Prozeß schon ein Ende machen, meine Liebe.«

– Die letzten Worte sagte er zu Ada, die ihm zunächst saß. Ich konnte ihr Gesicht nicht sehen, da sie es von mir weggewendet hatte. –

»Wir machen gute Fortschritte«, fuhr Richard wieder zu mir gewendet fort. »Fragen Sie nur Vholes. Wir lassen die Sache nicht ruhen. Vholes kennt alle ihre Schliche und Abwege, und wir sind ihr überall auf den Fersen. Wir haben die Siebenschläfer schon oft in Erstaunen versetzt und werden das ganze Nest eines Tages schon aufwecken. Denken Sie an meine Worte.«

– Seine Hoffnungsfreudigkeit hatte mich seit langem schon schmerzlicher berührt als seine Niedergeschlagenheit. Sie hatte so gar nichts von wirklichem Hoffen an sich, war so hungrig und ruhelos, daß es mir lange schon ins Herz schnitt, aber der jetzt unauslöschlich auf sein hübsches Gesicht geschriebne Kommentar machte den Eindruck noch viel peinlicher. Ich sage »unauslöschlich«, denn ich fühlte im tiefsten Innersten, die Spuren frühzeitiger Sorgen, Selbstvorwürfe und Täuschungen würden bis zur Stunde seines Todes ihren Stempel auf sein Gesicht gedrückt haben, selbst wenn der unselige Prozeß in dieser Stunde seine glänzendsten Hoffnungen erfüllt hätte.

»Der Anblick unsres lieben kleinen Mütterchens«, sagte Richard, während Ada immer noch still und ruhig dasaß, »ist mir so liebgewohnt, und ihr Gesicht, so voll Teilnahme, dem Gesicht entschwundner Tage so ähnlich –«

»Ach nein, nein.« Ich lächelte und schüttelte den Kopf. »– so ganz und gar das Gesicht der entschwundnen Tage« – Richard hatte einen Augenblick seinen alten herzlichen Ton wiedergefunden und ergriff meine Hände mit dem brüderlichen Gefühl, das nichts wanken machen konnte –, »daß ich mich vor ihr nicht verstellen kann. Ich schwanke ein wenig, es ist ja wahr. Manchmal hoffe ich, liebe Esther, und manchmal – bin ich ganz verzweifelt. Aber nur scheinbar. Ich werde so müde ...« Er ließ sanft meine Hand fallen und ging im Zimmer auf und nieder ... Dann warf er sich auf das Sofa.

»Ich werde so müde«, wiederholte er trüb. »Es ist eine aufreibende, aufreibende Arbeit.«

Er stützte sich auf seinen Arm, seine Augen suchten den Boden, und er sagte diese Worte in einem so nachdenklichen Ton, daß mein Liebling aufstand, den Hut abband, neben ihm niederkniete, daß ihr goldblondes Haar wie Sonnenlicht auf sein Haupt herniederfiel, ihn mit ihren beiden Armen umschlang und mir ihr Gesicht zuwendete. – Welche Liebe und Hingebung lag in diesem Antlitz! –

»Liebe Esther«, sagte sie sehr ruhig, »ich gehe nicht wieder nach Hause.«

Mir ging plötzlich ein Licht auf.

»Nein, niemals wieder. Ich bleibe bei meinem lieben Gatten. Wir sind jetzt zwei Monate verheiratet. Geh nach Hause ohne mich, meine liebe Esther. Ich werde nie mehr wieder zurückkommen.«

Mit diesen Worten zog sie sein Haupt an ihre Brust und ließ es dort ruhen. Und wenn ich jemals in meinem Leben eine Liebe gesehen habe, die nur der Tod trennen kann, sah ich sie jetzt in ihrem Gesicht.

»Sprich mit Esther, meine liebe Ada«, unterbrach Richard das Schweigen. »Erzähle ihr, wie alles gekommen ist.«

Ich hob sie auf und schloß sie in meine Arme. Keins von uns sprach; ihre Wange ruhte an der meinen, und ich wollte nichts hören.

»Mein Herz«, sagte ich. »Mein Liebling. Mein armes, armes Kind!«
Ich bedauerte sie so sehr. Ich hatte Richard sehr gern, aber es drängte mich innerlich, sie tief zu bemitleiden.
»Esther, kannst du mir verzeihen? Wird mir Vetter John verzeihen?«
»Liebes Kind, daran auch nur einen Augenblick zu zweifeln, hieße ihm ein schweres Unrecht tun. Und was mich betrifft ...«
Was mich betraf, was hatte ich zu verzeihen?
Ich trocknete meinem schluchzenden Liebling die Tränen und setzte mich neben sie auf das Sofa, und Richard saß auf meiner andern Seite. Ganz so wie damals an jenem denkwürdigen Abend, wo sie mich ins Vertrauen gezogen und mir in ihrer jungen Begeisterung von ihrer Liebe geschwärmt hatten, erzählten sie mir, wie es gekommen war.
»Alles, was ich hatte, gehörte doch Richard«, sagte Ada, »aber er wollte es nicht annehmen, und was konnte ich da anderes tun, als seine Frau werden, wo ich ihn so innig liebte?«
»Und Sie waren so vollkommen von guten Werken in Anspruch genommen, Mütterchen«, erklärte Richard, »daß wir uns nicht entschließen konnten, Ihnen damals etwas davon zu sagen. Und überdies hatten wir nicht lange Zeit zur Überlegung. Wir gingen eines Morgens aus und ließen uns trauen.«
»Und als es geschehen war, Esther«, fiel mein Liebling ein, »sann ich beständig darüber nach, wie ich es dir am besten mitteilen sollte. Manchmal glaubte ich, du müßtest es auf der Stelle erfahren, und manchmal wieder, es dürfte nie sein und ich müßte es vor meinem Vetter John verheimlichen, und so schwankte ich unentschlossen hin und her, und es quälte mich sehr.«
– Wie selbstsüchtig mußte ich gewesen sein, daß ich nicht vorher daran gedacht hatte! –
Ich wußte nicht, was ich jetzt dazu sagen sollte. Es tat mir so leid, und doch hatte ich sie beide so lieb und freute

mich, daß sie so aneinander hingen; ich bedauerte sie so sehr und empfand es doch wie Stolz, daß sie sich liebten. Noch nie haben in mir so schmerzliche und milde Empfindungen zu gleicher Zeit gekämpft, und ich wußte nicht, welches Gefühl das stärkere war. Aber eins war sicher, ich durfte ihren Lebensweg nicht verfinstern.

Als ich gefaßter geworden war, nahm mein Herzenskind ihren Trauring aus dem Busen, küßte ihn und steckte ihn an den Finger. Ich erinnerte mich an den gestrigen Abend und sagte Richard, sie habe ihn seit ihrer Verheiratung beständig im Schlafe getragen, und als Ada mich errötend fragte, woher ich das wisse, erzählte ich ihr, wie ich gesehen, und ohne zu ahnen, warum, daß sie die Hand unter dem Kissen versteckt gehalten hatte.

Dann fingen sie mir wieder an zu erzählen, wie alles gekommen war, und ich wurde wieder betrübt und erfreut und wieder ganz kindisch und mußte mein Gesicht verbergen, so gut es ging, um ihnen nicht allen Mut zu nehmen.

So verrann die Zeit, bis ich endlich an das Nachhausegehen denken mußte. Da wurde es am allerschlimmsten, und mein Herzenskind verlor alle Fassung. Sie warf sich an meine Brust, gab mir alle erdenklichen zärtlichen Namen und jammerte, was sie denn ohne mich anfangen solle. Richard ging es nicht viel besser, und ich selbst mußte mich zusammennehmen, um mich nicht am wenigsten gefaßt von uns allen dreien zu zeigen. Nur daß ich mir sagte: »Esther, wenn du dich nicht besser benimmst, spreche ich nie ein Wort mehr mit dir«, half mir ein wenig.

»Wirklich, ich erkläre«, sagte ich, »so eine junge Ehefrau ist mir noch nicht vorgekommen. Man sollte denken, daß sie ihren Mann überhaupt nicht lieb hat. Hier, Richard, nehmen Sie um Himmels willen mein Herzenskind!« Aber ich hielt Ada die ganze Zeit über fest an mich gedrückt und hätte, ich weiß nicht wie lange, an ihrer Wange weinen können.

»Ich gebe hiermit diesem lieben jungen Ehepaar kund und

zu wissen«, sagte ich endlich, »daß ich nur gehe, um morgen wieder zu kommen, und das so Tag für Tag, bis Symond's Inn meinen Anblick satt hat. Deshalb sage ich ihnen auch nicht Lebewohl, Richard. Was hätte das für einen Zweck, wo ich so bald wiederkomme.«

Ich hatte ihm meinen Liebling jetzt übergeben und wollte gehen. Aber ich konnte nicht fort, ohne nicht noch einen letzten Blick auf das liebe Gesicht zu werfen, von dem ich mich nicht trennen konnte, ohne daß es mir das Herz zerriß.

So sagte ich denn in erkünstelter Lustigkeit, wenn sie mich nicht aufforderten, wiederzukommen, wüßte ich nicht, ob ich mir »die Freiheit nehmen« dürfe? Mein Liebling blickte auf, lächelte unter Tränen, und ich nahm ihr liebes Gesicht zwischen meine beiden Hände, gab ihm einen letzten Kuß und lachte und lief fort.

Aber als ich die Treppe unten war, wie weinte ich da! Es war mir fast, als hätte ich Ada auf ewig verloren. Ich fühlte mich so einsam und verlassen ohne sie, und es war so unendlich traurig, nach Hause zu gehen, ohne Hoffnung, sie dort zu finden, daß ich mich eine Weile lang gar nicht trösten konnte und in einer dunkeln Ecke schluchzend und weinend auf und ab ging.

Nach und nach faßte ich mich wieder, nahm eine Droschke und fuhr nach Hause.

Mein Vormund war ausgegangen, um sich nach dem armen Jungen, den ich in St. Albans gefunden und der, wie ich hörte, jetzt im Sterben lag, zu erkundigen, und wollte erst nach dem Mittagessen zurückkehren. So war ich also ganz allein, weinte wieder ein wenig, wenn ich auch, wie ich hoffe, mich nicht mehr so gänzlich fassungslos benahm.

Es war nur natürlich, daß ich mich nicht so leicht an den Verlust meines Lieblings gewöhnen konnte, und es war erst drei oder vier Stunden her, daß ich alles erfahren hatte. Aber die ungemütliche Umgebung, in der ich sie verlassen, ging mir nicht aus dem Sinn, und immer noch sah ich den düstern versteinerten Ort vor mir und sehnte mich so sehr, in Adas Nähe zu sein und mich wenigstens einigermaßen um sie zu sorgen, daß ich mich entschloß, abends wieder hinzugehen, wenn auch nur, um zu ihrem Fenster hinaufzusehen.

Es war kindisch, ich gebe es zu, aber es erschien mir damals gar nicht so, und auch heute denke ich nicht anders darüber. Ich zog Charley ins Vertrauen, und wir gingen bei Dunkelwerden miteinander hin. Es war finster, als wir die neue seltsame Wohnung meines Lieblings erreichten, und Licht schimmerte hinter den gelben Vorhängen. Wir gingen vorsichtig ein paarmal vorbei und wären mit einem Haar Mr. Vholes in die Arme gelaufen, als er gerade aus seiner Kanzlei kam und ebenfalls vor dem Nachhausegehen einen Blick hinaufwarf. Der Anblick seiner hagern schwarzen Gestalt und das einsame trübe Aussehen dieses Winkelwerks bei Nacht paßten gut zu meiner Gemütsverfassung. Ich dachte an die Jugend, die Liebe und Schönheit meines lieben Mädchens, das in diesem grausamen finstern Gebäude jetzt eingeschlossen war.

Es war jetzt einsam und still, und ich glaubte mich ungesehen die Treppe hinaufschleichen zu können. Ich ließ Charley unten warten und ging auf den Fußspitzen hinauf im Schein der düster brennenden Öllaterne. Ich lauschte einen Augenblick und glaubte in der staubigen verfallenen Einsamkeit des alten stillen Hauses das Gemurmel ihrer jungen Stimmen zu hören. Ich drückte einen Kuß für mein Herzenskind auf das grabsteinartige Türschild und ging still wieder hinunter, mit dem Vorsatz, ihnen diesen Besuch an einem der nächsten Tage einzugestehen.

Ich fühlte mich erleichtert. Obgleich niemand als Charley und ich davon wußten, kam es mir doch vor, als habe der Schmerz der Trennung zwischen Ada und mir sich gesänftigt und als seien wir für einen Augenblick wieder beisammen gewesen. Dann ging ich nach Hause, noch nicht ganz gewöhnt an die Veränderung, aber durch den heimlichen Versuch immerhin ein wenig in besserer Stimmung.

Mein Vormund war inzwischen nach Hause gekommen und stand gedankenvoll am Fenster. Als ich eintrat, erhellte sich sein Gesicht, und er ging zu seinem Stuhle. Als ich mich setzte, fiel das Licht auf mein Gesicht.

»Kleines Frauchen«, sagte er, »du hast geweint?«

»Nun ja, Vormund, ich fürchte, ich habe ein wenig geweint«, gestand ich. »Ada war so betrübt und ist so voller Kummer, Vormund.«

Ich legte meinen Arm auf seine Stuhllehne und sah ihm an, daß meine Worte und mein Blick auf ihren leeren Sessel ihm bereits alles verraten hatten.

»Ist sie verheiratet, Esther?«

Ich erzählte ihm alles, und auch, daß ihr erstes Wort die Bitte gewesen sei, er möge ihr verzeihen.

»Sie braucht darum nicht zu bitten«, sagte er. »Gott segne sie und ihren Gatten!«

Aber wie es auch bei mir die erste Regung gewesen war, sie tief zu bemitleiden, so auch jetzt bei ihm.

»Armes, armes Mädchen! Armer Rick! Arme Ada!«

Wir beiden schwiegen lange, dann seufzte er nach einer Weile: »Ja, ja, es wird wieder einsam in Bleakhaus.«

»Aber seine Herrin bleibt, Vormund.« Obgleich es mir widerstrebte, das zu sagen, tat ich es doch wegen des bekümmerten Tones, mit dem er sprach. »Sie wird ihr möglichstes tun, es glücklich zu machen.«

»Es wird ihr gelingen, Esther!«

Er sah mich mit seinem alten klaren väterlichen Blick an, legte in seiner freundlichen Weise seine Hand auf die meinige und sagte wieder: »Es wird ihr gelingen, mein Kind. Dennoch wird Bleakhaus wieder einsam sein, kleines Frauchen.«

Es tat mir innerlich leid, daß wir weiter nichts darüber sprachen. Ich fühlte mich fast enttäuscht und fürchtete schon, ich sei seit dem Vorfall mit dem Brief vielleicht doch nicht immer so gewesen, wie ich hätte sein sollen.

52. Kapitel

Halsstarrigkeit

Nur ein Tag war vergangen, da kam zeitig morgens, eben als wir uns an den Frühstückstisch setzen wollten, Mr. Woodcourt in Eile herein mit der überraschenden Nachricht, ein schrecklicher Mord sei begangen und als mutmaßlicher Täter Mr. George verhaftet worden. Als er uns erzählte, Sir Leicester Dedlock habe eine hohe Belohnung auf die Entdeckung des Mörders gesetzt, konnte ich mir in meiner ersten Bestürzung nicht erklären, warum. Aber ein paar Worte riefen in mir die Erinnerung zurück, daß der Ermordete Sir Leicesters Advokat war, und plötzlich fiel mir ein, wie sehr sich meine Mutter vor ihm gefürchtet hatte.

Die unerwartete und gewaltsame Beseitigung eines Mannes, den sie so lange mit Furcht und Argwohn beobachtet hatte, eines Mannes, dessen sie unmöglich freundlich gedacht haben konnte und den sie stets als einen gefährlichen und versteckten Feind fürchtete, erschien mir in einem doppelt grauenerregenden Lichte. Wie schrecklich, die Nachricht von einem solchen Todesfall zu hören und nicht imstande zu sein, Mitleid zu empfinden! Wie grauenhaft, denken zu müssen, sie könne manchmal dem alten Mann, der jetzt so plötzlich dem Leben entrissen war, den Tod gewünscht haben! Solche Gedanken stürmten auf mich ein, vermehrten noch das Unbehagen und die Furcht, die der Name Tulkinghorn schon immer in mir geweckt hatte, und versetzten mich in so große Aufregung, daß ich es kaum bei Tisch auszuhalten vermochte. Ich konnte dem Gespräch nicht mehr folgen und brauchte erst eine kleine Weile Zeit, um mich zu erholen. Als ich dann sah, wie erschüttert mein Vormund war, und sie in tiefem Ernst von dem Verhafteten sprechen hörte und wir den günstigen Eindruck, den er auf uns alle gemacht hatte, dagegen hielten, erwachte meine Teilnahme für den Kavalleristen so lebhaft in mir, daß ich mich schon allein dadurch wieder erholte.

»Vormund, nicht wahr, du hältst es für unmöglich, daß man ihn mit Grund beschuldigt?«

»Meine Liebe, ich *kann* es mir nicht denken. Dieser Mann, der immer so offenherzig und mitleidig gewesen ist und neben der Kraft eines Riesen die Sanftmut eines Kindes besitzt und wie der bravste Kerl von der Welt aussieht und so einfach und schlicht ist, kann unmöglich ein Mörder sein. Ich kann es nicht glauben.«

»Und ich auch nicht«, sagte Mr. Woodcourt. »Aber was wir auch von ihm glauben oder wissen, wir dürfen nicht vergessen, daß der Schein gegen ihn spricht. Er war dem Ermordeten durchaus nicht wohlgesinnt und hat das offen bei allen möglichen Gelegenheiten geäußert. Er soll ihn heftig angefahren haben und sprach sich auch einmal mir gegenüber haßerfüllt über ihn aus. Er gibt zu, fast in der Minute an dem Ort, wo der Mord vorgefallen ist, das heißt, begangen worden sein muß, allein gewesen zu sein. Aber trotz alledem möchte ich darauf schwören, daß er an dem Mord so unschuldig ist wie ich. Leider jedoch sind die erwähnten Gründe danach angetan, den Verdacht auf ihn fallen zu lassen.«

»Sehr wahr«, sagte mein Vormund und wendete sich an mich. »Und wir würden ihm einen sehr schlechten Dienst leisten, meine Liebe, wenn wir auch nur hinsichtlich eines dieser Punkte unsre Augen der Wahrheit verschließen wollten.«

Ich fühlte natürlich die Richtigkeit dieser Worte vollkommen. Dennoch wüßte ich – konnte ich mich nicht enthalten zu sagen –, daß alle diese Verdachtsmomente uns nicht bewegen dürften, ihn in seiner Not im Stiche zu lassen.

»Gott sei vor«, entgegnete mein Vormund. »Wir wollen bei ihm aushalten, wie er selbst bei den beiden armen Geschöpfen, die jetzt tot sind, es getan hat.« – Er meinte Mr. Gridley und Jo. –

Mr. Woodcourt erzählte uns dann, daß der Gehilfe des Kavalleristen vor Tagesanbruch bei ihm gewesen war, nachdem er die ganze Nacht wie ein Wahnsinniger in den Straßen umher geirrt sei. Wie eine Last habe Mr. George die Sorge auf der Seele gelegen, daß wir ihn für schuldig halten könnten. Deshalb habe er seinen Gehilfen beauftragt, uns seiner vollkommensten Unschuld mit den feierlichsten Beteuerungen zu versichern. Und Mr. Woodcourt habe den Mann nur durch das feste Versprechen beruhigen können, uns diese Botschaft schon zeitig am Morgen überbringen zu wollen. Er sei soeben im Begriff, setzte er hinzu, den Gefangnen zu besuchen.
Mein Vormund erklärte, sofort mitgehen zu wollen. Und was mich betraf, hatte ich außer einer herzlichen Sympathie für den ehemaligen Soldaten, die auf Gegenseitigkeit zu beruhen schien, das geheime Interesse, das nur mein Vormund kannte, an dem Geschehnis. Ich hatte das Gefühl, daß es mich nahe angehe, und es schien mir eine Sache von großer Wichtigkeit für meine Person zu sein, daß die Wahrheit entdeckt werde und kein Unschuldiger in Verdacht komme; denn verwirrten sich einmal die Pfade der Wahrheit, wer weiß, wie weit dann noch alles führen konnte.
Mit einem Wort, mein Pflichtgefühl sagte mir, daß ich sie begleiten müßte, und da mein Vormund es mir nicht ausredete, ging ich mit.
Es war ein großes Gefängnis mit vielen Höfen und Gängen, einander so ähnlich und so ermüdend gleichförmig gepflastert, daß ich zu begreifen anfing, wie einsame Gefangene, wenn sie viele Jahre lang immer in denselben kahlen Wänden eingekerkert vertrauern, ein Pflänzchen oder einen einzelnen Grashalm, wie ich oft gelesen, lieb gewinnen konnten.
Allein in einem gewölbten Raum, der einem Keller über der Erde glich, mit so grellweißen Wänden, daß das starke eiserne Gitter vor dem Fenster und die schwere Eisentür dadurch noch tiefer schwarz aussahen, fanden wir den

Kavalleristen in einer Ecke stehen. Er hatte dort auf einer Bank gesessen und war aufgesprungen, als er die Schlösser und Riegel hatte rasseln hören.
Als er uns sah, kam er uns mit seinem gewohnten, wuchtigen Gang zwei Schritte entgegen, blieb dann stehen und machte eine zögernde Verbeugung. Aber als ich auf ihn zukam und ihm meine Hand entgegenstreckte, erhellte sich sogleich seine Miene.
»Es fällt mir ein Stein vom Herzen, versichere ich Ihnen, Miß, und Ihnen, meine Herren«, sagte er, holte tief Atem und begrüßte uns mit großer Herzlichkeit. »Und jetzt ist es mir einerlei, wie die Sache endet.«
– In seiner Ruhe und mit seiner soldatischen Haltung sah er viel eher wie ein Kerkermeister als wie ein Gefangener aus. –
»Das ist womöglich ein noch unfreundlicherer Ort als meine Schießgalerie, um den Besuch einer Dame zu empfangen, aber ich weiß, Miß Summerson wird sich daran nicht stoßen.« Er führte mich zu der Bank, auf der er gesessen hatte, und daß ich Platz nahm, schien ihn sehr zu freuen und zu befriedigen.
»Ich danke Ihnen, Miß«, sagte er.
»Nun, George«, bemerkte mein Vormund, »da wir keiner neuen Beteuerung Ihrerseits bedürfen, so glaube ich, brauchen wir unsrerseits Ihnen auch keine zu machen.«
»Gewiß nicht, Sir. Ich danke Ihnen von ganzem Herzen. Wäre ich nicht unschuldig an dem Verbrechen, könnte ich Ihnen nicht ins Gesicht sehen und mein Geheimnis vor Ihnen verbergen. Ich empfinde es sehr tief, daß Sie mich hier besuchen. Ich bin keiner von der beredten Sorte, aber ich fühle es tief, Miß Summerson, und Sie, meine Herren.«
Er legte seine Hand einen Augenblick auf seine breite Brust und verbeugte sich leicht gegen uns. Obgleich er sich sofort wieder aufrichtete, verriet sein Gesicht doch die Rührung, die ihn eine Sekunde überwältigt hatte.
»Erstens«, begann mein Vormund, »können wir irgend etwas zur Verbesserung Ihrer Lage tun, Mr. George?«

»Inwiefern, Sir?«
»Wünschen Sie vielleicht irgend etwas, das Sie Ihre Lage weniger drückend empfinden ließe?«
»Nein, Sir, nichts«, entgegnete Mr. George nach kurzem Nachdenken. »Ich bin Ihnen sehr verbunden; da aber Rauchen nicht erlaubt ist, wüßte ich wirklich nichts.«
»Es wird Ihnen vielleicht nach und nach manches einfallen, und dann, bitte, lassen Sie es uns wissen, George.«
»Besten Dank, Sir. Ein Mann, der sich so lange in der Welt herumgeschlagen hat wie ich«, bemerkte Mr. George mit einem Lächeln auf seinem sonnenverbrannten Gesicht, »kann es auch, wenn es darauf ankommt, an einem Ort wie dem gegenwärtigen aushalten.«
»Und zweitens, was Ihre Sache betrifft«, fuhr mein Vormund fort.
– Mr. George verschränkte die Arme, und etwas wie Neugierde malte sich auf seinem Gesicht. –
»Wie steht es jetzt damit?«
»Nun, Sir, sie ist bis auf ein weiteres Verhör verschoben. Bucket ließ mich wissen, daß er wahrscheinlich von Zeit zu Zeit ein neues Verhör beantragen wolle, bis der Fall vervollständigt sein werde. Wie er vollständiger werden soll, kann ich nicht recht einsehen, aber Bucket wird das schon irgendwie deichseln.«
»Aber Gott bewahre, Mensch!« rief mein Vormund ungeduldig aus. »Sie sprechen ja von sich, als seien Sie dabei gar nicht beteiligt.«
»Nichts für ungut, Sir. Ich bin Ihnen sehr dankbar für Ihre Güte, aber ich verstehe nicht, wie ein Unschuldiger solche Anklagen überhaupt ertragen kann, ohne mit dem Kopf an die Wand zu rennen, wenn er die Sache nicht auf diese Weise auffaßt.«
»Bis zu einem gewissen Grade wahr genug«, gab mein Vormund ein wenig besänftigt zu. »Aber, mein Lieber, selbst ein Unschuldiger muß die notwendigen Maßregeln zu seiner Verteidigung ergreifen.«
»Sicherlich, Sir. Und das habe ich auch getan. Ich habe vor

den Beamten erklärt: ›Meine Herren, ich bin in dieser Sache so unschuldig wie Sie selbst. Die Tatsachen, die Sie mir entgegengehalten haben, sind vollständig wahr, aber weiter weiß ich nichts von der Sache.‹ Bei dieser Erklärung gedenke ich zu bleiben, Sir. Was kann ich mehr tun. Es ist die Wahrheit.«

»Aber die Wahrheit allein reicht nicht aus«, wendete mein Vormund ein.

»Reicht nicht aus, Sir? Das ist ja eine schlechte Aussicht für mich«, bemerkte Mr. George gutgelaunt.

»Sie müssen einen Rechtsbeistand haben«, fuhr mein Vormund fort. »Wir müssen Ihnen einen guten Advokaten verschaffen.«

»Ich bitte um Verzeihung, Sir« – Mr. George wich einen Schritt zurück –, »ich bin Ihnen wirklich außerordentlich verbunden, aber ich muß Sie entschieden bitten, mich zu entschuldigen ...«

»Sie wollen keinen Advokaten haben?«

»Nein, Sir.« Mr. George schüttelte den Kopf mit großer Entschlossenheit. »Ich danke Ihnen nochmals, Sir, aber, bitte, keinen Advokaten.«

»Warum denn nicht?«

»Ich kann diese Sorte nicht besonders ausstehen. Auch Gridley konnte es nicht und ... Sie entschuldigen schon, aber ich hätte gedacht, Sie selbst könnten es auch nicht, Sir.«

»Ja, das betrifft Zivilsachen«, erklärte mein Vormund, nach Worten suchend. »Hm, ja, Zivilsachen, George.«

»So, so, Sir«, entgegnete der Kavallerist leichthin. »Ich kenne mich in diesen Unterschieden nicht aus, aber trotzdem kann ich die Sorte nicht ausstehen.«

Er wechselte seine Stellung und stand, seine schwere Hand auf den Tisch gelegt und die andre in die Hüfte gestemmt, wie das Urbild eines Mannes da, den nichts von einem einmal gefaßten Entschluß abbringen könne. Vergebens redeten wir ihm alle drei zu und bemühten uns, ihn andern Sinnes zu machen. Er hörte uns mit der Freund-

lichkeit, die so gut zu seinem derben geraden Wesen stand, aufmerksam zu, aber unsre Vorstellungen machten offenbar auf ihn nicht mehr Eindruck als auf die Kerkermauern.
»Bitte, überlegen Sie sich's noch einmal, Mr. George«, mischte ich mich ein. »Können wir denn gar nichts in Ihrer Angelegenheit tun?«
»Am liebsten wäre mir, ich käme vor ein Kriegsgericht, Miß. Aber das ist leider ausgeschlossen, wie ich recht gut weiß. Wenn Sie so gut sein wollen, Miß, mir nur ein paar Minuten Ihre Aufmerksamkeit zu schenken, so will ich mich bemühen, Ihnen so klar, wie ich kann, auseinanderzusetzen, was ich meine.«
Er sah uns drei der Reihe nach an, schüttelte den Kopf ein wenig, als ob er ihn in der engen Halsbinde einer Uniform zurechtrücke, und fing nach kurzer Überlegung an:
»Miß, man hat mir Handschellen angelegt, mich verhaftet und dann hierher gebracht. Ich bin ein gezeichneter und entehrter Mensch und sitze jetzt hier im Gefängnis. Bucket hat meine Schießgalerie von oben bis unten durchstöbert. Was ich besitze – es ist wenig genug –, ist um und um gewendet worden, bis sich kein Mensch mehr darin auskennt, und ich muß hier sitzen. Ich beklage mich nicht weiter darüber. Ich bin gewiß nicht schuld daran, daß ich mich gegenwärtig hier befinde, aber ich kann recht gut einsehen, daß das nicht geschehen wäre, wenn ich nicht schon von Jugend auf dieses Vagabundenleben geführt hätte. Aber es ist nun einmal geschehen. Jetzt kommt die Frage, wie soll man sich dabei benehmen.«
Er rieb seine gebräunte Stirn einen Augenblick mit einem gut gelaunten Lächeln und entschuldigte sich: »Ich bin ein so kurzatmiger Redner, daß ich immer erst ein wenig zum Nachdenken ›einnehmen‹ muß.« Nachdem er das offenbar getan, blickte er wieder auf und fuhr fort:
»Also, wie sich benehmen? Der Ermordete war Advokat und hatte mich ziemlich fest an der Gurgel. Ich möchte einem Toten nichts Böses nachsagen, aber er hatte mich, wie ich's nennen würde, wenn er noch am Leben wäre,

höllisch an der Gurgel zu fassen gekriegt, und sein Beruf kommt mir dadurch nicht anziehender vor. Hätte ich mich von seinesgleichen ferngehalten, wäre ich jetzt nicht hier. Aber ich wollte etwas andres sagen. Nehmen wir an, ich hätte ihn wirklich getötet. Nehmen wir an, ich hätte ihn mit einer der vor kurzem abgefeuerten Pistolen, die Bucket in meiner Galerie gefunden hat – und, Herrgott im Himmel, jeden Tag, seit ich dort bin, hätte finden können –, niedergeschossen. Was würde ich getan haben, kaum, daß man mich hierher gebracht hätte? Einen Advokaten genommen!«

Er hielt inne, weil man draußen die Schlösser und Riegel klirren hörte, und fing nicht eher wieder an, als bis die Tür aufgegangen und wieder zugemacht worden war. Zu welchem Zweck sie geöffnet wurde, werde ich gleich erwähnen.

»Ich hätte einen Advokaten genommen, und er würde gesagt haben, wie man es so oft in den Zeitungen liest: Mein Klient sagt nichts – mein Klient behält sich seine Verteidigung vor –, mein Klient hin, mein Klient her, mein Klient tut dies, das oder jenes. Es ist meiner Meinung nach dieser Sorte Menschen einfach unmöglich, einen graden Schritt zu tun oder so zu denken, wie es andre Leute tun. Nehmen wir an, ich bin unschuldig und lasse mir einen Advokaten kommen. Er würde mich wahrscheinlich auch für schuldig halten, oder aber es wäre ihm gleichgültig. Was würde er nun tun in diesem oder jenem Falle? Er würde so handeln, als ob ich schuldig wäre, würde mir den Mund verbieten, mir raten, mich nicht zu kompromittieren, manche Umstände zu verschweigen, andre zu verschleiern, würde allerlei Fuchssprünge machen und mich vielleicht auf die Art frei kriegen.

Aber, Miß Summerson, was ist besser, auf diese Art loskommen oder lieber auf seine eigne Manier gehenkt werden? – Sie entschuldigen schon, daß ich vor einer Dame eine so unangenehme Sache beim Namen nenne.«

Er war jetzt warm geworden und brauchte nicht erst wieder »zum Nachdenken einzunehmen«.

»Da würde ich schon vorziehen, mich lieber auf meine eigne Art henken zu lassen. Und das will ich auch. Ich will damit durchaus nicht etwa sagen« – er sah uns der Reihe nach an, seine kräftigen Arme in die Seite gestemmt und die dunkeln Augenbrauen in die Höhe gezogen –, »daß ich dem Hängen größeren Geschmack abgewinnen könnte als irgendein andrer. Was ich sage, ist nur, ich muß freikommen, rein und ohne Makel, oder gar nicht. Daher, wenn ich höre, daß man etwas gegen mich vorbringt, das wahr ist, so sage ich: das ist wahr. Und wenn sie mir vorhalten: was Sie da sagen, kann gegen Sie belastend aufgefaßt werden, so sage ich ihnen, das ist mir gleich, soll es das nur. Wenn sie mich nicht mit der ganzen Wahrheit reinwaschen können, so wird es mit der halben erst recht nicht gehen. Und wenn sie es doch können, so hat es keinen Wert für mich.«
Er ging ein paarmal auf dem steinernen Fußboden auf und ab, trat dann wieder an den Tisch und vollendete, was er noch zu sagen hatte.
»Ich danke Ihnen, Miß, und Ihnen, Gentlemen, vielmals für Ihre Aufmerksamkeit, und noch vielmals mehr für Ihre Teilnahme. Aber so liegt die Sache, wie sie sich darstellt vor einem einfachen Soldatenverstand. Ich habe niemals im Leben gut getan außer im Dienst, und sollte es zum Schlimmsten kommen, werde ich eben ernten, was ich gesät habe. Als ich mich von dem ersten Ruck, als Mörder verhaftet zu werden, erholt hatte – bei einem, der sich so viel und unter so mancherlei Schicksal in der Welt herumgeschlagen hat, dauert so etwas nicht besonders lang –, kam ich allmählich zu der Ansicht, die ich Ihnen soeben auseinandergesetzt habe, und bei dieser werde ich bleiben. Ich bringe über keinen Verwandten Schande und breche niemandem das Herz, und – und weiter habe ich nichts zu sagen.«
Die Tür war vorhin aufgemacht worden, um einen andern ebenso soldatenmäßig aussehenden Mann von einem auf den ersten Blick weniger einnehmenden Äußern und eine

wettergebräunte, blitzäugige, gesunde Frau mit einem Korb einzulassen, die von ihrem Eintritt an allem, was George gesagt, sehr aufmerksam zugehört hatten.
George hatte sie mit einem Lächeln und einem freundlichen Nicken flüchtig begrüßt, ohne seine Rede zu unterbrechen. Er schüttelte ihnen jetzt herzlich die Hand und sagte: »Miß Summerson und meine Herren, das hier ist ein alter Kamerad von mir, Matthew Bagnet. Und das hier seine Frau, Mrs. Bagnet.«
Mr. Bagnet machte uns eine steife militärische Verbeugung, und Mrs. Bagnet knickste.
»Es sind treue gute Freunde von mir. In ihrem Hause war es, wo ich verhaftet wurde.«
»Mit einem gebrauchten Violoncello. Als Vorwand«, schaltete Mr. Bagnet ein und schüttelte empört den Kopf. »Von gutem Ton. Für einen Freund. Kostenpunkt Nebensache.«
»Mat«, sagte Mr. George, »du hast jetzt so ziemlich alles mit angehört, was ich der Dame und den beiden Herren gesagt habe. Ich setze voraus, daß du es billigst.«
Mr. Bagnet dachte eine Weile nach, dann verwies er die Sache zur Entscheidung an seine Frau. »Alte, sag ihm, ob es meine Billigung findet. Oder nicht.«
»Wahrhaftig, George«, rief Mrs. Bagnet aus, die inzwischen aus ihrem Korb ein Stück kaltes Schweinspökelfleisch, ein wenig Tee und Zucker und einen Laib Brot ausgepackt hatte. »Sie sollten wissen, daß es nicht seinen Beifall findet. Sie sollten wissen, daß es einen ganz wild machen kann, so etwas mit anzuhören. Sie wollen nicht auf diese Weise loskommen und dann wieder nicht auf jene! Gar so wählerisch zu sein! Dummes Zeug. Unsinn, George.«
»Seien Sie nicht so hart gegen mich in meinem Unglück, Mrs. Bagnet«, sagte der Kavallerist leichthin.
»Zum Kuckuck mit Ihrem Unglück«, rief Mrs. Bagnet, »wenn es Sie nicht verständiger macht, als Sie sich bisher gezeigt haben.

Ich habe mich noch nie so geschämt in meinem Leben, einen Menschen solchen Unsinn sprechen zu hören, wie Sie vorhin vor den anwesenden Herrschaften. Advokaten! Mein Gott, was, außer daß vielleicht viele Köche den Brei verderben, könnte Sie abhalten, ein Dutzend Advokaten anzunehmen, wenn der Herr hier sie Ihnen anbietet?«

»Sie sind eine höchst verständige Frau«, fiel mein Vormund ein. »Ich hoffe, Sie werden ihn überreden, Mrs. Bagnet.«

»Ihn überreden, Sir? Gott segne Sie! Da kennen Sie George schlecht. Da, schauen Sie ihn nur an« – Mrs. Bagnet stellte ihren Korb hin, um mit ihren beiden gebräunten Händen auf den Kavalleristen deuten zu können –, »schauen Sie nur, wie er dort steht. So eigensinnig und zu Dummheiten entschlossen, wie nur je einer ein menschliches Geschöpf unter der Sonne hat die Geduld verlieren machen. Sie könnten ebensogut einen Achtundvierzigpfünder aufheben und schultern, wie diesen Menschen andern Sinnes machen, wenn er sich mal etwas in den Kopf gesetzt hat. O Gott, den kenne ich! Oder vielleicht nicht, George? Sie wollen doch nicht etwa nach soviel Jahren neue Eigenschaften vor mir entfalten, will ich hoffen.«

Ihre freundschaftliche Entrüstung wirkte als Beispiel auf ihren Mann, und mehrmals während ihrer Rede setzte er dem Kavalleristen mit einem Kopfnicken zu, als empfehle er ihm stumm, aber dringend, nachzugeben. Mrs. Bagnet hatte mich auch dabei manchmal angesehen, und ich glaubte in ihren Augen zu lesen, daß sie wünschte, ich sollte irgend etwas tun, aber ich konnte nur nicht begreifen, was.

»Ich hab es schon längst aufgegeben, mich mit Ihnen herumzustreiten, alter Junge«, fuhr Mrs. Bagnet fort, blies dabei ein wenig Staub von dem Pökelfleisch weg und sah mich dabei wieder an, »und wenn diese Herrschaften hier Sie erst einmal so gut kennen wie ich, werden sie es auch aufgeben, Ihnen zuzureden. Wenn Sie nicht zu dickschädlig sind, ein paar Bissen als Mittagessen anzunehmen, so steht es hier.«

»Ich nehme es mit vielem Dank an«, entgegnete der Kavallerist.

»Wahrhaftig?« rief Mrs. Bagnet, die immer noch gutmütig fortbrummte. »Nein, da bin ich wirklich höchlichst erstaunt. Es wundert mich nur, daß Sie nicht auch noch auf Ihre eigne Manier verhungern wollen. Es sähe Ihnen ganz ähnlich. Vielleicht setzen Sie sich das nächstens auch noch in den Kopf.«

Sie sah mich abermals an, und jetzt erriet ich aus ihren Blicken, die sie abwechselnd auf die Tür und auf mich richtete, daß sie wünschte, wir möchten gehen und draußen vor dem Gefängnis auf sie warten. Ich teilte dies auf ähnliche Art meinem Vormund und Mr. Woodcourt mit und stand auf.

»Ich hoffe, Sie werden sich eines Bessern besinnen, Mr. George«, sagte ich zum Abschied, »und wenn wir Sie wieder besuchen kommen, werden wir Sie hoffentlich vernünftiger finden.«

»Dankbarer können Sie mich jedenfalls gewiß nicht finden, Miß Summerson.«

»Aber Ratschlägen zugänglicher, hoffe ich. Und ich bitte Sie zu bedenken, daß die Aufklärung dieses Geheimnisses und die Entdeckung des wirklichen Mörders auch noch für andre Personen außer Ihnen von höchster Wichtigkeit sein kann.«

Er hörte mich ehrerbietig an, aber ohne meinen Worten eine größere Beachtung zu schenken – ich sprach sie bereits auf dem Wege nach der Tür, ein wenig abgewendet von ihm, und betrachtete – wie man mir später sagte – mit plötzlich rege gewordner Aufmerksamkeit meine Figur.

»Es ist doch merkwürdig«, sagte er, »schon damals kam es mir so vor!«

Mein Vormund fragte, was er meine.

»Ja, sehen Sie, Sir, als mich damals mein Geschick in der Nacht, als der Mord geschah, an die Treppe des Toten

führte, sah ich im Dunkeln eine Gestalt an mir vorübergehen, die Miß Summerson so ähnlich war, daß ich sie beinah angesprochen hätte.«
– Einen Augenblick fühlte ich einen Schauder, wie ich ihn nie vorher gekannt und hoffentlich nie mehr wieder fühlen werde. –
»Sie kam die Treppen herab, gerade als ich hinaufging, und schritt an dem mondbeschienenen Fenster, in einen weiten schwarzen Mantel, mit langen Fransen daran, gehüllt, vorüber. Das hat natürlich mit meiner Angelegenheit nichts weiter zu tun, ausgenommen, daß Miß Summerson der Gestalt gerade jetzt in diesem Augenblick so ähnlich sah, daß es mir wieder einfiel.«
– Ich kann die Gefühle, die in mir aufstiegen, nicht klar definieren und auseinander halten und nur soviel sagen, daß das unbestimmte Pflichtgefühl, das mich schon anfangs bewogen hatte, herzukommen und der Sache nachzugehen, jetzt noch stärker wurde. Warum, wagte ich mich eigentlich nicht zu fragen, trotzdem ich mir gleichzeitig innerlich voll Entrüstung vorhielt, ich könne in keiner Weise Ursache zu Befürchtungen haben.
Wir verließen alle drei das Gefängnis und gingen vor dem Tor, das auf einen einsamen Platz mündete, ein Stückchen auf und ab. Wir hatten nicht lange zu warten, denn Mr. und Mrs. Bagnet kamen bald heraus und eilten auf uns zu. Mrs. Bagnets Augen standen voller Tränen, und ihr Gesicht war gerötet und aufgeregt. »Ich hab es George nicht merken lassen, was ich davon denke, Miß«, waren ihre ersten Worte, als sie uns erreichte. »Aber es steht schlimm mit dem armen alten Burschen.«
»Nicht bei der nötigen Vorsicht und Klugheit und gutem Rechtsbeistand«, beruhigte sie mein Vormund.
»Ein Herr wie Sie muß das natürlich besser wissen, Sir« – Mrs. Bagnet wischte sich mit dem Saum ihres grauen Mantels die Augen –, »aber ich habe große Angst um ihn. Er ist viel zu sorglos gewesen und hat so viel gesagt, was er nie hätte sagen sollen. Die Herren vom Schwurgericht kön-

nen ihn doch nicht so verstehen wie Lignum und ich. Und dann sprechen so viele Verdachtsmomente gegen ihn, und so viele Leute werden gegen ihn als Zeugen antreten, und Bucket ist so schlau.«

»Mit einem gebrauchten Violoncello. Und sagte, er spielte die Querflöte. Als Knabe«, ergänzte Mr. Bagnet mit großer Feierlichkeit.

»Ich will Ihnen was sagen, Miß. Und wenn ich Miß sage, so meine ich Sie alle. Kommen Sie mal hier in die Ecke, und ich will es Ihnen sagen.«

– Mrs. Bagnet eilte mit uns in einen am Ende der Mauer liegenden Winkel und konnte anfangs vor Atemlosigkeit gar kein Wort herausbringen, was ihren Gatten veranlaßte, sie aufzumuntern: »Alte. Sprich.«

– »Also, Miß«, fuhr die Alte fort und band sich, um mehr Luft zu haben, die Hutbänder auf, »Sie könnten ebensogut die Schanzen von Dover vom Fleck rücken als George, wenn Sie nicht ein andres Mittel wissen, um auf ihn einzuwirken. Und ein solches habe ich jetzt in Händen.«

»Sie sind ein Juwel von einer Frau!« rief mein Vormund aus.

»Ich sage Ihnen, Miß« – Mrs. Bagnet schlug vor Aufregung bei jedem ihrer Sätze wohl ein Dutzend Mal die Hände zusammen –, »alles, was er da daherredet, er habe keine Verwandten und dergleichen, ist lauter dummes Zeug; sie wissen allerdings nichts von ihm, aber er weiß von ihnen. Er hat mit mir verschiedentliche Male offner gesprochen als mit andern, und nicht umsonst einmal zu meinem Woolwich so etwas von weißem Haar und Gramesfurchen greiser Mütter gesagt. Fünfzig Pfund möchte ich wetten, daß er an jenem Tag seine Mutter gesehen hat. Sie lebt und muß sogleich hierhergebracht werden.«

Ohne eine Sekunde Zeit zu verlieren, nahm Mrs. Bagnet einige Stecknadeln in den Mund und fing an, ihr Kleid ringsherum aufzustecken, so daß es ganz von dem grauen Mantel bedeckt war, womit sie mit überraschender Gewandtheit und Schnelligkeit zu Rande kam.

»Lignum«, sagte sie dann, »daß du mir ein Auge auf die Kinder hast, Alter! Und jetzt gib mir den Schirm! Ich mach jetzt fort nach Lincolnshire, um die alte Dame herzubringen.«

»Du lieber Himmel, was will die Frau?« rief mein Vormund und wühlte in seinen Taschen. »Wo will sie hin? Wieviel Geld hat sie denn?«

Mrs. Bagnet griff wieder unter ihren Mantel und brachte einen ledernen Geldbeutel hervor, in dem sie hastig ein paar Schillinge überzählte, und ihn dann wieder mit größter Befriedigung zuzog.

»Haben Sie keine Sorge um mich, Miß. Ich bin eine Soldatenfrau und gewohnt, auf meine Weise zu reisen. Lignum, mein Alter, da einen Kuß für dich und drei für die Kinder. Ich mache jetzt fort nach Lincolnshire zu Georges Mutter.«

Und sie trabte wirklich fort, während wir drei einander in grenzenlosem Erstaunen ansahen. Mit kräftigem Schritt marschierte sie in ihrem grauen Mantel von dannen und verschwand um die Ecke.

»Und so wollen Sie sie fortlassen, Mr. Bagnet?« fragte mein Vormund.

»Kann's nicht verhindern. Ist schon einmal nach Hause gereist. Aus einem andern Weltteil. Mit demselben grauen Mantel. Und demselben Regenschirm. Wenn die Alte sagt, tue das, soll man's tun. Wenn die Alte sagt, das tue ich, tut sie's.«

»Dann ist sie so echt und treu, wie sie aussieht«, entgegnete mein Vormund. »Und es ist unmöglich, mehr zu ihrem Lobe zu sagen.«

»Sie ist Fahnenjunker beim Nonpareil-Bataillon«, rief uns Mr. Bagnet noch über die Schulter zu, als er sich von uns verabschiedet hatte. »Es gibt keine zweite der Art. Aber ich gestehe es vor ihr nicht ein. Disziplin muß sein.«

53. Kapitel

Die Spur

Mr. Bucket und sein dicker Zeigefinger halten unter den gegenwärtigen Umständen sehr häufig Beratung miteinander. Wenn Mr. Bucket eine Sache von so großer Wichtigkeit in Händen hat, so scheint sich sein dicker Zeigefinger zur Würde eines Daimonions zu erheben. Ans Ohr gehalten, flüstert er ihm Ratschläge zu. Sein Herr hält ihn an seine Lippen, und er befiehlt ihm Schweigen; reibt seine Nase damit, und ihre Witterung wird schärfer; droht dem Schuldigen mit ihm, bezaubert ihn und stürzt ihn ins Verderben. Die Auguren der Geheimpolizei prophezeien stets, wenn sie Mr. Bucket mit seinem Finger Beratung pflegen sehen, daß man in kurzem von einer schrecklichen Vergeltung hören werde.

Ein sanfter sinniger Beobachter der menschlichen Natur, im großen ganzen ein wohlwollender Philosoph, dem es fern liegt, streng über die Torheiten der Menschen zu urteilen, läßt sich Mr. Bucket in einer Anzahl von Häusern blicken und schlendert in einer Menge von Straßen herum, anscheinend gelangweilt und ohne ein besonderes Ziel im Auge zu haben. Er ist in der freundlichsten Stimmung gegen seine Mitmenschen und pflegt mit den meisten von ihnen einen Schoppen zu trinken. Er ist freigebig mit Geld, leutselig in seinen Manieren, unschuldig in seiner Haltung. Aber durch den Frieden seines Lebens zieht sich eine verborgne Zeigefinger-Unterströmung.

Zeit und Raum können Mr. Bucket nichs anhaben. Wie der Mensch im allgemeinen, so kann er von heute auf morgen verschwunden sein. Aber darin ist er dem Menschen sehr unähnlich, daß er am nächsten Tag wieder aufzutauchen imstande ist. Heute abend wirft er im Vorbeigehen einen Blick auf die Fackelauslöscher vor der Tür von Sir Leicester Dedlocks Haus in der Stadt, und morgen früh sieht man ihn auf den Bleidächern von Chesney Wold umherwandern, wo früher der alte Mann herumging, dessen Geist jetzt mit einem Sühnopfer von hundert Guineen zur Ruhe gebracht werden soll. Schubladenpulte, Taschen, kurz, alles, was Mr. Tulkinghorn gehörte, untersucht Mr. Bucket. Ein paar Stunden später sind dann immer er und der Römer allein beisammen und vergleichen, was ihre Zeigefinger wissen.

Wahrscheinlich vertragen sich diese Beschäftigungen nicht mit häuslichen Freuden, jedenfalls ist es sicher, daß Mr. Bucket gegenwärtig nie nach Hause geht. Obgleich er im allgemeinen das Beisammensein mit Mrs. Bucket sehr hoch schätzt – die Dame erfreut sich eines gewissen angebornen Detektivgenies, das bei weiterer Ausbildung und praktischer Übung Großes hätte leisten können, leider aber auf der Stufe eines geschickten Dilettantismus stehen geblieben ist –, entsagt er doch gegenwärtig ihren zärtlichen Tröstungen. Mrs. Bucket ist daher, wenn sie nicht ganz auf Gesellschaft und Unterhaltung verzichten will, auf ihre Mieterin angewiesen, glücklicherweise eine liebenswürdige Dame, an der sie großes Interesse nimmt.

Eine große Menschenmenge versammelt sich in Lincoln's-Inn-Fields am Tage des Leichenbegängnisses. Sir Leicester Dedlock allerdings wohnt der Feierlichkeit persönlich bei; aber streng genommen sind außer ihm nur noch drei andre menschliche Leidtragende da, nämlich Lord Doodle, William Buffy und als Zugabe der hinfällige Vetter; aber die Zahl der leeren untröstlichen Equipagen ist unendlich. Der Hochadel stellt mehr vierrädrige Beileidsbezeugungen bei, als jemals in dieser Gegend der Stadt gesehen worden sind. Die Versammlung von Wappen auf Kutschenschlägen ist so groß, daß man fast auf die Vermutung kommen könnte, das Heroldsamt habe Vater und Mutter in einer Nacht verloren. Der Herzog von Woodle schickt einen Trauerprachtbau mit silbernen Beschlägen, Patentachsen und den allerneuesten Verbesserungen, nebst drei Waisenknaben, jeder sechs Fuß hoch,

die sich als »letzter Gruß« hinten anklammern. Alle Staatskutscher in London stecken bis über die Ohren in Trauer, und wenn der tote alte Mann mit dem rostigen Anzug nicht bereits hoch über Rosseprunk erhaben ist, so muß er sich an diesem Tag von Herzen freuen.
Ganz still, mitten unter den Leichenbesorgern und den Equipagen und den Waden so vieler gramumflorter Beine, sitzt Mr. Bucket verborgen in einer der untröstlichen Kutschen und überschaut durch die Vorhänge in aller Muße die versammelte Menge. Er hat ein scharfes Auge für das Gewimmel – und für was sonst nicht noch alles –, und wie er umherblickt, bald aus dem linken, bald aus dem rechten Wagenfenster, bald hinauf zu den Fenstern der Häuser und über die Köpfe der Leute hinweg, entgeht ihm nichts.
»Aha, da sind Sie ja, werte Ehehälfte«, sagt Mr. Bucket zu sich selbst und meint damit Mrs. Bucket, die durch seine hohe Verwendung einen Platz auf den Stufen des Trauerhauses bekommen hat. »Da bist du ja. Und recht hübsch siehst du aus, Mrs. Bucket.«
Der Zug hat sich noch nicht in Bewegung gesetzt und man wartet, bis die Leiche herausgebracht wird. Mr. Bucket, in dem vordersten mit Wappen geschmückten Wagen, hält mit seinen beiden dicken Zeigefingern die Vorhänge ein Haarbreit auseinander, um hindurchzuspähen.
Es spricht wirklich sehr für seine Zärtlichkeit als Gatte, daß er sich immer noch mit Mrs. Bucket beschäftigt. »Also da sind Sie ja, werte Ehehälfte«, wiederholt er halblaut. »Und unsre Mieterin auch. Ich sehe Sie ganz gut, Mrs. Bucket, und hoffe, wir sind wohlauf.«
Mr. Bucket spricht kein Wort weiter, sondern sitzt nur mit Augen, denen nichts entgeht, wartend da, bis das eingesargte Depositorium der adligen Geheimnisse heruntergetragen wird.
Wo sind sie jetzt alle, diese Geheimnisse? Bewahrt sie Mr. Tulkinghorn immer noch? Begleiten sie ihn vielleicht auch auf dieser unvorhergesehnen Reise?
Der Zug setzt sich in Bewegung, und Mr. Buckets Ge-

sichtskreis bekommt Abwechslung. Er macht sich's für eine längere Spazierfahrt bequem und besichtigt die innere Ausstattung der Kutsche, für den Fall ihm einmal eine solche Kenntnis von Nutzen sein könnte.

Kontrast genug zwischen Mr. Tulkinghorn in seiner dunklen Kutsche und Mr. Bucket in der seinigen. Zwischen der kleinen Wunde, die den einen in ewigen Schlaf versetzt hat, der jetzt so dumpf über das Straßenpflaster rumpelt, und der schmalen Blutspur, die den andern in Wachsamkeit erhält und sich dennoch auch nicht in einem Haar seines Hauptes verrät! Aber eins ist beiden gemeinsam, daß sich keiner von ihnen stören läßt.

Mr. Bucket macht die Prozession mit und schlüpft aus dem Wagen, als die Gelegenheit gekommen ist, die er sich ausersehen hat. Er macht sich auf nach Sir Leicesters Wohnung, wo er zur Zeit ganz zu Hause ist, nach Belieben zu allen Stunden kommt und geht, stets willkommen ist und mit Aufmerksamkeit behandelt wird, den ganzen Haushalt kennt und, mit einer Atmosphäre von Geheimnis umgeben, umherwandelt.

Er braucht weder zu klopfen noch zu klingeln. Er hat sich einen Schlüssel geben lassen und kann nach Belieben eintreten. Als er durch die Vorhalle geht, benachrichtigt ihn der Merkur: »Die Post hat wieder einen Brief für Sie gebracht, Mr. Bucket«, und übergibt ihm das Schreiben.

»Wieder einen, so?« sagt Mr. Bucket.

Sollte der Merkur zufällig von Neugierde hinsichtlich Mr. Buckets Briefen gequält werden, so ist der Detektiv der letzte, der sie befriedigen würde. Er blickt in das Gesicht des Mannes wie in eine Aussicht in weiter Ferne, die er sich in aller Muße betrachtet.

»Haben Sie vielleicht eine Tabaksdose bei sich?« fragt Mr. Bucket.

Unglücklicherweise ist der Merkur kein Schnupfer.

»Könnten Sie mir vielleicht irgendwoher eine Prise verschaffen. Ja? Danke schön. Es ist mir gleich, was es für Tabak ist. Ich bin nicht wählerisch. Danke schön.«

Nachdem er mit Muße aus einer unten im Portierstübchen entliehenen Dose eine Prise genommen und sie mit großer Wichtigkeit erst mit einem Nasenloch und dann mit dem andren geprüft hat, erklärt er die Sorte für die richtige und geht mit dem Brief in der Hand hinauf.
Obgleich nun Mr. Bucket die Treppe hinauf nach der kleinen Bibliothek, die an die größere anstößt, mit der Miene eines Mannes geht, der täglich Dutzende Briefe bekommt, ist dennoch ein lebhafter Briefwechsel durchaus nichts Gewöhnliches bei ihm. Er ist kein Mann der Feder und führt sie etwa wie den Amtsstab, den er beständig bei sich trägt, und es ist nicht seine Gewohnheit, Leute aufzufordern, mit ihm Briefe zu wechseln, da es eine zu kunstlose und unmittelbare Art ist, delikate Geschäfte zu erledigen. Außerdem hat er zu oft erlebt, wie häufig kompromittierende Briefe zur Entdeckung führten, und hat daher alle Veranlassung, zu bedenken, wie wenig schlau es gewesen, sie zu schreiben. Aus all diesen Gründen hat er sehr wenig mit Briefen, weder als Absender noch als Empfänger, zu tun, und um so auffallender ist es, daß er innerhalb der letzten vierundzwanzig Stunden genau ein halbes Dutzend erhielt.
»Und dieser hier«, sagt Mr. Bucket und breitet den eben empfangnen auf dem Tische aus, »enthält dieselben zwei Worte.«
Was für zwei Worte?
Er sperrt die Tür ab, öffnet seine schwarze Brieftasche, die schon für so viele verhängnisvoll geworden ist, legt einen andern Brief daneben und liest in beiden die mit festen Zügen geschriebenen Worte:
»Lady Dedlock.«
»Ja, ja«, sagt Mr. Bucket. »Aber ich hätte das Geld auch ohne diesen anonymen Wink verdienen können.«
Nachdem er die Briefe wieder eingesteckt hat, schließt er die Tür gerade zur rechten Zeit auf, um sein Mittagessen hereinzulassen, das auf einem gedeckten Servierbrett nebst einer Karaffe Sherry gebracht wird.

Mr. Bucket erwähnt häufig im Kreise vertrauter Freunde, ein hohler Zahn voll schönem braunem altem ostindischem Sherry sei ihm das Liebste, was man ihm anbieten könne. Daher füllt und leert er jetzt sein Glas mit schmatzenden Lippen und schlürft seinen Wein. Aber plötzlich fällt ihm etwas ein.
Er öffnet vorsichtig die in das anstoßende Zimmer führende Tür und späht hinein. Die Bibliothek ist leer, und die Glut im Kamin sinkt zusammen. Nach einem raschen Blick durch das ganze Zimmer fällt sein Auge auf einen Tisch, wo man Briefe hinzulegen pflegt, wenn sie ankommen. Die für Sir Leicester angekommene Post liegt jetzt dort. Mr. Bucket tritt näher und liest die Aufschriften. »Nein«, sagt er, »von dieser Hand ist keiner darunter. Man hat also bloß an mich geschrieben. Ich kann es morgen Sir Leicester Dedlock, Baronet, mitteilen.«
Darauf kehrt er wieder zu seinem Essen zurück, verzehrt es mit gutem Appetit und wird nach einem kurzen Schläfchen in den Salon befohlen.
Sir Leicester hat ihn dort die letzten Abende wiederholt empfangen, um zu erfahren, zu welchem Resultat die Nachforschungen bisher geführt haben. Der hinfällige Vetter, von dem Leichenbegängnis stark mitgenommen, und Volumnia sind anwesend.
Mr. Bucket macht jeder der drei Personen eine besondere Verbeugung: Sir Leicester eine huldigungsvolle, Volumnia eine galante und dem ausgemergelten Vetter eine wissende, die ungefähr soviel sagt wie: Sie sind ein etwas anrüchiges Gigerl, werter Herr, und wir kennen uns.
Nachdem er diese kleinen Proben seines Taktgefühls gewissenhaft verteilt hat, reibt er sich die Hände.
»Können Sie mir bereits etwas mitteilen, Inspektor?« fragt Sir Leicester. »Wünschen Sie vielleicht mit mir unter vier Augen zu sprechen?«
»Nein –, heute abend nicht, Sir Leicester Dedlock, Baronet.«
»Sie wissen, meine Zeit steht Ihnen ganz zur Verfügung,

wenn es gilt, die Übertretungen des Gesetzes zu ahnden, Inspektor.«
Mr. Bucket hustet und blickt die in Schminke und Halsband prangende Volumnia an, als wolle er ehrerbietig sagen: Ich versichere Ihnen, Sie sind ein entzückendes Geschöpf. Ich habe Hunderte gesehen, die in Ihrem Alter sich zehnmal schlimmer ausnahmen. – Ehrenwort!
Die schöne Volumnia, sich der Wirkung ihrer Reize nicht so ganz unbewußt, hält im Schreiben eines Stoßes dreieckkiger Briefchen inne und rückt versonnen das Perlenhalsband zurecht. Mr. Bucket überschlägt im Geiste den Wert des Schmuckes und hält es nicht für ausgeschlossen, daß Volumnia Verse schreibe.
»Wenn ich Sie nicht schon auf das nachdrücklichste beschworen haben sollte, Inspektor«, fährt Sir Leicester majestätisch fort, »all Ihre Geschicklichkeit zur Entdeckung dieser schrecklichen Tat aufzubieten, so möchte ich eine solche Unterlassungssünde jetzt wieder gut machen. Sie dürfen auf Geld keine Rücksicht nehmen, hören Sie? Sie können sich bei Verfolgung der Sache, die Sie in die Hand genommen haben, keine Kosten machen, mit deren Bezahlung ich nur einen Augenblick zögern würde.«
Mr. Bucket verbeugt sich tief, solcher Freigebigkeit seine Anerkennung zu zollen.
»Ich habe mich noch immer nicht«, fährt Sir Leicester mit edler Wärme fort, »seit dieser teuflischen Tat erholen können; wie sich leicht denken läßt. Es wird mir auch fürder nicht so leicht fallen, aber heute abend, nachdem ich die schwere Pflicht vollzogen, einen treuen, eifrigen und ergebenen Diener bestattet zu haben, bin ich geradezu von Entrüstung erfüllt.«
Sir Leicesters Stimme zittert, und sein graues Haar sträubt sich. Tränen treten ihm in die Augen, und die beste Saite seines Wesens vibriert.
»Ich erkläre«, sagt er, »ich erkläre feierlich, daß, solange das Verbrechen nicht entdeckt und der Täter den Händen der Gerechtigkeit überliefert ist, ich fast so darunter leide,

als ob ein Schandfleck auf meinem Namen ruhte. Ein Mann, der einen so großen Teil seines Lebens mir gewidmet hat, und zwar bis zum letzten Tage, der beständig an meiner Tafel gesessen und unter meinem Dach geschlafen hat, geht von meinem Haus nach dem seinigen und wird eine Stunde darauf erschlagen. Wie kann ich wissen, ob man ihn nicht von meinem Hause aus verfolgte, vor meinem Hause ihm auflauerte, ja, vielleicht zu der Tat dadurch angeregt wurde, weil er mit meinem Haus in Verbindung stand, und dadurch auf den Gedanken geriet, er sei vermögender und einflußreicher, als sein zurückgezognes Leben mutmaßen ließ? Wenn ich nicht alle Mittel, meinen ganzen Einfluß und meine Stellung aufböte, um sämtliche Mitschuldigen an einem solchen Verbrechen der verdienten Strafe zu überliefern, ließe ich es an Hochachtung dem Gedächtnis des Mannes gegenüber und der Treue, die ich dem schulde, der immer treu zu mir gehalten hat, fehlen.«

Während er dies mit großem Ernst und tiefer Bewegung beteuert und dabei mit der Miene eines Redners vor einer Versammlung um sich blickt, sieht ihn Mr. Bucket ernst und beobachtend an, mit einem Ausdruck, dem, wenn der Gedanke nicht gar so kühn wäre, eine Spur von Mitleid beigemischt sein könnte.

»Die heutige Begräbnisfeierlichkeit«, fährt Sir Leicester fort, »ein glänzendes Zeichen der Hochachtung, die die Blüte des Landes für meinen verstorbnen Freund fühlt« – er legt auf das Wort »Freund« einen besonderen Nachdruck, denn der Tod hebt bekanntlich alle Unterschiede auf –, »hat, sage ich, die seelische Erschütterung, die sich meiner bei diesem schrecklichen und unerhörten Verbrechen bemächtigte, noch vertieft. Selbst meinen Bruder würde ich nicht schonen, wenn er die Tat begangen hätte.«

Mr. Bucket macht wiederum ein sehr ernstes Gesicht.

Volumnia äußert über den Verstorbenen, er sei der zuverlässigste und liebste Mensch gewesen.

»Sie müssen seinen Verlust schwer empfinden, Miß«, trö-

stet Mr. Bucket. »Sicherlich. Er ist ganz ein Mann gewesen, dessen Verlust man schwer fühlt. Wahrhaftig, ja.«
Volumnia verrät Mr. Bucket, ihr gefühlvolles Herz sei fest entschlossen, sich von dem Stoß, solange es schlage, nie wieder zu erholen, und daß ihre Nerven unwiederbringlich zerrüttet seien und sie selbst keine Aussicht mehr habe, je wieder lächeln zu können. Dabei faltet sie ein dreieckiges Briefchen an den alten gefürchteten General in Bath zusammen, in dem sie ihren traurigen Gemütszustand geschildert hat.
»So etwas muß natürlich einer zartbesaiteten Dame einen Stoß geben«, sagt Mr. Bucket voll Mitgefühl. »Aber man erholt sich schon wieder.«
Vor allem wünscht Volumnia zu wissen, was weiter geschehen wird. Ob man nicht schon endlich diesen schrecklichen Soldaten verurteile, ob er Mitschuldige habe, oder wie sie es vor Gericht nennen.
»Ja, sehen Sie, Miß«, erklärt Mr. Bucket und fängt an, seinen Zeigefinger ausdrucksvoll zu bewegen, und seine natürliche Galanterie ist so groß, daß er beinahe gesagt hätte: »Meine Liebe«. »Es ist nicht so leicht, diese Fragen, wie die Sache gegenwärtig steht, zu beantworten. – Ich habe mich mit dieser Sache, Sir Leicester Dedlock« – Mr. Bucket zieht den Baronet als Hauptperson in das Gespräch –, »zu allen Stunden des Tages ununterbrochen und eingehend beschäftigt; ohne ein paar Gläser Sherry hätte ich kaum meinen Geist in einer so beständigen Spannung erhalten können. Ich *könnte* Ihre Fragen beantworten, Miß, aber die Pflicht verbietet es mir. Sir Leicester Dedlock, Baronet, wird sehr bald alles erfahren, was ich bis jetzt herausgebracht habe. Und ich will hoffen« – Mr. Bucket macht wieder ein ernstes Gesicht –, »daß es ihn befriedigen wird.«
Der hinfällig aussehende Vetter hofft nur, daß – äh – Schweinehund hinjerichtet – äh –, Exempel statuiert, jlaubt, heutzutage mehr alljemeines Interesse. – Mann an Galgen bringen, als jemand Stelle verschaffen mit zehntausend jährlich Jehalt. Ist überzeugt – Beispiels wegen –,

viel besser, falschen Kerl hängen, als überhaupt niemanden.

»Sie kennen das Leben, Sir«, sagt Mr. Bucket mit einem gewissen vertraulichen Zwinkern des Auges und einem Krümmen seines Zeigefingers, »und Sie können bestätigen, was ich soeben dieser Dame gesagt habe. Ihnen brauche ich nicht erst zu verraten, daß Nachrichten, die ich bekommen habe, mich dazu veranlaßt haben. Sie verstehen, was man dem Verständnis einer Dame nicht zumuten kann. Besonders einer Dame in Ihrer hohen gesellschaftlichen Stellung, Miß«, sagt Mr. Bucket und wird blutrot, denn bei einem Haar wäre ihm zu zweitenmal die Anrede »Meine Liebe« entschlüpft.

»Der Inspektor tut seine Pflicht und ist vollkommen im Recht, Volumnia«, betont Sir Leicester.

»Sehr erfreut, mein Vorgehen von Ihnen gebilligt zu sehen, Sir Leicester Dedlock, Baronet«, murmelt Mr. Bucket.

»Tatsächlich, Volumnia«, fährt Sir Leicester fort, »gibt man kein gutes Beispiel, wenn man dem Inspektor solche Fragen vorlegt, wie Sie sie soeben gestellt haben. Er muß am besten wissen, was er beantworten kann, und es schickt sich nicht für uns, die wir die Gesetze mitmachen helfen, denen, die sie in Anwendung bringen, hindernd in den Weg zu treten. Oder«, sagt Sir Leicester etwas streng, denn Volumnia wollte ihn unterbrechen, noch ehe er seinen Satz abgerundet hatte, »oder denen ihre Pflicht schwer zu machen, die die rächenden Organe unsrer Gesetzgebung repräsentieren.«

Volumnia rechtfertigt sich in aller Demut, daß sie nicht nur als Entschuldigung den Hinweis auf die Neugierde, die eine Eigenschaft der leichtsinnigen Jugend im allgemeinen und die ihres Geschlechtes im besondern bilde, für sich habe, sondern auch fast von Sinnen sei vor Schmerz und Teilnahme für den lieben reizenden Menschen, dessen Verlust sie alle so sehr beklagen.

»Sehr gut, Volumnia«, entgegnet Sir Leicester, »um so mehr können Sie nicht diskret genug sein.«

Mr. Bucket benützt die eingetretne Pause, um sich wieder hören zu lassen.
»Sir Leicester Dedlock, Baronet, eines kann ich jedenfalls der Dame mit Ihrer Erlaubnis, und ganz im Vertrauen, verraten, nämlich, daß ich die Angelegenheit bereits für ziemlich abgeschlossen halte. Es ist ein schöner Fall – ein schöner Fall –, und das Wenige, was noch zu seiner Vervollständigung fehlt, hoffe ich in ein paar Stunden beisammen zu haben.«
»Es freut mich sehr, das zu hören«, sagt Sir Leicester. »Es macht Ihnen sehr viel Ehre.«
»Sir Leicester Dedlock, Baronet, ich hoffe, die Sache wird nicht nur mir Ehre machen, sondern auch allen Teilen Befriedigung gewähren. Wenn ich sage, es ist ein schöner Fall, Miß«, fährt Mr. Bucket fort und wirft einen ernsten Seitenblick auf Sir Leicester, »müssen Sie im Auge behalten, daß ich ihn von meinem Standpunkt aus betrachte. Von andern Gesichtspunkten aus gesehen, ziehen solche Fälle immer mehr oder weniger Unannehmlichkeiten nach sich. Oft kommen sehr sonderbare Familienangelegenheiten zu unsrer Kenntnis, Miß. Ja, wahrhaftig Dinge, die Sie geradezu für unmöglich halten würden.«
Volumnia glaubt das gern und sagt es mit ihrem naiven halblauten Schrei.
»Ja, und sogar in seinen Familien, in vornehmen Familien, in sehr hohen Familien« – Mr. Bucket sieht abermals Sir Leicester ernst von der Seite an. »Ich habe die Ehre gehabt, schon früher in vornehmen Familien zu Rate gezogen zu werden, und Sie haben keinen Begriff – ich gehe soweit zu sagen, daß selbst Sie keinen Begriff haben, Sir« – dies sagt er zu dem hinfällig aussehenden Vetter –, »was da für Geschichten vorkommen.«
Der Vetter, der sich, halbtot vor Langweile, in den Sofakissen gerekelt hat, gähnt: »Woh ö – i« – was »wohl möglich« heißen soll.
Sir Leicester hält es für an der Zeit, den Inspektor zu entlassen, sagt majestätisch: »Sehr gut, ich danke Ihnen«, und

gibt mit einer ausdrucksvollen Handbewegung zu verstehen, daß das Gespräch als beendet anzusehen ist und daß vornehme Familien, wenn sie in schlechte Gewohnheiten verfallen, sich eben die Folgen selbst zuzuschreiben haben.
»Vergessen Sie nicht, Inspektor«, setzt er herablassend zu, »daß ich zu jeder Zeit zu Ihrer Verfügung stehe.«
Wieder sehr ernst, erkundigt sich Mr. Bucket, ob es vielleicht morgen vormittag angenehm wäre, falls die Sache bis dahin soweit gediehen sein sollte.
Sir Leicester gibt zur Antwort: »Jede Stunde ist mir recht.«
Mr. Bucket macht seine drei Verbeugungen und will sich entfernen, da fällt ihm ein, daß er noch etwas vergessen hat.
»Dürfte ich beiläufig fragen«, sagt er, geräuschlos und vorsichtig umkehrend, »wer die Bekanntmachung wegen der ausgesetzten Belohnung an der Treppe angeschlagen hat.«
»Ich selbst ließ sie dort anschlagen«, entgegnet Sir Leicester.
»Würde ich mir eine Freiheit herausnehmen, Sir Leicester Dedlock, Baronet, wenn ich Sie fragte, warum?«
»Durchaus nicht. – Ich wählte die Treppe deswegen, weil diesen Teil des Hauses jedermann betritt. Ich glaubte, es könnte gar nicht aufmerksam genug darauf gemacht werden. Ich wünschte meinen Leuten die Größe des Verbrechens, meinen festen Entschluß, es zu bestrafen, und die Unmöglichkeit, der Strafe zu entgehen, tief einzuprägen. Aber wenn Sie, Inspektor, bei Ihrer größeren Erfahrung in solchen Sachen etwas dagegen einzuwenden haben ...«
Mr. Bucket hat jetzt nichts dagegen einzuwenden; da die Bekanntmachung einmal angeschlagen ist, sei es besser, sie nicht zu entfernen. Er wiederholt seine drei Verbeugungen und entfernt sich. Volumnia läßt wieder ihren leisen Schrei hören und leitet damit die Bemerkung ein, daß die Seele dieses entzückend furchtbaren Menschen die reinste Blaubartkammer sei.

Mit seinem Hang zur Geselligkeit und seiner Gewandtheit, mit allen Menschenklassen zu verkehren, steht Mr. Bucket gleich darauf vor dem Kaminfeuer in der Vorhalle – so hell und warm in der frühen Winterabendstunde – und bewundert den Merkur.
»Wahrhaftig, ich glaube, Sie sind sechs Fuß zwei Zoll?«
»Drei«, verbessert der Merkur.
»Wirklich so groß? Aber freilich, ja, Sie sind breit im Verhältnis, und man sieht es Ihnen nicht an. Sie sind keiner von den Spindelbeinen. Haben Sie nie Modell gestanden?«
Mr. Bucket sieht ihn mit auf die Seite geneigtem Kopf und dem Blick eines Künstlers an.
Der Merkur hat nie Modell gestanden.
»Dann sollten Sie's tun«, sagt Mr. Bucket. »Ein Freund von mir, von dem Sie noch eines schönen Tages hören werden, daß er Bildhauer der königlichen Akademie geworden ist, würde etwas springen lassen, wenn er Sie als Modell für eine Marmorstatue bekommen könnte. Mylady ist nicht zu Hause, nicht wahr?«
»Zum Diner ausgefahren.«
»Fährt wohl ziemlich jeden Tag aus, nicht wahr?«
»Ja.«
»Nicht zu verwundern«, meint Mr. Bucket. »Eine so vornehme Frau wie sie, so schön, so anmutig und elegant, ist wie eine frische Zitrone auf einem Speisetisch und eine Zierde überall, wo sie hinkommt. War Ihr Vater auch in einer Stellung wie Sie?«
Die Antwort fällt verneinend aus.
»Aber meiner«, sagt Mr. Bucket. »Mein Vater war erst Page, dann Bedienter, dann Kellermeister, dann Steward, dann Gastwirt. War zu Lebzeiten allgemein geachtet und starb tief betrauert. Sagte mit seinem letzten Atemzug, er betrachte seine Bedientenzeit als den ehrenvollsten Teil seiner Laufbahn, und so war es auch. Ich habe einen Bruder, der Bedienter ist, und einen Schwager. Ist Mylady gut mit den Leuten?«

Der Merkur entgegnet, soweit man das von ihr erwarten könne.
»Aha«, sagt Mr. Bucket, »ein bißchen verwöhnt? Ein bißchen launenhaft? Mein Gott, wie kann es anders sein, wenn man so schön ist. Und je launenhafter sie ist, desto lieber hat man sie.« Der Merkur, die Hände in den Taschen seiner schönen pfirsichblütenen Kniehose, streckt seine symmetrischen seidenüberzognen Beine mit der Miene eines Stutzers von sich und kann es nicht leugnen. Draußen kommt ein Wagen angerollt, und es wird heftig geklingelt.
»Wenn man den Wolf nennt, kommt er gerennt«, sagt Mr. Bucket. »Da ist sie.«
Die Türen werden weit geöffnet, und Mylady schreitet durch die Vorhalle. Sie ist immer noch sehr bleich, in Halbtrauer gekleidet, und trägt zwei kostbare Armbänder. Entweder ihre Schönheit oder die Schönheit ihrer Arme erregen Mr. Buckets ganz besondre Aufmerksamkeit. Er sieht mit spähendem Blick hin und klappert mit etwas in der Tasche – vielleicht mit Halfpences.
Sie bemerkt ihn im Hintergrund und wendet sich mit einem fragenden Blick an den andern Merkur, der sie nach Hause brachte.
»Mr. Bucket, Mylady.«
Mr. Bucket macht einen Kratzfuß und tritt hervor, indem er sich mit seinem Hausdämon über den Mund fährt.
»Warten Sie auf Sir Leicester?«
»Nein, Mylady. Ich war bereits bei ihm.«
»Haben Sie mir etwas zu sagen?«
»Jetzt gerade nicht, Mylady.«
»Haben Sie neue Entdeckungen gemacht?«
»Ein paar, Mylady.«
– Sie stellt ihre Fragen nur so im Vorübergehen. Sie bleibt kaum stehen und schwebt allein die Treppe hinauf. –
Mr. Bucket tritt einen Schritt vor und beobachtet sie, wie sie die Stufen hinaufgeht, die der alte Advokat herunterstieg in sein Grab, an mordgierigen Gruppen von Bildhau-

erwerk vorüber, die sich mit dem Schatten ihrer Waffen an der Wand wiederholen, an der gedruckten Bekanntmachung, auf die sie im Vorbeigehen einen Blick wirft, vorüber. Dann verschwindet sie.
»Wahrhaftig, eine schöne Frau«, sagt Mr. Bucket und kommt zu dem Merkur zurück. »Sieht aber nicht ganz gesund aus.«
Sei auch nicht ganz gesund, teilt ihm der Merkur mit, leide sehr an Kopfschmerzen.
Wahrhaftig? Schade! Spazierengehen würde Mr. Bucket als Heilmittel anempfehlen.
»O, sie geht spazieren«, entgegnet der Merkur. »Geht manchmal zwei Stunden spazieren, wenn ihr Zustand sich verschlimmert. Sogar in der Nacht.«
»Wissen Sie auch ganz sicher, daß Sie genau sechs Fuß drei Zoll hoch sind?« fragt Mr. Bucket. »Sie müssen schon entschuldigen, daß ich Sie einen Augenblick unterbreche.«
»Darüber besteht gar kein Zweifel.«
»Ich hätte das wirklich nicht geglaubt bei Ihren guten Proportionen. Die Garden gelten doch auch als schöne Leute, aber sie sind mir zu schlenkrig und aufgeschossen. – Geht also bei Nacht spazieren? Wenn Mondschein ist?«
O ja, wenn Mondschein ist! Natürlich. Ja natürlich.
– Übereinstimmung auf beiden Seiten. –
»Sie selbst gehen wohl nicht viel spazieren?« fragt Mr. Bucket. »Haben wahrscheinlich nicht viel Zeit dazu übrig?«
Außerdem findet der Merkur keinen Geschmack daran, Zieht Fahren vor.
»Selbstverständlich.« – Mr. Bucket sieht das ein. – »Das ist etwas ganz andres. Übrigens, jetzt fällt mir ein«, sagt Mr. Bucket, indem er sich die Hände wärmt und vergnüglich in die flackernde Flamme schaut, »sie ist an demselben Abend, wo die Geschichte geschehen ist, auch spazierengegangen.«
»Ja, freilich! Ich schloß ihr den Garten drüben auf.«
»Und verließen sie dort. Richtig, ja. Ich hab es zufällig mit angesehen.«

»Ich habe Sie nicht bemerkt«, sagt der Merkur.
»Ich hatte ziemliche Eile«, erklärt Mr. Bucket, »denn ich wollte gerade eine Tante besuchen, die in Chelsea wohnt – die zweitnächste Tür von dem alten ehemaligen Bun-Haus. Neunzig Jahre alt. Unverheiratet und im Besitz eines kleinen Vermögens. Ja, ich ging gerade zufällig vorbei. Wie spät mochte es wohl gewesen sein? Warten Sie mal. Es war noch nicht zehn.«
»Halb Zehn.«
»Ganz richtig. Halb zehn war's. Und wenn ich mich nicht ganz irre, war Mylady in einen weiten schwarzen Mantel, mit breiten Fransen daran, gehüllt.«
»Ganz richtig.«
»Ganz richtig.« Mr. Bucket muß wieder zu einer kleinen Arbeit zurück, die er oben noch zu verrichten hat, muß aber vorher noch dem Merkur erkenntlich für die angenehm verlebte Viertelstunde die Hand schütteln, und ob er wohl – möchte er noch einmal fragen – ob er wohl, wenn er einmal eine halbe Stunde übrig habe, sie dem Bildhauer der königlichen Akademie zum Nutzen beider Teile schenken möge?

54. Kapitel

Eine Mine fliegt auf

Vom Schlaf gestärkt, steht Mr. Bucket zeitig morgens auf und macht sich fertig zum Kampfe. Aufgeputzt mit Hilfe eines reinen Hemdes und einer nassen Haarbürste, mit der er bei feierlichen Gelegenheiten die dünnen Locken befeuchtet, die ihm nach einem solchen Leben angestrengten Studiums noch übrig geblieben sind, nimmt er ein Frühstück ein, von dem zwei Hammelkoteletts den Grundstein und Tee, Eier, Zwieback und Marmelade in entsprechender Menge den Aufbau bilden.

Nachdem er diese kräftigenden Speisen mit Genuß verzehrt und eine geheime Konferenz mit seinem Hausdämon gehalten hat, ersucht er den Merkur vertraulich, Sir Leicester Dedlock, Baronet, im stillen wissen zu lassen, daß er für ihn bereit sei, wenn es jetzt genehm wäre. Auf die gnädige Antwort, daß Sir Leicester seine Toilette beschleunigen und den Inspektor binnen zehn Minuten in der Bibliothek sehen wolle, begibt sich Mr. Bucket dorthin, steht dort vor dem Kamin, den Finger am Kinn, und blickt in die glühenden Kohlen. Er ist gedankenvoll wie ein Mann, der ein hochwichtiges Werk zu vollenden hat, aber gefaßt, sicher, voller Selbstvertrauen. Nach dem Ausdruck seines Gesichtes könnte man ihn für einen berühmten Whistspieler halten, der um einen großen Einsatz spielt – sagen wir, um hundert Guineen – und der das Spiel in der Hand hat, es aber seinem großen Ruf schuldig ist, auf meisterhafte Weise bis zur letzten Karte durchzuspielen. Mr. Bucket zeigt sich nicht im mindesten erregt, als Sir Leicester erscheint; und wie der Baronet langsam nach seinem Lehnstuhl geht, blickt er ihn wieder wie gestern von der Seite mit dem beobachtenden Ernst an, in den eine Spur von Mitleid gemischt zu sein scheint.

»Es tut mir leid, daß ich Sie habe warten lassen müssen, Inspektor, aber ich habe mich heute morgen ein wenig länger mit dem Ankleiden aufgehalten als gewöhnlich. Ich fühle mich nicht recht wohl. Die Aufregung der letzten Tage hat mich zu sehr angegriffen. Überdies bin ich – – Gichtanfällen unterworfen.« Sir Leicester hat anfangs bloß Unpäßlichkeit vorschützen wollen und hätte es auch jedermann gegenüber aufrecht erhalten, aber Mr. Bucket durchschaut ihn offenbar. »Und die Ereignisse der letzten Zeit haben wieder einen Anfall herbeigeführt.«

– Während er, mit einiger Schwierigkeit und seine Schmerzen verbeißend, Platz nimmt, tritt Mr. Bucket etwas näher und stützt sich mit einer seiner großen Hände auf den Bibliothekstisch. –

»Ich weiß nicht, Inspektor«, bemerkt Sir Leicester und

blickt auf, »ob Sie mit mir unter vier Augen zu sprechen wünschen. Ich überlasse das ganz Ihnen. Wenn Sie es wünschen, gut, wenn nicht, so würde Miß Dedlock gern ...«

»Nun, Sir Leicester Dedlock, Baronet, ich glaube, wir können gerade jetzt die Sache nicht geheim genug behandeln. Sie werden gleich selbst einsehen, daß wir sie nicht geheim genug behandeln können. Die Anwesenheit einer Dame würde mir unter allen Verhältnissen, zumal wenn sie eine so hohe gesellschaftliche Stellung einnimmt wie Miß Dedlock, nur angenehm sein, aber wenn ich von mir absehe, muß ich mir die Freiheit nehmen, Ihnen zu versichern, daß wir die Sache nicht geheim genug behandeln können.«

»Das genügt.«

»So geheim, Sir Leicester Dedlock, Baronet«, fährt Mr. Bucket fort, »daß ich Sie um Erlaubnis bitten wollte, die Tür absperren zu dürfen.«

»Tun Sie das nur.«

Mr. Bucket vollzieht geschickt und geräuschlos diese Vorsichtsmaßregel und bückt sich aus bloßer Gewohnheit einen Augenblick nieder, um den Schlüssel in dem Schloß so zu drehen, daß von außen niemand hereinsehen kann.

»Sir Leicester Dedlock, Baronet, ich erwähnte gestern abend, daß mir nur noch sehr wenig fehle, um den Fall ganz beisammen zu haben. Heute bin ich so weit und habe die Beweise gegen die Person in Händen, die das Verbrechen begangen hat.«

»Gegen den Soldaten?«

»Nein, Sir Leicester Dedlock. Es ist nicht der Soldat.«

Sir Leicester macht ein erstauntes Gesicht und fragt:

»Ist der Täter verhaftet?«

Mr. Bucket sagt nach einer Pause: »Es ist eine Frau.«

Sir Leicester lehnt sich in seinen Stuhl zurück und ruft atemlos aus:

»Gott im Himmel!«

»Jetzt, Sir Leicester Dedlock, Baronet«, fängt Mr. Bucket

an, steht aufrecht da, die Hand auf den Tisch gestützt und den Zeigefinger der andern ausdrucksvoll hin und her bewegend, »jetzt ist es meine Pflicht, Sie auf eine Verkettung von Umständen vorzubereiten, die Sie wahrscheinlich, und ich will soweit gehen, zu sagen, gewiß sehr erschüttern werden. Aber Sir Leicester Dedlock, Baronet, Sie sind ein Gentleman, und ich weiß, was ein Gentleman ist und was ein Gentleman alles ertragen kann. Ein Gentleman wird einen Stoß, der sich nicht abwenden läßt, tapfer und standhaft aushalten. Ein Gentleman muß imstande sein, sich fast auf jeden Schlag gefaßt machen zu können. Nehmen Sie einmal sich an, Sir Leicester Dedlock, Baronet. Wenn ein Schlag Sie treffen soll, so denken Sie natürlich zuerst an Ihre Familie. Sie legen sich die Frage vor, wie alle Ihre Ahnen, bis zu Julius Cäsar zurück – um vorläufig nicht noch weiter zu gehen –, solche Schläge ertragen haben würden, und Sie können dabei gewiß an eine große Anzahl von ihnen denken, die es mit Ehren getragen hätten, und um ihretwegen und des Ansehens der Familie willen ertragen Sie es auch. So würden Sie denken, und so würden Sie auch handeln, Sir Leicester Dedlock, Baronet.«

Sir Leicester, in seinen Lehnstuhl zurückgelehnt, umklammert krampfhaft mit den Fingern die Armlehnen und sieht den Inspektor mit starrem Gesicht an.

»Wenn ich Sie auf diese Weise vorbereite, Sir Leicester Dedlock«, fährt Mr. Bucket fort, »möchte ich Sie bitten, sich keinen Augenblick darüber Sorgen zu machen, daß etwas zu *meiner* Kenntnis gekommen ist. Ich weiß so viel von einer Unmenge Personen hohen oder niedern Standes, daß eine Geschichte mehr oder weniger nicht das mindeste zu bedeuten hat. Ich glaube nicht, daß es einen Zug auf dem Brett gibt, der mich in Erstaunen setzen würde. Und ob ich nun weiß, daß dieser oder jener Zug in Wirklichkeit geschehen ist, hat weiter nichts zu sagen. Jeder mögliche Zug ist meiner Erfahrung nach ein wahrscheinlicher Zug. Ich sage Ihnen daher nur nochmals, Sir

Leicester Dedlock, Baronet, machen Sie sich nur ja deswegen keine Sorgen, daß ich etwas von Ihren Familienangelegenheiten weiß.«
»Ich danke Ihnen für Ihre Vorbereitung«, entgegnet Sir Leicester nach einer längeren Pause und bewegt weder Fuß noch Hand noch einen Muskel seines Gesichts. »Ich hoffe, sie ist nicht vonnöten, aber ich weiß die gute Absicht zu schätzen. Haben Sie die Güte, fortzufahren. Bitte, nehmen Sie« – Sir Leicester scheint in dem Schatten des Inspektors, in dem er sitzt, zusammenzuschauern –, »nehmen Sie einen Stuhl, wenn Sie nichts dagegen haben.«
»Durchaus nicht.« – Mr. Bucket holt sich einen Sessel und verkleinert seinen Schatten. – »Jetzt, Sir Leicester Dedlock, Baronet, komme ich nach dieser kurzen Einleitung zur Sache. Lady Dedlock ...«
Sir Leicester erhebt sich halb in seinem Stuhl und starrt den Inspektor wild an.
Mr. Bucket bewegt seinen Finger besänftigend hin und her.
»Lady Dedlock, sehen Sie, wird allgemein bewundert. Ja, das wird die Gnädigste. Sie wird allgemein bewundert.«
»Ich würde vorziehen, Inspektor«, entgegnet Sir Leicester abweisend und kalt, »daß Myladys Name in dieser Angelegenheit überhaupt nicht genannt würde.«
»Ich auch, Sir Leicester Dedlock, Baronet, aber – es ist unmöglich.«
»Unmöglich?«
Mr. Bucket schüttelt erbarmungslos das Haupt.
»Sir Leicester Dedlock, Baronet, es ist rein unmöglich. Was ich zu sagen habe, bezieht sich auf die Gnädigste. Sie ist der Punkt, um den sich alles dreht.«
»Inspektor«, entgegnet Sir Leicester mit flammendem Auge und zuckenden Lippen, »Sie kennen Ihre Pflicht. Tun Sie ihre Pflicht, aber hüten Sie sich, darüber hinauszugehen. Ich würde das unter keinen Umständen dulden. Ich würde es nicht ertragen können. Wenn Sie Myladys Namen mit der Sache in Verbindung bringen, so tun Sie

das auf Ihre Verantwortung, – auf – Ihre – Verantwortung! Myladys Name ist kein Name, mit dem gewöhnliche Leute spielen dürfen!«

»Sir Leicester Dedlock, Baronet, ich sage, was ich sagen muß, und nicht mehr.«

»Ich hoffe, daß sich das erweisen wird. Gut. Fahren Sie fort. Fahren Sie fort, Sir.«

Mit einem Blick auf die zornfunkelnden Augen, die ihm jetzt ausweichen, und auf die Gestalt, die vom Kopf bis zu den Füßen in Entrüstung bebt und sich dennoch bemüht, ruhig zu erscheinen, tastet sich Mr. Bucket seinen Weg und fährt mit leiser Stimme fort.

»Sir Leicester Dedlock, Baronet, es ist jetzt meine Pflicht, Ihnen mitzuteilen – daß der verstorbne Mr. Tulkinghorn seit langer Zeit Argwohn und Verdacht gegen Lady Dedlock hegte.«

»Wenn er gewagt hätte, das nur mit einer Silbe anzudeuten, Sir, hätte ich ihn mit eigner Hand getötet«, ruft Sir Leicester aus und schlägt mit der Faust auf den Tisch. Aber selbst mitten in seinem Zornesausbruch hält er inne, gebannt von den wissenden Augen Mr. Buckets, der jetzt seinen Zeigefinger wieder langsam hin und her bewegt und voller Selbstvertrauen und Geduld den Kopf schüttelt.

»Sir Leicester Dedlock, der verstorbne Mr. Tulkinghorn war listig und verschlossen, und was er von Anfang an eigentlich im Sinn gehabt hat, getraue ich mich nicht zu sagen. Aber ich weiß aus seinem eignen Munde, daß er seit langer Zeit Lady Dedlock im Verdacht hatte, sie habe beim Anblick einer Handschrift, die ihr vor Augen gekommen – in diesem Hause hier und in Ihrer Anwesenheit, Sir Leicester Dedlock –, zu ihrem Entsetzen entdeckt, daß eine gewisse Person noch am Leben sei (und zwar in höchst ärmlichen Verhältnissen), die, ehe Sie um Mylady geworben, ihr Geliebter gewesen und ihr Gatte hätte werden müssen.« Mr. Bucket hält inne und wiederholt nachdrücklich: »Der ihr Gatte hätte werden müssen.

Darüber ist kein Zweifel. Ich weiß aus Mr. Tulkinghorns eignem Munde, daß er, als dieser Mann kurz darauf starb, Lady Dedlock im Verdacht hatte, seine elende Wohnung und sein noch elenderes Grab allein und im geheimen besucht zu haben. Durch meine eignen Nachforschungen und durch das Zeugnis meiner eignen Augen und Ohren weiß ich, daß Lady Dedlock in den Kleidern ihrer Zofe heimlich diese Orte besucht hat, denn der verstorbne Mr. Tulkinghorn gebrauchte mich dazu, die Gnädigste dingfest zu machen – wenn Sie das Wort entschuldigen wollen, das wir gewöhnlich brauchen –, und ich habe sie so weit vollständig dingfest gemacht. Ich konfrontierte die Zofe in der Kanzlei in Lincoln's-Inn-Fields mit einem Zeugen, der Lady Dedlock als Führer gedient hatte, und es blieb nicht der Schatten eines Zweifels übrig, daß Mylady die Kleider der Zofe angehabt hatte, ohne daß diese es wußte. Sir Leicester Dedlock, Baronet, ich habe mich gestern bemüht, sie ein wenig auf diese unangenehme Enthüllung durch die Äußerung vorzubereiten, daß selbst in vornehmen Familien zuweilen sehr seltsame Dinge geschehen. All dies und noch mehr hat sich in Ihrer eignen Familie, in Verbindung mit der Gnädigsten, zugetragen. Ich glaube, daß der verstorbne Mr. Tulkinghorn seine Nachforschungen bis zur Stunde seines Todes fortgesetzt hat und daß Lady Dedlock und er sich noch am Abend vor seiner Ermordung wegen dieser Sache entzweit haben. Sie brauchen dies bloß Sir Leicester Dedlock, Baronet, Mylady mitzuteilen und sie zu fragen, ob sie nicht, nachdem er das Haus hier verlassen, nach seiner Kanzlei gegangen ist, um noch weiter mit ihm darüber zu sprechen, und bei dieser Gelegenheit einen weiten schwarzen Mantel mit langen Fransen daran angehabt hat.«

– Sir Leicester sitzt wie ein Steinbild da und starrt den grausamen Finger an, der in seinem innersten Herzen wühlt. –

»Legen Sie der Gnädigen, Sir Leicester Dedlock, Baronet, die Frage als von mir, dem Inspektor Bucket von der Geheimpolizei, kommend, vor. Und wenn die gnädige Frau Schwierigkeiten machen sollte, es zuzugestehen, so sagen Sie ihr, daß das nichts nütze. Inspektor Bucket wisse es genau und wisse auch, daß sie an dem Soldaten, wie Sie ihn nennen, vorübergegangen ist und ihm auf der Treppe begegnet ist. Nun, Sir Leicester Dedlock, Baronet, warum, glauben Sie wohl, erzähle ich Ihnen das alles?«

Sir Leicester, das Gesicht mit den Händen verhüllt, läßt nur ein einziges tiefes Stöhnen vernehmen und bittet den Inspektor, einen Augenblick inne zu halten. Als er nach einer Weile seine Hände wieder wegnimmt, hat sein Gesicht seine Würde und äußere Ruhe, wenn es auch nicht mehr Farbe hat als sein weißes Haar, so wiedergewonnen, daß Mr. Bucket fast ergriffen ist. Sein Benehmen hat etwas Starres, Erfrornes, ganz abgesehen von der gewohnten Maske des Hochmuts, und Mr. Bucket fällt es auf, daß er ungewöhnlich langsam spricht und manchmal bei den Anfangsbuchstaben der Worte stottert, was ihn veranlaßt, unartikulierte Töne vernehmen zu lassen. Mit solchen Tönen bricht er jetzt das Schweigen, gewinnt aber bald wieder soviel Herrschaft über sich, daß er sagen kann, er begreife nicht, warum ein so pflichteifriger, wahrheitsliebender Gentleman wie Mr. Tulkinghorn ihm nicht selbst diese peinliche, unerwartete, niederschmetternde und unglaubliche Enthüllung gemacht habe.

»Auch diese Frage können Sie der Gnädigen vorlegen, Sir Leicester Dedlock, Baronet«, entgegnet Mr. Bucket. »Und wenn Sie es für gut finden, wiederum im Namen des Inspektors Bucket von der Geheimpolizei. Sie werden erfahren, oder ich müßte mich sehr irren, daß der verstorbne Mr. Tulkinghorn die Absicht hatte, Ihnen alles mitzuteilen, sobald er die Sache für reif gehalten haben würde, sowie auch, daß er es der gnädigen Frau zu verstehen gegeben hat. Mein Gott, vielleicht wollte er es Ihnen gerade an dem Morgen, als ich den Tatort besichtigte, mitteilen! Sie wissen auch nicht von mir, Sir Leicester Dedlock, Baronet, was ich nach Ablauf der nächsten fünf Minuten sagen oder tun werde, und angenommen, ich fiele jetzt auf der Stelle tot um, würden Sie sich da wundern, warum ich es nicht getan hätte?«

»W-w-wahr!« Sir Leicester wird nur mit Mühe des Stöhnens Herr, das sich ihm immer wieder in die Kehle drängt, und sagt: »Wohl wahr.« Da lassen sich plötzlich draußen in der Vorhalle lärmende Stimmen vernehmen. Mr. Bucket horcht auf, geht nach der Türe, schließt sie leise auf und öffnet und lauscht wieder.

Dann steckt er den Kopf herein und flüstert hastig, aber bestimmt: »Sir Leicester Dedlock, Baronet, die unglückselige Familiengeschichte ist ruchbar geworden, wie ich gleich befürchtete, als der selige Mr. Tulkinghorn eines so plötzlichen Todes starb. Die einzige Möglichkeit, sie zu vertuschen, ist, die Leute, die sich jetzt da unten mit Ihren Bedienten herumzanken, vorzulassen. Können Sie es über sich bringen, ruhig dazusitzen – der Familie wegen –, während ich mit ihnen fertig werde? Und wollen Sie mir nur zunicken, wenn ich Sie darum zu bitten scheine?«

Sir Leicester gibt verworren zur Antwort: »Inspektor, tun – Sie –, was – Sie für das Beste halten.«

Mr. Bucket nickt, krümmt schlau seinen Zeigefinger und huscht in die Vorhalle hinunter, worauf das Stimmengewirr schnell verstummt.

Nicht lange darauf kehrt er wieder zurück, und einige Schritte hinter ihm kommen der Merkur und ein ebenfalls gepuderter Gott vom selben Rang in pfirsichblütenen Beinkleidern mit einem Stuhl herein, in dem sie einen hilflosen alten Mann tragen. Ein andrer Mann und zwei Frauen schließen den Zug. Mr. Bucket erteilt mit leutseligem, unbefangnem Wesen Befehle, wo der Stuhl hinzustellen sei, entläßt dann die Merkure und schließt die Tür wieder ab. Sir Leicester sieht diesem Einbruch in seine geheiligten Räume starr und eisig zu.

»Sie werden mich vielleicht kennen, meine Damen und Herren«, beginnt Mr. Bucket in vertraulichem Ton. »Ich bin der Inspektor Bucket von der Geheimpolizei, und dies hier« – er läßt die Spitze seines handlichen kleinen Stabes aus der Brusttasche hervorgucken –, »ist mein Amtszeichen. Also Sie wünschen, Sir Leicester Dedlock, Baronet, zu sehen? Gut! Hier sehen Sie ihn, und bedenken Sie wohl, es widerfährt nicht jedermann diese Ehre. Und Ihr Name, mein ehrenwerter alter Herr, ist Smallweed; ich kenne ihn recht gut.«

»So. Und werden noch nichts Böses von ihm gehört haben«, schreit Mr. Smallweed mit schriller lauter Stimme.

»Sie wissen wahrscheinlich nicht, weshalb sie das Schwein geschlachtet haben«, entgegnet Mr. Bucket mit einem durchdringenden Blick, ohne nur im geringsten aus der Fassung zu kommen.

»Nein.«

»Nun, sie schlachteten es, weil es gar zu laut quiekte. Bringen Sie sich nicht in dieselbe Lage, es wäre Ihrer nicht würdig. Sind Sie vielleicht gewöhnt, mit Taubstummen zu verkehren?«

»Ja«, knurrt Mr. Smallweed. »Meine Frau ist taub, wenn auch nicht stumm.«

»Nun, das erklärt, warum Sie so laut sprechen. Aber da sie nicht hier ist, stimmen Sie vielleicht Ihren Ton ein oder zwei Oktaven tiefer. Sie würden mich dadurch nicht nur verpflichten, sondern auch mehr Ehre damit einlegen«, sagt Mr. Bucket. »Der andre Herr hier ist wohl vom Predigergeschäft, nicht wahr?«

»Mr. Chadband«, stellt Mr. Smallweed vor, mit viel leiserer Stimme als vorher.

»Hatte einmal einen Freund und Kameraden, der ebenso hieß«, sagt Mr. Bucket und streckt bewillkommnend seine Hand aus. »Und daher berührt mich der Name sehr wohltuend. – Mrs. Chadband, nicht wahr?«

»Und Mrs. Snagsby.« – Mr. Smallweed stellt die Damen vor.

»Gattin eines Schreibmaterialienhändlers. Eines Freundes von mir«, sagt Mr. Bucket. »Liebe ihn wie einen Bruder! Also, was gibt's?«

»Meinen Sie, weshalb wir hierhergekommen sind?« fragt Mr. Smallweed, ein wenig verblüfft von der plötzlichen Frage.

»Sie wissen schon, was ich meine. Lassen Sie uns einmal hören, was Sie uns hier vor Sir Leicester Dedlock, Baronet, zu sagen haben. Nur heraus damit.«

Mr. Smallweed winkt Mr. Chadband zu sich und berät sich mit ihm einen Augenblick flüsternd. Mr. Chadband preßt eine beträchtliche Menge Öl aus den Poren seiner Stirn und seiner Handflächen und sagt dann laut:

»Ja. Nach Ihnen.« Dann zieht er sich wieder auf seinen früheren Platz zurück.

»Ich war ein Klient und Freund Mr. Tulkinghorns«, fängt Großvater Smallweed mit dünner Stimme an. »Ich stand mit ihm in Geschäftsverbindung. Ich war ihm nützlich und er mir. Der verstorbene Krook war mein Schwager. Er war der leibliche Bruder der Höllenschwefel – wollte sagen, Mrs. Smallweeds. Ich erbte Krooks Nachlaß. Ich habe alle seine Papiere und alle seine Sachen untersucht. Sie wurden vor meinen Augen ausgepackt. Es befand sich ein Paket Briefe darunter, die einem dort verstorbenen Mieter gehört hatten und hinter einem Brett neben Lady Janes – ich meine die Katze – Korb versteckt waren. Er hat überhaupt allerlei Sachen da und dort versteckt. Mr. Tulkinghorn brauchte die Briefe und hat sie bekommen. Aber ich las sie zuerst durch. Ich bin Geschäftsmann und habe einen Blick hineingeworfen. Die Briefe waren von der Geliebten des Mieters, und mit Honoria unterzeichnet. Das ist kein gewöhnlicher Name, Honoria, was? Es gibt vielleicht in diesem Hause niemanden, der Briefe mit Honoria unterzeichnet, was? Gott bewahre. Und die Handschrift stimmt auch nicht? Gott bewahre.«

– Mitten in seinem Triumph bekommt Mr. Smallweed einen solchen Hustenanfall, daß er innehalten muß und ausruft: »O Gott, o Gott, das reißt mich noch in Stücke.« –

»Na, wenn Sie jetzt fertig sind«, sagt Mr. Bucket, nachdem er abgewartet hat, bis Mr. Smallweed wieder zu sich gekommen ist, »fangen Sie vielleicht endlich von dem an, was Sir Leicester Dedlock, Baronet, den Herrn dort, angeht.«

»Hab ich vielleicht noch nicht damit angefangen, Mr. Bucket?« ruft Großvater Smallweed. »Geht es den Herrn nichts an? Kapitän Hawdon und seine ewig getreue Honoria und ihr Kind gehen ihn auch nichts an? Kurz und gut, ich möchte wissen, wo die Briefe sind? Das geht mich etwas an, wenn es schon Sir Leicester Dedlock nichts angeht. Ich möchte wissen, wo sie sind. Es kann mir nicht passen, daß sie so mir nichts dir nichts verschwinden. Ich habe sie meinem Freund und Rechtsanwalt Mr. Tulkinghorn übergeben und niemandem sonst.«

»Nun, ich dächte, er hat Sie recht anständig dafür bezahlt«, meint Mr. Bucket.

»Das ist mir einerlei. Ich muß wissen, wer sie hat, und ich will Ihnen sagen, was wir verlangen –; was wir alle hier verlangen, Mr. Bucket. Wir verlangen, daß man sich mit der Entdeckung der Mordtat ein bißchen mehr Mühe gibt! Wir wissen ganz gut, wem der Tod Mr. Tulkinghorns gelegen kommt. Sie haben nicht genug getan. Wenn George, der liederliche Dragoner, die Hand im Spiel hatte, so war er nur ein Komplize und ist dazu angestiftet worden. Sie wissen schon, was ich meine.«

»Hören Sie einmal.« – Mr. Bucket ändert augenblicklich sein Benehmen, tritt dicht an Mr. Smallweed heran und bewegt seinen Zeigefinger mit einer ganz ungewöhnlichen Eindringlichkeit. – »Ich will verdammt sein, wenn ich auch nur einem Menschen auf der Welt gestatte, sich in meine Sachen hineinzumischen oder mir auch nur um eine halbe Sekunde vorzugreifen. Sie verlangen mehr Eifer und Anstrengung? Sie? Schauen Sie sich einmal diese Hand an. Glauben Sie wirklich, daß ich nicht den rechten Zeitpunkt wüßte, wann ich sie auszustrecken habe, um damit den Arm zu packen, der den Schuß abgefeuert hat?«

– So groß ist die Macht des gefürchteten Detektivs, und es ist so schrecklich offenbar, daß er nicht prahlt, daß Mr.

Smallweed sofort einlenkt und sich zu entschuldigen beginnt. –
Mr. Bucket ist im Augenblick wieder versöhnt und unterbricht ihn. »Der Rat, den ich Ihnen gebe, ist also, zerbrechen Sie sich den Kopf nicht wegen des Mordes. Das ist meine Sache. Sie richten manchmal, glaube ich, Ihr Augenmerk auf die Zeitungen, und es sollte mich nicht wundern, wenn sie ziemlich bald etwas darüber lesen sollten, wenn Sie ordentlich aufpassen. Ich kenne mein Geschäft, und weiter habe ich Ihnen über die Sache nichts zu sagen. Jetzt zu den Briefen. – Sie wollen wissen, wer sie hat? Ich will es Ihnen sagen. Ich habe sie. Ist es vielleicht dies Paket hier?«
Mr. Smallweed blickt mit gierigen Augen auf das kleine Bündel, das Mr. Bucket aus den geheimnisvollen Tiefen seines Rockes hervorholt, und erklärt es für das richtige.
»Was haben Sie jetzt weiter zu sagen, Mr. Smallweed? Reißen Sie den Mund nicht zu weit auf. Es steht Ihnen nicht besonders.«
»Ich will fünfhundert Pfund haben.«
»So, so! Sie meinen natürlich fünfzig«, sagt Mr. Bucket gutgelaunt.
Es erweist sich jedoch, daß Mr. Smallweed wirklich fünfhundert Pfund meint.
»Ich bin nämlich von Sir Leicester Dedlock, Baronet, beauftragt, das Geschäft in Erwägung zu ziehen, wohlverstanden, nur in Erwägung zu ziehen.« Sir Leicester neigt mechanisch das Haupt. »Und Sie schlagen fünfhundert Pfund vor. Nun, das ist ja eine wirklich recht – unvernünftige Forderung! Zweimal fünfzig wäre schon schlimm genug, aber immerhin diskutabel. Möchten Sie nicht lieber sagen, zweimal fünfzig?«
Mr. Smallweed möchte das lieber nicht.
»Dann wollen wir uns Mr. Chadband anhören. Mein Gott, wie oft habe ich meinen alten Kameraden mit demselben Namen nennen hören! Ach, und er war ein so ge-

mäßigter Mann, wie man es sich nur wünschen konnte. In jeder Hinsicht. In jeder Hinsicht.«
So eingeladen, tritt Mr. Chadband vor und hält, nachdem er zur Einleitung ölig gelächelt und aus seinen Handflächen ein wenig Tran gequetscht hat, folgende Rede:
»Meine Freunde. Wir sind jetzt – Rachael, meine Gattin, und ich – in den Palästen der Reichen und Großen. Warum sind wir jetzt in den Palästen der Reichen und Großen, meine Freunde? Sind wir etwa eingeladen? Sind wir etwa gebeten, mit ihnen zu schmausen? Sind wir etwa gebeten, mit ihnen die Laute zu spielen? Sind wir vielleicht gebeten, mit ihnen zu tanzen? Nein. Wozu sind wir dann hier, meine Freunde? Sind wir im Besitz eines sündigen Geheimnisses und verlangen wir Korn und Wein und Öl – oder, was dasselbe ist, Geld –, auf daß es bewahrt werde? Wahrscheinlich, meine Freunde.«
»Sie sind Geschäftsmann, wie ich sehe«, entgegnet Mr. Bucket sehr aufmerksam, »und wollen infolgedessen darauf zu sprechen kommen, welcher Art Ihr Geheimnis ist. Sie haben recht. Sie können nichts Besseres tun.«
»So lasset uns denn, mein Bruder, im Geiste der Liebe damit beginnen«, sagt Mr. Chadband mit schlauem Blick. »Rachael, meine Gattin, tritt vor!«
Mehr als bereitwillig kommt Mrs. Chadband dieser Aufforderung nach und drängt dadurch ihren Gatten in den Hintergrund der Aufmerksamkeit. Mit einem harten finstern Lächeln pflanzt sie sich vor Mr. Bucket auf. »Da Sie hören wollen, was wir wissen, will ich es Ihnen sagen. Ich habe Miß Hawdon, die Tochter der Gnädigen, auferziehen helfen. Ich stand in Diensten der Schwester der Gnädigen. Sie hat die Schande, die die Gnädige über sie brachte, tief empfunden und gegenüber jedermann, und selbst gegenüber der Gnädigen, vorgegeben, das Kind sei tot. Es war es auch fast, als es geboren wurde, aber es lebt, und ich kenne es.« Mit diesen Worten und einem Lachen verschränkt Mrs. Chadband, die jedesmal einen bitteren Nachdruck auf die Worte »die

Gnädige« gelegt hat, die Arme und sieht Mr. Bucket herausfordernd an.
»Ich vermute also«, entgegnet der Inspektor, »*Sie* erwarten demnach eine Zwanzigpfundnote oder ein Geschenk von ungefähr diesem Wert.«
Mrs. Chadband lacht bloß und sagt verächtlich, er könne gerade so gut zwanzig Pence anbieten.
»Nun, und meines Freundes, des Papierhändlers, werte Gattin drüben?« – Mr. Bucket lockt Mrs. Snagsby mit dem Finger zu sich heran. – »Um was handelt es sich denn bei Ihnen, Maam?«
Mrs. Snagsby kann anfangs vor lauter Tränen und Wehklagen kein Wort herausbringen, aber allmählich und sehr konfus wird es offenbar, daß sie eine unter der Last des ihr widerfahrnen Unrechts zusammengebrochne Frau ist, die Mr. Snagsby planmäßig hintergehe, vernachlässige und im dunkeln zu erhalten suche. Ihr Haupttrost in all ihren Leiden sei die Teilnahme des seligen Mr. Tulkinghorn gewesen, der ihr anläßlich eines Besuchs in Cook's Court, in Abwesenheit ihres treuebrüchigen Mannes, soviel Mitleid entgegengebracht habe, daß sie von da an immer ihm ihr Leid geklagt hätte. Alle Welt, nur die Anwesenden ausgenommen, habe sich gegen ihren Seelenfrieden verschworen. Da sei vor allem Mr. Guppy, der Schreiber bei Kenge & Carboy, der anfangs so offenherzig gewesen wie die Sonne um Mittag, plötzlich so geheimnisvoll geworden wie die Mitternacht, zweifellos von Mr. Snagsby verführt und bestochen. Und desgleichen Mr. Weevle, der Freund Mr. Guppys, der geheimnisvolle Mieter in Mr. Krooks Haus, jedenfalls aus denselben naheliegenden Gründen. Nicht minder der verstorbne Krook, der selige Nimrod und der verstorbne Jo. Sie alle seien Eingeweihte gewesen. In was sie eingeweiht gewesen sein sollen, darüber erklärt sich Mrs. Snagsby nicht besonders deutlich, aber sie wisse ganz gut, daß Jo Mr. Snagsbys Sohn gewesen sei; so unumstößlich sicher, als ob es »mit Drommeten verkündet worden wäre«. Sie sei Mr. Snagsby nachgeschlichen bei

seinem letzten Besuch am Sterbelager des Jungen. Wenn es nicht sein Sohn gewesen wäre, warum wäre er dann hingegangen? Die einzige Beschäftigung ihres Lebens sei schon seit langem gewesen, Mr. Snagsby auf Schritt und Tritt zu beobachten und verdächtige Umstände zusammenzutragen – und alles, was sich begeben, wäre höchst verdächtig gewesen. Und auf diesem Weg habe sie bei Tag und Nacht ihr Ziel verfolgt, ihren treuebrüchigen Gatten seiner Schuld zu überführen. Bei dieser Gelegenheit und ganz zufällig hätten die Chadbands und Mr. Tulkinghorn einander kennengelernt, und als sie Mr. Tulkinghorn hinsichtlich der an Mr. Guppy bemerkten Veränderung zu Rate gezogen, seien die Umstände an den Tag gekommen, die jetzt die Anwesenden so interessierten. Immer noch befinde sie sich daher auf der breiten Straße, die zu Mr. Snagsbys Entlarvung und zu einer Ehescheidung führen müsse und solle.
Alles das wollte Mrs. Snagsby als schwergekränkte Frau und als Freundin Mr. Chadbands und als Leidtragende um den seligen Mr. Tulkinghorn unter dem Siegel des Vertrauens und mit jeder möglichen und unmöglichen Verwicklung der Tatsachen bestätigen.
Geld ist bei ihr kein Beweggrund, und sie hat kein andres Ziel als das eben erwähnte und bringt hierher und überall hin ihre eigene dicke Staubatmosphäre mit, die aus dem unablässigen Arbeiten der Mühle ihrer Eifersucht entstanden ist.
Während sich ihre Rede abwickelt und viel Zeit in Anspruch nimmt, geht Mr. Bucket, der Mrs. Snagsbys Essigseele bereits auf den ersten Blick durchschaut hat, mit seinem vertrauten Hausdämon zu Rate und läßt die Chadbands und Mr. Smallweed nicht aus den Augen. Sir Leicester Dedlock sitzt unbeweglich da, eingefroren in seinen Eispanzer, und wirft nur hie und da einen Blick auf Mr. Bucket, als verlasse er sich von allen Menschen nur mehr auf ihn.
»Sehr gut«, sagt Mr. Bucket. »Jetzt verstehe ich Sie, sehen

Sie; und da mich Sir Leicester Dedlock, Baronet, beauftragt hat, mich in diese kleine Angelegenheit zu mischen« – abermals nickt Sir Leicester mechanisch –, »so kann ich ihr ja meine Aufmerksamkeit schenken. Ich will hier nicht auf einen Versuch, Geld zu erpressen, anspielen oder von ähnlichen Dingen sprechen, denn wir sind hier lauter welterfahrne Leute und wollen die Sache in Frieden beilegen; aber ich muß mich wirklich wundern und bin sehr überrascht, wie Sie auf den Einfall kommen konnten, unten in der Vorhalle Lärm zu schlagen. Das war doch ganz gegen Ihr Interesse. So betrachte ich die Sache wenigstens.«

»Wir wollten vorgelassen werden«, erklärt Mr. Smallweed.

»Selbstverständlich wollten Sie das«, gibt Mr. Bucket freundlich und bereitwillig zu. »Aber einem alten Herrn in Ihren Jahren und von so wahrhaft ehrwürdigem Alter, muß ich schon sagen, dessen Geist noch durch die Lähmung seiner Glieder geschärft ist, weil das seine ganze Lebendigkeit in den Kopf hinaufsteigen macht, hätte denn doch bedenken müssen, daß für ihn die ganze Sache auch keinen Pfifferling wert ist, wenn er sie nicht gegenwärtig so geheim wie möglich hält. Sie sehen, Sie haben sich von Ihrem Temperament fortreißen lassen und dadurch wesentlich an Terrain verloren«, sagt Mr. Bucket in überzeugendem und freundschaftlichem Ton.

»Ich sagte doch nur, ich wollte nicht eher gehen, als bis einer der Bedienten uns bei Sir Leicester Dedlock anmeldete«, wendet Mr. Smallweed ein.

»Das ist's ja eben. Da ist Ihr Temperament mit Ihnen durchgegangen. Ein anderes Mal werden Sie sich vielleicht besser zu beherrschen wissen, wenn Sie Geld verdienen wollen. Soll ich klingeln, daß man Sie wieder hinunterbringt?«

»Wann werden wir wieder von der Sache hören?« fragt Mrs. Chadband mit großer Entschiedenheit.

»Gott segne Sie! Sie sind eine echte Frau. Immer neugierig ist Ihr entzückendes Geschlecht«, erwidert Mr. Bucket galant. »Ich werde mir das Vergnügen geben, morgen oder übermorgen bei Ihnen vorzusprechen – und auch Mr. Smallweeds Vorschlag von zweimal fünfzig Pfund nicht vergessen.«

»Fünfhundert«, verbessert Mr. Smallweed.

»Ganz richtig! Nominell fünfhundert.«

Mr. Bucket legt die Hand an den Klingelzug. »*Darf* ich Ihnen jetzt guten Tag wünschen, in meinem und im Namen des Herrn vom Hause?« fragt er mit einschmeichelndem Ton.

Da niemand keck genug ist, etwas dagegen einzuwenden, tut er es, und der Besuch entfernt sich, wie er gekommen ist.

Mr. Bucket folgt ihnen bis an die Tür und sagt dann zurückkehrend mit ernster Geschäftsmiene:

»Sir Leicester Dedlock, Baronet, es ist jetzt an Ihnen, sich zu überlegen, ob Sie das Schweigen der Leute erkaufen wollen oder nicht. Ich, an Ihrer Stelle, täte es und glaube, es ist ziemlich billig zu haben. Es liegt auf der Hand, diese kleine Essiggurke Mrs. Snagsby ist von allen Beteiligten zu der Spekulation benützt worden und hat durch falsches Zusammenknüpfen der unrichtigen Enden der Fäden viel mehr Unheil angerichtet, als sie vorsätzlich imstande gewesen wäre. Der verstorbene Mr. Tulkinghorn hatte alle diese Pferde im Zügel und konnte sie beliebig lenken, darüber ist kein Zweifel. Jetzt ist er kopfüber vom Bock gestürzt, und sie haben über die Stränge geschlagen, und jedes zerrt nach einer andern Richtung. So ist es, und so ist das menschliche Leben. Wenn die Katze nicht zu Hause ist, tanzen die Mäuse frei herum. Und wenn das Eis aufgeht, fängt es an zu fließen. – Aber jetzt zu der Person, die ich verhaften muß.«

Sir Leicester Dedlock scheint plötzlich zu erwachen, trotzdem er bis jetzt mit offnen Augen dagesessen hat. Er sieht Mr. Bucket, der auf die Uhr schaut, gespannt an.

»Die zu verhaftende Person befindet sich gegenwärtig hier im Hause«, fährt Mr. Bucket fort, steckt seine Uhr wieder ein und wird lebhafter. »Ich werde sie in Ihrem Beisein verhaften. Sir Leicester Dedlock, Baronet, bitte, sprechen Sie kein Wort und rühren Sie keinen Finger. Sie haben keinen Lärm und keine Störung zu befürchten. Ich werde im Lauf des Abends wiederkommen, wenn es Ihnen angenehm ist, und mich bemühen, Ihren Wünschen in Bezug auf Ihre unglückliche Familienangelegenheit und über die feinste Art, sie zu vertuschen, nachzukommen. Werden Sie jetzt, Sir Leicester Dedlock, Baronet, nicht nervös darüber, daß die Verhaftung hier vorgenommen werden soll. Sie müssen einen klaren Einblick in den ganzen Fall von A bis Z gewinnen.«

Mr. Bucket klingelt, geht an die Tür, flüstert dem Merkur etwas zu, schließt die Tür wieder und bleibt mit verschränkten Armen dahinter stehen. Nach ein paar Minuten geht die Tür langsam auf, und eine Französin tritt herein. Mademoiselle Hortense.

In dem Augenblick, wo sie im Zimmer steht, schlägt Mr. Bucket die Tür zu und lehnt sich mit dem Rücken dagegen. Das plötzliche Geräusch veranlaßt sie, sich umzudrehen. Und jetzt erst sieht sie Sir Leicester Dedlock in seinem Lehnstuhl.

»Ich bitte um Verzeihung«, murmelt sie hastig. »Man sagte mir doch, es sei niemand hier.«

Sie geht nach der Tür zurück und kommt dadurch gegenüber von Mr. Bucket zu stehen. Krampfhaft zuckt es über ihr Gesicht, und sie wird totenblaß.

»Das ist meine Mieterin, Sir Leicester Dedlock«, sagt Mr. Bucket und nickt ihr zu. »Diese junge Fremde ist seit einigen Wochen meine Mieterin.«

»Was soll das Sir Leicester interessieren, mein Engel?« entgegnet Mademoiselle in scherzendem Ton.

»Das werden Sie schon erfahren, mein Engel.«

Mademoiselle Hortense sieht ihn bös an, und ihr gespanntes Gesicht verzieht sich zu einem geringschätzigen Lächeln. »Sie sind sehr mistérieux. Sind Sie betrunken?«

»Leidlich nüchtern, mein Engel.«

»Ich bin soeben mit Ihrer Frau in diesem widerwärtigen Haus angekommen. Ihre Frau mich hat verlassen vor ein paar Minuten. Sie mir unten sagen, daß Ihre Frau hier ist. Ich komme hier, und Ihre Frau ist nicht hier. Was soll dieses Possenspiel bedeuten, sagen Sie mir?!« fragt Mademoiselle und verschränkt ruhig die Arme, während etwas in ihrer dunkeln Wange wie eine Uhr pulsiert.
Mr. Bucket droht ihr nur mit seinem Zeigefinger.
»O, mon dieu, Sie sind ein armer Idiot!« ruft Mademoiselle und wirft lachend den Kopf zurück. »Lassen Sie mich vorübergehen die Treppe hinab, großes Schwein.« – Sie stampft mit dem Fuß und runzelt die Stirn. –
»Ich will Ihnen etwas sagen, Mademoiselle«, sagt Mr. Bucket mit ruhigem, entschlossenem Ton. »Setzen Sie sich dort auf das Sofa.«
»Ich will mich setzen auf nichts«, entgegnet sie mit energischem Kopfschütteln.
»Mademoiselle«, wiederholt Mr. Bucket und droht ununterbrochen mit dem Finger, »setzen Sie sich auf das Sofa dort.«
»Warum?«
»Weil ich Sie eines Mordes verdächtig verhafte. Welchen Mordes, brauche ich Ihnen wohl nicht erst zu sagen. Nun wünsche ich höflich gegen eine Person Ihres Geschlechts, und obendrein eine Fremde, zu sein, wenn ich kann. Wenn ich nicht kann, muß ich grob werden. Und noch Gröbere warten draußen. Wie ich mich zu benehmen haben werde, hängt von Ihnen ab. Ich rate Ihnen daher in aller Freundschaft, sich auf das Sofa zu setzen, ehe noch eine Sekunde vergangen ist.«
Mademoiselle gehorcht und sagt mit gepreßter Stimme:
»Sie sind ein Teufel.«
– Der Puls in ihrer Wange schlägt rasch und deutlich. –
»Sehen Sie«, fährt Mr. Bucket billigend fort, »jetzt sind Sie ruhig und benehmen sich, wie man es von einer jungen Französin von Ihrer Einsicht erwarten darf. Daher will ich Ihnen jetzt einen Rat geben, und der lautet: Sprechen Sie

nicht zu viel. Man erwartet von Ihnen nicht, daß Sie hier etwas sagen, und Sie können Ihre Zunge nicht genug im Zaum halten. Kurz, je weniger Sie parlühren, desto besser für Sie.« – Mr. Bucket ist sichtlich stolz auf seine Kenntnisse der französischen Sprache. –

Mademoiselle, den alten tigerhaften Ausdruck um den Mund, sitzt, Zornesblitze in ihren schwarzen Augen, auf dem Sofa steif aufrecht da, die Hände geballt – und vielleicht auch die Füße –, und murmelt vor sich hin: »O, Sie, Bucket, Sie sind ein Teufel.«

»Nun hören Sie, Sir Leicester Dedlock, Baronet«, beginnt Mr. Bucket, und von diesem Augenblick an kommt sein Finger nicht mehr zur Ruhe. »Diese junge Person, meine Mieterin, war seinerzeit Zofe bei der Gnädigen und ist, abgesehen davon, daß sie ungewöhnlich heftig und leidenschaftlich gegen ihre Herrin war, entlassen worden ...«

»Lüge«, ruft Mademoiselle dazwischen. »Ich habe selbst gekündigt.«

»Warum befolgen Sie denn meinen Rat nicht?« warnt sie Mr. Bucket in eindringlichem, fast flehendem Tone. »Ich muß mich über Ihr unvorsichtiges Benehmen wahrhaftig wundern. Sie werden plötzlich etwas sagen, was schwer belastend für Sie sein wird. Die Zeit, wo Sie reden können, wird schon kommen. Kümmern Sie sich nicht um das, was ich sage, bis es als Beweis gegen Sie angeführt wird. Ich sage es doch nicht zu Ihnen.«

»Ich, entlassen!« ruft Mademoiselle schäumend. »Von der Gnädigen! Meiner Treu, eine schöne Gnädige! Ha, ich mich würde brrringen um meine Ruf, wenn ich geblieben wäre bei der Gnädigen, so infam.«

»Meiner Seel, ich muß mich über Sie wundern«, stellt ihr Mr. Bucket vor. »Ich habe immer geglaubt, die Franzosen wären eine höfliche Nation. Und jetzt benimmt sich ein Frauenzimmer so! Und noch dazu vor Sir Leicester Dedlock, Baronet.«

»Er ist ein armer betrogner Mann. Ich auf sein Haus spukken. Auf seinen Namen. Auf seine Einfalt.« Mademoiselle spuckt dabei dreimal auf den Teppich. »O ja, er ist ein großer Mann. O ja, superb! Mon dieu! Fi!«

»Also, Sir Leicester Dedlock«, fährt Mr. Bucket fort, »auch diese unbändige Französin da bildete sich ein, einen Anspruch an den seligen Mr. Tulkinghorn zu haben, weil er sie bei der erwähnten Gelegenheit in seine Kanzlei bestellt hatte. Daß er sie für ihre Mühe und den Zeitverlust reichlich entschädigte, das ...«

»Lüge!« ruft Mademoiselle. »Ich ihm habe geworfen sein Geld vor die Füße!«

»Wenn Sie parlühren *wollen*, nun gut, dann müssen Sie eben die Folgen auf sich nehmen. – Weiter, Sir Leicester Dedlock. Ob sie schon damals mit der vorgefaßten Absicht, die Tat zu begehen, zu mir zog, um mich sicher zu machen, darüber erlaube ich mir kein Urteil. Aber, kurz und gut, sie wohnte bei mir als Mieterin und hat den verstorbenen Mr. Tulkinghorn in seiner Kanzlei beständig mit ihren Besuchen belästigt, um sich mit ihm herumzuzanken, und gleichzeitig den unglückseligen Papierhändler fast zu Tode gepeinigt.«

»Lügen!« ruft Mademoiselle. »Alles Lügen!«

»Die Mordtat wurde begangen, Sir Leicester Dedlock, Baronet, und Sie kennen die näheren Umstände. Ich muß Sie jetzt bitten, mir ein paar Minuten Ihre angestrengteste Aufmerksamkeit zu schenken. Man ließ mich holen und vertraute mir den Fall an. Ich untersuchte die Wohnung, die Leiche, die Papiere und alles. Infolge eines Winkes von seiten des Schreibers in Mr. Tulkinghorns Kanzlei verhaftete ich George, weil man ihn nachts, ungefähr in der Zeit, als der Mord geschah, im Hause gesehen hatte und außerdem wußte, daß er schon früher heftige Wortwechsel mit dem Verstorbenen gehabt und sogar Drohungen gegen ihn ausgestoßen hatte, was alles der Zeuge bestätigte. Wenn Sie mich fragen, Sir Leicester Dedlock, ob ich von Anfang an George für den Mörder gehalten habe, so sage ich ganz ruhig, nein, aber immerhin hätte er es doch sein können, und es sprach so viel gegen ihn, daß es meine

Pflicht war, ihn zu verhaften. Jetzt merken Sie wohl auf!« – Wie sich Mr. Bucket mit ziemlicher Aufregung vorbeugt und seine Rede mit einem unheilschwangeren Hieb seines Zeigefingers durch die Luft einleitet, heftet Mademoiselle Hortense ihre schwarzen Augen mit finsterem Groll auf ihn und preßt ihre fieberhaft trocknen Lippen fest zusammen. –

»Ich ging abends nach Hause, Sir Leicester Dedlock, Baronet, und fand dieses junge Frauenzimmer beim Abendbrot bei meiner Frau, Mrs. Bucket. Von dem ersten Tag an, wo sie sich bei uns einmietete, zeigte sie sich mächtig zu meiner Frau hingezogen; aber an diesem Abend war es auffälliger als je. Sie übertrieb es geradezu. In ebenso übertriebnen Farben schilderte sie ihre Hochachtung und ihre Verehrung für den beklagenswerten Mr. Tulkinghorn. Beim lebendigen Gott, da fuhr es mir durch den Kopf, wie ich sie so mir gegenüber am Tisch mit dem Messer in der Hand dasitzen sah, sie müsse die Tat begangen haben.«

Mademoiselle zischt kaum hörbar durch die Zähne:

»Sie sind ein Teufel.«

»Wo war sie nun an dem Abend, wo der Mord begangen wurde, gewesen?« fährt Mr. Bucket fort. »Im Theater! Sie war auch wirklich dort gewesen, wie ich erfahren habe, sowohl vor wie nach der Tat. Ich war mir bewußt, daß ich es mit einer schlauen Person zu tun hatte und mir der Beweis sehr schwer fallen würde, und ich legte ihr eine Schlinge – eine Schlinge, wie ich sie noch nie gelegt habe. Es war ein Wagestück, wie ich es noch nie unternommen habe. Ich dachte mir die Sache aus, während ich mich mit ihr während des Abendessens unterhielt. Als ich hinauf zu Bett ging, stopfte ich, weil unser Haus klein ist und das Ohr dieses jungen Frauenzimmers scharf, Mrs. Bucket ein Tuch in den Mund, damit sie kein Wort der Überraschung hören ließe, während ich ihr die Geschichte erzählte ... Mein Schätzchen, lassen Sie sich das nicht noch einmal einfallen, oder ich schließe Ihnen die Füße zusammen.«

– Mr. Bucket hat plötzlich innegehalten, ganz geräuschlos Mademoiselle überfallen und sie in das Sofa zurückgedrückt. –

»Was haben Sie schon wieder?« fragt sie ihn.

»Lassen Sie sich das nicht noch einmal einfallen«, entgegnet Mr. Bucket mit warnendem Finger, »zum Fenster hinausspringen zu wollen. Das habe ich wieder. Geben Sie mir Ihren Arm. Sie brauchen nicht aufzustehen. Ich werde mich neben Sie setzen. Gleich nehmen Sie meinen Arm, bitte. Ich bin doch ein verheirateter Mann, wie Sie wissen, und Sie kennen meine Frau. Gleich nehmen Sie meinen Arm!«

Sie versucht, ihre trocknen Lippen zu befeuchten, kämpft stöhnend mit sich und gehorcht.

»So, jetzt sind wir wieder in Ordnung. – Sir Leicester Dedlock, Baronet, der Fall hätte sich nie so schön gestaltet ohne Mrs. Bucket. Eine Frau, wie man unter fünfzigtausend, was sage ich, unter hundertfünfzigtausend keine zweite findet. Um diese junge Person hier sicher zu machen, habe ich seither unser Haus nicht betreten, aber Mrs. Bucket in den Broten und Milchkannen, so oft es nötig war, Mitteilungen zukommen lassen. Nachdem ich ihr also damals in der Nacht das Bettuch in den Mund gestopft hatte, flüsterte ich ihr zu: ›Meine Liebe, glaubst du, sie durch unbefangnes Erwähnen von Verdachtsmomenten gegen George oder diesen oder jenen in Sicherheit wiegen zu können? Glaubst du, imstande zu sein, sie Tag und Nacht, und ohne zu schlafen, im Auge behalten zu können? Kannst du dir fest vornehmen: sie darf nichts tun ohne mein Wissen, sie soll meine Gefangene sein, ohne es zu ahnen, und mir so wenig entkommen wie dem Tod, und ihr Leben soll mein Leben sein, und ihre Seele meine Seele, bis ich sie in Händen habe, wenn sie diesen Mord begangen hat?‹ Und Mrs. Bucket sagte zu mir, so gut es ihr gelingen wollte, trotz des Knebels zu sprechen: ›Bucket, das kann ich.‹ Und sie hat ihr Versprechen glorreich gehalten.«

»Lügen!« fährt Mademoiselle wieder auf. »Alles Lügen, mein Freund.«

»Sir Leicester Dedlock, Baronet, und wie trafen nun meine Berechnungen unter diesen Verhältnissen ein? Als ich annahm, daß das leidenschaftliche junge Frauenzimmer wieder nach irgendeiner neuen Richtung hin übertreiben würde, hatte ich da recht oder unrecht? Ich hatte recht. Und was tut sie? Erschrecken Sie nicht darüber. Sie versucht den Verdacht, den Mord begangen zu haben, auf – die Gnädige zu lenken.«

Sir Leicester erhebt sich in seinem Stuhl und sinkt wieder zurück.

»Und sie wurde darin bestärkt, weil sie hörte, ich sei immerwährend hier. Jetzt öffnen Sie einmal diese Brieftasche, Sir Leicester Dedlock, wenn ich mir die Freiheit nehmen darf, sie Ihnen hinüberzuwerfen, und sehen Sie sich die Briefe an, die ich bekam, und von denen jeder die zwei Worte: ›Lady Dedlock‹ enthält. Öffnen Sie den einen an Sie adressierten, den ich heute morgen auffing, und lesen Sie die drei Worte: ›Lady Dedlock, Mörderin‹ darin. Es regnete solche Briefe so dicht wie Marienkäfer. Was sagen Sie nun dazu, daß Mrs. Bucket von ihrem Versteck aus gesehen hat, daß dieses Frauenzimmer selbst sie alle geschrieben hat? Was sagen Sie dazu, daß Mrs. Bucket noch vor einer halben Stunde die dazugehörigen andern halben Bogen, die Tinte, und was nicht sonst noch alles, in Sicherheit gebracht hat? Was sagen Sie dazu, daß Mrs. Bucket beobachtet hat, wie das junge Frauenzimmer jeden dieser Briefe selbst auf die Post trug, Sir Leicester Dedlock, Baronet«, fragt Mr. Bucket voll Triumph über die Genialität seiner Ehehälfte.

Zwei Umstände fallen jetzt vor allem auf, je weiter Mr. Bucket in seinem Berichte kommt. Erstens, daß er unmerklich ein grauenerregendes Eigentumsrecht auf Mademoiselle zu gewinnen scheint. Zweitens, daß sie aussieht, als ob sogar die Luft sich enger und enger um sie schlösse, als zöge sich ein Netz oder ein Leichentuch immer fester und fester um ihre atemlose Gestalt zusammen.

»Es ist kein Zweifel, daß die Gnädige in der verhängnisvollen Stunde an Ort und Stelle war«, fährt Mr. Bucket fort, »und meine französische Freundin hat sie vermutlich vom obern Treppenabsatz aus gesehen. Die Gnädigste und George und meine französische Freundin folgten einander fast auf den Fersen. Aber das hat weiter nichts zu bedeuten, und ich brauche daher nicht mehr davon zu sprechen. Ich fand den Pfropf der Pistole, mit der der verstorbene Mr. Tulkinghorn erschossen worden war. Er bestand aus einem Stück der gedruckten Beschreibung Ihres Hauses in Chesney Wold. Daraus kann man nicht viel schließen, werden Sie sagen, Sir Leicester Dedlock, Baronet. Nein, allerdings nicht, aber wenn meine französische Freundin sich so hat einlullen lassen, daß sie es für gefahrlos hält, die andern Stücke des Blattes zu zerreißen und wegzuwerfen, und wenn Mrs. Bucket die Stücke zusammensetzt und findet, daß gerade der Fetzen fehlt, aus dem der Pfropf besteht, fängt die Sache an, bedenklich faul zu werden.«

»Das sind sehr lange Lügen«, unterbricht ihn Mademoiselle. »Sie schwatzen sehr viel. Sind Sie endlich bald fertig oder wollen Sie immer so fortreden?«

»Sir Leicester Dedlock, Baronet«, fährt Mr. Bucket fort, der einen großen Genuß dabei empfindet, den vollständigen Titel herzusagen, und sich Gewalt antut, wenn er auch nur ein Stück davon wegläßt, »der letzte Umstand in dieser Sache, den ich gleich erwähnen werde, zeigt, wie notwendig es in unserm Beruf ist, Geduld zu haben und sich nie zu übereilen. Ich beobachtete die Person gestern ohne ihr Wissen, während sie dem Leichenbegängnis, in Gesellschaft meiner Frau, die sie absichtlich dazu mitgenommen hatte, zusah, und ich besaß schon soviel Beweise gegen sie und der Ausdruck von niederträchtiger Bosheit in ihrem Gesicht gegen die gnädige Frau empörte mich derart, und überdies war die Zeit so recht dazu geeignet, Vergeltung

an ihr üben zu lassen, daß eine jüngere und weniger erfahrene Hand als meine sie gewiß verhaftet hätte. Auch gestern abend wieder, als die Gnädige, die so mit Recht allgemein bewundert wird, nach Hause kam und aussah – mein Gott, man könnte fast sagen, wie die Venus, die aus dem Meere emporsteigt –, war es so verletzend und peinlich, zu denken, daß sie unter dem Verdacht, einen Mord begangen zu haben, stehen sollte, daß ich mich schon heftig gedrängt fühlte, der Sache ein Ende zu machen. Aber was hätte mir dann gefehlt? Sir Leicester Dedlock, Baronet, mir hätte das Corpus delicti, die Waffe, gefehlt! Meine Gefangene hier schlug nun Mrs. Bucket nach dem Leichenbegängnis vor, mit dem Omnibus über Land zu fahren und in einem hübschen Wirtshause dort einen Tee zu nehmen. Nun befindet sich aber nicht weit von diesem Wirtshaus ein Teich. Während des Tees geht die Gefangene in die Stube, wo die Damen ihre Hüte abgelegt haben, angeblich, um ihr Taschentuch zu holen, bleibt ziemlich lange weg und kommt, ein wenig außer Atem, wieder.
Dies, sowie alle ihre Vermutungen darüber, berichtete mir Mrs. Bucket sogleich, wie sie nach Hause kommt. Ich lasse im Beisein von ein paar von unsern Leuten den Teich untersuchen und habe wirklich bald darauf die Taschenpistole, noch ehe sie ein halbes Dutzend Stunden im Wasser gelegen hat, in Händen. So, und jetzt, mein Schatz, halten Sie einen Augenblick still, ich werde Ihnen nicht weh tun.«
In einem Nu hat Mr. Bucket ihr eine Handschelle angelegt.
»Das wäre eine«, sagt Mr. Bucket. »Jetzt die andre, mein Liebling. So. Jetzt sind wir fertig.«
Er steht auf, und sie ebenfalls. »Wo«, fragt sie und schließt die Augen, damit man ihren starren, entsetzten Blick nicht sehen solle, »wo ist Ihr falsches, verräterisches, verfluchtes Weib?«
»Sie ist voraus auf die Polizei gegangen«, gibt Mr. Bucket

zur Antwort. »Sie werden sie gleich dort treffen, meine Liebe.«

»Ich möchte sie küssen!« ruft Mademoiselle Hortense aus und keucht dabei wie eine Tigerin.

»Und sie beißen, wie?«

»Ja«, sagt sie und reißt die Augen weit auf, »ich möchte sie zerreißen, Stück um Stück.«

»Das kann ich mir wohl denken, mein Schatz«, sagt Mr. Bucket mit Seelenruhe. »Ihr Weiber habt eine merkwürdige Wut aufeinander, wenn ihr uneins seid. Mich hassen Sie wohl nicht halb so viel, nicht wahr?«

»Nein, obgleich Sie auch ein Teufel sind.«

»Also einmal Engel, einmal Teufel, was? Aber ich tue nur meine Pflicht, müssen Sie bedenken. Erlauben Sie mir, Ihnen den Schal umzugeben. Ich habe schon oft Kammermädchen gespielt. Fehlt noch etwas an dem Hut? Es steht ein Cab vor der Tür.«

Mademoiselle Hortense wirft einen zürnenden Blick in den Spiegel und schüttelt sich mit einer einzigen Bewegung zurecht und sieht, es ist nicht zu leugnen, ungewöhnlich elegant aus.

»Hören Sie, mein Engel«, sagt sie und lächelt höhnisch, »Sie sind schrecklich gescheit, aber können Sie ihn wieder ins Leben zurückrufen?«

»Nein, das gerade nicht.«

»Das ist sehr komisch. Hören Sie weiter. Sie sind schrecklich gescheit. Können Sie der Gnädigen ihre Ehre wiedergeben?«

»Seien Sie nicht so boshaft«, warnt Mr. Bucket.

»Oder *ihm* seinen Stolz«, wendet sich Mademoiselle mit unsäglicher Verachtung an Sir Leicester, »he? Sehen Sie ihn nur an! Das arme Kind, hahaha!«

»Kommen Sie, kommen Sie, das ist ein böseres Parlühren als vorhin«, sagt Mr. Bucket. »Kommen Sie jetzt.«

»Also Sie können alles das nicht ändern? Gut. Dann können Sie mit mir machen, was Sie wollen. Es ist nur der Tod, weiter nichts. Gehen wir, mein Engel. Leben Sie

wohl, Sie alter Graukopf! Ich bemitleide Sie und verabscheue Sie!«
– Mit diesen Worten beißt sie ihre Zähne zusammen, und ihr Mund schnappt zusammen wie unter einer Feder. –
Es läßt sich nicht beschreiben, wie Mr. Bucket sie hinausbugsiert, aber er verrichtet das Kunststück auf eine ganz besondre, ihm eigentümliche Weise. Er umgibt sie und umhüllt sie wie eine Wolke und schwebt mit ihr fort, als wäre er ein Jupiter in Zivil und sie der Gegenstand seiner Neigung.
Sir Leicester bleibt allein und rührt sich nicht, als ob er immer noch aufmerksam zuhöre. Endlich wandert sein Blick durch das leere Zimmer, und als er niemanden darin sieht, steht er unsicher auf und wankt ein paar Schritte und stützt sich dabei auf den Tisch. Dann bleibt er stehen. Wieder kommen aus seinem Munde die unartikulierten Töne; er erhebt seine Augen und scheint etwas starr anzublicken.
Der Himmel weiß, was er sehen mag. Die grünen Waldungen von Chesney Wold, den Herrschaftssitz, die Bilder seiner Vorväter, Unbekannte, die sie entstellen, Polizeibeamte, die mit roher Hand seine kostbarsten Erbstücke schänden, Tausende von Fingern, die auf ihn weisen, tausende von Gesichtern, die ihn höhnisch angrinsen. Aber wenn diese Schatten sinnverwirrend an ihm vorüberschweben, ohne daß er sie festzuhalten vermag, einer ist darunter, den er selbst jetzt noch genau unterscheiden kann und dessen Namen er ruft, sich sein weißes Haar ausraufend und verzweifelt die Arme ausgebreitet.
Seit Jahren ist sie die Hauptwurzel seines Stolzes gewesen, aber nie hat er mit ihr einen selbstsüchtigen Gedanken verknüpft. Er hat sie geliebt, bewundert, geehrt und sie der Welt hingestellt, sich von ihr Hochachtung zollen zu lassen. Und inmitten all des ihn umwuchernden Zeremoniells und der gesellschaftlichen Formalitäten ist sie der Mittelpunkt seiner Liebe und Zärtlichkeit gewesen. Er sieht sie vor sich und vergißt sich selbst dabei. Aber er

kann nicht ertragen, sie sich herabgesunken von der Höhe zu denken, die sie so herrlich geziert hat.
Und selbst, wie er schon zu Boden sinkt, um seine Qual nicht mehr zu fühlen, kann er ihren Namen noch aussprechen, mitten unter dem Stöhnen, das wieder aus seiner Brust heraufklingt – aussprechen, viel eher mit Trauer und Mitleid als mit Vorwurf.

55. Kapitel

Flucht

Noch ehe Inspektor Bucket von der Geheimpolizei seinen Hauptcoup ausgeführt hatte und als er noch fest schlief, fuhr auf gefrornen Winterwegen ein zweispänniger Wagen aus Lincolnshire in der Richtung nach London.
Eisenbahnen werden bald die ganze Gegend durchziehen, und rasselnd werden Zug und Maschine mit einem grellen Schein gleich einem Meteor durch die weite Nachtlandschaft brausen und den Mondesglanz erbleichen machen. Aber bis jetzt ist so etwas in den Gegenden noch nicht vorhanden, wenn auch sein Kommen schon geahnt wird. Vorbereitungen aller Art sind im Gang; Messungen werden vorgenommen und Strecken abgesteckt. Brücken sind angefangen, und ihre noch nicht miteinander verbundenen Pfeiler sehen sich über Straßen und Flüsse hinüber an wie Liebespaare aus Ziegel und Kalk, deren Vereinigung noch allerlei Hindernisse im Wege stehen. Dämme sind aufgeworfen, und Ströme aus schmutzigen Wagen und Karren ergießen sich in ihre Schlünde. Dreifüße von langen Stangen erscheinen auf Hügelspitzen, und man raunt, daß da und dort Tunnels gebohrt werden sollen. Alles sieht chaotisch und verödet und hoffnungslos aus.
Die gefrornen Straßen entlang rumpelt durch die Nacht

die Postchaise, und kein Gedanke an Eisenbahnen bedrückt ihr Herz.
Mrs. Rouncewell, so lange Jahre nun schon Haushälterin in Chesney Wold, sitzt darin, und neben ihr Mrs. Bagnet mit grauem Mantel und Regenschirm. Die alte Soldatenfrau säße lieber oben auf dem Bock, weil dieser Platz mehr dem Wetter ausgesetzt ist und besser mit ihrer sonstigen Art zu reisen harmoniert, aber Mrs. Rouncewell ist viel zu sehr auf ihr Wohlbefinden bedacht, um so etwas zuzulassen. Sie kann die Alte gar nicht genug ehren. Sie sitzt in ihrer stattlich steifen Weise da, hält die Hand Mrs. Bagnets in der ihren und zieht sie, so rauh sie auch ist, oft an ihre Lippen.
»Sie sind eine Mutter«, sagt sie immer und immer wieder, »und haben meines Georges Mutter aufgefunden.«
»Sehen Sie, George war immer offenherzig zu mir«, entgegnet Mrs. Bagnet. »Und als er bei uns zu Hause zu meinem Woolwich sagte, der größte Trost, den ein Mann haben könne, sei die Gewißheit, an keiner Gramesfurche auf dem Antlitz seiner Mutter und an keinem ihrer grauen Haare schuld zu sein, da erriet ich aus seinem ganzen Benehmen, daß kurz vorher etwas vorgefallen sein mußte, was ihm das Bild seiner Mutter wieder so lebendig ins Gedächtnis gerufen hatte. Er hatte schon oft früher zu mir gesagt, er habe sich schlecht gegen sie benommen.«
»Niemals, niemals!« – Mrs. Rouncewell bricht in Tränen aus. – »Meinen Segen auf sein Haupt! Niemals! Er war mir stets ein guter und zärtlicher Sohn. Mein George! Aber bei seinem Feuergeist war er ein wenig unbändig, und so ging er unter die Soldaten, und ich weiß ganz gut, er wollte uns nicht früher Nachricht geben, als bis er Offizier sein würde, und als er dann nicht avancierte, hielt er sich zu schlecht für uns und wollte uns keine Schande machen. Er hatte ein Löwenherz, mein George, schon als Kind.«
– Die Hände der Greisin greifen unsicher in die Luft, wie immer, wenn sie sich erinnert, was für ein schöner Junge, was für ein lustiger gescheiter Junge er war, wie sie ihn

unten in Chesney Wold alle lieb hatten, wie ihn Sir Leicester lieb gewann, als er selbst noch ein junger Herr war, und ihn die jungen Hunde lieb hatten, und selbst die Leute, die ihm zürnten, ihm verziehen, sowie er fort war, der arme Junge! Und ihn jetzt doch noch wiederzusehen, und noch dazu im Gefängnis! Und der breite Schnürleib hebt sich, und die gerade, altmodische Gestalt beugt sich unter der Last bekümmerter Liebe.

Mit dem angebornen Takt eines guten mitfühlenden Herzens überläßt Mrs. Bagnet die alte Haushälterin ein Weilchen ihrer Rührung – nicht ohne sich mit dem Handrükken über ihre eignen Mutteraugen zu fahren – und schwatzt dann mit ihr in ihrer heiteren Weise weiter. »Und so sage ich zu George, wie ich ihn zum Tee hereinrufe, denn er schützte vor, draußen seine Pfeife rauchen zu wollen: ›Um Gottes willen, was fehlt Ihnen denn nur heute, George. Ich habe Sie schon in jeder Stimmung gesehen, bei guter und bei schlechter Laune, daheim und im Ausland, aber noch nie haben Sie ein so melancholisches Büßergesicht gemacht.‹ – ›Weil ich wirklich heute melancholisch und bußfertig bin, Mrs. Bagnet‹, hat George gesagt und den Kopf geschüttelt. ›Was ich angestellt habe, ist vor langen, langen Jahren geschehen, und es ist das Beste, nichts daran mehr ändern zu wollen. Wenn ich je in den Himmel komme, geschieht es nicht, weil ich einer alten verwitweten Mutter ein guter Sohn gewesen bin. Weiter sage ich nichts.‹

Nun, Maam, wie mir George alles das sagt, mache ich mir darüber meine Gedanken, so, wie früher schon manchesmal, und locke aus ihm heraus, wieso er gerade heute nachmittag auf solche Gedanken komme. Und da erzählt er mir, er habe zufällig bei einem Advokaten eine stattliche alte Frau gesehen, bei deren Anblick er sofort an seine Mutter habe denken müssen, und er spricht über diese alte stattliche Dame, bis er sich ganz und gar vergißt und mir schildert, wie sie vor vielen, vielen Jahren ausgesehen habe.

So frage ich ihn denn, als er fertig ist, wer die alte Dame gewesen wäre, die er gesehen, und er sagt mir, es sei Mrs. Rouncewell, die alte treue Haushälterin bei den Dedlocks unten in Chesney Wold in Lincolnshire. George hatte mir schon früher oft erzählt, er sei aus Lincolnshire, und drum sage ich an diesem Abend zu meinem alten Lignum: ›Lignum, ich wette fünfundvierzig Pfund, das ist seine Mutter.‹«

– Das alles erzählt Mrs. Bagnet jetzt mindestens zum zwanzigsten Male seit den letzten vier Stunden. Sie trillert es in ziemlich hohem Ton wie ein Vogel, damit die alte Dame es bei dem Wagengerassel verstehen kann. –

»Gott segne Sie, und ich danke Ihnen von ganzem Herzen, meine gute liebe Mrs. Bagnet ...«

»Aber Sie schulden mir wahrhaftig keinen Dank, gewiß nicht!« ruft Mrs. Bagnet lustig und natürlich. »Vergessen Sie nur nicht, Maam, vor allem, wenn Sie in George wirklich Ihren Sohn erkennen, darauf zu bestehen, daß er sich Ihretwegen gegen die Anschuldigungen einer Tat zur Wehr setzt, die er so wenig begangen hat wie Sie und ich. Es genügt nicht, daß er die Wahrheit auf seiner Seite hat, er muß auch das Gesetz und die Juristen auf seiner Seite haben«, versichert die Alte, offenbar fest überzeugt, daß Advokat und Gerechtigkeit sich zueinander verhalten wie zwei Kompagnons, die sich für alle Zeit miteinander entzweit haben.

»Es soll ihm jede Hilfe zur Seite stehen, die nur irgend auf der Welt zu haben ist, meine Beste. Ich will alles hingeben, was ich besitze, und mit dankbarem Herzen, wenn ich sie ihm dadurch verschaffen kann. Sir Leicester wird sein möglichstes tun, und die ganze Familie. Ich – ich weiß etwas, meine Liebe, und will auf meine eigne Art bitten als seine Mutter, die ihn so viele Jahre nicht gesehen hat und ihn jetzt endlich im Kerker wiederfindet.«

– Die große Unruhe, mit der die alte Haushälterin das sagt, ihre abgerissenen Worte und ihr Händeringen machen einen mächtigen Eindruck auf Mrs. Bagnet und würden sie noch mehr in Erstaunen setzen, wenn sie nicht alles ihrem Schmerz über die Lage ihres Sohnes zuschriebe. Aber trotzdem wundert sich Mrs. Bagnet, warum Mrs. Rouncewell immer so verzweifelt vor sich hinmurmelt: »Mylady, Mylady, Mylady!« –

Die kalte Nacht schwindet, und der Tag bricht an, und der Postwagen kommt durch den Morgennebel dahergerollt wie das Gespenst einer verstorbenen Chaise. Er hat geisterhafte Gesellschaft in Menge in den Gespenstern der Bäume und Hecken, die langsam verschwindet und der Wirklichkeit des Tages Platz macht.

Die Reisenden erreichen London und steigen aus. Die alte Haushälterin in großer Unruhe und Verwirrung. Mrs. Bagnet frisch und fröhlich wie immer. Sie würde es wahrscheinlich auch sein, wenn die nächste Haltestation das Kap der guten Hoffnung, die Insel Ascension, Hongkong oder irgendeine andre Militärstation wäre.

Als sie sich dann nach dem Gefängnis begeben, hat die alte Dame in ihrem lavendelfarbigen Kleid wieder viel von ihrer alten gefaßten Ruhe zurückgewonnen. Sie sieht aus wie ein wunderbar ernstes und schönes Stück altes Porzellan, obgleich ihr Herz schnell schlägt und sich ihr Schnürleib ungestümer hebt als seit vielen Jahren, wenn sie an ihren Sohn gedacht hat.

Sie nähern sich der Zelle, da geht die Türe auf und ein Wärter tritt heraus. Mrs. Bagnet bittet ihn mit einer raschen Gebärde, sie nicht zu verraten; er nickt beistimmend, läßt sie eintreten und macht die Türe zu.

So blickt George, der an seinem Tische schreibt, in der Meinung, er sei allein, nicht auf, sondern bleibt, in Nachdenken versunken, sitzen. Die alte Haushälterin betrachtet ihn, und ihre unruhig wandernden Hände sind Bestätigung genug für Mrs. Bagnet, selbst wenn sie jetzt, wo sie Mutter und Sohn nebeneinander sieht, noch einen Augenblick an der Verwandtschaft der beiden zweifeln könnte. Kein Rauschen des Kleides, keine Bewegung, kein Wort verraten die Haushälterin. Sie betrachtet ihren Sohn, wie er ahnungslos weiter schreibt, und nur ihre zitternden Hände geben von ihrer inneren Bewegung Zeugnis. Aber sie sind sehr beredt, sehr, sehr beredt. Mrs. Bagnet versteht sie. Sie sprechen von Dankbarkeit, Freude, Kummer und Hoffnung, von Liebe, die nicht verblassen konnte, seit dieser stahlharte Mann dem Knabenalter entwuchs, und reden eine so rührende Sprache, daß Mrs. Bagnets Augen voller Tränen stehen und die glänzenden Tropfen über ihre sonnenverbrannten Wangen rinnen.

»George! Mein geliebtes Kind!«

Der Kavallerist springt auf, fällt seiner Mutter um den Hals und sinkt vor ihr nieder auf die Knie. Er faltet seine Hände, von dem Gedanken an seine Jugend, der ihn bei ihrem Anblick durchzuckt, überwältigt, wie ein Kind, das ein Gebet hersagt, und läßt das Haupt sinken und weint.

»George, mein lieber, lieber Sohn! Von jeher mein Liebling, wo bist du diese vielen Jahre und Jahre gewesen? Und zu einem solchen Mann herangewachsen, zu einem so schönen stattlichen Mann! So ähnlich dem Bild, das ich mir von ihm machte, wenn ich hoffte, er sei noch am Leben.«

Eine Zeitlang können beide nichts Zusammenhängendes sprechen. Mrs. Bagnet hat sich abgewendet, lehnt sich mit dem Arm an die weißgetünchte Wand und läßt ihre ehrliche Stirn darauf ruhen. Sie wischt sich mit dem unentbehrlichen grauen Mantel die Augen und freut sich, die brave Alte, wie sie es bei ihrem guten Herzen nur imstande ist.

»Mutter«, sagt der Kavallerist, als sie wieder gefaßter sind, »zuerst vergib mir, denn ich weiß, wie sehr ich dessen bedarf.«

Ihm vergeben! Sie tut es von ganzem Herzen und von ganzer Seele. Hat sie ihm doch längst verziehen. Sie erzählt ihm, wie sie vor langen Jahren ihr Testament gemacht habe und darin niedergeschrieben, daß er von jeher ihr Lieblingssohn gewesen sei. Nie habe sie etwas Böses von ihm geglaubt. Niemals. Und wenn sie gestorben wäre, ohne dieses große Glück zu erleben, hätte sie ihn mit ihrem letzten Atemzug gesegnet.

»Mutter, ich bin dir ein pflichtvergessner Sohn und ein Kummer gewesen und habe jetzt meinen Lohn. Aber in den letzten Jahren habe ich auch so eine Art Lebenszweck gehabt. Als ich von zu Hause fortging, wurde mir der Abschied nicht schwer, Mutter, ich fürchte nicht allzuschwer; und ich lief fort und ließ mich anwerben, mir nichts dir nichts, als stünde ich ganz allein in der Welt da.«
– Der Kavallerist hat seine Augen getrocknet und sein Taschentuch eingesteckt, aber er spricht und benimmt sich ganz anders als sonst, und seine gepreßte Stimme wird zuweilen von einem halberstickten Schluchzen unterbrochen. –
»So schrieb ich denn eine Zeile nach Hause, Mutter, wie du gewiß noch weißt, daß ich mich unter einem andern Namen hatte anwerben lassen, und ging übers Meer. Und dort dachte ich manchmal, ich wollte das nächste Jahr nach Hause schreiben, wenn ich eine bessere Stellung haben würde, und wie das Jahr vorüber war, verschob ich es wieder aufs nächste. Und so ging es eine Dienstzeit von zehn Jahren fort, bis ich älter zu werden und mich zu fragen begann, warum ich überhaupt noch schreiben sollte.«
»Ich will dich nicht tadeln, Kind, aber hättest du mir nicht dadurch die Sorgen vom Herzen genommen, George? Hättest du nicht ein Wort an deine dich liebende Mutter, die doch auch älter wurde, schreiben können?«
Das schmettert den Kavalleristen von neuem nieder; aber er bezwingt sich mit einem lauten kräftige Räuspern.
»Der Himmel verzeihe mir, Mutter, aber ich glaubte damals, es sei kein besonderer Trost, etwas von mir zu hören. Du warst geachtet und geehrt, und mein Bruder, wie ich aus einigen Zeitungen aus dem Norden, die mir zufällig in die Hand kamen, erfuhr, reich und berühmt geworden. Und was war ich dagegen? Ein Dragoner, herumabenteuernd, ohne Heimat, nicht durch eignes Können zu etwas geworden wie er, sondern durch eignes Tun verdorben – ein Mensch, der alles von sich geworfen, das Wenige, was er gelernt, vergessen und keine neuen Kennt-

nisse dazu erworben hatte. Wozu sollte ich da Nachricht von mir geben? Wozu konnte es gut sein, nachdem ich die ganze lange Zeit hatte verstreichen lassen? Das Schlimmste lag hinter dir, Mutter. Ich wußte, zum Mann geworden, wie du um mich geklagt und geweint und für mich gebetet haben mußtest. Der Schmerz war vorüber oder gelindert, und in deiner Erinnung war ich besser als in Wirklichkeit.«

Die Greisin schüttelt bekümmert den Kopf, ergreift seine Hände und legt sie liebreich auf ihre Schultern.

»Nein, ich sage ja nicht, daß es so war, Mutter, aber so stellte ich es mir vor. Ich sagte eben, wem hätte es genützt. Liebe Mutter, nur mir; und darin hätte eben die Gemeinheit für mich gelegen. Du hättest mich aufgesucht, mich losgekauft, mich nach Chesney Wold genommen, meinen Bruder mit seiner Familie zusammengetrommelt, und ihr alle hättet euch den Kopf zerbrochen, wie ihr etwas für mich tun und mich zu einem anständigen Zivilisten machen könntet. Aber wie durftet ihr euch dabei auf mich verlassen, wo ich mich doch selbst nicht einmal auf mich verlassen konnte. Mußte ich nicht in euern Augen ein alter abgetakelter Dragoner, mir selbst eine Last und eine Schmach, außer wenn mich der Zwang in Ordnung hielt, sein? Wie konnte ich meines Bruders Kinder ins Gesicht sehen und ihnen ein Vorbild sein, ich, der weggelaufne Junge, der seiner Muter das Leben verbittert hat? Nein, George, sagte ich zu mir, Mutter, als ich mir all das überlegte – wie man sich bettet, so liegt man.«

Mrs. Rouncewell richtet ihre stattliche Gestalt in die Höhe und schüttelt mit einem Blick auf Mrs. Bagnet, der von Stolz auf ihren Sohn erfüllt ist, den Kopf, als wollte sie sagen: Habe ich es nicht gewußt? Mrs. Bagnet macht ihren Gefühlen Luft und gibt ihre Teilnahme an der Unterhaltung dadurch zu erkennen, daß sie dem Kavalleristen mit ihrem Regenschirm einen derben Stoß zwischen die Schultern gibt. Das wiederholt sie später noch verschiedne Male und ist vor Rührung und Zärtlichkeit ganz aufgelöst.

Nachdem sie sich auf diese Weise in die Unterhaltung gemischt, nimmt sie wieder zu der geweißten Wand und dem grauen Mantel ihre Zuflucht.
»Auf diese Weise machte ich mich mit dem Gedanken vertraut, Mutter, es sei die beste Buße für mich, so liegen zu bleiben, wie ich mich gebettet hatte, und so dereinst zu sterben. Ich besuchte wohl manchesmal heimlich Chesney Wold und sah dich bei Gelegenheiten, wo du es am wenigsten vermuten konntest, aber es wäre wohl nie zu unserm heutigen Wiedersehen gekommen, wenn nicht die Frau meines alten Kameraden hier doch zu schlau für mich gewesen wäre. Und wie dankbar bin ich Ihnen dafür. Ich danke Ihnen dafür, Mrs. Bagnet, wirklich von ganzem Herzen und von ganzer Seele.«
Mrs. Bagnet antwortet mit einem Doppelstoß ihres Regenschirms.
Und dann bindet die alte Dame ihrem Sohn George, ihrem lieben wiedergewonnenen Herzenskind, ihrer Freude und ihrem Stolz, dem Licht ihrer Augen, mit jedem zärtlichen Namen, den sie für ihn ersinnen kann, auf die Seele, er müsse den besten juristischen Berater annehmen, der sich nur durch Geld und Einfluß verschaffen lasse, müsse in dieser ernsten Lage handeln, wie der Advokat es ihm vorschreibe, und dürfe nicht eigensinnig sein, wenn er auch noch so sehr im Recht sei, und feierlich versprechen, einzig und allein seiner alten Mutter Angst und Kummer zu berücksichtigen, sonst bräche er ihr das Herz.
»Mutter, ich mache wenig genug damit wieder gut«, entgegnet der Kavallerist und schließt ihr mit einem Kuß den Mund. »Sag mir, was ich tun soll, und ich werde, wenn auch spät, anfangen, ein gehorsamer Sohn zu sein. Mrs. Bagnet, Sie werden sich meiner Mutter annehmen, nicht wahr?«
Ein derber Stoß mit dem Regenschirm ist die Antwort der Alten.
»Wenn Sie sie Mr. Jarndyce und Miß Summerson vorstellen, wird sie sich mit ihnen ins Einvernehmen setzen und

sich von ihnen Beistand und gewiß den besten Rat holen können ...«

»Und dann, George«, unterbricht ihn die alte Dame, »müssen wir auf der Stelle nach deinem Bruder schicken. Er ist ein verständiger tüchtiger Mann, wie man mir allgemein versichert – draußen in der Welt, jenseits von Chesney Wold –, und kann uns sehr von Nutzen sein.«

»Mutter«, entgegnet der Kavallerist, »ist es zu bald, wenn ich dich um etwas bitte?«

»Gewiß nicht, mein Sohn.«

»Dann gewähre mir diese eine große Bitte. Sage meinem Bruder nichts.«

»Was soll ich nicht sagen, mein Sohn?«

»Sage ihm nichts von mir. Wahrhaftig, Mutter, ich könnte es nicht ertragen. Ich kann mich dazu nicht entschließen. Er hat sich so verschieden von mir gezeigt und sich emporgeschwungen, während ich Soldat gespielt habe, daß ich eine frechere Stirn haben müßte, um ihn an diesem Ort, und noch dazu unter der Last meiner Anklage, zu sehen. Wie kann ein Mann wie er auch nur die geringste Freude über ein solches Wiedersehen empfinden? Es ist unmöglich. Nein, Mutter, halte ihm die Sache noch geheim. Erweise mir größere Liebe, als ich verdient habe, und halte von allen Menschen vor meinem Bruder die Sache geheim.«

»Aber doch nicht für immer, lieber George?«

»Vielleicht nicht für immer und ewig, Mutter, wenn mir das auch das liebste wäre, aber jedenfalls behalte es jetzt für dich. Ich bitte dich darum. Wenn er jemals erfahren soll, daß sich sein Galgenstrick von einem Bruder wiedergefunden hat, so möchte ich es ihm am liebsten selber sagen« – verzweifelt schüttelt der Kavallerist den Kopf –, »und ich würde vorher sondieren, wie er es aufnehmen würde.«

– Offenbar hat er über diesen Punkt eine so stark vorgefaßte Meinung, daß die Mutter seinen Wunsch erfüllt, zumal ihr Mrs. Bagnets Gesicht denselben Rat gibt. –

Er dankt ihr herzlich.
»In jeder andern Hinsicht, liebe Mutter, will ich so fügsam und gehorsam sein, wie du nur wünschen kannst, bloß auf diesem Punkt möchte ich bestehen. Ich bin sogar auf die Advokaten gefaßt. Ich habe hier«, sagt er mit einem Blick auf die auf dem Tisch liegende Schrift, »einen genauen Bericht über alles aufgesetzt, was ich von dem Verstorbenen weiß, und wieso ich in die ganze unglückliche Geschichte verwickelt worden bin. Es ist einfach und genau eingetragen wie in einem Orderbuch und ohne ein überflüssiges Wort. Ich hatte vor, es geradeso abzulesen, wenn man mich auffordern würde, etwas zu meiner Verteidigung vorzubringen. Ich hoffe, man wird auch jetzt noch nichts dagegen haben, doch ich will in dieser Sache keinen freien Willen mehr haben, und mag da was immer beschlossen und geredet werden, ich verspreche, mich zu fügen.«
Da die Sachen soweit zufriedenstellend abgemacht sind und die Zeit vorrückt, schlägt Mrs. Bagnet vor, zu gehen. Immer und immer wieder wirft sich die Greisin ihrem Sohn um den Hals, und immer und immer wieder drückt sie der Kavallerist an seine breite Brust.
»Wo bringen Sie meine Mutter hin, Mrs. Bagnet?«
»In die Stadtwohnung der Familie, lieber George. Ich habe etwas dort zu tun, was keinen Aufschub duldet«, gibt Mrs. Rouncewell zur Antwort.
»Möchten Sie nicht meine Mutter in einem Wagen dorthin bringen, Mrs. Bagnet? Aber natürlich tun Sie's. Warum frage ich noch.«
»Natürlich«, gibt ihm Mrs. Bagnet mit dem Regenschirm zu verstehen.
»Nehmen Sie sie mit, alte Freundin, und meine Dankbarkeit dazu. Und Küsse für Quebec und Malta und herzliche Grüße meinem Patenkind und einen freundschaftlichen Händedruck für Lignum. Und das für Sie. Und ich wollte, es wären zehntausend Pfund in Gold.« Mit diesen Worten drückt der Kavallerist seine Lippen auf die sonnenver-

brannte Stirn der Alten, und die Türe seiner Zelle fällt wieder ins Schloß.
Kein Bitten der guten alten Haushälterin kann Mrs. Bagnet bewegen, die Droschke zu behalten und nach Hause zu fahren. Sie steigt vor der Tür des Palais fröhlich aus, begleitet Mrs. Rouncewell die Stufen hinauf, schüttelt ihr zum Abschied die Hand und marschiert fort. Bald darauf taucht sie wieder inmitten der Bagnet-Familie auf und fängt an, Gemüse zu waschen, als ob nichts geschehen wäre.
Mylady befindet sich in dem Zimmer, wo sie ihre letzte Unterredung mit dem Ermordeten hatte. Sie sitzt an derselben Stelle wie damals und blickt auf den Kamin, vor dem er stand und sie in aller Muße studierte. Da klopft es an die Tür.
»Wer ist da«?
»Mrs. Rouncewell.«
»Was hat Sie unerwartet in die Stadt geführt, Mrs. Rouncewell?«
»Sorgen, Mylady, schwere Sorgen. Ach, Mylady, dürfte ich ein Wort allein mit Ihnen sprechen?« Was ist denn schon wieder geschehen? Was macht diese sonst so ruhige Alte so zittern?
»Was gibt es denn? Setzen Sie sich und erholen Sie sich ein wenig.«
»Ach Mylady, Mylady! Ich habe meinen Sohn gefunden – meinen Jüngsten, der vor langen, langen Jahren unter die Soldaten ging. Und er ist im Gefängnis.«
»Wegen Schulden?«
»Ach nein Mylady. Ich hätte jede Schuld mit Freuden bezahlt.«
»Weshalb ist er denn dann im Gefängnis?«
»Eines Mordes beschuldigt, Mylady, an dem er so unschuldig ist wie – ich selbst –, angeklagt, Mr. Tulkinghorn ermordet zu haben.«
– Was will sie mit diesem Blick und dieser flehentlichen Gebärde? Warum tritt sie so nahe heran. Was hat der Brief in ihrer Hand zu bedeuten? –

»Lady Dedlock, meine liebe Lady, meine gütige Lady, Sie müssen ein Herz haben, um mit mir zu fühlen, Sie müssen ein Herz haben, um mir zu verzeihen. Ich war in diesem Hause lange, ehe Sie geboren wurden. Ich hänge so daran. Aber denken Sie an meinen lieben, unschuldig angeklagten Sohn.«

»Aber ich klage ihn doch nicht an!«

»Nein, Mylady, nein. Aber andre. Und er ist im Gefängnis und in großer Gefahr. – Ach, Lady Dedlock, wenn Sie nur ein Wort für ihn sprechen können, sprechen Sie es.«

– In welchem Wahn mag sie leben? Welche Macht schreibt sie Mylady zu, das Unrecht, wenn es ein solches ist, abwenden zu können, daß sie sie so anblickt? Lady Dedlocks schöne Augen sehen sie mit Staunen, fast mit Furcht an. –

»Mylady, ich verließ gestern abend Chesney Wold, um meinen Sohn als bejahrten Mann wiederzufinden, und die Schritte auf dem Geisterweg klangen so unausgesetzt und feierlich, wie ich sie in all den langen Jahren noch nie gehört habe. Abend für Abend, wenn es dunkel geworden war, schritt es durch Ihre Zimmer, aber vorige Nacht klang es am grauenhaftesten, und mit Dunkelwerden gestern abend, Mylady, bekam ich diesen Brief.«

»Was für einen Brief denn?«

»Still, still!« Die Haushälterin sieht sich um und flüstert erschrocken: »Mylady, ich habe niemand ein Wort davon gesagt. Ich glaube nicht, was darin steht. Ich weiß, daß es nicht wahr sein kann. Wahrhaftig und wirklich, ich bin fest überzeugt, daß es nicht wahr ist. Aber mein Sohn schwebt in größter Gefahr. Haben Sie Mitleid mit mir. Wenn Sie etwas wissen, was andern nicht bekannt ist, wenn Sie einen Verdacht haben, oder eine Vermutung und einen Grund, es für sich zu behalten, o liebe gütige Mylady, denken Sie an mich, vergessen Sie diesen Grund und sagen Sie es. Mehr halte ich ja nicht für möglich. Ich weiß, Sie sind nicht hartherzig, aber Sie gehen immer Ihre eignen Wege, ohne jemandes Hilfe, und vertrauen sich Freunden

nie an, und alle, die Sie als schöne und vornehme Dame bewundern, wissen, daß Sie hoch über Ihnen stehen und daß man Ihnen nicht nahe kommen darf. Mylady, Sie haben vielleicht aus Stolz Gründe, zu verschweigen, was Sie wissen, und wenn das der Fall ist, so bitte ich Sie, denken Sie an eine treue Dienerin, die ihr ganzes Leben in diesem Hause, das sie so hoch und teuer hält, zugebracht hat; haben Sie Erbarmen und helfen Sie meinem Sohn von diesem schrecklichen Verdacht. Ach, Mylady, meine gute gnädige Lady«, fleht die alte Haushälterin in ihrer Schlichtheit. »Meine Stellung ist so bescheiden und niedrig, und Sie stehen so hoch und so weit über mir, daß Sie vielleicht nicht wissen, was ich für mein Kind fühle, aber ich bin hierher gekommen, um Sie zu bitten und anzuflehen, mir nicht zu zürnen, daß ich so kühn bin, Sie zu bitten, uns in dieser furchtbaren Zeit zu Recht und Gerechtigkeit zu verhelfen.«
Lady Dedlock hebt sie vom Boden auf, ohne ein Wort zu sagen. Dann nimmt sie ihr den Brief aus der Hand.
»Soll ich das lesen?«
»Wenn ich fort bin, Mylady, wenn ich Sie bitten dürfte. Und bedenken Sie, daß ich kein Wort davon glaube. Nur was ich Ihnen gesagt habe, halte ich für möglich.«
»Aber ich wüßte nicht, was ich tun könnte. Ich halte nichts geheim, was Ihrem Sohn nützen könnte! Ich habe ihn nie beschuldigt!«
»Mylady, dann werden Sie ihn als unschuldig Angeklagten nur um so mehr bemitleiden, nachdem Sie den Brief gelesen haben.«
– Die alte Haushälterin verläßt das Zimmer, und Mylady hält den Brief in der Hand. Sie ist von Natur gewiß nicht hartherzig, und es hat eine Zeit gegeben, wo der Anblick der ehrwürdigen Greisin, die sie mit so innigem Ernst anflehte, sie bis zu tiefem Mitleid gerührt hätte. Aber sie ist so lange gewöhnt, Gemütsbewegungen niederzuhalten, ist so lange ihrer selbst wegen in die verderbliche Schule gegangen, die die natürlichen Gefühle des Herzens luft-

dicht absperrt, wie der Bernstein die Mücken, das Gute und das Schlechte, Gefühl und Gefühllosigkeit, Einsicht und Unvernunft mit einem Firnis überzieht, daß sie sogar ihr Staunen bis jetzt unterdrückt hat. –

Sie öffnet den Brief. Er enthält einen gedruckten Befund des Toten, wie er, mit dem Gesicht auf dem Boden, mitten durch das Herz geschossen, dagelegen hat, und darunter steht ihr Name und dabei das Wort »Mörderin« geschrieben.

Er sinkt ihr aus den Händen. Wie lange er auf dem Teppich gelegen haben mag, weiß sie nicht, aber er liegt noch auf der Stelle, wo er hingefallen ist, als ein Bedienter vor ihr steht und den jungen Mann namens Guppy anmeldet. Wahrscheinlich hat der Bediente die Worte schon mehrere Male wiederholt, denn sie klingen ihr noch in den Ohren, ehe sie sie verstehen kann.

»Lassen Sie ihn eintreten.«

Er tritt ein. Sie hat den Brief vom Boden aufgehoben und versucht ihre Gedanken zu sammeln. In Mr. Guppys Augen ist sie dieselbe Lady Dedlock in derselben erkünstelten stolzen kalten Unnahbarkeit wie immer.

»Euer Gnaden werden vielleicht den abermaligen Besuch einer Person, die Ihnen niemals willkommen gewesen ist, nicht zu entschuldigen geneigt sein, aber ich hoffe, wenn ich der Allergnädigsten meine Beweggründe auseinandersetze, wird sie mich nicht tadeln«, sagt Mr. Guppy.

»Sprechen Sie!«

»Ich danke Euer Gnaden. Ich hätte zuerst gleich erwähnen sollen« – Mr. Guppy sitzt verlegen auf der Kante des Stuhles und stellt seinen Hut vor sich auf den Teppich –, »daß Miß Summerson, deren Bild, wie ich seinerzeit gegen die Allergnädigste erwähnte, einstmals tief in mein Herz eingegraben war, bis Umstände, über die ich keine Gewalt hatte, es zerstörten, mir mitteilte, sie wünsche dringend, ich möchte keine weiteren Schritte in irgendeiner sie betreffenden Angelegenheit tun. Und da mir Miß Summersons Wunsch Befehl ist, außer wenn er sich auf Verhältnisse bezöge, über die ich keine Gewalt habe, so erwartete ich natürlich niemals wieder, die ausgezeichnete Ehre zu haben, der Allergnädigsten meine Aufwartung machen zu dürfen.«

»Und dennoch sind Sie wieder hier«, unterbricht ihn Lady Dedlock ärgerlich.

»Und dennoch bin ich jetzt hier«, gibt Mr. Guppy zu. »Meine Absicht ist, Euer Gnaden unter dem Siegel der Verschwiegenheit mitzuteilen, warum ich hier bin.«

Mylady bedeutet dem jungen Mann, daß er sich nicht einfach und kurz genug fassen könne.

»Auch ich«, entgegnet Mr. Guppy ein wenig verletzt, »kann die Allergnädigste nicht angelegentlich genug ersuchen, fest im Auge zu behalten, daß mich kein perönliches Interesse herführt. Wenn mein Miß Summerson gegebenes Versprechen nicht wäre, und meine Verpflichtung, es zu halten, würde ich die Schwelle dieses Hauses wahrhaftig nicht wieder betreten haben.«

– Mr. Guppy hält den Augenblick für günstig, sich mit beiden Händen in das Haar zu fahren, so daß es kerzengerade in die Höhe steht. –

»Euer Gnaden werden sich vielleicht erinnern, daß ich bei meinem letzten Hiersein mit einer in unsern Berufskreisen hoch angesehenen Person, deren Verlust wir alle beklagen, zusammengetroffen bin. Diese Person unterließ von dieser Zeit an nichts, gegen mich auf eine Weise zu verfahren, die man geradezu hart nennen muß, und ließ mich ununterbrochen befürchten, ich könne unwissentlich vielleicht doch Miß Summersons Wünschen zuwider gehandelt haben. Eigenlob ist keine Empfehlung, aber ich möchte immerhin betonen, daß ich auch gerade kein schlechter Geschäftsmann bin.«

Lady Dedlock sieht fragend und streng auf. Mr. Guppy wendet augenblicklich seinen Blick von ihrem Gesicht.

»Es war mir in der Tat so schwer«, fährt er fort, »auch nur eine Ahnung von dem zu haben, was diese gewisse Person im Verein mit andern vorhatte, daß ich bis zu dem Verlust,

den wir alle so sehr beklagen, ganz ›aufgeschmissen‹ war – ein Ausdruck, den die Gnädigste, die sich in höheren Kreisen bewegt, dahin auslegen möge, daß mir der Verstand stillstand. Auch Small – ein Name, der eine andre beteiligte Person bezeichnet –, einer meiner Freunde – Euer Gnaden kennen ihn nicht –, benahm sich mir gegenüber so versteckt und doppelzüngig, daß es einem nicht leicht wurde, sich nicht an den Kopf zu greifen. Jedoch ist es mir endlich mit Aufgebot aller meiner bescheidenen Fähigkeiten und mit Hilfe eines gemeinsamen Freundes von hocharistokratischer Gesinnung namens Tony Weevle, der in seinem Zimmer beständig das Porträt der gnädigen Frau vor Augen hat, gelungen, auf eine Spur zu kommen, die mich veranlaßt, Euer Gnaden zu warnen.
Zuvörderst erlaube mir nun die Allergnädigste zu fragen, ob sie nicht heute morgen einen etwas ungewöhnlichen Besuch gehabt hat. Ich meine nicht Besuch aus der vornehmen Welt, sondern zum Beispiel von der alten Dienerin Miß Barbarys, oder einer Person, deren untere Gliedmaßen gelähmt sind und die auf einem Stuhl die Treppe hinaufgetragen werden muß?«
»Nein.«
»Dann kann ich Euer Gnaden die Versicherung geben, daß solche Personen hier gewesen und empfangen worden sind. Ich habe sie an der Tür gesehen und an der Ecke des Platzes gewartet, bis sie wieder herauskamen. Ich habe einen Umweg von einer halben Stunde machen müssen, um ihnen nicht zu begegnen.«
»Was geht das mich an, oder was haben Sie damit zu tun? Ich verstehe Sie nicht. Was wollen Sie eigentlich?«
»Euer Gnaden, ich komme, um Sie zu warnen. Es ist vielleicht keine Veranlassung dazu. Nun gut; dann habe ich nur mein möglichstes getan, Miß Summerson gegenüber mein Versprechen zu halten. Ich hege starken Verdacht – nach dem, was Small hat fallen lassen und was wir aus ihm herausgekorkziehert haben –, daß die Briefe, die ich seinerzeit Euer Gnaden versprach, bei der bewußten Gele-

genheit nicht mitverbrannt sind und ihr Inhalt, wenn er überhaupt etwas zu verraten hat, bereits verraten ist. Der Besuch, von dem ich gesprochen habe, war diesen Morgen hier, um Geld aus der Sache herauszuschlagen. Vielleicht ist es schon geschehen, oder es steht etwas dergleichen bevor.«

Mr. Guppy nimmt seinen Hut und steht auf.

»Euer Gnaden werden am besten wissen, ob das alles von Belang ist oder nicht. So oder so, jedenfalls habe ich Miß Summersons Wunsch, der Sache ihren freien Lauf zu lassen und das, was ich bereits darin getan, so gut wie möglich rückgängig zu machen, befolgt, und das genügt mir. Falls ich mir damit eine Freiheit herausgenommen haben sollte, Euer Gnaden überflüssigerweise gewarnt zu haben, so bitte ich, meine Anmaßung nicht übel auffassen zu wollen.

Ich verabschiede mich jetzt von Euer Gnaden mit der Versicherung, daß die Allergnädigste in keinem Fall wieder durch einen Besuch von mir belästigt werden wird.«

Mylady nimmt die Abschiedsworte kaum durch einen Blick zur Kenntnis; aber als Mr. Guppy eine kleine Weile fort ist, klingelt sie.

»Wo ist Sir Leicester?«

Der Merkur berichtet, daß er sich gegenwärtig in der Bibliothek eingeschlossen habe.

»Hat Sir Leicester diesen Morgen Besuch gehabt?«

»Verschiedene. Vermutlich geschäftliche.« Der Merkur will die Personen beschreiben ...

Genug. Er kann gehen. So! Also alles verloren. Ihr Name geht von Mund zu Mund, ihr Gatte kennt ihre Schuld; ihre Schande wird publik werden – ist es vielleicht jetzt schon, während sie noch daran denkt; und außer diesem von ihr so lang vorausgesehenen und von ihrem Gatten so wenig geahnten Schlag klagt sie eine unsichtbare Hand der Ermordung Tulkinghorns – ihres Todfeindes – an.

Ja, er war ihr Feind, und wie oft, wie oft, wie oft hat sie sich gewünscht, er sei tot!

Ihr Feind ist er selbst jetzt noch in seinem Grabe.

Die schreckliche Anklage trifft sie wie eine neue Marter von seiner leblosen Hand. Und wie sie bedenkt, daß sie an jenem Abend in aller Stille an seiner Türe war, bedenkt, wie man den Umstand, daß sie kurz vorher ihre Lieblingszofe fortgeschickt hat, so auslegen könnte, als wollte sie sich jeder möglichen Beobachtung entziehen, schaudert sie. Sie glaubt, die Hand des Henkers bereits an ihrem Halse zu fühlen.

Dann hat sie sich auf den Boden geworfen und liegt da, das Haar wild zerrauft und das Gesicht in die Kissen des Sofas vergraben. Sie steht auf, rast in der Stube auf und ab und wiegt sich stöhnend hin und her und ächzt. Ein namenloses Entsetzen hat sich ihrer bemächtigt. Wenn sie wirklich die Mörderin wäre, könnte es kaum schrecklicher sein.

Was ist jetzt sein Tod anderes als die Beseitigung des Schlußsteins eines vom Einsturz bedrohten Gewölbes?! In tausend Trümmer fällt der Bogen, und jedes einzelne Stück zermalmt und zerschmettert sie.

Es bemächtigt sich ihrer das schreckliche Gefühl, daß es vor diesem Verfolger, lebendig oder ermordet, keine Rettung mehr gibt als den Tod. Unerbittlich und unnahbar steht der Tote vor ihr in der Gestalt, die sich tief in ihr Gedächtnis eingegraben hat, unnahbarer noch im Sarg als im Leben.

Fort, nur fort! Scham, Angst, Reue und Jammer in schrecklichem Zusammenwirken werfen sie zu Boden, und selbst ihre starke Seele wird im Wirbel fortgerissen wie ein Blatt im Sturmwind. Hastig schreibt sie ein paar Zeilen an ihren Gatten, versiegelt sie und legt sie auf den Tisch.

»Wenn man mich sucht oder des Mordes anklagt, so seien Sie überzeugt, daß ich daran keine Schuld trage. In einer andern Sache, die man mir zur Last legt oder legen wird, verteidige ich mich nicht. An jenem verhängnisvollen Abend teilte er mir mit, daß er Ihnen meine Schuld enthül-

len werde. Als er mich verlassen hatte, ging ich aus, unter dem Vorwand, im Garten spazieren gehen zu wollen, in Wirklichkeit, um ihn aufzusuchen und ihn anzuflehen, er möge der schrecklichen Ungewißheit, mit der er mich – Sie wissen nicht, wie lange schon – gefoltert hat, eine Ende machen und so barmherzig sein, am nächsten Morgen den Schlag zu führen. Ich fand seine Wohnung dunkel und still. Ich klingelte zweimal an seiner Tür, aber es antwortete niemand, und ich ging wieder nach Hause.
Ich habe kein Heim mehr. Ich werde Ihnen nicht mehr lästig fallen. Mögen Sie in Ihrem gerechten Zorn imstande sein, die Unwürdige zu vergessen, an die Sie Hochherzigkeit und Liebe verschwendet haben und die Sie mit einem Schamgefühl meidet, noch tiefer als das, mit dem sie vor sich selbst fliehen möchte, und Ihnen jetzt dieses letzte Lebewohl schreibt.«

Sie kleidet sich rasch an, verschleiert sich, läßt alle ihre Juwelen und ihr Geld zurück, horcht und geht in dem Augenblick, wo die Vorhalle gerade leer ist, die Treppe hinunter und eilt hinaus in den pfeifenden kalten Wind.

56. Kapitel

Verfolgung

Leidenschaftslos, wie es sich für vornehm erzogene Leute schickt, starrt das Stadtpalais der Dedlocks die andern Häuser der traurigstolzen Straße an, und kein äußeres Zeichen verrät, daß in seinem Innern etwas nicht in Ordnung ist. Kutschen rasseln, es wird an die Türen gehämmert, die Welt stattet Besuche ab, ältliche Circen mit dürren Hälsen und Pfirsichwangen, die etwas Gespensterhaftes haben in ihrer blühenden Röte, blenden die Augen der Menschheit. Bei Tageslicht erblickt, haben diese faszinierenden Geschöpfe eine fatale Ähnlichkeit mit Zwittergeschöpfen, halb Tod halb Dame. Aus den frostigen Marställen kommen elastisch gefederte Wagen, gelenkt von kurzbeinigen Kutschern mit flachsenen Perücken, die in daunenweichen Bockpolstern eingesunken sitzen, und hintenauf stehen Prunkmerkure, prächtig lange Stöcke in den Händen und dreieckige Hüte quer auf den Köpfen; ein Schauspiel für die Götter.

Unverändert starrt das Stadtpalais der Dedlocks vor sich hin, und Stunden vergehen, ehe die erhabene Schlummerruhe in seinem Innern gestört wird. Indessen leidet die schöne Volumnia an der üblichen allgemeinen Langeweile, und da sich gerade jetzt diese Krankheit zu einem besonders heftigen Anfall zuspitzt, so wagt sie sich endlich nach der Bibliothek, um eine Ortsveränderung vorzunehmen. Da sie auf ihr schüchternes Klopfen an der Tür keine Antwort bekommt, öffnet sie sie und blickt hinein. Sie sieht niemanden darin und nimmt daher Platz.

In dem grasüberwachsenen altertümlichen Bath sagt man der jugendlich munteren Dedlock nach, sie litte beständig unter einer quälenden Neugier, die sie bei allen passenden und unpassenden Gelegenheiten zwinge, mit einem goldeingefaßten Glas vor dem Auge herumzuschweben, um Gegenstände aller Art zu begucken. Tatsache ist, daß sie die gegenwärtige Gelegenheit benützt, wie ein Vogel über den Briefen und Papieren ihres Verwandten zu kreisen, bald dieses Dokument anzupicken, bald mit auf die Seite geneigtem Kopf jenes anzuschielen und, mit dem Glas vor dem Auge, wißbegierig und ruhelos von Tisch zu Tisch zu hüpfen. Im Laufe dieser Untersuchungen stolpert sie über etwas; und wie sie ihr Glas nach dieser Richtung wendet, sieht sie ihren Verwandten auf dem Boden liegen gleich einem gefällten Baum.

Volumnias herziger kleiner Lieblingsschrei bekommt einen ziemlich starken Anstrich von Wirklichkeit bei diesem überraschenden Anblick, und bald ist das ganze Haus in Bewegung.

Bediente stürzen die Treppen auf und ab, Klingeln werden heftig gezogen, Ärzte geholt, und Lady Dedlock wird gesucht, aber nirgends gefunden. Niemand hat sie gesehen oder gehört, seitdem sie zuletzt geklingelt hat. Man findet ihren Brief an Sir Leicester auf dem Tisch; aber es ist noch ungewiß, ob der Baronet nicht eine Botschaft aus einer andern Welt erhalten hat, die persönliche Antwort verlangt, und vorläufig sind ihm alle lebenden Sprachen und alle toten vollkommen gleichgültig.

Man legt den alten Herrn auf sein Bett, frottiert und fächelt ihn, legt ihm Eis auf den Kopf und versucht jedes Mittel, ihn wieder zum Bewußtsein zu bringen; aber der Tag vergeht, und es wird Nacht in seinem Zimmer, ehe das Röcheln seines Atmens aufhört und seine starren Augen auf das Licht reagieren, das man ihnen von Zeit zu Zeit vorhält. Aber als diese Veränderung einmal eingetreten ist, macht sie Fortschritte, und bald nickt er oder bewegt die Augen oder sogar die Hand zum Zeichen, daß er hört und versteht.

Als er diesen Morgen niederstürzte, war er ein schöner, stattlicher alter Herr, ein wenig mitgenommen von den Jahren, aber prächtig konserviert, und die Wangen voll und blühend. Jetzt liegt er auf seinem Bett, ein Greis mit verfallenen Zügen, der Schatten seiner selbst. Seine Stimme war voll und weich, und er fühlte sich seit langer Zeit so vollkommen überzeugt von der Wichtigkeit und hohen Bedeutung jedes seiner Worte für die gesamte Menschheit, daß seinen Reden ein Klang innewohnte als hätten sie wirklich einen gewissen inneren Wert. Aber jetzt kann er nur flüstern; und was er flüstert, klingt wie das, was es ist – wie bloße Sinnlosigkeit und Kauderwelsch.

Seine treue Haushälterin steht neben seinem Bett. Sie ist die erste, die er bemerkt, und ihr Anblick hellt sein Gesicht auf. Nachdem er vergeblich versucht hat, sich durch Worte verständlich zu machen, verlangt er durch Zeichen einen Bleistift. So undeutlich, daß man ihn anfangs nicht

versteht, bis die alte Haushälterin errät, was er haben will, und ihm eine Schiefertafel bringt.
Nachdem seine Hand eine Weile gezaudert hat, malt er langsam in einer Schrift, die nicht die seinige ist: »Chesney Wold?«
Nein, sagt ihm Mrs. Rouncewell, er befände sich in London und sei heute morgen in der Bibliothek plötzlich ohnmächtig geworden. Sie dankt dem Himmel, daß sie zufällig nach London gekommen ist und ihm beistehen kann.
»Es ist keine ernste oder gefährliche Krankheit, Sir Leicester. Sie werden sich morgen wieder besser befinden, Sir Leicester. Alle die Herren sagen es.« So spricht sie, und heiße Tränen laufen ihr über das schöne Matronengesicht.
Nachdem er sich im Zimmer umgesehen und mit besonderer Aufmerksamkeit die Augen rund um das Bett hat schweifen lassen, wo die Ärzte stehen, schreibt er: »Mylady.«
»Mylady ist ausgegangen, Sir Leicester, ehe Sie den Anfall hatten, und weiß noch nichts von Ihrer Krankheit.«
Er deutet abermals mit großer Aufregung auf das Wort. Sie versuchen alle, ihn zu beruhigen, aber er deutet mit steigender Angst darauf. Wie sie einander ansehen und nicht wissen, was sie sagen sollen, nimmt er noch einmal die Schiefertafel und schreibt: »Mylady. Um Gottes willen, wo?« Und ein flehentliches Stöhnen dringt aus seiner Kehle.
Man hält es für das Beste, daß die alte Haushälterin ihm Lady Dedlocks Brief gibt, dessen Inhalt allerdings niemand weiß oder ahnen kann. Sie bricht den Brief für ihn auf und faltet ihn auseinander, daß er ihn lesen kann. Er liest ihn zweimal mit großer Anstrengung, dann legt er ihn verkehrt auf das Bett, so, daß man den Inhalt nicht sehen kann, und liegt stöhnend da. Er bekommt eine Art Rückfall oder sinkt in Ohnmacht; und es vergeht eine Stunde, ehe er wieder die Augen öffnet, gestützt auf den Arm seiner alten treuen Dienerin. Die Ärzte sehen ein, daß er sich am wohlsten befindet, wenn sie um ihn ist, und halten sich

fern, wenn ihre Hilfeleistung nicht unmittelbar erforderlich ist.
Wieder muß die Schiefertafel gebracht werden; aber er kann sich auf das Wort, das er schreiben will, nicht besinnen. Seine Angst, sein fieberhaftes Ringen, sich verständlich zu machen, und seine Qual darüber sind kläglich anzusehen. Eine wahnsinnige Aufregung, etwas nicht ausdrücken zu können, was unverzüglich zu geschehen habe, beherrscht ihn. Er hat den Buchstaben B geschrieben und ist dabei stecken geblieben. Plötzlich, wie seine Herzensqual und sein Jammer ihren Höhepunkt erreicht haben, setzt er ein Mr. davor. Die alte Haushälterin rät »Bucket«. Dem Himmel sei Dank! das meint er.
»Mr. Bucket wartet unten und sagt, er sei bestellt. Ob er heraufkommen soll?«
Es ist nicht möglich, Sir Leicesters brennendes Verlangen, ihn zu sehen, oder seinen Wunsch, daß alle, außer Mrs. Rouncewell, das Zimmer verlassen möchten, mißzuverstehen. Es geschieht sofort, und Mr. Bucket erscheint. Sir Leicester ist von seinem hohen Thron so tief herabgesunken, daß dieser Mann sein letzter Trost, sein einziger Verlaß auf Erden ist.
»Sir Leicester Dedlock, Baronet, es tut mir unendlich leid, Sie in diesem Zustande zu sehen. Ich hoffe, Sie werden und müssen sich wieder aufraffen, schon wegen des Ansehens der Familie.«
Sir Leicester drückt ihm den Brief in die Hand und sieht ihm gespannt in das Gesicht. Eine plötzliche Erkenntnis blitzt in Mr. Buckets Auge auf, wie er die Zeilen überfliegt. Mit einem Krümmen seines Fingers, noch während sein Auge die Worte liest, deutet er an: »Sir Leicester Dedlock, Baronet, ich verstehe, was Sie wünschen.«
Sir Leicester schreibt auf die Schiefertafel: »Volle Verzeihung. Finden ...« Mr. Bucket hält ihm die Hand auf.
»Sir Leicester Dedlock, Baronet, ich werde sie finden. Aber die Nachforschung muß auf der Stelle begonnen werden. Keine Minute ist zu verlieren.«

Mit Gedankenschnelle folgt er Sir Leicester Dedlocks Blick nach einem Kästchen auf dem Tisch.

»Herbringen, Sir Leicester Dedlock, Baronet? Gewiß. Es mit einem dieser Schlüssel aufschließen? Gewiß. Mit dem kleinsten Schlüssel? Natürlich. Die Banknoten herausnehmen? Gut. Zählen? Ist bald geschehen. Zwanzig und dreißig macht fünfzig, und zwanzig siebenzig und fünfzig hundertzwanzig und vierzig hundertundsechzig. Für die Reisekosten einstecken? Gut. Lege natürlich Rechnung ab. Kein Geld sparen? Nein, gewiß nicht.«

Die Schnelligkeit und Sicherheit, mit der Mr. Bucket alles errät, grenzt ans Wunderbare. Mrs. Rouncewell, die das Licht hält, ist von der Schnelligkeit seiner Augen und Hände noch ganz schwindlig, als er bereits reisefertig aufgestanden ist.

»Sie sind Georges Mutter, alte Dame. Ich irre mich doch nicht, nicht wahr?« wirft Mr. Bucket hin, während er den Hut schon auf hat und seinen Rock zuknöpft.

»Ja, Sir, ich bin seine Mutter und bin so in Angst um ihn.«

»Das dachte ich mir nach dem, was er mir vor kurzem mitgeteilt hat. Nun will ich Ihnen etwas sagen. Sie brauchen sich nicht mehr zu grämen. Mit Ihrem Sohne ist bereits alles in schönster Ordnung. Fangen Sie jetzt nicht an zu weinen, Sie müssen vor allen Dingen Sir Leicester Dedlock, Baronet, behüten und pflegen, und das geht nicht mit Weinen. Was Ihren Sohn betrifft, sage ich Ihnen doch, so ist alles in schönster Ordnung. Er schickt Ihnen seine zärtlichsten Grüße und hofft, daß Sie seiner ebenso gedenken. Er ist in Ehren entlassen. So steht die Sache. Mit einem ebenso unbescholtnen Rufe wie dem Ihrigen, und ich will ein Pfund wetten, der ist ohne Fehl und Makel. Sie können sich auf mich verlassen, denn ich selbst habe Ihren Sohn verhaftet. Und ich sage Ihnen, er hat sich brav und wacker dabei benommen und ist ein schöner, stattlicher Mann, und Sie sind eine schöne stattliche Matrone. Mutter und Sohn sind ein Paar, das man auf der Messe als Muster zeigen könnte. – Sir Leicester Dedlock, Baronet, den Auftrag, den Sie in meine Hände gelegt haben, werde ich ausführen. Fürchten Sie nicht, daß ich mich von meinem Weg auch nur einen Schritt ablenken lasse. Ich will nicht schlafen, mich nicht waschen noch rasieren, bis ich gefunden habe, was ich suche. Ich soll ihr alles Gute von Ihnen ausrichten und ihr sagen, daß Sie ihr verzeihen? Sir Leicester Dedlock, Baronet, machen wir! Und ich wünsche Ihnen gute Besserung, und daß diese Familienangelegenheiten beigelegt werden mögen – wie schon, ach Gott, so viele andre ausgeglichen worden sind und bis zum Ende der Welt werden ausgeglichen werden.«

Mit diesen Worten geht Mr. Bucket, zugeknöpft und ruhig, hinaus und sieht festen Blickes vor sich hin, als durchsuche er schon im Geiste die Nacht nach der Flüchtigen.

Sein erster Gang ist nach Lady Dedlocks Zimmern. Sorgfältig durchforscht er alles mit seinen Blicken nach Anzeichen, die für ihn von Wert sein könnten. Es ist stockfinster darin, und Mr. Bucket, ein Wachslicht über den Kopf emporhaltend, zu sehen, wie er ein ganz genaues Inventar der vielen zierlichen Gegenstände, die so merkwürdig von ihm selbst abstechen, aufzeichnet und seinem Gedächtnis einprägt, ist ein seltsames Bild. Aber niemand sieht es, denn er hat fürsorglich die Türen abgeschlossen.

»Ein schmuckes Boudoir das«, brummt Mr. Bucket, der heute morgen sein Französisch sozusagen aufgefrischt hat. »Muß einen guten Batzen Geld gekostet haben. Seltsam, von solchen Sachen davonzulaufen; der Boden muß ihr unter den Füßen gebrannt haben.«

Er öffnet und schiebt Schubladen zu, späht in Kästchen und Juwelenetuis und sieht dabei sein Bild in den verschiedenen Spiegeln und stellt allerlei Betrachtungen darüber an.

»Man könnte fast auf den Gedanken kommen, ich bewegte mich in den vornehmen Kreisen und putzte mich heraus zum Modeball. Vielleicht bin ich gar ein Offizier von der Garde und weiß es nur nicht.«

Alles durchstöbernd, hat er auch ein zierliches Kästchen in einem geheimen Schubfach geöffnet. Wie seine groben Finger in Handschuhen wühlen, die er kaum fühlen kann, so leicht und weich sind sie, findet er plötzlich ein weißes Taschentuch.
»Hm! *Dich* wollen wir einmal ansehen«, sagt Mr. Bucket und setzt das Licht hin. »Warum bist du aufgehoben worden? Was hast du mir zu erzählen? Gehörst du der Gnädigen oder sonst jemandem? Du hast doch gewiß irgendein Zeichen, sollte ich meinen?«
Er findet es, während er noch spricht: »Esther Summerson.«
»Aha!« sagt Mr. Bucket und läßt sich von seinem Finger beraten. »Wart einmal, dich nehmen wir mit.«
Er vollendet seine Nachforschungen so ruhig und sorgsam, wie er sie angefangen, läßt alles andre genau so, wie er es gefunden, gleitet hinaus, nachdem er sich im ganzen kaum fünf Minuten aufgehalten hat, und tritt auf die Straße. Mit einem Blick hinauf nach den schwach erhellten Fenstern von Sir Leicesters Zimmern eilt er im vollen Trabe nach dem nächsten Droschkenstand, sucht sich für sein Geld ein Pferd aus und befiehlt, nach der Schießgalerie zu fahren.
Mr. Bucket macht keinen Anspruch darauf, ein wissenschaftlich geschulter Rossekenner zu sein; aber er läßt etwas springen, wenn er einen besonders tüchtigen Repräsentanten dieser Tiergattung mietweise ergattern kann, und drückt gewöhnlich das Um und Auf seines Wissens in diesem Gebiet mit der Bemerkung aus, er könne einem Pferd auf den ersten Blick ansehen, ob es laufen könne.
Auch diesmal hat er sich nicht getäuscht. Er rasselt in einem geradezu gefährlichen Tempo über das Pflaster, faßt aber gedankenvoll und mit scharfem Blick jedes umherschleichende Geschöpf ins Auge, an dem er in den mitternächtlichen Straßen vorüberfährt, und vergißt selbst die Lichter in den oberen Stockwerken, wo die Leute zu Bett gehen oder gegangen sind, und die Straßenecken, um

die er rasselt, und den dicken Himmel und die Erde, auf der eine dünne Schneedecke liegt, nicht – denn jede Kleinigkeit kann ihm vielleicht etwas verraten, das ihm irgendwie von Nutzen ist. Die Eile, mit der er auf sein Ziel losstürmt, ist so groß, daß, als er hält, das Pferd wie in eine Dampfwolke gehüllt ist, die ihn fast erstickt.

»Laß es eine halbe Minute rasten, damit's wieder munter wird. Ich bin gleich zurück.«

Er läuft den langen Plankengang hinein und findet den Kavalleristen, wie er sich gerade seine Pfeife schmecken läßt.

»Recht so, George, nach dem, was Sie durchgemacht haben, mein Junge. Ich habe kein Wort übrig. Drauf und dran, jetzt gilt's, eine Frau zu retten. Wo wohnt Miß Summerson, die hier war, als Gridley starb – so hieß sie – ich weiß es doch –, schnell, schnell! – Wo wohnt sie?«

Der Kavallerist kommt eben von dort und gibt ihm die Adresse. Nähe von Oxford Street.

»Sie werden es nicht bereuen, George. Gute Nacht.«

Schon ist er wieder draußen, mit einer dunkeln Ahnung, daß er Phil an dem kärglichen Feuer, mit offnem Munde und ganz verblüfft ob seines Kommens, sitzen gesehen habe, und rasselt in scharfem Trab weiter und steigt, abermals von einer Dampfwolke umgeben, aus.

Mr. Jarndyce, der einzige im Haus, der noch auf ist, will eben zu Bett gehen; er sieht von seinem Buche auf, als er das ungestüme Klingeln hört, und kommt im Schlafrock an das Haustor hinunter.

»Erschrecken Sie nicht, Sir!«

Im Augenblick steht Bucket mit Mr. Jarndyce in vertraulichem Gespräch in der Vorhalle, hat die Tür zugemacht und die Hand auf das Schloß gelegt. »Ich habe schon früher einmal das Vergnügen gehabt. Inspektor Bucket. Sehen Sie dieses Taschentuch an, Sir. Gehört Miß Esther Summerson. Fand es vor einer Viertelstunde in einem Schubkasten bei Lady Dedlock. Kein Augenblick zu verlieren. Handelt sich um Leben oder Tod. Sie kennen Lady Dedlock?«

»Ja.«
»Es ist heute dort etwas vorgefallen. Familiengeschichten sind an den Tag gekommen. Sir Leicester Dedlock, Baronet, hat einen Schlaganfall gehabt und konnte nicht zu sich gebracht werden, und kostbare Zeit ist verloren worden. Lady Dedlock ist diesen Nachmittag verschwunden und hat einen Brief zurückgelassen, der schlimm aussieht. Überfliegen Sie ihn selbst. Hier ist er!«
Nachdem ihn Mr. Jarndyce gelesen hat, fragt er den Inspektor, was er davon halte.
»Weiß es nicht. Sieht aus wie Selbstmord. Jedenfalls wird mit jeder Minute die Gefahr größer, daß es dazu kommt. Ich gebe für jede Stunde, die ich gewinnen kann, hundert Pfund. Mr. Jarndyce, ich bin von Sir Leicester Dedlock, Baronet, beauftragt, Mylady zu folgen und sie zu finden – sie zu retten und ihr seine Verzeihung zu überbringen. Ich habe Geld und unbeschränkte Vollmacht, aber ich brauche noch etwas: Ich brauche Miß Summerson.«
Mr. Jarndyce wiederholt erschrocken: »Miß Summerson?«
»Hören Sie, Mr. Jarndyce!« – Mr. Bucket hat während der ganzen Zeit mit der größten Aufmerksamkeit in dem Gesicht seines Gegenübers gelesen. – »Ich spreche zu Ihnen wie zu einem Mann, der ein menschliches Herz in der Brust hat, und unter so drängenden Verhältnissen, wie sie nicht oft vorkommen. Wenn jemals Gefahr im Verzug war, so ist es jetzt der Fall; und wenn Sie sich später nicht bittere Vorwürfe machen wollen, schuld an einem Unglück zu sein, so willfahren Sie meiner Bitte. Acht oder zehn Stunden, jede wenigstens hundert Pfund wert, sind seit Lady Dedlocks Verschwinden verloren gegangen. Ich muß sie auffinden, koste es, was es wolle. Ich bin Inspektor Bucket.
Außer all dem, was sie sonst noch schwer bedrückt, glaubt sie, des Mordes verdächtig zu sein. Wenn ich ihr allein folge, so kann sie, da sie nicht weiß, was Sir Leicester Dedlock, Baronet, mir mitgeteilt hat, zu einem verzweifelten

Schritt getrieben werden. Aber wenn ich ihr in Begleitung einer jungen Dame folge, die der Beschreibung einer jungen Dame entspricht, für die sie eine zärtliche Neigung hat – ich stelle keine Fragen und sage weiter nichts –, so wird sie wissen, daß ich als Freund komme. Wenn ich sie einhole und imstande bin, diese junge Dame ein paar Worte vorher mit ihr sprechen zu lassen, so kann ich sie retten und sie überreden, zurückzukehren, wenn sie am Leben ist. Hole ich sie allein ein – was viel schwerer ist –, werde ich wohl mein Bestes tun; aber ich stehe nicht dafür, wie dieses Beste ausfallen wird. Die Zeit verstreicht; es geht stark auf ein Uhr. Wenn es eins schlägt, ist wieder eine Stunde verloren; und sie ist jetzt tausend Pfund wert anstatt hundert.«

Das ist alles sehr einleuchtend, und die Dringlichkeit des Falles steht außer Frage. Mr. Jarndyce bittet den Detektiv, hier zu warten, während er mit Miß Summerson sprechen will. Mr. Bucket verspricht das, hält es aber nicht, sondern handelt wie immer in solchen Fällen, geht mit hinauf und läßt seinen Mann nicht aus dem Auge. So bleibt er lauernd auf der dunkeln Treppe stehen, während die beiden beraten.

Nach ein paar Minuten kommt Mr. Jarndyce herunter und berichtet Mr. Bucket, daß Miß Summerson sogleich bei ihm sein und sich unter seinen Schutz stellen werde, um ihn zu begleiten, wohin er wolle. Sehr befriedigt, spricht Mr. Bucket seine höchste Billigung aus und wartet an der Tür, bis sie kommt.

Im Geiste steigt er auf einen hohen Turm und läßt seine Blicke im weiten Umkreise umherschweifen. Er sieht viele einsame Gestalten durch die Straßen schleichen, viele einsame Gestalten draußen auf der Heide und auf Landwegen und unter Heuschobern die Nacht verbringen. Aber die, die er sucht, ist nicht unter ihnen. Andre einsame Gestalten sieht er in dunkeln Brückennischen in den Fluß hinabschauen und an umschatteten Stellen unten am Strome stehen; und ein dunkler, gestaltloser Gegenstand,

der, einsamer als alle andern, mit der Flut stromabwärts treibt, erfaßt mit der Kraft der Vision seine Aufmerksamkeit.
Wo ist sie? Lebendig oder tot, wo ist sie? Wenn das Taschentuch, das er jetzt zusammengelegt hat und sorgsam einsteckt, imstande wäre, ihm mit Zaubermacht den Ort vor Augen zu bringen, wo sie es fand, und die Nachtlandschaft um die Hütte, wo es die kleine Leiche zudeckte, würde er sie dort erblicken?
Auf dem wüsten Fleck, wo die Ringöfen mit blauem Scheine brennen, wo der Wind die Strohdächer der elenden Hütten zerzaust, in denen die Ziegel geformt werden, wo der Lehm und das Wasser hart gefroren sind und die Mühle, in der das magere, blinde Pferd den ganzen Tag lang im Kreise herumgeht, wie ein Folterwerkzeug für Menschen aussieht – dort, über diese wüste, verlaßne Stelle, geht eine einsame Gestalt, allein in der Welt mit ihrem Schmerz, gepeitscht von Schnee und Regen und ausgestoßen aus der Gemeinschaft der Menschen. Wohl ist es die Gestalt einer Frau; aber sie ist jämmerlich angezogen, und solche Kleider gingen nie durch die Vorhalle und zur Pforte des Palastes der Dedlocks hinaus.

57. Kapitel

Esthers Erzählung

Ich war zu Bett gegangen und lag bereits in tiefem Schlaf, als mein Vormund an die Tür meines Zimmers klopfte und mich bat, auf der Stelle aufzustehen. Als ich rasch aus dem Bett sprang, um mit ihm durch die Türe zu sprechen und zu erfahren, was es denn gäbe, erzählte er mir nach einigen vorbereitenden Worten, daß Sir Leicester Dedlock alles erfahren habe, meine Mutter geflohen sei und eine Person jetzt unten warte, ermächtigt, ihr die umfassendste Versicherung liebevollster Verzeihung zu überbringen, wenn sie die Flüchtige auffinden sollte, und daß ich diesen Mann begleiten sollte, da er hoffe, meine Bitten würden sie bewegen, wenn es ihm nicht gelänge. Irgend etwas dieser Art wurde mir klar; aber Unruhe, Hast, Leid und Überraschung verwirrten mich dermaßen, daß ich trotz aller Anstrengung, mein Entsetzen niederzukämpfen, mich, meinem Empfinden und Erinnern nach, erst vollständig wieder erholte, als Stunden darüber vergangen waren.

Ich zog mich rasch an und hüllte mich ein, ohne Charley oder sonst jemanden zu wecken, und begab mich zu Mr. Bucket hinunter, der beauftragt war, Lady Dedlock zu suchen. Mein Vormund erzählte mir näheres, während er mich hinunterführte, und erklärte mir auch, wieso der Mann auf mich verfallen war. Mr. Bucket las mir bei dem Schein der Kerze meines Vormundes im Hausflur mit leiser Stimme einen Brief vor, den meine Mutter auf ihrem Tisch zurückgelassen hatte; und ich glaube, kaum zehn Minuten waren vergangen, seit ich geweckt worden, da saß ich bereits neben ihm und fuhr rasch durch die Straßen.

Er setzte mir kurz und ohne Umschweife, aber doch voll Rücksicht, auseinander, es hinge sehr viel davon ab, daß ich ohne Verwirrung ein paar Fragen beantwortete, die er mir vorzulegen wünschte. Sie bezogen sich hauptsächlich darauf, ob ich viel mit meiner Mutter (von der er nur als Lady Dedlock sprach) verkehrt, wann und wo ich mit ihr zuletzt gesprochen habe und wie sie zu meinem Taschentuch gekommen sei. Als ich ihn über diese Punkte zufriedengestellt hatte, forderte er mich auf, genau nachzudenken – und mir dabei wohl Zeit zu nehmen –, ob ich jemanden kenne, ganz gleichgültig wo, dem sie möglicherweise in Fällen dringendster Not wohl ihr Vertrauen würde geschenkt haben. Ich konnte mich anfangs auf niemanden besinnen als auf meinen Vormund; aber sodann nannte ich auch Mr. Boythorn. Er kam mir wegen seiner alten ritterlichen Weise, mit der er immer den Namen meiner Mutter nannte, in den Sinn, sowie nach Überlegungen alles dessen, was mir mein Vormund von seinem früheren Verhältnis zu ihrer Schwester und dem Zusammenhang der ganzen unglücklichen Geschichte mit der seinigen erzählt hatte.

Mr. Bucket ließ den Kutscher während dieses Gesprächs haltmachen, damit wir einander besser verstehen könnten. Er hieß ihn jetzt weiterfahren und sagte mir, nachdem er einige Augenblicke nachgedacht, daß er sich jetzt über das einzuschlagende Verfahren vollkommen klar sei. Er wollte mir bereitwilligst seinen Plan auseinandersetzen, aber ich fühlte mich zu verwirrt, als daß ich hätte hoffen können, ihn zu verstehen.

Wir waren noch nicht weit gefahren, als wir in einer Nebenstraße vor einem wie ein öffentliches Gebäude aussehenden, mit Gas erleuchteten Hause hielten. Mr. Bucket nahm mich mit hinein und ließ mich in einem Lehnstuhl neben einem hellen Kaminfeuer Platz nehmen. Es war jetzt Eins vorüber, wie ich an der an der Wand angebrachten Uhr erkannte. Zwei Polizeibeamte, die in ihren sauberen Uniformen gar nicht aussahen wie Leute, die Nacht für Nacht aufbleiben mußten, schrieben ruhig an einem Pulte. Der Ort schien sehr still zu sein, von dem Zuschlagen ferner Türen unter der Erde, worauf übrigens niemand zu achten schien, vielleicht abgesehen.

Ein dritter Mann in Uniform verließ das Zimmer, nachdem er die Anweisungen, die ihm Mr. Bucket zugeflüstert, entgegengenommen hatte; dann gingen die beiden anderen miteinander zu Rate, und einer schrieb nieder, was ihm Mr. Bucket halblaut diktierte. Sie entwarfen eine Beschreibung meiner Mutter; und Mr. Bucket brachte sie mir, als sie fertig waren, und las sie mir leise vor. Sie stimmte wirklich auf das genaueste.

Der zweite Beamte, der aufmerksam zugehört hatte, schrieb sie dann ab und rief einen andern Mann in Uniform aus dem Vorzimmer, der das Papier nahm und damit hinausging. Alles dies geschah mit der größten Schnelligkeit und ohne einen Augenblick zu verlieren, aber trotzdem war nirgends kopflose Hast zu bemerken. Sobald das Papier seine Reise angetreten hatte, wendeten sich die beiden Polizeibeamten wieder ihrer früheren ruhigen Beschäftigung zu und setzten sich an ihre Pulte. Mr. Bucket trat zu mir und wärmte sich gedankenvoll seine Stiefelsohlen abwechselnd am Kaminfeuer.

»Sind Sie warm angezogen, Miß Summerson?« fragte er mich, als sein Blick dem meinen begegnete. »Es ist eine verwünscht kalte Nacht zum Reisen für eine junge Dame.«

Ich sagte ihm, das Wetter sei mir gleichgültig und ich hätte warme Kleider an.

»Es kann eine lange Reise werden«, bemerkte er, »aber machen Sie sich nichts daraus, Miß, wenn nur das Ende gut ist.«

»Gott gebe es.«

Er nickte mir tröstend zu. »Ich sagte Ihnen schon, härmen Sie sich nicht ab, was auch immer geschehen mag. Bleiben Sie kühl und ruhig und seien Sie auf alles gefaßt, und es wird besser für Sie, besser für mich, besser für Lady Dedlock und für Sir Leicester Dedlock, Baronet, sein.«

Er war wirklich sehr freundlich und rücksichtsvoll; und wie er vor dem Feuer seine Stiefel wärmte und sich das Gesicht mit dem Zeigefinger rieb, faßte ich Vertrauen zu seinem Scharfsinn und fühlte mich beruhigter. Es war noch nicht ein Viertel auf Zwei, als ich draußen einen Wagen vorfahren hörte. »Jetzt, Miß Summerson, geht es fort, wenn's gefällig ist!« sagte er.

Er gab mir seinen Arm, und die beiden Polizeibeamten begleiteten mich höflich bis an die Tür, vor der wir eine Art Phaethon oder Barouche mit einem Postillon und Postpferden fanden. Mr. Bucket hob mich hinein und nahm selbst auf dem Bocke Platz. Der Mann in der Uniform, der nach dem Wagen geschickt hatte, reichte ihm auf sein Verlangen eine Blendlaterne hinauf, und nachdem er dem

Kutscher einige Anweisungen gegeben, rollten wir fort.

Mir war zumute, als träumte ich. Wir fuhren mit großer Schnelligkeit durch ein Labyrinth von Straßen, so daß ich bald jede Orientierung verlor; ich wußte nur soviel, daß wir wiederholt den Fluß passierten und dann weiter durch einen niedrig gelegenen, nahe am Wasser befindlichen, dicht zusammengedrängten Stadtteil schmaler Gäßchen fuhren, in denen man überall Docks und Kessel, Warenhausspeicher, Drehbrücken und Schiffsmaste erblickte. Endlich hielten wir an der Ecke einer kleinen schlammigen Gasse, die die vom Flusse aufsteigende Ausdünstung nur noch übler riechen machte, und ich sah, wie sich mein Begleiter beim Schein seiner Laterne mit mehreren Personen, die halb wie Polizeileute und halb wie Matrosen aussahen, beriet. An der moderfeuchten Mauer, an der sie standen, klebte ein Zettel mit der Anzeige: »Ertrunken gefunden«; und dies und ein gedruckter Hinweis auf in der Nähe befindliche Schleppnetze erregten in mir einen grauenhaften Verdacht, weshalb wir diesen Ort aufgesucht hatten.

Ich bezwang mein Herzklopfen, so gut ich konnte, aber was ich an diesem schrecklichen Orte litt, werde ich nie vergessen.

Es war wie ein grauenhafter Traum. Ein schlammbedeckter Mann mit hohen, vom Wasser wie ein Schwamm aufgeweichten Stiefeln und einem ebensolchen Hut wurde aus einem Boote herbeigerufen und sprach mit Mr. Bucket, der sodann mit ihm einige schlüpfrige Stufen hinabstieg, wie um etwas Geheimnisvolles, das dort lag, anzusehen. Sie kamen wieder und wischten sich die Hände an ihren Röcken ab, als ob sie etwas Feuchtes angefaßt hätten; aber Gott sei Dank, es war nicht das, was ich fürchtete!

Nach weiteren Beratungen ging Mr. Bucket, den alle zu kennen und als eine Art Vorgesetzten zu betrachten schienen, mit den andern in ein Haus und ließ mich im Wagen zurück, während der Kutscher bei den Pferden auf und ab ging, um sich zu wärmen. Die Flut kam den Fluß herauf, wie mich das Plätschern der Wellen erraten ließ, und ich konnte am Ende des Gäßchens die Strömung an den Mauern anschlagen hören. Das Wasser kam niemals bis zu mir; aber mich durchschauderte wohl hundertmal in der bangen Viertelstunde der Gedanke, daß die Leiche meiner Mutter plötzlich den Pferden vor die Füße geschwemmt werden könnte.

Mr. Bucket kam wieder heraus, schärfte den andern äußerste Wachsamkeit ein, verfinsterte seine Laterne und nahm seinen Platz auf dem Bock ein. »Beunruhigen Sie sich nicht, Miß Summerson, daß wir hierher gefahren sind«, sagte er, zu mir gewendet. »Ich will nur nichts außer acht lassen und mich selbst überzeugen, daß alles im Zuge ist, indem ich selbst danach sehe. Fahren Sie zu, Kutscher.«

Wir schienen den Weg, den wir gekommen waren, zurückzufahren. Nicht etwa, daß ich mir in meiner Aufregung besondere Gegenstände gemerkt hätte, sondern mehr nach dem allgemeinen Charakter der Straßen zu schließen. Wir sprachen eine Minute lang an einer andern Polizeistation vor und fuhren abermals über den Fluß. Während der ganzen Zeit, und solange das Suchen dauerte, ließ mein Begleiter, der dicht eingehüllt auf dem Bock saß, auch nicht einen Augenblick in seiner Wachsamkeit nach; aber wie wir über die Brücke fuhren, schien sich seine gespannte Aufmerksamkeit womöglich noch zu verdoppeln. Er stand auf, um über die Brustwehr hinunterzusehen; er stieg ab und ging zurück, einer dunkeln weiblichen Gestalt nach, die an uns vorübereilte, oder spähte in den tiefen schwarzen Abgrund da unten, mit einem Gesicht, das mir das Herz erbeben machte. Grauenhaft sah der Strom aus, wie er da nebelbedeckt und geheimnisvoll rasch und still zwischen den flachen Ufern hinfloß, umdüstert von undeutlichen, grauenhaften Formen, halb Wesenheiten, halb Schatten: so totenähnlich und verschwiegen.

Ich habe ihn seitdem oft gesehen, bei Sonnen- und bei Mondenschein, aber niemals mehr konnte ich mich von dem Eindruck dieser Reise wieder befreien. Im Geiste sehe ich die Laternen auf der Brücke trübe brennen, der schneidend kalte Wind fegt an dem obdachlosen Weib vorbei, dem wir begegnen, die Räder rasseln eintönig weiter, und im Schimmer der Wagenlampen sieht mich ein bleiches Gesicht an, das aus den dunkeln Wassern emporzusteigen scheint.

Nachdem wir lange durch die leeren Straßen gefahren waren, kamen wir endlich aus dem Pflaster heraus auf die glatte dunkle Landstraße und ließen allmählich die Häuser hinter uns. Alsbald erkannte ich den mir bekannten Weg nach St. Albans. In Barnet standen frische Pferde für uns bereit, und wir spannten um und fuhren weiter. Es war sehr kalt, und die Gegend lag weit und breit unter einer weißen Schneedecke, wenn es auch jetzt nicht mehr schneite.

»Ein wohlbekannter Weg für Sie, Miß Summerson«, munterte mich Mr. Bucket auf.

»Ja, gewiß«, gab ich zurück. »Haben Sie schon etwas in Erfahrung gebracht?«

»Noch nichts von Belang«, gab er zur Antwort. »Aber das wäre auch zu bald.«

Er trat in jedes noch offen stehende Wirtshaus, wo sich Licht zeigte – die Zahl derselben war damals nicht gering, denn die Straße war sehr von Viehtreibern besucht –, und stieg jedesmal ab, um mit den Mautwächtern an den Schlagbäumen zu sprechen. Ich hörte ihn immer zu trinken bestellen und mit Geld klimpern. Überall war er bemüht, sich angenehm zu machen und lustig zu sein; aber so oft er seinen Platz auf dem Bocke einnahm, bekam sein Gesicht wieder den Ausdruck gespanntester Wachsamkeit, und er sagte stets zu dem Postillon in demselben Geschäftstone: »Fahren Sie zu, Kutscher!«

Durch dieses häufige Anhalten war es zwischen fünf und sechs Uhr geworden, und immer noch lag St. Albans einige Meilen vor uns, als er aus einem dieser Wirtshäuser am Wege herauskam und mir eine Tasse Tee anbot.

»Trinken Sie, Miß Summerson, es wird Ihnen gut tun. Sie fangen an, mehr zu sich selbst zu kommen, nicht wahr?«

Ich dankte ihm und sagte, ich hoffte es.

»Im Anfang waren Sie, wie man so sagt, ein wenig verdattert. Mein Gott, das ist auch schließlich kein Wunder. Sprechen Sie nicht zu laut, Miß. Die Sache geht gut. Wir haben die Fährte.«

Ich weiß nicht, welcher freudige Ausruf mir entschlüpfte oder entschlüpfen wollte, aber er hob den Finger warnend in die Höhe, und ich hielt an mich.

»Sie ist heute abend gegen acht oder neun Uhr zu Fuß hier durchgekommen. Ich hörte zuerst von ihr drüben in Highgate, konnte mir aber noch nicht volle Gewißheit verschaffen. Ich habe ihre Spur bis jetzt mit einigen Unterbrechungen verfolgen können, sie da und dort aufgefunden und dann wieder verloren; aber sie ist jetzt sicher vor uns. Hier, nehmen Sie die Tasse, Hausknecht. Und jetzt, wenn Sie nicht beim Butterfaß aufgewachsen sind, passen Sie mal auf, ob Sie diese halbe Krone mit der andern Hand fangen können. Eins, zwei, drei – na, also! Kutscher, versuchen Sie's mal mit einem Galopp!«

Wir erreichten bald St. Albans und stiegen kurz vor Tagesanbruch aus, als ich gerade anfing, mir Rechenschaft über die Vorfälle der Nacht abzulegen und wirklich zu glauben, daß ich nicht träumte. Mr. Bucket ließ den Wagen im Posthause stehen, befahl, frische Pferde bereit zu halten, gab mir den Arm, und wir gingen nach unsrer Wohnung.

»Da Sie hier ziemlich zu Hause sind, Miß Summerson«, bemerkte er, »könnten Sie vielleicht erkunden, ob eine der Beschreibung entsprechende Unbekannte nach Ihnen oder nach Mr. Jarndyce gefragt hat. Was meinen Sie? Ich mache mir keine besonderen Hoffnungen, aber immerhin wäre es ja möglich.«

Als wir die Höhe hinaufgingen, spähte er mit scharfem Auge durch die Morgendämmerung und erinnerte mich

daran, daß ich eines Abends mit meiner kleinen Zofe und dem armen Jo, den er »Schmier-Ober« nannte, hier herabgegangen sei.
Ich drückte meine Verwunderung aus, daß er das wissen könne.
»Sie begegneten damals einem Mann auf der Straße dort oben, nicht wahr, Miß?«
Ja; auch daran erinnerte ich mich nur zu gut.
»Das war ich. Ich fuhr an jenem Nachmittag in einem Gig hierher, um nach dem Jungen zu sehen. Sie hätten die Räder rollen hören können, als Sie herauskamen, um ihn aufzusuchen, denn ich weiß noch, daß Sie und Ihre kleine Zofe hinaufgingen, als ich das Pferd hinunterführte. Durch ein paar Erkundigungen im Städtchen erfuhr ich bald, in welcher Gesellschaft er sich befand, und wollte ihn gerade in den Zieglerhütten aufsuchen, als ich Sie mit ihm heraufkommen sah.«
»Hat er denn ein Verbrechen begangen?«
»Angezeigt hat ihn niemand«, sagte Mr. Bucket und lüftete kaltblütig den Hut; »aber ich glaube, es war nicht alles richtig mit ihm. Nein. Ich brauchte ihn nur, um eben diese Sache Lady Dedlocks nicht ruchbar werden zu lassen. Er hatte über kleine Gelegenheitsdienste, für die ihn der selige Mr. Tulkinghorn bezahlte, mehr gesprochen, als nötig war; und es ging durchaus nicht an, daß er das so weiter trieb. Nachdem ich ihm daher bedeutet hatte, London zu verlassen, benutzte ich einen freien Nachmittag, um ihm einen Wink zu geben, auch hübsch von London weg zu bleiben und sich wohl in acht zu nehmen, daß ich ihn nicht noch einmal in der Stadt fände.«
»Der Arme!« sagte ich.
»Arm genug«, gab Mr. Bucket zu, »und lästig genug. Besser, er war von London weg und anderswo. Mich hat's fast umgeworfen, als ich hörte, Sie hätten ihn in Ihr Haus aufgenommen, das versichere ich Ihnen.«
Ich fragte ihn, warum.
»Warum, Miß? Da wäre doch sein Geschwätz erst recht

losgegangen und hätte überhaupt nicht mehr aufgehört.«
Obgleich ich mich jetzt dieses Gesprächs noch ganz gut entsinne, war es mir doch damals so wirr im Kopfe, daß meine Aufmerksamkeit gerade nur ausreichte, um zu begreifen, daß Mr. Bucket von diesen Sachen bloß redete, um mich zu zerstreuen. Offenbar mit derselben freundlichen Absicht sprach er mit mir von allen möglichen gleichgültigen Dingen, während sein Gesicht verriet, daß er sich ausschließlich mit dem einen Ziel unsrer Reise beschäftigte. Er sprach immer noch, als wir zum Gartentor hereintraten.
»So! Da wären wir«, sagte er, »ein gar hübsches, stilles Fleckchen. Erinnert einen an das Häuschen von der Knusperhexe, das man schon von weitem durch den Rauch entdeckte, der so schön in die Höhe wirbelte. Das Küchenfeuer brennt zeitig, und das bedeutet eine gute Dienerschaft. Aber worauf Sie immer bei Dienstboten sehen müssen, ist, wer sie besucht. Sie sind nie sicher, was Sie von ihnen zu gewärtigen haben, wenn Sie das nicht wissen. Wenn Sie einen jungen Menschen hinter der Küchentür finden, so lassen Sie ihn immer gleich als verdächtig, sich zu einem unerlaubten Zweck in ein Wohnhaus eingeschlichen zu haben, verhaften.«
Wir standen jetzt vor dem Hause, und er suchte aufmerksam auf dem Sande nach Fußstapfen, ehe er nach den Fenstern hinaufblickte.
»Geben Sie dem alten jugendlichen Herrn immer dasselbe Zimmer, wenn er hier auf Besuch ist, Miß Summerson?« fragte er mit einem Blick nach dem Fenster Mr. Skimpoles.
»Sie kennen Mr. Skimpole?«
»Wie nannten Sie ihn?« entgegnete Mr. Bucket und neigte sein Ohr zu mir. »Skimpole, sagten Sie? Ich habe mir oft den Kopf zerbrochen, wie er wohl heißen möge. Skimpole. Doch nicht John, oder vielleicht Jakob?«
»Harold.«
»Harold. So so. Ein kurioser Bursche, dieser Harold«,

sagte Mr. Bucket und sah mich mit sehr ausdrucksvollem Gesichte an.

»Er ist ein sehr merkwürdiger Mensch.«

»Hat keinen Begriff von Geld«, bemerkte Mr. Bucket, »nimmt's aber doch!«

»Sie kennen ihn also«, gab ich unwillkürlich zur Antwort.

»Nun, ich will Ihnen die Geschichte erzählen, Miß Summerson. Es ist besser für Sie, wenn Sie nicht beständig an dieselbe Sache denken, und ich will es Ihnen der Abwechslung wegen erzählen. Er war's doch, der mir gesagt hat, wo sich der ›Schmier-Ober‹ befand. Ich wollte diesen Abend an die Haustür klopfen und direkt nach dem Jungen fragen, wenn mir nichts andres übrig bleiben sollte; aber um erst noch einen Versuch zu machen, fiel es mir ein, eine Handvoll Sand an das Fenster dort zu werfen, hinter dem ich einen Schatten sah. Sowie Harold es aufmacht und ich einen Blick auf ihn werfe, denke ich mir schon, du bist mein Mann. Ich sagte ihm, um ihn ein wenig kirre zu machen, ich möchte nicht erst die Familie aufwecken, und es sei doch sehr zu beklagen, daß junge mitleidige Damen Vagabunden beherbergten; und dann, als ich seine Art recht weg hatte, warf ich so hin, ich würde gern einen Fünfpfundlappen springen lassen, wenn ich den ›Schmier-Ober‹ ohne Aufsehen von hier fortbringen könnte. Darauf sagte er und zog seine Augenbrauen fidel in die Höhe: ›Es ist ganz unnütz, mit mir von einer Fünfpfundnote zu sprechen, mein Freund, ich bin in solchen Sachen ein wahres Kind und habe keinen Begriff von Geld.‹

Natürlich wußte ich sofort, woran ich war, wickelte die Banknote um einen Stein und warf sie ihm hinauf. Gut! Er lacht, macht ein freundliches Gesicht und sieht so unschuldig drein, wie man sich's nur wünschen kann, und sagt:

›Aber ich kenne den Wert dieser Sache doch nicht. Was soll ich damit machen?‹

›Ausgeben, Sir‹, rate ich ihm.

›Aber man wird mich betrügen‹, meint er; ›Sie geben mir nicht genug heraus, und ich habe nichts davon.‹ Gott, Sie haben noch kein so unschuldiges Gesicht gesehen, wie er eins dabei machte! Natürlich sagte er mir, wo der Junge zu finden war, und ich fand ihn.«

Ich mußte in der Handlungsweise Mr. Skimpoles natürlich eine Verräterei gegen meinen Vormund sehen und meinte, daß so etwas denn doch die Grenzen kindlicher Unschuld überschritte.

»Grenzen, Miß Summerson?« entgegnete Mr. Bucket. »Ich will Ihnen bei dieser Gelegenheit einen Rat erteilen, der Ihnen und Ihrem Mann sehr nützlich sein wird, wenn Sie erst einmal glücklich verheiratet sein und Familie haben werden. Wenn Ihnen einer sagt, ich bin unschuldig wie ein Kind in allem, was Geld anbelangt, so nehmen Sie Ihr Portemonnaie in acht, denn Sie können Ihren Kopf darauf wetten, daß er es sich holt, wenn er's kriegen kann. Wenn jemand ausposaunt, ›in praktischen Sachen bin ich ein Kind‹, so nehmen Sie nur ruhig an, daß es sich bei diesem jemand nur darum handelt, nicht zur Rechenschaft gezogen zu werden, und daß das liebe ›Ich‹ bei ihm die Hauptrolle spielt. Ich selber bin kein poetischer Mensch, höchstens hinsichtlich Rundgesängen, aber ich bin ein Praktiker, und das ist meine Erfahrung. Die Regel ist: unzuverlässig in einer Sache, unzuverlässig in allem. Ich habe noch nicht erlebt, daß sie nicht eingetroffen wäre. Und Sie werden es auch nicht erleben. Und mit dieser Warnung für Unvorsichtige, meine Liebe, nehme ich mir die Freiheit, die Klingel zu ziehen, und komme wieder auf unser Geschäft zurück.«

Ich glaube, das war ihm übrigens kein Augenblick aus dem Kopf gekommen, ebensowenig wie mir, und auch sein Gesicht verriet, daß er sich innerlich ununterbrochen damit beschäftigt hatte.

Das ganze Haus war höchlichst erstaunt, mich ohne vorherige Benachrichtigung so früh am Morgen und in dieser Begleitung zu sehen. Und das Erstaunen unsrer Leute wurde durch meine Erkundigungen nicht vermindert. Es war jedoch niemand dagewesen. An der Richtigkeit dieser Angabe konnten wir nicht zweifeln.

»Dann, Miß Summerson«, sagte mein Begleiter, »können wir nicht rasch genug die Hütte der Ziegelstreicher, die Sie ja kennen, aufsuchen. Wenn Sie so gut sein wollen, sich dort zu erkundigen, so wäre das der natürlichste Weg, und der ist immer der beste.«

Wir brachen unverzüglich auf.

Als wir die Hütte erreichten, war die Tür zu, und allem Anscheine nach niemand daheim; aber einer der Nachbarn, der mich kannte und zu mir trat, als ich versuchte, mich jemandem hörbar zu machen, sagte mir, die beiden Frauen wohnten mit ihren Männern in einem andern Hause aus losen Ziegeln am Rande des Feldes, wo die Ringöfen ständen und die Ziegelsteine in langen Reihen trockneten. Die Stelle war nur ein paar hundert Schritt entfernt; da die Tür nur angelehnt war, stieß ich sie auf.

Es saßen nur drei der Leute beim Frühstück, und das Kind schlief auf einem Bett in der Ecke. Jenny war nicht da. Die andre Frau stand auf, als sie mich erblickte, und beide Männer, obgleich sie wie gewöhnlich finster und stumm dasaßen, nickten mir mürrisch zu. Sie warfen sich einen Blick zu, als Mr. Bucket hinter mir eintrat, und es überraschte mich, zu bemerken, daß die Frau ihn offenbar kannte.

Ich hatte natürlich um Erlaubnis gebeten, einzutreten. Liz (der einzige Name, unter dem ich sie kannte) stand auf, um mir ihren Stuhl anzubieten, aber ich nahm auf einer Bank neben dem Feuer Platz und Mr. Bucket auf einer Ecke der Bettstelle. Jetzt, wo ich sprechen sollte und mich unter halbfremden Leuten befand, kam mir erst zum Bewußtsein, wie außer Fassung und schwindlig ich war. Ich wußte nicht recht, wie anfangen, und konnte die Tränen nicht zurückhalten.

»Liz«, sagte ich endlich, »ich habe eine weite Reise durch Nacht und Schnee gemacht, um mich nach einer Dame zu erkundigen ...«

»Die hier war, wißt ihr«, fiel Mr. Bucket ein und wendete sich mit ruhiger, einschmeichelnder Miene an sämtliche Anwesende. »Die Dame meint das Fräulein. Die Dame, die gestern abend hier war, wißt ihr.«
»Und wer hat Ihnen denn gsagt, daß jemand hier gewesen is?« fragte Jennys Mann, hielt mürrisch im Essen inne, um zuzuhören, und maß uns von oben bis unten.
»Ein Mann Namens Michael Jackson in einer blauen Manchesterweste mit einer doppelten Reihe Perlmutterknöpfe«, entgegnete Mr. Bucket schlagfertig.
»Er soll sich um seine Sachen kümmern; kenn ihn übrigens nicht«, brummte der Ziegelstreicher mürrisch.
»Er hat grad keine Arbeit, glaub ich«, entschuldigte Mr. Bucket seinen Freund Michael Jackson, »da gewöhnt man sich das Schwatzen an.«
Die Frau hatte sich noch nicht wieder niedergesetzt, griff mit der Hand unsicher auf der zerbrochnen Stuhllehne herum und sah mich an. Ich sah ihr an, daß sie am liebsten mit mir allein gesprochen hätte, aber sie wagte es offenbar nicht. Sie stand immer noch zögernd und unentschlossen da, als ihr Mann, der mit einem Schnappmesser ein Stück Brot und Speck aß, mit dem Griff heftig auf den Tisch schlug und ihr mit einem Fluche befahl, sich um ihre Sachen zu kümmern und sich zu setzen.
»Ich hätte Jenny sehr gern gesehen«, sagte ich. »Ich bin überzeugt, sie würde mir alles sagen, was sie weiß. Es liegt mir so sehr am Herzen, die Dame zu finden. Sie können sich gar nicht denken, wie sehr. Wird Jenny bald hier sein? Wo ist sie?«
In Liz' Mienen verriet sich deutlich der Wunsch, mir zu antworten, aber der Ziegelstreicher stieß fluchend mit seinem schweren Stiefel nach ihrem Fuße. Er überließ es Jennys Mann, zu sprechen; und nach einem verstockten Schweigen wendete mir dieser seinen zottigen Kopf zu.
»Ich seh's nicht bsonders gern, wenn vornehmes Volk zu mir ins Haus kommt, wie ich Ihnen schon einmal gsagt hab, glaub ich, Miß. Ich lasse sie in ihren Wohnungen un-

geschoren, und es ist doch merkwürdig, daß sie mich nicht in Ruh lassen wollen. Die möchten schön aufbegehrn, wenn ich sie bsuchen kommen möcht. Na, über Sie hab ich mich grad weiter net so zu beklagen wie über die andern; und ich will Ihnen eine höfliche Antwort gebn; aber das sag ich Ihnen gleich, i laß mir net das Fell über die Ohren ziehen wie am Dachs. Ob Jenny bald hier sein wird, fragen S? Nein. Wo s is? Nach London is gangen.«

»Gestern abend?«

»Gestern abend? Ja, gestern abend«, gab er mit einem mürrischen Zurückwerfen des Kopfes zur Antwort.

»Aber war sie da, als die Dame hier war? Und was hat die Dame zu ihr gesagt? Und wo ist die Dame hingegangen? Ich bitte und flehe Sie an, seien Sie doch so gut, es mir zu sagen. Es liegt mir sehr am Herzen, es zu erfahren«, sagte ich.

»Wenn mein Mann mich sprechen lassen wollt; kein Wort, was an Schaden bringen könnt ...«, fing die Frau schüchtern an.

»Dein Mann wird dir das Gnack umdrehn, wenn du dich in Sachen mischst, wo dich nix angehen«, unterbrach sie der Ziegelstreicher und zerbiß ingrimmig einen Fluch zwischen den Zähnen.

Nach einer Pause antwortete mir Jennys Mann mit seinem gewohnten widerwilligen Brummen:

»Ob Jenny dagwesen is, als die Dame hier war? Ja, sie is dagwesen. Was die Dame zu ihr gsagt hat? No, ich wills Ihnen sagn, was die Dame zu ihr gsagt hat. ›Sie erinnern sich doch, daß ich einmal hier war‹, hats gsagt, ›um mich nach der jungen Dame zu erkundigen, die Sie früher amal bsucht hat. Sie erinnern sich, daß ich Ihnen Geld für das Taschentuch gab, das sie daglassen hat.‹ Ja, mir ham uns dran erinnert. Und die andern auch. Dann hats gfragt, ob die junge Dame jetzt oben im Hause is. Na, sie is net im Haus, ham mir gsagt. Jetzt hören S weiter. Die Dame is ganz allein unterwegs gwesen, und dös is uns seltsam vorkommen, und hat gfragt, ob s leicht a Stunde dorten auf

dem Platz, wo Sie jetzt sitzen, ausruhen könnt. Ja, dös könnt s, ham mir gsagt, und nacher hat s ausgruht. Und nacher is wieder weiter gangen. S hat so zwanzig Minuten nach elf oder zwölf Uhr sein können; wir ham hier ka Taschenuhr net, um nach der Zeit zu sehn, und a Schlaguhr scho gar net. Wo s hingangen is? I weiß net, wo s hingangen is. Sie is den Weg gangen, und Jenny den andern; die ane is den Weg gradaus nach London gangen, und die andre grade entgegengsetzt. So, dös ist alls. Fragn S den da. Er hat alls mit angehört und a alls gsehn. Er weiß es.«
»Dös is alls«, bestätigte Liz' Mann.
»Weinte die Dame?«
»Zum Teufel auch. Ihre Schuhe haben schlimm ausgsehen und ihre Kleider auch, aber gweint hat s net grad. I hab nix gsehn.«
Liz saß mit übereinandergeschlagnen Armen und zu Boden gesenkten Augen da. Ihr Mann hatte seinen Stuhl ein wenig umgedreht, so daß er sie im Auge behalten konnte; und seine hammerähnliche Faust lag auf dem Tisch, als wäre er bereit, jeden Augenblick seine Drohung auszuführen, wenn sie ihm nicht gehorchte.
»Ich hoffe, Sie werden nichts dagegen haben, wenn ich Ihre Frau frage, wie die Dame aussah«, sagte ich.
»No, sprich also!« rief er ihr mürrisch zu. »Du hörst, was sie sagt. Mach's kurz und sag's ihr.«
»Schlecht«, entgegnete die Frau. »Bleich und erschöpft. Sehr schlecht.«
»Sprach sie viel?«
»Nicht viel; aber ihre Stimme war heiser.«
Die Frau antwortete zwar, fragte aber beständig ihren Mann mit den Augen um Erlaubnis.
»War sie sehr angegriffen? Hat sie hier etwas gegessen oder getrunken?«
»Sprich!« sagte der Mann, Liz' Blick beantwortend. »Sag's ihr und mach's kurz.«
»Sie hat etwas Wasser getrunken, Miß, und Jenny hat ihr Brot und Tee geholt. Aber sie hat's kaum angrührt.«

»Und als sie von hier fortging ...«, fragte ich weiter, aber Jennys Mann unterbrach mich ungeduldig.
»Wie s von hier fortgangen is, is s gradaus vorwärts auf der Landstraße gangen. Fragen S unterwegs, wenn S es mir net glaubn, und Sie werden schon sehen, daß s wahr is. So, und jetzt is aus. Das ist alls, was wir wissen.«
Ich sah Mr. Bucket fragend an, und da ich bemerkte, daß er schon aufgestanden war, bereit, zu gehen, dankte ich den Leuten für die Auskunft, die sie mir gegeben hatten, und nahm Abschied. Die Frau sah Mr. Bucket, als er hinausging, scharf an, und er sie desgleichen.
»Ich will Ihnen was sagen, Miß Summerson«, sagte er zu mir, während wir uns rasch entfernten. »Die Leute dort haben die Uhr von Mylady. Das steht fest.«
»Sie haben sie gesehen?« rief ich aus.
»Es ist ebensogut, als ob ich sie gesehen hätte. Was spricht der Kerl da von ›zwanzig Minuten nach‹ und gleich darauf, daß er keine Uhr habe? Zwanzig Minuten! Glauben Sie, er teilt sich für gewöhnlich seine Zeit so sorgfältig ein? Wenn er von halben Stunden spricht, ist das schon viel. Folglich hat ihm Mylady die Uhr entweder gegeben, oder er hat sie genommen. Ich glaube, sie hat sie ihm gegeben. Wofür mag sie ihm die Uhr gegeben haben? Wofür mag sie ihm die Uhr gegeben haben?«
– Er murmelte diese Frage mehrere Male vor sich hin, wie wir die Straße entlang eilten, und schien zwischen einer Reihe von Antworten zu schwanken, die sich ihm aufdrängten. –
»Wenn wir Zeit übrig hätten, und das ist gerade das einzige, was wir in dieser Sache nicht übrig haben, so könnte ich es aus dieser Frau schon herauskriegen; aber es hieße, unter den gegebenen Verhältnissen zuviel auf eine Karte setzen. Sie sind ganz die Leute, sie nicht aus den Augen zu lassen, und jeder Narr weiß, daß ein armes Geschöpf wie sie, gestoßen und geschlagen und von Kopf bis zu den Füßen mit Narben und Beulen bedeckt, durch Dick und Dünn zu ihrem Manne hält, wenn er sie auch mißhandelt.

Sie verheimlichen etwas. Schade, daß wir nicht haben die andre sprechen können.«

– Auch ich bedauerte es außerordentlich, denn ich wußte, Jenny war sehr dankbar und hätte meinen Bitten gewiß nicht widerstanden. –

»Es ist möglich, Miß Summerson«, sagte Mr. Bucket, immer noch ganz in Grübeln verloren, »daß Mylady sie nach London geschickt hat, um Ihnen eine Botschaft zu überbringen; und es ist möglich, daß der Mann die Uhr bekommen hat, damit er seiner Frau erlaube, zu gehen. Es ist nicht so ganz klar, wie ich es gern haben möchte, aber es liegt mit in meinen Karten. Nun verschwende ich das Geld Sir Leicester Dedlocks, Baronet, nicht gern an solche Rüpel und sehe auch nicht ein, was es nutzen sollte. Nein, vorderhand, Miß Summerson, geht unser Weg geradeaus; und, bitte, kein Wort weiter über die Sache!«

Wir sprachen noch einmal zu Hause vor, damit ich in der Eile ein Billett an meinen Vormund schicken könnte, und eilten dann nach dem Posthaus zurück, wo der Wagen auf uns wartete. Man brachte sofort die Pferde heraus, als man uns kommen sah, und in wenigen Minuten waren wir wieder unterwegs.

Es hatte mit Tagesanbruch zu schneien angefangen und schneite jetzt sehr stark. Die Luft war von der Trübe des Wetters und dem dichten Flockentreiben so undurchsichtig, daß wir in keiner Richtung mehr als nur eine kleine Strecke erkennen konnten. Obgleich es sehr kalt war, war der Schnee nur teilweise gefroren, und die Hufe der Pferde zerknirschten ihn – daß es klang, als ob die Straße ein Strand von kleinen Muscheln wäre – zu Schlamm und Wasser. Das Gespann konnte sich oft eine Meile weit, bald ausgleitend, bald in tiefe Löcher stürzend, nur mit Mühe hindurcharbeiten, und wir mußten manchmal haltmachen. Ein Pferd stürzte auf dieser ersten Station dreimal und war so angegriffen, daß der Kutscher zuletzt vom Bock steigen und es führen mußte.

Ich konnte weder essen noch schlafen – und dieser Auf-

enthalt, und überhaupt die Langsamkeit, mit der wir vorwärts kamen, machten mich so unruhig, daß ich wider alle Vernunft, aus Ungeduld, aussteigen und zu Fuß gehen wollte. Ich gab jedoch den Vorstellungen meines Begleiters nach und blieb sitzen. Munter erhalten durch die Arbeitsfreude an der Aufgabe, die er übernommen, stieg er die ganze Zeit über bei jedem Hause, an dem wir vorüberkamen, im Nu vom Bock, redete Leute, die er nie gesehen, als alte Bekannte an, lief in die Wirtsstuben hinein, um sich zu wärmen, plauderte, trank, schüttelte den Leuten die Hände, war gut Freund jedes Fuhrmannes, Wagners, Schmieds oder Zolleinnehmers und schien dabei doch niemals Zeit zu verlieren. Jedesmal, wenn er wieder mit seinem geschäftsmäßigen: »Los, Kutscher!« auf den Bock stieg, zeigte sein Gesicht die alte gespannte Aufmerksamkeit.
Als wir zum zweitenmal die Pferde wechselten, watete er von den Ställen her knietief durch den Schnee – durchnäßt bis auf die Haut, ohne weiter darauf zu achten, schon seitdem wir St. Albans verlassen hatten – und sprach ein paar Worte mit mir durch das Kutschenfenster.
»Nur immer Kopf hoch, Miß! Sie ist ganz gewiß hier durchgekommen. Nach den Kleidern, die sie anhatte, läßt sich daran nicht mehr zweifeln.«
»Und immer noch zu Fuß?« fragte ich.
»Immer noch zu Fuß. Ich glaube, sie will den Herrn, den Sie nannten, aufsuchen. Nur daß seine Wohnung in so unmittelbarer Nähe von Sir Leicesters Besitzung liegt, will mir nicht in den Kram passen.«
»Ich kann das leider nicht beurteilen«, sagte ich. »Vielleicht wohnt sonst noch jemand in der Umgebung, von dem ich nichts weiß.«
»Sehr richtig. Aber ich bitte Sie, meine Liebe, fangen Sie um Gottes willen nur nicht wieder an zu weinen. Grämen Sie sich nicht überflüssigerweise. Los, Kutscher!«
Es schneite den ganzen Tag über in einem fort, und bald fiel ein dicker Nebel ein, der bis zum Abend keinen Au-

genblick nachließ. Die Straßen waren in einem geradezu unglaublichen Zustand. Manchmal dachte ich, wir müßten den Weg verloren haben und auf das Ackerfeld oder in die Sümpfe gekommen sein. Wenn ich an die vielen Stunden, die seit unsrer Abreise verflossen waren, dachte, kam mir die Zeit zwischen unsrer Abfahrt und der Gegenwart so lange vor wie ein ganzes Leben, und ich hatte die seltsame Empfindung, nie von der Sorge und der Angst frei gewesen zu sein, die mich damals erfüllten.

Je weiter wir kamen, desto mehr quälte mich eine böse Ahnung, mein Begleiter sei seiner Sache nicht mehr so sicher wie früher. Er benahm sich zwar immer gleich, wenn er Leute unterwegs traf, aber sein Gesicht schien mir ernster zu sein, wenn er wieder auf den Bock stieg. Ich sah, daß er häufig während der langen mühseligen Fahrt den Finger unruhig vor den Lippen hin und her bewegte. Es fiel mir auf, daß er die Kutscher der Landwagen und andrer uns entgegenkommender Fuhrwerke ausfragte, wie die Passagiere in andern Kutschen, denen sie begegnet seien, ausgesehen hätten. Und ihre Antworten schienen ihm durchaus nicht zu gefallen. Er gab mir wohl jedesmal einen beruhigenden Wink mit dem Finger oder lächelte mir ermutigend zu, wenn er wieder auf den Bock stieg, aber es lag eine gewisse Unentschlossenheit in seinem Ton, wenn er sagte: Los, Kutscher!

Endlich, als wir abermals die Pferde wechseln mußten, gestand er mir, daß er die Spur der Frau, die, nach ihren Kleidern zu schließen, Lady Dedlock sein müßte, seit so langer Zeit schon verloren habe, daß ihm die Sache anfange, befremdlich vorzukommen. Es sei nichts weiter daran, eine solche Spur eine Zeitlang zu verlieren – erfahrungsgemäß tauche sie nach einiger Zeit wieder auf, und so fort –, aber diesmal habe sie plötzlich auf eine unerklärliche Weise aufgehört und sei seitdem nicht wieder zum Vorschein gekommen. Der Umstand, daß er anfing, Wegweiser anzusehen und an Kreuzwegen den Wagen manchmal wohl eine Viertelstunde lang stehen zu lassen, um zu rekognoszieren, bestätigte meine Befürchtungen. Ich solle nur den Mut nicht verlieren, beruhigte er mich immer wieder, denn es sei durchaus nicht ausgeschlossen, daß bereits der Befund auf der nächsten Station alles wieder ins Geleise bringen werde.

Die nächste Haltestelle enttäuschte uns abermals und gab uns keine neuen Anhaltspunkte. Es war ein alleinstehendes, aber komfortabel eingerichtetes und solides Wirtshaus, und ehe es mir noch recht zum Bewußtsein kam, fuhren wir in einen großen Torweg hinein. Eine saubere Wirtin trat mit ihren hübschen Töchtern an den Wagenschlag und bat mich, auszusteigen und eine Erfrischung zu nehmen, während die Pferde gewechselt würden. Ich konnte es nicht gut abschlagen, und sie führten mich die Treppe hinauf in eine geheizte Stube und ließen mich dort allein.

Es war ein Eckzimmer, wie ich mich noch recht gut entsinne, und man hatte aus seinen Fenstern die Aussicht nach zwei Seiten. Auf der einen in den Hof mit den Stallungen, mit einem Ausgange nach einem Fahrweg, wo die Stallknechte die kotbespritzten und müden Pferde von unserm schlammbedeckten Wagen abspannten, und weiter hinaus auf die Landstraße selbst, über der das Wirtszeichen schwer im Winde schwankte, und durch das andre Fenster auf ein dunkles Fichtengehölz. Die Äste der Bäume waren mit Schnee beladen, und ich sah, wie er von Zeit zu Zeit in dicken Schichten geräuschlos herunter fiel. Die Nacht brach herein; und die Unwirtlichkeit draußen wurde noch fühlbarer durch den Gegensatz zu dem traulichen Kaminfeuer, das auf der Fensterscheibe glühte und glitzerte. Wie ich zwischen den Stämmen der Fichten hindurchblickte und mit dem Auge die mißfarbigen Spuren im Schnee verfolgte, wo es zu tauen anfing und das durchsickernde Wasser das Weiß unterwühlte, dachte ich an das mütterliche Gesicht der Wirtin unten, inmitten ihrer hübschen Töchter; und das Bild meiner Mutter, die sich jetzt vielleicht in einem solchen Gehölz zum Sterben niederlegte, trat wie eine Vision vor meine Augen.

Ich erschrak, als ich sie alle um mich stehen fand, und dunkel kam mir zum Bewußtsein, daß ich mit aller Kraft gegen eine Ohnmacht angekämpft hatte, aber schließlich doch unterlegen war. Sie betteten mich auf ein großes Sofa vor dem Kaminfeuer, und die gutmütige Wirtin redete mir zu, ich dürfe heute nacht unter keinen Umständen weiter reisen und müsse zu Bett gehen. Aber als sie sah, in welche Aufregung mich der Gedanke, hier untätig die Zeit zu versäumen, versetzte, ließ sie bald ab und forderte nur, daß ich wenigstens eine halbe Stunde rastete.

Was für ein gutes, liebes Geschöpf sie war! Wie sie und ihre drei hübschen Töchter sich um mich sorgten! Im Nu stand ein rundes Tischchen weiß gedeckt neben dem Kamin, und ich sollte warme Suppe und gebratenes Huhn essen, während Mr. Bucket seinen Mantel trocknete und unten in der Wirtsstube speiste; aber es war mir nicht möglich, etwas zu genießen, so sehr es mir leid tat, ihnen ihre Bitte abschlagen zu müssen. Ein wenig Glühwein und Röstzwieback war das einzige, was ich zu mir nahm und was mir wirklich schmeckte, und so konnte ich ihnen wenigstens diesen kleinen Gefallen tun.

Pünktlich, nach Ablauf einer halben Stunde, kam der Wagen unter den Torweg gerumpelt, und man brachte mich hinunter, eingewärmt, erquickt und durch die mir erwiesene Liebe und Güte wieder hoffnungsfreudiger gestimmt und, wie ich ihnen versichern konnte, außer Gefahr, wieder in Ohnmacht zu fallen. Als ich einstieg und von allen dankbar Abschied nahm, trat die jüngste Tochter, ein blühendes Mädchen von neunzehn Jahren, die demnächst heiraten sollte, wie sie mir in der Geschwindigkeit anvertraut hatte, auf den Kutschentritt und gab mir einen Kuß. Ich habe sie seit jener Stunde nicht wieder gesehen, aber noch heute gedenke ich ihrer wie einer lieben Freundin.

Die lichterhellten Fenster, die im Gegensatz zu der kalten Nacht so hell und warm aussahen, waren bald verschwunden, und unser Wagen arbeitete sich wieder mit knirschenden Rädern durch den aufgeweichten tiefen Schnee. Es ging schlecht genug voran, aber die Wege waren nicht viel schlimmer als früher, und die nächste Station lag nur neun Meilen entfernt. Mein Begleiter rauchte auf dem Bock – ich hatte ihn gebeten, sich meinetwegen keinen Zwang aufzuerlegen, da ich bemerkt, daß er sich im Wirtshaus vor dem Kamin in der Gaststube in dichte Rauchwolken gehüllt hatte –, und seine Wachsamkeit erlahmte keinen Augenblick; wie immer sprang er hurtig vom Bock, wenn wir eine menschliche Wohnung erreichten oder Leuten begegneten. Er hatte seine kleine Blendlaterne angezündet, derer er sich mit besonderer Vorliebe zu bedienen schien, trotzdem Laternen an unserm Wagen angebracht waren; und von Zeit zu Zeit ließ er ihren Schein auf mich fallen, um sich zu überzeugen, ob ich mich wohl befände. Die Vorderseite der Kutsche hatte ein Schiebfensterchen, aber ich machte es niemals zu, denn es war mir, als ob ich damit die Hoffnung hinaussperrte.

Wir erreichten die Station, und noch immer hatte sich die verlorene Fährte nicht wiedergefunden. Ich sah Mr. Bucket mit angstvoller Erwartung an, als wir haltmachten, um die Pferde zu wechseln, und erriet aus seiner ernsten Miene, mit der er den Stallknechten zusah, daß er nichts Neues in Erfahrung gebracht hatte. Ein paar Minuten später trat er plötzlich an den Wagenschlag, die Blendlaterne in der Hand, und blickte sichtlich aufgeregt und ganz verändert herein.

»Was gibt's?« rief ich erschreckt und fuhr in die Höhe. »Ist sie hier?«

»Nein, nein. Nur ruhig, Miß, nur ruhig. Niemand ist hier. Aber ich habe es jetzt heraus!«

– Eisnadeln hingen ihm im Haar, und seine Kleider waren über und über mit Schnee bedeckt. Er mußte sich die Flocken aus dem Gesicht schütteln und rang nach Atem, ehe er weiter sprach. –

»Vor allem, Miß Summerson«, sagte er und trommelte mit den Fingern auf dem Spritzleder, »machen Sie sich keine unnötigen Sorgen wegen dessen, was ich jetzt unternehmen werde. Sie kennen mich. Ich bin der Inspektor Bucket, und Sie können sich auf mich verlassen. Wir sind einen langen Weg umsonst gefahren. Tut nichts. – Vier Pferde vor, bis zur nächsten Station zurück! Rasch!«

Es entstand eine Bewegung im Hofe, und ein Mann kam aus dem Stall gelaufen, um noch einmal zu fragen, ob er zurück oder vorwärts meine.

»Zurück! sage ich. Zurück! Zurück! Hören Sie denn nicht? Zurück!«

»Zurück?« fragte ich erstaunt. »Wir fahren nach London zurück?«

»Ja, Miß Summerson. Wir kehren um. Geradenwegs zurück, ohne eine Minute zu versäumen. Sie kennen mich. Fürchten Sie nichts. Ich muß die andre verfolgen. Teufel noch einmal!«

»Die andre?« – Ich traute meinen Ohren kaum. – »Wen meinen Sie?«

»Sie nannten sie Jenny, glaube ich. Ich muß sie einholen. Rasch die vier Pferde heraus, jeder Mann kriegt eine Krone. Flott, flott, ihr Leute!«

»Sie werden doch nicht die Dame, die wir suchen, in einer solchen Nacht und in dem verzweifelten Gemütszustand, in dem sie sich befinden muß, ohne Hilfe lassen?« rief ich zu Tode erschrocken und ergriff seine Hand.

»Da haben Sie recht, das werde ich gewiß nicht tun, meine Liebe. Aber ich muß der andern nach. – Schnell, schnell, ihr da mit den Pferden. Schickt einen berittenen Eilboten voraus zur nächsten Station. Auf jeder Haltestelle bis London müssen zwei Paar frische Pferde für uns bereit stehen. Verstanden?! Liebes Kind, Kopf hoch. Nur sich nicht unnötig aufregen!«

Seine Befehle und die Lebhaftigkeit, mit der er im Hofe herumrannte und die Leute antrieb, brachten eine allgemeine Aufregung hervor, die auf mich kaum minder betäubend wirkte als die plötzliche Änderung seines Entschlusses. Mitten im schlimmsten Wirrwarr sprengte ein

reitender Bote fort, um die Relais zu bestellen, und unsre Pferde wurden in größter Eile angespannt.
»Meine Liebe«, sagte Mr. Bucket, sprang auf den Bock und sah wieder zu mir herein, »Sie müssen mich entschuldigen, wenn ich manchmal ein bißchen familiär bin – grämen und ängstigen Sie sich nur nicht. Ich sage jetzt weiter nichts, aber Sie kennen mich, meine Liebe; nun, habe ich nicht recht?«
Ich versicherte ihm, ich zweifelte keinen Augenblick, er müsse am besten wissen, was zu geschehen habe; aber ob er denn auch sicher sei, daß er sich nicht irre? Ob ich nicht vielleicht allein weiter reisen könnte, um – ich ergriff in meinem Schmerze wieder seine Hand und flüsterte es ihm zu – um meine Mutter zu suchen.
»Meine Liebe«, gab er zur Antwort, »ich weiß es ja, ich weiß es ja. Glauben Sie wirklich, daß ich Ihnen zu etwas Falschem raten würde? Inspektor Bucket. Sie kennen mich doch. Oder nicht?«
Was konnte ich anderes sagen als ja!
»Also, dann verlieren Sie den Mut nicht und verlassen Sie sich darauf, daß ich sie nicht im Stich lassen werde, so wenig wie Sir Leicester Dedlock, Baronet. Nun, seid Ihr endlich fertig da vorn?«
»Alles fertig, Sir!«
»Also vorwärts! Los, Kutscher!«
Und wieder fuhren wir die traurige Straße entlang, die wir gekommen waren, und das halbgefrorne Schneewasser spritzte umher, wie von einem Mühlrad gepeitscht.

58. Kapitel

Ein Wintertag und eine Winternacht

Gleichgültig und unbewegt, wie es sich für wohlerzogene Leute geziemt, sieht das Dedlockpalais in der Stadt drein. Von Zeit zu Zeit kann man gepuderte Köpfe aus den kleinen Fenstern der Vorhalle auf den taxfreien Puder, der da den ganzen Tag lang gratis vom Himmel fällt, hinausschauen sehen; und in demselben menschlichen Gewächshaus wendet sich eine Lakaienpfirsichblüte melancholisch von dem Anblick des schneidend kalten Wetters draußen dem großen Feuer im Kamin zu. Die Parole ist ausgegeben, Mylady sei nach Lincolnshire gereist, werde aber bald zurückerwartet.

Die immerwache Fama hält es aber gar nicht für nötig, mit nach Lincolnshire zu gehen. Sie begnügt sich damit, in der Stadt herumzuflattern und zu schnattern. Sie weiß, daß der arme unglückliche Sir Leicester schwer hintergangen worden ist. Ja, ja, mein liebes Kind, sie weiß ganz schreckliche Dinge zu erzählen und hält die Welt fünf Meilen im Umkreise in Atem. Nicht zu wissen, daß bei den Dedlocks etwas faul ist, heißt soviel, wie zu den ganz unbekannten Leuten zu zählen. Eines der vielen entzückenden Geschöpfe mit den Pfirsichwangen und den dürren Hälsen kennt bereits alle Nebenumstände, die zur Sprache kommen müssen, wenn Sir Leicester um Ehescheidung einreichen wird.

Bei Blaze & Sparkle, den Juwelieren, und bei Sheen & Gloß, den Seidenhändlern, bildet es bereits stundenlang das Hauptgespräch und wird als eine Art Wendepunkt des Jahrhunderts angesehen. Die ehedem so hoch erhabnen und unantastbaren Patronessen dieser Etablissements, die hier so sorgsam wie alle andern Artikel gewogen und abgeschätzt werden, sind bei diesem plötzlichen Modeumschwung dem Verständnis sogar des jüngsten Kommis hinter dem Ladentische näher gerückt.

»Unsre Kunden, Mr. Jones«, sagen Blaze & Sparkle zu dem neuen Reisenden, den sie anstellen wollen, »unsre Kunden sind wie die Schafe, ganz wie die Schafe. Wo zwei oder drei Leithammel hingehen, da folgen die übrigen. Behalten Sie diese zwei oder drei beständig im Auge, Mr. Jones, und Sie haben die ganze Herde.«

Ebenso sprechen Sheen & Gloß zu ihrem Jones über die

Art, wie man die fashionable Kundschaft fesseln kann und wie man in die Mode bringt, was die Firma für gut befindet.

Von ähnlichen unfehlbaren Prinzipien ausgehend, gibt Mr. Sladdery, der Kunsthändler und Hauptzüchter von Prunkschafen, an demselben Tage zu: »Nun ja, Sir, allerdings kursieren gewisse Gerüchte über Lady Dedlock unter meinen vornehmen Kunden. Meine vornehmen Kunden haben das Bedürfnis, von etwas zu sprechen, Sir; und Sie sehen, man braucht nur ein Thema durch ein oder zwei Damen, die ich nennen könnte, in Fluß zu bringen, und im Handumdrehen wird es in aller Munde sein. Gerade so, sehen Sie, wie ich es mit diesen Damen gemacht haben würde, Sir, wenn es sich mir darum gehandelt hätte, eine Novität in die Mode zu bringen; so haben in diesem Falle meine werten Kundinnen selbsttätig funktioniert, da sie mit Lady Dedlock verkehrten und vielleicht ein bißchen eifersüchtig auf sie waren, Sir. Sie werden finden, Sir, daß das Gesprächsthema bereits bei meinen sämtlichen vornehmen Kunden die Runde gemacht hat. Wäre es eine Spekulation gewesen, Sir, so hätte man viel Geld dabei verdient. Und wenn ich das sage, so können Sie sich darauf verlassen, daß ich recht habe, Sir. Ich habe es zu meinem Beruf gemacht, die vornehme Kundschaft zu studieren, um jederzeit imstande zu sein, sie aufzuziehen wie eine Uhr, Sir.«

So wächst und wächst das Gerücht in der Hauptstadt und will sich nicht mit dem Hinweis auf Lincolnshire abfinden lassen. Um halb sechs nachmittags, nach der Rennuhr gemessen, hat es sogar Hochwohlgeboren Mr. Stables ein neues bon mot entlockt, das sogar verspricht, das alte in den Schatten zu stellen, auf dem seit langem sein Ruf als geistreicher Kopf basierte. Er habe immer gewußt, lautet der witzige Einfall, sie sei im ganzen Gestüt am besten im Geschirr gegangen; aber auf Sonnenkoller hätte er nie geraten. Auf dem Turf ist man entzückt über diesen Einfall.

Auch bei Festlichkeiten und Gelagen, an Firmamenten,

die Mylady so oft geziert, und unter den Sternbildern, deren Glanz sie noch gestern in den Schatten gestellt, ist sie allgemeines Gesprächsthema. Was ist los? Wer ist's? Wann war's? Wo war's? Wie war's? Von ihren besten Freunden wird sie mit dem gentilsten Gigerlton, der gerade Mode ist, den allerneusten Ausdrücken, in der affektiertesten Manier und dem näselndsten Akzent, mit der vollkommen höflichsten Gleichgültigkeit besprochen.
Höchst auffallend ist, wie Leute, denen es sonst gar nicht liegt, bei dieser Gelegenheit vor Geist sprühen! William Buffy bringt eines dieser Witzworte von der Tafel, an der er soeben dinierte, mit ins Unterhaus; und der Einpeitscher seiner Partei läßt es mit seiner Tabaksdose unter den Leuten, die es sonst vor Langeweile nicht mehr aushalten würden, mit solchem Erfolg zirkulieren, daß der Sprecher, dem es natürlich auch schon privatim unter dem Zipfel seiner Perücke ins Ohr geflüstert worden ist, dreimal, ohne daß es den geringsten Eindruck machen würde, ausruft: »Zur Ordnung an den Schranken!«
Und nicht weniger erstaunlich ist es, daß Leute, die sich an den Grenzmarken von Mr. Sladderys vornehmen Kunden herumtreiben, Leute, die Mylady gar nicht kennen und sie niemals gesehen haben, es jetzt plötzlich für unumgänglich notwendig für ihren Ruf halten, ebenfalls von ihr zu sprechen und aus zweiter Hand mit dem allerneusten Witzwort im Gigerljargon untergeordneten Sonnensystemen und Sternen dritten bis letzten Grades aufzuwarten. Wenn ein Mann der Literatur oder der Kunst und Wissenschaft unter diesen Kleinhändlern ist, wie selbstverständlich, daß er dann nicht zurückstehen darf!
So vergeht der Wintertag außerhalb der Stadtwohnung der Dedlocks. Und wie innerhalb?
Sir Leicester liegt im Bett und kann ein wenig sprechen, aber schwer und undeutlich. Die Ärzte haben ihm Stillschweigen und Ruhe empfohlen und ihm ein Opiat eingegeben, um seine Schmerzen zu lindern, denn sein alter Feind, die Gicht, setzt ihm sehr hart zu. Er schläft nie,

wenn er auch manchmal in einen schweren Halbschlummer zu sinken scheint. Er hat sich sein Bett näher ans Fenster schieben lassen, als er hörte, daß so rauhes Wetter sei, und sich den Kopf so legen lassen, daß er das wilde Schneetreiben sehen kann. Den ganzen langen Wintertag sieht er zu, wie sich die Flocken jagen.
Beim geringsten Geräusch im Hause, in dem die größte Stille herrscht, fährt seine Hand nach dem Griffel. Die alte Haushälterin, die neben ihm sitzt, weiß, was er schreiben will, und flüstert ihm jedesmal zu: »Nein, er kann noch nicht zurück sein, Sir Leicester. Er ist erst spät gestern nacht abgereist. Er ist erst kurze Zeit unterwegs.«
Und immer wieder zieht er die Hand zurück, und immer wieder sieht er zu, wie der Schnee fällt, bis vom langen Hinsehen das Gestöber so dicht und schnell zu fallen scheint, daß er vor dem schwindelnden Tanz der weißen Flocken eine Minute die Augen schließen muß.
Schon als der Morgen dämmerte, fing er an, ihnen zuzusehen. Der Tag ist noch nicht weit vorgerückt, als er bereits Befehle gibt, die Zimmer für Myladys Empfang herrichten zu lassen.
»Es ist sehr kalt und naß. Daß für gute Heizung gesorgt wird. Sagen Sie den Leuten, daß sie jeden Augenblick kommen kann. Bitte, sehen Sie selbst nach.« So schreibt er auf seine Schiefertafel, und Mrs. Rouncewell gehorcht mit schwerem Herzen.
»Ich fürchte, George«, sagt sie zu ihrem Sohn, der unten wartet, um ihr Gesellschaft zu leisten, wenn sie gelegentlich ein paar freie Minuten hat, »ich fürchte, lieber George, Mylady wird nie wieder ihren Fuß über diese Schwelle setzen.«
»Du siehst zu schwarz, Mutter.«
»Und auch nicht über die Schwelle von Chesney Wold, lieber George.«
»Noch schlimmer. Aber warum, Mutter?«
»Als ich gestern Mylady sah, George, lag in ihrem Blick

etwas, als ob die Schritte auf dem Geisterweg ihr Herz zertreten hätten.«

»Aber Mutter! Du darfst diese alten Geschichten nicht so ernst nehmen. Du machst dir unnötige Sorgen.«

»Nein, gewiß nicht, lieber George. Nein, gewiß nicht. Es sind nun bald sechzig Jahre, daß ich in dieser Familie bin, und ich habe den Spuk nie allzu ernst genommen, aber jetzt geht es zu Ende, lieber George. Das alte Haus der Dedlocks fällt in Trümmer.«

»Man muß nicht gleich das Schlimmste befürchten, Mutter.«

»Ich danke dem Himmel, daß ich noch solange gelebt habe, um Sir Leicester Dedlock in Krankheit und Unglück beistehen zu können. Ich weiß, er sieht mich noch immer lieber als jeden andern um sich. Aber glaub mir, die Tritte auf dem Geisterweg haben Mylady erreicht; sie sind ihr lange Zeit gefolgt, und jetzt werden sie über sie hinwegschreiten.«

»Nun, liebe Mutter, ich wiederhole dir noch einmal, man muß nicht immer gleich das Schlimmste befürchten.«

»Ach, ich kann mir nicht helfen, George«, seufzt die alte Dame und schüttelt besorgt den Kopf. »Was, wenn meine Befürchtungen wahr werden und er es erfahren muß, wer wird es ihm sagen!«

»Sind das ihre Zimmer?«

»Das sind die Zimmer Myladys, unberührt, so, wie sie sie verlassen hat.«

»Wahrhaftig«, sagt der Kavallerist, sieht sich um und dämpft unwillkürlich den Ton seiner Stimme. »Ich fange an zu begreifen, wie du auf solche Gedanken kommst, Mutter. Es geht etwas Schauerliches von diesen verlaßnen Zimmern aus. Man muß immer an die denken, auf die sie warten und die entflohen ist, vielleicht auf Nimmerwiedersehen.«

– Er hat nicht so unrecht. Wie jeder Abschied nichts andres ist als der Schatten, den der letzte große Abschied von der Welt vorauswirft, so scheinen leere verlaßne Zimmer voll des Flüsterns zu sein, das von bangem unabwendbarem Schicksal raunt. Der anspruchsvolle Prunk der Gemächer hat in diesem düstern und verlaßnen Zustande etwas Hohles, Unheimliches, und in dem innern Zimmer, wo Mr. Bucket gestern nacht seine geheimen Nachforschungen angestellt hat, geben Myladys Kleider, ihre Schmucksachen und sogar die Spiegel, gewohnt, ihr Bild zurückzustrahlen, allem einen wüsten und leeren Anstrich. So finster und kalt der Wintertag auch draußen ist, so ist es doch in diesen verlaßnen Räumen dunkler und kälter als in so mancher Hütte, die ihre Bewohner kaum vor dem Winde schützt; und ob auch die Bedienten große Feuer auf den Rosten der Kamine prasseln machen und die Diwane und Stühle in den Bereich der warmen gläsernen Schirme rücken, die den rötlichen Schein der Glut bis in die fernsten Ecken schimmern lassen, eine schwere Wolke schwebt über den Zimmern, die kein Licht zerstreuen kann. –

Die alte Haushälterin bleibt mit ihrem Sohn, bis alle Vorbereitungen fertig sind, und geht dann wieder hinauf.

Volumnia hat unterdessen Mrs. Rouncewells Platz eingenommen, obgleich Perlenhalsbänder und Schminktöpfe, so sehr sie auch zur Verschönerung des leuchtenden Sterns von Bath geeignet sein mögen, einem Kranken unter den gegebenen Verhältnissen nur geringen Trost gewähren können.

Da Volumnia nicht den Anschein erwecken will, als wisse sie, was vorgefallen ist – und bei Licht betrachtet, weiß sie auch nichts davon –, war es für sie eine kitzlige Sache, den richtigen Ton zu finden, und sie hat sich darauf beschränkt, mit einem gewissen krampfhaften Eifer das Bettzeug glatt zu streichen, mit affektierter Vorsicht auf den Zehen herumzuschleichen und ihren Vetter wachsam anzulugen und ihn mit einem geflüsterten: »Ach, er schläft«, zu stören. Zur Widerlegung dieser höchst überflüssigen Bemerkung hat Sir Leicester jedesmal ärgerlich auf die Schiefertafel geschrieben: »Nein.«

Volumnia überläßt jetzt den Stuhl neben dem Bett der alten Haushälterin, setzt sich an einen Tisch in der Nähe und seufzt teilnehmend. Sir Leicester sieht immer noch dem Schneetreiben zu und horcht aufgeregt, ob denn die Schritte, die er so sehnlich erwartet, noch immer nicht kommen wollen. Der alten Frau, die aussieht wie aus einem alten Bilderrahmen herausgetreten, um einem von dieser Welt Abschied nehmenden Dedlock den letzten Liebesdienst zu erweisen, klingt durch das Schweigen immer noch der Widerhall ihrer eignen Worte in den Ohren: »Wer wird es ihm sagen!«

Mit Hilfe seines Kammerdieners hat er diesen Morgen, so gut es gehen wollte, Toilette gemacht, und er sieht so schmuck aus, wie es die Umstände nur erlauben. Kissen stützen sein Haupt, das graue Haar ist auf die gewohnte Weise gebürstet und gekämmt, seine Wäsche ist ein Muster von Sauberkeit, und ein entsprechender Morgenanzug hüllt ihn würdevoll ein. Augenglas und Uhr liegen im unmittelbaren Bereiche seiner Hand. Es ist notwendig – vielleicht jetzt weniger seiner eignen Würde wegen als um Myladys willen –, daß er so wenig angegriffen und so unverändert wie möglich aussieht.

Frauen können nun einmal das Reden nicht lassen, und Volumnia, wenn auch eine Dedlock, macht keine Ausnahme. Es kann kein Zweifel bestehen, daß er sie nur um sich duldet, damit sie nicht anderswo aus der Schule schwatze. Er ist sehr, sehr krank, aber er hält mutig den Leiden des Körpers und der Seele stand.

Da die schöne Volumnia eines von den Wesen ist, die nicht lange stumm bleiben können, ohne nicht Gefahr zu laufen, von dem grimmen Drachen der Langeweile gepackt zu werden, so verrät sie bald die drohende Nähe dieses Ungeheuers durch wiederholte unüberwindliche Gähnkrämpfe. Außerstande, diese Anfälle anders zu unterdrücken als durch Plauderei, lobt sie gegen Mrs. Rouncewell deren Sohn und erklärt, daß er ganz bestimmt einer der schönstgewachsenen Männer sei, die sie jemals gese-

hen, und etwas so Soldatisches an sich habe, wie – wie hieß er doch nur – ihr Lieblingsleibgardist – na, der Mann, den sie anbete, der entzückende Mensch, der bei Waterloo fiel.
In Sir Leicesters Mienen spiegelt sich bei diesen Lobsprüchen eine solche Überraschung, und er blickt so verwirrt um sich, daß sich Mrs. Rouncewell genötigt sieht, ihm eine Erklärung zu geben.
»Miß Dedlock meint nicht meinen ältesten Sohn, Sir Leicester, sondern meinen jüngsten. Ich habe ihn wieder. Er ist heimgekommen.«
Sir Leicester unterbricht die Stille mit einem lauten Schrei.
»George? Ihr Sohn George ist wiedergekommen, Mrs. Rouncewell?«
Die alte Haushälterin wischt sich die Augen. »Gott sei Dank. Ja, Sir Leicester.«
Erfüllt ihn dieses Wiederfinden eines Verlorengeglaubten, diese Rückkehr eines so lange Verschollenen mit neuen Hoffnungen für sich selbst? Denkt er: »Und ich sollte sie nicht wiederfinden, wo mir so viel Mittel zu Gebote stehen? Wo in ihrem Falle weniger Stunden vergangen sind als Jahre in diesem?«
Alle Bitten sind vergebens; er ist jetzt fest entschlossen zu sprechen, und er spricht. Die Töne drängen sich verwirrt aus seinem Munde, aber dennoch kann man einige Sätze daraus verstehen.
»Warum haben Sie mir es nicht gesagt, Mrs. Rouncewell?«
»Es ist erst gestern geschehen, Sir Leicester, und ich fürchtete, es könne Ihrem Zustand schaden, wenn ich Ihnen solche Sachen mitteilte.«
Außerdem erinnert sich plötzlich die jugendlich unbesonnene Volumnia mit ihrem herzigen Lieblingsschrei, daß ja niemand wissen dürfte, daß es Mrs. Rouncewells Sohn sei, und sie es nicht habe sagen sollen. Aber Mrs. Rouncewell protestiert mit Wärme, daß sie es selbstverständlich Sir Leicester sofort gesagt hätte, sowie sich sein Zustand gebessert haben würde.

»Wo ist Ihr Sohn George, Mrs. Rouncewell?« fragt Sir Leicester.
Nicht wenig beunruhigt, daß er die Vorschriften des Arztes so wenig beachtet, antwortet sie: »In London.«
»Wo in London?«
Mrs. Rouncewell ist genötigt, einzugestehen, daß er sich im Hause befindet.
»Bringen Sie ihn her in mein Zimmer. Bringen Sie ihn sogleich.«
Die alte Dame muß ihm den Willen tun und ihren Sohn suchen. Sir Leicester legt sich, soweit das die Bewegungsfreiheit seiner Glieder zuläßt, zurecht, um ihn zu empfangen. Dann blickt er wieder hinaus in das Schneegestöber und horcht im Geiste auf die ersehnten Schritte; man hat die Straße unten mit Stroh belegt, um den Lärm zu dämpfen, und Mylady könnte vielleicht vor der Tür vorfahren, ohne daß er die Räder hörte. Er liegt ruhig da und denkt anscheinend nicht mehr an die neue und soviel weniger einschneidende Überraschung, als die Haushälterin, begleitet von ihrem Sohne, zurückkehrt. Mr. George nähert sich leise dem Bett, macht seine Verbeugung und bleibt militärisch stramm, das Gesicht von tiefer innerer Scham gerötet, stehen.
»Gott im Himmel, es ist wirklich George Rouncewell!« ruft Sir Leicester aus. »Erinnern Sie sich meiner noch, George?«
Der Kavallerist muß ihn erst eine Weile ansehen und sich die Worte innerlich wiederholen, ehe sie ihm klar bewußt werden, dann ermannt er sich aber, von seiner Mutter ein wenig ermuntert, und gibt zur Antwort:
»Ich müßte ein schlechtes Gedächtnis haben, Sir Leicester, wenn ich mich Ihrer nicht mehr erinnerte.«
»Wenn ich Sie ansehe, George Rouncewell«, bemerkt Sir Leicester mit schwerer Zunge, »muß ich wieder an den Jungen denken – in Chesney Wold – damals.«
Er sieht den Kavalleristen an, bis Tränen in seine Augen treten, und dann blickt er wieder hinaus auf das Wirbeln der Schneeflocken.

»Ich bitte um Verzeihung, Sir Leicester«, sagt der Kavallerist, »aber würden Sie mir vielleicht erlauben, Sie ein wenig in den Kissen aufzurichten? Sie würden bequemer liegen, Sir Leicester, wenn Sie mir gestatteten, Sie anders zu legen.«

»Bitte, George Rouncewell; wenn Sie so gut sein wollen.«

Der Kavallerist nimmt ihn in seine Arme wie ein Kind, hebt ihn mit Leichtigkeit empor und wendet ihn mit dem Gesicht mehr nach dem Fenster.

»Ich danke Ihnen, Sie haben die sanfte Hand Ihrer Mutter«, sagt Sir Leicester, »und sind so stark. Ich danke Ihnen.« Er gibt ihm mit der Hand ein Zeichen, nicht wegzugehen. George bleibt an seinem Bett stehen und wartet, bis er angeredet wird.

»Warum wünschten Sie denn, daß – Ihre Rückkehr – verschwiegen bliebe?« – Sir Leicester braucht einige Zeit, bis er die Frage herausbringt. –

»Man kann auf mich wohl kaum besonders stolz sein, Sir Leicester, und ich würde am liebsten noch eine Weile unbekannt im Dunkel geblieben sein, aber meine Mutter sagte mir, Sie wären krank; – aber hoffentlich geht das bald wieder vorüber. Ich müßte Ihnen da manches auseinandersetzen, was vielleicht nicht allzu schwer zu erraten ist, aber ich glaube, dazu ist die Zeit nicht besonders geeignet, und ich würde wohl auch nicht viel Ehre damit einlegen. Wenn auch in manchen Punkten die Meinungen vielleicht auseinander gehen mögen, eins ist wohl sicher, nämlich, daß wohl niemand Grund haben kann, auf mich stolz zu sein, Sir Leicester.«

»Sie sind Soldat gewesen«, bemerkt Sir Leicester, »und haben sich gut geführt, höre ich.«

George macht seine militärische Verbeugung. »Was das anbetrifft, Sir Leicester, so habe ich meine Pflicht im Dienst getan, aber das war wohl das wenigste, was ich tun konnte.«

»Sie finden mich durchaus nicht wohl wieder, George

Rouncewell«, sagt Sir Leicester, der den Blick nicht von dem Kavalleristen wenden kann.

»Es tut mir sehr, sehr leid, das zu hören, Sir Leicester.«

»Ich glaube Ihnen. Ich bin davon überzeugt. Und zu meiner alten Krankheit ist noch ein plötzlicher und schlimmer Anfall dazugekommen. Etwas, das lähmt –«, er versucht mit der einen Hand an der einen Seite hinabzufühlen, »und verwirrt ...«, er berührt seine Lippen.

Mit einem Blick voller Teilnahme und Verständnis verbeugt sich George abermals.

Die alten Zeiten, wo beide junge Leute waren, und der Kavallerist noch ein Knabe, und einander in Chesney Wold sahen, steigen vor ihnen empor und machen sie beide weich gestimmt.

Sir Leicester versucht – offenbar mit einem Entschluß ringend, etwas, das ihm auf der Seele liegt, in irgendeine Form zu bringen und zu sagen, ehe er wieder in Schweigen versinkt –, sich in seinen Kissen ein wenig aufzurichten. George bemerkt es sogleich, nimmt ihn wieder in seine Arme und legt ihn so, wie er es wünscht. »Ich danke Ihnen, George, Sie sind mir wie ein zweites Ich. Wie oft haben Sie mir unten in Chesney Wold mein Reservegewehr getragen, George. Ihr Anblick berührt mich so anheimelnd und vertraut in diesen fremdartigen Verhältnissen; so sehr vertraut.«

Er bleibt eine Weile auf des Kavalleristen Arm gelehnt, und es scheint ihm wohl zu tun.

»Ich wollte hinzusetzen«, fährt er gleich darauf wieder fort, »ich wollte in bezug auf diesen Anfall hinzusetzen, daß er unglücklicherweise mit einem kleinen Mißverständnis, das ich mit Mylady hatte, zusammenfiel. Ich meine nicht, daß ein Zwist zwischen uns stattgefunden hätte, das ist keineswegs der Fall, sondern lediglich ein Mißverständnis hinsichtlich gewisser Umstände, die nur für uns von Wichtigkeit sind, das mich aber für einige Zeit der Gesellschaft Myladys beraubt. Sie hat es für notwendig gefunden, eine Reise zu machen ... Ich bin überzeugt,

daß sie in Bälde zurück sein wird. Volumnia, mache ich mich verständlich? Ich habe die Worte noch nicht recht in der Gewalt.«
Volumnia versteht ihn vollkommen, und er spricht in der Tat mit viel größerer Deutlichkeit, als man noch vor einer Minute für möglich gehalten hätte. Die Anstrengung, die es ihn kostet, kann man ihm leicht an seinen gespannten und erregten Zügen ansehen. Nur der Wille ist's, der ihn aufrecht erhält.
»Was ich sagen will, ist, Volumnia, daß ich hiermit in Ihrer Anwesenheit – und in der Anwesenheit meiner alten Dienerin und Freundin, Mrs. Rouncewell – und in der Anwesenheit ihres Sohnes George, der wie eine vertraute Erinnerung an meine Jugendzeit auf dem Wohnsitz meiner Ahnen in Chesney Wold zurückgekommen ist –, im Fall ich einen Rückfall erleiden –, im Fall ich nicht wieder genesen –, im Fall ich die Fähigkeit zu sprechen und zu schreiben ganz verlieren sollte, wenn ich auch auf Genesung hoffe ...«
– Die alte Haushälterin weint still vor sich hin; Volumnia ist im höchsten Grade aufgeregt, und unvergängliches Rot blüht auf ihren Wangen; der Kavallerist steht mit übereinandergeschlagnen Armen, den Kopf ein wenig vorgeneigt, ehrerbietig und aufmerksam da. –
»Was ich ausdrücklich wünsche, ist, vor Ihnen allen als Zeugen feierlichst zu erklären, daß dasselbe unverändert gute Einvernehmen zwischen Lady Dedlock und mir weiterbesteht und niemals getrübt wurde. Daß ich mich in keiner Hinsicht über sie beschweren kann und auch nicht den geringsten Grund dazu hätte. Daß ich immer die stärkste Herzensneigung für sie gefühlt habe und noch fühle. Sagen Sie all das ihr selbst und jedermann, Volumnia. Und wenn Sie ein Wort davon weglassen, so machen Sie sich einer absichtlichen Falschheit gegen mich schuldig.«
Volumnia beteuert zitternd, daß sie seinen Befehlen bis aufs i-Tüpfelchen gehorsam sein wolle.

»Mylady steht zu hoch, ist zu schön, zu vollkommen in jeder Beziehung, zu sehr allen ihresgleichen überlegen, als daß sie nicht Feinde und Verleumder haben sollte. Sagen Sie diesen Leuten, wie ich es Ihnen hiermit sage, daß ich gegenwärtig bei klarem Verstande und ungeschwächtem Gedächtnisse auch nicht die kleinste zu ihren Gunsten getroffne Verfügung zurücknehme oder abändere oder eine Einschränkung hinsichtlich dessen treffe, was ich ihr vermacht habe. Mein Verhältnis zu ihr ist ungetrübt und so, wie es immer war, und ich widerrufe – wie Sie hören – nichts, was ich, um sie glücklich zu machen, verfügt habe.«

Die feierliche Umständlichkeit seiner Ausdrucksweise hätte zu jeder andern Zeit, wie so oft schon, lächerlich gewirkt, aber diesmal ist sie ergreifend und rührend. Die vornehme Würde, seine Treue, sein ritterliches Einstehen für sie, die Hochherzigkeit, mit der er ihretwegen die eigne erlittene Unbill und seinen Stolz vergißt, haben etwas erschütternd Schlichtes, Ehrenhaftes und Wahres. Solche Denkungsweise adelt den gewöhnlichsten Handwerker nicht weniger als den Vornehmsten und hebt beide gleich empor aus dem Staub der Erden zum strahlenden Licht.

Von der Anstrengung erschöpft, läßt Sir Leicester den Kopf auf die Kissen sinken und schließt die Augen, aber nur eine Minute, dann sieht er wieder hinaus in das Schneegestöber und horcht gespannt auf das leiseste Geräusch. Der Kavallerist hat sich bescheiden ein paar Schritte zurückgezogen, um nicht zu stören, und steht hinter seiner Mutter Stuhl Wache. Sir Leicester hat kein Wort darüber fallen lassen, wie unentbehrlich ihm die Dienste, die ihm George leistet, in der kurzen Zeit geworden sind, aber alle fühlen es.

Der Tag neigt sich seinem Ende zu. Der Nebel und das dichte Fallen des mit Regen untermischten Schnees machen die Stunde noch finsterer, und lebhafter glänzt der Feuerschein an den Wänden und den Möbeln. Die Dun-

kelheit nimmt zu; Gasflammen zucken hell auf in den Straßen, und die altmodischen hartnäckigen Öllampen vor dem Palais mit halbgefrornem und halbaufgetautem Lebensborn flimmern schnappend, wie feurige Fische auf trockenem Land. Die vornehme Welt, die über das Stroh gerollt kam und die Klingeln gezogen hat, um »anzufragen«, begibt sich nach Hause und kleidet sich um zum Diner, um wieder von neuem im Stil der letzten Mode die teure Freundin zu begeifern.
Sir Leicesters Befinden verschlimmert sich, er wird unruhig, aufgeregt und leidet große Schmerzen. Volumnia zündet eine Kerze an – es scheint in ihrer Bestimmung zu liegen, stets das Unpassendste zu tun –, aber er läßt ihr befehlen, sie wieder auszulöschen, da es noch nicht dunkel genug sei. Dennoch ist es fast finster; so finster, wie es die ganze Nacht sein wird. Mit der Zeit versucht sie es abermals. »Nein! Auslöschen!« Noch immer ist es ihm nicht dunkel genug.
Die alte Haushälterin erkennt zuerst, daß er sich in dem Wahne erhalten will, es sei noch nicht spät.
»Lieber Sir Leicester, mein lieber guter Herr«, flüstert sie halblaut. »Denken Sie doch an Ihren Zustand. Es ist meine Pflicht, Sie inständigst zu bitten, sich doch nicht hier mit Wachen und Warten in der einsamen Finsternis durch die langen Stunden hinzuschleppen und sich so aufzureiben. Erlauben Sie mir, die Vorhänge zuzumachen und die Lichter anzubrennen, damit es gemütlicher im Zimmer wird. Die Zeit läuft deshalb nicht anders, Sir Leicester, und die Nacht wird schnell vorübergehen. Mylady kommt deshalb nicht früher und nicht später.«
»Ich weiß es wohl, Mrs. Rouncewell, aber ich bin schwach, und er ist schon so lange, lange weg.«
»Nicht so sehr lange, Sir Leicester. Kaum vierundzwanzig Stunden.«
»Aber das ist lange. Schrecklich lang!«
– Er sagt das mit einem Stöhnen, daß es ihr das Herz zerreißt. –

Sie fühlt, daß der Zeitpunkt nicht geeignet ist, das grelle Licht auf sein Gesicht fallen zu lassen; seine Tränen sind ihr zu heilig, als daß er wissen dürfte, daß selbst sie sie sieht. Daher bleibt sie eine Weile stumm im Dunkeln sitzen; dann macht sie sich still im Zimmer zu schaffen, schürt das Feuer und tritt an das dunkle Fenster, um hinauszusehen. Endlich hat er seine Fassung wiedergewonnen und sagt zu ihr: »Sie haben recht, Mrs. Rouncewell, es wird nicht dadurch schlimmer, daß man es sich eingesteht. Es wird spät, und sie sind noch nicht da. Zünden Sie das Licht an!«

Als es hell im Zimmer wird und die Vorhänge zugezogen sind und das Wetter hinausgesperrt haben, bleibt ihm nur noch das Horchen.

Mrs. Rouncewell weiß, es tut ihm in seiner niedergedrückten Stimmung und seinen Leiden wohl, wenn man ihn merken läßt, daß man in Myladys Gemächern nach dem Feuer sieht und sich vergewissert, ob alles zu ihrem Empfange bereit steht. So armselig das Mittel ist, so erhalten doch diese kleinen Andeutungen, daß sie erwartet wird, die Hoffnung in ihm aufrecht.

Mitternacht kommt. Immer noch dieselbe öde leere Stimmung. Nur wenig Wagen mehr hört man auf den Straßen, und andre späte Geräusche gibt es in dieser Gegend nicht, außer daß vielleicht ein Mann, der so sinnlos betrunken ist, daß er sich in diese kalte nüchterne Zone des vornehmsten Stadtteils verirrt hat, johlend und brüllend über das Pflaster taumelt. In dieser Winternacht herrscht eine Stille, daß das Lauschen in das tote Schweigen so ist wie ein Hinaussehen in tiefste Finsternis. Wenn ein fernes Geräusch erwacht, so verklingt es durch die Nacht, wie ein schwacher Schein im Dunkel erstirbt, und alles ist dann noch tiefer und stiller als zuvor.

Die Dienerschaft ist zu Bett geschickt worden und geht nicht ungern, denn sie hat die ganze vorige Nacht aufbleiben müssen, und nur Mrs. Rouncewell und George wachen noch in Sir Leicesters Zimmer. Wie die Nacht langsam vergeht und zwischen zwei und drei Uhr fast still zu stehen scheint, stellen sich bei dem Kranken Ruhelosigkeit und der quälende Wunsch ein, zu erfahren, was für Wetter draußen ist, da er es nicht mehr sehen kann. Daher dehnt George, der regelmäßig jede halbe Stunde nach den so sorgfältig zum Empfang Myladys bereitgehaltnen Zimmern gesehen hat, seine Runde bis zur Pforte des Hauses aus und schildert sodann diese schlechteste aller Nächte in den bestmöglichen Farben. In Wirlichkeit aber fällt immer noch Schnee und Regen, und selbst auf dem Fußsteig liegt der halbgefrorne Schlamm knöcheltief.

Volumnia ist in ihrem Zimmer an einem entlegnen Treppenabsatz – dem zweiten über der Stelle, wo das Schnitzwerk und die Vergoldung aufhören –, einem Zimmer für Kusinen mit einer fürchterlichen Mißgeburt von einem Porträt Sir Leicesters – seiner Scheußlichkeit wegen hier herauf verbannt –, eine Beute schlimmster Befürchtungen. Was wird mit ihrem kleinen Einkommen geschehen, im Fall Sir Leicester »etwas zustoßen sollte«, wie sie sich ausdrückt? Wenn einem Baronet »etwas« passiert, so heißt das natürlich soviel wie das allerletzte, was einem Menschen auf dieser Erde widerfahren kann.

Eine Folge dieser Seelenqualen ist, daß Volumnia entdeckt, sie könne nicht in ihrem Zimmer zu Bett gehen und auch nicht am Kaminfeuer sitzen, sondern müsse ihr schönes Haupt mit einer Unzahl Schals umwinden und ihre junonische Gestalt in faltige Gewänder hüllen und durch das Haus wandeln wie ein Geist und vorzugsweise die warmen und luxuriösen Zimmer heimsuchen, die für die Eine bereitgehalten werden, die immer noch nicht zurückkehrt. Einsamkeit unter solchen Umständen ist natürlich ausgeschlossen, und so läßt sich Volumnia auf ihren Wanderungen von der Zofe begleiten, die, zu diesem Zweck aus dem Bett geholt, frierend, schlaftrunken und an und für sich schon zu Tod unglücklich über das harte Los, eine Kusine bedienen zu müssen, wo sie sich doch fest vorgenommen hat, es nicht billiger zu tun als mit einer

Herrin von zehntausend Pfund Einkünften aufwärts, ein nichts weniger als freundliches Gesicht macht. Daß der Kavallerist bei seiner Runde von Zeit zu Zeit in diese Zimmer kommt, ist für Herrin und Zofe eine Bürgschaft des Schutzes und ein Lichtblick, der sein Erscheinen in den ersten Stunden nach Mitternacht sehr angenehm macht. Sooft man ihn kommen hört, nehmen beide einige flüchtige Verschönerungsversuche an sich vor, um ihn gebührend zu empfangen. Die Zwischenpausen vergehen teils in kurzem Schlummer, teils mit Zwiegesprächen, die einen gewissen ätzenden Charakter tragen, und manchmal sieht Miß Dedlock, die, immer die Füße auf das Kamingitter gestützt, dasitzt, aus, als stünde sie eben im Begriff, kopfüber ins Feuer zu fallen.

»Wie befindet sich jetzt Sir Leicester, Mr. George?« erkundigt sich soeben Volumnia und zupft sich dabei die Nachtmütze zurecht.

»Sir Leicesters Zustand ist ziemlich unverändert, Miß, er ist sehr schwach und phantasiert sogar bisweilen.«

»Hat er nach mir verlangt?« fragt Volumnia zärtlich.

»N-nein. Nicht, daß ich wüßte, Miß. Wenigstens habe ich es nicht gehört, Miß.«

»Das ist eine schlimme, schlimme Zeit, Mr. George.«

»Ja. wirklich, Miß. Aber möchten Sie nicht lieber zu Bett gehen?«

»Ich glaube auch, es wäre viel besser, wenn Sie zu Bett gingen, Miß Dedlock«, meint die Zofe scharf.

Aber Volumnia antwortet: Nein, nein! Er könne jeden Augenblick nach ihr verlangen. Sie würde es sich nie verzeihen können, wenn ihm »etwas« zustoßen sollte und sie wäre nicht bei der Hand, und zeigt gar keine Lust, auf die Frage der Zofe, warum sie denn dann gerade hier sein müsse, einzugehen, anstatt in ihrem eignen Zimmer (wo sie doch in Sir Leicesters Nähe sei); sie erklärt vielmehr mit großer Bestimmtheit, unbedingt hierbleiben zu wollen, und möchte es sich offenbar als ein besonderes Verdienst angerechnet wissen, die ganze Nacht »kein« Auge

geschlossen zu haben, als ob sie deren zwanzig oder dreißig hätte und der Umstand, daß sie erst vor fünf Minuten zwei aufgemacht hat, nicht weiter ins Gewicht fiele.
Als es aber auf vier Uhr geht und immer noch alles still bleibt, bekommt Volumnias Standhaftigkeit einen Stoß, und sie hält es mit einem Mal für ihre Pflicht, sich lieber für morgen zu schonen, wo man sie wahrscheinlich sehr in Anspruch nehmen werde, und wird schwankend, ob sie nicht doch lieber das Opfer bringen solle, ihren Posten zu verlassen. Als daher der Kavallerist mit seinem »möchten Sie nicht lieber zu Bett gehen, Miß«, wieder erscheint und die Zofe mit größerer Schärfe als früher beteuert, »ich glaube auch, es wäre viel besser, Sie gingen zu Bett, Miß Dedlock«, steht sie geduldig wie ein Lamm auf und sagt resigniert: »Machen Sie mit mir, was Sie wollen!«
Mr. George hält es jedenfalls für das Beste, sie bis an die Tür ihres Kusinenzimmers zu geleiten, und die Zofe hält es ebenso für das Beste, sie ohne viel Umstände ins Bett zu treiben. Das wickelt sich alles sodann zur allgemeinen Zufriedenheit ab, und der Kavallerist hat jetzt das ganze Haus für sich allein.
Das Unwetter hat noch immer nicht nachgelassen. Von dem Porticus, den Rinnen, dem Fries, von jedem Sims und jeder Säule und jedem Pfeiler sickert der tauende Schnee hernieder. Er ist, wie um Schutz zu suchen, in die Nischen der großen Vorhallentüre gekrochen, in die Ecken der Fenster, in jede verborgne Spalte und Lücke, und schmilzt dort und stirbt. Ohne Unterlaß fällt er auf das Dach, dringt durch das Fenster in der Decke und tröpfelt mit der Regelmäßigkeit des Schrittes auf dem Geisterwege auf den Boden der steinernen Halle herab.
Alte Erinnerungen an Chesney Wold erwachen in der Brust des Kavalleristen durch die feierliche Einsamkeit des vornehmen Hauses, und er geht die Treppen hinauf und durch die Hauptzimmer, die Kerze sorgsam in die Höhe haltend. Wie er an die Veränderung seines Schicksals in den letzten paar Wochen denkt, an seine auf dem

Lande verlebte Kindheit und an die sich jetzt so seltsam über den weiten dazwischenliegenden Zeitraum hinüber die Hände reichenden zwei so einschneidenden Epochen seines Lebens und an den Ermordeten, dessen Bild noch so lebendig vor seiner Seele steht, an Mylady, die aus diesen Zimmern verschwunden ist und von deren Aufenthalt hier noch alles Zeugnis gibt, an den Herrn des Hauses oben in seinem Zimmer und an das ahnungsvolle »wer wird es ihm sagen?« – da sieht er sich überall um und stellt sich vor, was, wenn er jetzt plötzlich etwas erblicken würde, was all seinen Mut erforderte, darauf loszugehen, darnach zu greifen mit den Händen, um sich zu überzeugen, daß es nur ein Hirngespinst sei! Aber alles ist leer, öde und leer wie die Finsternis oben und unten, wie er wieder die große Treppe hinaufgeht; öde und einsam wie das bedrückende Schweigen.

»Ist alles bereit und hergerichtet, George Rouncewell?«

»Alles, Sir Leicester, alles in bester Ordnung.«

»Keine Nachricht? Noch immer nichts?«

Der Kavallerist schüttelt den Kopf.

»Kein Brief, der vielleicht übersehen worden sein kann?« – Er weiß selbst nur zu gut, daß auf so etwas nicht zu hoffen ist, und läßt den Kopf, ohne eine Antwort abzuwarten, wieder in die Kissen sinken. –

Wieder hebt ihn George Rouncewell von Zeit zu Zeit während des Restes der stillen Winternacht in bequemere Lagen und löscht, seinen stummen Wunsch erratend, das Licht aus und zieht die Vorhänge auf beim ersten verspäteten Morgengrauen.

Wie ein Gespenst kommt der Tag. Kalt, farblos und trübe sendet er einen fahlen leichenfarbenen Lichtschimmer voraus wie eine traurige Mahnung: »Seht ihr nicht, was ich euch bringe? Ihr, die ihr da wacht?

Wer wird es ihm sagen?«

59. Kapitel

Esthers Erzählung

Es war drei Uhr morgens, als die ersten Häuser vor London aus dem Nebel tauchten und uns mit ihren Straßen einzuschließen begannen. Wir hatten auf viel schlechteren Wegen, als wir bei Tage angetroffen, reisen müssen, denn unablässig hatten Schneefall und das Tauwetter fortgedauert. Trotz alledem war die Energie meines Begleiters keinen Augenblick erlahmt. Es kam mir vor, als hätte sie mehr dazu beigetragen als die Anstrengung der Pferde, uns vorwärts zu bringen. Oft waren sie erschöpft auf halbem Weg bergauf stehen geblieben; sie wurden durch reißende Regenbäche gepeitscht, waren gestürzt und hatten sich in das Geschirr verwickelt, aber jedesmal stand er mit seiner kleinen Laterne bereit, und kaum war dem Unglück abgeholfen, ertönte sein ruhiges stereotypes »Los, Kutscher!«

Die Ruhe und das Selbstvertrauen, mit der er unsre Rückreise leitete, konnte ich mir nicht erklären. Er schwankte keinen Augenblick und ließ nie halt machen, um sich etwa zu erkundigen, bis wir bloß noch wenige Meilen von London entfernt waren; und auch da genügten ihm ein paar kurze Worte hie und da, und so erreichten wir bereits zwischen drei und vier Uhr früh Islington.

Ich will jetzt nicht von der Spannung und der Angst sprechen, die mich die ganze Zeit über in Atem hielt, wenn ich bedachte, daß wir uns mit jeder Minute weiter von meiner Mutter entfernten. Ich glaube, nur die Hoffnung hielt mich aufrecht, daß er recht haben müssen und wisse, was er tue, wenn er der andren folge; aber Zweifel quälten mich die ganze Fahrt über, und allerhand wirre Gedanken erfüllten mein Hirn. Was werden sollte, wenn wir sie fänden, und was es sein müßte, das uns für diesen Zeitverlust entschädigen könnte, waren ebenfalls Fragen, die sich mir immer und immer wieder aufdrängten, und mein Geist war durch das ewige Verweilen bei solchen quälenden Gedanken fast am Ende seiner Kräfte angelangt, als endlich der Wagen hielt.

Wir hatten in einer Hauptstraße halt gemacht, wo sich ein Fiakerstand befand. Mein Gefährte bezahlte unsre beiden Postillone, die so vollständig mit Kot bedeckt waren, als wären sie wie der Wagen selbst durch Dick und Dünn geschleppt worden, und nachdem er ihnen rasch erklärt, wohin sie das Fuhrwerk bringen sollten, hob er mich heraus und in einen Fiaker, den er mit Kennerblick unter den übrigen ausgesucht hatte.

»Aber, meine Liebe«, sagte er, während er mir half, »wie durchnäßt Sie sind.«

Ich hatte es gar nicht gefühlt. Der tauende Schnee war in den Wagen eingedrungen und ich überdies ein paarmal ausgestiegen, wenn ein gestürztes Pferd losgeschirrt und wieder aufgerichtet werden mußte, und das hatte meine Kleider ganz und gar durchnäßt. Ich versicherte ihm, es habe weiter nichts auf sich; aber der Kutscher, der ihn kannte, ließ es sich nicht nehmen, die Straße hinab nach seinem Stall zu laufen, von wo er rasch mit einem Arm voll reinen, trocknen Strohs zurückkehrte.

Sie schütteten es im Wagen aus, hüllten meine Füße hinein, und bald wurde mir wieder warm und behaglich.

»Jetzt, meine Liebe«, sagte Mr. Bucket und steckte, bevor er auf den Bock stieg, den Kopf zum Fenster herein, »jetzt werden wir dieser Person Schritt für Schritt folgen. Es kostet vielleicht ein wenig Zeit, aber ängstigen Sie sich deshalb nicht. Sie sind jetzt doch ziemlich überzeugt, daß ich meine Gründe haben muß. Nicht wahr?«

Ich ahnte nicht, was er meinte – ahnte nicht, in wie kurzer Zeit ich ihn besser verstehen würde –, aber ich versicherte ihm, daß ich volles Vertrauen in ihn setze.

»Das können Sie auch, mein Kind. Und ich will Ihnen etwas sagen! Wenn Sie mir nur halb soviel Vertrauen schenken wie ich Ihnen, nach dem, was ich bisher von

Ihnen gesehen habe, bin ich ganz zufrieden. Gott! Sie machen einem keine Mühe. Ich habe noch mein Lebtag keine junge Frauensperson in irgendeiner Lebensstellung gesehen – wo ich doch so manche hochgestellte kenne –, die sich so benommen hätte wie Sie, seit ich Sie in der Nacht aus dem Bett geholt habe. Sie sind ein Muster, an dem sich viele ein Beispiel nehmen können«, versicherte er mir mit Wärme. »Wahrhaftig, ja, das sind Sie.«

Ich sagte ihm, ich freute mich von Herzen, ihm nicht hinderlich gewesen zu sein, und ich hoffte, es auch weiterhin nicht zu sein.

»Mein liebes Kind«, entgegnete er, »wenn eine junge Dame ebenso sanft ist wie tapfer und so tapfer wie sanft, so braucht es nicht mehr. Mehr kann man auch von einer Königin nicht verlangen.«

Mit diesen ermutigenden Worten – die mir in dieser sorgenvollen Zeit wirklich ein großer Trost waren – stieg er auf den Bock, und wir fuhren abermals davon. Wohin, wußte ich weder damals, noch weiß ich es heute, aber es schien, als ob wir die engsten und schlechtesten Straßen Londons aufsuchten. Jedesmal, wenn ich ihn dem Kutscher neue Befehle geben sah, war ich darauf gefaßt, daß wir uns in ein neues Labyrinth verlieren würden, und immer traf meine Voraussetzung ein.

Von Zeit zu Zeit kamen wir auf eine breite Straße heraus oder erreichten ein Gebäude, das größer als die übrigen und hell erleuchtet war. Dann machten wir bei einem Polizeibureau, ähnlich dem ersten, das wir beim Anfang unsrer Reise besucht hatten, halt, und ich sah ihn sich mit andern Beamten beraten. Manchmal stieg er bei einem Torweg oder an einer Straßenecke ab und ließ geheimnisvoll das Licht seiner kleinen Blendlaterne aufblitzen. Das lockte ähnliche Lichter aus verschiedenen dunkeln Winkeln wie Leuchtkäfer hervor, und jedesmal fand eine neuerliche Beratung statt.

Allmählich schienen sich unsre Nachforschungen auf engere und leichter zu übersehende Grenzen zu beschränken. Einzelne auf Posten stehende Polizeimänner konnten jetzt Mr. Bucket sagen, was er zu wissen wünschte, und ihm zeigen, wohin er gehen sollte. Endlich machten wir halt, und er hatte mit einem dieser Leute eine ziemlich lange Unterredung, die ihn zufriedenstellen mußte, denn er nickte von Zeit zu Zeit mit dem Kopfe. Als sie fertig waren, kam er mit höchst geschäftsmäßiger und aufmerksamer Miene zu mir.

»Jetzt, Miß Summerson, dürfen Sie nicht erschrecken, was auch geschehen möge. Ich weiß, ich brauche Ihnen keine weiteren Vorsichtsmaßregeln einzuschärfen, als Ihnen zu sagen: Seien Sie auf der Hut, wir haben jetzt die sichere Spur dieser Person. Sie können mir von Nutzen sein, früher, als ich vielleicht selbst glaube. Ich möchte jetzt gern eine Gefälligkeit von Ihnen. Mein Kind, sagen Sie, würden Sie ein Stück zu Fuß gehen?«

Natürlich stieg ich sofort aus und nahm seinen Arm.

»Man glitscht hier leicht aus«, warnte Mr. Bucket, »lassen Sie sich nur schön Zeit.«

Ich sah mich verwirrt und aufgeregt um, als wir über eine Straße gingen, und glaubte mich dunkel an den Platz zu erinnern. »Sind wir in Holborn?« fragte ich.

»Ja. Kennen Sie diese Ecke?«

»Sie sieht fast aus wie Chancery Lane.«

»Heißt auch so«, sagte Mr. Bucket.

Wir bogen in die Straße ein, und während wir durch den halbaufgetauten Schnee wateten, hörte ich die Turmuhren halb sechs Uhr schlagen. Wir gingen schweigend nebeneinander her und so rasch, wie es bei der Unsicherheit, mit der man Fuß fassen konnte, möglich war, als uns auf dem engen Trottoir jemand, in einen Mantel gehüllt, entgegenkam, still stand und Platz machte, um mich vorbei zu lassen. In demselben Augenblick hörte ich einen Ausruf des Erstaunens und meinen Namen nennen. Ich erkannte Mr. Woodcourts Stimme.

Die Überraschung kam so unerwartet und machte, ich weiß nicht, ob ich es einen peinlichen oder freudigen Eindruck nennen soll, auf mich, nach der fieberhaften Unruhe der Reise und mitten in der Nacht, daß mir unwillkürlich die Tränen in die Augen traten. Es war, als ob ich nach langer Zeit seine Stimme in einem fernen fremden Lande hörte.

»Meine liebe Miß Summerson, Sie in dieser Stunde und bei solchem Wetter auf der Straße?«

Er hatte von meinem Vormund gehört, daß ich in einer höchst ungewöhnlichen und dringlichen Angelegenheit von zu Hause abgeholt worden war, und sagte mir dies mit ein paar Worten, um mir weitere Erklärungen zu ersparen. Ich erklärte ihm, wir wären eben aus dem Wagen gestiegen und gingen jetzt ... Ich mußte meinen Begleiter fragend ansehen.

»Wir wollen gerade in die nächste Straße einbiegen, Mr. Woodcourt. – Inspektor Bucket ist mein Name.«

Ohne meine Einwendungen zu beachten, zog Mr. Woodcourt rasch seinen Mantel aus und hüllte mich ein. »Guter Einfall, das«, meinte Mr. Bucket und half ihm. »Ein sehr guter Einfall.«

»Darf ich Sie begleiten?« fragte Mr. Woodcourt mich oder meinen Begleiter.

»Aber Gott!« rief Mr. Bucket aus, der die Frage auf sich bezog. »Natürlich.«

Das ganze Gespräch nahm nur einen Augenblick in Anspruch, dann nahmen die beiden Herren mich, in den Mantel gehüllt, in die Mitte.

»Ich komme soeben von Richard. Ich habe seit gestern abend zehn Uhr bei ihm gesessen«, erzählte Mr. Woodcourt.

»Um Gottes willen, ist er krank?«

»Nein, nein, seien Sie außer Sorge – krank nicht, nur nicht ganz wohl. Er fühlte sich so niedergedrückt und schwach – Sie wissen, er ist manchmal so angegriffen und matt –, daß Ada mich natürlich holen ließ. Ich fand ein paar Zeilen von ihr zu Hause vor. Richard erholte sich nach so kurzer Zeit, und Ada war so glücklich darüber und so sehr davon

überzeugt, daß das meine Bemühungen zustande gebracht hätten, obgleich ich, Gott weiß, wenig genug dazu beitragen konnte, daß ich bei ihm blieb, als er fest eingeschlafen war, und ein paar Stunden bei ihm wachte.«
Wir lenkten unsre Schritte jetzt wieder in eine schmalere Gasse, und Mr. Bucket, der Mr. Woodcourt unterdessen scharf gemustert hatte, sagte: »Unser Weg führt uns jetzt zu einem Papierhändler, einem gewissen Mr. Snagsby. – Was, Sie kennen ihn?« Mit scharfem Blick erfaßte er auf der Stelle, daß Mr. Woodcourt der Name nicht fremd war.
»Ja, ich kenne ihn ein wenig und habe ihn hier besucht.«
»So? Nun, dann sind Sie vielleicht so gut, Sir, und geben hier inzwischen einen Augenblick auf Miß Summerson acht, während ich drin ein paar Worte mit Snagsby spreche?«
Ein Polizeimann, den Mr. Bucket vor einer Weile zu Rate gezogen hatte, stand stumm hinter uns. Ich wurde nicht eher darauf aufmerksam, als bis er sich, auf meine Bemerkung, daß ich jemanden weinen höre, ins Gespräch mischte:
»Ängstigen Sie sich nicht, Miß«, sagte er, »es ist nur Snagsbys Dienstmädchen.«
»Sie müssen wissen«, erklärte Mr. Bucket, »das Mädchen leidet an Krämpfen, und diese Nacht hat sie's wieder mal sehr arg gepackt. Eine höchst fatale Geschichte gerade heute, ich muß nämlich etwas aus ihr herauskriegen, und das ist nicht leicht, wenn man sie nicht irgendwie zu sich bringt.«
»Jedenfalls wären die drinnen nicht mehr auf, wenn sie nicht das Gefrett mit dem Mädchen hätten, Mr. Bucket«, meinte der Polizeimann. »Es hat sie die ganze Nacht wieder mal toll beim Kragen, Sir.«
»Sie haben recht. – Halt, meine Laterne ist ausgegangen. Borgen Sie mir einen Augenblick Ihre.«
Alles das wurde im Flüsterton, ein oder zwei Türen entfernt von dem Hause, gesprochen, in dem ich ein schwaches Weinen oder Jammern hören konnte. In dem kleinen

runden Schein der Laterne trat Mr. Bucket an die Tür und mußte zweimal klopfen, ehe ihm geöffnet wurde; dann trat er ein und ließ uns auf der Straße warten.

»Miß Summerson«, fragte Mr. Woodcourt, »darf ich, ohne mich in Ihr Vertrauen drängen zu wollen, bei Ihnen bleiben?«

»Wirklich sehr liebenswürdig von Ihnen«, gab ich zur Antwort. »Wenn ich Ihnen etwas geheim halten muß, so betrifft es nicht mich selbst, und meine Hände sind gebunden.«

»Ich verstehe vollkommen. Verlassen Sie sich auf mich; ich werde nur so lange in Ihrer Nähe bleiben, als es die Diskretion erlaubt.«

»Ich weiß, wie unbedingt ich mich auf Sie verlassen kann«, sagte ich. »Ich weiß und fühle es tief, wie treu Sie Ihr Versprechen gehalten haben.«

Nach einer kleinen Weile blitzte die kleine runde Blendlaterne wieder auf, und Mr. Bucket trat uns mit ernstem Gesicht entgegen.

»Bitte, kommen Sie herein, Miß Summerson«, sagte er, »und setzen Sie sich ein wenig ans Feuer. – Mr. Woodcourt, wie ich erfahren habe, sind Sie Arzt. Möchten Sie sich nicht das Mädchen anschauen? Vielleicht läßt sich doch etwas tun, um sie zu sich zu bringen! Sie muß irgendwo einen Brief haben, den ich unbedingt brauche. In ihrem Koffer ist er nicht, und ich glaube, sie hat ihn bei sich; aber die Krämpfe haben sie so zusammengekrümmt, daß man sie nicht durchsuchen kann, ohne sie zu verletzen.«

Wir gingen alle drei zusammen in das Haus. Obgleich der Raum ungeheizt und kalt war, roch es doch dumpf und übernächtig darin. In dem Gange hinter der Tür stand ein kleiner, scheuer, sorgenvoll aussehender Mann in einem grauen Rock. Er schien von Natur aus ungemein höflich zu sein und sprach mit sehr sanfter Simme.

»Die Treppe hinab, Mr. Bucket, wenn ich bitten darf«, sagte er. »Die Dame muß entschuldigen, daß die Küche vorn hinaus geht; wir benutzen sie als Wochentagswohnzimmer. Nach hinten hinaus liegt Gusters Schlafzimmer, und dort reißt es das arme Ding wieder einmal ganz schrecklich!«

Wir gingen die Treppe hinab, begleitet von Mr. Snagsby, so hieß der kleine Mann, wie ich erfuhr; und in der Küche vorn heraus fanden wir Mrs. Snagsby mit sehr roten Augen und sehr strenger Miene am Feuer sitzen.

»Mein kleines Frauchen«, sagte Mr. Snagsby, als er hinter uns eintrat, »um nicht durch die Blume zu sprechen, meine Liebe, lasse nur einen Augenblick in dieser nicht enden wollenden Nacht die Feindseligkeiten beiseite; ich bringe dir hier Inspektor Bucket, Mr. Woodcourt und eine Dame.«

Mrs. Snagsby machte begreiflicherweise ein sehr erstauntes Gesicht und sah speziell mich ganz besonders scharf an.

»Mein kleines Frauchen«, fuhr Mr. Snagsby fort und setzte sich schüchtern in die fernste Ecke neben der Türe, als ob er sich damit eine große Freiheit herausnähme, »es ist nicht unwahrscheinlich, daß du mich fragst, warum Inspektor Bucket, Mr. Woodcourt und eine Dame uns in gegenwärtiger Stunde in Cook's Court, Cursitor Street, besuchen kommen. Ich kann nur sagen, ich weiß es nicht. Ich habe nicht die leiseste Ahnung. Und wenn man es mir auseinandersetzte, glaube ich, würde ich es nicht begreifen, darum will ich es lieber gar nicht wissen.«

Er schien so unglücklich zu sein, wie er so dasaß, den Kopf auf die Hand gestützt, und meine Anwesenheit kam so sichtlich ungelegen, daß ich mich gerade entschuldigen wollte, als mir Mr. Bucket zuvorkam.

»Mr. Snagsby«, sagte er, »das Beste, was Sie tun können, ist, Sie begleiten Mr. Woodcourt und schauen nach Ihrer Guster –«

»Nach meiner Guster, Mr. Bucket!« verbesserte Mrs. Snagsby streng. »Nur so weiter, mein Herr, nur so weiter.«

»– und halten das Licht«, fuhr Mr. Bucket fort, ohne im geringsten auf ihre Worte zu achten, »oder das Mädchen, wenn es nötig sein sollte, oder machen sich sonstwie nützlich. Ich weiß doch, Sie sind ein höflicher, sanfter Mann, der auch für andre ein Herz im Leibe hat. Und Sie, Mr. Woodcourt, sind vielleicht so gut, sich das Mädchen anzusehen; und wenn Sie ihr den Brief entwinden können, bitte, bringen Sie ihn mir sobald wie irgend möglich.«

Als sie hinausgegangen, nötigte mich Mr. Bucket, in einer Ecke am Feuer Platz zu nehmen, und zog mir meine nassen Schuhe aus, die er sodann an dem Kamingitter zum Trocknen aufhängte.

»Machen Sie sich weiter nichts daraus, Miß, daß Ihnen Mrs. Snagsby so gar keinen gastfreundlichen Blick schenkt. Sie ist nämlich in einem ganz merkwürdigen Wahn befangen und wird das viel früher entdecken, als es einer Dame von so bemerkenswerter Denkkraft angenehm sein kann, und ich selbst werde mir erlauben, ihr sogleich die nötigen Erklärungen zu geben.« Bis auf die Haut durchnäßt, seinen triefenden Hut und Schal in der Hand, stand er vor dem Kamin und wendete sich zu Mrs. Snagsby. »Das erste, was ich Ihnen als einer verheirateten, wie man so sagt, reizvollen Frau – Sie kennen doch das Lied: ›Denn so wie du, so lieblich und so schön‹ usw. –, aber natürlich kennen Sie's, Sie werden mir doch nicht einreden, daß Sie nicht in der besten Gesellschaft verkehrten –, als einer verheirateten Frau, die Reize besitzt, die ihr ein gewisses Selbstvertrauen einflößen sollten, zu sagen habe, ist, daß Sie selbst an allem schuld sind.«

Mrs. Snagsby machte ein erschrockenes Gesicht, schien ein wenig versöhnlicher gestimmt und fragte stotternd, was Mr. Bucket damit sagen wolle?

»Was Mr. Bucket damit sagen will?« wiederholte er, und ich las in seinem Gesicht, wie gespannt er die ganze Zeit, während er sprach, lauschte, ob der Brief noch nicht gefunden sei, was mich sehr aufregte, denn ich sah daraus, wie wichtig die Sache sein mußte. »Ich will es Ihnen verra-

ten, was er sagen will, Maam. Sehen Sie mich einmal Othello an. Das ist das richtige Trauerspiel für Sie.«
Mrs. Snagsby fragte gewissenhaft: »Wieso?«
»Wieso? Sie werden es selbst noch soweit bringen, wenn Sie sich nicht in acht nehmen. Glauben Sie mir, ich weiß genau, wovon selbst in diesem Augenblick Ihr Geist in bezug auf die junge Dame hier nicht ganz frei ist. Sie meinen, ich soll Ihnen sagen, wer diese junge Dame ist? Nun gut, hören Sie. Sie sind, was ich eine gescheite Frau nenne –, nur ist Ihr Geist zu groß für Ihren Körper. Er reibt Sie auf; Sie kennen mich doch und erinnern sich vielleicht, wo Sie mich zuletzt gesehen haben und wovon in diesem Kreise damals die Rede war. Nicht wahr? Ja! Sehr gut. Also die junge Dame hier ist jene junge Dame.«
Mrs. Snagsby schien ihn besser zu verstehen, als ich es imstande war.
»Und der ›Schmier-Ober‹ – der, den Sie Jo nennen – war mit in diese Geschichte verwickelt, und in keine andre, und der Kopist, den Sie gekannt haben, desgleichen, und Ihr Mann, der nicht mehr von der Sache versteht als Ihr seliger Urgroßvater, ist ebenfalls durch den verstorbnen Mr. Tulkinghorn, seinen ehemals besten Kunden, in diese selbige Geschichte, und keine andre verwickelt worden, und die ganze übrige Gesellschaft schon gar. Aber trotzdem macht eine verheiratete Frau, noch dazu mit Ihren Reizen ausgestattet, die Augen zu, und was für schöne Augen, sieht nicht rechts, nicht links und rennt mit ihrem zarten Köpfchen gegen die Wand. Wahrhaftig, daß Sie sich nicht schämen! ... (Ich dächte, Mr. Woodcourt müßte ihn jetzt haben!)«
Mrs. Snagsby schüttelte den Kopf und hielt das Taschentuch vor die Augen.
»Ist das alles?« fuhr Mr. Bucket, seine Aufregung niederkämpfend, fort. »Nein. Sehen wir mal, was weiter geschieht. Eine andre Person, die in diese Geschichte, und keine andre, mitverwickelt ist, kommt im elendesten Zustand heute nacht hierher, und Sie sehen sie mit Ihrem

Dienstmädchen sprechen, und sie gibt Ihrem Dienstmädchen ein Papier, für das ich auf der Stelle hundert Pfund bar bezahlen würde. Und was tun Sie? Sie verstecken sich und belauern die beiden, stürzen auf das Dienstmädchen los – wo Sie doch wissen, was für Anfällen das arme Ding ausgesetzt ist und wie wenig dazu gehört, sie zu verursachen –, und stürzen so unerwartet und mit solcher Heftigkeit auf sie los, daß sie, ehe man sich's versieht, hinschlägt und jetzt noch bewußtlos ist; und dabei hängt von ihren Worten ein Menschenleben ab!«

Es lag plötzlich ein so furchtbarer Ernst in seinen Worten, daß ich unwillkürlich die Hände zusammenkrampfte und fühlte, wie sich die Stube mit mir drehte. Aber es dauerte nur einen Augenblick. Mr. Woodcourt kam herein, drückte ihm ein Papier in die Hand und ging wieder hinaus.

»Das einzige, womit Sie wieder etwas gut machen können, Mrs. Snagsby«, sagte Mr. Bucket mit einem raschen Blick auf das Papier, »ist, mich einen Augenblick mit der jungen Dame hier allein sprechen zu lassen. Und wenn Sie dem Herrn in der Küche irgend helfen oder sich auf etwas besinnen wollten, wodurch Sie das Mädchen wieder zu sich bringen können, so tun Sie es, bitte, so rasch wie möglich!«

In einem Augenblick war sie draußen, und er schloß die Tür. »Und jetzt, mein Kind ... Sind Sie gefaßt?«

»Vollkommen.«

»Wessen Hand ist dies?«

Es war die meiner Mutter. Eine Bleistiftschrift auf einem zerknitterten Fetzen Papier, von der Nässe halb verlöscht. Achtlos zusammengefaltet, in Briefform, wie ein Kuvert zusammengelegt und an mich adressiert, bei meinem Vormund abzugeben.

»Sie kennen die Hand«, sagte er. »Und wenn Sie gefaßt genug sind, mir den Brief vorzulesen, so tun Sie es. Aber geben Sie auf jedes Wort acht.«

Der Brief war stückweise und offenbar zu verschiednen Zeiten geschrieben. Ich las folgendes:

»Aus zweierlei Gründen suchte ich die Zieglerhütte auf. Hauptsächlich, um womöglich noch einmal mein geliebtes Kind zu sehen – aber bloß zu sehen –, nicht mit ihr zu sprechen oder sie wissen zu lassen, daß ich in der Nähe sei. Und dann, um meinen Verfolgern zu entgehen und sie auf eine falsche Spur zu bringen. Tadle die Frau nicht wegen dessen, was sie getan hat. Die Hilfe, die sie mir geleistet hat, leistete sie auf meine nachdrücklichsten Versicherungen, daß es nur zum Besten der Geliebten geschehe. Denke an ihr gestorbenes Kind. Die Zustimmung der Männer erkaufte ich, aber sie hat mir ohne Entgelt geholfen.«

»Das hat sie geschrieben, als sie dort war«, sagte mein Begleiter. »Es stimmt zu dem, was ich mir dachte. Ich hatte recht.«
Der nächste Absatz war später geschrieben worden.

»Ich bin eine lange Strecke gewandert, und viele Stunden, und ich weiß, daß ich bald sterben muß. Oh, diese Straßen! Ich habe kein andres Ziel mehr, als zu sterben. Als ich fortging, hatte ich ein schlimmeres; aber es bleibt mir erspart, noch diese Schuld zu den übrigen zu fügen. Kälte, Nässe und Erschöpfung werden genug Begründung sein, wenn man mich tot findet, aber ich sterbe aus andern Ursachen, wenn ich auch unter diesen leide. Es ist gut so, daß alles, was mich aufrecht erhielt, auf einmal zusammenbrechen mußte, um mich vor Angst und Gewissensqualen sterben zu lassen.«

»Mut, Mut«, sagte Mr. Bucket, »es sind nur noch ein paar Worte.«
– Auch diese waren später, und allem Anschein nach fast im Dunkeln, geschrieben. –

»Ich habe alles getan, was ich konnte, damit man mich nicht finde. So werde ich am schnellsten vergessen sein und ihm am wenigsten Schande bringen. Ich habe nichts bei mir, woran man mich erkennen könnte. Von diesem Papier trenne ich mich jetzt. An die Stelle, wo ich mich hinlegen will, wenn ich sie noch erreichen kann, habe ich oft gedacht. Leb wohl. Vergib mir.«

Mr. Bucket stützte mich und ließ mich sanft in meinen Stuhl sinken. »Kopf hoch! Halten Sie mich nicht für rücksichtslos, mein Kind; aber sobald Sie sich stark genug fühlen, ziehen Sie Ihre Schuhe an und halten Sie sich bereit.«
Ich kam seinem Wunsche nach; er ließ mich lange Zeit allein, und ich betete für meine unglückliche Mutter. Die andern beschäftigten sich unterdessen mit dem armen Dienstmädchen, und ich hörte, wie Mr. Woodcourt ihnen Anweisungen gab. Endlich kam er mit Mr. Bucket zu mir und sagte, er halte es für das Beste, wenn ich ihr sanft zuredete und sie nach dem fragte, was wir von ihr zu erfahren wünschten. Es stehe außer allem Zweifel, daß sie jetzt antworten würde, wenn man sie beruhigte und nicht einschüchterte. »Die Fragen«, sagte Mr. Bucket, »wären: Wie sie zu dem Briefe gekommen und was zwischen ihr und der Person, die ihr ihn gegeben habe, vorgegangen sei, und wohin sich diese dann gewendet hätte?«
Ich konzentrierte meinen Geist, so fest ich konnte, auf diese Punkte und ging sodann in das nächste Zimmer mit. Mr. Woodcourt wollte draußen bleiben, aber auf meine Bitten begleitete er mich.
Man hatte das arme Mädchen auf den Fußboden gelegt, und sie saß jetzt aufrecht. Die übrigen standen um sie herum, aber in einiger Entfernung, damit sie sich nicht beengt fühle. Sie war nicht hübsch und sah kränklich und angegriffen aus, und ihr Blick hatte etwas Verstörtes, und ich konnte sehen, daß in ihrem Gesicht ein Ausdruck von Kummer lag. Ich kniete auf dem Fußboden neben ihr nieder und legte ihren Kopf an meine Brust, worauf sie den Arm um meinen Hals schlang und in Tränen ausbrach.
»Armes Kind«, sagte ich und legte mein Gesicht an ihre

Stirn, denn auch ich weinte und zitterte sehr. »Es klingt so grausam, daß wir Sie jetzt quälen, aber es hängt mehr davon ab, daß wir etwas von diesem Briefe erfahren, als ich Ihnen in einer Stunde auseinandersetzen könnte.«
Sie fing an, ganz jämmerlich zu beteuern: »Ich hab's nicht böse gmeint, Mrs. Snagsby, ach Gott.«
»Davon sind wir alle überzeugt«, tröstete ich sie. »Aber bitte, sagen Sie mir, wie Sie zu dem Briefe gekommen sind.«
»Ja, das will ich tun, gnä Fräuln, und die Wahrheit sagen. Ich will alles erzählen, wahrhaftig, Mrs. Snagsby.«
»Niemand zweifelt daran. Also, wie war es?«
»Ich hab etwas zu besorgen ghabt, gnä Fräuln, nach Dunkelwerden. Es war schon ganz spät, und als ich an unsre Tür kam, stand eine gemein aussehende Person, ganz naß und kotbespritzt, vor dem Hause und sah hinauf. Als sie mich hat in die Tür neingehen sehen, hat s mich zurückgrufen und gfragt, ob ich hier wohn? Und ich hab ja gsagt, und dann hat sie gmeint, sie kennt sich hier in der Gegend net gut aus und hätt sich verlaufen. – O Gott, was soll ich tun, was soll ich tun! Sie glauben mir nicht, ich seh's! Wirklich, sie hat nichts Unrechtes zu mir gsagt, und ich zu ihr auch nicht, wahrhaftig nicht, Mrs. Snagsby!«
– Sie kam nicht darüber hinweg, und ihre Herrin mußte sie selbst trösten – was sie, wie ich sagen muß, mit sehr reuiger Miene tat –, ehe ich wieder etwas aus ihr herausbringen konnte. –
»Sie konnte also etwas nicht finden, das sie suchte?« fragte ich weiter.
»Nein!« rief das Mädchen und schüttelte den Kopf. »Nein! Konnte es nicht finden. Und sie war so erschöpft und lahm und elend, ach, so elend, daß, wenn Sie sie gsehen hätten, Mr. Snagsby, Sie ihr gwiß eine halbe Krone geben hätten!«
»Ja, ja, Guster, schon gut«, nickte Mr. Snagsby, anfangs ein wenig unschlüssig, was er sagen sollte. »Ich – ja – hm – hoffentlich.«

»Und sie hat so eine feine Sprach ghabt«, fuhr das Mädchen fort, »und mich dabei mit weit offnen Augen so angsehen, daß s einem das Herz zerrissen hat. Und dann hat s mich gfragt, ob ich den Weg nach dem Gottesacker wüßt? Welchen Gottesacker, hab ich s gfragt. Und sie hat gsagt, der, wo die Armen begraben würden. Ich hab ihr erklärt, daß ich selbst aus dem Armenhause sei und daher wüßt, daß sich das nach dem Kirchspiele richt. Aber sie hat den Begräbnisplatz gmeint, hat s gsagt, der, wo nicht sehr weit von hier is, mit einem Torweg, einer Stufen und einem eisernen Gitter davor.«
Ich sah, daß Mr. Buckets Gesicht bei ihren Worten ein Ausdruck des Schreckens überflog, und Angst ergriff mich.
»O Gott, o Gott«, rief das Mädchen wieder und hielt sich die Stirn, »was soll ich nur tun, was soll ich nur tun! Sie hat den Gottesacker gmeint, wo der Mann liegt, was den Schlaftrunk eingnommen hat – von dem Sie uns erzählt haben, Mr. Snagsby –, wo ich so erschrocken bin damals, Mr. Snagsby. Jetzt kommt's wieder über mich. Halten S mich!«
»Sehen Sie, es ist Ihnen jetzt schon wieder viel besser«, redete ich ihr zu. »Bitte, erzählen Sie noch.«
»Ja, recht gern! Aber sind S nicht bös auf mich, gnä Fräuln, daß ich so krank gwesen bin.«
Wer hätte dem armen Mädchen böse sein können!
»So! jetzt geht's schon wieder. Also, dann hat s gfragt, ob ich ihr den Weg dorthin weisen könnte, und ich hab gsagt ja und hab ihrn gwiesen, und sie hat mich mit Augen angsehen, fast, als ob s blind wär und umfallen möcht. Und dann hat s den Brief herausgnommen und mir zeigt und gsagt, wann sie n auf die Post gäb, möcht er verwischt und vergessen und niemals bsorgt werden; und ob ich n nehmen und besorgen wollt. Der Bote würde bei der Abgabe bezahlt werden. Und ich hab gsagt ja, wenn's nichts Unrechtes wär, und sie hat gsagt nein –, nichts Unrechtes. Und wie ich den Brief gnommen hab, hat s gsagt, sie könnt

mir nichts geben, und ich hab gmeint, des brauchets net, ich sei selbst arm. Und Gott segne Sie! hat s gsagt und is gangen.«

»Und ging sie ...?«

»Ja!« fiel mir das Mädchen in die Rede. »Ja! sie ging den Weg, den ich ihr gezeigt hab. Dann bin ich ins Haus treten, und Mrs. Snagsby is auf mich losgstürzt, hat mich festghalten, und ich bin so erschrocken.«

Mr. Woodcourt nahm sie liebevoll von mir weg. Mr. Bucket hüllte mich wieder ein, und gleich darauf waren wir auf der Straße. Mr. Woodcourt blieb zögernd stehen, aber ich bat ihn, mich nicht zu verlassen, und Mr. Bucket setzte hinzu:

»Ja, es ist besser, Sir, Sie gehen mit, wir könnten Sie vielleicht brauchen; beeilen wir uns, wir dürfen keine Zeit verlieren!«

Von diesem Gange sind mir nur wirre Eindrücke zurückgeblieben. Ich entsinne mich noch, daß es weder Nacht noch Tag war, daß der Morgen graute und die Straßenlaternen noch nicht ausgelöscht waren. Immer noch fiel der Schnee, und die Straßen waren überall bedeckt davon. Ich entsinne mich nur noch dunkel, an ein paar fröstelnden Leuten in den Straßen vorübergegangen zu sein. Ich entsinne mich der nassen Dächer, der verstopften und überlaufenden Straßenrinnen und Gossen, der Haufen von schmutzigem Eis und Schnee, die wir passierten, und der engen Höfe, durch die wir eilten. Mir war, als klängen mir die Worte des armen Mädchens noch deutlich in den Ohren und als fühlte ich sie noch an meiner Brust ruhen. Die fleckigen Häuserfronten schienen mir menschliche Gesichter zu bekommen und mich anzusehen, und Wasserschleusen brausten in meinem Kopf oder in der Luft. Die wesenlosen Dinge wurden mir stofflicher als die wirklichen.

Endlich standen wir unter einem dunkeln und elenden gewölbten Gang, durch den der Morgen schwach hereindämmerte. Eine Laterne brannte trüb über einem eisernen

Gitter. Das Tor war zu. Dahinter lag ein Begräbnisplatz – eine grauenvolle Stätte – noch halb verborgen im Dunkel der Nacht. Ich konnte kaum die ungewissen Umrisse von Haufen vernachlässigter Gräber und Leichensteine von den sie ringsum umdrängenden unsauberen Häusern unterscheiden, in deren Fenstern ein paar trübe Lichter brannten und deren Mauern eine klebrige Feuchtigkeit wie eine scheußliche Krankheit ausschwitzten.
Auf der von dem schrecklichen Naß dieses Ortes, das überall heruntertröpfelte und -rieselte, benetzten Stufe vor dem Gittertor sah ich eine Frauengestalt liegen – Jenny, die Mutter des toten Kindes.
Ein Schrei des Mitleids und Entsetzens entfuhr mir.
Mein erster Gedanke war, auf sie zuzueilen, aber man hielt mich zurück, und Mr. Woodcourt bat mich mit der größten Innigkeit, Tränen in den Augen, ehe er mich ließe, nur einen Augenblick auf das zu hören, was Mr. Bucket mir sagen wollte. Ich glaube, ich tat es, tat es sogar bestimmt.
»Miß Summerson, wenn Sie ein wenig Ihre Gedanken sammeln, werden Sie mich verstehen. Die beiden haben in der Hütte die Kleider vertauscht.«
In der Hütte die Kleider vertauscht! – Ich mußte die Worte im Geiste langsam wiederholen, ehe ich ihren Sinn verstand, aber was sie für mich zu bedeuten hatten, konnte ich in meiner Verwirrung nicht fassen.
»Und die eine kehrte um«, sagte Mr. Bucket. »Und die andre ging weiter. Und die, die weiterging, ging, wie sie es besprochen hatten, nur eine Strecke weit, um die Fährte zu verwischen, und kehrte quer übers Feld nach Hause zurück. Denken Sie einen Augenblick nach!«
Auch dies wiederholte ich mir; aber nicht die leiseste Ahnung verriet mir, was ich mir darunter denken sollte. Vor mir auf den Stufen sah ich die Mutter des toten Kindes liegen. Sie lag dort, mit einem Arm eine Stange des eisernen Gitters umklammernd, als wolle sie sie umarmen. Sie, die erst vor so kurzem mit meiner Mutter gesprochen hatte, lag dort. Ein unglückliches, obdachloses, bewußtloses

Geschöpf. Sie, die den Brief gebracht hatte, die mir allein eine Andeutung über den Aufenthalt meiner Mutter geben konnte, sie, die uns nun führen sollte, um die zu erretten, die wir weit und breit gesucht hatten, sie, die in ihrem Zustand jeden Augenblick unsrer Hilfe entrückt sein konnte, lag dort – und sie hielten mich auf?! Ich sah den feierlichen und teilnahmsvollen Blick Mr. Woodcourts, ohne ihn zu verstehen. Ich sah, wie er die Brust des andern berührte, um ihn zurückzuhalten, aber ich verstand es nicht. Ich sah ihn barhäuptig mit scheuer Ehrfurcht vor etwas Unsichtbarem in der bitter kalten Luft dastehen. Aber von dem allem verstand ich nichts.
Ich hörte wie in weiter Ferne sagen:
»Wollen wir sie gehen lassen?«
»Es ist besser. Ihre Hände sollten sie zuerst berühren. Sie hat ein heiligeres Recht dazu als wir.«
Ich eilte nach dem Gittertor und beugte mich über die Gestalt. Ich hob das schwere Haupt empor, strich das lange feuchte Haar beiseite und wendete das Gesicht dem Lichte zu.
Es war meine Mutter, starr und kalt.

60. Kapitel

Aussichten

Ich wende mich jetzt andern Abschnitten meiner Lebensgeschichte zu. Die Güte und Freundlichkeit aller, die um mich waren, spendeten mir so viel Trost, daß ich nur mit der größten Rührung daran zurückdenken kann. Ich habe bereits so oft von mir gesprochen und noch so viel von mir zu sagen, daß ich nicht weiter von meinem Schmerz sprechen will.
Ich war krank, aber nicht lange; und ich würde diesen Umstand auch nicht weiter erwähnen, wenn nicht die

Erinnerung an die Teilnahme meiner Umgebung so stark in mir lebte.

Ich komme jetzt also, wie gesagt, zu andern Abschnitten meiner Lebensgeschichte.

Während meiner Krankheit blieben wir in London, und auf Einladung meines Vormundes war Mrs. Woodcourt zu uns auf Besuch gekommen. Als mein Vormund mich für wohl und heiter genug hielt, um in der alten Weise wieder mit ihm zu plaudern – obgleich ich dazu viel eher imstande gewesen wäre, aber er wollte es lange nicht glauben –, nahm ich eines Tages wieder meine Handarbeit vor und setzte mich wie früher neben ihn. Er hatte mich darum gebeten, und wir waren allein.

»Mütterchen«, sagte er und empfing mich mit einem Kusse, »willkommen im Brummstübchen! Ich habe dir einen Plan zu enthüllen, kleines Frauchen. Ich gedenke nämlich, hier zu bleiben, vielleicht sechs Monate, vielleicht länger, wie es gerade kommt. Mit einem Wort, ich gedenke mich für ein Weilchen hier häuslich niederzulassen.«

»Und währenddessen willst du Bleakhaus im Stich lassen?«

»Ja, meine Liebe! Bleakhaus muß lernen, für sich selbst zu sorgen.«

Es schien mir, als ob seine Stimme bekümmert klänge; aber wie ich ihn anblickte, sah ich, daß ein freundliches Lächeln sein gütiges Antlitz erhellte.

»Bleakhaus«, wiederholte er, und diesmal lag nur Fröhlichkeit in seiner Stimme, »muß lernen, für sich selbst zu sorgen. Es wäre von dort ein zu weiter Weg zu Ada, mein Kind, und Ada bedarf deiner sehr.«

»Es sieht dir wieder ganz ähnlich, Vormund«, sagte ich, »an sie zu denken und uns beiden eine so angenehme Überraschung zu bereiten.«

»Es ist nicht so uneigennützig von mir, wie es vielleicht scheint, denn wenn du so oft unterwegs wärst, könntest du selten um mich sein. Und außerdem möchte ich bei dieser Entfremdung zwischen dem armen Rick und mir so viel und so oft von Ada hören wie möglich. Und nicht bloß von ihr, sondern auch von ihm, dem armen Burschen.«

»Hast du heute morgen Mr. Woodcourt gesehen, Vormund?«

»Ich sehe Mr. Woodcourt jeden Morgen, Mütterchen.«

»Ist er immer noch derselben Meinung über Richard?«

»Immer noch. Er kann keine eigentliche körperliche Krankheit an ihm entdecken und glaubt bestimmt, daß ihm in dieser Hinsicht nichts fehle. Aber trotzdem ist er keineswegs außer Sorgen seinetwegen. Begreiflicherweise.«

In der letzten Zeit war mein Herzenskind täglich bei uns gewesen, manchmal sogar zweimal. Aber wir fühlten, daß dies nur bis zu meiner vollständigen Genesung so fortgehen könnte. Wir wußten recht gut, daß ihr Herz voller Liebe und Dankbarkeit für ihren Vetter John schlug, und waren überzeugt, daß Richard keinen Versuch machen würde, sie von uns fernzuhalten; aber andrerseits sahen wir ein, daß sie es für Pflicht ihrem Gatten gegenüber halten mußte, ihre Besuche bei uns nach Möglichkeit einzuschränken. Mein Vormund hatte bei seinem Zartgefühl die Situation bald überschaut und sie merken lassen, daß er ihre Ansicht billige.

»Lieber unglücklicher irregeleiteter Richard«, sagte ich. »Wann wird endlich die Binde von seinen Augen fallen!«

»So bald wohl kaum, mein Kind. Je mehr er leidet, desto mehr wächst seine Abneigung gegen mich. Er hält mich doch für die Hauptursache seiner Leiden.«

»Wie unvernünftig«, rief ich aus.

»Ach Frauchen, Frauchen!« entgegnete mein Vormund. »Wo ›Jarndyce kontra Jarndyce‹ mitspielt, ist's um Vernunft und Einsicht geschehen. Unverstand und Ungerechtigkeit auf allen Seiten, innen und außen, Unverstand und Ungerechtigkeit von Anfang bis zu Ende, wenn man überhaupt bei einem Prozeß von einem Ende reden kann.

Wie sollte da der arme Rick, der sich beständig damit abgibt, zu Verstand kommen? Er kann ebensowenig Trauben von Dornen oder Feigen von Disteln ernten.«
– Die Rücksicht, Sanftmut und Güte, mit der er stets von Richard sprach, rührten mich so, daß ich jedesmal sehr bald wieder dieses heikle Thema fallen ließ. –
»Ich glaube, der Lordkanzler und der Vizekanzler und die ganze Kanzleibatterie würden sich auch wundern, wenn sie soviel Unverstand und Ungerechtigkeit bei einem ihrer Klienten fänden«, fuhr mein Vormund fort. »Ich meinesteils wieder würde mich wundern, wenn es diesen gelehrten Herren gelingen sollte, aus dem Puder, den sie in ihre Perücken streuen, Moosrosen zu ziehen.«
Er hatte einen Blick nach dem Fenster geworfen, um zu sehen, woher der Wind wehte, und lehnte sich nun auf die Rücklehne meines Stuhles.
»Aber weg damit, kleines Frauchen! Zeit, Zufall und vielleicht ein wenig Glück werden diesen Block schon aus dem Wege räumen, aber wir dürfen Ada nicht daran Schiffbruch leiden lassen. Sie und er dürfen sich unter keinen Umständen mehr der Gefahr, sich einen Freund zu entfremden, aussetzen. Deshalb habe ich Woodcourt inständigst gebeten, und bitte auch dich, meine Liebe, jetzt inständig, bei Rick an dieses Thema auch mit keinem Wort mehr zu rühren. Lassen wir die Sache vorläufig begraben sein. In Wochen, Monaten, Jahren, früher oder später, wird ihm die Binde schon von den Augen fallen. Ich kann warten.«
»Aber ich habe bereits mit ihm darüber gesprochen und, wie ich glaube, auch Mr. Woodcourt«, gestand ich.
»Ich weiß«, entgegnete mein Vormund. »Mr. Woodcourt hat seinen Protest eingelegt, und Mütterchen Durden ebenfalls, und damit gut und Schluß ein für allemal. – Um von etwas anderm zu sprechen, wie gefällt dir Mrs. Woodcourt, mein Kind?«
Die Frage kam seltsam unvermittelt, und ich sagte, daß mir die alte Dame jetzt sehr gefiele und angenehmer vorkäme als früher.

»Mir auch«, sagte mein Vormund. »Weniger Stammbaum, nicht wahr? Nicht mehr soviel Morgan – ap ... Wie heißt er doch?«

»Ja, an den habe ich gedacht«, gab ich zu, »aber er scheint eine sehr harmlose Person gewesen zu sein, wenigstens, was wir von ihm gehört haben.«

»Jedenfalls bleibt er am besten in seinen heimatlichen Bergen. Ich bin ganz deiner Meinung. Also, kleines Frauchen, ist es nicht das Wichtigste, Mrs. Woodcourt eine Zeit hier zu behalten?«

»Ja. Und doch ...«

Mein Vormund sah mich erwartungsvoll an.

Ich hatte eigentlich nichts zu sagen. Wenigstens nichts im Sinn, was ich in Worte fassen konnte. Ich hatte ein unbestimmtes Gefühl, daß ein andrer Gast vielleicht vorzuziehen gewesen wäre, aber warum, darüber war ich mir selbst keineswegs klar.

»Unsre Wohnung«, sagte mein Vormund, »liegt auf Woodcourts Weg, und er kann seine Mutter so oft besuchen kommen, wie er will; das wird beiden sehr angenehm sein; überdies hat sie dich gern und hängt an uns.«

– Ja. Das war unleugbar der Fall. Dagegen konnte ich nichts einwenden. Ich hätte selber kein besseres Arrangement treffen können; aber doch war ich innerlich nicht ganz ruhig. Esther, Esther, warum nicht? Esther, denke nach! –

»Es ist wirklich ein sehr guter Plan, lieber Vormund, und das Beste, was wir tun können.«

»Sicher, Frauchen?«

Ganz gewiß. Ich hatte mich mir gegenüber verpflichtet gefühlt, die Sache noch genau einen Augenblick zu überlegen, und konnte jetzt mit bestem Gewissen bejahen.

»Also gut«, sagte mein Vormund. »Es soll geschehen. Einstimmig angenommen.«

»Einstimmig angenommen«, wiederholte ich und nahm meine Arbeit wieder vor.

Ich stickte eine Decke für seinen Büchertisch. Ich hatte sie am Abend vor meiner trauervollen Reise weggelegt und seitdem nicht wieder aufgenommen. Ich zeigte sie ihm jetzt, und er bewunderte sie höchlichst. Nachdem ich ihm das Muster und alle die großen Effekte, die mit der Zeit sichtbar werden sollten, erklärt hatte, fing ich wieder von unserm letzten Thema an.

»Du sagtest, lieber Vormund, als wir von Mr. Woodcourt sprachen, ehe Ada uns verließ, daß du glaubtest, er werde es noch einmal im Auslande versuchen. Hast du ihm seitdem Ratschläge in dieser Hinsicht gegeben?«

»Ja, kleines Frauchen, ziemlich oft.«

»Hat er sich dazu entschlossen?«

»Ich glaube nicht.«

»So haben sich ihm also andre Aussichten eröffnet?«

»Nun ja –, vielleicht«, entgegnete mein Vormund langsam und nachdenklich. »In etwa einem halben Jahre wird irgendwo in Yorkshire die Stelle eines Armenarztes frei. Es ist ein blühender Ort, hübsch gelegen – Bäche und Straßen, Stadt und Land, Mühlen und Moorland –, und scheint einem Manne wie ihm eine Aussicht zu eröffnen. Ich meine einem Manne, dessen Hoffnungen und Ziele manchmal höher hinaus gehen als gewöhnlich, dem aber auch zuletzt das alltägliche Ziel hoch genug ist, wenn es sich als ein Weg der Nützlichkeit und Barmherzigkeit erweist. Ich glaube, alle lebhaften Geister sind ehrgeizig; aber der Ehrgeiz, der mit ruhigem Vertrauen einen solchen Weg betritt, anstatt krampfhafte Versuche zu machen, über ihn hinweg zu fliegen, gefällt mir am allerbesten. Und so ist Woodcourts Ehrgeiz.«

»Und wird er die Stelle bekommen?«

»Nun, mein kleines Frauchen«, entgegnete mein Vormund lächelnd, »da ich kein Orakel bin, kann ich das nicht mit Gewißheit sagen; aber ich glaube ja. Sein Ruf als Arzt ist sehr bedeutend; es waren Leute aus jener Gegend bei dem Schiffbruch, und merkwürdigerweise hat diesmal der beste Mann die beste Aussicht, wie es scheint. Du darfst es aber nicht etwa für eine ausgezeichnete Anstellung halten.

Es ist ein sehr gewöhnlicher Posten, mein Kind; ein Posten, bei dem es sehr viel zu tun und sehr wenig zu verdienen gibt; aber es können sich immerhin bessere Aussichten daran knüpfen.«

»Die Armen des Ortes werden jedenfalls Grund haben, die Wahl zu segnen, wenn sie auf Mr. Woodcourt fällt, Vormund.«

»Da hast du recht, kleines Frauchen; daran ist gewiß kein Zweifel.«

Wir sprachen nicht weiter über die Sache, und er erwähnte auch kein Wort von der Zukunft von Bleakhaus. Aber da ich heute das erstemal in meinen Trauerkleidern neben ihm saß, erklärte ich mir daraus sein Schweigen.

Ich fing nun an, meine liebe Ada in dem stillen Winkel, wo sie wohnte, täglich zu besuchen. Der Vormittag war meine gewöhnliche Zeit; aber so oft ich mich eine Stunde frei machen konnte, setzte ich meinen Hut auf und lief hinüber nach Chancery Lane. Sie und Rick waren jederzeit so froh, mich zu sehen, und ihre Gesichter heiterten sich so auf, wenn sie mich die Tür aufmachen und hereinkommen hörten (da ich ganz wie zu Hause war, klopfte ich niemals an), daß ich nicht fürchtete, ihnen lästig zu fallen.

Bei solchen Gelegenheiten fand ich Richard häufig abwesend. Zu andern Zeiten schrieb er oder las Prozeßakten, die auf seinem Tisch, der niemals aufgeräumt werden durfte, in Stößen aufgetürmt lagen. Manchmal traf ich ihn vor der Tür von Mr. Vholes' Kanzlei wartend; manchmal, wie er in der Nähe herumwanderte und sich die Nägel zerkaute. Oft traf ich ihn in der Nähe von Lincoln's Inn, ruhelos, an der Stelle, wo ich ihn – ach, so ganz, ganz anders – das erste Mal gesehen hatte.

Daß Adas Mitgift mit den Kerzen, die ich fast immer nach Dunkelwerden in Mr. Vholes' Kanzlei brennen sah, zusammenschmolz, wußte ich recht gut. Es war von Hause aus nicht viel gewesen; Richard mußte Schulden gehabt haben, als er heiratete, und ich hatte längst einsehen gelernt, was es bedeutete, daß sich Mr. Vholes »mit der Schulter gegen das Rad stemmte« – was er immer noch tat, wie ich hörte.

Meine gute Ada war die wirtschaftlichste Hausfrau, die man sich denken konnte, und tat ihr möglichstes, um zu sparen, aber ich wußte, daß sie mit jedem Tage ärmer wurden.

Sie leuchtete in dem elenden Winkel wie ein schöner Stern. Sie schmückte und verschönerte ihn so, daß er ordentlich ein ganz verändertes Aussehen bekam. Blasser, als sie zu Hause gewesen, und ein wenig stiller, als ich es für möglich gehalten hätte, als sie noch so heiter und hoffnungsfreudig war, war doch auf ihrem Antlitz so wenig ein Schatten zu bemerken, daß ich fast glaubte, ihre Liebe zu Richard machte sie blind und ließ sie das Verderben nicht sehen, in das er rannte.

Ich ging eines Tages zu ihnen, um bei ihnen zu speisen, und hing solchen Gedanken nach, da begegnete ich, als ich in Symond's Inn einlenkte, der kleinen Miß Flite, die gerade aus der Türe trat. Sie hatte den »Mündeln in Sachen Jarndyce«, wie sie sie immer noch nannte, einen Anstandsbesuch gemacht und schwelgte noch in der Erinnerung an diese Feierlichkeit. Ada hatte mir bereits erzählt, daß sie jeden Montag um fünf Uhr mit einer kleinen weißen Extraschleife auf dem Hute, die sie sonst niemals trüge, und mit ihrem größten Strickbeutel voller Dokumente am Arme zu Besuch käme.

»Meine Gute!« fing sie an. »Freue mich unendlich! Wie geht es Ihnen! Bin so froh, Sie zu sehen. Und Sie wollen unsre guten Mündel in Sachen Jarndyce auch besuchen? Natürlich, ja! Unsre kleine Schönheit ist zu Hause, mein Kind, und wird entzückt sein, Sie zu sehen.«

»Also ist Richard noch nicht da?« sagte ich. »Das freut mich; ich fürchtete schon, ich hätte mich ein wenig verspätet.«

»Nein, er ist noch nicht da. Er hat eine lange Sitzung im Gerichtshof gehabt. Ich verließ ihn dort mit Vholes. Sie haben doch Vholes nicht gern, hoffe ich? Nur Vholes nicht gern haben! Gefäh-rlicher Mensch!«

»Ich fürchte, Sie sehen jetzt Richard öfter als früher?« fragte ich.

»Meine Teuerste, täglich und stündlich. Sie wissen, was ich Ihnen von der Anziehungskraft des Zepters des Kanzlers sagte! Mein Kind, nächst mir besucht er mit der größten Regelmäßigkeit den Gerichtshof. Er fängt unsre kleine Familiengesellschaft wirklich zu amüsieren an. Eine seh-r hübsche kleine Familiengesellschaft, nicht wahr?«

Es war wirklich jämmerlich, dies aus dem Munde der armen Wahnsinnigen zu hören, wenn man sich auch nicht darüber wundern konnte.

»Mit einem Worte, meine werte Freundin«, fuhr Miß Flite fort und näherte mit mysteriöser Gönnermiene ihre Lippen meinem Ohre, »ich muß Ihnen ein Geheimnis anvertrauen. Ich habe ihn zu meinem Testamentsvollstrecker ernannt. Ernannt, eingesetzt und bestätigen lassen. In meinem Testamente. Ja-awohl.«

»Wirklich?«

»Ja-awohl«, wiederholte Miß Flite, unendlich vornehm tuend, »zu meinem Testamentsvollstrecker, Verwalter oder Kurator. So heißt es bei uns im Kanzleigericht, meine Liebe. Ich habe mir gedacht, wenn ich einmal zu nichts mehr nütze sein sollte, könnte er den Prozeß überwachen. Er wohnt den Sitzungen so regelmäßig bei.«

Ich mußte bei dem Gedanken an ihn seufzen.

»Ich gedachte früher einmal den armen Gridley zu ernennen, einzusetzen und bestätigen zu lassen«, sagte sie und seufzte ebenfalls. »Er kam auch sehr regelmäßig, meine Liebwerteste. Ich versichere Ihnen, höchst regelmäßig! Aber mit dem Armen ist's vorbei, und so habe ich Richard zu seinem Nachfolger ernannt. Lassen Sie nichts drüber verlauten. Ich sage Ihnen das im Vertrauen.«

Sie machte vorsichtig ihren Strickbeutel ein klein wenig auf und zeigte mir darin ein zusammengefaltetes Papier als das Testament, von dem sie gesprochen.

»Noch ein Geheimnis, meine Liebe. Ich habe meine Vogelsammlung vergrößert.«
»Was Sie sagen, Miß Flite.« – Ich wußte, wie gern sie es hatte, wenn man ihre vertraulichen Mitteilungen mit Interesse aufnahm. –
Sie nickte mehrere Male, und ihr Gesicht wurde trüb und bekümmert. »Noch zwei. Ich nenne sie die Mündel in Sachen Jarndyce. Sie sind mit den übrigen im Käfig. Mit Hoffnung, Freude, Jugend, Friede, Ruhe, Leben, Staub, Asche, Verschwendung, Mangel, Ruin, Verzweiflung, Wahnsinn, Tod, List, Torheit, Gefasel, Perücke, Plunder, Pergament, Raub, Präzedenz, Jargon, blauer Dunst und Larifari!«
Dann küßte mich die Arme mit dem verstörtesten Blick, den ich jemals an ihr bemerkt, und eilte fort. Die Art, wie sie über die Liste ihrer Vögel hinwegeilte, als wenn sie sich fürchtete, ihre Namen sogar aus ihrem eignen Munde zu hören, machte mich schaudern.
Das war keine aufheiternde Vorbereitung auf meinen Besuch, und ich hätte auf die Gesellschaft Mr. Vholes' gern verzichtet, den Richard, der ein oder zwei Minuten nach mir kam, mit zu Tisch brachte.
Obgleich das Mahl bescheiden war, waren doch Ada und Richard ein paar Minuten zusammen draußen, um es herzurichten. Mr. Vholes ergriff die Gelegenheit, um mit mir halblaut ein Gespräch anzuknüpfen. Er trat an das Fenster, an dem ich saß, und fing von Symond's Inn an.
»Ein langweiliger Ort, Miß Summerson, für jemanden, der nicht als Geschäftsmann hier wohnt«, – er wischte die Fensterscheibe mit seinem schwarzen Handschuh ab, damit ich besser hinaussehen könnte.
»Viel zu sehen ist hier allerdings nicht«, sagte ich.
»Und auch nicht viel zu hören, Miß. Manchmal verirrt sich ein bißchen Musik hierher, aber wir Juristen sind nicht musikalisch und dulden sie nicht lange. Ich hoffe, Mr. Jarndyce befindet sich wohl?«
Ich dankte und versicherte, er sei wohlauf.

»Ich habe leider nicht das Vergnügen, mit unter seine Freunde gezählt zu werden, und weiß, daß bei Personen seines Standes Herren unsres Berufs manchmal nicht sehr gern gesehen werden. Aber ob man uns Gutes oder Übles nachsagt und Vorurteile aller Art gegen uns hegt, unsre Wege sind gerade und offen. Wie finden Sie Mr. C. aussehen, Miß Summerson?«

»Sehr schlecht. Schrecklich sorgenvoll.«

»Sie haben recht«, sagte Mr. Vholes.

– Er stand hinter mir, und seine lange schwarze Gestalt reichte fast bis an die Decke des niedrigen Zimmers; dabei befühlte er die Pickel in seinem Gesicht, als wären es Zieraten, und sprach so gleichgültig in sich hinein, als sei ihm jede menschliche Leidenschaft oder Gemütsbewegung fremd. –

»Mr. Woodcourt kommt häufig zu Mr. C., glaube ich?« fing er wieder an.

»Mr. Woodcourt ist sein uneigennützigster Freund, Sir!«

»Ich meine, er behandelt ihn in seiner Eigenschaft als Arzt.«

»Das kann einem kummerbedrückten Gemüt wenig helfen«, sagte ich.

»Sehr wahr!« nickte Mr. Vholes.

Es lag etwas so Vampirhaftes in seinem Wesen, etwas Schleichendes, Gieriges, Blutloses, daß es mir vorkam, als müßte Richard schon unter den Augen eines solchen Beraters hinsiechen.

»Miß Summerson«, begann er wieder und rieb sich langsam die behandschuhten Hände, als ob es seinem Gefühlssinn ganz gleichgültig wäre, ob sie in schwarzen Handschuhen stäken oder nicht, »diese Heirat Mr. C.s war ein übelberatener Schritt.«

Ich bat ihn, dieses Thema nicht weiter zu berühren. Ich sagte ihm mit unterdrückter Entrüstung, sie hätten sich verlobt, als sie beide noch sehr jung gewesen, und zu einer Zeit, als ihre Aussichten für die Zukunft noch viel besser und freundlicher waren und als Richard sich noch nicht

dem Einflusse hingegeben habe, der jetzt sein Leben verdüstere.
»Sehr wahr«, stimmte Mr. Vholes bei. »Dennoch möchte ich, um ganz offen zu sein, wenn Sie gestatten, Miß Summerson, bemerken, daß ich diese Heirat für einen sehr übelberatenen Schritt halte. Dies zu sagen, bin ich nicht nur Mr. C.s Verwandten und Freunden schuldig, denen gegenüber ich mich ganz natürlich zu decken wünschen muß, sondern auch meinem Rufe, den ich mir als Geschäftsmann unbefleckt zu erhalten trachte, eingedenk meiner drei Mädchen zu Hause, deren Lage ich unabhängig zu gestalten mich bemühe, sowie auch meines alten Vaters, dessen Erhaltung mir außerdem obliegt.«
»Es würde eine ganz andre Ehe, eine viel glücklichere und bessere sein, Mr. Vholes«, sagte ich, »wenn sich Richard überreden ließe, von dem unseligen Ziele, das Sie mit ihm verfolgen, abzulassen.«
Mit einem lautlosen Husten – oder vielmehr Schnappen – hinter seiner schwarz behandschuhten Hand neigte Mr. Vholes das Haupt, als ob er auch dies nicht bestreite.
»Miß Summerson«, sagte er, »das ist wohl möglich, und ich gestehe gern zu, daß die junge Dame, die auf so übelberatene Weise Mr. C.s Namen angenommen hat – ich bin überzeugt, Sie werden mir nicht zürnen, daß ich als eine Pflicht, die ich Mr. C.s Verwandten und Freunden schuldig bin, diese Bemerkung noch einmal mache –, eine höchst achtbare junge Dame ist. Geschäfte haben mich abgehalten, mich viel in andrer als beruflicher Gesellschaft zu bewegen, aber dennoch getraue ich mir das Urteil zu, daß sie eine höchst achtbare junge Dame ist. Was Schönheit betrifft, so bin ich darin nicht kompetent, und ich habe schon als Knabe kein besonderes Verständnis dafür gehabt, aber ich glaube sagen zu dürfen, daß an der jungen Dame auch in diesem Punkte nicht das geringste auszusetzen ist. Wie ich höre, gilt sie bei den Schreibern in Symond's Inn als eine Schönheit, und diese können darüber

besser urteilen als ich. Was die Art betrifft, in der Mr. C. seine Interessen verfolgt ...«

»Ach, ich bitte Sie, seine Interessen, Mr. Vholes!«

»Verzeihen Sie«, fuhr Mr. Vholes genau in derselben in sich gekehrten und leidenschaftslosen Weise fort, ohne sich aus der Fassung bringen zu lassen, »Mr. C. hat gewisse Interessen kraft gewisser, in dem Prozeß bestrittener Testamente. Es ist das ein Geschäftsausdruck bei uns. Was die Art betrifft, mit der Mr. C. sein Interesse verfolgt, so erwähnte ich bereits damals, als ich das erstemal das Vergnügen hatte, Sie zu sehen, Miß Summerson, bewegt von dem Wunsche, stets offen zu handeln – ich gebrauchte genau diese Worte, denn ich schrieb sie später zufällig in meinem Tagebuch auf, das ich jederzeit vorweisen kann –, daß Mr. C. das Prinzip verfolgt, selbst darüber zu wachen, und daß, wenn einer meiner Klienten einem Grundsatz huldigt, der seiner Natur nach nicht unsittlich – das heißt, nicht ungesetzlich ist –, es meine Pflicht sei, diesem Grundsatz Rechnung zu tragen. Ich habe ihm Rechnung getragen und trage ihm auch jetzt Rechnung. Aber ich möchte um keinen Preis einem Verwandten oder Bekannten Mr. C.s die Sachen in einem günstigeren Lichte darstellen, als es sich mit dem Fall verträgt. So offen, wie ich gegen Mr. Jarndyce war, bin ich gegen Sie. Ich betrachte dies als meine Pflicht als Geschäftsmann, wenn ich auch niemandes Konto damit belasten kann. Ich sage offen, so wenig mundgerecht es auch klingen mag, daß, meiner Meinung nach, Mr. C.s Angelegenheiten sehr schlecht stehen, daß es mit ihm selbst sehr schlecht steht, und daß ich diese Heirat für einen sehr übelberatenen Schritt halte ... Ob ich hier bin, Sir? Ja, ich danke Ihnen; ich bin hier, Mr. C., und erfreue mich des Vergnügens einer Unterhaltung mit Miß Summerson, für die ich Ihnen vielen Dank schuldig bin, Sir.«

Er brach auf diese Weise ab, da Richard hereinkam und ihn anredete.

Ich durchschaute Mr. Vholes' gesucht gewissenhafte Art,

sich und seine Respektabilität für alle Fälle zu salvieren, zu gut, um nicht zu fühlen, daß unsere schlimmsten Befürchtungen ganz am Platze gewesen waren.
Wir setzten uns zu Tisch, was mir Gelegenheit gab, Richard genau zu beobachten. Mr. Vholes – der erst kurz vor dem Essen seine Handschuhe auszog – störte mich darin nicht, obgleich er mir gegenüber saß, denn ich bezweifle, daß er seine Augen ein einziges Mal von dem Gesicht Richards abwendete, wenn er überhaupt aufblickte. Ich fand Richard abgemagert und schlaff aussehen, unordentlich in der Kleidung, zerstreut in seinem Wesen, dann und wann gezwungen heiter, und dann wieder in trübe Gedanken versunken. Seine großen hellen Augen, die so lustig dreinzuschauen pflegten, waren so eingesunken und ruhelos, daß man sie kaum mehr wiedererkannte. Ich kann nicht direkt den Ausdruck gebrauchen, daß er alt aussah, aber es gibt eine Ruine von Jugend, die dennoch nichts mit Alter gemein hat, und zu einer solchen Ruine war Richards jugendliche Schönheit geworden.
Er aß wenig, und es schien ihm gleichgültig zu sein, was er aß; er zeigte sich viel ungeduldiger als gewöhnlich, selbst Ada gegenüber. Anfangs glaubte ich, sein früheres leichtblütiges Wesen sei überhaupt schon ganz verschwunden, aber manchmal kam es doch auf Sekunden wieder zum Vorschein; wie ich selbst zuzeiten Augenblicke hatte, wo es mir schien, als ob mir aus dem Spiegel mein altes Gesicht entgegenschaue. Auch sein Lachen hatte er nicht ganz verlernt, wenn es auch nur der Nachhall seines früheren fröhlichen Temperaments war und mich unendlich traurig berührte.
Trotz alledem war er in seiner alten liebreichen Weise so sichtlich froh wie sonst, mich bei sich zu sehen, und wir sprachen fröhlich von den alten Zeiten. Diese schienen Mr. Vholes nicht zu interessieren, wenn er auch manchmal mit dem Mund eine schnappende Bewegung machte, was offenbar ein Lächeln sein sollte. Kurz nach dem Essen stand er auf und sagte, er werde mit der Erlaubnis der Damen sich in seine Kanzlei begeben.

»Immer Geschäfte, Vholes!« rief Richard.
»Ja, Mr. C.«, entgegnete er, »die Interessen der Klienten dürfen unter keinen Umständen vernachlässigt werden, Sir. Sie nehmen in den Gedanken eines Geschäftsmannes wie mir, der sich einen guten Namen unter seinen Kollegen und in der Gesellschaft im allgemeinen zu erhalten wünscht, die erste Stelle ein. Daß ich mir das Vergnügen der gegenwärtigen so angenehmen Unterhaltung versage, geschieht vielleicht nicht ganz ohne Rücksicht auf Ihre Interessen, Mr. C.«
Richard sprach seine Überzeugung aus, daß er keinen Augenblick daran zweifle, und leuchtete Mr. Vholes hinaus. Bei seiner Rückkehr versicherte er uns wiederholt, Vholes sei ein verläßlicher Kerl, ein Mann, der das tue, was er sage; wirklich ein Prachtmensch! Es lag trotzdem soviel Unsicherheit in seinem Tone, daß ich mich des Gedankens nicht erwehren konnte, daß er Mr. Vholes zu mißtrauen anfange.
Dann warf er sich ganz erschöpft aufs Sofa, und Ada und ich räumten auf, denn sie hatten keinen andern Dienstboten als eine Aufwartefrau. Meine liebe Ada besaß ein kleines Klavier und fing an, einige von Richards Lieblingsliedern zu singen; aber erst mußte die Lampe in das Nebenzimmer getragen werden, da er klagte, daß sie seinen Augen weh täte.
Ich saß zwischen ihnen, an der Seite meines lieben Mädchens, und der Klang ihrer lieblichen Stimme stimmte mich unendlich trübe. Ich glaube, das war auch bei Richard der Fall, und vielleicht ließ er nur deshalb die Lampe hinaustragen.
Sie hatte eine Zeitlang gesungen und war von Zeit zu Zeit aufgestanden, um sich über ihn zu beugen und mit ihm zu sprechen, als Mr. Woodcourt kam, neben Richard Platz nahm und ihn im Lauf des Gespräches, halb scherzend, halb im Ernst, auf unauffällige Weise ausfragte, wie er sich befände und was er den ganzen Tag getrieben habe. Er schlug ihm sodann vor, in der hellen Mondnacht einen

Spaziergang auf einer der Brücken zu machen, und da Richard bereitwilligst einverstanden war, gingen sie zusammen aus.

Als sie fort waren, saß meine liebe Ada noch immer am Piano, und ich neben ihr. Ich schlang meinen Arm um sie, und sie legte ihre linke Hand in die meine; mit der rechten glitt sie gedankenvoll über die Tasten, ohne einen Ton anzuschlagen.

»Liebste Esther«, sagte sie endlich, »niemals befindet sich Richard so wohl, und ich bin nie so ruhig seinetwegen, als wenn er in Gesellschaft Allan Woodcourts ist. Das haben wir dir zu danken.«

Ich wollte meinem Herzenskinde klarmachen, daß das kaum so sein könne, da Mr. Woodcourt das Haus ihres Vetters John besucht und dort uns alle gekannt hätte und überdies immer Gefallen an Richard und dieser an ihm gefunden habe; – u. a. m.

»Das ist alles wahr«, gab Ada zu, »aber daß er uns ein so treuer Freund ist, verdanken wir doch nur dir.«

Ich hielt es für das Beste, meinem lieben Mädchen den Willen zu lassen und weiter nichts dagegen zu sagen. Dies äußerte ich auch gegen sie. Ich sagte es leichthin, weil ich fühlte, daß sie zitterte.

»Liebste Esther, ich möchte so gern eine gute, eine sehr gute Gattin sein. Willst du es mich nicht lehren?«

»Ich es dich lehren?!«

Ich schwieg sofort still, denn ich bemerkte, wie ihre Hand unruhig über die Tasten glitt, und wußte, daß ich nicht sprechen dürfte und sie etwas auf dem Herzen habe.

»Als ich Richard heiratete«, fing sie zögernd an, »war mir nicht verborgen, was ihm bevorstand. Ich war lange Zeit mit dir vollkommen glücklich gewesen und hatte keinen Kummer und keine Sorge gekannt, so liebte und pflegte mich alles; aber ich wußte trotzdem genau, welche Gefahr ihm drohte.«

»Ich weiß, ich weiß wohl, mein Liebling.«

»Als ich ihn geheiratet hatte, trug ich mich mit der leisen

Hoffnung, daß ich imstande sein würde, ihn von seinem Irrtum zu überzeugen, daß er als mein Gatte die Sache in einem neuen Licht betrachten würde und sie nicht noch meinetwegen verzweifelter verfolgen, wie er es jetzt tut. Aber auch wenn ich diese Hoffnung nicht gehegt hätte, liebe Esther, ich würde ihn dennoch geheiratet haben.«
An der augenblicklichen Festigkeit ihrer bisher ruhelos gewesnen Hand – eine Festigkeit, die von ihren letzten Worten ausströmte und mit ihrem Laut erstarb –, sah ich die Bestätigung ihres innigen Tones.
»Du darfst nicht denken, liebe Esther, daß ich nicht sehe, was du siehst, und nicht fürchte, was du fürchtest. Niemand kann ihn besser kennen als ich. Der größte Weise auf Erden könnte Richard kaum besser kennen, als ich ihn kenne in meiner Liebe.«
Sie sprach so bescheiden und mild, und ihre zitternde Hand verriet große Aufregung, wie sie sich auf den stummen Tasten hin und her bewegte. Meine gute, liebe Ada!
»Ich sehe ihn jeden Tag in seinem schlimmsten Zustande. Ich beobachte ihn im Schlaf. Ich kenne jeden Wechsel seines Mienenspiels. Als ich ihn heiratete, war ich fest entschlossen, Esther, mit Gottes Hilfe, ihm nie zu zeigen, daß ich mich seiner Handlungsweise wegen grämte, um ihn nicht noch unglücklicher zu machen. Wenn er nach Hause kommt, darf er keine Spur von Sorge auf meinem Gesicht lesen. Wenn er mich ansieht, soll er in mir finden, was er liebte. Deshalb habe ich ihn geheiratet, und das hält mich aufrecht.«
Ich fühlte, wie sie immer mehr zitterte. Ich wartete, was noch kommen würde, und glaubte jetzt zu wissen, was es sein werde.
»Und noch etwas andres erhält mich aufrecht, Esther.«
Sie hielt eine Minute inne. Sie hielt nur inne im Sprechen – ihre Hand bewegte sich immer noch ruhelos.
»Nur noch eine kleine Weile, dann wird mir Gott vielleicht eine große Hilfe schicken. Wenn dann Richard seinen Blick auf mich richtet, sieht er vielleicht etwas an mei-

ner Brust liegen, das beredter zu ihm spricht als ich, das größere Macht hat, ihm den wahren Weg zu zeigen und ihn wieder zurückzugewinnen.«
Ihre Hand wurde jetzt ruhig. Sie zog mich an ihre Brust und ich umschlang sie mit meinen Armen.
»Auch wenn es diesem kleinen Geschöpfe nicht gelingen sollte, Esther, so will ich immer noch warten. Ich werde lange, lange Jahre warten und mir dann denken, daß, wenn ich alt oder vielleicht tot bin, ein schönes Weib, seine Tochter, glücklich verheiratet sein wird, und stolz auf ihn und ein Segen für ihn. Oder daß ein wackerer, braver junger Mann, so schön, wie er einst war, hoffnungsreich und glücklicher, ihn stützt, wenn sie im Sonnenschein miteinander spazieren gehen, sein graues Haar ehrt und zu sich sagt: ›Ich danke Gott, daß das mein Vater ist! Zugrunde gerichtet durch eine unselige Erbschaft und wiederhergestellt durch mich!‹«
–»O liebe Ada! Du gutes, treues Herz.« –
»Diese Hoffnungen halten mich aufrecht, meine liebe Esther, und ich weiß, daß sie auch fernerhin mich aufrecht erhalten werden, obwohl sogar sie manchmal von mir weichen und der Angst Platz machen, die mich erfaßt, wenn ich Richard ansehe.«
Ich versuchte, mein Herzenskind zu beruhigen, und fragte, wovor sie sich denn fürchte?
Schluchzend und weinend gab sie zur Antwort:
»Daß er nicht so lange lebt, um sein Kind zu sehen!«

61. Kapitel

Eine Entdeckung

Wie können die Tage, während deren ich jenen elenden Winkel besuchte, den mein Herzenskind verschönte, aus meinem Gedächtnis entschwinden! Ich sehe ihn jetzt nie

mehr, und wünsche ihn auch nie mehr zu sehen; ich bin seit der Zeit, an die ich denke, nur ein einziges Mal dort gewesen, aber in meiner Erinnerung umschwebt ihn dennoch ein trauervoller Glanz, der nie von ihm weichen wird.
Natürlich verging kein Tag, wo ich nicht hinging. Anfangs fand ich zwei- oder dreimal Mr. Skimpole dort, der auf dem Piano herumklimperte und in seiner gewöhnlichen lebhaften Weise plauderte. Außer dem, daß ich sehr die Möglichkeit argwöhnte, daß er nicht hinkommen würde, ohne nicht jedesmal Richard ärmer zu machen, schien mir auch seine sorglose Fröhlichkeit zu unverträglich mit dem zu sein, was in Adas innerstem Herzen vorging. Überdies bemerkte ich deutlich, daß Ada meine Empfindungen teilte. Nach vielem Nachdenken darüber entschloß ich mich daher, Mr. Skimpole einen Privatbesuch zu machen und zu versuchen, ihm mein Bedenken auf eine zarte Weise auseinanderzusetzen. Der Gedanke an mein Herzenskind machte mich so kühn.
Ich begab mich daher eines Morgens, begleitet von Charley, nach Sommers Town. Während ich mich dem Hause näherte, fühlte ich eine starke Neigung, umzukehren, denn es wurde mir immer klarer, welch verzweifelter Versuch es sei, einen Eindruck auf Mr. Skimpole zu machen, und wie wahrscheinlich es sei, daß ich ihm gegenüber den Kürzern ziehen würde. Ich dachte jedoch, daß ich, einmal hergekommen, die Sache auch zu Ende führen sollte. Ich klopfte daher mit zitternder Hand an Mr. Skimpoles Tür – buchstäblich mit den Fingerknöcheln, denn der Klopfer war abgebrochen –, bis mich nach langem Debattieren eine Irin einließ, die gerade dabei gewesen war, im Halbkellergeschoß den Deckel eines Wasserfasses mit dem Schüreisen zu Brennholz zu zerschlagen.
Mr. Skimpole lag in seinem Zimmer auf dem Sofa, spielte Flöte und war anscheinend entzückt, mich zu sehen. Er fragte mich, wer mich in aller Form empfangen sollte? Wer mir als Zeremonienmeisterin am liebsten wäre? Welche von seinen Töchtern es sein sollte, die Komödien-, die

Schönheits- oder die Gemütstochter? Oder ob alle drei auf einmal, wie ein Blumenstrauß?
Schon halb besiegt, gab ich zur Antwort, daß ich mit ihm allein zu sprechen wünschte, wenn er es erlaubte.
»Meine liebe Miß Summerson, mit dem größten Vergnügen! Natürlich«, sagte er, indem er seinen Stuhl neben den meinen schob und gewinnend lächelte. »Natürlich kann es sich nicht um Geschäfte handeln und muß daher ein Vergnügen betreffen.«
Ich sagte, ich käme allerdings nicht in Geschäften, aber trotzdem beträfe es keine angenehme Sache.
»Dann sprechen Sie lieber nicht davon«, riet er mir mit der offenherzigsten Heiterkeit. »Warum wollen Sie von etwas sprechen, das nicht angenehm ist? Ich tue das nie. Und Sie sind in jeder Hinsicht ein viel angenehmeres Wesen als ich. Sie sind vollkommen Sonnenschein, und ich bin es nur in unvollkommenem Maße, wie viel weniger dürfen Sie daher von einer unangenehmen Sache sprechen, wenn ich es nicht tue! Das wäre also abgemacht, und wir wollen von etwas anderm reden.«
Obgleich ich verlegen war, so faßte ich mir doch ein Herz, ihm anzudeuten, daß ich trotzdem die Sache nicht fallen lassen könnte.
»Mr. Skimpole«, begann ich und blickte ihn fest an, »ich habe Sie so oft sagen hören, daß Ihnen die Angelegenheiten des täglichen Lebens ganz fremd sind –«
»Sie meinen unsre drei Bankierfreunde, Pfund, Schilling, und wie heißt der jüngste Associé doch? Penny?« unterbrach mich Mr. Skimpole fröhlich. »Habe keinen Begriff von ihnen.«
»– daß Sie vielleicht deshalb meine Keckheit entschuldigen werden. Ich – ich glaube, Sie sollten sich allen Ernstes vor Augen halten, daß Richard ärmer ist, als er je war –«
»Mein Gott! Das bin ich doch auch, höre ich allgemein.«
»– und in sehr bedrängten Umständen.«
»Ganz genau mein Fall«, sagte Mr. Skimpole mit erfreuter Miene.

»Das bereitet natürlich Ada gegenwärtig viel geheimen Kummer, und da ich glaube, daß sie sich weniger Sorgen macht, wenn sie weniger durch Besuche in Anspruch genommen wird, und überdies Richard immer eine große Sorge auf der Seele liegt, so habe ich es für meine Pflicht gehalten, mir die Freiheit zu nehmen, Sie zu bitten – lieber – nicht ...«

Es wurde mir schwer, meine Bitte auszusprechen; aber er nahm jetzt meine beiden Hände und kam mir mit strahlendem Gesicht und auf das lebhafteste zuvor.

»Nicht hingehen? Gewiß nicht, meine liebe Miß Summerson, ganz gewiß nicht. Warum sollte ich hingehen? Wenn ich irgendwohin gehe, tue ich es immer nur des Vergnügens wegen. Um mir Schmerz zu bereiten, gehe ich keinen Schritt, weil ich für Vergnügen geschaffen bin. Der Schmerz kommt schon zu mir, wenn er mich braucht. Nun habe ich letzter Zeit sehr wenig Vergnügen bei unserm guten Richard gefunden, und Ihr praktischer Scharfsinn sagt Ihnen, warum. Unsre jungen Freunde verlieren die jugendliche Poesie, die sie einst so anziehend machte, und fangen an zu denken: das ist ein Mann, der Pfund braucht. Das stimmt allerdings bei mir; ich brauche immer Pfund; nicht für mich, sondern weil beständig Gewerbsleute sie von mir verlangen. Weiters fangen unsre jungen Freunde an, berechnend zu denken: das ist ein Mann, der sich immer Geld ausgeborgt. Und das stimmt wieder. Ich borge mir immer Geld aus. So sinken unsre jungen Freunde zur Prosa herab, was sehr zu bedauern ist, und büßen ihre Fähigkeit, Vergnügen zu bereiten, ein. Weshalb sollte ich sie daher besuchen? Höchst überflüssig!«

Durch das strahlende Lächeln, mit dem er mich während dieser Rede ansah, glänzte jetzt ein Blick uneigennützigen Wohlwollens, der wahrhaft erstaunlich war.

»Außerdem«, fuhr er in seinem Tone leichtherziger Überzeugung fort, »wenn ich nirgends hingehe, um Schmerz zu suchen – was eine Verkehrung meines Lebenszweckes und etwas ganz Ungeheuerliches für mich wäre –, warum

sollte ich es tun, um andern Schmerz zu bereiten? Und wenn ich fortführe, unsre jungen Freunde in ihrer gegenwärtigen schlechten Gemütsverfassung zu besuchen, so würde ich ihnen Schmerz verursachen. Mein bloßer Anblick müßte sie verstimmen. Sie könnten sagen, das ist der Mann, der sich Geld von uns ausborgte und es nicht bezahlen kann; was ich natürlich nicht kann; nichts steht so außer aller Frage wie das. Daher gebietet die Freundschaft, fernzubleiben, und das werde ich auch tun.«
Er schloß, indem er mit Wärme meine Hand küßte und mir dankte. Nur Miß Summersons feinem Takt, sagte er, verdanke er, darauf aufmerksam geworden zu sein.
Ich war sehr in Verlegenheit, tröstete mich aber mit dem Gedanken, daß, wenn nur der Hauptzweck erreicht sei, es wenig darauf ankomme, welch seltsam verdrehter logischer Denkschlüsse sich Mr. Skimpole bediene. Ich hatte mir jedoch vorgenommen, noch etwas zur Sprache zu bringen, und dachte, wenigstens in diesem Punkte nicht schachmatt gesetzt werden zu können.
»Mr. Skimpole«, sagte ich, »ehe ich meinen Besuch beendige, muß ich mir noch die Freiheit nehmen, Ihnen zu sagen, daß ich zu meinem größten Erstaunen vor kurzem aus zuverlässigem Munde erfahren habe, daß Sie wußten, mit wem jener arme Knabe von Bleakhaus wegging, und daß Sie bei dieser Gelegenheit ein Geschenk angenommen haben. Ich habe meinem Vormund nichts davon gesagt, weil ich fürchtete, ihm unnötigerweise weh zu tun, aber Ihnen kann ich ja sagen, daß ich mich sehr darüber gewundert habe.«
»O? Wirklich gewundert, meine liebe Miß Summerson?« entgegnete er und zog lächelnd die Augenbrauen in die Höhe.
»Höchlichst gewundert.«
Er dachte mit einem höchst freundlichen Gesicht eine kleine Weile nach, gab es aber dann auf und sagte in seiner gewinnendsten Weise:
»Sie wissen, was für ein Kind ich bin. Warum gewundert?«

Ich ging ungern näher auf die Frage ein, aber da er mich darum bat und wirklich neugierig auf meine Antwort zu sein schien, gab ich ihm mit den zartesten Worten, die ich finden konnte, zu verstehen, daß er durch sein Benehmen seine moralischen Verpflichtungen verletzt habe. Dies zu hören, ergötzte und interessierte ihn höchlichst, und er sagte mit wahrhaft kindlicher Einfalt: »Oh, wirklich?«

»Sie wissen, mir geht der Sinn für Verantwortlichkeit vollständig ab. Verantwortlichkeit ist etwas, das immer für mich zu hoch – oder zu niedrig gewesen ist«, sagte er. »Ich weiß nicht einmal, was von beiden; aber wenn ich den Standpunkt recht verstehe, von dem aus meine liebe Miß Summerson, die ich stets wegen ihrer praktischen Einsicht und Klarheit bewundere, den Fall beurteilt, möchte ich denken, es drehe sich hauptsächlich um die Geldfrage, nicht wahr?«

Unvorsichtigerweise stimmte ich bei.

»Ah! Dann müssen Sie aber selbst einsehen, daß ich es ganz unmöglich begreifen kann.«

Als ich aufstand, um zu gehen, gab ich ihm noch zu verstehen, daß es überdies unrecht sei, das Vertrauen meines Vormundes um eine Bestechungssumme zu mißbrauchen.

»Meine liebe Miß Summerson«, entgegnete er mit der heiteren Offenherzigkeit, die ihm eigen war, »ich kann nicht bestochen werden.«

»Auch nicht von Mr. Bucket?«

»Nein. Von niemandem. Ich lege doch nicht den mindesten Wert auf Geld! Ich kümmere mich nicht darum, ich verstehe nichts davon, ich brauche keins, ich behalte keins, – es schwindet mir unter der Hand weg. Wie kann ich da bestochen werden?«

Ich ließ ihn merken, daß ich andrer Meinung sei, wenn ich auch nicht die Fähigkeit besäße, über die Sache zu disputieren.

»Im Gegenteil«, fuhr er fort, »ich bin gerade der Mann, der in einem solchen Falle höher als andre steht. Ich stehe in einem solchen Falle über der Menschheit. Ich kann in einem solchen Falle als Philosoph handeln. Ich bin nicht in Vorurteile eingeschnürt wie ein italienischer Säugling in seine Windeln. Ich bin so frei wie die Luft. Ich fühle, daß ich so hoch über jedem Verdacht stehe wie Cäsars Frau.« – So etwas wie die naive Unbefangenheit seines Wesens und die spielerische Unparteilichkeit, mit der er sich selbst zu überzeugen schien und die Frage wie einen Federball hin und her warf, war gewiß noch nicht dagewesen. – »Fassen Sie den Fall wohl ins Auge, meine liebe Miß Summerson. Die Sache liegt so: Ein Knabe wird in einem Zustande, gegen den ich äußerst viel einzuwenden habe, in das Haus aufgenommen und zu Bett gebracht. Kaum ist das geschehen, steht plötzlich ein Mann da – wie ein Pilz aus dem Boden geschossen. Der Mann wünscht über den Knaben, gegen dessen Gesundheitszustand ich ausnehmend viel einzuwenden habe und der in das Haus aufgenommen und zu Bett gebracht worden ist, Näheres zu wissen. Er zieht eine Banknote hervor, und Skimpole nimmt sie an. Das sind die Tatsachen. Sehr gut. Sollte der Skimpole die Banknote ausschlagen? Warum sollte Skimpole die Banknote ausschlagen? Skimpole sagt zu Bucket: ›Wofür ist das? Ich verstehe es nicht. Es nützt mir nichts, nehmen Sie es wieder zurück.‹ Aber Bucket bittet Skimpole, die Banknote anzunehmen. Gibt es Gründe, warum Skimpole, der von Vorurteilen frei ist, es annehmen sollte? Ja. Skimpole sieht sie. Was sind diese Gründe? Skimpole sagt sich: Dieser Mann ist ein gezähmter Luchs, ein tätiger Polizeibeamter, ein gescheiter Mann, eine Person von einer nach einer eigentümlichen Richtung gehenden Energie und großer Schlauheit im Entwerfen und Ausführen seiner Pläne. Ein Mann, der unsre Freunde und Feinde für uns findet, wenn wir sie suchen müssen, der unser Eigentum wieder zur Stelle schafft, wenn wir bestohlen worden sind, der uns in aller Ruhe rächt, wenn wir totgeschlagen worden sind. Dieser tätige Polizeibeamte und gescheite Mann hat in der Ausübung seines Amtes einen starken Glauben an die Macht des Geldes gewonnen; er findet,

daß es ihm sehr nützlich ist, und verwendet es auf eine der Gesellschaft sehr nützliche Weise. Soll ich diesen Glauben Buckets erschüttern, wo ich seiner vielleicht einmal selbst bedarf? Soll ich mit voller Überlegung eine von Buckets Waffen abstumpfen? Soll ich möglicherweise Buckets Kraft für seine nächsten Operationen lähmen?
Und weiter: Wenn es tadelnswert von Skimpole ist, die Banknote anzunehmen, so ist es tadelnswert von Bucket, die Note anzubieten, viel tadelnswerter von ihm, weil er der erfahrene Mann ist. Nun wünscht Skimpole gut von Bucket zu denken; Skimpole hält es bei den heutigen gesellschaftlichen Zuständen für direkt wesentlich, gut von Bucket zu denken. Der Staat fordert ihn ausdrücklich auf, Bucket Vertrauen zu schenken, und er tut es. Und weiter tut er nichts!«

Ich hatte auf diese Auseinandersetzung nichts zu erwidern und nahm daher Abschied. Mr. Skimpole jedoch, der bei vortrefflicher Laune war, wollte durchaus nicht gestatten, daß ich, nur von der kleinen »Coavinses« begleitet, nach Hause ginge, und geleitete mich daher selbst. Unterwegs unterhielt er mich auf die fesselndste und angenehmste Weise und gab mir beim Abschied die Versicherung, daß er niemals vergessen werde, mit welch feinem Takt ich ihn auf die Punkte betreffs unsrer jungen Freunde aufmerksam gemacht hätte.

Da ich nie wieder mit Mr. Skimpole zusammenkam, will ich gleich hier seine Geschichte auserzählen, soweit ich sie kenne. Hauptsächlich aus den vorerwähnten Gründen, und weil er die Bitten meines Vormundes in bezug auf Richard gewissenloserweise nicht beachtete – wie wir später von Ada erfuhren –, trat zwischen beiden eine Entfremdung ein. Daß er bedeutend in der Schuld meines Vormundes stand, hatte natürlich nichts damit zu tun. Als er ungefähr fünf Jahre später starb, hinterließ er ein Tagebuch mit Briefen und andern »Belegen«, das im Druck erschien und zeigte, daß er das Opfer einer Verschwörung der Menschheit gegen ein liebenswürdiges Kind geworden sei. Man rühmte es als eine sehr amüsante Lektüre, aber ich habe nie mehr als den Satz gelesen, auf den mein Auge zufällig, als ich den Band aufschlug, fiel. Er lautete: »Jarndyce ist, wie die meisten andern Menschen, die ich kennengelernt habe, die verkörperte Selbstsucht.«

Und nun komme ich zu einem Teil meiner Geschichte, der mich sehr nahe angeht und auf den ich gar nicht gefaßt war, als sich der Vorfall, den ich jetzt erzählen will, ereignete.

Wenn noch einige sehnsüchtige Gedanken in bezug auf mein früheres Aussehen dann und wann in mir aufgetaucht waren, so tauchten sie nur auf wie Erinnerungen an einen Teil meines hinter mir liegenden Lebens – in der Vergangenheit unwiederbringlich versunken wie meine Kindheit. Ich habe keine von meinen vielen Schwächen hinsichtlich dieses Punktes verschwiegen, sondern sie so getreulich niedergeschrieben, wie es mir mein Gedächtnis erlaubte. Und ich hoffe und gedenke dasselbe bis zum letzten Ende dieser Blätter zu tun, das ich in nicht zu weiter Ferne bereits vor mir liegen sehe.

Die Monate verflossen, und mein Herzenskind, aufrecht erhalten von der Hoffnung, die es mir anvertraut hatte, blieb derselbe schöne Stern in dem elenden Winkel. Abgespannter und hohläugiger Tag für Tag besuchte Richard den Gerichtshof; teilnahmslos und still saß er dort die langen Stunden, selbst wenn er wußte, daß keine Aussicht auf eine Verhandlung seines Prozesses vorhanden war, und wurde so zu einer der typischen Gestalten des Ortes. Ich möchte gern wissen, ob einer der Herren sich seiner erinnerte, wie er war, als er das erstemal dort erschien.

Seine fixe Idee hielt ihn so vollkommen umstrickt, daß er in seinen heitern Augenblicken zu gestehen pflegte, er würde jetzt nie frische Luft schöpfen gehen, außer Woodcourt zuliebe. Bloß dieser brachte es zuwege, gelegentlich ein paar Stunden hintereinander seine Aufmerksamkeit abzulenken und ihn aufzurütteln, wenn er in eine Lethargie des Geistes und des Körpers versank, die uns durch

ihre von Monat zu Monat immer häufiger werdende Wiederkehr außerordentlich beunruhigte.
Meine Herzens-Ada hatte recht, wenn sie sagte, daß er seinen Irrlichtern ihretwegen nur um so verzweifelter nachjagte. Ich bezweifle nicht, daß sein Kummer um sein junges Weib seinen heißen Wunsch, das Verlorene wieder zu gewinnen, noch brennender machte, bis er schließlich zum Wahnsinn eines Spielers ausartete.
Ich besuchte sie, wie ich schon erwähnt habe, zu allen Stunden. Wenn ich abends bei ihnen war, fuhr ich meistens mit Charley nach Hause; manchmal erwartete mich auch mein Vormund in der Nachbarschaft, und wir gingen dann zusammen heim. Eines Abends hatten wir besprochen, uns um acht Uhr zu treffen. Ich konnte nicht ganz pünktlich gehen, was ich sonst für gewöhnlich tat, denn ich arbeitete etwas für meine gute Ada und hatte noch ein paar Stiche zu machen, um fertig zu werden – aber bereits ein paar Minuten nach der bestimmten Stunde konnte ich mein kleines Arbeitskörbchen zusammenpakken, gab meinem Herzenskinde zum Abschied für die Nacht noch einen Kuß und eilte die Treppe hinunter. Mr. Woodcourt begleitete mich, da es schon dämmerig war.
Als wir an den Ort kamen, wo wir uns treffen sollten – es war nicht weit, und Mr. Woodcourt hatte mich oft bis dahin begleitet –, war mein Vormund nicht da. Wir warteten eine halbe Stunde und gingen unterdessen auf und ab; aber er kam nicht. Wir glaubten, es hätte ihn entweder etwas abgehalten oder er sei dagewesen und wieder fortgegangen; und Mr. Woodcourt erbot sich, mich nach Hause zu bringen.
Es war der erste längere Gang, den wir zusammen machten, und wir sprachen auf dem ganzen Wege von Richard und Ada. Ich dankte ihm nicht in Worten für das, was er getan – ich dachte zu hoch davon, als daß ich es mit Worten hätte ausdrücken können –, aber ich hoffte innerlich, er werde etwas von dem ahnen, was ich so tief fühlte.
Als wir zu Hause ankamen und hinaufgingen, bemerkten

wir, daß sowohl mein Vormund wie auch Mrs. Woodcourt ausgegangen waren. Wir befanden uns in demselben Zimmer, in das ich meine errötende Ada geführt hatte, als ihr jugendlicher Geliebter, jetzt ihr so veränderter Gatte, der Erwählte ihres jungen Herzens gewesen war – in demselben Zimmer, aus dem mein Vormund und ich sie einst in der frischen und hoffnungsreichen Blüte ihrer Jugend in den Sonnenschein hatten hinaustreten sehen.

Wir standen am offenen Fenster und blickten die Straße hinab, als Mr. Woodcourt zu sprechen anfing. Ich wußte in einem Augenblick, daß er mich liebte; ich wußte in einem Augenblick, daß mein vernarbtes Gesicht für ihn noch das alte war. Ich wußte in einem Augenblick, daß das, was ich für Teilnahme und Mitleid gehalten, hingebende, edle, treue Liebe war. Oh, ich wußte es jetzt zu spät. Zu spät, zu spät.

Das war der erste undankbare Gedanke, den ich hatte.

Zu spät!

»Als ich aus Ostindien zurückkehrte«, sagte er zu mir, »und nicht reicher, als ich hingegangen war, und Sie kaum vom Krankenlager erstanden und doch voll von so liebreicher Sorge für andre und so frei von jedem selbstsüchtigen Gedanken fand ...«

»Oh, Mr. Woodcourt, bitte, sagen Sie das nicht!« bat ich ihn. »Ich verdiene nicht Ihr hohes Lob. Ich hatte damals gar manchen selbstsüchtigen Gedanken!«

»Der Himmel weiß, Geliebte meiner Seele«, sagte er, »daß mein Lob nicht das Lob eines Liebenden ist, sondern die Wahrheit. Sie wissen nicht, was alle um Sie in Esther Summerson sehen, wie viele Herzen sie rührt und erweckt, welch heilige Bewunderung und Liebe sie gewinnt.«

»Oh, Mr. Woodcourt«, rief ich, »es ist eine große Sache, Liebe zu gewinnen! Ich bin stolz darauf und fühle mich geehrt dadurch; und es zu hören, macht mich Tränen vergießen, Tränen der Freude und des Schmerzes – der Freude, daß ich sie gewonnen, des Schmerzes, daß ich sie

nicht besser verdient habe; aber an Ihre Liebe zu denken, ist mir nicht erlaubt.«
Ich sagte es mit gestärktem Herzen, denn als er mich so pries und ich aus seiner Stimme den Glauben herausklingen hörte, daß das, was er sagte, die Wahrheit sei, da erfüllte mich das Verlangen, mich des Lobes noch würdiger zu machen. Es war nicht zu spät dazu. Wenn ich diese Seite meines Lebens, die die Hand des Schicksals jetzt in so ungeahnter Weise und so plötzlich beschrieben, entschlossen umwendete, konnte ich ihrer mein ganzes Leben lang würdiger sein. Und es war mir ein Trost und ein neuer Sporn, und ich empfand in mir etwas wie einen inneren Wert, den ich ihm verdankte, wenn ich so dachte.
Er brach das Schweigen.
»Ich würde eine armselige Probe des Vertrauens geben, das ich auf die Geliebte setze, die mir für alle Zeit gleich teuer sein wird« – der innige Ernst, mit dem er dies sagte, gab mir zugleich Kraft und machte mich weinen –, »wenn ich nach ihrer Versicherung, daß es ihr nicht erlaubt ist, an meine Liebe zu denken, weiter in sie drängen wollte. Teuerste Esther, erlauben Sie mir nur, Ihnen zu sagen, daß die innige Zuneigung, die ich für Sie mit übers Meer nahm, in den Himmel wuchs, als ich nach Hause zurückkehrte. Ich habe immer gehofft, Ihnen dies in der ersten Stunde, wo nur ein Strahl von Glück auf mich fallen würde, sagen zu können. Ich habe stets gefürchtet, daß ich vergeblich zu Ihnen sprechen würde. Meine Hoffnungen und Befürchtungen haben sich an diesem Abend bestätigt. Aber ich sehe, ich tue Ihnen weh. Ich habe genug gesagt.«
Etwas schien an meine Stelle zu treten, das dem Engel glich, für den er mich hielt, und der Verlust, den er erlitten, betrübte mich tief! Ich wünschte ihn in seinem Kummer zu trösten, wie damals, als ihm das Mitleid mit mir auf dem Gesichte geschrieben stand.
»Lieber Mr. Woodcourt«, begann ich, »ehe wir heute voneinander gehen, muß ich Ihnen noch etwas sagen. Ich

könnte es nie so tun, wie ich wünschte – es ist unmöglich – aber –«

– Ich mußte noch einmal an meinen Entschluß denken, seiner Liebe und seines Schmerzes würdiger zu werden, bevor ich fortfahren konnte. –

»– ich empfinde Ihre Hochherzigkeit aufs tiefste und werde die Erinnerung daran bis zu meiner letzten Stunde in meinem Herzen bewahren. Ich weiß vollkommen, wie sehr ich verändert bin, ich weiß, daß Ihnen meine Geschichte nicht unbekannt ist, und weiß, was für eine große Liebe es sein muß, die so treu aushält. Was Sie mir gesagt haben, hätte mich von keinen andern Lippen so rühren können, aus keinem andern Munde hätte es solchen Wert für mich gehabt. Es wird nicht verloren sein. Es wird mich besser machen.«

Er bedeckte die Augen mit der Hand und wendete sich ab.

–– Wie werde ich mich jemals dieser Tränen würdig machen können? ––

»Wenn Sie in dem unveränderten Verkehr, den wir miteinander haben werden, indem wir über Richard und Ada wachen – und ich hoffe, unter fröhlicheren Lebensverhältnissen –, etwas in mir entdecken, das Sie wirklich für besser halten können, als es früher war, so glauben Sie, daß es von heute abend herrührt und ich es Ihnen verdanke. Und glauben Sie niemals, lieber, lieber Mr. Woodcourt, glauben Sie niemals, daß ich diesen Abend vergessen könnte oder daß ich, solange mein Herz schlägt, nicht voll des Stolzes und der Freude sein müßte, von Ihnen geliebt worden zu sein.«

Er ergriff meine Hand und küßte sie. Er hatte sich wieder vollständig gefaßt, und ich fühlte mich noch mehr ermutigt als vorher.

»Nach dem, was Sie soeben erwähnten«, fragte ich, »kann ich wohl annehmen, daß Ihre Bemühungen Erfolg hatten?«

»Ja«, gab er zur Antwort. »Mit der Hilfe, die mir Mr. Jarndyce, wie Sie sich leicht denken können, wo Sie ihn so gut kennen, hat angedeihen lassen.«

»Der Himmel segne ihn dafür«, sagte ich und reichte Mr. Woodcourt die Hand, »und der Himmel segne Sie in allem Ihrem Tun.«

»Ihr Segenswunsch wird mir ein Sporn sein; er wird mich meine neuen Pflichten wie ein mir von Ihnen vertrautes heiliges Amt betrachten lassen.«

»Ach, Richard!« rief ich unwillkürlich aus. »Was wird aus ihm werden, wenn Sie fort sind?«

»Ich brauche jetzt noch nicht zu gehen, und würde ihn auch nicht verlassen, wenn ich jetzt fort müßte, liebe Miß Summerson.«

Noch einen andern Gegenstand mußte ich berühren, fühlte ich, ehe er mich verließ. Ich wußte, daß ich seiner Liebe, die ich nicht annehmen konnte, nicht würdiger sein würde, wenn ich es unterließ.

»Mr. Woodcourt«, sagte ich also, »es wird Sie gewiß freuen, aus meinem Munde, ehe ich Ihnen gute Nacht sage, zu hören, daß ich in der Zukunft, die so klar und hell vor mir liegt, glücklich und sorgenlos sein und nichts zu beklagen und nichts zu wünschen haben werde.«

Es freue ihn wirklich von ganzer Seele, das zu hören, gab er zur Antwort.

»Von Kindheit an«, fuhr ich fort, »bin ich der Mittelpunkt der unerschöpflichen Güte des besten aller Menschen gewesen. Ich bin durch jedes Band von Zuneigung, Dankbarkeit und Liebe so fest an ihn geknüpft, daß alles, was ich im Laufe eines ganzen Lebens tun könnte, nicht imstande wäre, die Gefühle eines einzigen Tages auszudrükken.«

»Ich teile diese Gefühle«, entgegnete er. »Sie sprechen von Mr. Jarndyce.«

»Sie kennen seine hohen Eigenschaften, Mr. Woodcourt, aber wenige sind imstande, die Größe seines Charakters so zu kennen wie ich. Aber alle seine schönsten und besten Eigenschaften sind mir noch nie in glänzenderem Lichte erschienen als in der Aussicht auf die Zukunft, in der ich mich so glücklich fühle, und wenn Sie ihm noch nicht die höchste Verehrung und Achtung zollten, so würden Sie es jetzt, glaube ich, nach dieser Versicherung tun, und infolge des Gefühls, das Sie meinetwegen für ihn empfinden müßten.«

Er antwortete mit Innigkeit, ich wisse gar nicht, wie hoch er Mr. Jarndyce schätzte, und ich reichte ihm abermals die Hand.

»Gute Nacht!« sagte ich. »Leben Sie wohl ...!«

»Das erste, bis wir uns morgen wiedersehen; das zweite als einen Abschied von diesem Gegenstand für uns auf immer?«

»Ja.«

»Also, gute Nacht! Leben Sie wohl!«

Er ging, und ich stand an dem dunkeln Fenster und sah auf die Straße hinaus. Seine Liebe hatte mich in ihrer Treue und ihrem Edelsinn so sehr überwältigt, daß er noch keine Minute von mir fort war, als mich all meine Kraft verließ und ein Tränenstrom die Straße vor meinem Blick verhüllte.

Aber es waren nicht Tränen des Schmerzes und der Trauer. Nein. Er hatte mich die Geliebte seiner Seele genannt und gesagt, ich würde ihm immer so teuer bleiben wie jetzt, und diese Worte erfüllten mein Herz mit einem solch seligen Frohlocken, daß ich glaubte, es müsse zerspringen. Ich hatte mein inneres Gleichgewicht wieder gefunden. Es war nicht zu spät, seine Worte zu hören, denn es war nicht zu spät, von ihnen zur Hochherzigkeit, zur Wahrheit, zur Dankbarkeit und zur Zufriedenheit angespornt zu werden.

Wie eben war mein Weg; wieviel ebener als der seinige!

62. Kapitel

Noch eine Entdeckung

Ich hatte nicht den Mut, an diesem Abend jemanden zu sehen, nicht einmal den Mut, mich selbst im Spiegel zu sehen, denn ich fürchtete, den Anblick meiner verweinten Augen wie einen Vorwurf zu empfinden. Ich ging im Finstern in mein Zimmer hinauf und betete im Finstern und legte mich im Finstern schlafen. Ich brauchte kein Licht, um meines Vormundes Brief noch einmal durchzulesen; konnte ich ihn doch auswendig. Ich nahm ihn aus meiner Schublade und wiederholte mir seinen Inhalt im Geiste bei seinem eignen hellen Licht reiner Liebe und schlief mit dem Briefe neben mir auf dem Kissen ein.

Ich stand des Morgens sehr zeitig auf und machte mit Charley einen Spaziergang. Wir kauften Blumen für den Frühstückstisch und kamen wieder nach Hause und stellten sie in die Vasen und waren so geschäftig wie möglich. Wir wurden mit allem so frühzeitig fertig, daß ich vollauf Zeit hatte, Charley noch vor dem Frühstück ihre Lektion zu geben, und meine kleine Zofe, die in der Grammatik noch immer nicht recht sattelfest war, bestand die Prüfung mit Auszeichnung, und wir klappten ruhmbedeckt unsre Bücher zu. Als mein Vormund eintrat, sagte er: »Wahrhaftig, kleines Frauchen, du siehst ja frischer aus als deine Blumen!« Und Mrs. Woodcourt rezitierte und übersetzte eine Stelle aus dem Mewlinwillinwodd, in der sie mich mit einem sonnenbeschienenen Berge verglich. Das alles war so hübsch und erfreulich für mich, daß ich hoffe, es machte mich dem Berge ein wenig ähnlicher, als ich es vorher gewesen war. Nach dem Frühstück schäfterte ich ein bißchen herum, um nicht untätig zu sein, und bemerkte dabei, daß mein Vormund allein in seinem Zimmer – dem Zimmer von gestern abend – saß. Ich benutzte meine Würde als Wirtschafterin als einen Vorwand, hineinzugehen, und machte die Türe hinter mir zu.

»Nun, Hausmütterchen?« sagte mein Vormund. – Die Post hatte ihm mehrere Briefe gebracht, und er war mit Schreiben beschäftigt. – »Du brauchst Geld!«

»O nein, ich habe noch eine ganze Menge.«

»Es hat wohl noch nie ein Hausmütterchen gegeben, das mit Geld so lange ausgekommen wäre.« Er legte seine Feder hin, lehnte sich in seinen Stuhl zurück und sah mich nachdenklich an.

Wie genau kannte ich jeden Zug seines milden menschenfreundlichen Gesichtes, aber noch nie glaubte ich soviel Liebe und Güte darin gesehen zu haben. – Ein Glanz von Glück lag darauf, daß ich mir unwillkürlich dachte: er muß diesen Morgen etwas ganz besonders Segensreiches getan haben.

Er hatte sein altes Benehmen mir gegenüber bisher unverändert beibehalten. Ich liebte es an ihm so sehr, daß ich, als ich jetzt zu ihm ging und mich, wie so oft, wenn ich mit ihm plauderte, ihm vorlas oder an einer Stickerei arbeitete, neben ihn setzte, mich fast fürchtete, seine Seelenruhe zu stören, indem ich an seine Herzensangelegenheit rührte. Aber wie ich fand, überraschte es ihn gar nicht.

»Lieber Vormund«, fing ich an, »ich möchte dich gerne etwas fragen. Bin ich in irgend etwas säumig gewesen?«

»Säumig gewesen, mein Kind?«

»War ich vielleicht nicht so, wie ich beabsichtigte, seitdem ich dir die Antwort auf deinen Brief brachte, Vormund?«

»Du bist mir alles gewesen, was ich nur wünschen konnte, mein Liebling!«

»Ich freue mich wirklich von Herzen, das zu hören. Du weißt, du fragtest mich, ob ich die Herrin von Bleakhaus sein wolle? Und ich sagte ja.«

»Ja«, sagte mein Vormund und nickte freudig. Er hielt seinen Arm um mich geschlungen, als ob er mich vor etwas beschützen müßte, und sah mir lächelnd ins Gesicht.

»Seit damals haben wir nie wieder über diese Sache gesprochen. Nur ein einziges Mal, Vormund.«

»Und damals sagte ich, Bleakhaus wird einsam, und das ist es auch geworden, mein Liebling.«
»Und ich sagte«, erinnerte ich ihn schüchtern, »aber seine Herrin bleibt.«
Er hielt mich immer noch mit seinem Arm beschützend, dieselbe strahlende Herzensgüte auf seinem Gesicht, umschlungen.
»Lieber Vormund«, sagte ich, »ich weiß, wie sehr du alles, was geschehen ist, mit mir gefühlt hast und wie rücksichtsvoll du gewesen bist. Da es schon so lange her ist und du erst diesen Morgen äußertest, daß ich wieder wohlauf sei, so erwartest du vielleicht, daß ich von der Sache anfange. Ich glaube, es ist dies meine Pflicht. Ich will die Herrin von Bleakhaus sein, wann du wünschest.«
»Schau nur«, entgegnete er heiter, »welche Gedankengleichheit zwischen uns herrscht! Den armen Richard vielleicht ausgenommen, hat mir nichts so sehr auf dem Herzen gelegen. Als du hereintratest, war ich ganz damit beschäftigt. Wann soll Bleakhaus seine Herrin bekommen, Frauchen?«
»Wann du wünschest.«
»Nächsten Monat?«
»Nächsten Monat, lieber Vormund.«
»Der Tag, an dem ich den glücklichsten und besten Schritt meines Lebens tun, der Tag, an dem ich der glücklichste und beneidenswerteste Mensch auf der Welt sein werde, der Tag, an dem ich Bleakhaus seine kleine Herrin gebe, soll also nächsten Monat sein?«
Ich umarmte und küßte ihn, gerade wie an dem Tage, wo ich ihm eine Antwort überbracht hatte.
Das Dienstmädchen öffnete die Tür, um Mr. Bucket zu melden, was ganz unnötig war, denn er blickte ihr bereits über die Schulter.
»Mr. Jarndyce und Miß Summerson«, sagte er etwas außer Atem, »ich bitte um Verzeihung, wenn ich störe, aber würden Sie mir vielleicht erlauben, jemanden heraufbringen zu lassen, der auf der Treppe wartet und sich dort zu

bleiben weigert, weil er befürchtet, daß wir hinter seinem Rücken über ihn sprechen könnten? Ja? Ich danke. – Sie sind wohl so gut und bringen diesen Stuhl da herauf, nicht wahr?« Er winkte über das Treppengeländer hinunter.

Auf diese eigentümliche Aufforderung hin wurde ein alter Mann in einem schwarzen Hauskäppchen, der nicht gehen konnte, von ein paar Männern heraufgetragen und im Zimmer niedergesetzt. Mr. Bucket schickte die Träger fort, machte geheimnisvoll die Türe zu und schob den Riegel vor.

»Nun, sehen Sie, Mr. Jarndyce«, fing er an, setzte seinen Hut hin und eröffnete seinen Vortrag mit seinem mir unvergeßlichen Hin- und Herbewegen seines Zeigefingers, »Sie kennen mich, und Miß Summerson kennt mich. Dieser Herr kennt mich ebenfalls, und sein Name ist Smallweed. Eskomptieren ist sein Hauptgeschäft, und er ›macht in Wechseln‹, wie man so sagt. Nicht wahr, so ungefähr verhält sich die Sache«, sagte Mr. Bucket und beugte sich ein wenig zu dem alten Herrn herab, der sehr mißtrauisch gegen ihn zu sein schien.

Mr. Smallweed wollte offenbar lebhaft widersprechen, wurde aber durch einen heftigen Hustenanfall daran verhindert.

»Sehen Sie, das ist die Strafe!« sagte Mr. Bucket, sich den Anfall zunutze machend. »Widersprechen Sie nicht, wo es nicht nötig ist, und Sie werden solche Anfälle nicht bekommen. – Mr. Jarndyce, hören Sie zu, was ich Ihnen sage. Ich habe mit diesem Herrn im Auftrage Sir Leicester Dedlocks, Baronet, unterhandelt und bin in diesen und andern Sachen bei ihm viel aus und ein gegangen. Wo er jetzt wohnt, wohnte früher ein gewisser Krook, ein Hadernhändler und Verwandter von ihm, den Sie, wenn ich nicht irre, bei Lebzeiten gekannt haben?«

Mein Vormund bejahte.

»Gut! Sie müssen nun wissen, daß dieser Herr hier Krooks Hinterlassenschaft geerbt hat. Sie sah der Hinterlassenschaft einer Elster ziemlich ähnlich. Unmassen Makulatur befanden sich darunter. Mein Gott, alter Plunder, zu nichts nütze!«

– Die Verschmitztheit in Mr. Buckets Blick und die meisterhafte Weise, in der er uns, ohne daß sein mißtrauischer Zuhörer auch nur gegen eines seiner Worte oder eine einzige Geste hätte protestieren können, zu verstehen zu geben wußte, daß er die Sache nach vorherigem Übereinkommen darstellte und uns viel mehr von Mr. Smallweed sagen könnte, wenn er es für ratsam fände, sagten uns, daß wir auf der Hut sein müßten. Die Sache wurde ihm dadurch noch schwieriger gemacht, daß Mr. Smallweed nicht nur äußerst mißtrauisch, sondern auch halb taub war und jede seiner Mienen mit der schärfsten Aufmerksamkeit beobachtete. –

»Unter diesem Haufen alter Papiere stöbert nun dieser Herr, als er die Erbschaft antritt, natürlich herum. Sie verstehen.«

»Was tut er? Sagen Sie das noch einmal«, rief Mr. Smallweed mit schriller, dünner Stimme.

»Fängt darin herumzustöbern an«, wiederholte Mr. Bucket. »Als kluger Mann und gewohnt, Ihre Angelegenheiten selbst zu besorgen, fangen Sie an, in den Papieren herumzustöbern; oder nicht?«

»Natürlich tue ich das«, schrie Mr. Smallweed.

»Natürlich tun Sie es«, sagte Mr. Bucket in unbefangenem Konversationston. »Und es wäre unverantwortlich von Ihnen, wenn Sie es nicht täten. Und so finden Sie zufällig, nicht wahr?« fuhr Mr. Bucket fort und beugte sich mit einer schelmischen Miene, in die Mr. Smallweed nichts weniger als einstimmte, über ihn, »und so finden Sie zufällig ein Papier, das die Unterschrift eines gewissen Jarndyce trägt, nicht wahr?«

Mr. Smallweed blickte uns mit unruhigen Augen an und drückte widerwillig seine Beistimmung aus.

»Und wie Sie sich dieses Papier gelegentlich und in aller Muße – alles zu seiner Zeit, denn Sie sind gar nicht neugierig und warum auch – besehen, was ist es anders als ein Testament, nicht wahr? Es ist ein Mordsjux«, sagte Mr. Bucket so heiter, als ob er einen Witz erzählte, der aber Mr. Smallweed durchaus keinen Spaß zu machen schien. »Wirklich und wahrhaftig ein Testament, was?«

»Na ja, wahrscheinlich wird's ein Testament oder was ähnliches sein«, knurrte Mr. Smallweed.

Mr. Bucket sah einen Augenblick den Alten, der in seinem Stuhl zu einem wahren Bündel zusammengesunken war, an, als hätte er ihn am liebsten am Kragen gepackt, beugte sich aber gleich darauf wieder mit freundlicher Miene über ihn und warf uns dabei aus den Augenwinkeln einen listigen Blick zu.

»Natürlich bereitet Ihnen das einigermaßen Unruhe, denn Sie haben ein sehr zartes Gewissen.«

»He? was sagen Sie, soll ich haben?« fragte Mr. Smallweed, die Hand am Ohr.

»Ein sehr zartes Gewissen.«

»Ho! Gut, weiter!«

»Und da Sie ziemlich viel von einem berühmten Kanzleigerichtsfall wegen eines Testaments unter gleichem Namen gehört haben und überdies wissen, was für ein Mordskerl Krook war, wenn es galt, allen möglichen alten Kram und Bücher und Papiere und sonstigen Plunder aufzukaufen und zusammenzuhamstern, und daß er sich beständig bemühte, von selber lesen zu lernen, so wird allmählich in Ihnen die Befürchtung wach – und mehr Grund dazu haben Sie vielleicht in Ihrem ganzen Leben noch nicht gehabt –, Donnerwetter, wenn ich mich da nicht sehr in acht nehme, kann ich wegen dieses Testaments noch verdammt in Ungelegenheiten kommen.«

»Jetzt geben Sie gefälligst acht, Bucket, auf jedes Wort«, unterbrach der Alte voll Aufregung und hielt die Hand ans Ohr. »Heraus damit, aber keine von Ihren Höllenschwefelstreichen. Verstanden! Heben Sie mich in die Höhe; ich muß es besser hören. –– O Gott, er schüttelt mich in Stücke!«

Mr. Bucket hatte ihn allerdings mit einem unsanften Ruck

in die Höhe gehoben, und Mr. Smallweed hustete und jammerte giftig: »Oh, meine Knochen! O Gott! Ich habe keinen Atem mehr im Leibe! Mir ist schlimmer zumute als der schnatternden Höllenschwefelhexe zu Hause.« Dann fuhr Mr. Bucket in derselben gemütlichen Weise wie früher fort.

»Und da ich viel bei Ihnen aus und ein gehe, so ziehen Sie mich natürlich ins Vertrauen, nicht wahr?«

–Ich glaube nicht, daß jemand etwas mit größerem Widerwillen und galliger zugeben könnte, als Mr. Smallweed dies jetzt tat. Er verriet dadurch offenkundig, daß Mr. Bucket der Allerletzte gewesen wäre, den er aus freien Stücken ins Vertrauen gezogen hätte.

»Und ich gehe die Sache in Ruhe mit Ihnen durch und bestätige Ihre wohlbegründete Befürchtung, daß Sie in eine höchst fatale Lage geraten können, wenn Sie das Testament nicht herausgeben«, sagte Mr. Bucket mit Nachdruck. »Und so kommen Sie denn mit mir überein, es dem jetzt hier anwesenden Mr. Jarndyce ohne alle Bedingungen auszuhändigen. Wenn es von Wert sein sollte, so überlassen Sie ihm die Belohnung; so war's ungefähr, was?«

»So haben wir's vereinbart«, stimmte Mr. Smallweed mit demselben Unwillen wie früher bei.

»Infolge dieses Übereinkommens«, fuhr Mr. Bucket fort, gab sein gemütliches Wesen jetzt auf einmal auf und wurde streng geschäftsmäßig, »haben Sie das Testament mit hierhergebracht, und das einzige, was Ihnen noch zu tun übrig bleibt, ist, es herauszugeben!«

Nach einem schnellen Seitenblick auf uns streckte Mr. Bucket, nachdem er sich die Nase triumphierend mit seinem Zeigefinger gerieben, die Augen auf seinen vertrauten Freund geheftet, die Hand aus, um das Dokument in Empfang zu nehmen und es meinem Vormund zu übergeben.

Erst nach vielem Sträuben und wortreichen Beteuerungen, daß er ein armer fleißiger Mann sei und es ganz Mr. Jarndyces Ehrenhaftigkeit überlasse, ihn nicht zu Schaden kommen zu lassen, brachte Mr. Smallweed allmählich und langsam aus der Brusttasche ein beflecktes und vergilbtes Papier, das auf der Außenseite sehr versengt und an den Rändern ein wenig angebrannt aussah, als wäre es vor langer Zeit ins Feuer geworfen und hastig wieder herausgerissen worden, zum Vorschein. Ohne eine Sekunde Zeit zu verlieren, jonglierte es Mr. Bucket mit der Gewandtheit eines Taschenspielers aus Mr. Smallweeds Händen. Als er es meinem Vormund reichte, flüsterte er ihm hinter der vorgehaltenen Hand zu:

»Waren nicht einig, wie sie ihren Preis machen sollten. Zankten sich darüber und hielten nicht ihren Mund. Ich habe zwanzig Pfund daran gewendet. Zuerst verrieten ihn die geizigen Enkelkinder, weil er so unvernünftig lange lebte, und dann wurden sie untereinander uneins. Gott, in der ganzen Familie ist keiner, der nicht den andern für ein paar Pfund verkaufen würde, außer der alten Dame, die zu blödsinnig ist, um noch schachern zu können.«

»Mr. Bucket«, sagte mein Vormund laut, »ich bin Ihnen zu größtem Dank verpflichtet; was immer der Wert dieses Papiers auch sein mag – wenn es überhaupt von Wert ist –, so werde ich selbstverständlich Mr. Smallweed angemessen entlohnen.«

»Nicht nach Ihren Verdiensten, müssen Sie wissen«, sagte Mr. Bucket freundschaftlich erläuternd zu Mr. Smallweed. »Sie brauchen jedoch deswegen keine Angst zu haben. Nach seinem Werte!«

»Ja, das meine ich damit«, sagte mein Vormund. »Sie werden bemerken, Mr. Bucket, daß ich für meinen Teil mich enthalte, das Dokument zu prüfen. Die einfache Wahrheit ist, daß ich mich seit vielen Jahren verschworen habe, mich meinerseits um die Sache so wenig wie möglich zu kümmern. Sie ist mir in der Seele zuwider. Miß Summerson und ich werden das Papier sofort und ohne Verzug meinem Rechtsbeistand in dieser Sache übergeben, und sein Inhalt soll allen Beteiligten unverzüglich bekannt gemacht werden.«

»Sie hören, was Mr. Jarndyce sagt. Anständiger kann man nicht handeln«, bemerkte Mr. Bucket zu seinem Begleiter. »Und da es Ihnen jetzt klar sein wird, daß niemandem Unrecht geschehen kann – was für Ihr Gewissen ein großer Trost sein muß –, so können wir Sie ja wieder nach Hause bringen.«

Er riegelte die Tür auf, rief die Träger, wünschte uns guten Morgen und entfernte sich mit einem bedeutungsvollen Blick und einem Abschiedswink seines Zeigefingers.

Wir gingen auf der Stelle nach Lincoln's Inn. Mr. Kenge war gerade unbeschäftigt und saß an seinem Tisch in seinem staubigen Zimmer mit den ausdruckslos aussehenden Büchern und den Stößen von Akten.

Nachdem Mr. Guppy uns Stühle gebracht, sprach Mr. Kenge sein Erstaunen und seine Freude über den ungewöhnlichen Besuch Mr. Jarndyces in seiner Kanzlei aus. Er spielte mit seinem zusammengelegten Augenglas und war mehr als je Konversations-Kenge.

»Ich hoffe, daß der wohltuende Einfluß Miß Summersons« – er verbeugte sich gegen mich –, »Mr. Jarndyce vermocht hat« – er verbeugte sich gegen ihn –, »einigermaßen seine Abneigung gegen einen Prozeß und gegen einen Gerichtshof fallen zu lassen, die, darf ich sagen, ihren Platz in der stattlichen Reihe der Grundpfeiler unsres Berufs einnehmen?«

»Ich möchte eher glauben«, entgegnete mein Vormund, »daß Miß Summerson zu viel von den Wirkungen des Gerichtshofs und des Prozesses gesehen hat, um sich noch zu ihren Gunsten verwenden zu können. Dennoch sind sie zum Teil der Grund meines Hierseins. Mr. Kenge, ehe ich dieses Papier auf Ihren Schreibtisch lege und es damit ein für allemal aus den Händen gebe, erlauben Sie mir, daß ich Ihnen erzähle, wie es in meinen Besitz kam.«

Und er legte es ihm kurz und bestimmt auseinander.

»Man hätte es nicht einfacher und bestimmter klarlegen können, wenn es ein Rechtsfall gewesen wäre«, sagte Mr. Kenge.

»So? Ist denn englisches oder römisches Recht wirklich so einfach und klar?«

»O pfui!« sagte Mr. Kenge.

Anfangs schien er dem Dokument keine große Wichtigkeit beizulegen; aber als er es in die Hand nahm, erwachte sein Interesse, und als er es aufgemacht und ein Stück davon durch sein Augenglas gelesen hatte, geriet er in großes Erstaunen. »Mr. Jarndyce«, sagte er und blickte meinen Vormund an. »Sie kennen doch seinen Inhalt?«

»Ich habe es nicht gelesen«, entgegnete mein Vormund.

»Aber, mein werter Herr«, rief Mr. Kenge, »es ist ein Testament von einem späteren Datum als alle bisher im Prozeß bekannt gewordenen. Es scheint auch von des Testators eigner Hand zu sein. Und selbst wenn die Absicht vorlag, es zu vernichten, was nach den Brandspuren anzunehmen ist, so ist es doch nicht vernichtet. Es ist eine vollkommene Urkunde!«

»Gut!« sagte mein Vormund. »Und inwiefern hat das für mich Interesse?«

»Mr. Guppy!« rief Mr. Kenge laut zur Türe hinaus. »Ich bitte, entschuldigen Sie, Mr. Jarndyce.«

»Sir?«

»Mein Kompliment an Mr. Vholes in Symond's Inn. Jarndyce kontra Jarndyce. Würde mir sehr angenehm sein, mit ihm zu sprechen.«

Mr. Guppy verschwand.

»Sie fragen mich, inwieweit diese Urkunde Sie angeht, Mr. Jarndyce? Wenn Sie dieses Dokument gelesen hätten, würden Sie wissen, daß es Ihren Anteil erheblich vermindert, wenn er auch immer noch sehr beträchtlich bleibt«, erklärte Mr. Kenge mit einem abgerundeten und beredten Schwenken der Hand. »Sie würden ferner daraus ersehen, daß die Anteile Mr. Richard Carstones und Miß Ada Clares, jetzt Mrs. Richard Carstones, darin wesentlich höher bedacht sind.«

»Kenge«, sagte mein Vormund, »wenn das ganze große Vermögen, das der Prozeß vor dieses abscheuliche Kanzleigericht geschleppt hat, meinen beiden jungen Verwandten zufallen könnte, wäre mir das das Liebste. Aber Sie werden mich doch nicht glauben machen wollen, daß aus Jarndyce kontra Jarndyce irgend etwas Gutes entspringen könnte?«

»Aber! Mr. Jarndyce! Vorurteil, Vorurteil! Verehrter Herr, England über alles. England hat nicht seinesgleichen. Sein Prozeßsystem ist ein ganz außerordentliches System, ein wirklich außerordentliches. Wahrhaftig, Sie können mir das glauben!«

Mein Vormund sagte weiter nichts.

Mr. Vholes erschien und hüllte sich vor Mr. Kenges größerem advokatorischem Ruf in Bescheidenheit.

»Wie geht es Ihnen, Mr. Vholes? Wollen Sie so gut sein, hier neben mir Platz zu nehmen und dieses Dokument durchzulesen?«

Mr. Vholes tat, wie gewünscht, und schien jedes Wort durchzubuchstabieren. Es schien ihn durchaus nicht in Aufregung zu versetzen; aber im Grunde regte ihn ja überhaupt nichts auf. Als er das Dokument gründlich geprüft hatte, zog er sich mit Mr. Kenge in ein Fenster zurück, hielt seinen schwarzen Handschuh vor den Mund und sprach sehr ausführlich mit seinem Kollegen. Es wunderte mich nicht, daß Mr. Kenge sich geneigt zeigte, ihm zu widersprechen, kaum daß er angefangen hatte, denn ich wußte, daß über keinen Punkt von »Jarndyce kontra Jarndyce« zwei Personen miteinander einig sein konnten. Aber er schien doch gegen Mr. Kenge in einem Gespräch recht zu behalten, das, soweit man einzelne Worte verstehen konnte, nur aus Ausdrücken wie Generalkasse, Generalrechnungsführer, Kostgeld, Konkursmasse und Spesen bestand. Als sie fertig waren, traten sie wieder an Mr. Kenges Tisch und sprachen laut.

»Nun, das ist doch gewiß ein sehr bemerkenswertes Dokument, Mr. Vholes?« sagte Mr. Kenge.

»Ein sehr bemerkenswertes Dokument«, bestätigte Mr. Vholes.

»Und ein sehr wichtiges Dokument, nicht wahr, Mr. Vholes?«
Abermals wiederholte Mr. Vholes: »Ein sehr wichtiges Dokument.«
»Und wie Sie sehr richtig sagen, Mr. Vholes, wird diese Entdeckung, wenn die Sache in der nächsten Sitzung auf die Tagesordnung kommt, eine unerwartete und interessante Wendung in den Prozeß bringen«, sagte Mr. Kenge und warf meinem Vormund einen stolzen Blick zu.
Mr. Vholes fühlte sich als kleiner aufstrebender Advokat geschmeichelt, seine Meinung von einem so angesehenen Kollegen bestätigt zu hören.
»Und wann findet die nächste Tagfahrt statt?« fragte mein Vormund nach einer Pause, während der Mr. Kenge in der Tasche mit losem Geld geklimpert und Mr. Vholes an seinen Pickeln gezupft hatte, und stand auf.
»Die nächste Session ist nächsten Monat, Mr. Jarndyce. Natürlich werden wir auf der Stelle alles Nötige hinsichtlich dieses Dokumentes veranlassen und die erforderlichen Evidenzen zusammenstellen und Ihnen ordnungsgemäß über den Stand der Sache berichten.«
»Welcher Nachricht ich natürlich meine gewohnte Aufmerksamkeit angedeihen lassen werde, Mr. Kenge.«
»Also immer noch, mein verehrter Herr, selbst mit Ihrem aufgeklärten Geist, in den Vorurteilen der großen Menge befangen?« sagte Mr. Kenge, während er uns durch die Kanzlei zur Türe begleitete. »Wir sind ein aufblühender Staat, Mr. Jarndyce! Wir sind ein großes Land, Mr. Jarndyce, ein sehr großes Land! Unser System ist ein groß angelegtes System, Mr. Jarndyce, und wünschen Sie etwa, daß ein großes Land ein kleines System haben solle? Doch gewiß nicht!«
Er sagte dies oben an der Treppe und bewegte dabei seine Hand wie eine silberne Kelle, wie um den Zement seiner Worte an das Gebäude des Systems zu werfen und es für tausend Generationen gegen Verwitterung zu schützen.

63. Kapitel

Stahl und Eisen

Georges Schießgalerie steht zu vermieten, und die Utensilien werden verkauft, und George selbst ist nach Chesney Wold übergesiedelt, wo er Sir Leicester auf seinen Spazierritten begleiten und dicht neben ihm reiten muß, weil der alte Herr sein Pferd nur mit unsicherer Hand leiten kann.

Aber heute ist George anders beschäftigt. Heute reist er weiter nördlich in die Eisendistrikte, um sich umzusehen.

Und je weiter nördlich in die Eisendistrikte er kommt, desto weniger frische grüne Wälder sind zu sehen, und Kohlengruben und Schlackenberge, hohe Essen und rote Ziegelmauern, verdorrtes Grün, sengende Feuer und eine schwere, unveränderliche Rauchwolke zieren die Landschaft. In einer solchen Umgebung reitet der Kavallerist die Straße entlang und sieht sich häufig um, wie jemand, der etwas sucht.

Endlich, an der berußten Kanalbrücke einer geschäftigen Stadt, in der alles klingt wie Eisen und mehr Feuer und Rauch zu sehen ist, als ihm bis jetzt vor Augen gekommen ist, hält er, geschwärzt von dem Staube der Kohlenstraßen, sein Pferd an und fragt einen Arbeiter, ob ihm der Name Rouncewell bekannt sei.

»Da könnte ich gerade so gut meinen eignen vergessen haben«, meint der Arbeiter.

»So bekannt ist er hier, Kamerad?«

»Rouncewell? Das will ich meinen!«

»Und wo könnte ich ihn wohl finden?« fragt der Kavallerist und blickt suchend umher.

»Das Lager, die Fabrik oder das Haus?« wünscht der Arbeiter zu wissen.

»Hm! Die Rouncewells sind allem Anscheine nach so groß«, brummt der Kavallerist vor sich hin und streicht sich das Kinn, »daß ich fast Lust hätte, wieder umzukehren. Hm, ich weiß eigentlich nicht, wohin ich gehen soll. Meinen Sie wohl, daß ich Mr. Rouncewell in der Fabrik finde?«

»Nicht leicht zu sagen, wo Sie ihn finden. – Um diese Zeit des Tages werden Sie entweder ihn oder seinen Sohn dort finden, wenn er in der Stadt ist; aber er ist oft auf Geschäftsreisen.«

»Und wo ist die Fabrik?«

Ob er die Schornsteine dort, die höchsten, sehe?

Ja, er sieht sie.

Nun, diese Schornsteine soll er im Auge behalten, so geradeaus reiten, wie er kann, und dann werde er sie am Ende einer Straße links, umgeben von einer Mauer von Ziegelsteinen, die die eine Seite der Straße bilde, zu Gesicht bekommen. Das sei Rouncewells Fabrik.

Der Kavallerist dankt dem Manne, reitet langsam weiter und läßt seine Blicke umherschweifen. Er kehrt nicht um, wie er einen Augenblick vorhatte, sondern steigt in einem Wirtshaus ab, wo ein paar von Rouncewells Leuten zu Mittag essen, wie ihm der Hausknecht sagt. Ein Teil von Rouncewells Arbeiterschaft macht eben Mittagspause und scheint die ganze Stadt zu überschwemmen. Sie sind sehr muskulös und stark, auch ein wenig rußig, Mr. Rouncewells Arbeiter.

Er erreicht einen Torweg in der Mauer von Ziegelsteinen, blickt hinein und sieht einen großen Wirrwarr von Eisen in jeder Stufe der Vollendung und in einer unendlichen Verschiedenartigkeit von Formen daliegen; Stangen, Blech, Tafeln, Kessel, Achsen, Räder, Zapfen, Kurbeln, Schienen; – Eisen, in seltsame und wunderliche Formen zu einzelnen Maschinenteilen gedreht, und große Berge von Brucheisen, vor Alter verrostet; Öfen, im Hintergrund, wo es, noch jung, glüht und kocht; helles Feuerwerk von sprühendem Eisen, das unter den Schlägen des Dampfhammers Funken umherspritzt; rotglühendes Eisen, weißglühendes Eisen, schwarzkaltes Eisen; ein Ge-

schmack von Eisen, ein Geruch von Eisen, und ein tausendstimmiger Wirrwarr von Klängen von Eisen.
»Da könnte einem ja der Kopf in Stücke gehen«, brummt der Kavallerist und sieht sich nach einem Kontor um. »Wer kommt da? So ungefähr sah ich auch aus, ehe ich fortlief. Das dürfte mein Neffe sein, wenn sich Ähnlichkeit in den Familien fortpflanzt. -- Ihr Diener, Sir.«
»Ihrer, Sir. Suchen Sie jemanden?«
»Entschuldigen Sie, Sie sind der junge Mr. Rouncewell, glaube ich?«
»Ja.«
»Ich suche Ihren Vater, Sir. Ich möchte gern ein paar Worte mit ihm sprechen.«
Der junge Mann sagt Mr. George, daß er die Zeit gut getroffen habe, denn der Vater sei anwesend, und führt ihn nach dem Kontor. »Verdammt ähnlich, wie ich damals war!« denkt der Kavallerist, wie er ihm folgt.
Sie kommen zu einem Hofgebäude, in dessen oberem Stockwerk sich ein Bureau befindet. Mr. George wird sehr rot, als er den Herrn unter dem Fenster erblickt.
»Was für einen Namen soll ich meinem Vater nennen?« fragt der junge Mann.
George, den Kopf voller Eisen, gibt verzweifelt zur Antwort: »Stahl«, und wird unter diesem Namen gemeldet. Er bleibt allein mit dem Herrn im Kontor, der an einem mit Rechnungsbüchern und Plänen bedeckten Tisch sitzt. Es ist ein schmuckloses Zimmer mit kahlem Fenster, und wenn man herunter sieht, erblickt man nichts als Eisen. Auf dem Tische liegen einige Stücke Eisen wirr durcheinander, zu verschiedenen Zeiten ihres Dienstes zertrümmert, um ihre Beschaffenheit zu zeigen. Eisenstaub überall; schwer sieht man den Rauch durch die Fenster aus den hohen Schornsteinen hervorqualmen und sich mit dem eines halb im Dunst versteckten Babylons anderer Schornsteine mischen.
»Ich stehe zu Diensten, Mr. Stahl«, sagt der Herr, als der Besuch einen rostbefleckten Stuhl genommen hat.

»Mr. Rouncewell«, beginnt George, vorgebeugt, den linken Arm aufs Knie gelegt und den Hut in der Hand, und weicht dem Auge seines Bruders aus, »ich fürchte fast, mit meinem gegenwärtigen Besuch eher zudringlich als willkommen zu erscheinen. Ich habe in früheren Jahren bei den Dragonern gedient, und einer meiner Kameraden, den ich ziemlich gern hatte, war, wenn ich nicht irre, ein Bruder von Ihnen. Ich glaube, Sie hatten einen Bruder, der seiner Familie viel Kummer machte und fortlief? ...«
»Heißen Sie auch wirklich Stahl?« entgegnet der Eisenwerksbesitzer mit veränderter Stimme.
Der Kavallerist stockt und blickt ihn an. Sein Bruder springt auf, ruft ihn beim Namen und ergreift seine beiden Hände.
»Du bist zu rasch für mich!« ruft der Kavallerist, und Tränen treten ihm in die Augen. »Was machst du, mein lieber alter Junge? Ich hätte nie gedacht, daß du dich auch nur halb so sehr freuen würdest, mich zu sehen. Wie geht dir's, mein lieber alter Junge, wie geht dir's?«
Sie schütteln sich die Hände und umarmen einander immer und immer wieder, und der Kavallerist wiederholt immer noch mechanisch seine Frage, »wie geht dir's, mein lieber alter Junge«, und beteuert, daß er nie geglaubt hätte, sein Bruder würde sich auch nur halb so freuen, ihn wieder zu sehen!
»Weit entfernt davon, dachte ich natürlich gar nicht daran, mich zu erkennen zu geben«, erklärt er nach einem ausführlichen Bericht, wie es ihm die ganze Zeit über ergangen. »Ich dachte, wenn du meinen Namen nur irgend mit Nachsicht anhörtest, würde ich mich vielleicht allmählich dazu entschließen können, dir einen Brief zu schreiben. Aber ich wäre durchaus nicht überrascht gewesen, wenn du es als eine nichts weniger als angenehme Nachricht aufgenommen hättest, von mir zu hören.«
»Wir werden dir zu Hause schon zeigen, wie wir es aufnehmen, George«, entgegnet der Eisenwerksbesitzer. »Es ist heute ein großer Tag bei uns, und du hättest an keinem

besseren ankommen können, du sonnenverbrannter alter Soldat. Ich treffe heute mit meinem Sohn Watt eine Übereinkunft, daß er heute über ein Jahr ein so schönes und gutes Mädchen heiraten darf, wie du je eins auf deinen Reisen gesehen hast. Sie reist morgen mit einer deiner Nichten nach Deutschland ab, um ihre Erziehung zu vollenden. Wir feiern heute die Sache, und du sollst der Held des Festes sein.«

Diese Aussicht überwältigt Mr. George anfangs so vollkommen, daß er die angetragene Ehre mit großer Entschlossenheit zurückweist. Seinem Neffen – dem er seine Beteuerungen wiederholt, daß er sich nie hätte träumen lassen, sie würden sich so freuen, ihn wiederzusehen – und seinem Bruder gelingt es jedoch endlich, ihn zu überreden, und sie bringen ihn nach einem eleganten Hause, in dessen ganzer Einrichtung sich eine angenehme Mischung der ursprünglichen einfachen Bedürfnisse von Vater und Mutter und der Gewohnheiten zeigt, die der veränderten Lebensstellung und der besseren Erziehung der Kinder angepaßt sind.

Mr. George wird sehr bestürzt vor den Reizen und der Bildung seiner gegenwärtigen Nichten und der Schönheit Rosas, seiner zukünftigen Nichte, und den liebreichen Begrüßungen dieser jungen Damen, die er halb im Traum entgegennimmt; arg beschämt ihn auch das ehrerbietige Benehmen seines Neffen, und er fühlt sich so recht als Taugenichts der Familie. Aber es herrscht so großer Jubel, soviel Freude, und alles ist so gemütvoll und ungezwungen, daß er sich als alter gerader Soldat durchhilft. Sein Versprechen, zur Hochzeit zu kommen und die Braut wegzugeben, wird mit allgemeiner Freude aufgenommen. Es ist ihm noch ganz wirr im Kopf, als er sich in das Staatsbett in seines Bruders Haus legt und über alle diese Sachen nachdenkt und seine Nichten – wie wundervoll sie abends waren in ihren wallenden Musselinkleidern – im Geiste über die Bettdecke deutsche Reigen tanzen sieht.

Die Brüder haben am nächsten Morgen in dem Zimmer

des Eisenwerksbesitzers ein Privatgespräch miteinander, und der ältere setzt in seiner klaren verständigen Weise auseinander, wie er George am besten in seinem Geschäft verwenden könne, aber George drückt ihm die Hand und unterbricht ihn.

»Bruder, ich danke dir millionenmal für dein mehr als brüderliches Willkommen, und noch millionenmal für deine mehr als brüderlichen Absichten, aber ich habe mich bereits entschieden. Ehe ich ein Wort darüber sage, möchte ich dich gerne in einer Familienangelegenheit zu Rate ziehen. -- Auf welche Weise«, sagt der Kavallerist, verschränkt die Arme und blickt seinen Bruder, felsenfest entschlossen, sich nicht überreden zu lassen, an, »auf welche Weise wäre meine Mutter zu bewegen, mich auszustreichen?«

»Ich verstehe nicht recht, was du meinst, George«, entgegnet der Eisenwerksbesitzer.

»Ich meine, Bruder, wie meine Mutter zu bewegen wäre, mich auszustreichen? Sie muß irgendwie dazu gebracht werden.«

»Dich aus ihrem Testament zu streichen, glaube ich, meinst du?«

»Natürlich! Mit einem Wort«, sagt der Kavallerist und schlägt seine Arme noch entschlossener übereinander, »ich meine, mich *aus*streichen.«

»Lieber George, ist es wirklich so unumgänglich notwendig, daß das geschieht?«

»Unbedingt! Wenn es nicht geschieht, wäre es eine Gemeinheit von mir gewesen, zurückzukommen. Ich würde bestimmt eines Tages wieder ausreißen. Ich habe mich nicht zu Hause wieder eingeschlichen, um deinen Kindern, wenn nicht dir, ihre Rechte zu rauben. Ich, der ich die meinigen längst verwirkt habe! Wenn ich bleiben und offen jedem ins Gesicht sehen soll, muß ich gestrichen werden. Rede doch! Du bist ein Mann von anerkanntem Scharfsinn und kannst mir sagen, wie es anzufangen ist.«

»Ich kann dir sagen, George«, entgegnet der Eisenwerks-

besitzer bedächtig, »wie es nicht anzufangen ist, was, hoffe ich, dem Zwecke ebensogut entsprechen wird. Sieh unsre Mutter an, denke an sie, rufe dir ihre Ergriffenheit zurück, als sie dich wiederfand. Glaubst du wirklich, irgendeine Rücksicht auf der Welt könne sie dazu bringen, ihrem Lieblingssohne so etwas anzutun? Glaubst du, es wäre eine Aussicht auf ihre Beistimmung vorhanden, die nur im mindesten den Schmerz aufwiegen könnte, den ihr der Vorschlag verursachen würde? Wenn du das glaubst, so irrst du dich. Nein, George! Du mußt dich damit abfinden, unausgestrichen zu bleiben. Ich glaube« – auf dem Gesicht des Eisenwerksbesitzers zeigt sich ein verschmitztes Lächeln, wie er seinen Bruder beobachtet, der, aufs tiefste enttäuscht, nachsinnt –, »ich glaube aber doch, du könntest die Sache fast ebensogut einrichten, als ob es geschehen wäre.«
»Wieso, Bruder?«
»Wenn du schon so darauf erpicht bist, so kannst du ja alles, was du zu erben das Unglück haben wirst, wem du willst, testamentarisch vermachen.«
»Das ist wahr!« sagt der Kavallerist und sinnt wieder nach. Dann fragt er angelegentlich und ergreift seines Bruders Hand, »möchtest du das nicht deiner Frau und deiner Familie sagen?«
»Aber mit Vergnügen.«
»Ich danke dir. Du könntest vielleicht sagen, daß ich zwar zweifellos ein Vagabund, aber ein Vagabund aus Abenteuerlust und nicht aus Gemeinheit bin.«
Der Eisenwerksbesitzer unterdrückt sein verschmitztes Lächeln und nickt ernsthaft.
»Ich danke dir. Danke dir wirklich. Mir fällt damit ein Stein vom Herzen«, sagt der Kavallerist und atmet tief auf. »Aber lieber wär's mir gewesen, sie hätte mich ausgestrichen.«
Die Brüder sehen sich sehr ähnlich, wie sie so einander gegenübersitzen, aber eine gewisse massive Einfachheit und Weltunkenntnis zeichnen den Kavalleristen aus.

»Nun also zu meinen Plänen«, fährt er fort und schüttelt seine Verstimmung ab. »Du bist so brüderlich gewesen, mir vorzuschlagen, hier zu bleiben und einen Platz unter den Früchten deiner Ausdauer und deines Verstandes einzunehmen. Ich danke dir herzlich. Das ist mehr als brüderlich, und wirklich, ich danke dir von Herzen dafür«, er schüttelt ihm lange und warm die Hand. »Aber, um nur bei der Wahrheit zu bleiben, Bruder, ich – ich bin eine Art Unkraut, und es ist zu spät, mich in einen gepflegten Garten zu verpflanzen.«

»Lieber George«, entgegnet der Eisenwerksbesitzer und wendet ihm lächelnd seine breite feste Stirn zu, »das ist meine Sache. Laß mich nur machen.«

George schüttelt den Kopf. »Du könntest es, wenn überhaupt jemand, daran zweifle ich nicht. Aber es ist unausführbar. Es geht nicht, Bruder! Andrerseits trifft es sich, daß ich Sir Leicester Dedlock seit seiner Krankheit – die ihn infolge seines Unglücks in der Familie befallen hat – ein wenig von Nutzen sein kann. Er nimmt diese Hilfe lieber von dem Sohne unsrer Mutter als von irgendeinem andern.«

»Allerdings, lieber George«, entgegnet Mr. Rouncewell, während ein leichter Schatten sein offenes Gesicht überfliegt, »wenn du vorziehst, in Sir Leicester Dedlocks Leibgarde zu dienen ...«

»So ist's Bruder!« unterbricht ihn der Kavallerist und legt die Hand wieder auf die Knie. »So ist's! Dir gefällt der Gedanke nicht recht, aber für mich ist es das Beste. Du bist nicht gewohnt, dir kommandieren zu lassen; ich bin es. Alles um dich her ist in vollständiger Ordnung und Disziplin; bei mir muß alles in Ordnung und unter Disziplin gehalten werden. Wir betrachten die Sache von verschiedenen Gesichtspunkten aus. Ich sage weiter nichts von meinen Soldatenmanieren, weil ich mich gestern abend wirklich wohl befunden habe, und ich glaube auch nicht, daß man sich hier daran stoßen würde, wenn man sich einmal dran gewöhnt hätte; aber es ist am besten, ich lasse mich in Chesney Wold – wo mehr Platz für ein Stück Unkraut, wie ich bin, ist – nieder, und unsre gute alte Mutter wird es überdies glücklich machen. Deshalb will ich Sir Leicester Dedlocks Anerbieten annehmen. Wenn ich nächstes Jahr wiederkomme, um die Braut wegzugeben, oder wenn ich sonst wiederkomme, werde ich verständig genug sein, um die Leibgardenbrigade im Hintertreffen zu halten und sie nicht auf deinem Terrain manövrieren zu lassen. – Nochmals, ich danke dir herzlich und denke mit Stolz an die Rouncewells, deren Haus du begründen wirst.«

»Du mußt dich am besten kennen, George«, sagt der Eisenwerksbesitzer und erwidert den Händedruck seines Bruders, »und vielleicht kennst du mich besser als ich mich selbst. Tue, was du willst. Schon, damit wir nicht wieder auseinanderkommen.«

»Nun, das ist wohl nicht zu befürchten!« entgegnet der Kavallerist. »Aber ehe ich wieder heim reite, Bruder, möchte ich dich bitten – wenn du so gut sein willst –, einen Brief für mich durchzusehen. Ich habe ihn mit hierher genommen, um ihn von hier aus abzuschicken, da der Name Chesney Wold die Person, an die er geschrieben ist, wahrscheinlich schmerzlich berühren würde. Ich bin nicht sehr ans Korrespondieren gewöhnt, und gerade an diesem Briefe liegt mir sehr viel, da er zugleich offenherzig und zartfühlend sein soll.«

Mit diesen Worten gibt er dem Eisenwerksbesitzer einen Brief, mit etwas blasser Tinte, eng, aber mit einer hübschen runden Hand geschrieben, zu lesen:

»Miß Esther Summerson.

Da mir Inspektor Bucket mitteilte, daß man unter den Papieren einer gewissen Person einen an mich gerichteten Brief gefunden habe, so nehme ich mir die Freiheit, Sie in Kenntnis zu setzen, daß es sich bloß um eine schriftliche Instruktion aus dem Auslande handeln kann, in der stand, wann, wo und wie ich einen beigeschlossenen Brief an eine

junge und schöne Dame, die damals unverheiratet in England lebte, abgeben sollte. Ich habe damals alles genau befolgt.
Ich nehme mir außerdem die Freiheit, Sie in Kenntnis zu setzen, daß man mir dieses Papier, nur um eine Handschrift damit zu vergleichen, abverlangte, und daß ich es auch dazu nicht herausgegeben hätte, obgleich es mir unter den in meinem Besitz befindlichen als das harmloseste erschien, wenn man mir nicht die Pistole auf die Brust gesetzt hätte. Ich nehme mir ferner die Freiheit, zu erwähnen, daß, wenn ich hätte vermuten können, ein gewisser unglücklicher Herr sei noch am Leben gewesen, ich nicht eher geruht haben würde, als bis ich ihn entdeckt und meinen letzten Pfennig mit ihm geteilt hätte. Nicht nur aus Pflichtgefühl, sondern, glauben Sie mir, aus alter Anhänglichkeit. Aber er war (dienstlich) als ertrunken gemeldet worden und fiel tatsächlich nachts in einem irischen Hafen von einem eben erst aus Westindien angekommenen Transportschiff über Bord, wie ich sowohl von Offizieren wie von der Mannschaft des Schiffes gehört habe. Der Fall ist übrigens, soviel ich weiß, auch später (dienstlich) bestätigt worden.
Ich nehme mir außerdem die Freiheit, zu versichern, daß ich in meiner bescheidenen Eigenschaft als Gemeiner stets Ihr ergebenster Diener bin und immer bleiben werde und die hohen Eigenschaften, die Sie besitzen, über alles und weit mehr, als es die gegenwärtigen Zeilen ausdrücken können, schätze.
Ich habe die Ehre zu unterzeichnen.

George.«

»Etwas förmlich«, bemerkt der ältere Bruder und faltet den Brief mit etwas verwirrter Miene wieder zusammen.
»Enthält aber doch nichts, was man nicht einem Muster von einer jungen Dame schreiben könnte?«
»Durchaus nichts.«
Der Brief wird also versiegelt und mit unter die Eisenkor-

respondenz des Tages gelegt, um auf die Post gebracht zu werden.
Sodann nimmt Mr. George herzlichen Abschied von der Familie und macht sich fertig und sattelt sein Pferd. Sein Bruder möchte jedoch noch gern ein wenig mit ihm beisammen sein und schlägt ihm vor, ihn in einem leichten offenen Wagen nach dem Orte zu bringen, wo er zu übernachten gedenkt, und dort bis zum Morgen bei ihm zu bleiben, während ein Bedienter mit dem alten Grauschimmel von Chesney Wold vorausreitet. Der Vorschlag wird bereitwillig angenommen, und es folgt eine gemütliche Fahrt, ein gemütliches Abendessen und ein gemütliches Frühstück in brüderlicher Eintracht. Dann schütteln sie sich noch einmal lange und herzlich die Hände und scheiden; der Eisenwerksbesitzer wendet sein Gesicht dem Rauch und den Essen wieder zu und der Kavallerist dem frischgrünen Lande.
Zeitig des Nachmittags hört man den gedämpften Schall seines schweren militärischen Trabes auf dem Rasen in der Allee, wie er, im Geiste mit Säbel und Küraß rasselnd und klirrend, unter den alten Ulmen dahinreitet.

64. Kapitel

Esthers Erzählung

Eines Morgens, kurz nach unsrer letzten Unterredung, drückte mir mein Vormund ein versiegeltes Kuvert in die Hand und sagte: »Das ist für nächsten Monat, mein Kind.« Ich fand zweihundert Pfund darin.
In aller Ruhe begann ich alle nötigen Vorbereitungen zu treffen und richtete mich dabei nach dem Geschmack meines Vormundes, den ich natürlich ganz genau kannte. Auch bei Beschaffung meiner Garderobe nahm ich darauf Bedacht und hoffte, daß mir alles gut gelingen sollte. Ich

besorgte alles ganz im geheimen, weil ich von meiner alten Befürchtung nicht vollkommen frei war, Ada könne meinetwegen bekümmert sein, und weil mein Vormund ebenfalls nicht weiter davon sprach. Ich nahm an, daß wir jedenfalls in aller Stille getraut werden würden. Vielleicht würde ich nur zu Ada zu sagen haben: Mein Liebling, möchtest du nicht morgen zu unserm Hochzeitsmahl kommen? Vielleicht würde unsre Trauung ebenso bescheiden sein wie die ihrige, und ich brauchte ihr nicht eher etwas zu sagen, als bis alles vorbei war. Ich dachte, wenn ich zu bestimmen hätte, würde ich es so arrangieren. Nur Mrs. Woodcourt gegenüber machte ich eine Ausnahme. Ich sagte ihr, daß ich in Bälde meinen Vormund heiraten würde und daß wir schon seit einiger Zeit verlobt wären. Sie billigte dies höchlichst. Sie konnte nicht genug um mich sein und war gegen früher, als wir sie zuerst kennengelernt hatten, merkwürdig sanft geworden. Es gab keine Mühe, der sie sich nicht meinetwegen unterzogen hätte; aber ich brauche wohl kaum zu sagen, daß ich ihr nur soviel zu machen gestattete, als gerade unumgänglich nötig war, sie ihren guten Willen beweisen zu lassen.
Natürlich durfte ich bei all dem meinen Vormund nicht vernachlässigen, und auch mein Herzenskind nicht. Immerhin hatte ich also sehr viel zu tun – was mir ganz angenehm war –, und was Charley betraf, so kam sie vor lauter Näherei gar nicht mehr zum Vorschein. Sich mit großen Haufen von Garderobestücken – Körbe und Tische voll – zu umgeben und ein wenig daran zu arbeiten und sehr viel Zeit darauf zu verwenden, mit großen runden Augen das anzusehen, was noch zu machen war, und sich einzureden, sie habe alle Hände voll zu tun, das waren so Charleys große Würden und Freuden.
Was das Testament anbetraf, muß ich sagen, konnte ich mit meinem Vormund nicht recht derselben Meinung sein und hatte einige sanguinische Hoffnungen auf »Jarndyce kontra Jarndyce« gesetzt. Wer von uns recht hatte, mußte sich bald zeigen. Ich meinesteils war jedenfalls hoffnungs-

froh gestimmt. Bei Richard hatte die Entdeckung einen Anfall von Geschäftigkeit und Aufregung zur Folge, der ihn eine Zeitlang aufrecht erhielt, aber die wirkliche Elastizität der Hoffnung schien er verloren zu haben und nur mehr in fieberischer Wartestimmung zu sein. Aus einer Äußerung meines Vormundes, als wir eines Tages von dieser Sache sprachen, schloß ich, daß unsre Vermählung erst nach dem Beginn der angekündigten Session stattfinden sollte, und ich malte mir meine Hochzeitsfeier um so schöner aus, als ich hoffte, dann Richard und Ada bereits in besseren Umständen zu wissen.

Die Tagfahrt stand schon sehr nahe bevor, als mein Vormund eine Reise nach Yorkshire in Mr. Woodcourts Angelegenheiten machte. Er hatte mir schon früher gesagt, daß seine Anwesenheit notwendig sein würde.

Ich war gerade eines Abends von meiner lieben Ada nach Hause gekommen und saß mitten unter allen meinen neuen Kleidern, sah sie mir an und dachte über allerlei nach, als ich einen Brief von ihm erhielt. Er forderte mich darin auf, zu ihm zu kommen, bezeichnete mir die Kutsche, mit der ich fahren und zu welcher Stunde des Morgens ich die Stadt verlassen müßte. Er setzte in einer Nachschrift hinzu, daß ich nur wenige Stunden von Ada weg sein würde.

Ich war damals auf nichts weniger als auf eine Reise gefaßt, aber in kurzer Zeit machte ich mich fertig und fuhr mit dem Schlag der bezeichneten frühen Morgenstunde ab. Ich reiste den ganzen Tag und grübelte wohl ununterbrochen, wozu man mich in Yorkshire brauchen würde; einmal dachte ich mir dies, dann wieder jenes aus, aber nie kam ich der Wahrheit nahe.

Es war Nacht, als ich das Ziel meiner Reise erreichte, und mein Vormund erwartete mich. Das war mir eine große Erleichterung, denn gegen Abend hatte ich zu fürchten angefangen – um so mehr, da sein Brief nur kurz gewesen war –, daß er krank sein könnte. Ich fand ihn jedoch so wohl wie nur möglich, und als ich sein gutmütiges Gesicht wieder vor Freundlichkeit strahlen sah, sagte ich mir, daß er gewiß wieder heimlich eine gute Tat verrichtet haben müßte. Es gehörte kein großer Scharfsinn dazu, denn sein Hiersein war schon an und für sich eine gute Tat.

Das Abendessen stand im Gasthof bereit, und als wir bei der Tafel saßen, sagte er:

»Bist gewiß sehr neugierig, kleines Frauchen, warum ich dich hierher gerufen habe.«

»Nun ja«, gab ich zu, »ich halte mich zwar für keine Fatima und dich für keinen Blaubart, aber neugierig bin ich doch ein wenig.«

»Nun, damit du ruhig schlafen kannst, mein Liebling«, entgegnete er heiter, »wollen wir nicht erst bis morgen warten, um es dir zu sagen. Es hat mir immer sehr auf dem Herzen gelegen, Woodcourt irgendwie meinen Dank für seine Menschlichkeit gegenüber dem armen unglücklichen Jo und für die unschätzbaren Dienste, die er Richard und uns allen geleistet hat, zu beweisen. Als es ausgemacht war, daß er hierher ziehen würde, fiel es mir ein, ihn zu bitten, ein anspruchsloses und passendes Häuschen, worin er wohnen könnte, von mir anzunehmen. Deshalb gab ich den Auftrag, ein solches zu suchen, und es hat sich wirklich eins unter sehr annehmbaren Bedingungen gefunden, und ich habe es für ihn herrichten und bewohnbar machen lassen. Als ich nun vorgestern Nachricht erhielt, daß es fertig sei, und es mir ansehen kam, fand ich, daß ich doch nicht Wirtschaftskenntnisse genug besäße, um zu wissen, ob alles so sei, wie es sein müßte. Ich schickte daher nach der besten kleinen Hausfrau, die nur zu haben ist, damit sie ihr Urteil ausspräche und ihren Rat erteilte. Und da sitzt sie«, sagte mein Vormund, »und lacht und weint schon wieder in einem Atem!«

Weil er so lieb, so gut, so bewunderungswürdig war. Ich versuchte, ihm zu sagen, wie sehr es mich ergriff, konnte aber kein Wort über die Lippen bringen.

»Still, still!« sagte er. »Du machst zu viel Aufhebens

davon, kleines Frauchen. Wie du schluchzst, schluchzst, Mütterchen, wie du schluchzst!«
»Vor unaussprechlicher Freude, aus dankerfülltem Herzen.«
»Nun, nun, schon gut, schon gut«, besänftigte er mich. »Es freut mich, daß du es billigst. Ich dachte es mir gleich. Es sollte eine angenehme Überraschung für die kleine Herrin von Bleakhaus sein.«
Ich küßte ihn und trocknete mir die Tränen. »Ich weiß es!« sagte ich. »Ich habe seit langer Zeit auf deinem Gesicht gelesen, daß du so etwas Ähnliches vorhattest.«
»So? Hast das wirklich, mein Liebling?« fragte er. »Nein, wie gut Mütterchen Durden einem etwas vom Gesicht ablesen kann!«
Er lächelte verschmitzt heiter, daß ich bald wieder fröhlich war und mich fast schämte, es nicht gleich von Anfang gewesen zu sein. Als ich zu Bett ging, weinte ich. Ich muß gestehen, ich weinte; aber ich hoffe, es war vor Freude, wenn ich mir auch dessen nicht ganz gewiß bin. Ich wiederholte mir im Geist jedes Wort des Briefes, den er mir damals geschrieben, zweimal.
Ein wunderschöner Sommermorgen folgte diesem Abend, und nach dem Frühstück gingen wir Arm in Arm nach dem Hause, über das ich mein gewichtiges Hausfrauenurteil abgeben sollte. Wir traten durch eine Tür in einer Mauer, zu der mein Vormund den Schlüssel hatte, in einen Blumengarten, und das erste, was ich sah, war, daß die Beete und Blumen alle so angeordnet waren wie die in Bleakhaus.
»Du siehst, mein Kind«, bemerkte er und blieb mit erfreutem Gesicht stehen, um mich zu beobachten, »da ich keine bessere Einteilung kannte, habe ich deine nachgemacht.«
Wir gingen durch einen hübschen kleinen Obstgarten, wo die Kirschen aus dem grünen Laube hervorglänzten und der Schatten der Apfelbäume auf dem Rasen zitterte, nach dem Hause – einem Häuschen, einem ganz ländlichen Häuschen mit Zimmern wie für Puppen. Ein so allerlieb-

ster Ort, so still und so schön, mit so fruchtbarer und freundlicher Gegend rings umher, mit glänzenden Wassern im Hintergrunde, hier von frischem Sommergrün überschattet, dort eine brausende Mühle drehend, dann wieder in der Nähe glitzernd durch eine Wiese fließend, an der heitern Stadt vorbei, wo Ballspieler sich in munteren Gruppen sammelten und über einem weißen Zelt eine Fahne wehte, mit der der linde Westwind spielte. Und überall, wie wir durch die hübschen Zimmer und zu den kleinen ländlichen Verandatüren hinaus und unter dem niedlichen hölzernen Säulengang, von Waldrebe, Jasmin und Jelängerjelieber umschlungen, gingen, sah ich in den Tapeten, in den Farben des Hausrats und in der Anordnung aller der hübschen Gegenstände meine kleinen Arrangements und Erfindungen, die sie immer so belachten und in den Himmel hoben, kurz, ganz meinen eigenen Geschmack berücksichtigt.
Ich konnte nicht genug meine Bewunderung ausdrücken, wie schön alles war, mich aber eines geheimen inneren Zweifels nicht erwehren, als ich es sah. Ich dachte, wird es Mr. Woodcourt glücklich machen? Würde es nicht für seinen Seelenfrieden besser sein, wenn ihn nicht alles so an mich erinnerte? Wenn ich auch nicht das war, wofür er mich hielt, so liebte er mich doch innig, das wußte ich, und es mußte ihn alles hier schmerzlich an das mahnen, was er verloren zu haben glaubte. Ich wünschte ja nicht, daß er mich vergäße – vielleicht würde er es auch ohne diese Erinnerungen nicht tun –, aber mein Weg war leichter als der seine, und ich hätte mich selbst damit aussöhnen können, wenn es ihn nur glücklicher gemacht hätte.
»Und jetzt, kleines Frauchen«, sagte mein Vormund, den ich nie so stolz und froh gesehen hatte, als wie er mir dies alles zeigte und beobachtete, welchen Eindruck es auf mich machte, »nun kommt das letzte, der Name des Hauses.«
»Und wie heißt es, lieber Vormund?«
»Liebes Kind«, sagte er, »sieh selbst nach.«

Er führte mich nach der Eingangspforte, der er bis jetzt ausgewichen war, und fragte mich, indem er stillstand, ehe wir hinausgingen:
»Liebes Kind, du errätst wirklich den Namen nicht?«
»Nein!« sagte ich.
Wir gingen zur Pforte hinaus; und darüber stand geschrieben:

»Bleakhaus«

Er führte mich zu einer Laubenbank in der Nähe, setzte sich neben mich, ergriff meine Hand und sprach:
»Mein Herzenskind, bei dem, was zwischen uns bestanden hat, habe ich, wie ich hoffe, wahrhaft dein Glück im Auge gehabt. Als ich dir den Brief schrieb, auf den du selbst die Antwort brachtest« – er lächelte, wie er davon sprach –, »hatte ich mein eignes Glück wohl sehr im Auge, aber das deinige auch. Ob ich unter andern Verhältnissen den alten, von mir so oft, als du fast noch ein Kind warst, geträumten Traum erneuern würde, dich einmal zu meiner Gattin zu machen, brauche ich mich nicht zu fragen. Ich erneuerte ihn und schrieb meinen Brief, und du brachtest die Antwort. Verstehst du, mein Kind, was ich meine?«
Mich fröstelte, und ich zitterte heftig, verlor aber kein Wort von dem, was er sprach. Wie ich dasaß und ihn fest ansah und die Sonnenstrahlen durch das Laub hindurch auf sein Haupt fielen, kam es mir vor, als ob der Glorienschein um ihn wie der Glanz der Engel sein müßte.
»Höre mir zu, mein Liebling, aber sprich jetzt nicht. Die Reihe zu sprechen ist an mir. Wann ich anfing zu zweifeln, ob das, was ich beabsichtigte, dir wirklich zum Glück gereichen würde, tut nichts zur Sache. Woodcourt kam zurück, und ich hatte bald keinen Zweifel mehr.«
Ich schlang meine Arme um ihn, barg mein Haupt an seiner Brust und weinte.
»Bleib hier still und vertrauensvoll ruhen, mein Kind«, sagte er und drückte mich sanft an sich. »Ich bin jetzt dein Vormund und dein Vater wieder. Bleib hier ruhen.«

Besänftigend wie das leise Rauschen der Blätter, ruhig wie die Sommerluft und heiter und strahlend wie der Sonnenschein, fuhr er fort:
»Versteh mich recht, mein liebes Kind. Ich zweifelte nie, daß du zufrieden und glücklich an meiner Seite sein würdest, wo du so voller Pflichttreue und Hingebung bist, aber ich sah auch, mit wem du glücklicher sein müßtest. Daß ich sein Geheimnis durchschaute, als unser Hausmütterchen noch nichts davon ahnte, ist kein Wunder – kannte ich doch alles Gute an ihr, das immer bleiben wird, viel besser als sie selbst. Allan Woodcourt hat mir schon längst sein Vertrauen geschenkt, wenn ich ihn auch erst gestern wenige Stunden vor deiner Ankunft in meine Pläne einweihte. Aber meiner Esther glänzendes Beispiel durfte nicht verloren gehen; es durfte kein Jota ihrer hohen Eigenschaften ungesehen und ungeehrt bleiben; sie durfte in dem Geschlechte der Morgan-ap-Kerrigs nicht bloß geduldet werden, nein, nicht um soviel Gold wie alle Berge von Wales zusammen!«
Er hielt inne, um mich auf die Stirn zu küssen, und ich schluchzte und weinte von neuem. Ich glaubte die schmerzliche Wonne seines Lobes nicht ertragen zu können.
»Still, kleines Frauchen! Weine nicht; heute soll ein Tag der Freude sein. Ich habe mich Monate und Monate darauf gefreut«, sagte er frohlockend. »Nur noch ein paar Worte, Mütterchen, und ich habe gesagt, was ich zu sagen habe. Entschlossen, auch kein Atom des Wertes meiner Esther verloren gehen zu lassen, nahm ich mir Mrs. Woodcourt besonders vor. ›Hören Sie, Madam‹, sagte ich, ›ich sehe klar – und weiß es außerdem auch –, daß Ihr Sohn mein Mündel liebt. Ich weiß auch, daß mein Mündel Ihren Sohn liebt, aber ihre Liebe einem Gefühl der Pflicht und der Hingebung opfern will, und zwar so vollständig und so unselbstsüchtig, daß Sie es nie ahnen werden, wenn Sie sie auch Tag und Nacht beobachten.‹ Dann erzählte ich ihr unsre ganze Geschichte – unsre, deine und meine.

›Nun mache ich Ihnen den Vorschlag, Madam‹, sagte ich, ›besuchen Sie uns, nachdem Sie dies erfahren haben, und wohnen Sie bei uns. Kommen Sie zu uns und sehen Sie mein Kind zu jeder Stunde; halten Sie das, was Sie sehen, gegen ihren Stammbaum, der so und so ist‹ – ich verschmähte, ihr etwas zu verhehlen –, ›und sagen Sie mir, was echtes, reines Blut ist, wenn Sie sich die Sache recht ordentlich überlegt haben.‹ Aber Ehre sei ihrem alten welschen Blute, meine Liebe!« rief mein Vormund voll Begeisterung. »Ich glaube, ihr Herz schlägt nicht weniger warm, nicht weniger bewundernd, nicht weniger liebevoll für Mütterchen Durden als mein eignes!«
Er hob zärtlich meinen Kopf in die Höhe und küßte mich auf seine alte väterliche Weise wieder und wieder. Welch ein Licht ging mir jetzt auf, wenn ich an die Beschützermiene dachte, die mir so oft an ihm aufgefallen war!
»Und noch ein letztes Wort. Als Allan Woodcourt mit dir sprach, meine Liebe, geschah es mit meinem Wissen und meiner Zustimmung – aber ich ermutigte ihn in keiner Weise, durchaus nicht, denn diese kleinen Überraschungen waren meine große Belohnung, und ich war zu geizig, um nur ein Jota davon zu missen. Er sollte mir alles erzählen, was vorgegangen war, und er tat es. Ich habe weiter nichts mehr zu sagen, mein Herzlieb. Allan Woodcourt stand neben der Leiche deines Vaters – stand neben der deiner Mutter. Dies ist Bleakhaus. Heute gebe ich diesem Hause seine kleine Herrin, und ich schwöre es zu Gott, es ist der schönste Tag meines ganzen Lebens!«
Er stand auf und zog mich an seine Brust.
Wir waren nicht länger allein.
Mein Gatte – volle sieben glückliche Jahre sind es jetzt, daß ich ihn so genannt – stand neben mir.
»Allan«, sagte mein Vormund, »nehmen Sie von mir als freiwillige Gabe das beste Weib, das jemals ein Mann gehabt hat. Kann ich Ihnen mehr sagen, als daß ich weiß, daß Sie es verdienen?! Nehmen Sie mit ihr das Häuschen, das sie Ihnen zubringt. Sie wissen, wie glücklich sie es machen

wird, Allan; Sie wissen, was sie für das andre Bleakhaus gewesen ist. Erlauben Sie, mich manchmal in sein Glück zu teilen, und was opfere ich dann? Nichts, nichts.« Er küßte mich noch einmal, und Tränen standen ihm im Auge, als er mit gedämpfterer Stimme sagte: »Liebe Esther, nach so vielen Jahren bedeutet dies doch eine Art Trennung. Ich weiß, daß mein Irrtum dir Schmerzen verursacht hat. Verzeihe deinem alten Vormund und räume ihm wieder seinen alten Platz in deinem Herzen ein; und lösche den Irrtum aus deinem Gedächtnis. Allan, hier, nehmen Sie mein liebes Kind hin!«

Er trat unter dem grünen Blätterdach hervor in den Sonnenschein draußen, wendete sich heiter nach uns um und sagte:

»Ich werde hier irgendwo in der Nähe zu finden sein. Es ist Westwind, kleines Frauchen, reiner Westwind! Es darf mir niemand mehr danken; denn ich kehre wieder zu meinen Junggesellengewohnheiten zurück, und wenn jemand auf diese Warnung nicht achtet, laufe ich fort und komme nie wieder!«

Oh, dieser Tag mit seinem Glück, seiner Freude, seinem Frieden, seiner Hoffnung, seiner dankerfüllten Seligkeit! Wir sollten noch vor Ende dieses Monats getraut werden, aber der Zeitpunkt, wo wir unser Heim beziehen sollten, hing von Richard und Ada ab.

Am nächsten Tage reisten wir alle drei zusammen nach Hause. Sowie wir in der Stadt angekommen waren, begab sich Allan zu Richard, um ihm und meinem Herzenskinde die freudige Botschaft zu überbringen. So spät es war, gedachte ich sie doch vor dem Schlafengehen noch auf ein paar Minuten zu besuchen, ging aber zuerst mit meinem Vormund heim, um ihm seinen Tee zu bereiten und meinen alten Platz an seiner Seite einzunehmen, denn ich wollte nicht daran denken, daß er so bald leer werden sollte.

Als wir zu Hause ankamen, hörten wir, daß ein junger Mann im Laufe des Tages dreimal nach mir gefragt hatte,

und als er bei seinem dritten Besuch erfahren, daß ich nicht vor zehn Uhr abends zurückkehren würde, zurückgelassen habe, er werde um diese Zeit wiederkommen. Er hatte seine Karte dreimal abgegeben. »Mr. Guppy.«
Da ich mir natürlich über den Zweck seiner Besuche Gedanken machte und in meinen Vorstellungen immer etwas Lächerliches mit seiner Person verband, kam es dazu, daß ich meinem Vormund lachend von Mr. Guppys früherem Heiratsantrag und seinem späteren Rücktritt erzählte.
»Oh, wenn sich die Sache so verhält, müssen wir diesen Helden unbedingt empfangen«, sagte mein Vormund.
So wurde also Befehl gegeben, Mr. Guppy vorzulassen, wenn er wieder erscheinen sollte, und kaum war das geschehen, meldete man ihn auch schon.
Er geriet sehr in Verlegenheit, als er meinen Vormund bei mir fand, faßte sich aber bald und sagte: »Wie geht es Ihnen, Sir?«
»Wie geht es Ihnen, Sir?« entgegnete mein Vormund.
»Ich danke Ihnen, Sir, es macht sich. Erlauben Sie, daß ich Ihnen meine Mutter, Mrs. Guppy von Old-Street-Road und meinen Freund Mr. Weevle vorstelle. Mein Freund hat den Namen Weevle nur angenommen, wirklich und eigentlich heißt er Jobling.«
Mein Vormund bat die Herrschaften, Platz zu nehmen, und alle drei setzten sich.
»Tony«, begann Mr. Guppy zu seinem Freund nach einer Verlegenheitspause. »Willst du den Fall vortragen?«
»Tu es doch selber«, entgegnete der Freund, ein wenig kurz angebunden.
»Sehen Sie, Mr. Jarndyce, – ehüm –«, fing Mr. Guppy nach kurzem Besinnen an, zum großen Entzücken seiner Mutter, was sie dadurch an den Tag legte, daß sie Mr. Jobling einen Stoß mit dem Ellbogen versetzte und mir auf die merkwürdigste Weise mit den Augen zuzwinkerte. »Ich hoffte, Miß Summerson allein zu finden, und war auf Ihre geehrte Gegenwart nicht vorbereitet. Miß Summerson hat

Ihnen vielleicht gesagt, daß bei früheren Gelegenheiten etwas zwischen uns vorgefallen ist?«

»Miß Summerson hat mir allerdings eine derartige Mitteilung gemacht«, bestätigte mein Vormund lächelnd.

»Das erleichtert die Sache«, sagte Mr. Guppy. »Sir, ich habe meine Lehrzeit bei Kenge & Carboy absolviert und, wie ich glaube, zur Zufriedenheit aller Beteiligten. Ich bin jetzt, nach einem Examen in einem Haufen von überflüssigem Unsinn, bei dem der Mensch blau anlaufen könnte, in der Anwaltsliste eingetragen und habe mein Zertifikat bekommen. Wenn Sie irgend wünschen sollten, kann ich es Ihnen zeigen.«

»Ich danke Ihnen, Mr. Guppy«, wehrte mein Vormund ab. »Ich nehme – ich glaube, so lautet der juristische Ausdruck – die Existenz des Zertifikates als erwiesen an.«

Mr. Guppy ließ also das Papier, das er eben aus der Tasche ziehen wollte, stecken und fuhr fort:

»Ich selbst besitze zwar kein Kapital, aber meine Mutter hat ein kleines Vermögen in Form einer Leibrente« – Mr. Guppys Mutter wackelte mit dem Kopfe, als ob sie sich über die Bemerkung gar nicht genug freuen könnte, hielt sich das Taschentuch vor den Mund und zwinkerte mir wieder mit den Augen zu –, »und an ein paar Pfund für die Barauslagen im Geschäft – unverzinslich natürlich – wird es nie fehlen. Und das ist immerhin etwas, wie Sie wissen«, hob Mr. Guppy mit Gefühl hervor.

»Gewiß, ohne Zweifel«, erwiderte mein Vormund.

»Auch habe ich einige Beziehungen, hauptsächlich in der Gegend von Walcot Square, Lambeth, und habe daher in jener Gegend ein Haus gemietet, das nach dem Urteil meiner Freunde spottbillig ist (die Abgaben lächerlich gering, und die Benutzung des unbeweglichen Besitzes im Zins mit eingeschlossen), und gedenke mich dort zu etablieren.«

Bei diesen Worten nahm Mrs. Guppys Kopfwackeln geradezu bedenkliche Dimensionen an, und schelmisch lächelnd blickte sie uns der Reihe nach an.

»Das Haus umfaßt sechs Räume, die Küche nicht mitgerechnet, und ist nach dem Urteil meiner Freunde eine bequeme Wohnung. Wenn ich von meinen Freunden spreche, so meine ich damit vor allem Mr. Jobling, der mich, glaube ich« – Mr. Guppy sah ihn mit sentimentalem Gesicht an –, »schon von Kindheit an kennt.«
Mr. Jobling bestätigte dies mit einem Kratzfuß unter dem Stuhle.
»Mein Freund Jobling wird mir seine Unterstützung als Substitut leihen und mit im Hause wohnen. Meine Mutter wird ebenfalls dort wohnen, wenn der Kontrakt ihres gegenwärtigen Quartiers in Old-Street-Road abgelaufen ist. An Gesellschaft wird es daher nicht fehlen. Mein Freund Jobling ist von Natur aristokratisch gesinnt; und außer daß er mit allem, was in den vornehmen Kreisen vorgeht, vertraut ist, teilt er die Ansichten, die ich jetzt entwickle.«
Mr. Jobling bestätigte: »Gewiß«, und zog sich ein wenig aus dem Ellbogenbereich der Mutter Mr. Guppys zurück.
»Da Sie Miß Summerson ins Vertrauen gezogen hat, so habe ich keine Veranlassung, Ihnen nochmals zu wiederholen – Mutter, sei so gut, und sei still –, daß Miß Summersons Bild früher meinem Herzen eingeprägt war und daß ich ihr einen Heiratsantrag machte.«
»Das habe ich gehört«, entgegnete mein Vormund.
»Umstände«, fuhr Mr. Guppy fort, »auf die ich keinen Einfluß hatte – sogar ganz das Gegenteil –, drängten eine Zeitlang dies Bild in den Hintergrund. Damals war Miß Summersons Benehmen höchst gentil, ich darf sogar hinzusetzen, edelmütig.«
Mein Vormund klopfte mir auf die Schulter und schien sich köstlich zu amüsieren.
»Ich bin nun selbst in einen solchen Gemütszustand gelangt«, sagte Mr. Guppy, »so daß ich mich meinerseits nicht weniger edelmütig zu benehmen wünsche. Es liegt mir viel daran, Miß Summerson zu beweisen, daß ich mich zu einer Höhe erheben kann, deren sie mich vielleicht kaum für fähig hält. Ich habe herausgefunden, daß das

Bild, das, wie ich glaubte, aus meinem Herzen herausgerissen war, in Wirklichkeit nicht herausgerissen ist. Es übt immer noch einen gewaltigen Einfluß auf mich aus, und indem ich diesem Gefühl nachgebe, bin ich bereit, über die Verhältnisse wegzusehen, über die keiner von uns gebieten kann, und Miß Summerson den Antrag zu wiederholen, den ich die Ehre hatte, ihr früher zu machen. Ich bitte Miß Summerson hiermit um die Erlaubnis, das Haus in Walcot Square, das Geschäft und mich selbst ihr zu Füßen legen zu dürfen.«

»Ungemein edelmütig. In der Tat, Sir«, bemerkte mein Vormund.

»Nun ja, Sir«, entgegnete Mr. Guppy mit Offenheit, »ich wünsche auch, edelmütig zu sein. Ich bin nicht der Ansicht, daß ich mir durch diesen Antrag bei Miß Summerson nichts vergebe. Durchaus nicht; und auch mein Freund ist dieser Ansicht. Aber doch liegen Verhältnisse vor, die ich gehorsamst bitte, als eine Art Gegenrechnung gegen etwaige kleine Mängel meinerseits in Erwägung zu ziehen, damit wir auf diese Weise zu einem glatten und unparteiischen Abschluß gelangen.«

»Ich übernehme es selbst, Sir, Ihre Miß Summerson gemachten Anträge zu beantworten«, sagte mein Vormund und griff lachend nach der Klingel. »Sie erkennt Ihre großmütige Absicht an und wünscht Ihnen guten Abend und fernerhin Wohlergehen.«

»Oh!« sagte Mr. Guppy mit verblüfftem Gesicht. »Heißt das soviel wie Annahme oder Verwerfung oder eventuelle Inbetrachtnahme?«

»Entschieden Verwerfung, wenn Sie gestatten«, entgegnete mein Vormund.

Mr. Guppy sah ratlos abwechselnd seinen Freund und seine Mutter, die plötzlich sehr zornig wurde, und den Fußboden und die Decke an.

»Wirklich? – Dann, Jobling, wenn du der Freund bist, für den du dich ausgibst, solltest du eigentlich meine Mutter hinausführen und sie aus dieser Situation befreien.«

Mrs. Guppy weigerte sich jedoch entschieden, hinauszugehen, und wollte nichts davon hören. »Machen Sie doch selbst, daß Sie fortkommen«, sagte sie zu meinem Vormund. »Was soll das heißen? Ist mein Sohn nicht gut genug für Sie? Sie sollten sich schämen. Machen Sie selbst, daß Sie fortkommen.«

»Meine gute Frau«, entgegnete mein Vormund, »es ist doch wohl kaum vernünftig, mich aus meinem eignen Hause zu weisen.«

»Mir ganz wurst«, sagte Mrs. Guppy. »Hinaus mit Ihnen. Wenn wir Ihnen net gut genug sin, so suchen Sie sich jemand, wo Ihnen gut genug is. Gehen Sie doch und suchen Sie einen.«

– Ich war ganz überrascht von der Plötzlichkeit, mit der Mrs. Guppys Lustigkeit in Angriffsstimmung umschlug. –

»Gehen Sie und suchen Sie sich einen, wo gut genug für Sie is«, wiederholte Mrs. Guppy. »Schauen Sie, daß Sie hinauskommen!« wiederholte sie in einem fort. »Hinaus!« Nichts schien sie so in Erstaunen zu setzen und so sehr zum Zorn zu reizen, als daß mein Vormund absolut nicht gehen wollte. »Warum schauen Sie denn nicht, daß Sie fortkommen? Worauf warten Sie eigentlich noch?«

»Mutter«, mischte sich jetzt ihr Sohn ein, der sich bis dahin immer nur stumm vor sie gestellt und sie mit einer Schulter zurückzuschieben versucht hatte, als sie auf meinen Vormund los wollte, »wirst du denn nicht endlich den Mund halten?«

»Nein, William«, rief sie, »nein! Ich will nicht. Erst muß er machen, daß er fortkommt. Ich will nicht.«

Mr. Guppy und Mr. Jobling nahmen schließlich die alte Dame, als sie gar zu arg zu schelten anfing, in die Mitte und brachten sie sehr gegen ihren Willen die Treppe hinunter. Ihre Stimme wurde mit jeder Stufe, die sie sie hinabschleiften, eine Oktave höher, und sie bestand beharrlich darauf, daß wir sofort gehen und jemand suchen sollten, »wo für uns gut genug wäre«, und vor allem, daß wir schauen sollten, daß wir fortkämen.

65. Kapitel

Ein neues Leben

Die Session hatte begonnen, und mein Vormund erhielt die Meldung von Mr. Kenge, daß sein Prozeß übermorgen zur Verhandlung kommen würde. Da ich sehr gespannt war, wie die Sache ausfallen würde, kamen Allan und ich überein, an dem bestimmten Vormittag hinzugehen. Richard war außerordentlich aufgeregt und so schwach und matt, obgleich sich immer noch keine körperliche Krankheit an ihm nachweisen ließ, daß meine gute Ada der Unterstützung gar sehr bedurfte. Aber sie hoffte auf die Hilfe, die ihr jetzt binnen so kurzem in Aussicht stand, und ließ nie den Mut sinken.

Die Tagfahrt sollte in Westminster abgehalten werden. Der Prozeß war dort wohl schon hundertmal verhandelt worden, aber ich konnte mich nicht von dem Gedanken befreien, daß es diesmal zu einem Resultat kommen müßte. Wir eilten gleich nach dem Frühstück fort, um rechtzeitig nach der Westminsterhall zu gelangen, und gingen Arm in Arm – wie glücklich und seltsam es doch war! – durch die lebhaften Straßen dorthin.

Wir besprachen gerade, was wir für Richard und Ada tun könnten, da hörte ich jemanden rufen: »Esther! Liebe Esther! Esther!« Und ich sah Caddy Jellyby, wie sie mir mit dem Kopf so lebhaft aus dem kleinen Wagen winkte, den sie in letzter Zeit gemietet hatte, um damit zu ihren Schülern zu fahren, deren sie jetzt eine große Anzahl hatte, als ob sie mich aus hundert Schritt Entfernung umarmen wollte.

Ich hatte ihr in einem Briefe alles erzählt, was mein Vormund getan, aber keinen Augenblick Zeit gefunden, sie zu besuchen. Natürlich kehrten wir um, und das herzensgute Kind war so entzückt und freute sich so sehr, von dem Abend sprechen zu können, wo sie mir die Blumen brachte, und war so sehr darauf erpicht, mein Gesicht – samt dem Hute – zwischen ihren Händen zu drücken und sich ganz wie außer sich zu benehmen und mir allerlei Kosenamen zu geben und Allan zu sagen, ich hätte, ich wisse gar nicht, was alles, für sie getan, daß ich mich durchaus einen Augenblick in den Wagen hineinsetzen und sie beruhigen mußte, indem ich ihre Zärtlichkeit über mich ergehen ließ. Endlich mußten wir aber doch gehen – die Zeit drängte –, und Caddy blickte uns aus dem Kutschenfenster nach, solange sie uns sehen konnte.

Dadurch verspäteten wir uns etwa eine Viertelstunde, und als wir die Westminsterhall erreichten, hatte die Verhandlung schon angefangen. Überdies war im Kanzleigericht ein so ungewöhnliches Gedränge, daß die Menschen bis an der Tür standen und wir weder hören noch sehen konnten, was drin vorging. Es schien etwas Komisches zu sein, denn dann und wann hörte man ein Lachen und den Ruf: Ruhe! Auch etwas Interessanteres als gewöhnlich, denn alles stieß sich und drängte vorwärts. Daß es etwas sein mußte, was den Herren vom Fach sehr spaßhaft vorkam, ersahen wir daraus, daß verschiedne junge Advokaten mit Perücken und Backenbärten, die abseits vom Gedränge standen, sich, während einer von ihnen die Sache erzählte, mit den Händen in die Taschen fuhren und sich geradezu vor Lachen krümmten und, mit den Füßen stampfend, in der Halle herumliefen.

Wir fragten einen Herrn in unsrer Nähe, ob er wisse, was für ein Prozeß verhandelt werde? Er sagte uns: »Jarndyce kontra Jarndyce.« Und ob er wüßte, wie die Sache stehe? Er sagte nein, das habe noch niemand gewußt, aber soviel er aus allem entnehmen könne, sei es vorbei damit.

»Vorbei für heute?« fragten wir.

»Nein«, sagte er, »vorbei für immer.«

Vorbei für immer!

Als wir diese überraschende Antwort hörten, sahen wir uns sprachlos vor Erstaunen an. Konnte es wirklich möglich sein, daß das neuaufgefundene Testament alles in

Ordnung gebracht haben sollte und daß Richard und Ada jetzt reich seien? Es schien zu gut, um wahr zu sein. Und doch mußte es so sein.
Wir hatten nicht lange zu warten, denn das Gedränge geriet bald in Bewegung, und die Leute kamen mit roten erhitzten Gesichern, mit einer förmlichen Wolke verdorbener Luft umgeben, herausgeströmt. Sie waren immer noch sehr lustig, wie Leute, die aus einer Komödie oder von einem Taschenspieler kommen, und nicht aus einem Gerichtshof. Wir traten beiseite und warteten, ob nicht ein Bekannter darunter wäre, und sahen, wie große Pakete Akten herausgetragen wurden, Pakete in Beuteln – Bündel, zu groß, um sie in Beutel zu stecken –, unermeßliche Papiermassen, zusammengeschnürt oder lose, unter deren Gewicht die Diener wankten und die sie vorläufig aufs Geratewohl aufs Pflaster der Halle warfen, wenn sie wieder hineingingen, um immer noch neue zu holen. Auch die Diener lachten. Wir warfen einen Blick auf die Bündel, und da wir überall »Jarndyce kontra Jarndyce« lasen, fragten wir einen wie eine Amtsperson aussehenden Mann, der mitten unter ihnen stand, ob der Prozeß aus sei. »Ja«, sagte er, »endlich hat er ein Ende gefunden!« und fing auch an zu lachen.
Endlich sahen wir Mr. Kenge, leutselig und würdevoll, aus dem Gericht kommen und Mr. Vholes zuhören, der sehr ehrerbietig auf ihn einsprach und seine Aktenmappe unter dem Arm trug. Mr. Vholes erblickte uns zuerst. »Hier ist Miß Summerson, Sir«, sagte er. »Und Mr. Woodcourt.«
»Was seh ich! Ja. Wahrhaftig!« rief Mr. Kenge und zog vor mir mit der größten Höflichkeit den Hut. »Wie steht das werte Befinden? Freut mich außerordentlich, Sie zu sehen. Mr. Jarndyce ist nicht hier?«
»Nein. Er kommt nie hierher«, erinnerte ich ihn.
»Nun«, sagte Mr. Kenge, »es ist vielleicht gut, daß er heute nicht hier ist, denn seine – soll ich in meines werten Freundes Abwesenheit sagen, seine hartnäckig verfochtene An-

sicht? – wäre – wenn auch nicht mit Recht – heute bestärkt worden.«

»Bitte, was ist denn eigentlich geschehen?« fragte Allan.

»Ich bitte um Verzeihung, wie meinen?« fragte Mr. Kenge mit ausnehmender Höflichkeit.

»Was heute geschehen ist?«

»Was geschehen ist?« wiederholte Mr. Kenge. »Ja so. Hm. Nun nichts Besonderes; hm, nichts Besonderes. Wir sind zu einem Stillstand gekommen – zu einem plötzlichen Stillstand auf der – wie soll ich sagen – auf der ... Soll ich es – Schwelle nennen?«

»Ist das Testament als echt anerkannt, Sir?« fragte Allan. »Möchten Sie uns nicht wenigstens das sagen?«

»Gewiß würde ich das tun, wenn ich könnte«, sagte Mr. Kenge, »aber wir sind der Sache nicht weiter nachgegangen, nicht weiter nachgegangen.«

»Nicht weiter nachgegangen«, wiederholte Mr. Vholes mit seiner gedämpften Bauchrednerstimme wie ein fernes Echo.

»Sie müssen bedenken, Mr. Woodcourt«, bemerkte Mr. Kenge und schwenkte überredend und besänftigend seine silberne Kelle, »daß dies ein großer Prozeß, ein langer Prozeß, ein verwickelter Prozeß gewesen ist. Man hat ›Jarndyce kontra Jarndyce‹ nicht mit Unrecht ein Denkmal der Kanzleigerichtspraxis genannt.«

»Und die Geduld hat lange darauf als Statue gesessen«, sagte Allan.

»Wahrhaftig, sehr gut, Sir«, entgegnete Mr. Kenge mit dem herablassenden Lächeln, das ihm eigen war. »Sehr gut! – Sie müssen ferner bedenken, Mr. Woodcourt« – er wurde würdevoll bis zur Strenge –, »daß auf die zahlreichen Schwierigkeiten, Zwischenfälle, meisterhaften Fiktionen und Einzelstadien in diesem großen Prozeß, Studium, Geschicklichkeit, Beredsamkeit, Kenntnis und Geist, viel Geist, Mr. Woodcourt, verwendet worden sind. Viele Jahre lang hat ›Jarndyce kontra Jarndyce‹ die – äh –, ich möchte sagen, die Blüte des Advokatenstandes –

und die – äh –, ich möchte mir hinzuzusetzen erlauben, die gereiften herbstlichen Früchte des richterlichen Oberhauses in Anspruch genommen. Wenn die Allgemeinheit daraus Nutzen zieht und der Staat den Ruhm dieses großartigen Zusammenwirkens von geistigen Eigenschaften, so muß dafür bezahlt werden, Sir, in Geld oder Geldeswert.«

»Mr. Kenge«, sagte Allan, dem jetzt auf einmal ein Licht aufzugehen schien, »entschuldigen Sie mich, aber unsre Zeit drängt. Wollen Sie damit sagen, daß die ganze Hinterlassenschaft in Kosten aufgeht?«

»Hm! Ich glaube«, entgegnete Mr. Kenge. – »Mr. Vholes, was meinen sie?«

»Ich glaube auch«, bestätigte Mr. Vholes.

»Und daß auf diese Weise der Prozeß sozusagen in Rauch aufgeht?«

»Wahrscheinlich«, entgegnete Mr. Kenge. – »Mr. Vholes?«

»Wahrscheinlich«, sagte Mr. Vholes.

»Liebste Esther«, flüsterte mir Allan zu, »das bricht Richard das Herz.«

In seinem Gesicht drückte sich ein so plötzlicher Schrecken aus, und er kannte Richard so durch und durch, und auch ich hatte seinen allmählichen geistigen Verfall so deutlich bemerkt, daß mir die Worte, die meine Ada mit dem vorausahnenden Blick der Liebe zu mir gesprochen hatte, wie ein Totengeläute in den Ohren klangen.

»Im Falle Sie Mr. C. zu sehen wünschen sollten, Sir«, sagte Mr. Vholes, der hinter uns herkam, »so finden Sie ihn im Gerichtssaal. Ich ließ ihn dort, weil er ein wenig ruhen wollte. Guten Tag, Sir; guten Tag, Miß Summerson.« Wie er mich mit seinem langsam verzehrenden Blick ansah und dabei die Schnüre seines Aktenbeutels zusammendrehte, bevor er Mr. Kenge nacheilte, von dessen wohlwollendem Schatten er sich nicht gern zu trennen schien, schnappte er einmal, als schlänge er damit den letzten Bissen dieses Klienten hinunter. Dann glitt seine schwarze, zugeknöpfte, widerwärtige Gestalt hinweg nach der niedrigen Tür am Ende der Halle.

»Liebes Herz«, sagte Allan, »überlaß mir auf eine kleine Weile den, den du mir so lange anvertraut hast. Geh und melde alles zu Hause und komm dann zu Ada!«

Ich ließ ihn nicht erst einen Wagen holen, sondern bat ihn, ohne einen Augenblick Verzug Richard aufzusuchen und mich allein gehen zu lassen. Zu Hause angekommen, fand ich meinen Vormund vor und berichtete ihm schonend, was vorgefallen war.

»Kleines Frauchen«, sagte er, seinetwegen nicht im geringsten bekümmert, »den Prozeß endlich vom Halse zu haben, ist ein segensreicheres Resultat, als ich erwartet hätte. Aber das arme, arme junge Paar!«

Wir sprachen den ganzen Vormittag von Ada und Richard und berieten, was wir für sie tun könnten. Dann begleitete mich mein Vormund nach Symond's Inn und verließ mich an der Haustür. Ich ging hinauf. Als mein Liebling mich kommen hörte, kam sie auf den schmalen Gang heraus und warf sich an meine Brust; aber gleich faßte sie sich wieder und sagte mir, daß Richard mehrmals nach mir gefragt hätte. Wie sie mir erzählte, hatte ihn Allan in einer Ecke des Gerichtssaales sitzend gefunden, starr wie ein Steinbild. Als er ihn aus seinem Grübeln weckte, war er aufgesprungen und hatte eine Bewegung gemacht, als wollte er voll Zorn sich gegen die Richter wenden, aber ein Blutsturz hatte ihn daran gehindert, und er mußte nach Hause gebracht werden.

Er lag mit geschlossenen Augen auf dem Sofa, als ich eintrat. Medizinflaschen standen auf dem Tisch, das Zimmer war so luftig wie möglich gemacht und verdunkelt, sauber aufgeräumt und still. Allan stand hinter dem Kranken und beobachtete ernst sein Gesicht, in dem keine Spur von Farbe mehr war. Jetzt erst erkannte ich genau, wie hinfällig er war. Aber sein Gesicht war friedlicher, schöner, als ich es seit langem gesehen.

Ich setzte mich stumm neben ihn. Bald darauf schlug er die

Augen auf und sagte mit schwacher Stimme und seinem alten Lächeln: »Mütterchen Durden, küssen Sie mich!«
Es war mir ein großer Trost, ihn in seinem geschwächten Zustande heiter und hoffnungsvoll zu sehen. Er sagte, unsre bevorstehende Heirat mache ihn glücklicher, als er mit Worten ausdrücken könne. Mein Bräutigam sei für ihn und für Ada ein Schutzengel gewesen, und er segne uns beide und wünsche uns alles Glück, das das Leben nur gewähren könnte.
Es war mir, als müsse mir das Herz brechen, als ich ihn Allans Hand ergreifen und an seine Brust drücken sah.
Wir sprachen so viel wie möglich von der Zukunft, und er sagte mehrere Male, daß er bei unsrer Hochzeit sein müsse, wenn er sich auf den Füßen halten könnte. Ada würde ihn schon irgendwie hinbringen, hoffte er. »Aber selbstverständlich, liebster Richard!« tröstete sie ihn. Aber wie sie ihm so hoffnungsvoll, so heiter und innig antwortete, aufrecht erhalten von der Hoffnung auf die Hilfe, von der sie zu mir gesprochen, da wußte ich, wie alles kommen werde.
Er durfte nicht zuviel sprechen; und wenn er schwieg, schwiegen wir ebenfalls. Wie ich neben ihm saß, tat ich, als ob ich etwas für mein Herzenskind arbeitete, da es ihm immer Spaß gemacht hatte, mich wegen meines Fleißes zu necken. Ada beugte sich über sein Kissen und hielt sein Haupt in ihrem Arme. Er fiel von Zeit zu Zeit in einen Halbschlummer; und so oft er aufwachte, war seine erste Frage: »Wo ist Woodcourt«, wenn er ihn nicht gleich sah.
Es war Abend geworden, als ich aufblickte und meinen Vormund in dem kleinen Vorzimmer stehen sah. »Wer ist da, Mütterchen Durden?« fragte mich Richard. Die Tür befand sich hinter ihm, aber er hatte es in meinem Gesicht gelesen, daß jemand da war.
Ich fragte Allan mit den Augen, und da er ein Ja nickte, beugte ich mich über Richard und sagte es ihm. Mein Vormund sah, was vorging, trat leise an mich heran und legte seine Hand auf Richards Hand.

»Ach, Vetter«, flüsterte Richard, »du bist so gut, so gut!« und brach zum erstenmal in Tränen aus.
Mein Vormund, das Bild eines guten Menschen, nahm auf meinem Stuhle Platz und ließ seine Hand in Richards Hand ruhen.
»Lieber Rick«, sagte er, »die Wolken haben sich verzogen und es ist heller Tag geworden. Wir gingen alle irre, Rick, mehr oder weniger. Was liegt daran! ... Und wie geht es dir, lieber Richard?«
»Ich bin sehr schwach, Vetter, aber ich hoffe, ich werde bald wieder zu Kräften kommen. Jetzt heißt es ein neues Leben beginnen.«
»Recht so, Rick.«
»Diesmal werde ich es nicht in der alten Weise anfangen«, sagte Richard mit einem trüben Lächeln. »Ich habe jetzt eine Lehre erhalten, Vetter. Es war eine harte Lehre, aber du kannst versichert sein, daß ich sie nicht vergessen werde.«
»Schon gut«, tröstete ihn mein Vormund. »Schon gut, lieber Junge!«
»Ich dachte mir eben, Vetter«, fing Richard wieder an, »daß ich nichts auf Erden so gern sehen würde als – Mütterchen Durdens und Woodcourts Haus. Wenn ich dorthin gebracht werden könnte, sobald ich wieder mehr Kraft habe, glaube ich, ich würde dort früher genesen als anderswo.«
»Daran habe ich auch schon gedacht, Rick!« sagte mein Vormund.
»Und unser kleines Frauchen auch; sie und ich haben erst heute darüber gesprochen. Ich glaube nicht, daß ihr Bräutigam etwas dagegen haben wird. Was meinen Sie, Woodcourt?«
Richard lächelte und erhob den Arm und tastete nach Allan, der hinter ihm zu Häupten seines Bettes stand.
»Ich sage nichts von Ada, aber ich denke an sie und habe sehr viel an sie gedacht. Sieh her! Sieh her, wie sie sich so sorgsam über das Kissen beugt, wo sie doch selbst der

Ruhe so dringend bedarf! Meine heißgeliebte, meine arme Ada!« Er schloß sie in seine Arme, und keines von uns sprach ein Wort. Allmählich ließ er sie los, und sie sah uns an, blickte hinauf zum Himmel und bewegte die Lippen.
»Wenn ich nach Bleakhaus komme«, flüsterte Richard, »werde ich dir viel zu erzählen haben, und wir müssen vieles besprechen. Du kommst, nicht wahr, Vetter?«
»Sei überzeugt, lieber Rick.«
»Ich danke dir. So bist du immer. Immer. Sie haben mir erzählt, was du alles für sie getan, und daß du nicht die kleinste ihrer Lieblingsgewohnheiten außer acht gelassen hast. Es wird mir sein, als ob ich wieder das alte Bleakhaus besuchte!«
»Und auch dorthin wirst du kommen, hoffe ich, lieber Rick. Ich bin jetzt ein alleinstehender Mann, wie du weißt, und ein Besuch wird mir eine Wohltat sein. Eine Wohltat, meine Liebe«, wiederholte er, zu Ada gewendet, streichelte sanft ihr goldenes Haar und drückte eine Locke davon an seine Lippen. Ich ahnte, daß er innerlich gelobte, sich ihrer anzunehmen, wenn sie allein zurückblieb.
»Nicht wahr, es war nur ein böser Traum?« sagte Richard und faßte bittend meines Vormundes beide Hände.
»Nichts sonst, Rick; nichts sonst.«
»Und du kannst in deiner Güte dem Träumer wirklich verzeihen, ihn bemitleiden und nachsichtig zu ihm sein und ihm Mut zusprechen, jetzt, wo er erwacht ist?«
»Gewiß, mein lieber Junge. Bin ich denn nicht selbst nur ein Träumer, Rick?«
»Ich will ein neues Leben anfangen«, sagte Richard, und seine Augen leuchteten.
Allan trat näher an Ada heran, und ich sah, wie er feierlich die Hand erhob, um meinen Vormund vorzubereiten.
»Wann werde ich diesen Ort hier mit dem schönen Lande vertauschen und die alten Zeiten wieder vor mir sehen und Kraft genug haben, zu sagen, was Ada mir gewesen ist, und imstande sein, meine vielen Fehler und meine Verblendung wieder gut zu machen und mich vorbereiten

können, meinem Kind ein Führer zu sein?« sagte Richard. »Wann glaubst du, kann ich reisen?«

»Lieber Rick, sowie wir wieder ein wenig bei Kräften sind«, entgegnete mein Vormund.

»Ada, meine Herzens-Ada.« Er versuchte sich ein wenig zu erheben. Allan kam seinem Wunsch zuvor und hob ihn so, daß er seinen Kopf an ihre Brust legen konnte.

»Ich habe dir viel Leid zugefügt, mein Alles. Ich bin wie ein armer verirrter Schatten auf deinen Lebenspfad gefallen. Ich habe dich mit Armut und Sorgen vermählt und dein Vermögen vergeudet. Vergibst du mir, meine Ada, ehe ich ein neues Leben beginne?«

Ein Lächeln erhellte sein Gesicht, als sie sich niederbeugte, um ihn zu küssen.

Er ließ langsam sein Gesicht an ihre Brust sinken, schlang seine Arme fest um ihren Nacken und fing mit einem Abschiedsseufzer das neue Leben an. Das Leben, das über das Grab hinausreicht und alles irdische verwischt.

Abends spät, als alles still war, kam die arme verrückte Miß Flite weinend zu mir und sagte, daß sie allen ihren Vögeln die Freiheit geschenkt habe.

66. Kapitel

Unten in Lincolnshire

Ein Schweigen herrscht in diesen so anders gewordenen Tagen über Chesney Wold wie über einem Teil der Familiengeschichte. Das Gerücht geht, Sir Leicester habe sich die Verschwiegenheit der Leute erkauft, die sprechen könnten, wenn sie wollten, aber es ist eine flügellahme Geschichte, die nicht flügge werden kann, und ihr Lebensfunke ist bald erstorben. Nur soviel weiß man gewiß, daß die stolze Lady Dedlock im Mausoleum im Park ruht, wo sich dunkel die Bäume wölben und nachts die Eule durch den Wald schreit; aber von wo sie nach Hause gebracht worden, um unter den Echos dieses einsamen Ortes bestattet zu werden, und wie sie gestorben, das ist ein Geheimnis.

Einige von ihren alten Freundinnen, vorzüglich unter den Jungfrauen mit den Pfirsichwangen und den dürren Hälsen, sagten einmal, wie sie scherzend gespensterhaft mit großen Fächern spielten – wie Jungfrauen, die mit dem grimmen Tod kokettieren müssen, weil ihnen kein andrer Liebhaber treu geblieben –, gelegentlich, als die vornehme Welt sich versammelte, sie wunderten sich, daß die Asche der Dedlocks im Mausoleum sich niemals gegen die Entweihung durch Myladys Gesellschaft erhöbe. Aber die abgeschiedenen Dedlocks nehmen es sehr ruhig hin, und man hat nie von einem Protest von ihnen gehört.

Durch das Farnkraut in den Wegmulden und den Reitweg unter den Bäumen herauf nähert sich manchmal dieser einsamen Stelle der Schall von Hufschlägen. Dann erscheint Sir Leicester – gelähmt, gebeugt und fast blind, aber noch immer eine würdige achtunggebietende Erscheinung – im Sattel, und neben ihm reitet ein Mann mit Sehnen von Stahl dicht an seiner linken Hand. Und wenn sie eine gewisse Stelle vor der Tür des Mausoleums erreichen, bleibt Sir Leicesters Leibpferd von selbst stehen, und Sir Leicester entblößt schweigend das Haupt und wartet still einige Augenblicke, ehe sie weiter reiten.

Der Kampf mit dem kühnen Boythorn tobt immer noch, wenn auch mit Intervallen, und bald heiß und bald schläfrig, aufflackernd wie ein unstetes Feuer. Die Wahrheit ist, daß, als Sir Leicester krank nach Lincolnshire kam, Mr. Boythorn offen den Wunsch zeigte, sein Wegerecht aufzugeben und alles zu tun, was Sir Leicester wünschte; aber Sir Leicester, der dies für Mitleid mit seiner Krankheit oder seinem Unglück hielt, nahm es so übel auf und fühlte sich in seinem Stolz so verletzt, daß Mr. Boythorn sich in die Notwendigkeit versetzt sah, das nachbarliche Gebiet offen zu verletzen, um ihn wieder zu sich selbst zu bringen. So fährt daher Mr. Boythorn fort, furchtbare Drohungen an dem umstrittenen Wege anzuschlagen und, während der Vogel auf seinem Kopf sitzt, sich in dem Heiligtum seines Hauses in leidenschaftlichen Wutausbrüchen gegen Sir Leicester zu ergehen. Auch trotzt er ihm wie vor alters in der kleinen Kirche, indem er eine vollständige Unkenntnis der Anwesenheit seines Feindes zur Schau trägt. Aber man flüstert sich zu, daß er, wenn er sich gegen seinen Gegner am wildesten ausspricht, in Wirklichkeit am rücksichtsvollsten gegen ihn ist und daß Sir Leicester in seiner Würde als unversöhnlicher Feind wenig ahnt, wie sehr man ihm zu Gefallen lebt. Ebensowenig ahnt er, in wie enger Verbindung er und Mr. Boythorn durch die Schicksale zweier Schwestern gelitten haben; und sein Gegner, der es jetzt weiß, ist der letzte, der es ihm verraten würde. So wird also der Streit zur Befriedigung beider fortgesetzt.

In einem der Portiershäuser des Parks, in dem Häuschen, das man vom Fenster des Herrenhauses erblickt, wo zu jener Zeit, als das Wasser in Lincolnshire so hoch stand, Mylady das Kind des Parkwärters sah, wohnt jetzt der sehnige, stahlharte Mann, der ehemalige Kavallerist. Einige Reliquien von seinem alten Berufe her hängen an den Wänden; und sie hellpoliert zu erhalten, ist die Lieblingserholung eines kleinen, lahmen Mannes, den man immer bei den Ställen findet. Rastlos ist er vor Geschirrkammern tätig mit dem Polieren von Steigbügeln, Gebissen, Kinnketten, Geschirrteilen und allen andern irgendwie zu den Ställen gehörigen Sachen, die sich polieren lassen – und sein Leben ist ein fortwährendes Reiben und Putzen. Es ist ein kleiner, zottiger, mehrfach beschädigter Mann, nicht unähnlich einem alten schlechtrassigen Bastardhund, der sich viel in der Welt herumgeschlagen hat und auf den Namen Phil hört.

Ein erfreulicher Anblick ist es, die würdige alte Haushälterin, die jetzt noch schwerhöriger ist, am Arme ihres Sohnes in die Kirche gehen zu sehen und das Verhältnis zwischen ihnen und Sir Leicester zu beobachten. Allerdings haben nur wenige Gelegenheit dazu, denn das Haus sieht jetzt selten Gäste. In den heißen Sommertagen zuweilen kommt Besuch mit einem Regenschirm und einem grauen Mantel, der früher in Chesney Wold unbekannt war. Dann sieht man manchmal in abgelegenen Sägegruben und ähnlichen versteckten Winkeln des Parks zwei junge Damen herumspringen, und vor des Kavalleristen Tür kräuselt sich der Rauch zweier Pfeifen in die duftende Abendluft hinauf. Dann hört man von einer Querpfeife im Portiershäuschen die wilden begeisternden Klänge von Englands Grenadieren spielen; und wenn der Abend anbricht, sagt eine tiefe Baßstimme, während zwei Männer miteinander auf- und abschreiten:

»Aber ich gebe es vor der Alten nie zu. Disziplin muß sein.«

Der Haupttrakt des Hauses ist zugeschlossen, und er wird nicht länger Fremden gezeigt, aber Sir Leicester hält auch jetzt noch hof in dem langen Salon und ruht auf seinem alten Platze vor dem Bilde Myladys. Des Abends, von breiten Schirmen eingeschränkt und nur in diesem Teile des Hauses brennend, scheint das Licht des Salons immer mehr zusammenzuschrumpfen, bis es eines Tages ganz aufhören wird. Ja, binnen sehr kurzem wird es für Sir Leicester ganz verlöschen; und die dumpfige Pforte des Mausoleums, die so fest schließt und so hartherzig aussieht, wird sich auftun und ihn aufnehmen. ––––

Volumnia, die immer rosiger wird, je mehr die Zeit verrauscht, liest Sir Leicester an den langen Abenden vor und muß, um ihr Gähnen zu verbergen, ihre Zuflucht zu verschiedenen Kunstgriffen nehmen, deren vornehmster und wirksamster darin besteht, daß sie das Perlenhalsband zwischen ihre Blütenlippen nimmt. Hauptsächlich liest sie langatmige Abhandlungen über die Buffy- und Boodlefrage, die zeigen, daß Buffy ein unbefleckter Patriot und Boodle ein Schurke ist, und wie das Vaterland zugrunde gehen muß, wenn es nur für Boodle und nicht für Buffy stimmt, oder wie es gerettet werden kann, wenn es nur für Buffy und nicht für Boodle ist, denn einer von den beiden muß es sein, und andre kommen nicht in Betracht. Sir Leicester ist es ziemlich gleich, was sie vorliest, und er scheint ihr nicht sehr aufmerksam zu folgen, aber doch wird er auf der Stelle munter, sowie sie wagt, aufzuhören, und fragt, jedesmal mit sonorer Stimme ihr letztes Wort wiederholend, verdrießlich, ob sie müde sei. Volumnia ist nun aber bei Gelegenheit ihres vogelartigen Herumhüpfens und Anpickens von Papieren auf die Notiz einer sie betreffenden Testamentsklausel gestoßen (im Fall ihrem Verwandten »etwas passieren sollte«), und solche Chancen vor Augen als Entschädigung für einen langen Vorlesekursus, nimmt sie sogar den Kampf mit dem Drachen Langeweile auf.

Die Vettern im allgemeinen fürchten sich ein wenig vor Chesney Wold in der stillen Zeit, wagen sich aber in der Jagdsaison heran, wo man dann Schüsse im Park hört und ein paar Treiber und Jagdgehilfen auf den alten Sammelplätzen auf zwei oder drei schwermütige Cousins warten. Der hinfällige Vetter, den die Eintönigkeit des Ortes immer gräßlicher mitnimmt, verfällt dann in eine schrecklich niedergedrückte Stimmung, stöhnt in seinen jagdfreien Stunden unter Sofakissen und beteuert, daß so ein – äh – höllischer oller Kerker – äh – Menschenleben kosten könne.

Die einzigen großen Lichtblicke für Volumnia in diesen veränderten Verhältnissen des Schlosses in Lincolnshire sind die seltenen Gelegenheiten, wo durch den Besuch eines öffentlichen Balles etwas für die Grafschaft oder das Vaterland getan werden muß. Dann zeigt sich die abgehetzte Sylphe in Feengestalt der Menschheit und fährt voller Freude unter vetterlicher Eskorte vierzehn lange Meilen weit nach dem alten Festlokale, das an dreihundertvierundsechzig Tagen und Nächten jedes Normaljahres eine Art antipodische Rumpelkammer voll auf den Kopf gestellter alter Tische und Stühle ist. Hier gewinnt sie alle

Herzen durch ihre Leutseligkeit, ihre mädchenhafte Munterkeit und durch ihr Herumspringen, wie in den Tagen, wo der garstige alte General mit dem Prachtgebiß im Munde noch nicht einen einzigen der vierundsechzig falschen Zähne zu zwei Guineen das Stück sich hat einsetzen lassen müssen. Dann dreht und wirbelt sie als Hirtennymphe aus guter Familie durch das Gewühl der Tänzer, und die Schäfer nahen sich ihr mit Tee, Limonade, Sandwiches und Huldigungen. Dann kann sie freundlich und hartherzig sein, stolz und anspruchslos, veränderlich, reizend und jugendlich launenhaft, und eine auffallende Ähnlichkeit herrscht zwischen ihr und den kleinen gläsernen Armleuchtern aus einem vergangenen Zeitalter, die das Festlokal zieren und mit ihren dünnen Stengeln, ihren spärlichen Knöspchen, ihren kahlen Verästelungen und ihrem schwachen prismatischen Schillern wie lauter Volumnias erscheinen.

Im übrigen ist das Leben in Lincolnshire für Volumnia wie die ungeheure Leere des übergroßen Hauses, mit Bäumen davor, die seufzend die Hände ringen, die Köpfe senken und in eintöniger Trauer ihre Tränen gegen die Fensterscheiben werfen. Ein feierliches Labyrinth, das nicht mehr den letzten Repräsentanten einer alten Familie von menschlichen Wesen und ihren gespensterhaften Ebenbildern zu gehören scheint, sondern bewohnt wird von hallenden Klängen, die bei jedem Ton aus ihren Gräbern hervorkommen und durch das ganze Gebäude schallen. Eine Einöde von unbenützten Korridoren und Treppen, wo, wenn man nachts einen Kamm auf den Boden des Schlafzimmers fallen läßt, es wie ein verstohlener Tritt erkundend durch das Haus geht. Ein Haus, wo es nicht jedermanns Sache ist, allein herumzugehen, wo das Dienstmädchen aufschreit, wenn eine Schlacke durch den Rost schlurrt, sich angewöhnt, zu allen Zeiten und bei allen Gelegenheiten zu weinen, schließlich das Opfer einer krankhaften Schwermut wird, kündigt und den Dienst verläßt. So ist Chesney Wold.

Fast ganz der Nacht und der Leere überlassen, unverändert im strahlenden Sommer und im trüben Winter; immer düster und still. Kein Banner weht mehr bei Tage; und keine Lichterreihen glänzen mehr bei Nacht; keine Familie kommt oder geht mehr, keine Besucher sind mehr die Seelen der blassen kalten Zimmer, und kein Leben regt sich mehr in ihm. – Leidenschaft und Stolz sind selbst für das Auge des Fremden in dem Herrensitz in Lincolnshire erstorben und haben toter Ruhe Platz gemacht.

67. Kapitel

Der Schluß von Esthers Erzählung

Volle sieben glückliche Jahre bin ich Herrin von Bleakhaus gewesen. Die wenigen Worte, die ich dieser Niederschrift noch hinzuzufügen habe, sind bald geschrieben. Dann werde ich das Buch schließen und von den Freunden und Freundinnen, für die ich schreibe, für immer scheiden. Nicht ohne manche teure Rückerinnerung meinerseits, und nicht ohne so manche, hoffe ich, ihrerseits.

Sie legten mir meinen schönen Liebling ans Herz, und viele Wochen lang verließ ich meine liebe Ada auch nicht einen Tag. Der Säugling, auf den sie so viel Hoffnung gesetzt, kam zur Welt, ehe der Rasen seines Vaters Grab bedeckte. Es war ein Knabe; mein Mann, mein Vormund und ich gaben ihm den Namen Richard.

Die Hilfe, auf die meine liebe Ada so gebaut, wurde ihr zuteil, wenn auch von der ewigen Allweisheit zu einem andern Zweck bestimmt. Als ich sah, wie die kleine schwache Hand des Kindchens mit seiner Berührung das wunde Herz meiner lieben Ada genesen machte und wieder Hoffnung in ihr aufkeimen ließ, fühlte ich in einer neuen Bedeutung die Güte und Barmherzigkeit Gottes walten.

Allmählich sah ich meine Herzens-Ada in meinen ländlichen Garten kommen und dort, mit dem Kinde auf dem Arm, umherwandeln. Ich war nun verheiratet und die Glücklichste der Glücklichen.
Um jene Zeit kam mein Vormund zu uns und fragte Ada, wann sie zu ihm kommen würde.
»Beide Häuser sind jetzt dein Heim, mein Kind«, sagte er, »aber das ältere Bleakhaus hat den Vorrang. Wenn du und dein Knabe kräftig genug sind, kommt ihr und nehmt Besitz von ihm.«
Ada nannte ihn ihren lieben, teuern Vetter John; aber er bat sie, in ihm ihren Vormund zu sehen. Und er war von da an ihr und dem Knaben ein Vormund und fühlte sich glücklich, sich so nennen zu hören. So nannte sie ihn denn Vormund und hat ihn seitdem stets so genannt. Die Kinder kennen ihn unter keinem andern Namen – ich sage die Kinder, denn ich habe zwei kleine Töchter.
Es ist kaum zu glauben, daß Charley, die immer noch runde Augen macht und immer noch schwach in der Grammatik ist, mit einem Müller unsrer Gegend verheiratet ist, und doch ist es wahr. Selbst jetzt, in diesem Augenblick, wenn ich von meinem Schreibtisch im Morgensonnenschein zum Fenster hinausschaue, sehe ich, wie ihre Mühle zu gehen anfängt. Ich hoffe nur, der Müller verdirbt mir Charley nicht, denn er hat sie sehr gern. Charley ist etwas eitel seinetwegen, denn er hat sein gutes Auskommen, und es war ein großes Gereiße um ihn. Was die Erinnerung an die Zeit, wo sie meine kleine Zofe war, betrifft, so möchte ich fast meinen, daß die Zeit sieben Jahre lang ebenso still gestanden haben müßte wie die Mühle noch vor einer halben Stunde, denn die kleine Emma, Charleys Schwester, ist ganz ihr früheres Ebenbild. Wie weit es Tom, Charleys Bruder, in der Schule im Rechnen gebracht hat, wage ich nicht zu entscheiden, aber ich glaube, bis zu den Dezimalbrüchen. Aber wie weit es auch gewesen sein mag, jedenfalls ist er jetzt Lehrling bei dem Müller und ein guter, schüchterner Junge, der immer in ir-

gendein Mädchen verliebt ist und sich jedesmal mächtig darüber schämt.

Caddy Jellyby verlebte die eben verflossenen Feiertage bei uns und war liebenswürdiger als je. Beständig tanzte sie mit den Kindern im Hause herum, als ob sie nie in ihrem Leben Lektionen gegeben hätte. Sie hat jetzt ihren eignen Wagen anstatt des gemieteten und ist von Newman Street zwei ganze Meilen weiter westlich gezogen. Sie arbeitet sehr angestrengt, denn ihr Mann, ein vortrefflicher Gatte, ist gelähmt und kann nur sehr wenig tun. Dennoch ist sie zufriedener als je und kommt allen ihren Pflichten getreu und freudig nach. Mr. Jellyby verbringt seine Abende in ihrem neuen Hause und lehnt den Kopf an die Wand, genau wie im alten. Mrs. Jellyby soll lange Zeit sehr unter der Mesalliance und dem »entwürdigenden« Beruf ihrer Tochter gelitten haben, wie ich hörte, aber ich hoffe, sie hat sich mit der Zeit von ihrem Verdruß erholt. Mit Afrika hat sie Pech gehabt, denn das Unternehmen schlug fehl, weil der König von Borriobula-Gha jeden, den das Klima am Leben ließ, für Schnaps zu verkaufen strebte. Sie ist jetzt tätig, der Frau das Recht, im Parlamente zu sitzen, zu erwirken, und Caddy sagt mir, daß diese Mission einen noch größeren Briefwechsel nach sich zieht als die alte.

Fast hätte ich Caddys armes kleines Mädchen vergessen. Es ist nicht mehr so winzig klein, aber taubstumm. Ich glaube, es hat nie eine bessere Mutter gegeben als Caddy, die in ihren kargbemessenen Mußestunden unzählige Taubstummenkünste lernt, um dem Kinde sein Los erträglicher zu gestalten.

Als ob ich niemals mit Caddy fertig werden sollte, fallen mir hier Peepy und der alte Mr. Turveydrop ein. Peepy ist beim Zollamte angestellt und befindet sich dabei außerordentlich wohl. Der alte Mr. Turveydrop, sehr apoplektisch geworden, trägt seinen Anstand immer noch in der Stadt spazieren, genießt das Leben auf die alte Weise und wird immer noch wie ehedem mit Ehrfurcht und gläubigen Auges angesehen. Er ist ein großer Gönner Peepys

und soll ihm seine Lieblingsstutzuhr im Ankleidezimmer, die nicht ihm gehört, vermacht haben.
Mit dem ersten Gelde, das wir uns ersparten, bauten wir an unser hübsches Haus ein kleines Brummstübchen für meinen Vormund an, das wir dann, als er uns besuchen kam, mit großem Glanze einweihten. Ich versuche, alles das leichten Sinnes hinzuschreiben, weil mein Herz jetzt, wo es zu Ende geht, übervoll ist; aber wenn ich von ihm schreibe, treten mir immer wieder die Tränen in die Augen.
Nie kann ich ihn ansehen, ohne daß ich nicht im Geiste unsern armen, lieben Richard ihn einen guten Menschen nennen höre. Ada und ihrem hübschen Knaben ist er der zärtlichste Vater, mir, was er mir immer gewesen ist, und mit welchem Namen kann ich das ausdrücken! Er ist meines Mannes bester und teuerster Freund, er ist der Liebling unsrer Kinder, der Mittelpunkt unsrer innigsten Liebe und Verehrung. Aber trotzdem ich fast ein höheres Wesen in ihm sehe, bin ich doch so vertraut und unbefangen zu ihm, daß es mir fast wie ein Wunder vorkommt. Wir beide, sowohl er wie ich, haben unsre alten Namen noch, und wenn er bei uns zu Besuch ist, nehme ich keinen andern Platz als meinen alten auf dem Stuhle neben ihm ein. Mütterchen Hubbard, Frau Spinnweb, kleines Frauchen, so heißt es immer noch; und ich antworte: Ja, lieber Vormund, ganz wie früher.
Ich wüßte nicht, daß der Wind auch nur einen einzigen Augenblick aus Osten geweht hätte seit dem Tage, wo er mich an unsre Pforte, auf der das Wort Bleakhaus stand, geführt. Ich brachte einmal gelegentlich die Sprache darauf, daß jetzt niemals mehr Ostwind zu herrschen scheine, und er sagte: Nein, gewiß nicht; er habe seit jenem Tage aufgehört, aus dieser Himmelsrichtung zu wehen.
Ich glaube, mein Herzenskind ist schöner als je. Der Gram, der eine Zeit in ihrem Gesicht gelegen – er ist jetzt verschwunden –, scheint sogar seinen unschuldigen Ausdruck noch geläutert und ihm etwas Heiliges gegeben zu

haben. Manchmal, wenn ich sie in ihrem Trauerkleid, das sie immer noch trägt, meinen Richard unterrichten sehe, kommt es mir vor – wie soll ich nur sagen –, als ob es gut wäre, zu wissen, daß sie ihrer lieben Esther in ihren Gebeten gedenkt.
Ich nenne ihn meinen Richard! Aber er sagt, er hätte zwei Mamas, und ich sei die eine.
Wir sind nicht reich an Geld, aber es ist uns stets gut gegangen, und wir haben, was wir brauchen. Nie gehe ich mit meinem Gatten aus, ohne zu hören, wie ihn die Leute segnen. Nie trete ich in ein Haus, vornehm oder gering, ohne sein Lob zu hören oder in dankerfüllten Augen zu lesen. Nie lege ich mich nachts nieder, ohne zu wissen, daß er im Laufe des Tages Schmerzen gelindert oder einem Mitmenschen in seiner Not beigestanden hat. Ich weiß, daß von dem Lager hoffnungslos aufgegebener Kranker oft in Sterbestunden ein Dankgebet für seine geduldige Pflege zum Himmel geschickt worden ist. Heißt das nicht reich sein?
Die Leute preisen mich, bloß weil ich seine Frau bin! Sogar mich haben die Leute gern, wenn ich zu ihnen komme, und machen soviel Aufhebens mit mir, daß ich mich ordentlich schäme. Und das verdanke ich alles ihm, meinem Geliebten, meinem Stolz! Sie haben mich seinetwegen gern, wie ich alles, was ich auf Erden tue, seinetwegen tue.
Vor ein oder zwei Abenden, nachdem ich für meine Herzens-Ada und für meinen Vormund und den kleinen Richard, die morgen kommen, allerlei vorgerichtet hatte, saß ich vor der Tür, die ich in so teuerm Andenken halte, als Allan nach Hause kam. Er sagte: »Nun, mein kleines Frauchen, was machst du hier?« und ich erwiderte, »der Mond scheint so hell, und die Nacht ist so köstlich, daß ich mich hergesetzt und nachgedacht habe.«
»Und worüber hast du nachgedacht, mein Schatz?«
»Wie neugierig du bist. Ich schäme mich fast, es zu sagen, aber du sollst es wissen. Ich habe an mein altes Gesicht gedacht, wie es früher war.«

»Und was hast du davon gedacht, mein kleines fleißiges Bienchen?« fragte Allan.
»Ich habe mir gedacht, daß ich für unmöglich hielte, du könntest mich mehr lieben, selbst wenn ich mein altes Gesicht behalten hätte.«
»Wie es früher war?« sagte Allan lachend.
»Natürlich, wie es früher war.«
»Mein liebes Mütterchen«, fragte Allan und zog meinen Arm durch den seinen, »schaust du manchmal in den Spiegel?«
»Du weißt, daß ich es tue; du siehst es ja.«
»Und du weißt nicht, daß du hübscher bist als je?«
Ich wußte es nicht; ich weiß nicht einmal, ob ich es jetzt weiß. Aber ich weiß, daß meine lieben Kleinen sehr hübsch sind, und daß meine Herzens-Ada sehr schön ist, und daß mein Mann sehr hübsch ist, und daß das Gesicht meines Vormundes von Heiterkeit und Herzensgüte strahlt wie kein andres auf der Welt, und daß sie sehr gut ohne viel Schönheit bei mir auskommen können – selbst vorausgesetzt –.